Les années du silence

– 2 –

La sérénité

La destinée

Guy Saint-Jean Éditeur
3440, boul. Industriel
Laval (Québec) Canada H7L 4R9
450 663-1777
info@saint-jeanediteur.com
www.saint-jeanediteur.com

....

Catalogage avant publication de Bibliothèque et Archives nationales du Québec et Bibliothèque et Archives Canada

Tremblay-D'Essiambre, Louise, 1953-
Les années du silence
Édition originale: 1995-2002.
Sommaire: t. 1. La tourmente; La délivrance — t. 2. La sérénité; La destinée — t. 3. Les bourrasques; L'oasis.
ISBN 978-2-89455-788-4 (vol. 1)
ISBN 978-2-89455-789-1 (vol. 2)
ISBN 978-2-89455-790-7 (vol. 3)
I. Tremblay-D'Essiambre, Louise, 1953- . Tourmente. II. Tremblay-D'Essiambre, Louise, 1953- . Délivrance. III. Tremblay-D'Essiambre, Louise, 1953- . Sérénité. IV. Tremblay-D'Essiambre, Louise, 1953- . Destinée. V. Tremblay-D'Essiambre, Louise, 1953- . Bourrasques. VI. Tremblay-D'Essiambre, Louise, 1953- . Oasis. VII. Titre: La tourmente. VIII. Titre: La délivrance. IX. Titre: La sérénité. X. Titre: La destinée. XI. Titre: Les bourrasques. XII. Titre: L'oasis. XIII. Titre.

PS8589.R476A75 2014 C843'.54 C2014-940794-7
PS9589.R476A75 2014

....

Nous reconnaissons l'aide financière du gouvernement du Canada par l'entremise du Fonds du livre du Canada (FLC) ainsi que celle de la SODEC pour nos activités d'édition. Nous remercions le Conseil des Arts du Canada de l'aide accordée à notre programme de publication.

Gouvernement du Québec — Programme de crédit d'impôt pour l'édition de livres — Gestion SODEC

Cette édition est une compilation intégrale des ouvrages suivants:
Les années du silence tome 3: La sérénité (© Guy Saint-Jean Éditeur inc. pour l'édition originale, 1998) et
Les années du silence tome 4: La destinée (© Guy Saint-Jean Éditeur inc. pour l'édition originale 2000).

Conception graphique: Christiane Séguin
Page couverture: Toile de Louise Tremblay-D'Essiambre, *Solitudes,* inspirée d'une toile de Timothy Easton, *Moonlit Start.*

Dépôt légal — Bibliothèque et Archives nationales du Québec, Bibliothèque et Archives Canada, 2014
ISBN: 978-2-89455-789-1

Distribution et diffusion
Amérique: Prologue
France: Dilisco S.A./Distribution du Nouveau Monde (pour la littérature)
Belgique: La Caravelle S.A.
Suisse: Transat S.A.

Imprimé et relié au Canada
1re impression, mai 2014

ASSOCIATION NATIONALE DES ÉDITEURS DE LIVRES
Guy Saint-Jean Éditeur est membre de
l'Association nationale des éditeurs de livres (ANEL).

LOUISE TREMBLAY D'ESSIAMBRE

Les années du silence

– 2 –

La sérénité
La destinée

Guy Saint-Jean
ÉDITEUR

DU MÊME AUTEUR CHEZ LE MÊME ÉDITEUR :

Les héritiers du fleuve, tome 1 : *1887-1893,* 2013
Les héritiers du fleuve, tome 2 : *1898-1914,* 2013
Les héritiers du fleuve, tome 3 : *1918-1929,* 2014
Mémoires d'un quartier, tome 1 : *Laura,* 2008
Mémoires d'un quartier, tome 2 : *Antoine,* 2008
Mémoires d'un quartier, tome 3 : *Évangéline,* 2009
Mémoires d'un quartier, tome 4 : *Bernadette,* 2009
Mémoires d'un quartier, tome 5 : *Adrien,* 2010
Mémoires d'un quartier, tome 6 : *Francine,* 2010
Mémoires d'un quartier, tome 7 : *Marcel,* 2010
Mémoires d'un quartier, tome 8 : *Laura, la suite,* 2011
Mémoires d'un quartier, tome 9 : *Antoine, la suite,* 2011
Mémoires d'un quartier, tome 10 : *Évangéline, la suite,* 2011
Mémoires d'un quartier, tome 11 : *Bernadette, la suite,* 2012
Mémoires d'un quartier, tome 12 : *Adrien, la suite,* 2012
La dernière saison, tome 1 : *Jeanne,* 2006
La dernière saison, tome 2 : *Thomas,* 2007
La dernière saison, tome 3 : *Les enfants de Jeanne,* 2012
Les sœurs Deblois, tome 1 : *Charlotte,* 2003
Les sœurs Deblois, tome 2 : *Émilie,* 2004
Les sœurs Deblois, tome 3 : *Anne,* 2005
Les sœurs Deblois, tome 4 : *Le demi-frère,* 2005
Les années du silence, tome 1 : *La tourmente,* 1995
Les années du silence, tome 2 : *La délivrance,* 1995
Les années du silence, tome 3 : *La sérénité,* 1998
Les années du silence, tome 4 : *La destinée,* 2000
Les années du silence, tome 5 : *Les bourrasques,* 2001
Les années du silence, tome 6 : *L'oasis,* 2002
Les demoiselles du quartier, nouvelles, 2003
De l'autre côté du mur, récit-témoignage, 2001
Au-delà des mots, roman autobiographique, 1999
Boomerang, roman en collaboration avec Loui Sansfaçon, 1998
« *Queen Size* », 1997
L'infiltrateur, roman basé sur des faits vécus, 1996
La fille de Joseph, roman, 1994, 2006 (réédition du *Tournesol,* 1984)
Entre l'eau douce et la mer, 1994

Visitez le site web de l'auteur :
www.louisetremblaydessiambre.com

La sérénité

Parce que le cœur, singulier personnage,
a choisi d'ignorer que le corps vieillit…

Il n'y a pas d'âge pour être heureux.

À mes enfants et mes petits-enfants…

Tout ce qui tremble et palpite,
tout ce qui lutte et se bat...

Tout ce que j'ai failli perdre,
tout ce qui m'est redonné...

Pouvoir encore partager
ma jeunesse et mes idées
avec l'amour retrouvé...

Pouvoir encore te parler,
pouvoir encore t'embrasser,
te le dire et le chanter...

Que c'est beau, c'est beau la vie...

Jean Ferrat
C'est beau la vie.

Que serais-je sans toi qui vins à ma rencontre ?...

que cette heure arrêtée au cadran de la montre...

Pourtant je vous dis que le bonheur existe
ailleurs que dans le rêve...

Jean Ferrat
Que serais-je sans toi ?

NOTE DE L'AUTEUR

Je suis devant mon ordinateur et j'ai le cœur tremblant. Ce matin, je vais retrouver des amis perdus de vue depuis quelque temps. Je suis à la fois anxieuse et impatiente. Dois-je me faire belle pour ne pas les décevoir? Il y a si longtemps! Cécile et Jérôme... Malgré moi, je sens mes lèvres s'étirer en un grand sourire. Ça me fait plaisir de savoir qu'ils vont à nouveau partager un bout de chemin avec moi.

Quand je les ai connus, ils avaient vingt ans. L'âge pour être heureux. Pourtant Cécile et Jérôme n'ont pas vraiment goûté au bonheur. Alors qu'ils ne s'y attendaient pas, la vie les a séparés. Chacun de son côté a tenté de se réaliser. À leur façon, petit à petit, ils ont tout de même réussi à être heureux. Malgré cela, ils n'oubliaient pas. Le regard de l'autre restait posé sur leur vie. Comme une attente. Comme une grande soif non désaltérée. De loin, sans oser intervenir, je les ai suivis au fil des années. J'ai partagé leurs espoirs et leurs déceptions. Quand je les ai quittés, ils venaient de se retrouver, incrédules, un peu méfiants. Ils étaient dans un cimetière de France et la vie leur proposait un retour inattendu. Leurs corps accusaient la soixantaine. Leur chevelure avait blanchi et leur visage ridé. Mais le cœur, lui, venait de bondir en arrière. Ils avaient à nouveau vingt ans...

Aujourd'hui, ils sont revenus à la maison. Sous ce ciel

de Beauce qui a parfois des teintes de Normandie, je les vois marcher devant moi, main dans la main, à l'orée d'un grand champ d'épis déjà hauts, mais encore verts. Le ciel est brumeux. Il fait chaud. De cette chaleur particulière, un peu collante, que l'on connaît quand le mois d'août choisit de ressembler à juillet. Ils se parlent à voix basse. J'entends un rire. Leur démarche se fait plus lente, pendant que Cécile glisse son bras sous celui de Jérôme en lui murmurant quelque chose à l'oreille. Un autre rire fuse au-dessus du champ de maïs. J'ai l'impression d'être indiscrète. Je suis un peu mal à l'aise. Mais voilà qu'ils se retournent vers moi et me tendent la main. J'hésite encore. Je ne sais pas si j'ai le droit de les déranger. Ils ont tellement mérité cette intimité. Puis Cécile me sourit. De ce sourire un peu triste qui est le sien. Et voilà Jérôme qui se dégage de l'emprise de Cécile et me fait un large signe avec le bras, se soutenant de l'autre avec sa canne. Je les regarde, et subitement, mes réticences fondent comme neige au soleil. Je crois qu'ils m'attendaient. Alors je remonte dans le temps pour être avec eux en cet été 1984. Je m'élance vers ces deux personnages qui ont décidé de venir me chercher. J'ai le cœur tout léger.

Je viens de comprendre que je me suis terriblement ennuyée d'eux…

Partie I

Le retour

1

Lourdement, d'un pas hésitant et appuyé sur sa canne, Jérôme se dirige vers le fond du champ, là où se dresse, à l'orée du bois, la vieille cabane à sucre, désertée depuis le décès de son père, il y a cinq ans. L'homme se sent malhabile sur cette route de terre accidentée et sa démarche se fait prudente. Au monastère, à Caen en France, il n'y avait que des allées fleuries, bien entretenues, et cela faisait un bon moment déjà qu'il avait remisé sa canne. Mais ici, c'est bien différent.

Tout doucement, une journée à la fois, Jérôme apprend à reconnaître son monde. Comme si l'une après l'autre, les pièces de son puzzle personnel, longtemps étalées pêle-mêle sur une table, trouvaient leur place et consentaient finalement à s'emboîter les unes aux autres.

Depuis qu'il est revenu sur la terre ancestrale, Jérôme Cliche a la très nette sensation de pouvoir enfin respirer à fond.

Et cela lui fait un bien immense. Même sa jambe blessée à la guerre lui semble moins raide. Il n'y a que l'absence de Don Paulo qui se fait cruellement sentir.

À mi-chemin entre la maison et la cabane à sucre, Jérôme s'arrête. Le ciel est lourd d'un probable orage à venir et il n'y a pas le moindre souffle d'air. Un oiseau l'interpelle puis le silence revient. Jérôme prend une profonde inspiration et porte le regard jusqu'à la rivière que l'on devine plus bas, vers le village. Rien ne bouge. Une torpeur à la fois douce et lourde recouvre la campagne et Jérôme n'a qu'une seule envie. Celle de se laisser emporter par elle. Après quarante ans de vie monastique, le calme et la tranquillité sont pour lui des amis, des complices. Il sait que jusqu'à son dernier souffle, il aura ce fréquent besoin de solitude. Cela fait désormais partie de lui et il n'a pas l'intention de le renier. À nouveau, il prend une longue inspiration, les yeux sur l'horizon, là où le ciel courtise la cime des arbres sur la colline, de l'autre côté de la rivière.

Lentement ses traits tourmentés se détendent. Il dessine un demi-sourire. Il est bien.

Reprenant sa marche, il essaie d'accélérer l'allure. Il redresse les épaules et tente de mettre le moins de poids possible sur sa canne en gardant prudemment les yeux au sol. Il se reposera sur le vieux fauteuil bancal dans un coin de la cabane. Jérôme, secrètement, a décidé de se remettre en forme. L'été prochain, il reprendra la direction de la ferme. Cela ne plaira peut-être pas à Paul-André, son cousin, mais Jérôme saura lui faire accepter la situation. D'avoir été dépossédé de tout bien pendant presque une vie donne encore plus de prix et d'importance à cette terre qui aurait dû être sienne depuis longtemps.

Chaque jour, il s'y promène en conquérant.

Et il profite de ses longues promenades comme d'une thérapie pour redonner un peu de force et de souplesse à ses muscles endormis. Le léger travail qu'on lui confiait au verger du monastère n'a pas suffi pour garder la vigueur de sa jeunesse. Pourtant à soixante-deux ans, il sent qu'au fond de lui persiste une résistance, une énergie latente qui attendent d'être sollicitées et employées. Ses cheveux ont blanchi, il est vrai, et ses épaules se sont légèrement voûtées. Mais il est toujours le même.

Depuis un mois qu'il est ici, Jérôme Cliche reprend, petit à petit, la place qui lui était destinée.

La petite cabane de bois chaulé, toute propre, dont il gardait souvenir ressemble aujourd'hui à un grossier assemblage de planches grisâtres. Un coin du toit s'est affaissé et la porte est sortie de ses gonds. D'un coup d'épaule, Jérôme l'envoie au sol et il entre dans un réduit sombre et humide. Les fenêtres noircies par de la vieille cendre et barbouillées par les violentes pluies d'automne filtrent encore un peu plus la lumière déjà blafarde de cette journée grise. Malgré tout, Jérôme sourit. Dans le coin arrière, près de la bouilloire à sirop, le vieux fauteuil en cuir tabac est fidèle au poste. Et de le voir là amène une curieuse sensation de détente dans le cœur de Jérôme. Cette mémoire qui l'avait si longtemps abandonné, est revenue, plusieurs années plus tard, avec une rigueur qui l'émerveille chaque fois. Appuyant sa canne contre le mur, il s'approche du vieux poêle de fonte, y passe tout doucement une main nostalgique. Puis au moment où il relève les yeux, il fait la grimace. Jadis si confortable lors des longues nuits à surveiller l'évaporation de la sève, le fauteuil a été rongé par les mulots. Jérôme pousse un soupir. Pas question de s'y asseoir, le coton du capitonnage pend en longs filaments sales et laisse deviner quelques ressorts tordus. Il revient sur ses pas, reprend sa canne et passe à l'extérieur.

À gestes maladroits, le dos contre le tronc d'un érable, il arrive à se laisser tomber sur l'herbe. Puis il relève les yeux. Le décor est d'une tristesse navrante. Mais voilà, étrange cadeau du ciel, qu'un rayon de soleil inattendu se glisse entre deux nuages et vient se poser sur la cheminée de métal rouillé, posée de guingois sur le toit de tôle. Quelques poussières de pollen dansent dans la spirale lumineuse redonnant curieusement un peu de panache à la cabane décrépite. Alors Jérôme se surprend à sourire tout en baissant les paupières. Il revoit le bâtiment au temps de sa jeunesse : blanc et rouge comme la maison principale. L'odeur de l'eau qui s'évapore lui monte aux narines et il entend le tintement joyeux des grelots posés sur le licou de la jument qui fait la tournée des érables. Il entend même les sifflements de son père qui encourage la vieille bête à avancer dans la neige lourde du printemps. Pour Jérôme et son père Gabriel, le temps des sucres était comme des vacances au milieu du labeur de la ferme. Comme une récompense. Jérôme comprend que l'an prochain, quand le printemps reviendra, cette envie de s'enfoncer dans le silence des bois sera toujours là. L'appel des sucres sera plus fort que tout. Comme l'odeur des pommiers en fleurs à Caen faisait invariablement naître une attente en lui, année après année, même au plus dense de son amnésie. À cette époque, il se contentait de s'en amuser, sans comprendre. Aujourd'hui, il est devenu exigeant face à la vie, face à lui-même et il ne pourra se contenter du souvenir. Mais pour s'offrir ce beau plaisir, il lui faut rafraîchir la vieille cabane pendant l'été.

Pendant quelques instants encore, respirant l'air sucré de l'été, il laisse les souvenirs prendre possession de tout son être. Il se revoit gamin, puis adolescent et finalement jeune homme. Cette terre était la sienne et il y était profondément attaché. À vingt ans, l'avenir était déjà tout tracé comme les sillons bien droits attendant les semailles. Et à ses côtés se tenait une femme. La belle et douce Cécile, l'amie d'enfance, la presque sœur, qui avait accepté de partager ses espérances. Ils en parlaient souvent, le soir, quand ils se promenaient le long du rang du Bois de Chêne qui menait de sa ferme à celle d'Eugène Veilleux, le père de Cécile. Ils s'aimaient tellement! Et Cécile se retrouva enceinte.

Mais les jeunes amoureux ne s'inquiétaient pas. On n'avait qu'à avancer la noce d'un an. Quand on s'aime, rien n'est impossible! C'était sans compter l'autorité tranchante d'Eugène. Malgré l'urgence de la situation et l'ombre de la guerre, il n'était pas question que Cécile se marie obligée! Sa décision était irrévocable: on ne salirait pas le nom des Veilleux. C'est là que la vie leur avait échappé. Cécile était partie vivre à la ville, chez sa tante Gisèle, la sœur d'Eugène, et avait donné naissance à une petite fille qu'ils avaient appelée Juliette dans le secret de leurs cœurs. Puis Cécile était revenue. Malgré ce revers de la vie, cette cruelle séparation, les deux jeunes n'espéraient qu'une chose: se marier le plus rapidement possible et tenter de retrouver leur bébé. Et comme les parents semblaient d'accord, pour ce qui était du mariage... À nouveau, l'avenir semblait radieux.

Malheureusement, c'est à cette même époque que Jeanne, la mère de Cécile, était morte en couches, confiant à sa fille aînée ce petit bébé fragile qu'elle venait de mettre au monde. Déchirée entre deux amours, Cécile avait choisi de donner une chance à son petit frère Gabriel et demandé à Jérôme de reporter la noce encore une fois. N'y comprenant rien, refusant même de comprendre, le jeune homme n'avait eu d'autre choix que de se présenter à Valcartier, pour faire son service militaire. Un an plus tard, il se portait volontaire pour aller se battre en Europe. Il avait enfin accepté les raisons de la douce Cécile. Parce que Cécile avait choisi la vie. À son tour, à sa manière, Jérôme allait lui donner une chance d'être meilleure. Pour lui, pour Cécile, pour des tas d'enfants qui devaient ressembler à

Juliette. En juin 1944, sur la plage de Bernières, appelée Juno lors du Débarquement de Normandie, Jérôme avait été touché à la tête et à une jambe. On l'avait laissé pour mort. Les Résistants l'avaient trouvé le lendemain, agonisant, sans papiers et l'avaient confié aux moines du monastère. On avait bien tenté de retracer ses origines mais sans succès. Quand Jérôme était enfin sorti du coma, l'automne suivant, il n'avait plus aucun souvenir. Les moines l'avaient donc baptisé Philippe. Ils lui avaient tout appris, comme à un enfant.

Ce n'est que douze ans plus tard, par un curieux hasard, que la mémoire lui était revenue. Aussi claire et précise que le brouillard de son amnésie avait été dense. Philippe avait été un homme insécure, maladroit, à la réflexion lente et imprécise. En revenant à lui, Jérôme avait repris toute la place. Il avait pourtant décidé de rester au monastère. Sa vie au verger et à la cidrerie se rapprochant de ce qu'il avait toujours voulu, l'avenir lui semblait tout tracé. Le destin avait décidé pour lui. Sans l'avouer, il avait peur de revenir chez lui et trouver Cécile mariée à un autre. Et heureuse. Cette absence faisait en sorte que Jérôme avait l'impression d'avoir encore et toujours vingt ans. Les années passées n'existaient plus. Alors il a eu peur de souffrir. Peur de faire souffrir celle qu'il voyait toujours avec le regard de l'homme amoureux. En accord avec Don Paulo, le directeur du monastère et son ami, il était resté Philippe. Personne au monastère, hormis Don Paulo, ne savait que Jérôme avait retrouvé la mémoire et son passé. Et la vie avait déroulé une trame calme et sereine avec, inscrite au fond du cœur, l'image d'une jeune femme blonde au regard de nuit.

Quarante ans plus tard, il avait à nouveau croisé ce regard. Au cimetière militaire, au matin du quarantième anniversaire du Débarquement en Normandie. Cécile, veuve et n'ayant jamais oublié l'amour de sa jeunesse, était venue se recueillir sur la tombe du soldat inconnu et lui, il était là pour prier sur celle de Pierre Gadbois, un ami d'enfance qu'il avait retrouvé en Angleterre et qui était mort dans ses bras. À cet instant précis, Philippe s'était éclipsé à tout jamais. Jérôme est conscient que cette partie de sa vie restera toujours tapie dans quelque recoin de son être, modulant inexorablement la nature de ce qu'il est foncièrement. Mais à partir du moment où Cécile et lui s'étaient reconnus, Jérôme s'était imposé et avait repris sa place.

Cécile était repartie quelques jours plus tard et il était revenu au pays depuis un mois, après toutes sortes de tracasseries administratives. Il avait retrouvé Mélina, sa mère, âgée de quatre-vingts ans mais toujours aussi alerte et une sœur, Judith, née un an après sa disparition. Judith était mariée, avait quatre enfants et vivait avec sa famille à Sainte-Foy, en banlieue de Québec. Lui, tout naturellement, était revenu dans la Beauce, chez sa mère, chez lui. Cécile vit toujours dans son appartement, à Sillery et est encore médecin consultant à l'Hôtel-Dieu, mais elle vient passer toutes les fins de semaine auprès de lui. Tout doucement, ils apprennent à se connaître et à se reconnaître. Sans rien brusquer. Il y a aujourd'hui toute une vie entre eux. Sans avoir parlé de ses sentiments, une curieuse pudeur le retenant chaque fois, Jérôme a choisi de laisser le temps faire son œuvre. La sagesse venant avec les années, il sait qu'il ne sert à rien de précipiter les choses.

Pourtant, Jérôme souhaite que Cécile accepte à nouveau de partager les années qu'il leur reste...

Pendant un moment encore, il reste immobile, l'esprit tourné vers le passé. Puis il fait un grand sourire. Pourquoi parler au passé ? La vie n'est pas finie. Même si toutes ces années lui laisseront toujours un petit goût amer dans la bouche, elles ont probablement préparé ce qui vient et soudain il a l'impression que sa vie, la vraie, celle qu'il attendait, vient à peine de prendre son envol. N'a-t-il pas à nouveau vingt ans ? Et des projets pour occuper une longue existence ?

Alors, Jérôme se redresse. Il faudrait peut-être voir à la cabane à sucre. Et pas dans deux mois !

Jérôme se relève le plus vite possible et attrapant sa canne d'un geste décidé, il va faire le tour de la cabane. Les dégâts ne sont pas si importants. L'entreprise est réalisable par un homme seul. Même avec sa jambe raide. De toute façon, Jérôme a tout son temps. On n'est qu'en août et Paul-André a les opérations de la ferme bien en main. D'autant plus, qu'avec la nouvelle machinerie, Jérôme serait bien en peine de l'aider. Il a du temps à rattraper. C'est sa résolution pour occuper l'hiver : apprendre à connaître les nouveaux instruments aratoires afin de planifier correctement la saison à venir. Avec le concours de Paul-André. En association peut-être.

— Et pourquoi pas ? murmure-t-il, un peu surpris par cette idée qui vient de lui traverser l'esprit et qui a un petit quelque chose de rassurant.

Oui, ce serait là une bonne idée : s'associer à Paul-André pour exploiter la ferme...

Puis il reprend le chemin de desserte qui mène à la grande maison blanche et rouge. Mais cette fois-ci, son allure a retrouvé un je ne sais quoi de plus sûr. Comme une confiance nouvelle qui guiderait ses pas. L'appui sur la canne se fait plus léger...

Arrivé tout près du potager, en apercevant Mélina sur

la galerie, il lève le bras qui tient sa canne pour la saluer, particulièrement ému. Sa mère n'a pas changé : tous les jours, sur le coup de midi, quand le repas est prêt, elle vient attendre son monde en se berçant sur la galerie. De mai à octobre. L'hiver, elle tricote au coin du feu... Et de la voir là, comme dans ses plus beaux souvenirs, il comprend que c'est le temps qui passe qui lui fait ce merveilleux cadeau.

— Hé, maman ! Que dirais-tu si je t'annonçais que j'ai envie de rafraîchir la cabane à sucre ?

Mélina lui rend son salut d'une main tavelée par l'âge, alors que dans son regard brille une émotion tremblante. Dans la voix de son fils, il y a la même intonation qu'au matin de ses vingt ans. L'accent est différent, déconcertant. Mais qu'importe. Mélina vient d'y reconnaître la voix fougueuse de sa jeunesse. Elle descend les marches de la galerie et vient au-devant de Jérôme en lui tendant les bras, le visage ridé de sourires.

Jérôme, son fils Jérôme, est revenu.

* * *

Assise dans une confortable bergère, Cécile ne se lasse pas d'admirer le fleuve qui déroule sa langueur juste devant la fenêtre de son salon. Ce Saint-Laurent majestueux qui a suivi le cours de sa vie, immuable et silencieux. De la Terrasse, près du Château Frontenac, tournée vers l'Europe, ou près de la falaise, sur les Plaines, il savait se faire complice de ses états d'âme, tour à tour immobile ou rageur. Depuis son retour de France, chaque jour sur le coup de seize heures, en rentrant de l'hôpital, Cécile s'installe ici, une limonade à la main et s'amuse de l'insouciance des voiliers qui sillonnent joyeusement les vagues bleutées.

Cette image de vacances convient à son âme libérée. À ses côtés, la brise qui entre par la fenêtre entrouverte fait onduler mollement le rideau de dentelle et porte toutes les senteurs de l'été jusqu'à l'intérieur de son appartement cossu de Sillery.

Cécile se sent bien, rassurée de voir que son instinct ne l'avait pas trompée : Jérôme était bien vivant !

Amusée, Cécile se surprend à sourire. Ce qu'elle aimerait par-dessus tout, c'est que la tante Gisèle soit encore de ce monde.

« Hein, ma tante, je te l'avais bien dit ! » songe-t-elle, à la fois moqueuse et attendrie par le souvenir de celle qu'elle avait aimée comme une mère.

Pendant quelques instants, l'ombre de Gisèle Breton se fait presque présence, tant cette femme était forte et entière. Cécile entend encore son rire sonore. Oui, sûrement que ma tante Gisèle aurait bien ri devant l'entêtement de sa nièce enfin récompensé. Pourtant Dieu sait si Gisèle avait essayé de l'en dissuader. Mais devant la tournure des événements, même s'ils lui donnaient tort, elle aurait été soulagée, sincèrement heureuse pour elle. La tante Gisèle aimait Cécile comme la fille qu'elle n'avait pas eue. Entre elles existait une complicité peu commune. Comme une même et unique façon de voir le monde. D'envisager la vie. Même si leur manière de l'exprimer était totalement différente. Peu leur importait. L'essentiel entre elles, celui du cœur, vibrait au même diapason. Même plus âgée, même depuis le décès de Gisèle, Cécile reste attentive aux conseils de sa tante. Chaque fois qu'elle a eu une décision d'importance à prendre, elle a toujours eu une pensée pour cette femme qui faisait preuve d'un solide bon sens en même temps que d'une sensibilité un peu rare, tissée de tendresse bourrue.

Puis ses pensées se tournent vers Gérard, son frère qui habite toujours Montréal. À cinquante-quatre ans, il veut prendre sa retraite et céder son entreprise de construction à Daniel, son fils de vingt-huit ans. À son retour de France Cécile lui avait téléphoné pour lui apprendre l'incroyable nouvelle. Il y avait eu un long silence. Puis, la voix de Gérard avait envahi l'espace. Avec tellement d'enthousiasme, de démesure que, pendant un instant, Cécile avait eu l'impression que tout le monde, entre Québec et Montréal, devait l'entendre.

— Jérôme? Ton Jérôme? Vivant? Mais comment... Pourquoi y'a jamais donné de... Pis ça me regarde pas... C'est incroyable... Marie, devine un peu... Jérôme Cliche, le Jérôme à Cécile est encore en vie... Pis toi, Cécile, toi, tu te sens comment dans tout ça? Ça doit te faire tout drôle, non? Hé, on rit pus... Jérôme... Comment y va? Blessé, malade? Pis qu'est-ce que vous comptez faire, astheure? Est-ce qu'il va revenir au pays? Non, je m'excuse... T'as pas à répondre à ça. Ça me regarde pas... Mais j'en reviens pas.

Tout étourdie, Cécile l'avait laissé parler. La bonne humeur de son frère était contagieuse et lui faisait chaud au cœur. Puis après une pause, Gérard avait repris, d'une voix plus calme. De cette voix de petit garçon qu'il avait encore et toujours quand venait le temps des confidences. Ce lien privilégié qui savait se tendre malgré la distance.

— Chus heureux pour toi, Cécile. Ouais, ben ben content. T'as mérité c'qui t'arrive. Je... On en reparlera quand tu viendras nous voir. J't'aime, Cécile. Ça c'est sûr, j't'aime ben ben gros.

Ils avaient raccroché sur la promesse de se revoir bientôt. Et c'est justement à cela que sa réflexion l'a menée.

— Il faudrait bien que j'aille à Montréal, murmure Cécile en déposant son verre sur la petite table à côté d'elle. De toute façon, j'ai envie de voir Gérard. Et Marie aussi. Et Daniel. Qu'est-ce que tu en penses ?, ajoute-t-elle en se tournant vers une cage dorée, dans un coin du salon, où un vieux serin achève une vie paisible.

Indifférent, l'oiseau se contente de sautiller d'un perchoir à l'autre. Puis il penche comiquement la tête et envisage gravement Cécile quand elle se relève et vient vers lui, avant de glisser le bout d'un doigt à travers les barreaux. Craintif, l'oiseau recule contre le coin opposé de la cage en faisant gonfler ses plumes.

— Tu as bien raison, Gudule, tu ne décideras pas à ma place...

Pensive, Cécile retourne chercher son verre, va jusqu'à la cuisine, le rince. Finalement, elle appuie le bas de son dos contre le comptoir en marbre noir.

— Pourquoi attendre ? murmure-t-elle encore une fois à voix haute.

Depuis le décès de Charles, son mari, c'est devenu une habitude de se parler à voix haute. Comme si elle avait un besoin viscéral de meubler le silence qui l'entoure. Ou encore de se donner l'illusion qu'on l'aide à prendre ses décisions. Elle se dirige vers l'entrée.

— Si je peux m'absenter de l'hôpital, je pars demain matin.

Un appel au docteur Germain, un autre à sa voisine d'à côté pour voir si elle peut s'occuper de Gudule et tout est réglé.

— Et voilà, lance-t-elle joyeusement en revenant vers le salon. Tu vas avoir droit à trois jours de vacances, Gudule. Je vais à Montréal.

Il lui tarde de revoir les siens. En elle monte le désir de faire le point, entourée de gens qui l'aiment. Malgré les années, Cécile n'a pas vraiment changé. Elle aura toujours besoin de se sentir appuyée au moment de prendre des décisions. Et sans savoir vraiment ce qu'elle a à décider, la présence de son frère lui est devenue essentielle. Cécile est une femme de partage et heureuse ou malheureuse, il n'y a que Gérard qui puisse vraiment prendre part à ses émotions. Depuis toujours.

Quand elle prend la route, le lendemain matin très tôt, il fait un temps splendide. Gérard, habitant Val-David pendant l'été, Cécile opte pour l'autoroute 40. Neuville, Trois-Rivières, Berthier, Repentigny… Tout au long de la route, elle croise, suit et dépasse roulottes et voitures alourdies de bagages. C'est l'été, le temps des vacances, et le soleil encore chaud se charge de le rappeler à tous et chacun. L'esprit folâtre, Cécile glisse une cassette de musique rétro dans le lecteur au moment où elle emprunte la bretelle qui mène vers le nord. Puis d'une voix enjouée, toujours aussi juste et cristalline, elle se décide à accompagner Elvis dans une de ses ballades. Curieusement, cette femme calme et réservée a toujours aimé cette musique un peu folle. Elle dit que cela la stimule…

Gérard l'attendait sur la terrasse de son chalet. Dès qu'il aperçoit l'auto noire de sa sœur, il se précipite vers l'escalier et en déboule les marches bruyamment. Cécile ne peut s'empêcher de sourire devant l'enthousiasme évident de celui qu'elle s'entête à appeler son jeune frère. Pourtant, Gérard s'est épaissi et a perdu une bonne partie de sa chevelure. Le peu qu'il lui reste est devenu blanc comme neige. Malgré cela, c'est toujours le gamin de quatorze ans que Cécile voit quand elle le retrouve. Le gamin maigrichon, tout en bras et en jambes, qui avait deviné la véritable raison de son voyage à Québec et qui l'avait assurée de son soutien et de son aide pour garder le secret quand Cécile allaitait son petit frère. Jamais, Gérard n'avait laissé tomber Cécile. Il était son frère, son ami, son confident. Et Marie, l'épouse de Gérard, tout comme Charles, le mari de Cécile, avaient vite compris que l'affection qui les unissait était plus importante que tout. Ils l'avaient facilement accepté. Entre les deux couples, malgré une certaine différence d'âge, les liens de parenté avaient vite cédé le pas à des liens d'amitié forts et sincères. Ils se voyaient aussi souvent que leurs horaires respectifs le permettaient et avaient fait de merveilleux voyages ensemble. Après la mort de Charles, Cécile avait été moins assidue. Comme si elle était un peu intimidée d'être maintenant seule face à eux ou encore nostalgique devant le bonheur évident de Gérard et Marie. Après plus de trente ans, leur mariage en est encore un d'amour et ils ne se gênent nullement pour l'afficher.

Cécile est heureuse, tellement heureuse d'être ici. Elle se blottit contre la poitrine de son frère, ravie de sentir la chaleur de son bras autour de ses épaules. Soulagée de se sentir en sécurité.

Ils se sont installés au bout du quai, à l'ombre d'un grand chêne qui étend ses branches et son feuillage dense jusqu'au-dessus du lac. Passé midi, quand le soleil tourne au coin du chalet, c'est le refuge de ceux qui ont trop chaud. Discrète, dès le repas terminé, Marie a prétexté mille et une choses à faire pour ne pas les suivre à l'extérieur. Cécile l'a remerciée d'un sourire reconnaissant.

Et maintenant, un grand verre de thé glacé à la main, elle laisse le silence les envelopper. Cécile a toujours eu besoin d'un moment d'intériorité avant de se mettre à parler. Surtout quand elle veut se confier. Comme si elle avait besoin de sentir que l'espace autour d'elle saura se faire complice de ses confidences. Gérard respecte cette pause. Le dos appuyé contre le pilier de bois qui soutient le quai, son regard suit la course entre deux petits dériveurs aux voiles gonflées, vivement colorées. Un vent tiède et capricieux ride la surface de l'eau qui renvoie l'éclat du soleil en milliers de paillettes brillantes. Cécile pousse un profond soupir.

— Dieu que c'est beau, chez toi. Un vrai coin de paradis.

Gérard bombe le torse. Il n'est pas peu fier de son coin de campagne, comme il l'appelle. C'est sa façon à lui d'afficher sa réussite. Même si parfois Cécile se moque en disant que sa demeure n'a de chalet que le nom et qu'elle le traite de vaniteux. Elle n'a pas tort. En fait, c'est une grande maison de briques blanches, à deux étages, digne des revues de décoration.

— Ouais, c'est vrai, admet-il enfin, se détournant à demi, on a bien réussi notre coup, Marie et moi… C'est assez beau ici…

Cécile ne peut s'empêcher de rire.

— Tu n'as pas honte de parler comme ça ? « C'est assez beau… » Espèce d'hypocrite, va ! Comme si tu ne le savais pas que c'est absolument superbe et que tu fais l'envie de bien des gens.

Puis, sur un tout autre ton.

— Ce serait bien que Jérôme puisse venir un jour.

Brusquement un drôle de silence vient briser leur nonchalance. À peine quelques mots qui ne signifient rien et Cécile retrouve ce malaise qui voile indéniablement sa joie d'avoir retrouvé Jérôme. Pendant un instant, elle reste immobile, les sourcils froncés. Puis elle soupire. Alors Gérard déplie la jambe qu'il tenait relevée entre ses bras et s'installe directement face au lac, légèrement penché vers l'avant, les coudes appuyés sur ses cuisses. Il ne dit rien. Pourtant l'attitude qu'il vient de prendre est comme un signal. À son tour, lentement, selon son habitude, Cécile se détourne et vient contempler le lac. Au loin, quelques notes de musique s'élèvent dans l'air chaud et se glissent entre les voiliers. À nouveau, Cécile pousse un profond soupir. Et à cet instant bien précis, Gérard ne saurait dire si c'est de tristesse, de bien-être ou d'inquiétude que sa sœur soupire ainsi.

— Oui, reprend doucement Cécile, ce serait bien que Jérôme soit ici, avec nous. Et en même temps, je ne sais pas si j'en ai vraiment envie. C'est un peu fou, non ? ajoute-t-elle en rougissant comme une petite fille.

— Pourquoi un peu fou ?

— Je ne sais pas. Pas vraiment… J'ai l'impression d'être une gamine qui ne sait pas ce qu'elle veut… J'ai toujours pensé que Jérôme, c'était toute ma vie. Je l'avais choisi pour être mon mari et le père de mes enfants. Et finalement, c'est effectivement lui le père de l'unique bébé que j'ai mis au monde. Il n'y a pas eu une seule journée où je n'ai pas pensé à lui. Pas une, Gérard. Son fantôme a même failli détruire le couple que je formais avec Charles. Et Dieu sait si Charles était un homme exceptionnel. Je n'ai pas besoin de te le dire, n'est-ce pas ? Oui, j'ai aimé Charles sincèrement, du plus profond de mon cœur. Et je lui serai toujours reconnaissante pour l'amour qu'il m'a donné, pour la belle vie qui a été la nôtre.

À nouveau, Cécile se tait. Gérard, toujours immobile, fixant intensément les profondeurs glauques de l'eau reprend d'une voix sourde.

— Et alors ? Pourquoi tu dis que tu agis comme une

gamine ? J'comprends pas...

— Tu ne vois pas ? Tu ne comprends pas ? Mon Dieu que c'est difficile à dire. Je... J'ai pensé à Jérôme tout au long de ma vie. Souvent je me suis dit que si jamais il revenait et que j'avais à choisir entre lui et Charles, c'est vers lui que j'irais. Sans la moindre hésitation. J'en étais convaincue. Il n'y avait pas le moindre doute dans mon esprit. Ni dans mon cœur d'ailleurs. Malgré l'amour que je ressentais pour Charles. Ce... c'était comme deux sentiments différents, qui se vivaient à des niveaux partagés, à des intensités différentes. Mais une chose est certaine, c'est que chaque fois que j'y pensais, Jérôme était celui vers qui mon cœur se tournait. Spontanément, avec confiance. Et voilà qu'il est là. Contre toute attente, Jérôme était vivant et je l'ai retrouvé. Je devrais sauter de joie, non ?

Sans attendre de réponse, elle enchaîne.

— Eh bien non ! Je ne saute pas de joie. Je... je me sens déchirée, comme trahie par la vie.

Sa voix vibre de colère, d'incompréhension, de douleur.

— Pourquoi ? Pourquoi notre destin est-il si compliqué parfois ? Je ne comprends pas. Je ne me comprends plus. Depuis ce fameux matin au cimetière, je suis complètement désorientée. J'ai l'impression d'être une girouette. Je suis rassurée de voir que mon instinct ne m'avait pas trompée, de sentir mon cœur battre un peu plus vite quand je me répète que Jérôme est bien vivant, pas très loin. Mais en même temps, je ne sais pas si je dois m'en réjouir. Alors que je suis une femme libre, j'ai l'impression d'être infidèle envers Charles quand j'ose penser à l'avenir avec Jérôme. C'est complètement idiot.

Cécile a fini sa phrase dans un souffle où l'on sent presque la présence des larmes. D'un geste doux, surprenant pour cette main rugueuse de travailleur manuel, Gérard vient prendre celle de sa sœur qui repose sur le bois du quai. Pendant un instant, il la regarde, subitement ému devant la fragilité de ses longs doigts fins. Puis il la serre de toutes ses forces.

— Non, Cécile. Non, c'est pas idiot, comme tu dis. C'est juste normal. T'as-tu une petite idée de tout ce qui doit se passer là-dedans ? dit-il en pointant l'index sur la tête de sa sœur. Laisse faire le temps. Bouscule rien. Ça donnerait rien de bon.

L'éclat fugitif d'un demi-sourire traverse le regard de Cécile.

— Voyez-vous qui ose me dire cela ? Le gars qui vit sa vie à cent milles à l'heure. Celui pour qui demain est déjà trop loin...

— Pis après ? J'suis comme j'suis et toi, tu es toi. Un point c'est tout.

— Peut-être bien que tu as raison...

À nouveau le silence. Machinalement, Gérard prend note que même si on est mercredi, son voisin a lui aussi pris congé. Il l'entend rire avec ses enfants pendant que le moteur de son yacht se met à gronder. Puis le bruit s'éloigne. Tout doucement, le clapotis de l'eau contre le quai et le bruissement des feuilles du chêne reprennent leur place complice. Comme si elle n'attendait que ce signe, Cécile se remet à parler. D'une voix sourde, saccadée, tellement différente de la modulation douce que Gérard lui connaît.

— Et ce n'est pas tout. Si j'ai retrouvé le sourire un peu moqueur et la droiture des yeux noisette de Jérôme, j'ai l'impression qu'ils appartiennent maintenant à un étranger. Comme si quelqu'un les lui avait volés et essayait de me faire croire qu'ils sont bien à lui. Cet accent qu'il a, ces brusques et fréquents retraits silencieux comme à l'intérieur d'un monde que je ne connais pas, qui ne sera jamais mien. Ça... ça me fait peur Gérard. Je... j'ai peur de ne pas arriver à aimer l'homme qui dit être Jérôme. C'est lui et en même temps, ça ne l'est pas...

Puis au bout d'un tout petit silence, elle ajoute dans un souffle :

— Et Dominique lui ressemble tellement... Même avec elle, depuis notre retour, j'ai de la difficulté. C'est... c'est comme si elle aussi avait changé... Je me sens moins proche d'elle. Je... je ne suis plus à l'aise avec elle.

Incapable de mettre des mots sur sa réflexion, Gérard comprend très bien sa sœur. Fronçant les sourcils, lui qui n'a jamais fait de longs discours, il essaie de trouver comment expliquer ce qu'il ressent. En ce moment, il se rappelle leur père. Toujours le premier à trouver l'ordre indiscutable ou la répartie cinglante, Eugène Veilleux avait toujours exprimé difficilement ses émotions. Même les plus évidentes, même les plus simples. Sans jamais l'avoir avoué à qui que ce soit, Gérard sait depuis fort longtemps qu'il ressemble à son père. Sauf qu'il tente, du moins avec ceux qu'il aime, de surmonter cette pudeur qui lui dicterait de se taire. Péniblement, mais il y arrive. À cause du désarroi qu'il perçoit dans la voix de sa sœur, à cause aussi de ses souvenirs d'enfance, où il se revoit disant à son père d'être plus présent, il s'efforce de trouver les bons mots.

— Mais c'est normal, Cécile. Ça devrait surtout pas te faire peur. Batince... Comment je pourrais t'expliquer... Attends. J'ai envie de te raconter une histoire. C'est comme si un sculpteur avait fait une très belle statue dans son jardin. C'était la première qu'il faisait. Il y avait mis tout son cœur. C'était une statue en bois d'érable qu'il avait vernie pour la protéger. Puis le sculpteur a déménagé dans une autre ville. De temps en temps, il pensait à sa statue, il la revoyait telle qu'elle était à son départ et il était heureux du beau travail qu'il avait fait. Mais comme il était sculpteur, il a continué à faire des tas de statues. Il a travaillé partout dans le monde, il a fait des centaines de statues. Puis un bon jour, il était de passage dans sa ville natale. Sans hésiter, il est allé voir son ancienne maison. Dans la cour, la statue était encore là. Noircie par le temps parce que le vernis avait fini par s'écailler, rongée par la pluie avec des gauchissements et des rondeurs qu'il n'avait jamais voulus. Il a été déçu. Mais pas longtemps. Parce qu'il savait que même si l'allure de la statue n'avait rien à voir avec la sculpture qu'il avait fait, le bois, lui, restait le même. Alors il a pris ses outils. Il a sablé le bois, l'a retravaillé et l'a verni à nouveau. La statue de ses souvenirs venait de renaître. Un peu plus petite, un peu moins droite mais aussi belle...

Le menuisier en lui a trouvé l'image et l'homme en est tout surpris. Intimidé aussi. Gérard laisse la main de sa sœur et se met à gratter le bois du quai, concentré sur son ongle qui lève des échardes de bois. Qu'est-ce qui lui a pris de raconter une histoire pareille ?

« Ça n'a ni queue ni tête c'que tu viens de baragouiner là, pense-t-il penaud devant le silence persistant de Cécile. T'as juste l'air d'un maudit fou, Gérard Veilleux. Pauv'Cécile. C'est pas de ça qu'elle avait besoin. »

Un reniflement lui fait lever les yeux. Cécile le regarde, le regard noyé de larmes qui coulent sans retenue le long de ses joues. Mais en même temps, un beau sourire éclaire son visage.

— Merci Gérard. C'est beau ce que tu m'as dit là. C'est... c'est exactement ce que j'avais besoin d'entendre.

Je… je vais reprendre ma boîte à outils, comme tu dis. Parce que je sais que le bois dur dont était fait Jérôme n'a sûrement pas changé. On ne change pas ce qui est beau et bon. Je t'aime, petit frère. Ben ben gros, ça c'est sûr, ajoute-t-elle, un brin malicieuse, utilisant volontairement une expression chère à Gérard. Je savais bien que tu serais là.

Puis d'une voix grave.

— Tu as toujours été là quand j'avais besoin de toi. Merci, Gérard. Merci d'être le frère que tu es.

2

Contrariée, Dominique raccroche vivement le combiné du téléphone. Ça fait maintenant deux jours qu'elle tente de rejoindre Cécile sans y parvenir. Et depuis leur retour de France, c'est à peine si elle a vu Cécile trois fois, alors que ces dernières années, elles se visitaient régulièrement. Vaguement inquiète, elle vient dans la cuisine et jette un œil machinal sur l'horloge. Dix-sept heures !

— Déjà ! Et le souper qui n'est pas prêt, murmure-t-elle de plus en plus agacée.

Puis sans raison, elle éclate en sanglots. Et s'en veut aussitôt. Mais qu'est-ce qui lui prend depuis un mois ? Pourquoi cette inquiétude qui la ronge peu à peu ? D'un geste brusque, elle arrache un essuie-tout au rouleau accroché sur le mur et se mouche bruyamment.

— Ça suffit, Dominique Lamontagne, grommelle-t-elle entre ses dents, tout en attrapant le sac de pommes de terre dans le garde-manger pour le déposer brusquement sur le comptoir.

Ses gestes sont nerveux, presque violents. Sa colère grandit. D'où lui vient cette rancœur qui l'accompagne depuis quelque temps ? Comme si, sans raison, elle s'était mise à en vouloir à Cécile. Pendant un instant, elle reste pensive, le couteau pointé vers le plafond. Oui, c'est ça : elle en veut à Cécile. Mais pourquoi, elle n'en sait rien. Et c'est peut-être ça qui la rend si agressive. La main impatiente, elle prend une autre pomme de terre pour la peler à mouvements brefs et saccadés, tranchant une épaisse couche du légume sous la pelure. Dominique est une femme limpide, directe et elle déteste les ambiguïtés. Surtout quand elle ne voit pas d'où elles peuvent venir ni pourquoi elles existent. Les sourcils froncés sur sa réflexion, elle rince finalement les pommes de terre avant de les mettre à cuire.

Dès le repas terminé, bruyant comme d'habitude à cause de François et Frédérik, ses deux fils de douze et quatorze ans qui n'arrêtent pas d'agacer Geneviève, leur jeune sœur de six ans, Dominique s'enfuit de la maison. André, son mari, la regarde partir, un peu soucieux. Depuis ce fameux voyage en France où elle a eu la surprise de sa vie en retrouvant son père, Dominique n'est plus tout à fait la même. Il est vrai que le choc a dû être brutal : elle ressemble tellement à Jérôme ! Mais au lieu d'y voir un lien de plus, elle était revenue tourmentée. Comme si une partie de la spontanéité, qui faisait d'elle une femme ouverte et attachante, était restée prise dans quelque filet abandonné sur la plage de Normandie. Il sursaute quand Dominique claque la porte. Oui, vraiment, il y a quelque chose qui cloche. Habituellement, Dominique est une femme de douceur, de retenue. Quand il avait rencontré Cécile, quand il avait appris à mieux la connaître, André n'avait pu s'empêcher de penser qu'il comprenait maintenant qui était vraiment sa femme. Dominique et Cécile ont un même respect face à la vie et une façon bien particulière à elles de le montrer.

Mais de promenade, Dominique n'a aucune envie. Pas plus qu'elle n'a mal à la tête. Aussitôt franchi le seuil de sa porte, ses pas la mènent directement à deux maisons de là, chez ses parents adoptifs, René et Thérèse Lamontagne.

Sachant sa mère à un bridge, comme tous les jeudis, elle espère bien trouver son père seul à la maison. Quand elle est déprimée ou tout simplement triste, c'est toujours vers lui que Dominique se tourne.

René Lamontagne est le seul être sur terre en qui elle ait une confiance absolue.

Comme elle l'espérait, il est au jardin à s'occuper amoureusement de son potager. Depuis qu'il a pris sa retraite, il y a de cela trois ans, René Lamontagne s'est découvert un engouement pour le jardinage. Coiffé de sa vieille casquette, penchant à demi ses six pieds longilignes, il bine les rangs de légumes à petits coups précis et délicats. Comme on ferait une dentelle. Dans tous les tons de vert, le potager déborde déjà d'une luxuriance prometteuse. Immobile, à côté du battant de la clôture qui ceinture la cour arrière de la maison de son enfance, Dominique reste un moment silencieuse, curieusement envoûtée par les souvenirs. Cet homme vieillissant, à la chevelure grisonnante et aux épaules toujours fières, c'est son père. Et elle l'aime profondément. Tout comme Thérèse qui sera toujours sa mère. Malgré ses indécisions et ses maladresses, malgré un long silence d'incompréhension qui a dressé son invisible barrière entre elles, Dominique n'a jamais véritablement remis en question l'amour que Thérèse lui portait. C'est à l'instant où elle a vu Cécile pour la première fois que Dominique a compris que son père et sa mère seraient toujours René et Thérèse. C'étaient eux qui l'avaient élevée et lui avaient tout donné.

C'est encore vers eux qu'elle a envie de se tourner quand elle a besoin d'aide. À l'exception d'un moment de grande tendresse, d'une intensité peu commune, là-bas, au cimetière français, jamais Dominique n'a appelé Cécile, maman.

Pourtant, Dominique a beaucoup d'affection, d'amour même, pour cette femme qui lui a donné la vie. Mais les liens tissés au fil des années ont une valeur et une importance que les liens du sang ne sauront remplacer.

S'ébrouant, elle avance vers René qui vient de l'apercevoir.

— Dominique ! Quel bon vent t'amène ?

Puis aussitôt après, en fronçant les sourcils.

— Mais ça n'a pas l'air d'aller, ma grande. Qu'est-ce qui se passe ? Tu as ta mine des mauvais jours. Tes garnements qui te donnent encore du fil à retordre ?

Dominique ne peut s'empêcher de sourire. Son père a toujours su lire en elle comme dans un livre ouvert. Et puis, il n'a pas tout à fait tort. C'est vrai que, depuis quelque temps, François, son adolescent de quatorze ans, lui en fait voir de toutes les couleurs. Bouderies, manipulations, colères injustifiées, mauvaise foi évidente, bande d'amis qui envahissent la maison à toute heure du jour et parfois même de la nuit... Mais comme Dominique se rappelle fort bien sa propre adolescence où elle était plus souvent qu'autrement vindicative, agressive et renfermée, elle essaie de prendre tout cela avec un grain de sel. Mais ce soir, c'est une tout autre chose qui l'amène ici. À vrai dire, elle ne sait pas elle-même ce qui ne va pas. Et c'est probablement pourquoi elle a eu envie de rencontrer son père. Il peut l'aider à mettre un peu de lumière dans l'obscurité de ses pensées et de ses émotions. Confiante, déjà rassurée, elle le rejoint.

— Bonsoir papa... Eh non ! Ce n'est pas mon horrible fils qui m'amène ici. Il est plutôt déguisé en courant d'air depuis quelque temps... En fait, si je te disais que je ne sais même pas ce qui m'a poussée à venir ?

René se met à rire.

— Je te répondrais que je ne te crois pas. Même si je sais que tu me dis la vérité... Allons, viens t'asseoir sur la terrasse. Tu veux un café, une liqueur ?

— Non, pas vraiment. Pas tout de suite, en tout cas...

René dépose la bêche sur laquelle il se tenait appuyé pendant que Dominique lui parlait et il prend sa fille par la main pour se rendre sur la terrasse de bois doré, adjacente à la piscine. Même si lui n'a jamais vraiment aimé se baigner, il continue néanmoins à entretenir la piscine pour ses enfants et ses petits-enfants.

— Belle soirée, n'est-ce pas ? fait-il en se laissant tomber sur une chaise de résine blanche. Un vrai temps pour être heureux.

— Justement, répond pensivement Dominique, en s'assoyant à son tour. Justement, c'est un temps pour être heureux et je ne le suis pas.

— Tu penses que je n'avais pas remarqué, ma grande ? Depuis ton retour, tu es différente... Comme absente. Veux-tu qu'on essaie de trouver ensemble ?

Dominique n'a pas besoin de répondre. Le sourire qu'elle offre à son père est d'une éloquence limpide. René enchaîne alors aussitôt, toujours aussi calme.

— C'est à cause de Cécile, n'est-ce pas ?

Puis il reporte le regard devant lui, comme s'il venait de parler banalement du temps qu'il fait. Mais il connaît bien sa fille. Et avec elle, aussi bien briser la glace tout de suite. Dominique est soucieuse pour les gens qu'elle aime. Seule Cécile a pu amener un tel bouleversement chez sa fille lors du voyage en France. Pendant un moment, la jeune femme reste encore silencieuse. Puis dans un souffle, elle admet.

— Oui, c'est à cause de Cécile. Mais je n'arrive pas à comprendre pourquoi. Depuis qu'on est revenues de France, on dirait que je lui en veux... Quand... quand je ne pense pas à elle, ça peut aller. Je suis de bonne humeur. Mais dès que son nom traverse mon esprit, pour une raison ou pour une autre, je deviens aussitôt morose. Comme si cela gâchait ma journée. Alors ça me rend impatiente, colérique. C'est un peu bizarre, non ?

— Peut-être que oui. Mais peut-être que non... T'es bien certaine que c'est juste depuis votre voyage que c'est comme ça ?

— Oui, bien sûr que oui, s'empresse de répondre Dominique, comme si elle devait lever un quelconque soupçon.

Puis après un instant de réflexion.

— On dirait qu'elle n'est plus la même avec moi, ajoute-t-elle d'une voix retenue comme si elle ne s'adressait qu'à elle-même. Elle est... comment dire... elle est plus distante.

Dominique ne peut retenir un petit rire.

— Tu viens de dire que j'étais absente, depuis mon retour. Eh bien ! C'est exactement comme ça que je pourrais décrire Cécile : elle est absente. Quand on se parle ou qu'elle vient chez moi, j'ai l'impression qu'elle est absente. Qu'elle n'est pas vraiment là.

— Et alors ?

— Alors ? Je n'aime pas ça. Déjà qu'on se parle pas mal moins souvent qu'avant. Je... je ne suis plus à l'aise avec elle. On dirait qu'il y a quelque chose de brisé entre nous.

— Quelque chose de brisé ?

— Oui. Comme si le lien qui nous unissait venait de se rompre parce qu'il n'était plus essentiel... J'ai... j'ai l'impression qu'elle n'a plus besoin de moi.

Puis dans un soupir accablé, repoussant d'un geste

machinal ses longs cheveux noirs, bouclés comme ceux de Jérôme.

— C'est ridicule...

— Mais non, ce n'est pas ridicule. Je peux comprendre que tu sois amèrement déçue. Mais je crois, bien sincèrement, que tu te trompes.

— Que je me trompe? Comment expliquer alors qu'elle ne m'appelle plus? En deux mois, elle n'est venue à la maison que trois fois. Comme une politesse. Et encore. J'ai l'impression qu'elle se sent obligée de le faire. La dernière fois, c'est parce que j'ai insisté qu'elle a fini par accepter de venir souper à la maison.

— Et ça te blesse?

— Oui... J'ai l'impression d'être abandonnée une seconde fois, avoue-t-elle dans un souffle. J'oserais dire que maintenant qu'elle a retrouvé mon père, moi, je n'ai plus d'importance.

Un silence empreint d'émotion se glisse entre eux. À entendre sa fille parler, René saisit très bien toute sa douleur. Avec quelle ferveur Dominique avait fait passer une petite annonce dans le journal afin d'essayer de retrouver sa mère naturelle. Que d'espoir contenu dans les quelques mots qui allaient finalement permettre à Cécile et Dominique de se rencontrer. Il se redresse, tourne la tête vers la jeune femme qui regarde toujours fixement devant elle et tend la main pour la poser doucement sur son bras. Dominique sursaute. Puis elle se tourne vers son père et lui sourit. D'un tout petit sourire triste, comme contrit d'avoir osé lui dire toutes ces choses. René est bouleversé par ce regard.

— Ma petite Dominique... Mais voyons donc! Ça n'a rien à voir, j'en suis convaincu. De ce que je sais d'elle,

Cécile n'est pas une femme à se servir des gens. Elle… elle est trop sincère pour ça.

Dominique ne répond pas. Accoudée contre la table, elle reste un moment songeuse, puis elle recommence à fixer l'eau bleutée de la piscine sans vraiment la voir. À nouveau, elle lève les yeux vers son père.

— Comment expliquer alors ?

— C'est très simple, Dominique. Pense à tout ce que Cécile est en train de vivre, maintenant qu'elle sait que Jérôme est vivant. C'est toute sa vie qu'elle doit remettre en question.

René Lamontagne essaie d'imaginer ce que doit représenter un tel revirement dans une vie. Lui qui a toujours rêvé d'avoir un enfant de son sang, qu'aurait-il fait si un étranger était venu frapper à sa porte et lui annoncer qu'il était son fils ? La chose aurait pu être possible, lui qui s'était marié sur le tard. Un grand frisson parcourt son dos. Alors ? Lui aussi aurait remis une grande partie de sa vie en question. Il en est convaincu. Cécile n'est pas différente. Puis il soupire en haussant les épaules, reprenant là où il avait laissé. En ce moment, ce dont Dominique a besoin, c'est d'être réconfortée. Pas confrontée aux états d'âme d'un vieil homme nostalgique.

— Si j'étais à la place de Cécile, dit-il d'une voix sourde, c'est le mot « pourquoi » qui me trotterait interminablement dans la tête. À devenir fou. Et le regret aussi. Je suis persuadé que souvent elle a dû penser à aller voir elle-même en France… Marcher sur la plage où le corps de Jérôme avait été vu la dernière fois. Peut-être tenter de rencontrer des gens susceptibles de lui avoir parlé. Je ne sais pas, moi… Oui, c'est ce que j'aurais eu envie de faire… Pourquoi Cécile ne l'a-t-elle pas fait ? Je l'ignore. La réponse lui appartient.

Mais une chose est certaine, c'est qu'elle ne l'a pas fait. Alors, elle doit se dire que si elle avait décidé d'aller sur cette plage maudite dès la fin de la guerre, peut-être bien que sa vie aurait été différente. Allons donc savoir ! Tu sais, quand on ne retrouve pas un corps, même si le temps finit habituellement par donner raison à tous ceux qui se veulent sages et lucides, quand on aime vraiment, il doit toujours subsister un doute en soi. C'est probablement cela que Cécile se dit. Elle vient de comprendre qu'elle aurait dû se fier à son instinct. La déception doit être immense. Et toi, Dominique Lamontagne, tu fais probablement partie de cette déception. Parce que pour elle, c'est peut-être ta vie à toi aussi qui aurait été différente. Aujourd'hui tu t'appellerais peut-être Dominique Cliche.

— Tu crois ?

— Oui. Si Jérôme avait été à ses côtés, Cécile aurait tout tenté pour te retrouver. On n'a qu'à voir les regards qu'elle te lance... Je... je te connais bien, Dominique. Tu ressembles à ta mère. Cécile et toi, vous êtes faites de la même pâte. Alors, oui, je pense sincèrement que ce que je viens de te dire doit étrangement ressembler à la réalité. La réalité d'une femme blessée qui ne sait plus si elle doit faire confiance ou pleurer sur ce qui aurait pu être.

Petit à petit, au fil des mots de son père, le visage de Dominique se détend. Les rides du front s'apaisent et le regard recouvre sa quiétude habituelle.

— Alors, fait-elle à nouveau pensive, les yeux rivés sur la piscine, mais sans aucune agressivité dans la voix, ce que tu es en train de m'expliquer, c'est que Cécile a besoin de moi. Plus que jamais.

— Eh !

Sans faire attention à la brève intervention de son père,

Dominique continue sur le même ton. Faisant le point autant pour elle que pour lui.

— Probablement qu'il n'y a que moi qui puisse vraiment l'aider. Je suis la seule personne qui soit vraiment un lien entre elle et Jérôme. En fait, je suis le lien qui subsiste entre elle et Jérôme. C'est ça, non ?

— Tout ce que tu viens de dire est vrai. Il n'y a pas de doute que tu peux faire quelque chose. Mais de là à prendre sur toi la responsabilité de leurs retrouvailles… Ce qui a pu exister entre Cécile et Jérôme et ce qui existe encore aujourd'hui ne t'appartient pas, ma grande. C'est à eux et à eux seuls que revient le choix qu'ils devront faire face aux années qui viennent. Tu sais, Dominique, avoir été profondément amoureux de quelqu'un à vingt ans, c'est quelque chose de très beau. Tu en es la preuve vivante. Mais qu'en reste-t-il après quarante ans d'absence et de silence, malgré toute la sincérité qu'on puisse y mettre ? On peut rester fidèle à un fantôme, mais quand il se matérialise, alors qu'on n'y croyait plus vraiment, c'est une toute autre chose. Et les réponses à y apporter, il n'y a que Cécile et Jérôme qui sauront le faire. Mais nul doute que tu auras ta place dans tout ça. Une place qu'ils finiront bien par t'indiquer. Laisse faire le temps et la vie. Et sois disponible. En fait, je crois que c'est de cela dont Cécile a le plus besoin : savoir que tu l'aimes et que tu es là.

— Ça c'est sûr que je l'aime.

Le réponse de Dominique a fusé avec une telle sincérité. Comme si elle venait de prendre conscience de la valeur de Cécile à ses yeux. Peut-être avait-elle besoin de cette inquiétude pour bien le comprendre.

Sans la moindre amertume, René se penche vers sa fille. Dans cet élan vibrant, il vient de reconnaître la fille qu'il a toujours aimée et respectée. Celle qu'il a toujours vue comme étant la générosité et la spontanéité incarnées. C'est avec tout l'amour qu'il ressent pour elle en ce moment qu'il ajoute :

— Et ta démarche de ce soir me laisse deviner à quel point tu l'aimes. Encore plus que tout ce que tu as pu imaginer. Et c'est très bien comme ça, ajoute-t-il en lui tapotant la main. Je suis heureux de retrouver ma fille. Ma petite Dominique.

Puis avant de tomber dans ce qu'il appelle de la mièvrerie, il se relève d'un coup.

— Et alors ? Cette liqueur ? Il me semble que le moment est venu de se désaltérer, non ? Un Coke ou un Seven'up ?

— Seven'up, laisse-t-elle tomber en s'étirant.

Puis elle ajoute, malicieuse, en suivant son père à travers la pelouse qui mène à la maison.

— Est-ce que, par hasard, il ne resterait pas de ce merveilleux sucre à la crème que maman a fait dimanche ? Je ne sais pas pourquoi, mais j'ai une faim de loup.

* * *

À peine le temps de faire un saut chez elle pour refaire une valise et pour prendre une douche et Cécile est aussi vite repartie. Vendredi, c'est le soir où elle se rend chez Mélina et Jérôme. Ils l'attendent pour souper. Gudule, la cage confortablement calée entre l'accoudoir et un sac de voyage, chante à pleine gorge sur la banquette arrière. Le soleil est encore haut et le vent qui s'engouffre par la fenêtre ouverte est toujours chaud.

Jérôme attendait son arrivée en se berçant sur la longue galerie qui ceinture la grande maison des Cliche. Quand il aperçoit la voiture de Cécile, en haut de la butte, il se relève aussitôt et descend les marches à sa rencontre. C'est peut-être le moment de la semaine qu'il préfère : celui où il attend l'arrivée de Cécile, le cœur un peu fou. Alertée par le bruit des pneus sur le gravier, Mélina se tient dans l'embrasure de la porte moustiquaire à demi ouverte. Cécile, c'est d'abord et avant tout la promise de Jérôme. Son cœur refuse de la voir autrement. Un grand sourire illumine son regard.

On a expédié le chat dans le jardin et installé Gudule sur le buffet, dans un coin de l'immense cuisine de Mélina. La table est mise avec la nappe des grandes occasions et des effluves de poulet rôti embaument toute la maison. Des verres à vin attendent devant chaque couvert. Malgré la réticence de Mélina pour qui toute forme d'alcool est synonyme de danger, Jérôme n'a pu se défaire de cette habitude. Il lui faut son ballon de rouge à chaque repas du soir. Mélina n'a pas eu le choix. Elle a ronchonné, tempêté, sermonné. Puis elle a choisi de se taire. Sans vouloir l'avouer, elle admet qu'elle s'y fait. Maintenant, il n'y a qu'un long soupir qui dit son désaccord quand elle voit son fils prendre une bouteille dans le buffet. Question de principes…

Mais quand Cécile lui a dit que le vin rouge, pris à l'occasion, pouvait être bénéfique pour son cœur (Ah oui ? Eh ben…), Mélina a tout de même accepté d'en prendre quelques gouttes. Tout en spécifiant que pour elle, à l'occasion signifie uniquement quand il y a de la visite. Alors elle trempe ses lèvres dans un demi-verre de vin, deux fois pas semaine quand Cécile est là. En fait, elle ne trouve pas cela mauvais. Malgré tout, le reste du temps, elle soupire bruyamment dès qu'elle aperçoit l'ombre d'une bouteille pendant que Jérôme ravale un sourire moqueur et fait celui qui n'a rien entendu.

Dès qu'elle revient de l'étage où elle a déposé ses effets dans la chambre d'amis, Cécile se dirige directement vers Mélina, affairée devant ses fourneaux. Elle lui entoure doucement les épaules et la guide vers la table.

— Ce soir, c'est moi qui prends les opérations en main pour le repas. Venez vous asseoir, Mélina.

La vieille femme se met à rougir, peu habituée à de telles délicatesses. Tout au long de sa vie, Mélina a régné en maîtresse incontestable et incontestée dans sa cuisine. Elle essaie de se dégager.

— Mais voyons donc, Cécile. Ça pas d'allu...

La pression de la main de Cécile se fait un peu plus ferme.

— Vous avez préparé ce repas, à moi de le servir.

Puis d'une voix très douce.

— S'il vous plaît, Mélina. Je... Ça me ferait plaisir... J'aurais un peu moins l'impression d'être en visite.

Un éclat de satisfaction traverse le regard encore vif de la vieille dame. Se faisant subitement conciliante, elle se laisse guider vers la table. D'une main autoritaire, elle déplace une chaise et s'y laisse tomber. Puis elle lève les yeux vers Cécile.

— Si c'est rien que ça... T'es ici chez vous, ma belle. Pis tu l'sais... La louche est dans le deuxième tiroir à gauche.

Pendant le repas, Cécile a raconté sa visite à Montréal. Sa voix avait peut-être un petit quelque chose de forcé quand elle a décrit la maison de son frère avec moult détails, mais Mélina n'a pas semblé s'en apercevoir. Elle questionnait et s'informait avec l'enthousiasme d'un enfant. Et Cécile lui répondait avec emballement. Puis, alors qu'elle se levait pour retirer les couverts avant le dessert, le regard de Cécile a croisé celui de Jérôme. Il semblait boire ses paroles, mais sans vraiment l'écouter, le front strié d'une ride de concentration. Il y avait un tel reflet de perspicacité dans les yeux noisette qui la dévisageaient qu'aussitôt, Cécile s'est retranchée derrière une attitude de convenance. Elle avait la très nette sensation que le regard de Jérôme la transperçait de part en part, devinant qu'elle ne parlait pas vraiment de son séjour à Montréal. Qu'elle évitait l'essentiel. Rougissante, elle s'est dirigée vers le comptoir.

— Et vous, fait-elle faussement enjouée, en retirant la tarte aux pommes du four, quoi de neuf ?

À ces mots, Jérôme sursaute. Puis chassant l'inconfortable sensation qui l'a gagné en écoutant Cécile, il fait un long sourire.

— Ici, ce fut la semaine des sucres...

Et devant la mine franchement stupéfaite de Cécile, il éclate de rire.

— J'ai décidé de rafraîchir la vieille cabane pour qu'elle soit fonctionnelle au printemps prochain, explique-t-il aussitôt.

— Rafraîchir, ronchonne bruyamment Mélina. Tu parles d'une expression pour parler d'une vieille cabane en bois... Comme si t'étais pour la mettre dans la glace. Parle donc pour qu'on te comprenne, Jérôme. Ici, c'est retaper qu'on dit. Quand on veut faire des radous sur une antiquité comme celle-là, on dit retaper.

Jérôme étire encore plus son sourire devant la conviction boudeuse de sa mère.

— D'accord, maman. Retaper...

Puis se tournant vers Cécile.

— Au début, enchaîne-t-il toujours aussi volubile, je ne voyais qu'un peu de menuiserie pour remonter le toit. Mais à force d'y penser... Si tu voyais tout ce que l'on pourrait y faire. Te rappelles-tu le vieux poêle dans le coin ? Eh bien, j'ai pensé qu'on pourrait le...

Il y a tant de joyeuse attente dans la voix de Jérôme que Cécile en a oublié son regard de tout à l'heure. À force de tout vouloir comprendre, elle a dû se laisser emporter par son imagination. Ce n'est que ça... À son tour, elle se glisse dans la conversation, projette et propose, soutenue par l'appui inconditionnel de Mélina qui n'arrête pas d'interrompre son fils.

— Jérôme, tu devrais écouter quand une femme parle. Surtout si y'est question de poêle pis de chaudron. Même si c'est pour du sirop...

Selon elle, il n'y a que Cécile qui puisse juger si les idées de grandeur de son fils ont la moindre chance d'être concrétisées un jour.

— Encore faut-il qu'elles soient réalisables, tes idées, Jérôme. Une salle à manger, voir si ça a de l'allure... On n'est pas dans un grand monastère ici, mon garçon. On est juste sur une ferme dans un coin perdu d'la campagne... Pour quoi c'est faire, une salle à manger, j'vous l'demande un peu ! Ah les hommes ! a-t-elle conclu sceptique en se retirant pour la nuit.

Et pour la première fois, depuis de longues années, un regard de complicité se glisse entre Cécile et Jérôme.

Dès le déjeuner terminé, le lendemain matin, Jérôme et Cécile empruntent le chemin de terre qui remonte le long du champ jusqu'à la cabane. Les épis de maïs sont déjà hauts, bien que verts. Jérôme a pris la main de Cécile. Comme si la canne ne suffisait pas, ce matin, et qu'il avait besoin d'un appui supplémentaire. Le ciel est brumeux. Il fait chaud. De cette chaleur particulière, un peu collante, quand le mois d'août choisit de ressembler à juillet. Ils parlent des projets de Jérôme. Puis Cécile éclate de rire quand Jérôme se penche vers elle et lui glisse quelque chose à l'oreille. Leur démarche se fait plus lente et Cécile glisse son bras sous celui de Jérôme. Un autre rire fuse au-dessus du champ de maïs, puis Cécile et Jérôme se retournent en même temps, embrasant le paysage d'un seul et même regard. Cécile sourit. De ce sourire un peu triste qui est le sien mais qui sait si bien dire à sa façon l'attachement qu'elle connaît, elle aussi, pour ce coin de pays. Jérôme lève le bras comme s'il voulait montrer un détail particulier ou encore saluer quelqu'un. Puis ils reviennent face au boisé d'érables qui se rapproche d'eux. Ils reprennent leur marche à pas lents, côte à côte, Jérôme appuyé sur sa canne et Cécile balançant à bout de bras un sac de toile beige contenant papier, crayons et ruban à mesurer.

Ce matin, Cécile Veilleux et Jérôme Cliche vont dessiner les plans d'une nouvelle cabane à sucre, pour la ferme des Cliche, sur le rang du Bois de Chêne, à Sainte-Marie de Beauce.

Ce n'est qu'un tout petit projet qui n'engage que l'avenir immédiat. Mais c'est suffisant pour qu'ils se sentent heureux d'être ensemble...

Partie II

Les bouleversements

3

Dominique est à la cuisine à préparer la liste interminable des courses et des achats à faire avant la rentrée scolaire. Par la fenêtre, elle entend les cris de joie de sa plus jeune qui a convié quelques amies du quartier à jouer avec elle. Le temps est plus frais, mais le soleil reste présent. Dans quelques jours, les deux grands reprendront le chemin de l'école secondaire et Geneviève fera ses premiers pas dans le monde de l'éducation: mademoiselle Grondin l'attend en première année, à l'école du quartier. Et Dominique pousse un profond soupir de soulagement. Avec les classes qui recommencent, François devrait lui causer moins de problèmes. Inscrit au collège, son fils n'aura plus le choix: il devra inévitablement couper les ponts avec certains amis qu'elle juge indésirables. Encore deux semaines et le cauchemar devrait s'effacer de lui-même, sans crise ni argumentations. C'est tout ce que souhaitent Dominique et André. Parce que l'été 1984 n'a pas été facile pour eux.

Tout a commencé au début des vacances scolaires. François leur avait présenté deux nouveaux copains: Marco et Patrick, qui habitaient à quelques rues seulement. François les avait rencontrés au parc, alors qu'il était allé s'y installer pour lire. Tout de suite, les trois adolescents avaient trouvé des points communs: théâtre, jeux de balle... Dominique avait été ravie de voir qu'elle n'aurait pas à reconduire son fils à tout moment à l'autre bout de la ville chez Mathieu, un ami du collège. D'autant plus qu'André connaissait vaguement le père de Marco pour l'avoir croisé à quelques reprises dans les diverses organisations de la paroisse.

— Ça me semble une bonne famille, avait-il souligné un soir qu'il en parlait avec Dominique.

Ils étaient tous les deux au salon et profitaient d'une soirée en tête-à-tête, Frédérik étant à un entraînement et Geneviève chez ses grands-parents pour la nuit. Quant à François, il avait filé aussitôt le repas englouti... Le jeune garçon un peu renfermé s'était peu à peu tranformé au contact de ses nouveaux amis.

— Si je me rappelle bien, avait poursuivi André, Marcel, le père de Marco, serait membre du club Optimiste. Je pense qu'il est responsable du concours oratoire annuel.

Cela avait suffi à rassurer Dominique qui avait toujours été réticente devant les nouveaux amis. Surtout que cette fois-ci, François leur avait demandé d'annuler son inscription au camp de jour anglais. Camp qu'il fréquentait chaque été depuis quelques années.

— S'il vous plaît, avait-il plaidé. Pour une fois que j'aurais tout un été à moi. J'ai assez étudié pendant l'année. Cette fois-ci, j'ai envie de profiter de l'été. J'ai envie de m'amuser un peu.

Et devant l'hésitation de ses parents, il avait ajouté:

— Vous n'êtes pas satisfaits de mes notes?

À ces mots, les derniers remparts de réticence avaient craqué. François n'avait pas tort: il venait de leur remettre un bulletin dont ils étaient fiers. Il ne serait jamais un premier de classe, ils le savaient et n'exigeaient pas l'impossible de leur fils. Mais en cette fin d'année, il avait, sans contredit, fait de beaux efforts. Alors, Dominique l'avait embrassé en lui disant qu'il avait raison. François avait poussé un cri de sauvage et s'était enfui vers le parc pour annoncer la bonne nouvelle à ses nouveaux copains.

— Les temps changent et les enfants grandissent, avait alors philosophé André, un brin moqueur devant l'exubérance de leur fils. Ils ont droit à leur vie.

Et c'est exactement ces mots que Dominique s'est répété à tous moments, pendant ce fameux été, en essayant de se rappeler sa propre adolescence. Son petit François apprenait à devenir un homme et elle devait respecter ce cheminement. Et pendant quelques semaines, devant la transformation de François, Dominique s'était même réjouie de cette décision. Au contact de Patrick et Marco, son fils semblait s'épanouir. Il était plus ouvert, plus volubile, lui qui auparavant se complaisait de lectures et de solitude. Il semblait à l'aise avec ses nouveaux amis, parlait sport et théâtre, discutait ouvertement avec ses parents. Pour la première fois de sa vie, François avait une bande d'amis tout comme Frédérik, son cadet, qui lui n'avait que l'embarras du choix quand venait le temps de contacter quelqu'un pour passer le temps ou planifier une sortie. Maintenant, quand François quittait la maison, de plus en plus souvent, c'était pour une partie de balle quelconque au parc ou encore pour une soirée d'impro dans un sous-sol. Dominique avait l'impression que la chrysalide devenait tranquillement papillon. Et finalement elle s'en réjouissait.

La nouvelle bande de François comptait maintenant une quinzaine de jeunes, garçons et filles. Ils passaient toutes leurs journées ensemble, chez l'un ou chez l'autre. Parfois même chez François ou chez son grand-père quand il faisait chaud et qu'ils avaient envie de se baigner. Dominique avait été gênée quand elle avait compris que son fils s'était adressé directement à son grand-père. Mais

René l'avait rassurée : toute cette bande d'adolescents le rajeunissait.

— Arrête de t'en faire, Dominique. C'est bon signe si François s'adresse directement à moi. Il prend ses responsabilités. C'est très bien…

Son père n'avait probablement pas tort.

Puis un bon matin, vers la fin du mois de juillet, à son réveil elle avait trouvé la chambre de François vide. Son fils n'était pa rentré dormir. Pendant un moment, le cœur de Dominique avait oscillé entre la colère et l'inquiétude. Elle était seule à la maison, André ayant quitté la ville pour quelques jours à cause de son travail. L'inquiétude l'avait facilement emporté. C'est l'esprit à des lieux de sa cuisine qu'elle avait préparé le déjeuner de Frédérik et Geneviève qui devaient partir pour leur camp de jour. François était revenu quelques instants plus tard, toute une pléiade d'excuses à la bouche. Il avait le regard vide de qui n'a pas beaucoup dormi. Nonchalant, il était entré dans la cuisine et, sans même saluer sa mère, il avait lancé en ouvrant la porte du réfrigérateur :

— Je m'excuse. Je sais que j'aurais dû appeler…

D'un coup sec, Dominique avait refermé le frigo, obligeant François à lui faire face. Maintenant qu'elle le savait hors de danger, la colère reprenait le dessus.

— Non, François. Tu aurais dû entrer, pas appeler. Tu aurais dû entrer à minuit, comme convenu.

Aussi grand qu'elle, François l'avait regardée droit dans les yeux avant de faire pression pour essayer d'ouvrir la porte du réfrigérateur.

— J'ai faim.

Dominique avait reculé d'un pas, presque machinalement, pendant que François poursuivait en attrapant le litre de lait et une brique de fromage, tout en continuant sur sa lancée.

— Minuit... On dirait que je suis encore un bébé. Je suis le seul à être obligé d'entrer à minuit. C'est ridicule.

— Mais c'est normal que...

François, face au comptoir, s'était retourné sèchement. Sa voix était rauque et sourde. Presque une voix d'homme.

— Normal ? Tu trouves ça normal de me surveiller comme tu le fais ?

Dominique n'en revenait pas. Quelques mots, en apparence banals, et voilà que son fils l'accusait. Que s'était-il passé ? Comment en étaient-ils venus à se parler sur ce ton ? Brusquement, elle voyait à quel point son fils avait changé en quelques mois. François se tenait devant elle, arrogant. Pour la première fois, elle voyait un de ses enfants comme un ennemi. Ce ton que François employait et ce regard qu'il lui jetait. Une grande tristesse avait alors tout balayé dans son esprit. Elle aurait voulu s'approcher de lui, le prendre tout contre elle comme quand il était petit et venait de se faire mal. Mais elle était paralysée devant lui, devant ce grand adolescent qui ne ressemblait plus au petit François. Elle n'osait pas faire le pas qui la séparait de son fils. Pourtant sa voix ne trahissait que tendresse.

— Mais voyons, François, ce n'est pas une question de surveillance. C'est juste que je crois...

François ne l'avait pas laissé terminer sa pensée. Sa voix était toujours aussi chargée de colère, comme s'il mordait dans chacun des mots qu'il disait.

— Je l'sais bien que tu me fais pas confiance, avait-il accusé. Le père de Marco, lui, il dit que maintenant, on a le droit de prendre certaines décisions. Tu vois, il croit que...

Dominique écoutait les paroles de son garçon et elle se revoyait au même âge, argumentant à n'en plus finir avec sa mère pour obtenir une permission. Sa mère pliait souvent devant les astuces pourtant cousues de fil blanc que lui servait la jeune Dominique. Était-elle naïve ou voulait-elle uniquement plaire à Dominique, sachant la situation tendue entre elles ? La jeune femme ne saurait le dire. Chose certaine, même si parfois elle a menti, même si elle a pris certains risques, Dominique ne s'en porte pas plus mal. C'est pourquoi, pendant un moment, elle a été tentée de clore la discussion. Pourquoi en faire tout un plat ? Il est revenu, non ? N'est-ce pas là l'essentiel ?

Pourtant, malgré cela, elle n'arrivait pas à entrer dans le jeu de son fils. Elle sentait confusément qu'elle devait garder la maîtrise de la situation. Non, bien franchement, elle ne savait ni pourquoi ni comment. Simplement, François n'était pas vraiment lui-même et cela l'agaçait, l'inquiétait. Tout ce qu'elle avait à l'esprit, c'était cette obligation de ne pas le suivre sur la pente glissante des excuses et des raisons plus ou moins valables. D'un geste vif, elle avait tendu la main pour saisir le fromage avant que la brique ne disparaisse au complet.

— Ça suffit.

À son tour, sa voix était cassante. Peut-être était-ce pour éloigner les larmes ?

— Et cesse de me parler la bouche pleine, avait-elle ordonné d'un ton qui n'acceptait pas la réplique. J'ai horreur de ça, tu le sais. De toute façon, je ne tiens pas à savoir ce que le père de Marco dit à son fils. Ce qui se passe chez tes amis ne me regarde pas. Pas plus que toi, à ce que je sache.

François l'avait alors toisée avec encore plus d'arrogance, en haussant les épaules.

— On sait bien… « Madame je sais tout ».

— Pardon ?

— Oui, exactement, « Madame je sais tout ». J'en ai assez de me faire traiter comme un enfant.

Dominique était restée silencieuse un instant. À nouveau, c'est une immense tristesse qui étreignait son cœur, allant jusqu'à obscurcir sa pensée. Elle se sentait agressée sans en comprendre la cause. Était-ce bien son fils, son François qui lui parlait ainsi ? Était-ce à cela qu'avait mené le fait de se joindre à une bande de nouveaux amis ? Cette nouvelle assurance lui semblait tout à coup une fort mauvaise conseillère. Et comment se faisait-il qu'ils en soient arrivés là ? Elle avait alors tenté de réparer l'irréparable.

— Mais tu es encore un enfant. Tu es mon enfant, François. Il est normal que je m'inquiète pour toi et que je veuille savoir où tu es. Ce… ce n'est pas de l'inquisition, François. C'est simplement que je suis responsable de toi. Que nous sommes responsables de toi, ton père et moi. Tant que tu vas habiter ici, je veux savoir où je peux te rejoindre. Il va falloir que tu……

Pendant que sa mère parlait, François avait calé son verre de lait avant de le lancer dans le lavabo. Puis il s'était dirigé vers la porte. Indifférent, comme si les paroles de Dominique ne s'adressaient pas à lui. Mais au moment de franchir le seuil de la porte, il s'était retourné vivement. Son regard lançait des éclairs.

— C'est en plein ce que je viens de te dire : tu me surveilles. C'est… c'est une prison ici. On peut pas respirer sans demander la permission.

— Mais voyons donc ! Ça n'a aucun sens ce…

— C'est ça… Dis donc tout de suite que je suis malade. C'est ça, hein ? Dis-le donc une bonne fois pour toute.

— Mais dire quoi ?

— Que t'en as assez de moi. Que je dérange.

— Ça n'a rien à voir avec le fait que tu... Mais te rends-tu compte de ce que tu es en train de dire ?

— Oh oui ! Il était temps que quelqu'un ose dire les vraies choses, ici. Si tu me faisais confiance, tu n'agirais pas comme tu viens de le faire et on en serait pas là. Tout est de ta faute. Tu fais toujours des drames avec des niaiseries. Si tu écoutais quand je parle, aussi. Ça fait plus d'un mois qu'on joue à Donjons et Dragons. Hier, on arrivait à la fin. Je ne pouvais pas partir, sinon la partie n'aurait pas pu continuer. Alors je suis resté. Je pense que j'ai le droit de prendre une décision comme celle-là et c'est pas toi qui vas m'en empêcher... Je... Je ne veux plus qu'on rie de moi quand je dis que je dois rentrer. Peux-tu comprendre ça ?

Et sans attendre de réponse, François avait tourné les talons et était monté dans sa chambre. Quelques minutes plus tard, on entendait le bruit de l'eau dans la douche, suivi de peu par celui de la porte d'entrée qui venait de claquer. François était reparti.

À son retour, vers la fin de l'après-midi, il n'était plus le même. L'enfant de Dominique était de retour. Contrit, François avait demandé pardon à sa mère.

— Je ne sais pas ce qui m'a pris, ce matin. Je m'excuse. Je... je t'aime maman.

À partir de ce jour-là, les relations entre François et ses parents avaient changé complètement. Au retour d'André, Dominique lui avait tout raconté. La voix de son mari avait tant et tant tonné dans toute la maison que les vitres en avaient presque tremblé. Il promenait ses six pieds et sa carrure à travers le salon comme un ours en cage, ses cheveux gris en bataille, la chemise entrouverte et la cravate à demi défaite. Il était vraiment en colère contre son fils. Dominique avait regretté de s'être confiée à lui. Surtout quand, le lendemain matin, elle avait croisé le regard lourd de reproches de François. Le lien de confiance venait d'être rompu. Dominique en était persuadée. C'est aussi à ce moment-là qu'elle avait commencé à se sentir coupable. Elle savait que c'était ridicule, qu'elle n'était pas responsable, mais elle n'y pouvait rien. Elle avait l'impression de marcher sur des œufs, se sentant prise entre son mari et son fils comme entre l'arbre et l'écorce. En même temps, son ressentiment envers Cécile avait disparu, fondu comme neige au soleil. Elle venait de comprendre qu'il y a parfois certains événements qui dépassent tout entendement et viennent fausser les comportements habituels.

François avait donc passé le reste de l'été à vivre comme un courant d'air. Tour à tour enjôleur quand il voulait envahir la maison avec ses amis ou arrogant et superbe quand il n'avait pas besoin de ses parents. Il passait de l'enfant gentil et serviable à l'adolescent frondeur et mesquin à une vitesse déconcertante qui laissait Dominique un peu plus meurtrie chaque fois.

C'est pourquoi, ce matin, écoutant les cris de joie de sa petite Geneviève et préparant la rentrée scolaire, Dominique ressent un immense soulagement. Retrouver ses anciens amis devrait aider François à se ressaisir et enfin tourner la page. Sur ce point, André est tout à fait d'accord avec elle. Même si son mari est prompt à la colère, il s'avoue aussi démuni que Dominique devant les bravades de leur fils. Pas plus que sa femme, André ne peut retenir François de force à la maison. Bien souvent quand ils en parlent tous les deux, ils essaient de se convaincre qu'ils font probablement une montagne avec un grain de sable. Mais en même temps, c'est toute l'inquiétude du monde qui se reflète dans leurs regards. François c'est leur fils. Et ils l'aiment tellement... Et s'ils concèdent qu'un peu d'assurance est un atout dans la vie, ils n'en pensent pas moins que l'enfant réservé avait tout de même son charme.

* * *

Dans la brise fraîche du petit matin, les épis de maïs ondulent mollement, chatoyant dans tous les tons de l'or le plus pur. Le ciel est floconneux d'une multitude de tous petits nuages blancs qui se poursuivent d'un bout à l'autre de l'horizon. Polissons, ils ravissent par-ci par-là quelques rayons d'un soleil rendu tiède par la saison. Septembre est là, à deux pas seulement.

Et les vacances de Cécile tirent à leur fin.

Depuis plus d'une semaine, elle a établi ses quartiers dans la grande maison des Cliche. Cela faisait des années qu'elle n'avait pas pris ses vacances dans la Beauce. Et tout en marchant d'un bon pas vers la cabane à sucre, elle comprend à quel point elle est restée attachée à ce coin de campagne. Le pays de son enfance, de son adolescence. Et si le destin l'avait voulu, c'est ici qu'elle aurait passé toute sa vie.

Elle y aurait été heureuse.

Ralentissant l'allure, Cécile se met à respirer profondément. Elle est bien ici. Tout ce dont elle a besoin pour être heureuse se trouve à portée de main ou d'intention. Et quand elle y pense bien, c'est aussi vrai qu'hormis Gérard, Dominique et Denis, son fils, tous ceux pour qui elle a une affection particulière habitent encore ici. Sa sœur Louisa a épousé un ami d'enfance et s'occupe avec lui d'une ferme d'élevage de l'autre côté de la rivière. Gabriel, le petit

Gabriel a repris la terre familiale avec Paul, son frère aîné. Puis il y a ses autres frères et sœurs qui n'ont jamais quitté la région: Jean-Pierre a ouvert un magasin de meubles à Saint-Joseph; Marion et Michel, les jumeaux, sont travailleurs sociaux au CLSC de Beauceville; Béatrice est restée célibataire et elle est toujours professeur à la polyvalente de Sainte-Marie; Marcel et Roger, les deux inséparables, ont finalement marié deux sœurs et vivent voisins, au village, bien qu'ils occupent des emplois à la ville; Rosaire est maître de poste et Gilbert, son cadet d'un an, possède une ferme maraîchère au village d'à côté. Oui, c'est ici que Cécile retrouve ses attaches, solidement enracinées dans ses souvenirs les plus lointains. Sans oublier Mélina, la mère de Jérôme. À ses yeux, cette femme merveilleuse sera toujours le principal témoin des plus beaux moments de sa vie comme des plus douloureux. L'unique témoin encore vivant de cette génération qui aura bouleversé le cours de son existence. Elle se revoit gamine, revenant de l'école avec Jérôme, partageant une collation avec lui dans la grande cuisine de Mélina qui sentait toujours bon le pain frais... Et quand ils faisaient les foins, et quand elle y venait après une longue promenade d'amoureux pour se repaître d'un moment de silence avant de retourner chez elle, et parfois à Noël ou à Pâques... Une rafale lui balaie l'esprit. Tous ces souvenirs qui lui reviennent, beaux, tristes, attendrissants, déchirants.

Les yeux embués par l'émotion, elle se laisse tomber en bordure du champ de maïs. Sur sa droite, la récolte est déjà faite et de cette place, Cécile domine la vallée. Le clocher de l'église du village se glisse à travers les sapinages, en bas de la colline, et quelques reflets argentés laissent deviner la rivière calme et paisible à cette époque de l'année. Devant elle, sur le coteau de l'autre rive, les érablières commencent à se parer de couleurs vives en touches subtiles d'or et de cuivre. L'automne se prépare même si l'été bat encore de l'aile.

Le cycle immuable des saisons, le cycle implacable de la vie…

La vie… Cécile pousse un long soupir tremblant. Sa vie à elle, Cécile Veilleux, qu'a-t-elle été, finalement ? Peut-elle se dire, à l'aube de la vieillesse, peut-elle se dire qu'elle en est fière ? En se posant cette question, Cécile redresse aussitôt les épaules. Assurément. Elle ne regrette pas ce qu'elle en a fait. Ce que le destin l'a obligée à en faire. Elle a été sincère jusqu'au bout. Face à elle, face à Charles, face à Jérôme, face à la vie. Même si elle n'avait jamais prévu que son existence prendrait un tel tournant après la naissance de sa fille… Juliette… Un sourire ému adoucit le regard tourmenté de Cécile. Comme un reflet de jeunesse qui fait oublier les rides de l'âge. Dominique se prénommerait Juliette si Jérôme et elle avaient pu la garder. Juliette… Ce prénom, c'est le seul lien qui la rattache à cette période de sa vie. La période la plus belle, la plus intense à cause de cette relation qu'elle vivait avec l'enfant qui grandissait en elle. La plus difficile aussi à la pensée de s'en séparer au moment de la naissance. Dieu qu'elle en avait voulu à son père pour cette décision prise à sa place. Pendant toute sa grossesse, Cécile a été éloignée de Jérôme et comble d'injustice, elle n'a jamais vu le bébé qu'elle venait de mettre au monde. Elle s'imagine, pantelante, encore tremblante de son accouchement, devant la fenêtre de la pouponnière essayant de repérer un bébé qui n'y était déjà plus. Et la douleur qu'elle avait connue, seule devant la rangée de petits lits blancs quand elle avait compris que Juliette était déjà partie vers une destinée qui lui échappait. Une douleur si intense qu'on ne peut l'oublier, malgré les années qui passent. En ce moment, elle lui revient aussi dure et tranchante que ce soir-là, lui coupant presque le souffle.

De la maternité, Cécile ne garde que tristesse et amertume. Elle qui rêvait d'une vie remplie d'enfants accrochés à ses jupes, elle n'aura connu que la souffrance du corps et le vide du cœur. Malgré ses soixante ans, Cécile serre toujours les poings quand elle y pense. C'est une plaie qui ne refermera jamais. Puis il y avait eu Gabriel. Ce minuscule bébé que sa mère lui avait confié avant de mourir. C'est un peu à cause de lui si Cécile et Jérôme ne s'étaient pas mariés. Oui, quand elle y pense bien froidement, Cécile reconnaît que c'est en grande partie à cause de Gabriel si Jérôme est parti pour le service militaire. Mais face à son frère, Cécile ne ressentira jamais de regrets. C'est grâce à ce tout petit bébé qu'elle avait repris goût à la vie. D'un seul regard, le petit Gabriel avait occupé la place laissée vacante par sa fille et Cécile l'avait aimé avec la tendresse d'une mère. Jamais elle ne lui avait parlé de ces mois où elle l'avait allaité, une drôle de pudeur la retenant chaque fois. Mais encore aujourd'hui, il existe un lien particulier entre Gabriel et elle. Comme un instinct qui dicte la route à suivre alors que rien ne nous y aurait préparés.

Puis il y a eu Charles. Son mari, son ami, son confident. Un homme qu'elle a profondément aimé et qui l'a aidée à retrouver Dominique. Entre eux, le temps avait su tisser une complicité qui leur avait permis de traverser les épreuves et de bannir les silences. Avec lui, Cécile est allée chercher Denis quand ils ont compris qu'ils ne pourraient pas avoir d'enfants. Et Denis, aujourd'hui, c'est le fils dont elle est fière. C'est l'être qu'elle aime probablement le plus. Elle a compris, au fil du temps, que les liens créés par la vie ont parfois plus de prix et d'importance que ceux du sang. Même si jamais il ne lui viendrait à l'esprit de choisir entre Dominique et Denis. Ils sont les deux enfants de sa vie. Chacun à sa façon. Dans sa droiture, Cécile ne peut accepter de demi-mesure ou de compromis mesquins. Elle aime Denis pour les années qu'ils ont vécues l'un près de l'autre, pour la famille qu'ils ont formée à trois, pour sa nature franche et droite. Elle aime Dominique pour l'amour qu'elle lui a permis de connaître, pour le don de soi, pour sa générosité spontanée. Et c'est déjà beaucoup pour regarder derrière soi et y puiser une satisfaction profonde. Et c'est beaucoup pour oser regarder devant soi et espérer que la vie continue à être généreuse. Cécile aurait envie de rajouter que la vie qui s'offre à elle pour les années à venir est différente, imprévue et persiste à être surprenante, déroutante. Un peu à l'image de ce qu'elle lui a toujours réservé.

Oui, quand elle y pense vraiment, la vie n'a été que surprises. Parfois douloureuses, souvent généreuses. Et même à soixante ans, alors qu'il ne pourrait rester que la douceur d'un quotidien prévisible, voilà que Cécile doit tout recommencer. Comme si elle avait à nouveau vingt ans. Mais contrairement à cette jeune femme qui mordait dans la vie, aujourd'hui, apparaît la peur de se tromper. Elle n'a plus vingt ans, et elle sait que les souffrances sont parfois bien plus grandes que les joies. Et Cécile ne veut plus souffrir. Alors elle a peur du temps qui vient.

Contre toute attente, au-delà de ses espoirs les plus fous, il y a maintenant Jérôme. Un homme qu'elle aime depuis toujours. Un homme qu'elle aura espéré tout au long de sa vie et qui lui est revenu. Un homme qu'elle voudrait tant reconnaître à travers les différences engendrées par le passage du temps. Un homme qu'elle espère aimer à nouveau, justement à cause de ses différences.

Au-dessus d'elle, très haut dans le ciel, Cécile entend l'appel lancinant des oies. Les premières à se préparer pour le long voyage vers le sud. Que disait-elle tout à l'heure quand elle parlait du cycle immuable de la vie ? Dans le fond, rien n'est imprévisible. Toute chose a un sens et une raison d'être. À elle de savoir ce qui lui est réservé et de faire en sorte que tout soit beau et bon.

Se relevant d'un bond, elle reprend sa route vers le fond du champ. Les nuages s'accumulent sur l'horizon dégageant le ciel. Quelques criquets cassent l'air qui se réchauffe peu à peu sous le soleil du matin. Cécile accélère le pas. Sûrement que Jérôme doit commencer à s'inquiéter pour son déjeuner. Il travaille depuis l'aube à la cabane à sucre, chaque jour sans relâche. Au printemps prochain, il y invitera toute la famille. Et pour lui, la famille, c'est autant les Cliche que les Veilleux...

Pendant qu'il travaillait à redresser le toit, Jérôme surveillait la venue de Cécile du coin de l'œil. Dès qu'il la devine sur le sentier sinueux qui serpente entre les sapins et les érables, touche colorée contre le gris des troncs, il redescend de son perchoir pour venir à sa rencontre. Sans sa canne. Un mois de promenade le long du chemin de desserte et de va-et-vient autour de la cabane lui ont redonné de l'assurance. Il marche au-devant de Cécile le dos droit et le regard fier. Jamais il n'a été aussi heureux que depuis une semaine. Cécile, sa petite Cécile est avec lui.

Partager à nouveau quelque chose avec elle, vivre au quotidien à ses côtés sont à ses yeux un simple et juste retour des choses. À la côtoyer jour après jour, Jérôme a compris qu'il aimait toujours Cécile. Aussi sincèrement qu'au temps de leur jeunesse. C'est la boucle de sa vie qui consent enfin à se boucler. Les années du monastère s'évaporent dans un nuage flou. Tous ses souvenirs se couplent et se croisent, s'unissent et se rapprochent. Hier, aujourd'hui et demain ne font plus qu'un. Car Cécile n'a pas changé. La jeune femme qu'il a quittée sur le quai d'une gare, quarante ans auparavant est toujours là. Nous sommes hier et nous sommes demain. Et Cécile est avec lui. Comme hier et comme demain. Elle est tout à fait semblable dans sa douceur et ses indécisions, dans sa droiture et ses remarques, dans sa tendresse et sa volonté. Et elle est toujours aussi belle.

Cécile partage un café avec lui, tout en commentant les travaux qui vont bon train. Elle est heureuse de ce projet car il lui permet de mieux reconnaître Jérôme. Elle n'est pas prête à faire plus pour l'instant. Alors, elle parle des travaux. Jérôme lui répond, un peu pensivement. Assise sur une nappe à même le sol, vêtue d'un jeans et d'un grand chandail rose, Cécile a l'air d'une gamine. Ses longs cheveux gris, retenus par un ruban, ressemblent étrangement à ceux qui formaient un écran qui les isolait du monde entier quand ils faisaient l'amour. C'est à cela qu'il pense, Jérôme, tout en finissant son omelette et en répondant à Cécile du bout des lèvres et de la pensée. Il aurait envie que ce soit hier, ce temps des amours un peu folles. Ce temps des amours insouciantes. Que ce soit hier et que ce soit encore aujourd'hui. Il aurait envie de la prendre dans ses bras, de la porter à l'intérieur de la cabane pour lui faire l'amour. Comme lorsqu'ils avaient vingt ans. Mais voilà, ils n'ont plus vingt ans et Jérôme a passé la plus grande partie de sa vie dans un monde d'hommes. Alors il se sent malhabile et malheureux.

Comment, comment dit-on à une femme qu'on l'aime et qu'on a envie d'elle ?

Jérôme pressent qu'il ne doit rien brusquer. Il doit réapprivoiser Cécile, la séduire petit à petit.

Cécile a fini de ramasser les reliefs du repas. Comme chaque jour, elle se relève pour porter le panier d'osier à l'intérieur.

— Alors, lance-t-elle gaiement en se penchant pour attraper la nappe, qu'as-tu prévu pour moi aujourd'hui ?

Sans répondre, Jérome se lève à son tour et la suit dans la cabane. Il n'a plus envie de travailler. Pas avant de lui avoir posé mille et une questions. Il aurait envie d'un moment de tendresse, de complicité. Du bout des gestes et des mots. Comme une espérance partagée. Alors, la voyant en train de plier la nappe, Jérôme s'approche d'elle, l'entoure de ses deux bras et pose les lèvres sur son cou. Tout doucement, comme on manipule un objet précieux ou comme on embrasse un nouveau-né. Il sait bien qu'il ne doit rien précipiter. Simplement, il veut qu'elle sache l'amour qu'il ressent toujours pour elle. Que Cécile abandonne sa tête contre son épaule et il sera un homme heureux. L'attente lui sera alors plus douce. Mais à son contact, Cécile sursaute avant de se cabrer en échappant la nappe sur le sol. Elle se retourne vivement.

— Mais Jérôme... Pourquoi ? Ce n'est pas ce que je...

— Cécile, non. Ce n'est pas ce que tu crois.

— Ce que je crois ? Qu'est-ce que je suis supposée croire ? Je... Nous sommes ici pour travailler.

— Je sais.

— Alors ?

Cécile reprend la nappe et évitant le regard de Jérôme, elle la plie à gestes vifs. Pourquoi se sent-elle brusquement aussi agressive envers lui ? Ça ne lui ressemble pas. Pourtant, elle ne cherche pas à comprendre. Cécile écoute cette curieuse colère qui gronde et elle refuse de l'éloigner. Comme si cet emportement lui faisait du bien. Confus, Jérôme n'a pas bougé. Il constate la brusquerie des gestes de Cécile. Il est malheureux.

— Alors ? J'ai eu envie de te dire que je t'aimais. Que je...

Il voudrait tant que Cécile essaie de partager ce qu'il ressent. Devant sa réaction, il ne demande même plus qu'elle y réponde. Juste qu'elle comprenne. Cécile a relevé vivement la tête en l'interrompant.

— Que tu m'aimes ? Qu'est-ce que ça veut dire aimer ? Le sais-tu, toi ? Moi, j'ai l'impression que je ne sais pas, que je ne sais plus.

— Et si je te disais que moi je le sais ? Que je l'ai toujours su.

Tout en parlant, Jérôme a tendu la main vers elle. Pendant un instant, elle regarde cette main forte, aux longs doigts. La tentation de faire le pas qui la sépare de Jérôme se fait forte. Poser sa tête sur son épaule, s'en remettre à lui. Puis elle se rappelle. Ils étaient dans une cabane à sucre comme celle-ci, la cabane du père Croteau, elle avait cru en lui, dans cette force qu'il avait face à l'existence. Sa vie avait alors basculé. Elle a peur des larmes et des déceptions. Il y a un mois encore, elle avait marché avec lui main dans la main, le long du champ. Elle se disait que tant que cette main serait là, rien ne pourrait lui arriver. Et voilà que maintenant elle hésite. Car elle se souvient aussi qu'un jour, la main n'avait plus été là... Il n'y a que cette évidence qui encombre son esprit et son cœur. Elle avait fait confiance et elle avait été trahie. Par qui n'a plus d'importance. Il n'y a que la souffrance qui reste bien présente, solidement ancrée au rocher des souvenirs. C'est d'une voix lasse qu'elle lui répond enfin.

— Tu dis que tu as toujours su que tu m'aimais ? Non, Jérôme, non, tu n'as pas su. Ton amour n'a été que silence. Tu...

— Mais c'est pour toi que je n'ai pas...

À ces mots, Cécile se retourne vivement. En elle revient l'angoisse et la déchirure, la douleur et les questions sans réponse qui ont rempli sa vie. Qui est-il cet homme à l'étrange accent pour venir lui dire qu'il avait décidé pour elle ? Brusquement, Cécile a l'impression de faire face à un inconnu. Sa voix est vibrante, son œil acéré :

— Pour moi ? Tu dis que ton silence était de l'amour pour moi ? De quel droit as-tu choisi pour moi, Jérôme ? Tu n'aurais pas dû. Ça ne t'appartenait pas. Quand on aime, on fait confiance. On a envie de se battre, on fonce droit devant.

Jérôme la regarde longuement. Il se revoit avec elle, un après-midi de printemps, à la croisée des rangs. Elle venait de lui annoncer qu'ils ne se marieraient pas tout de suite parce que Gabriel avait besoin d'elle. Et cette colère qu'il avait ressentie elle est toujours là !

— Et toi, demande-t-il d'une voix sourde, toi aussi tu as choisi pour moi, non ? Je me suis présenté à l'armée, à cause de ton choix. Et toi aussi tu disais que tu le faisais au nom de l'amour.

— Mais ce n'est pas pareil. Tu ne comprends rien. Je n'avais pas le choix, Jérôme. Malheureusement, je n'avais pas le choix. Mais toi tu l'avais. Tu pouvais revenir. Et tu ne l'as pas fait.

Que de chemin à parcourir avant de se retrouver. Mais

surtout, elle vient de comprendre sa réticence. Ce n'est pas uniquement la langue aux curieux accents ou les brusques silences. C'est qu'elle lui en veut. Oui, Cécile lui en veut terriblement de ne pas avoir donné signe de vie. Ça ne ressemble pas au Jérôme qu'elle connaissait. Sans ce voyage en France, jamais elle n'aurait su qu'il était vivant. Elle aurait porté un deuil inutile. Elle aurait continué à verser des larmes stériles. Oui, elle lui en veut. Alors, qu'il ne vienne pas lui parler d'amour. Pas maintenant. Pas tout de suite. Elle doit apprendre le pardon avant. Et lui à le demander.

Elle saisit le panier d'osier, bien décidée à quitter la cabane. Sa place n'est plus ici. Pas aujourd'hui. Elle regarde longuement Jérôme, la lassitude, la grisaille de toute une vie d'attente au fond des yeux. Puis elle lui fait un tout petit sourire un peu triste qui raconte ce qu'elle a vécu.

— Je crois que je vais retourner à la maison. Quand je suis partie, ta mère parlait de faire du pain... Je crois qu'il est préférable que je l'aide. Elle n'est plus toute jeune...

Tout en parlant Cécile s'est avancée vers la porte.

— Cécile ?

Elle s'arrête sur le seuil sans se retourner, sans voir les larmes qui brillent au bord des paupières de Jérôme. Elle l'entend qui fait un pas vers elle.

— Oui ?

— Pardon, Cécile. Pardon pour tout.

Cécile hésite. N'est-ce pas ce qu'elle souhaitait entendre ? Pourtant, sans un mot, elle sort de la cabane. Un long frisson secoue ses épaules quand elle sent la chaleur du soleil sur son dos. Puis, la tête haute, elle reprend le chemin de la maison. Sans un regard derrière elle, sur ce qui a été sa vie ou pourrait l'être. Elle avance vers le champ. Mélina va préparer le pain et elle va le pétrir. Rien d'autre n'a d'importance pour le moment.

Cécile vient de comprendre que malgré l'amour, le pardon ne s'accorde pas si facilement.

Longtemps, assis sur le rebord du toit de la cabane, Jérôme regarde la silhouette qui marche vers la grande maison rouge et blanche. Cécile ne s'est pas retournée une seule fois. Jérôme se sent abandonné, inquiet comme un enfant perdu. Sans retenue ni gêne, il laisse couler de grosses larmes sur ses joues. Comme lorsqu'il s'appelait Philippe, qu'il ne savait pas trop bien qui il était et que la vie lui semblait trop difficile.

Don Paulo. Il voudrait tant que Don Paulo soit avec lui. Peut-être saurait-il expliquer ? Trouver les mots qui disent la vérité et l'espoir. Parce que Jérôme, lui, ne comprend plus.

4

Don Paulo est à sa fenêtre, le regard portant vers l'ouest, aussi loin qu'il le peut. L'été s'est fait sombre et capricieux, tout comme lui. La présence de Jérôme lui manque. Cette amitié était une douceur dans le quotidien ascétique d'un monastère. L'absence et le silence de Jérôme assombrissent la saison des récoltes qu'il attend habituellement avec impatience. Cette année, l'enthousiasme qu'il mettait à rencontrer les marchands de la ville pour prendre les commandes de cidre n'est pas au rendez-vous.

— Je dois vieillir, murmure-t-il en s'arrachant à sa contemplation pour venir s'asseoir à son pupitre. La charge est lourde pour un homme seul.

Pourtant, malgré ses soixante-quinze ans, Don Paulo est toujours aussi actif et vif. Il aime les défis, les a voulus et acceptés. Mais il les aimait d'autant plus qu'il pouvait les partager avec Jérôme. Leurs interminables discussions devant le jeu de Dames donnaient du relief à une vie somme toute uniforme. Année après année, les saisons se suivent en tous points semblables. Les fleurs au printemps, les pommes vertes en été, la récolte en automne et la cidrerie qui fonctionne à pleine capacité. Puis revient l'hiver, trop long, trop silencieux pour un Italien comme lui. Avec Jérôme, il arrivait à mettre un soupçon de piquant dans cette vie tranquille à travers leurs projets un peu fous, souvent irréalisables. Mais peu leur importait. Le plaisir d'en parler valait à lui seul les plus audacieuses réalisations. Mais voilà que depuis plus de trois mois, Jérôme est parti. Il n'a même pas écrit. Et Don Paulo en est blessé. Que Jérôme veuille mettre en veilleuse la vie qu'il a menée ici est compréhensible. Ce qu'il doit vivre au Canada, dans sa Beauce natale, doit occuper ses journées, son cœur et son esprit. Il peut facilement l'accepter. Mais leur amitié, elle ? N'existe-t-elle pas encore dans quelque recoin secret de son âme ? Toutes ces années à se battre ensemble, à tenter de repousser les limites de son esprit, à partager le secret de sa mémoire retrouvée, toutes ces choses qui ont façonné l'existence de Jérôme n'ont-elles plus d'importance pour lui ? Oui, Don Paulo est blessé, mais surtout triste et déçu.

La cloche appelant pour le repas du soir vient de sonner. La noirceur est tombée. Machinalement, Don Paulo tend la main pour faire un peu de clarté. Il n'a pas très faim. Mais il n'a pas le choix. Son absence au réfectoire serait sûrement remarquée et il n'a pas envie de donner d'explications. Se levant lourdement, il se dirige vers la porte. Puis il s'arrête un moment, tourne la tête. Son lourd bureau se découpe dans la lumière de lecture. Son fauteuil est en biais, attendant son retour. En vis-à-vis, un autre fauteuil pour les visiteurs. Jérôme s'y assoyait. Chaque soir. Pendant des années. Au début, quand Don Paulo était arrivé comme directeur du monastère, c'était Philippe qui y prenait place. Timide, lent de pensée et de parole. Malgré cela, Don Paulo pressentait que derrière cette façade se cachait un être entier. Patiemment, il avait aidé Philippe à se découvrir, à s'ouvrir au monde et à la vie. Puis quelque dix ans plus tard, Philippe avait disparu. Jérôme avait retrouvé la mémoire. Avec ses souvenirs, il aurait pu aussi retrouver sa vie. Pourtant, il était resté au monastère. Il avait choisi de continuer à s'appeler Philippe. Et Don Paulo avait respecté son choix et ne l'avait plus jamais appelé Jérôme. Pourtant depuis son départ, c'est ce prénom, c'est Jérôme qui s'impose à Don Paulo. L'homme qui avait quitté le monastère, au mois de juin, n'était plus tout à fait celui qu'il avait côtoyé au fil des années. Jérôme Cliche avait retrouvé la femme qu'il aimait. C'est donc que Philippe n'avait plus aucune raison d'exister. Don Paulo pousse un profond soupir. C'est probablement pour cela qu'il n'a pas donné de ses nouvelles, qu'il n'a pas écrit. Ici, c'est Philippe qui avait vécu, pleuré, espéré. Là-bas, c'est Jérôme qui vit.

Don Paulo ferme doucement la porte de son bureau. La seconde et dernière cloche annonçant le repas vient de se faire entendre. Don Paulo n'a toujours pas faim.

Pour un homme tel que lui, qui a choisi de plein gré une vie de célibat, perdre un ami de la trempe de Jérôme, c'est presque aussi douloureux qu'une peine d'amour.

* * *

Octobre s'en va. Et pour la famille de Dominique, la vie semble avoir repris un rythme normal. Geneviève adore son professeur et sa classe. Frédérik, qui vient d'avoir treize ans, est en secondaire II. Il mène de front une vie scolaire active et un entraînement intensif en athlétisme. Avec l'équipe du collège, il vise les Jeux du Québec de l'été prochain. Le cours de chacune de ses journées est réglé comme du papier à musique à la grande satisfaction de ses parents. Et François... reste finalement François. Mais Dominique, tout comme André d'ailleurs, admet que l'on finit par s'y faire. Leur fils est bien retourné au collège et a renoué avec ses anciens amis. Mais juste pour le temps des cours. À son retour, sur le coup de seize heures, il lance son sac à dos dans sa chambre et repart aussitôt rejoindre la bande du quartier. L'enfant studieux et perfectionniste semble bien avoir cédé le pas à un adolescent très affairé. Il a toujours mille et un projets devant lui, mille et une activités dont il ne parle pas vraiment. Lorsque Frédérik est arrivé, en début de semaine, avec son bulletin et que Dominique a demandé à François s'il avait reçu le sien, la réponse de son fils avait été comme d'habitude évasive.

— Le prof nous a dit qu'elle avait eu un problème familial et que la remise des bulletins se fera la semaine prochaine pour notre classe. Je... Excuse-moi, maman, mais Marco m'attend...

Dominique n'ayant eu, jusqu'à présent, aucune raison de mettre sa parole en doute, avait haussé les épaules. Elle avait donc rencontré la titulaire de Geneviève, félicité Frédérik pour ses bonnes notes et était passée à autre chose. Elle avait promis un costume de fée à Geneviève pour l'Halloween.

Confortablement installée dans le salon, son panier à couture à côté d'elle, Dominique achève de perler le costume de sa fille. La longue robe et son hennin garni de tulle en feront une merveilleuse petite fée, toute de rose et de bleu vêtue. Et caprice de l'esprit, depuis le début de la semaine, Dominique ne pense plus qu'à cette fête. Depuis l'épisode du bulletin, François ne passe plus qu'en coup de vent dans la maison, mais c'est à peine si elle y porte attention. Elle ne veut plus y porter attention. En son absence, le calme règne dans la demeure et c'est suffisant. Elle n'en peut plus de discuter avec son fils aîné pour un oui et pour un non. De toute façon, elle ne peut pas l'attacher. Les cris et les menaces n'ont plus d'emprise sur François qui mène sa vie à sa guise. Alors Dominique a choisi d'attendre.

Quand elle verra son bulletin, elle saura s'il est temps d'intervenir. Sinon, à quoi bon discuter ? François semble posséder un dictionnaire complet et personnel des excuses en tous genres. Excuses et raisons toutes plus valables les unes que les autres. Et si, par malheur, elle émet une objection qu'elle juge fort légitime, François se rebiffe et l'accuse de tous les péchés d'Israël. Elle ne comprend pas, elle n'est pas de son temps, elle ne lui fait jamais confiance... Alors, presque par instinct de survie, Dominique prépare l'Halloween pour Geneviève. La petite doit revenir de l'école vers seize heures et on l'attend chez Mélanie, sa meilleure amie, pour un goûter avant de partir en bande faire le tour des résidences du quartier. Pour la première fois, Geneviève va courir l'Halloween, sans adulte, et Dominique est un peu inquiète. Mais que peut-elle y faire ? Au contact de François, elle a compris qu'elle doit apprendre à faire confiance à ses enfants. Chacun à sa mesure et selon ses besoins. Alors, Geneviève ira seule avec ses amis. Un gros plat de bonbons attend sur un banc à côté de la porte et une énorme citrouille fait le guet devant l'entrée de la maison. Encore quelques perles multicolores et Dominique sera prête, elle aussi, pour la fête. Elle adore recevoir à sa porte ces petites frimousses maquillées en épouvantails, en petits chaperons rouges, en clowns, en diables et en sorcières. Sans oublier les fées, bien entendu.

À peine le temps d'enfiler la robe magique, de mettre un peu de bleu sur les paupières et de rouge à ses lèvres et Geneviève est prête à repartir.

— Penses-tu que tu vas me reconnaître quand je vais venir chercher des bonbons ? lance-t-elle autant au miroir qu'à sa mère, en vérifiant une dernière fois si elle a l'air d'une vraie fée.

Puis se tournant vers Dominique, la petite ajoute, une moue sévère au coin des lèvres :

— Pis donne-moi pas un bec comme l'année dernière, j'ai eu l'air d'un vrai bébé...

À peine le temps de s'émouvoir, de se redire qu'elle a bien fait de la laisser aller seule, puis c'est Frédérik qui entre en coup de vent, lançant son sac à dos dans un coin de la cuisine.

— Salut, maman. J'ai faim... T'aurais pas un vieux bouchon de liège ? Jason pis moi on va se barbouiller la face. On a envie d'avoir un gros sac de bonbons à bon compte... T'aurais pas deux vieilles chemises blanches ? Pis des gants blancs ? Pis...

Une course à la cave, une visite au fond de la penderie d'André, un arrêt à la cuisine pour faire un sandwich et Dominique déniche tout ce dont Frédérik a besoin. Au moment de quitter la maison, il s'approche de sa mère et l'embrasse du bout des lèvres.

— Merci pour tout. T'es une mère super... Inquiète-toi pas pour Geneviève. Je... J'ai bien vu que ça te fatiguait de la savoir seule avec ses amis. Je vais la suivre. Elle saura même pas que c'est moi...

Et avant que Dominique ne puisse lui dire merci, touchée de la délicatesse de son fils, Frédérik éclate de rire.

— Va te laver la joue : j'ai laissé une grosse trace noire...

Puis, c'est la valse folle des monstres et des fantômes qui commence. Vers dix-sept heures trente, André se joint à elle pour répondre aux sonneries qui se répètent tous les cinq minutes. Vers vingt heures, Geneviève revient, le visage barbouillé, les yeux bouffis de sommeil. Mais surtout, pas question d'aller au lit avant de faire l'inventaire de son énorme sac. Dominique l'entend rire avec son père à l'étage. Les sonneries commencent à s'espacer. Elle prend alors conscience que François n'est pas revenu après la classe. Dès qu'André la rejoint à la cuisine où elle leur prépare un goûter, Dominique fait part de son inquiétude à son mari.

— François a-t-il appelé ?

— Non. Pas que je sache. Pourquoi ?

— Pas de nouvelles depuis ce matin.

André hausse les épaules. La chose ne le surprend pas. Voyant la mine tourmentée de Dominique, il lui entoure les épaules de ses deux bras.

— Faut pas s'en faire, conseille-t-il. Tu vas voir, il va nous arriver dans quelques minutes. Affamé, comme toujours.

Puis il laisse couler un petit rire.

— Au moins il y a cela de sûr avec les ados : ils reviennent toujours quand l'estomac leur rappelle de le faire. Allons, Dominique, ne t'en fais pas pour ça. Viens... Viens manger.

Mais Dominique n'a plus faim. Depuis quelque temps, François n'est plus que l'ombre de lui-même et cette constatation sape de plus en plus l'énergie et le bon sens de sa mère. Une inquiétude latente sommeille en Dominique. Alors, en ce moment, elle grignote du bout des lèvres et sursaute quand elle entend la porte d'entrée qui claque.

— François ? C'est toi ?

Elle est déjà en train de se lever quand la réponse lui parvient du couloir qui mène à la cuisine.

— Non, c'est moi...

Dominique se laisse retomber sur sa chaise, tourne un regard inquiet vers André, au moment où Frédérik paraît dans l'embrasure de la porte. Sous le barbouillage noir, il a les traits tirés. Comme s'il venait de vieillir rapidement. Sans un mot, il lance son sac de bonbons sur la table, s'approche du frigo, prend une pomme, une pointe de fromage, reprend son sac et sort de la cuisine. Dominique lève un regard interloqué vers André, en faisant une drôle de moue. Puis elle lance :

— Bonsoir tout de même…

Le bruit des pas dans l'escalier s'arrête. Depuis la cuisine, André et Dominique peuvent presque sentir l'hésitation de leur fils. Les pas reprennent leur ascension, pendant que Frédérik leur annonce :

— Excusez-moi… Je… je suis fatigué. Une douche et je me couche… À demain.

Ces quelques mots sont un peu comme la goutte qui fait déborder le vase. D'un geste sec, Dominique lance sa serviette de papier sur la table et se relève en poussant sa chaise. Nerveusement, elle saisit les assiettes sales, les gratte et les empile avec grand fracas.

— Et de deux ! Comme si on avait pas assez de François… As-tu vu son sac de bonbons ? C'est à peine s'il est rempli… Gages-tu qu'il n'a même pas suivi Geneviève ? Et il avait l'air bizarre… Un autre qui commence à nous mentir… Si j'avais su que ça ressemblait à ça, l'adolescence, je n'aurais jamais eu d'enfants. Jamais… Et dire qu'on va repasser par là avec Geneviève… J'en ai assez de ne jamais savoir où est mon fils, ce qu'il fait… Et si Frédérik est pour lui ressembler…

Tout en disputant, Dominique fait la navette entre la table et le comptoir. Puis, brusquement, sa colère tombe, aussi rapidement qu'elle était montée. Mais la tension demeure, sournoisement tapie au creux des reins. Presque une douleur physique tellement elle est intense. Dominique s'arrête devant l'évier et éclate en sanglots, fixant le noir de la nuit qui s'est emparé de la cour. Pendant un moment, André reste silencieux, sans bouger. On entend le vieil érable du voisin se lamentant dans la tourmente qui vient de se lever. Et c'est presque lugubre que de percevoir ces craquements. Un long frisson secoue les épaules d'André. Il regarde le dos de sa femme qui se soulève au rythme de ses pleurs et il a le cœur serré. Pour elle, pour lui, pour leur famille. Alors il se relève lourdement et vient jusqu'à elle. Tout doucement, il l'entoure de ses bras avant de poser sa tête contre sa joue, fixant l'opacité de la nuit à son tour.

— Je crois que tu t'inquiètes pour rien, Domi... Frédérik n'est pas François. Je... Mais je comprends ta réaction... On est un peu échaudés, non, toi et moi ? Malgré tout, il ne faudrait pas devenir injuste pour cela.

Pendant quelques instants, ils restent enlacés à écouter le bruit de la tempête qui se prépare. Pourquoi la vie est-elle si compliquée parfois ? Qu'ont-ils fait ou qu'ont-ils oublié de faire pour que François agisse de la sorte ? Dominique se cale la nuque contre l'épaule de son mari. Elle sait qu'André est fort et droit, loyal envers sa famille. Elle sait aussi qu'il les aime tous profondément et qu'il a raison : Frédérik n'est pas François.. À deux, ils devraient arriver à comprendre leur aîné. À le comprendre et à l'aider. Une grande détente se fait en elle. Cette force qui s'appelle l'amour... Puis Dominique repense à Frédérik. Elle se dégage doucement.

— Ça ne sert à rien d'espérer voir François ce soir. Nous sommes vendredi et c'est l'Halloween... Comme d'habitude, il va probablement rentrer aux petites heures du matin. S'il rentre... Monte, je te rejoins. Je... Je vais parler à Frédérik un moment, puis j'arrive.

Quand elle retrouve André, il est calé dans ses oreillers. Dans un coin de la chambre, la télévision fonctionne en sourdine. Mais plutôt que de venir rejoindre son mari, Dominique se dirige directement vers l'armoire qui leur sert un peu de débarras et sans un mot, elle fouille sur les tablettes.

— Mais qu'est-ce que tu fais là ?

— Minute...

Après quelques instants, elle se retourne enfin vers lui. Un curieux mélange de colère et d'angoisse déforme ses traits.

— C'est bien ce que... André, aurais-tu vendu ta collection de timbres sans m'en parler ?

André soulève un sourcil interloqué.

— Ma collection de... Non. Pourquoi ?

— Je ne la trouve pas.

André éclate de rire.

— Mais qu'est-ce que c'est que cette histoire ? As-tu vu l'heure ? Ma collection de timbres ! Elle doit être rangée ailleurs, voilà tout.

Mais Dominique n'a pas envie de prendre la situation à la légère.

— S'il te plaît, cesse de rire. C'est Frédérik qui m'a dit que...

Et sans terminer sa pensée, Dominique recommence à fouiller. Après quelques instants, elle referme la porte de l'armoire en soupirant. André ne l'a pas quittée des yeux.

— Mais vas-tu enfin me dire ce qui se passe ici ?

Dominique s'approche du lit. Il n'y a plus de colère dans ses yeux. Uniquement une grande tristesse douloureuse.

— Oui, André. Oui, je vais te dire ce qui se passe ici. Mais attends-toi à recevoir une douche glacée. François, notre fils François, se drogue. C'est Frédérik qui...

Pendant de longues minutes, assise sur le bord du lit, Dominique raconte la discussion qu'elle vient d'avoir avec son plus jeune fils. Il n'a pas parlé à son arrivée tout à l'heure, parce qu'il ne savait pas s'il avait le droit de le faire. Ni comment le faire. Quand il a vu sa mère entrer dans sa chambre, il y a vu un signe du destin et il s'est jeté sur elle en pleurant. Frédérik avait peur. Il avait peur pour son frère et, en même temps, il détestait avoir à le trahir. Jamais Dominique ne l'a vu aussi bouleversé, aussi déchiré.

— ... Pendant quelque temps, il a suivi Geneviève comme il me l'avait promis. Mais en arrivant chez Marco, il a brusquement changé d'idée. Ce soir, André, c'est le party chez Marco. Les parents sont absents et toute la bande de François est là.

— Et alors ? Tu n'as jamais connu de party pendant ta jeunesse ? Surtout ceux quand les parents ne sont pas là ? Allons donc ! Ça ne veut pas dire que...

— Laisse-moi terminer...

Marco avait invité Frédérik et Jason à entrer. Jason avait décliné l'invitation mais Frédérik, apercevant son frère dans le fond du salon, avait accepté. Tout le monde buvait. De la bière, du vin ou de l'alcool mêlé à de l'eau gazeuse. François semblait d'excellente humeur.

— T'aurais dû le voir maman. Je... je ne reconnaissais pas mon frère. Il riait tout le temps. Il parlait fort. Il m'a pris par le cou et voulait absolument me présenter à tout le monde. Il disait que j'étais le sportif. Lui qui lève toujours le nez sur mes entraînements, lui qui m'expédie *subito presto* en haut quand je veux me joindre à sa bande, tout à coup il avait l'air terriblement fier de moi. Puis il m'a planté là pour suivre Marco. Comme je ne connaissais pas vraiment le monde, j'ai tourné en rond pendant quelques minutes, puis j'ai décidé de partir. C'est quand j'ai fait le tour de la maison pour dire salut à François que je l'ai vu. Il... il était dans le sous-sol avec deux ou trois amis et ils étaient en train de renifler une poudre blanche... Ça m'a fait peur. Je suis parti sans le saluer. Je... je ne crois pas qu'il m'a vu. Pis, dans le fond, je m'en fous. Pourquoi, maman ? Pourquoi François fait ça ? On n'a pas besoin de ça, ici. On est bien, non ?

Sur le chemin du retour, il avait compris certaines choses. La semaine dernière, Frédérik avait remarqué des objets bizarres dans la chambre de son frère. Des objets qui n'auraient jamais dû y être : l'album de timbres de leur père, les chandeliers en argent que sa mère n'utilisait que dans les grandes occasions, la bouteille de gin qui avait mystérieusement disparu depuis quelque temps... Peut-être bien que François les avait vendus pour se procurer de l'argent ?

— Qu'est-ce que t'en penses, toi ?

Et devant le silence de sa mère, il avait ajouté aussitôt, comme s'il voulait s'excuser :

— Je ne fouille pas dans sa chambre. Mais l'autre jour, j'avais besoin du dictionnaire et tu connais le fouillis dans la chambre de François. C'est par hasard que j'ai vu ces choses-là sous son lit. À côté du dictionnaire, justement... Je le sais bien que j'aurais dû vous en parler tout de suite... Mais j'aurais eu l'impression de trahir François. Je me suis dit que ça ne me regardait pas et que François finirait bien par vous en parler. Aujourd'hui, je comprends que j'ai eu tort.

Dominique l'a réconforté. Elle lui a expliqué que son silence en était un d'honneur et que jamais elle ne pourrait lui en vouloir pour ça. Et que sûrement François leur donnerait une explication. Puis elle était passée par la chambre de son aîné pour constater que les objets en question n'y étaient plus et aussitôt, voulant en avoir le cœur net, elle s'était mise à fouiller dans l'armoire.

— Je ne suis même pas allée vérifier dans le buffet. C'est clair comme de l'eau de roche. De toute façon, je ne crois pas aux miracles, soupire tristement Dominique. L'explication saute aux yeux, n'est-ce pas ? Et j'oserais même dire que je m'y attendais sans vouloir clairement me l'avouer. Pas toi ? Ça expliquerait tellement de choses...

Sur le coup, André a envie de se relever, de s'habiller et de rapatrier son fils à la maison, *manu militari*. Puis aussitôt il se ravise. Ne serait-ce pas là une manière directe de jeter de l'huile sur le feu ? Il ne sait pas. Il ne sait plus. Il est surtout très malheureux.

Longtemps, blottis l'un contre l'autre, Dominique et André écoutent le vent gémir dans les arbres de l'avenue. Ils ne parlent pas. Il n'y a rien à dire. Certains silences sont encore plus éloquents que les mots. Ils ont peur, ils ont mal. Ils aiment tellement leur fils.

Demain. Demain sera un jour nouveau et la clarté du matin se posera sur leur vie, apportant peut-être la solution. Ils s'en font sans doute pour pas grand-chose. La nuit, les gens et les choses ont souvent une dimension différente, déformée. François va sûrement tout leur expliquer. Frédérik a peut-être mal vu et l'album de timbres est ailleurs dans la maison... Il y a une explication. Il doit sûrement y avoir une explication.

François n'est pas rentré coucher. Au déjeuner, l'atmosphère est tendue. Si ce n'était de Geneviève, petit moineau insouciant, Dominique serait restée dans sa chambre. Elle n'a envie de voir personne. Son cœur bat à grands coups d'inquiétude et la tient en retrait du reste de sa famille. Curieusement, pendant qu'elle prépare des gaufres pour sa fille, elle se souvient de la parabole de la brebis perdue. La brebis qui se tient en équilibre sur le bord d'un précipice a pris la forme de François... Pourtant à son réveil, apercevant un rayon de soleil entre les persiennes, elle s'est étirée en se disant que ce serait bien d'aller tous ensemble assister à l'entraînement de Frédérik. Elle se sentait bien, toute légère. Puis le prénom de François lui a traversé l'esprit, la faisant se rouler en petite boule sous les couvertures, détruisant sa nonchalance. D'un seul coup, la soirée de la veille a envahi son esprit comme une tempête de sable s'insinuant dans les moindres recoins de sa pensée. Ses jambes étaient lourdes, lourdes... L'angoisse de la nuit a eu raison de la clarté du matin. Au grand soleil, elle a vite compris qu'il n'y a pas de solution miracle. Entendant sa plus jeune aller et venir dans la cuisine, Dominique s'est levée pour la rejoindre et faire le café.

Selon le schéma habituel, François revient presque aussitôt à la maison. Il n'est pas encore neuf heures. Il a les paupières rouges et bouffies. Ses épaules sont voûtées comme celles d'un vieillard. Dès qu'il aperçoit ses parents assis à la table, il se redresse et leur fait un large sourire.

— Salut... On a écouté un film et je me suis endormi devant... Ça... ça m'a fait plaisir de voir Frédérik, hier.

À le voir, tellement sincère, Dominique hésite. André, lui, attaque de plein front.

— Un film ? Quel film ?

— Oh ! Je ne me rappelle plus du titre.

François éclate de rire.

— Pis comme je me suis endormi, ne me demande surtout pas de quoi il parlait... Un suspense, je crois...

Tout en parlant, François s'est approché du frigo.

— Maman, fait-il en se tournant vers Dominique, presque suppliant, avec sa voix d'enfant, est-ce que je peux prendre des œufs ? Je meurs de faim. Finalement, j'ai pas soupé hier. Ça fait que...

— Bien sûr que tu n'as pas mangé, hier. Tu as bu.

La voix tranchante d'André est tombée glaciale sur la cuisine. François hésite puis se tourne vers son père.

— C'est Frédérik qui vous a dit ça ? C'est vrai. J'ai un peu bu. Quelques bières... Est-ce que ça fait partie de votre liste d'interdits ?

Sa répartie flotte un moment au-dessus des têtes, arrogante, agaçante, soulevant un malaise indéniable. Geneviève n'y comprend rien. Intimidée par le ton des voix, elle se laisse glisser sur le sol. Avec l'intuition propre aux enfants, elle saisit qu'elle ferait mieux de déguerpir.

— Je vais écouter la télé, lance-t-elle en se dirigeant vers le salon.

François a sorti les œufs, une poêle, le beurre, en faisant beaucoup de bruit. Pendant une longue minute, André et Dominique se regardent droit dans les yeux. Dominique hausse imperceptiblement les épaules. Elle est toujours un peu démunie au moment d'attaquer une situation de face. Les mots ne lui viennent que plus tard, quand tout est passé. Et André la connaît bien. Alors, sur un signe de tête, il se relève, vient au comptoir près de François et lui met la main sur l'épaule.

— Va t'asseoir. Je vais m'occuper de tes œufs. Tu les veux comment ?

François dévore tout ce que l'on met devant lui. Rôties, jus, café, tout y passe. Comme s'il n'avait pas mangé depuis des semaines. Pendant ce temps, André retire son couvert et celui de Geneviève, les rince et les met dans le lave-vaisselle. Dominique sirote son café. Elle aussi connaît bien son mari. Alors elle attend. La musique des dessins animés les rejoint dans la cuisine, dérangeante, déplacée. « Comme dans les films », se dit curieusement Dominique. Puis alors que François essuie consciencieusement son assiette avec un bout de pain, André s'approche d'eux, se penche vers son fils en mettant les deux poings devant lui, bien d'aplomb sur la table. *Passe-Partout* vient de commencer...

— Maintenant que tu as bien bu et bien mangé, on va parler.

— Parler ? Mais de quoi ? Je... J'ai mal dormi, j'ai envie de me recoucher un peu.

Tout en répondant à son père, François fait mine de se relever. D'une main autoritaire, André l'oblige à se rasseoir. Le rire en clochettes de Geneviève envahit la cuisine. Mais André ne l'entend pas. Il garde les yeux vrillés sur ceux de son fils.

— Minute papillon. Si je dis qu'on parle, c'est qu'on parle. Compris ?

François soutient son regard un instant. Puis en bâillant, il étire les jambes devant lui et appuie sa tête contre le dossier de la chaise en fermant les yeux.

— Envoye, *shoot*, soupire-t-il nonchalant. J'ai envie de dormir un peu avant de retourner chez Marco. Son père nous attend pour...

André doit faire un effort surhumain pour ne pas secouer son fils à la hauteur de sa colère. Il le regarde, silencieux, lève une main puis la rabaisse. Se redressant, il glisse les deux mains dans ses poches. Pour se maîtriser. Uniquement se maîtriser. Sa voix est catégorique :

— Pour l'instant, mon gars, tu n'iras nulle part. Le père

de Marco va devoir se passer de tes services pour aujourd'hui.

À ces mots, François bondit. La main d'André, rapide et toujours aussi ferme se rabat aussitôt sur son épaule le retenant à sa place.

— De quel droit te permets-tu de...

— De mon droit de père. Il est temps de faire un maître ici. On a déjà trop attendu... Où est mon album de timbres, François ?

— Ton quoi ?

— Ne fais pas l'innocent. Ma collection de timbres, celle que je t'ai montrée, l'hiver dernier. Avec la suite complète du jubilé de la reine. Tu sais très bien quelle est sa valeur, n'est-ce pas ?

— Bien sûr que je sais, tu me l'as dit... Mais pourquoi veux-tu que je sache où...

— Parce que tu l'as prise.

— Moi ? Jamais... Pourquoi est-ce que...

— Pour la vendre. Comme les chandeliers, d'ailleurs.

— Les chandeliers ? Quels chandeliers ? De quoi parles-tu à la fin ?

Les yeux de François sont embués de larmes. Il frotte ses mains contre son jeans. Il est nerveux, presque paniqué. André se dit que la réaction est hors de mesure avec la question posée. Mais avant qu'il ne puisse intervenir à nouveau, François se tourne vers Dominique, implorant.

— Mais voyons, maman. Dis quelque chose. De quoi papa parle ? Je ne...

— Il parle seulement de l'argent que tu as pu vouloir te procurer facilement pour t'acheter de la drogue.

— De la drogue ? Moi ? Mais c'est complètement fou.

François se lève, tremblant. Il regarde autour de lui,

puis regarde ses parents à tour de rôle. De grosses larmes coulent sans retenue sur ses joues.

— Pourquoi est-ce que vous m'en voulez à ce point-là ? Qu'est-ce que j'ai fait ? Je vous jure que j'ai rien pris. C'est pas moi... Pourquoi ça serait pas Frédérik, hein ?

Le temps de reprendre son souffle et il enchaîne de sa voix saccadée :

— Ah non, bien sûr, ce n'est pas le sportif qui aurait fait ça... Pas besoin de chercher, hein ? Ça serait trop long, trop difficile. Alors on accuse François. Il a le dos large François. Et des amis qu'on n'aime pas... Pourquoi est-ce que vous ne m'aimez pas ? Pourquoi toujours m'accuser, moi ?

Et sans attendre de réponse, il quitte la cuisine en courant. Aussitôt après, la porte d'entrée se ferme avec fracas. Alors Dominique lève les yeux vers André. Maintenant, c'est elle qui pleure. Un doute immense lui étreint le cœur.

— Et s'il disait la vérité ?

Aussi bouleversé que sa femme, André baisse les paupières un instant en rétorquant dans un souffle :

— S'il te plaît, n'embarque pas dans son jeu.

— Dans son jeu ? Quel jeu ? Tu as vu comme moi qu'il pleurait, non ? Il me semble que...

À ces mots, André s'approche de Dominique et pose les mains sur ses épaules.

— Oui, il pleurait. Mais pour moi, ça ne veut rien dire. Il ne faut surtout pas se laisser avoir, Domi. Ce n'était probablement que de la peur. Ou la rage de se voir découvert. La collection a disparu et les chandeliers aussi. J'ai vérifié ce matin en me levant. Ils ne se sont pas envolés, Dominique. On n'a pas le droit de laisser faire. Et très très sincèrement, je ne crois pas que ce soit Frédérik qui les ait pris... Je le répète, on doit intervenir. On n'a pas le droit de le laisser faire comme ça.

Mais Dominique ne l'entend pas de la même oreille. Laisser faire... Qu'est-ce que ça veut dire laisser faire ? Elle se dégage d'un geste sec.

— Et qu'est-ce que tu comptes faire, justement ? Appeler la police ? L'attacher dans sa chambre, le dénoncer à la DPJ...

Tout en parlant, Dominique est venue rincer sa tasse. Pendant un moment, elle regarde la cour inondée de soleil. Il fait une belle journée d'automne. Une journée pour être heureux. Elle revient face à André.

— La seule chose que je ressens, dit-elle tristement en se pointant le cœur du doigt, c'est qu'il est malheureux. François, notre fils François est profondément malheureux. Et je ne veux même pas en connaître la raison. Mais je sais une chose, par exemple. Ce n'est sûrement pas en l'attaquant comme tu l'as fait qu'on va régler le problème. Je le connais assez pour ça. De toute façon, quand on est malheureux, c'est d'amour dont on a besoin. Uniquement d'amour. Pense ce que tu voudras, mais moi je ne l'accuserai jamais. Quoi qu'il ait pu faire. M'as-tu bien entendu, André ? Jamais tu ne me feras accuser un de mes enfants. Maintenant tu vas m'excuser. Je vais m'habiller chaudement pour accompagner Frédérik à son entraînement.

Et tout en quittant la cuisine, même si elle admet que son mari voit juste et que c'est probablement François qui a pris l'album et les chandeliers, Dominique sait qu'elle a raison. De toute son intuition de mère, elle sait qu'elle ne se trompe pas.

Arrivée sur le pas de la porte de sa chambre, elle hésite un instant. Instinctivement, elle aurait envie de joindre

Cécile. Comme un appel vers celle qui pourrait les aider. N'est-elle pas médecin ? Mais aussitôt elle hausse les épaules en soupirant. Cela fait maintenant plus d'un mois que Cécile n'a pas donné de ses nouvelles. Ça ne servirait à rien. Cécile a d'autres chats à fouetter pour l'instant. Pourquoi l'embêter avec les problèmes de leur fils ? Cécile a tout pour être heureuse : elle vient de retrouver l'amour de sa vie...

Refoulant ses larmes, elle ouvre un tiroir, saisit le premier chandail venu et revient sur ses pas jusqu'au haut de l'escalier.

— Geneviève, ma chérie... Est-ce que ça te tente de venir avec moi au collège voir l'entraînement de ton frère ?

La petite lui répond avec enthousiasme, se précipitant aussitôt vers l'escalier pour la rejoindre. Dominique l'attend en souriant. Il y a aussi Geneviève et Frédérik. Il ne faut surtout pas les oublier dans la tourmente qui secoue leur vie de famille.

S'occuper le corps et l'esprit. Penser aux autres qui ne demandent rien, sinon un peu d'attention et beaucoup d'amour. Tout comme François, finalement. Surtout ne pas rester inactive. Surtout pas ça. Bouger, entreprendre, avoir des projets d'heure en heure. Il ne faut pas laisser l'esprit partir en cavale. Parce qu'alors, Dominique le jure, elle va devenir folle.

* * *

Les travaux sont presque terminés à la cabane à sucre. Un peu de peinture, quelques rafistolages à l'intérieur et tout sera prêt pour passer l'hiver en attendant la prochaine saison des sucres. Et Jérôme a bien relevé le défi. La cabane est vaste, confortable et pourra accueillir plusieurs personnes à la fois. Pourtant, Jérôme n'est pas très enthousiaste. C'est du beau travail, bien fait. Il le reconnaît et il est heureux d'y être parvenu. Mais sans plus. La petite étincelle qui avait enflammé cette idée à ses tous débuts est éteinte depuis quelques mois. Car depuis la fin de l'été, depuis ce jour où il a osé lui dire qu'il l'aimait, qu'il l'avait toujours aimée, Cécile s'est retirée du projet. Bien sûr, elle venait faire son tour à la cabane, constatait l'avancement des travaux, le complimentait, mais invariablement, au bout de quinze minutes, elle retournait à la ferme pour tenir compagnie à Mélina. Et voilà, qu'en plus, depuis deux semaines, elle n'est même pas venue le voir. Oh ! Elle n'a pas vraiment changé ses habitudes. Tous les mercredis, elle l'appelle après le souper et ils jasent longuement ensemble. Mais ce n'est plus pareil. Comme si le ton était maintenant volontairement distant. Comme si maintenant Cécile avait peur de lui. Ou d'elle-même. Jérôme ne saurait le dire. C'est comme s'il y avait une cassure entre eux. Mais peut-être bien qu'elle y était avant et que c'est lui qui refusait de la voir. Est-ce pour cela que depuis deux fins de semaine, Cécile a trouvé mille et une raisons pour rester chez elle ? Surplus de travail à l'hôpital, changement de saison et travaux qui s'y rattachent, Halloween... Comme si elle se cherchait des défaites. Il n'est pas idiot et il peut comprendre que le cadeau que leur fait la vie n'est pas si simple. Pendant plus de quarante ans, Cécile l'a cru mort. Elle a refait sa vie. Elle a aimé un autre homme, elle a élevé un fils, elle a une profession accaparante. Tout cela, Jérôme le comprend et l'accepte. Mais au-delà de cette réalité, que reste-t-il ? N'ont-ils pas encore de belles et bonnes années devant eux ? N'ont-ils pas le droit d'espérer ? N'a-t-il pas, lui,

Jérôme Cliche, le droit d'essayer de reconquérir son cœur ?

Comment lui dire tout cela sans l'effaroucher davantage ? Jérôme ne sait plus que dire ou que faire. Lui aussi il a peur. Peur de se tromper, de la blesser, de tout rater…

Pendant qu'il travaille, c'est tout cela qu'il ressasse. Et quand le tourbillon de ses pensées et de toutes ces questions sans réponse menace de l'engloutir, il se tourne spontanément vers la France. C'est sa planche de salut, son exutoire. Il essaie d'imaginer Don Paulo dans le verger. Il entend leurs discussions, se souvient des chiffres et des calculs qu'ils faisaient, se revoit en train de cueillir de belles grosses pommes rouges et l'odeur du cidre frais lui monte presque à la tête. Début novembre, c'est le temps des livraisons pour le temps des Fêtes qui approche. Don Paulo a-t-il changé le vieux camion poussif comme ils s'étaient promis de le faire l'an dernier ? Les marchands de Caen ont-ils cherché à savoir ce qu'était devenu l'étranger de la guerre qui l'accompagnait habituellement ? Y a-t-il quelqu'un qui pense encore à Philippe ?

Lui, Jérôme, il ne pourra jamais l'oublier…

À plusieurs reprises, il a écrit à Don Paulo. Immanquablement, le papier se retrouvait à la corbeille. Il n'arrive pas à exprimer tout ce qu'il ressent. Un homme comme Don Paulo pourrait-il comprendre ce que c'est qu'une peine d'amour ? Pourrait-il comprendre que Jérôme s'ennuie du monastère, de sa vie calme et constante, malgré l'amour sincère et envahissant qu'il ressent pour Cécile ? De toute façon, Jérôme aimerait lui envoyer de bonnes nouvelles. Pas des lamentations, des amertumes ou des regrets. Il n'arriverait jamais à taire sa tristesse à son ami. Ce serait mentir que de l'évacuer. Et Jérôme n'a jamais menti à Don Paulo. La présence du directeur lui manque. Tout comme ce qui a été toute sa vie, finalement. On ne peut tourner la page, à soixante ans passé, comme si rien n'avait existé avant. Jérôme sait trop bien ce que signifie ne rien avoir derrière soi. Alors ses souvenirs sont très importants. La majeure partie de son existence, il l'a vécue dans un monastère. Ici, il y a bien Mélina et Paul, le frère de Cécile qu'il revoit à l'occasion. Mais cela ne lui suffit pas. On ne peut refaire une vie. On peut simplement accepter qu'elle soit différente. Ce qui est derrière soi ne s'effacera jamais. La vie de Jérôme a été faite d'enfance heureuse, de décisions difficiles, d'absence de mémoire et de choix. Il ne pourra jamais le renier. Et il n'aurait pas raison de le faire. Il est ce qu'il est. Sans prétention, sans fausse pudeur. Il pensait que Cécile saurait l'accepter tout comme Don Paulo l'avait compris. Mais ce n'est pas aussi simple. De plus en plus souvent, il pense à son ami de France. Tous les deux, assis dans la pénombre du grand bureau, ils sauraient en parler. Tenter de comprendre, d'expliquer. Don Paulo a toujours pris le temps d'écouter Jérôme. Et Jérôme prenait du temps pour lui. C'est probablement pour cela que les deux hommes s'entendaient si bien. Et aujourd'hui, devant l'incertitude, Jérôme oserait dire qu'à défaut d'un grand amour, il pourrait profiter d'une amitié solide. De celles qui prennent une vie à se bâtir et qui se moquent des intempéries. Mais voilà ! Cette amitié-là, c'est en France qu'elle existe et c'est là, près d'une plage de Normandie qu'elle est restée.

Jérôme vient de terminer la peinture. Le dernier pot est refermé, les pinceaux ont pris le chemin de la poubelle. Reculant jusqu'à la porte, il examine la grande salle d'un œil critique. Puis il fait un large sourire. L'ensemble lui plaît bien. Les murs sont beiges et les boiseries bleu nuit.

La pièce n'a plus rien à voir avec la petite cabane sombre et poussiéreuse de son enfance. Vaste et claire, la salle est confortable. Avec son cousin Paul-André, il a déniché deux anciennes tables de réfectoire, dans un encan au village voisin, et ils ont réussi, en riant comme deux gamins, à les amener jusque-là, à l'aide du tracteur et d'une remorque. Elles trônent royalement dans le centre de la cabane, bien astiquées, couleur de miel doré. Dans le fond, contre le mur de pierre, l'évaporateur est resté le même. Il n'est pas très gros, mais les ambitions de Jérôme sont limitées en matière de sirop : de quoi fournir les parents, les amis. Il tient à ce que le temps des sucres reste un moment de détente dans l'année. Pas une corvée. Vérifiant une dernière fois si les fenêtres sont bien fermées, Jérôme s'apprête à retourner à la ferme. Quand il reviendra ici, l'hiver commencera à donner des signes d'essoufflement sous le soleil qui aura enfin gagné en hardiesse. En plaçant le cadenas sur la porte, Jérôme n'ose se demander s'il y viendra seul. Le temps, il n'y a que le temps qui puisse répondre à cela. Et malgré une certaine crainte, il a envie de croire que rien n'est perdu. Il a envie de faire confiance au temps, à la vie, à tout ce qui a déjà existé entre lui et Cécile.

Mélina l'attend à la fenêtre, lui faisant de grands signes du bras, quelque chose à la main. Le temps s'est couvert et de lourds nuages gris roulent au-dessus de la tête de Jérôme. Un vent sournois s'engouffre sous sa veste de chasseur, le faisant frissonner. Il lève la tête et du doigt, il montre le ciel à sa mère, les sourcils froncés. La pluie ne devrait pas tarder. Puis d'un pas de plus en plus certain, Jérôme se hâte de monter l'escalier et d'ouvrir la porte.

— Enfin te v'là ! Regarde c'qui est arrivé pour toi, t'à l'heure.

Mélina l'attendait avec impatience. Elle tient une enveloppe bleue, de celle que l'on utilise pour les envois par avion.

— Regarde, Jérôme ! Ça vient de France.

Dans sa voix, il y a une teinte de respect. Pour une femme telle Mélina, pour qui Québec est déjà le bout du monde, la France lui semble appartenir à une autre planète. Elle tend le papier à son fils, impressionnée, les yeux pétillants de curiosité. Jérôme regarde l'enveloppe, fait un sourire en coin en reconnaissant l'écriture de Don Paulo puis glisse la lettre au fond de la poche de son pantalon. Mélina le regarde une moue de déception sur le visage.

— Tu la lis pas ?

Il lui semble impossible de recevoir une lettre de si loin et de ne pas vouloir la lire immédiatement. Alors, elle insiste.

— C'est peut-être important... Tu devrais la...

Mais Jérôme n'a pas l'intention de céder.

— Plus tard, maman. Je... j'ai faim. Qu'est-ce qu'on mange ? Je peux t'aider ?

Jérôme n'ouvrira pas l'enveloppe tout de suite. Il veut être seul quand il retrouvera Don Paulo. Mélina n'insistera plus. Quand Jérôme dit quelque chose, il change rarement d'avis. Ravalant sa déception, la vieille femme trottine vers le poêle.

— On mange du ragoût. Avec un temps pareil, j'ai eu envie d'un bon repas consistant. Ça sent l'hiver.

Sur ces mots, percevant très clairement le désappointement dans le ton de sa mère, et n'aimant pas lui faire de peine, Jérôme s'approche et se penche pour l'embrasser sur la joue.

— Et ici, ça sent bon... Demain... demain au déjeuner

je te parlerai des nouvelles que j'ai reçues de France. C'est le directeur du monastère qui m'écrit.

Alors Mélina lève les yeux, lui rend son sourire. Elle a tellement confiance en lui, en son jugement.

— C'est ben beau comme ça...

Puis elle revient face à ses fourneaux.

— On mange astheure ? Y reste juste à mettre la table... pis à sortir le vin, comme de raison, ajoute-t-elle malicieuse.

Don Paulo lui a fait parvenir quatre longues et bonnes pages d'une lettre qui relate la vie récente au monastère. Jérôme ne se lasse pas de la lire et de la relire, ému. Il revoit les murs de pierre du vieux monastère, il entend les oiseaux qui se poursuivent dans le verger, il se promène le long des allées fleuries qui changent de couleur avec les saisons. Comment a-t-il pu croire un seul instant que tout cela n'aurait désormais plus d'importance pour lui ? Allons donc ! C'est presque toute sa vie qui se dessine sur l'écran de sa mémoire. Une grande nostalgie lui étreint le cœur.

Et cette même nostalgie doit se percevoir dans sa voix quand il reprend quelques passages de la lettre pour les lire à Mélina. Confortablement installée dans sa berceuse, près de la fenêtre, elle regarde la pluie qui dégouline en rigoles rapides sur la vitre, se gardant bien d'interrompre Jérôme. À travers les mots, elle entend aussi la tristesse qui s'enroule autour d'eux. C'est pourquoi, quand son fils se tait, elle reste un moment silencieuse. Puis elle se tourne vers lui.

— Alors, ça ressemblait à ça, ta vie là-bas ?

— Oui, à peu près...

— Eh bien ça devait être une belle vie, mon fils. Les pommiers, le bon Dieu, la nature... Oui, une ben belle vie...

Puis elle se tait. On n'entend plus que la pluie qui tombe

sur le toit de tôle de la galerie et le vent qui gronde dans la cheminée. Pendant quelques instants, Mélina s'amuse de la course des gouttes de pluie sur la vitre. Elle ajoute doucement :

— Est-ce que t'aimerais ça y retourner ?

C'est au tour de Jérôme de rester silencieux. La question de sa mère le laisse pensif, décontenancé pendant un moment. Comment arrive-t-elle à le percer toujours aussi facilement ? C'est comme s'il avait dix ans et venait de faire un mauvais coup. Il dessine un sourire un peu las, exactement comme un sourire d'enfant gêné.

— Je ne vivrais plus là-bas. Je... je suis heureux ici. C'est chez moi. Mais j'aimerais bien revoir Don Paulo.

Puis avec de la fougue dans la voix, il reprend :

— Oui, j'aimerais tellement revoir Don Paulo.

— Alors qu'est-ce que t'attends ?

En prononçant ces derniers mots, Mélina s'est retournée vers Jérôme, son regard vif le fouillant jusqu'au fond du cœur.

— Mon gars, quand on a envie de faire quelque chose dans la vie, faut surtout pas attendre que les autres agissent à notre place. Tu penses que je me suis pas aperçue que tu filais un mauvais coton depuis le début de l'automne ? Pis que Cécile y est pour de quoi ? Ben voyons donc ! Chus vieille mais pas aveugle. Pis j'ai encore toute ma tête. Pars. Va faire un tour en France. Quand tu vas revenir, les choses vont être différentes. Rien de mieux qu'un peu de recul pour comprendre sa vie. Pour se comprendre. Pis ça, ça vaut autant pour toi que pour Cécile.

Et le voyant toujours hésitant, elle claque de la langue avec impatience. Comme lorsqu'il était enfant et se montrait boudeur.

— Arrête de barboter comme un p'tit gars qui sait pas c'qui veut. Parce que dans l'fond, tu l'sais ben c'que tu veux. Pis avec la pension que tu reçois de l'armée, t'as toute c'qui faut pour te payer c'te voyage-là.

Jérôme s'est approché de sa mère. En grimaçant, il arrive à s'asseoir à ses pieds. Brusquement, il aimerait avoir à nouveau dix ans. Impulsivement, il pose la tête sur les genoux de Mélina. Tendrement, profondément émue, elle vient caresser la tête bouclée, aussi sombre à travers les mèches grises que celle de son défunt mari, Gabriel.

— Fais comme j'te dis. Ça m'arrive d'avoir raison, tu sais. Pis crains pas pour moi. J'viens de t'le dire, chus peut-être vieille mais chus encore solide. M'en vas être là quand tu vas rappliquer chez nous. Tu vas voir, Jérôme. On va se faire un beau Noël. Le plus beau de toute ma vie parce que mes deux enfants vont être avec moi.

5

L'avion commence à perdre de l'altitude. Par le hublot, Jérôme contemple la campagne clairsemée qui entoure la ville de Paris. Puis le dessin des quelques rues aperçues s'estompe derrière l'avion qui se dirige vers l'aéroport. La verdure de quelques parcs contrastant avec la grisaille des arbres dépouillés se rapproche rapidement. Le plafond nuageux est bas et aux contrecoups ressentis dans l'avion, Jérôme conclut que le temps est venteux. Mais il garde tout de même son sourire un peu furtif. Tout à l'heure, Jérôme reviendra vers Paris. Il a choisi de commencer son séjour en France par une petite semaine de tourisme. Hormis sa mère et Cécile, personne ne sait qu'il est ici. Il n'a pas prévenu Don Paulo, préférant lui faire la surprise. Le voyant lumineux annonçant l'atterrissage l'arrache à sa contemplation. Jérôme n'aurait pu imaginer qu'il se sentirait aussi bien d'être seul. Pas maintenant, pas après avoir vécu tout ce qu'il a vécu depuis quelques mois. Pourtant, en ce moment, il n'y a que cela qui lui monte à la tête comme un bon vin. Pour les quelques jours à venir, il n'y aura que lui à contenter. Seul avec ses souvenirs, ses choix et ses aspirations. Être seul avec lui-même, sans horaire, sans contrainte. C'est la première fois de sa vie que cela lui arrive.

Il avait réservé une chambre dans une petite pension près de Montmartre, simplement séduit par le nom : Pension Hirondelle, près de la rue Joseph-de-Maistre. Le temps de passer les douanes, de repérer la navette qui le conduira au RER afin de gagner le centre de la ville et déjà Jérôme se sent chez lui, même s'il n'est jamais venu à Paris. À vrai dire, aussitôt arrivé devant le douanier, il s'est senti chez lui. Le parler chantant des gens, les expressions employées… C'est un peu comme s'il rentrait à la maison une deuxième fois. En sortant du RER, sans hésitation, après avoir étudié un plan de la ville, Jérôme prend le métro pour se rendre à la station Lamarck-Caulaincourt. Puis de là, il a gagné son hôtel à pied…

Accoudé à la fenêtre, il regarde les passants s'agiter sous ses yeux et il sourit à cet accent qui courtise familièrement son oreille. Pendant quelques instants, il s'amuse à écouter les bruits de la ville. Puis, il se redresse et referme le battant de la fenêtre. Il lui tarde de se joindre à la foule, de s'y mêler, de s'y confondre, de s'y perdre. Attrapant un chandail, il s'élance vers l'escalier. Curieusement, depuis quelque temps, sa jambe n'est plus aussi raide et ne le fait aucunement souffrir. Probablement que le travail imposé pendant l'été a fait office de thérapie. C'est en sifflotant un air entendu à bord de l'avion qu'il sort enfin de la pension.

Pendant plus d'une heure, Jérôme se promène nonchalamment dans le quartier, essayant de se créer des repères. Le nom des rues lui chante à l'oreille : Lepic, Durantin, des Abesses… Il inspire profondément, n'a pas assez de ses deux yeux pour tout regarder. Pourtant, l'air est frisquet et les gens marchent à petits pas pressés, les cols relevés contre le visage, s'ignorant les uns les autres. Il n'y a que Jérôme pour allonger la marche et prendre son temps comme aux belles journées de juillet. Il reste même insensible à l'humidité froide qui se glisse sous son chandail et il sourit à tous ceux qui le bousculent au passage. Parce que, en ce moment,

Jérôme est heureux. Parce que, en ce moment, et peut-être pour la première fois de sa vie, Philippe et Jérôme cohabitent en harmonie. Curieusement, il ressent les mêmes émotions que celles qui l'avaient assailli lorsqu'il avait marché le long du champ de maïs, en Beauce, au lendemain de son arrivée dans la grande maison blanche et rouge. Du plus profond de son âme, comme une grande attente soudainement comblée, il se savait enfin de retour. Et voilà que maintenant, par intuition, il sait qu'ici aussi, il est de retour...

Prenant à sa droite, Jérôme traverse le carrefour. Le monastère et la grande maison de son enfance, le sourire de Don Paulo et celui de sa mère, les hésitations de Cécile et ses aspirations personnelles et profondes l'escortent depuis un bon moment déjà. En lui, les souvenirs et les désirs s'accouplent et se complètent. Sans brusquerie ni déchirement. Il a l'impression d'être un grand fleuve tranquille qui suit le cours prévisible des berges qui l'accompagnent. Jamais il n'a été aussi en paix avec lui-même. C'est avec l'image de sa cabane à sucre qu'il pousse finalement la porte d'un petit café. Aujourd'hui, maintenant, il ressent une immense fierté pour ce projet mené à terme. Brusquement, il a envie d'un bon verre de rouge pour fêter l'événement...

* * *

N'y tenant plus, Dominique s'est finalement décidée à venir dans la chambre de François. À son corps défendant, l'inquiétude l'emportant sur ses scrupules. Elle a l'impression d'être une voleuse : cœur battant et oreilles aux aguets, elle finit l'inventaire de l'amoncellement de papiers qui encombrent le pupitre et le plancher de la chambre de son fils. Pourtant, elle s'était bien promis de ne jamais faire ce qu'elle est en train de faire. Pour elle, et Dieu sait si Dominique ne se gêne pas pour le dire et le répéter à toute la famille, la chambre de chacun est un lieu sacré.

Mais avait-elle le choix ?

La sonnerie stridente du téléphone la fait sursauter au moment précis où elle extirpe d'une pile de papiers brouillons, le fameux bulletin, toujours supposément en retard, selon François. Y jetant un coup d'œil distrait, Dominique s'élance vers sa chambre pour répondre. C'est le père Gervais, le directeur du collège. Il veut rencontrer les parents de François dans les plus brefs délais. Tout de suite, si possible. Quelques mots, une promesse faite en fronçant les sourcils puis Dominique raccroche. Pour aussitôt composer un autre numéro, tout en dépliant complètement la grande feuille qui tient lieu de bulletin. Mis au courant de la situation en quelques phrases, André n'hésite pas. Il lui donne rendez-vous à la porte centrale du collège, dans vingt minutes.

— ... et tu devrais voir son bulletin, ajoute Dominique en analysant les notes qui s'étalent sous ses yeux, juste avant de raccrocher. Je comprends maintenant pourquoi François ne voulait pas nous le montrer. Un vrai torchon... C'est probablement pour cette raison que le directeur tient à nous rencontrer...

Devant la porte du collège, avant même de lui dire bonjour, Dominique tend la feuille à André. Tout au long de la route, à la fois fâchée et déçue, Dominique sait pourquoi le directeur les a convoqués. Les notes de François ont chuté de façon dramatique. Les différentes appréciations des professeurs se résument à quelques phrases laconiques d'une rigueur et d'une constance absolues: manque d'étude, manque d'intérêt, indiscipline... Un bref regard sur le grand papier bleu et André lève les yeux vers elle.

— Pas besoin de nous faire un dessin, n'est-ce pas? lance-t-il en soupirant, rejoignant ainsi les pensées sombres de Dominique. Je sais déjà ce que le père Gervais va nous dire...

Dès que le directeur les aperçoit dans l'embrasure de sa porte, il se lève pour venir à leur rencontre. C'est un homme plutôt petit, à la chevelure blanche et clairsemée, à la main molle. Mais à voir son empressement, Dominique serait prête à jurer qu'il n'avait rien de mieux à faire, en ce sombre après-midi d'automne, que d'attendre les parents de François. André, lui, remarque la ride profonde qui strie le front de l'homme entre deux âges lui tendant la main.

— Entrez. Assoyez-vous. Un coup de téléphone à donner et nous sommes à vous...

Quelques instants plus tard, c'est le préfet de discipline qui se joint à eux. Dominique fronce les sourcils, immédiatement sur la défensive. Que fait cet homme dans cette pièce ? N'est-on pas ici pour discuter des notes de François ?

Elle a vite compris que le bulletin n'était pas vraiment le sujet de cette rencontre. À peine un élément dans la discussion. Et finalement, le mot discussion n'est pas tout à fait approprié, lui non plus. Dès son entrée dans le bureau du directeur, le père Côté, véritable armoire à glace, au regard d'aigle et à la chevelure de corbeau, antipode du directeur et préfet de discipline au collège, prend les devants. Un signe de tête poli en direction des parents, un regard soutenu pour son confrère, puis il se poste près de la fenêtre, par où, de temps à autre, il jette un regard sur la cour. Le ton qu'il emploie est sévère. Quand il prononce le nom de

François, on peut presque percevoir une teinte de dédain dans sa voix. Il est bref, incisif. L'enquête est terminée, le jugement rendu et le verdict tombé.

— ... et vous savez, les notes de François sont à l'image de tout le reste. Et encore, s'il n'y avait eu que cela. Malheureusement, comme je viens de vous le dire, le comportement de votre fils est tout à fait contraire à tout ce que nous essayons d'inculquer aux jeunes qui nous sont confiés. Je regrette mais nous ne pourrons garder François chez nous plus longtemps. Je le répète : il a consommé et vendu des produits illicites à l'intérieur de nos murs. L'offense est majeure et par respect pour tous les jeunes qui fréquentent notre institution, de même que pour leurs parents, nous ne pouvons tolérer cette attitude. J'espère que...

— Mais en êtes-vous certains ?

C'est un appel du cœur que Dominique a lancé. Comme si elle était à la fois coupable et juge. À son cri, elle a senti une pression de la main d'André sur la sienne. Mais peu lui importe. Que son mari préfère se taire, c'est son droit. Mais elle, Dominique, ne laissera pas dire toutes ces choses sans intervenir. C'est de son fils dont on parle ici. Et quels que soient ses torts, elle est prête à jouer les avocats du diable s'il le faut. Il doit y avoir des raisons, des justifications. Mais le père Côté est à des lieues de telles considérations. Lui, c'est tout un collège qui dépend de ses choix et de ses décisions. On lui a confié des centaines de jeunes et il entend mener sa troupe à bon port. Sa réponse fuse comme s'il était personnellement accusé d'une quelconque négligence.

— Pensez-vous sincèrement que je lancerais, que nous lancerions, précise-t-il en jetant un coup d'œil au directeur, une telle accusation à tort et à travers ? Malgré tout le respect que je vous dois, et peut-être à cause de ce même respect, je crois qu'il est grand temps d'aider votre fils. Il a des problèmes, madame. De sérieux problèmes. Le François que nous avons retrouvé en septembre n'a rien à voir avec celui qui nous a quittés en juin dernier…

Dominique ne dit rien. Il a raison et elle le sait. Elle se tait. Elle tourne le regard vers André qui reste de marbre sur sa chaise. Elle sait qu'il a mal. Qu'il a très mal. Quand il fait ce visage impassible et dur, c'est qu'il cache une peine profonde. À son tour, elle fait une légère pression sur sa main. Pour qu'il sache le soutien, la présence. Elle lève ensuite la tête vers le préfet. Pendant quelques instants, leurs regards se croisent. Puis le père Côté hausse imperceptiblement les épaules en se retournant brièvement vers la fenêtre. Dans la cour, le groupe des plus jeunes prend sa récréation. Il préférerait nettement se joindre à cette bande criante et agitée que d'avoir à parler aux parents de François. Ce n'est jamais agréable d'agir ainsi. Mais il n'a pas le choix. Pourtant, il sait que les parents assis devant lui sont de bons parents. De braves gens, dépassés par les événements. Des parents qui aiment leur fils et ne peuvent imaginer que ce dernier soit un tricheur, un menteur. Et Dieu sait si… Pendant un moment le père Côté hésite. Puis il soupire en revenant face à Dominique. Elle ne l'a pas quitté des yeux. Dans son regard, il croit percevoir un appel à l'aide. Et beaucoup d'amour… Alors il choisit de ne pas tout dire. Ils n'ont pas besoin de savoir que François a essayé le chantage, qu'il a parlé prostitution et suicide quand il a compris que la direction du collège préviendrait ses parents. Non, le père Côté ne leur dira pas toutes ces choses, parce que finalement François est lui aussi une victime. C'est avec un petit sourire adoucissant la sévérité de ses propos qu'il reprend enfin.

— Je sais que tout ce que je viens de vous dire n'est pas facile à entendre. Mais je n'avais pas vraiment le choix. Je n'ai pas envie de lancer la pierre à qui que ce soit, mais en même temps je me dois d'agir. Et croyez-le bien, c'est dans l'intérêt de François que je le fais. Oui, c'est pour lui d'abord et avant tout que je vous parle. Considérant que vous avez un autre fils chez nous et qu'il est à tous niveaux irréprochable, je ne ferai pas d'esclandre avec la situation. Nous en avons discuté longuement, le père Gervais et moi, et nous ne porterons pas plainte contre lui. Pourtant, nous en avions le droit. Et peut-être aussi le devoir. Mais dans de telles situations, le jugement doit avoir priorité et je ne suis pas particulièrement friand des méthodes fortes. François n'a pas besoin d'être cassé, il a besoin d'être aidé. Par contre, pour vous comme pour lui, j'ai appelé la DPJ.

— Mais pourquoi ?

Dominique est bouleversée.

— Rassurez-vous. Les gens de la DPJ travaillent pour les jeunes. Le nom le dit : protection de la jeunesse. Je suis certain qu'ils sauront vous indiquer la voie à suivre avec François... Vous savez, ce n'est pas le premier à qui cela arrive et il ne sera pas le dernier non plus... Même si je sais que de connaître une telle chose ne pourra diminuer votre peine et n'enlève rien à la responsabilité que vous avez face à lui. Nous nous connaissons depuis quelques années et je sais qu'avec vous et avec de l'aide, François finira bien par trouver les solutions. Ce n'est pas un mauvais garçon.

André a l'impression d'être dans un rêve. Un mauvais rêve. À son tour, il se sent coupable. Il aurait dû agir avant. Bien avant. Et de savoir que son fils est rejeté par l'école qu'il voyait justement comme une porte de sortie lui donne le vertige. Alors il tente le tout pour le tout, même s'il n'est pas homme à ramper devant qui que ce soit.

— Vous venez de le dire: François n'est pas un mauvais garçon... Peut-être que... Enfin, si nous vous promettons de bien l'encadrer, peut-être que vous pourriez revenir sur...

Le père Côté ne le laisse même pas terminer. Comme s'il avait hâte d'en finir avec eux. Le ton est cassant.

— Non. Je regrette. Notre décision est irrévocable.

Puis osant un sourire, il poursuit, un soupçon de miel dans la voix.

— Comprenez-moi bien. Ce n'est pas que nous lancions la serviette, mais c'est simplement que nous avons aussi d'autres responsabilités. Tous ces jeunes, fait-il avec emphase en montrant la fenêtre où une centaine de garçons en rangs attendent leur tour pour entrer dans l'école, et leurs parents. Non, nous ne pouvons pas... Mais vous ne serez pas seuls. À la DPJ, on m'a promis que vous auriez un appel dès demain matin. On m'a dit que vous seriez convoqués avec votre fils le plus rapidement possible... Maintenant nous allons appeler François pour lui faire part de notre décision et ensuite vous l'aiderez à récupérer ses affaires. Malheureusement, et je suis sincère quand je dis malheureusement, le nom de François ne fait désormais plus partie de la liste de nos élèves...

À ces mots, André lève la tête vers le préfet et soutient son regard. Un regard hautain, impassible. Le regard de qui vient de s'en laver les mains et ne veut surtout pas de bruit autour de la situation... Brusquement, l'air détaché et condescendant du père Côté lui donne presque la nausée. Les apparences... C'est évident que cet homme veut sauver les apparences et étouffer toute l'histoire. Finalement, tout bien considéré, c'est peut-être un mal pour un bien que François quitte cet endroit. C'est un fragile son fils, un être facilement influençable. La preuve en est faite. Alors André n'est plus du tout certain qu'il était au bon endroit... Il se relève en jetant un regard à Dominique. Puis appuyant ses deux poings sur le bureau du directeur, il articule froidement, ignorant volontairement le père Côté :

— Nous allons respecter votre volonté, mon père. Mais comme on vient de nous le dire, mon fils ne fait désormais plus partie de la liste de vos élèves. Alors vous n'avez plus aucun droit sur lui. Faites-le appeler, mais ma femme et moi nous allons l'attendre dans le corridor. Je crois qu'il n'a pas besoin de l'humiliation d'une rencontre dans votre bureau. Les gestes faits et les décisions que vous avez prises parlent d'eux-mêmes.

* * *

Quand Cécile avait appris que Jérôme avait décidé de partir pour la France, elle était restée sans voix pour un moment. Elle était chez elle, un peu grippée, et devant la maussaderie du temps, elle avait espéré que Jérôme soit chez lui, en plein milieu de l'après-midi et elle l'avait appelé. Elle avait envie d'entendre sa voix, de lui parler. Pendant un moment, la conversation avait été agréable. Jérôme semblait de très bonne humeur. Il lui avait fait part de ses intentions. Quelques instants de silence avaient posé un petit malaise entre la Beauce et Québec, puis Cécile avait fait un effort terrible pour donner un semblant d'enthousiasme à sa réponse.

— En France ? Pour revoir le monastère ? Mais c'est une bonne idée, ça... Tu dois sûrement t'ennuyer beaucoup après toutes ces années à vivre là-bas...

Elle avait raccroché vivement avant d'éclater en

sanglots. Mais qu'avait-elle donc pour se sentir blessée à ce point ? Jérôme était libre de ses allées et venues, non ? De toute façon, ne voulait-elle pas mettre un peu de distance entre Jérôme et elle ? Cette décision ne venait-elle pas justement appuyer ses propres choix ? Pourtant Cécile n'entendait que la douleur qui lui faisait battre le cœur trop vite.

La douleur et la peur...

Comme une automate, elle s'était levée pour venir à la fenêtre de son salon. Le ciel lourd, gris de pluie et de vent, limitait la portée du regard. Pourtant, malgré cela, Cécile était restée longtemps à fixer l'horizon bouché, vers l'est. Là où elle savait que le fleuve bifurque avant d'avaler l'île d'Orléans pour ensuite s'élancer et courir vers la mer.

Instinctivement, dès le départ de Jérôme la semaine suivante, elle s'est jetée à corps perdu dans le travail. Elle remplace tous ceux qui veulent prendre une journée de congé. Elle a demandé d'augmenter ses heures de présence à la clinique externe et, sans y être obligée, elle se fait un devoir d'aller visiter tous ceux qu'elle a vus au cours de la journée et qui sont finalement hospitalisés. Ainsi, chacun des jours qui se suivent commence tôt le matin et ne se termine que tard le soir. Et c'est exactement ce qu'elle veut. Quand elle tombe dans son lit, épuisée, c'est à peine si elle a le temps de penser. Un sommeil lourd de fatigue s'empare aussitôt de son esprit et au saut du lit, le lendemain, elle se précipite sous la douche en planifiant la journée à venir.

Cela fait trois semaines qu'elle mène sa vie à ce train d'enfer. Quand Gérard l'appelle, à la fin de novembre, afin de l'inviter à venir passer quelques jours au chalet, c'est à peine s'il reconnaît la voix de sa sœur.

— Mais qu'essé qui s'passe, pour l'amour ? T'as-tu la grippe, coudon ?

Puis sans transition, il ordonne:

— Toi, t'as besoin de vacances. C'est clair comme le nez au milieu d'la face. Tu t'en viens chez nous, demain, pis on part pour le chalet.

Cécile ne peut s'empêcher de sourire devant la voix impérative de son frère. Pauvre Gérard! Il ne se doute de rien. Comme si Cécile pouvait disposer de son temps à sa guise... N'empêche que son invitation est tentante comme une promesse. Alors elle s'empresse de lui répondre, la voix un peu plus ferme.

— Bonne idée, Gérard. Mais pas demain par exemple. À la fin de la semaine. Je ne peux pas quitter l'hôpital comme un...

— Peux pas quitter, peux pas quitter... Maudit système de fou, constate Gérard en l'interrompant. T'es docteur, sacrifice, pis tu peux même pas faire c'que tu veux... Enfin... C'est toi qui l'sais... On t'attend vendredi pour souper.

Cécile raccroche en riant. Juste à entendre le son de la voix de Gérard et elle se sent toute ragaillardie. Elle qui évite systématiquement de rencontrer Dominique et Mélina, justement parce qu'elle n'a pas envie de leur parler de ses états d'âme, ne s'y retrouvant plus elle-même, brusquement, il lui tarde de jaser avec Gérard. Puis elle attrape son manteau avant de se précipiter vers l'ascenseur qui conduit au stationnement. Peut-être bien que c'est parce que la voix de son frère a la même tonalité que celle de sa conscience...

Il ne reste plus qu'à boucler sa valise, porter Gudule chez la voisine et Cécile sera prête à partir. Enfin! Elle qui déteste voir son horaire bousculé, elle a dû rester deux heures de plus à l'hôpital... C'est à cet instant, alors qu'elle se dirige vers le salon pour chercher la cage de son oiseau, que le téléphone se met à sonner. Avec insistance, lui semble-t-il. Elle hésite un instant puis hausse les épaules. Le répondeur va s'en occuper. De toute façon, si elle était partie à l'heure prévue, elle serait déjà loin d'ici. Alors... Empoignant la cage, elle se dirige vers l'entrée. À son retour de chez la voisine, le téléphone se remet à sonner. À nouveau, elle l'ignore. Mais alors qu'elle revient de sa chambre, sa valise à la main, elle entend la voix de Dominique qui laisse un message. Et cette voix a quelque chose de troublant. Comme une retenue anxieuse. « Cécile, c'est moi, Dominique. Nous sommes vendredi en fin d'après-midi. Peux-tu me rappeler le plus vite possible. Merci. » Pourtant le message est banal. Cécile s'arrête un instant face au téléphone puis continue vers l'entrée. La main sur la poignée, prête à partir, elle s'arrête pour de bon, pensive. La voix de sa fille était différente. Et habituellement, Dominique ne laisse jamais de message sur son répondeur. Elle déteste cela. C'est un peu pour cette raison que Cécile hésite, soupire, revient sur ses pas, hésite à nouveau.

— Bon, sa voix est différente, murmure-t-elle. Et après ?

Ça fait plusieurs semaines qu'elles ne se sont pas parlé. Probablement que Dominique est inquiète. Voilà tout. Ça explique aussi le fait qu'elle se soit décidée à laisser un message. Pendant un instant Cécile est tentée de la rassurer, se reprochant de ne pas l'avoir contactée plus tôt. Elle qui a reproché son silence à Jérôme, elle ne vaut guère mieux. Puis elle renonce. Cet appel risque d'être long et il commence à se faire tard. D'un pas décidé, elle franchit le seuil de sa porte, se promettant de l'appeler dès son retour le dimanche soir... et de ne plus jamais rester si longtemps sans la voir ou l'appeler. La présence de sa fille lui manque.

Une heure plus tard, alors que Cécile arrive dans la région de Trois-Rivières, Dominique laisse un autre message à l'appartement. « Cécile, c'est encore moi… Je voulais te dire que tu peux me rappeler à n'importe quelle heure. C'est… c'est François. C'est important. »

Sa voix est étouffée par les sanglots.

Partie III

Les déchirures

6

Jérôme n'arrive pas à s'arracher au plaisir de visiter Paris. Cela fait maintenant plus de dix jours qu'il arpente la ville dans tous les sens, se perdant volontairement dans ses différents quartiers, visitant les musées, s'assoyant pendant des heures dans les différents cafés. Bien sûr, il est allé voir la tour Eiffel, le jardin du Luxembourg, l'arc de Triomphe... Mais c'est encore le petit quartier où il habite qui le touche le plus directement. La place du Tertre avec ses artistes, le Sacré-Cœur et sa magnificence où il retrouve la palette colorée des vitraux du monastère, la rue Ravignan d'où l'on domine la ville... Les toits de Paris ! Le mode de vie français, celui qui a marqué la majeure partie de son existence, s'identifie aisément à l'image qu'il se fait de la joie simple au quotidien. Jérôme renoue avec certaines coutumes pour son plus grand plaisir. Il trouve agréable de déambuler dans les marchés, de choisir ses fruits et légumes au jour le jour et ses croissants chaque matin. Il a mangé à la table de La Mère Catherine, s'est attardé quelques heures Au Lapin Agile et s'est ému, rue Victor-Massé, devant l'immeuble où Vincent Van Gogh a déjà habité. Il est en train de se créer des habitudes, facilement, comme si toutes ces choses allaient de soi. Et il s'aperçoit, quand même un peu surpris, que cela lui convient parfaitement.

Malgré tout, au matin du treizième jour, il s'éveille en

pensant à Don Paulo. La journée est pluvieuse, le ciel de Paris est triste. La vie de touriste lui semble donc, aujourd'hui, beaucoup moins attirante. Et il n'y a pas que le temps. C'est un peu comme si sa nature profonde venait de refaire surface, lui faisant prendre conscience à quel point cette existence de nomade est contraire à tout ce qu'il a toujours connu. Il reste immobile sous les couvertures, regardant pensivement la pluie qui tombe régulièrement sur la vitre. Puis il bâille en souriant. Avant de sauter en bas de son lit pour prendre sa valise dans l'armoire. Toute bonne chose a une fin, n'est-ce pas ? Il est temps de faire un bout de chemin en direction de Caen. Il ouvre vivement les tiroirs de la commode, retire ce qui était rangé dans la penderie. Ce qui lui apparaissait hier encore comme une simple perspective a pris ce matin des allures d'urgence. Brusquement, il lui tarde de serrer la main de Don Paulo, de se promener dans le cellier, de toucher aux pommes de la dernière récolte.

Et tout en faisant ses bagages, il sifflote un petit air de Gilbert Bécaud.

Dans quelques heures, il va enfin s'asseoir dans le grand bureau de Don Paulo. Et cette assurance a un drôle d'aspect magique. Comme lorsqu'on réussit à réaliser un rêve longtemps caressé. Comme lorsqu'on a envie de se pincer pour être bien certain que l'on ne dort pas.

À sa descente du train, à la gare de Caen, la pénombre est déjà tombée. Fin novembre, les journées sont plus courtes. Debout devant la porte de la gare, sa petite valise posée à ses pieds, Jérôme pousse un long soupir, regardant tout autour de lui. Un taxi s'arrête rapidement à sa hauteur, aussitôt Jérôme lui fait signe de poursuivre sa route. Devant lui, il reconnaît les rues et les bruits de la ville et il n'a pas envie de s'y soustraire immédiatement. Un curieux mélange de gratitude et d'anxiété lui fait battre le cœur un peu plus vite que nécessaire. Parce qu'en ce moment, c'est Philippe que Jérôme sent frémir en lui. Pendant plus de quarante ans, on l'a appelé Philippe et c'est ici, dans cette ville de France, que cet homme a vécu. Même par la suite, quand Jérôme s'était éveillé au moment où il avait recouvré la mémoire, c'est par choix qu'il avait continué à s'appeler Philippe. Par choix et par peur…

Un long frisson lui parcourt le dos. En remontant le col de son manteau, il entend à nouveau la voix de Cécile lui reprochant son silence. Pourtant, c'est par respect et par amour pour elle qu'il avait choisi de se taire. Pour ne pas la blesser. Pour leur éviter à tous les deux des souffrances qu'il pensait inutiles. Mais cela, Cécile ne l'a pas compris. S'était-il donc trompé ? Soupirant à nouveau, Jérôme se penche pour saisir sa valise.

Sans la moindre hésitation, il prend à sa gauche et traverse le carrefour, en direction opposée au chemin qui mène au monastère. Ce n'est pas vraiment le moment de se présenter là-bas. Don Paulo doit être présentement au réfectoire puis suivra l'incontournable heure de prières à la chapelle. Mais ce n'est pas simplement cela. À quelques pas d'ici, il y a un petit bistrot qu'il aime bien. C'est là qu'il se réfugiait quand la nostalgie de son pays se faisait trop envahissante. Comme s'il répondait à un besoin pressant, Jérôme accélère le pas.

Les rues sont luisantes d'une pluie tombée en après-midi. Les gens s'interpellent, se hâtent vers leur domicile après la journée de travail, le croisent sans porter attention à lui. Mais contrairement à Paris où il regardait la ville avec le regard du visiteur, ici, Jérôme a l'impression d'appartenir à cette foule. Il se laisse porter par elle sachant très bien où ses pas le mènent. Et dès qu'il met les pieds à l'intérieur du bistrot, il s'arrête un bref moment, heureux de revoir la place après tous ces mois. Ici rien n'a changé. Une avalanche de souvenirs et d'émotions lui serrent la gorge. Derrière le bar, le patron astique le comptoir avec son éternel chiffon à carreaux rouges et blancs, fait d'anciennes nappes trop usées. Aussitôt qu'il aperçoit Jérôme, il dessine un large sourire en levant le bras.

— Hé! Philippe! Quel bon vent t'amène? Ça fait des lustres, non?

Alors, d'un élan, Jérôme vient vers lui, pendant qu'un grand sourire illumine son regard.

* * *

Don Paulo et Jérôme se sont retrouvés avec un plaisir non dissimulé. Le directeur du monastère s'est empressé d'aller au-devant de Jérôme qui se tenait dans l'embrasure de la porte de son bureau. Pendant un long moment ils se sont serrés la main, en se souriant. Puis Jérôme est venu s'installer dans son fauteuil habituel.

Il ne se lasse de regarder autour de lui. Il se fond à ce décor qu'il connaît si bien: le lourd pupitre de bois, la petite table devant la fenêtre où le damier est encore à sa place, les chaises droites qui attendent d'éventuels visiteurs devant la lourde bibliothèque de chêne, la petite lampe qui diffuse une clarté discrète. Oui, de tous les souvenirs qu'il garde précieusement au fond de sa mémoire, c'est cette pièce qui représente le plus à ses yeux. C'est ici, petit à petit, qu'il a réappris à vivre. Incapable de résister, Jérôme se relève et vient à la fenêtre qui donne vers l'ouest. Combien de fois s'est-il tenu exactement à cette place ? Combien de minutes et d'heures à scruter l'horizon, comme si la mémoire se devait de revenir par là ? Puis plus tard, combien de mois, d'années à fixer l'ouest en essayant de deviner ce qui se passait là-bas, tout là-bas, chez les siens ?

La nuit est d'encre, sans lune ni étoiles. Pourtant devant lui, laissant son regard buter sur l'horizon qui est impénétrable ce soir, il revoit un certain coucher de soleil. Tout comme aujourd'hui, il revenait de la ville où il avait passé un moment au bistrot. Il avait un peu plus de trente ans et la mémoire lui était revenue depuis quelque temps. Il était déchiré entre son envie de retourner chez lui et la peur de ce qui l'attendait. Pendant des mois il avait tenté de trouver la réponse qui serait la meilleure pour tout le monde. Et c'est ici, devant cette même fenêtre, fixant un soleil d'apocalypse en train de mourir sur l'horizon zébré de nuages noirs, qu'il avait fait part de sa décision à Don Paulo. Jérôme Cliche, malgré l'envie terrible qu'il avait de revoir les siens, venait de choisir qu'il s'appellerait dorénavant Philippe. Et c'est pour Cécile qu'il avait fait ce choix. Pour elle et à cause d'elle. Parce qu'il l'aimait et qu'il avait peur de souffrir comme de faire souffrir. Parce qu'il avait aussi compris, quelques heures plus tôt, confortablement installé au bistrot, que Philippe ne mourrait jamais complètement. Que l'homme différent et malhabile qui dormait en lui, celui-là même qui l'avait préservé pendant toutes ces années d'amnésie, eh bien ! cet homme faisait partie de ce qu'il était. À jamais. Et ce n'est pas cet homme que Cécile connaissait. C'était il y a trente ans, c'était hier et c'est encore aujourd'hui.

— Vous rappelez-vous Don Paulo ? murmure-t-il d'une voix sourde. C'est ici que je me tenais le soir où je vous ai dit que je voulais rester en France. C'était il y a si longtemps. J'étais encore jeune. Je croyais bien faire... Aujourd'hui, je ne sais plus. J'ai peur de m'être trompé...

Un silence tout léger enveloppe le bureau du directeur. Don Paulo vient de comprendre le mutisme de Jérôme quand il était chez lui, en Beauce. Entre eux, les mots ne sont pas toujours nécessaires. À peine quelques phrases et Don Paulo sait que Jérôme souffre. Cette souffrance qu'il avait dit vouloir éviter, pour lui comme pour la femme qu'il aimait, elle était restée tapie dans l'ombre pendant tout ce temps. Elle l'avait attendu. Maintenant, il n'avait plus le choix. Il devait y faire face et tenter de la saisir pour pouvoir l'accepter ou la vaincre. Don Paulo sursaute quand la voix sourde de Jérôme reprend.

— Oui, je voulais bien faire. Je... Je savais que je ne saurais vivre sans Cécile si je la retrouvais. C'était comme une intuition, un instinct en moi. Et maintenant que je l'ai retrouvée, je peux vous dire que c'était vrai. Je n'ai jamais cessé de l'aimer. Alors même si je me suis trompé, en même temps, pour elle, je sais que j'ai eu raison d'agir comme je l'ai fait. Même si elle, elle ne le comprend pas...

Et se tournant à demi vers le directeur, il ajoute, vibrant :

— Je l'aime tellement. Si vous saviez...

Puis revenant devant la fenêtre qui n'offre qu'un immense vertige noir au regard, il poursuit, pour lui comme pour le directeur.

— Je m'excuse... Ce n'est pas ainsi que j'imaginais notre rencontre...

C'est au tour de Don Paulo de venir près de Jérôme.

— Qu'importe la tournure que prend notre conversation, Jérôme ? Est-ce là l'important entre nous ?

Jérôme esquisse un sourire furtif.

— Bien sûr que non. Et vous savez que je le sais... N'empêche que...

— Non, Jérôme. N'ajoutez rien. Votre présence suffit. Notre amitié est toujours vivante parce que vous avez eu besoin de moi et que vous saviez que je serais là. Je confesse mon peu de foi en vous. J'ai craint ne jamais vous revoir. J'ai craint que vous m'ayez oublié. Alors le simple fait de vous savoir ici, à mes côtés, rend ma joie complète. Et si je peux vous aider, sachez bien que je le ferai de tout cœur. C'est là l'essentiel. Tout le reste n'est que baliverne. Nous le savons tous les deux.

Puis au bout d'un bref silence, donnant une note d'enthousiasme à sa voix.

— Venez, Jérôme. Venez vous asseoir. J'aimerais tellement que vous me parliez de chez vous...

À ces mots, Jérôme se retourne vers Don Paulo. Soulagé d'un poids terrible qui aurait pesé sur ses épaules. Oui, avec Don Paulo, il va enfin réussir à faire un peu de clarté sur les années qui viennent devant lui et qui n'offrent pas nécessairement la sérénité qu'il prévoyait y trouver. À deux, les choses sont souvent plus limpides, plus faciles à cerner. Alors Jérôme accepte l'invitation de Don Paulo qui lui montre le fauteuil. Et pendant qu'il prend place devant le lourd pupitre, dans son regard brillent l'ambivalence et l'impatience de l'homme qui a tant devant lui mais qui a peur. Pourtant, en même temps, une lueur de paix scintille au fond de l'œil de Jérôme. Parce qu'il sait qu'avec Don Paulo, il est accepté dans son ĉtrc comme dans ses choix...

7

La première chose qui saute aux yeux de Cécile quand elle revient chez elle le dimanche soir, c'est le clignotant rouge du répondeur. C'est vrai : Dominique... Cécile soupire. Il est tard. Elle est fatiguée, ayant fait la route de nuit et à la pluie. Pourtant, déposant son bagage près de la porte, elle se précipite vers l'appareil. D'un coup, la soirée de vendredi lui revient à l'esprit et elle a la brusque envie de réentendre le message laissé par Dominique. Que disait-elle encore ?

L'anxiété de la voix de sa fille est presque palpable à travers les mots prononcés. Un petit pincement au creux des émotions suggère à Cécile qu'il aurait peut-être mieux valu donner suite immédiatement à cet appel. Le second message qu'elle écoute les sourcils froncés vient le confirmer. Sans hésiter, délaissant sa valise dans l'entrée, évitant de faire le moindre bruit susceptible d'alerter sa voisine, celle qui garde Gudule, Cécile se précipite vers l'ascenseur. Elle en est convaincue : ce n'est pas d'un appel dont Dominique a besoin mais de sa présence...

C'est une jeune femme aux yeux hagards et aux traits tirés qui se jette dans ses bras. Comment, comment a-t-elle pu la voir autrement qu'avec les yeux du cœur ? Pourquoi Cécile a-t-elle cru que Dominique avait changé ? C'est un non-sens. Sa maternité engourdie depuis son retour de France sursaute et fait se refermer fortement le bras qui entoure les épaules de Dominique. André est avec elle et n'en mène guère plus large. Assez grand et bien portant, Cécile note tout de suite qu'il a maigri. Encadrant son visage défait, ses cheveux semblent plus gris. Sachant que François est au cœur de leur inquiétude, Cécile se fait protectrice. En ce moment, sa fille a besoin d'elle et rien d'autre ne peut avoir plus d'importance. Son bras se fait de plus en plus lourd autour des épaules de Dominique.

— Venez, vous deux. Je vais faire du café pour tout le monde et vous allez m'expliquer.

Et sans rien ajouter, elle les remorque tous les deux en direction de la cuisine. De toute son intuition elle sait qu'ils ont besoin d'une oreille attentive et de quelqu'un qui puisse conseiller, s'ils le demandent. Alors elle s'oblige à taire sa propre inquiétude et s'affaire sous le regard vide de Dominique. En quelques minutes, une bonne odeur de café frais envahit la cuisine. Cécile se retourne vers Dominique et André qui se tiennent l'un près de l'autre à la table.

— Alors qui parle en premier ? demande-t-elle en apportant les tasses fumantes.

À ces mots, Dominique lève les yeux vers son mari. Elle sait qu'en ce moment, elle ne saurait être suffisamment cohérente pour résumer la situation. Elle préfère s'en remettre à lui. De toute façon, depuis quelques jours, hormis la déclaration qu'elle a été obligée de faire à la police, c'est André qui a tout fait, tout dit. Elle, Dominique, n'est plus qu'une plaie béante par où s'écoule toute son énergie. François, son grand, son aîné, son bébé, François est malheureux, peut-être en danger…

André est bref, concis. Il commence en décrivant l'été qu'ils ont vécu. François qui semblait enfin avoir trouvé un groupe d'amis qui l'acceptait, lui que l'on disait solitaire.

Son manque de confiance en lui avait disparu peu à peu remplacé malheureusement par une arrogance malsaine. Il parle aussi de la drogue que François semble bien avoir adoptée. Pourquoi ? André n'en sait trop rien. Pour toutes sortes de raisons, probablement : faire comme les autres, peur du rejet, de la moquerie, attrait de l'interdit... Puis l'accoutumance fait le reste... Alors il parle aussi du renvoi du collège, des rencontres qu'il croyait efficaces avec l'intervenant de la DPJ, de l'inscription de François à l'école publique, de l'attitude de leur fils qui leur semblait un peu plus positive depuis quelque temps. Puis l'inévitable, la déchirure...

— Finalement, jeudi, il a levé les voiles et on ne l'a pas revu depuis... Si vous saviez comme je m'en veux, Cécile. D'abord de ne pas avoir cerné le véritable problème plus tôt. La drogue, c'est un fléau. On veut tellement croire que cela ne touche pas nos enfants. Ceux des autres peut-être mais chez soi ? Horreur... On ne peut l'admettre. Mais quelle que soit la raison qui ait pu pousser François à consommer, nous devons nous rendre à l'évidence : il est accroché. Maudites cochonneries... Je vous jure Cécile, que lorsque l'on apprend ça, on est prêt à se cramponner à n'importe quoi. Le moindre mieux prend des allures de victoire et on s'y fie. Comme un aveugle sur sa canne, oui !... On nous parle de confiance, de respect les uns des autres, de bonne volonté mutuelle... Et on embarque ; on veut tellement y croire... Foutaises ! Le pire, je viens de vous le dire, c'est que j'y ai vraiment cru. Et Dominique aussi... On y mettait tout notre cœur et tout notre espoir. On était même rendus à se dire, Domi et moi, que finalement la crise n'était pas aussi grave qu'on l'aurait cru. Laissez-moi vous dire qu'on est tombés de haut... François s'est servi des rencontres à la

DPJ pour nous berner de belle façon, oui ! Il a filé avec Marco après avoir soulagé mon portefeuille d'un peu plus de trois cents dollars. J'arrivais de la caisse, justement, avec l'argent de la fin de semaine.

— Êtes-vous bien certain que c'est Fran…

Le regard noir que lui jette André oblige Cécile à ravaler la fin de sa phrase.

— Mais c'est de la concertation, ma parole, fulmine-t-il. À croire que les femmes sont toutes pareilles… Dominique a eu le même réflexe que vous. Comme si ce n'était pas évident ! Non, Cécile, je ne l'ai pas vu faire, si c'est ce que vous me demandez. Mais par contre, je sais que c'est lui qui a pris cet argent… Je le sais là, conclut-il en se pointant la poitrine du doigt.

— Je m'excuse, André… Je n'aurais pas dû. Mais vous l'avez dit : ça a été comme un réflexe… C'est… C'est si difficile d'imaginer que le petit François… Mais vous avez sûrement raison… Et maintenant que peut-on faire ? Avez-vous appelé la police ?

— Bien sûr. Dès le vendredi en soirée… Ils sont venus ici et ont fouillé la chambre de François. Ils n'ont rien trouvé. Puis grâce à la liste d'amis que je leur ai fournie, ils sont allés chez Marco. Les parents de Marco ne s'inquiétaient même pas ! C'est à peine croyable… Ils ont répondu que ce n'était pas la première fois que leur fils faisait une fugue et qu'il n'y avait pas là de quoi fouetter un chat… Ils appellent ça l'apprentissage de la liberté ! Imbéciles ! Ils sont persuadés que les deux jeunes vont nous revenir dans quelques jours, affamés et contrits. Malgré tout, la police a insisté et finalement, la mère de Marco a trouvé un mot sur le bureau de son gars qui expliquait que lui et François avaient décidé de vivre à leur façon. Ça ne nous dit pas grand-chose. Sinon que je trouve cela très inquiétant… Plus encore que s'ils n'avaient rien laissé…

— Et de rester là à attendre sans rien faire doit vous ronger les sangs, non ?

— Et comment !

— Alors agissez !

Cécile a lancé ces derniers mots sans même y réfléchir. Mais tout au fond d'elle-même c'est la vieille blessure de la naissance de Dominique qui murmure à son oreille. Si elle, Cécile, s'était battue, avait fait valoir ses droits et ses choix, jamais elle n'aurait connu une si grande douleur. Jamais. Elle en est persuadée. Elle entend la voix de la tante Gisèle disant qu'on n'a rien pour rien dans la vie. Répétant à tous vents qu'il faut se battre et arracher son bonheur à l'existence. Qu'il faut oser dire les choses et faire les gestes qui s'imposent… Aujourd'hui, avec le recul, Cécile sait que la tante Gisèle avait raison. Alors elle redresse les épaules et regarde franchement Dominique et André.

— À votre place, je ne pourrais jamais rester là, les bras ballants, à attendre. Vous devez bien connaître les endroits où il se tenait ? Ses amis ? Alors prenez l'auto et allez les voir. Posez des questions, parcourez la ville, allez au carré d'Youville, sur la Terrasse… Je ne sais pas. Mais de grâce, faites quelque chose…

Et en disant ces derniers mots, c'est sur André qu'elle pose son regard. Dominique n'est peut-être pas en état de prendre les choses en main, mais elle ne peut rester assise à se laisser mourir à petit feu. Il faut qu'elle bouge, il faut qu'elle occupe son esprit. Et c'est ce message que Cécile tente de lancer à André. Curieusement, elle revoit un certain après-midi d'été. Denis devait avoir quatre ans. S'ennuyant seul à la maison, il avait décidé de rejoindre ses amis de la crèche et il s'était perdu... Oui, brusquement Cécile s'en rappelle très bien. Tout son être était tendu pendant qu'elle le cherchait. Jamais, non jamais, elle n'aurait pu rester inactive chez elle sachant son petit en danger. Elle répète d'une voix très douce:

— Allez, faites ce que je dis. Au moins vous allez vous sentir utiles.

Pendant qu'André et Cécile parlaient, Dominique n'a pas eu la moindre réaction. Exactement comme si elle avait été atteinte de surdité. Puis, petit à petit, les mots de Cécile l'ont rejointe, la réveillant de sa léthargie. Un éclat d'espoir a traversé son regard. Aussitôt remplacé par un découragement sans fond.

— Mais Geneviève, Frédé...

— Je suis là, Dominique. Je suis là. C'est aussi à cela que ça peut servir une mère...

À ces mots, Dominique lève la tête vers Cécile. Leurs regards se croisent, s'attardent, se sourient. Comment a-t-elle pu croire que Cécile l'avait abandonnée? Dans les yeux de sa mère, tout ce qu'elle peut voir en ce moment c'est de l'amour. Uniquement de l'amour. Alors Dominique tend la main vers elle, toute amertume à jamais disparue.

— Merci... merci maman... Nous allons tenter de faire vite.

Maman... C'est la deuxième fois que Dominique l'appelle maman. Alors Cécile s'oblige à refouler les larmes qu'elle sent monter à ses paupières.

— Non, non, Dominique... Prenez le temps dont vous aurez besoin. François a besoin de vous... Alors je suis ici pour le temps où ce sera nécessaire...

* * *

Devant l'urgence de la situation, Cécile a pris congé de l'hôpital pour la semaine. Les parents de Dominique étant absents pour un bon moment, installés depuis peu dans leurs quartiers d'hiver en Floride, Cécile prend la relève auprès de sa fille. Pour la première fois, elle se sent vraiment utile. Comme si la vie lui offrait une chance de se reprendre, de donner un sens à toutes ces années qui leur ont été enlevées.

André et Dominique ont quitté la maison très tôt le lundi matin, sachant que Frédérik et Geneviève ne manqueraient de rien avec leur grand-mère. Et quand cette dernière a embrassé Cécile avant de partir pour l'école, la dame aux cheveux blancs a ressenti une émotion toute particulière. Une émotion de jeune mère. Elle est restée longtemps à la fenêtre du salon, regardant la petite remonter l'avenue en direction de l'école et qui se retournait à tout moment pour lui faire signe de la main. Elle ne savait plus si elle avait envie de rire ou de pleurer. La mémoire et les désirs entremêlés, elle se disait que sa vie, toute sa vie aurait pu ressembler à ce matin. Et quand Geneviève a disparu au coin de la rue, l'envie d'avoir Jérôme à ses côtés s'est faite presque violence. C'est avec lui, et uniquement avec lui qu'elle aurait pu avoir cette existence entourée d'enfants, faite de joies simples au quotidien. Elle vient de le comprendre. Avec Charles, c'était différent, c'était autre chose. Maintenant, dans son cœur comme dans sa tête, la différence est très visible. Comment se fait-il qu'elle se soit sentie aussi déchirée ?

En entrant dans la cuisine, elle regarde le téléphone avec déception. Elle ne peut même pas lui parler, car Jérôme est encore très loin d'ici. En soupirant, elle s'approche de la table pour retirer les couverts et les apporter dans l'évier.

En levant les yeux, elle aperçoit le gros érable, dans le fond de la cour. Un vieil arbre qui ressemble étrangement à celui qu'elle avait sur son terrain quand elle habitait avec Charles, son mari, à quelques rues d'ici à peine.

Pendant de longues minutes, Cécile est restée pensive. Dans sa vie, il y a eu aussi Charles et Denis, leur fils. Il ne faudrait pas l'oublier. Auprès d'eux, elle a mené une vie différente. Mais quelle importance ? Les images de son existence déroulent leurs souvenirs au ralenti. Ses parents, Jérôme, Gabriel, la tante Gisèle, Rolande, Juliette, Charles, Denis… La Beauce et Québec… La ferme des Cliche et l'hôpital où elle a travaillé… Et la Crèche… Et la guerre… Comme si tous les événements ayant jalonné le cours de ses journées reprenaient leur véritable dimension, leur place respective et l'importance qui leur sont propres. De grosses larmes roulent maintenant sur ses joues. Mais ce ne sont pas des larmes de tristesse. Ce sont des larmes d'émotion, tout simplement. Cécile s'aperçoit à quel point elle a été chanceuse. La vie a été généreuse. Malgré les déceptions, les déchirures, les batailles et les deuils, il y a eu tellement de belles et bonnes choses. Il y a surtout, encore aujourd'hui, alors qu'elle pourrait n'être qu'une femme vieillissante, à l'aube de la retraite, il y a cette chance inespérée de reprendre là où elle avait dû abandonner à vingt ans.

À soixante ans, elle a encore toute la vie devant elle…

Du revers de la main, d'un geste très calme, elle essuie ses joues. Brusquement, il lui tarde de revoir Jérôme. Être près de lui et glisser sa main dans la sienne. Maintenant, elle est prête à l'entendre lui raconter sa vie. Elle a même besoin que Jérôme lui parle de ce temps où il s'appelait Philippe. Entre eux, désormais, il ne peut y avoir de secrets…

Cécile la douce s'est enfin retrouvée.

* * *

Finalement, le mercredi matin, André et Dominique quittent Québec pour Montréal. Un ami de François est persuadé qu'il y est. Il leur a même fourni une adresse.

— C'est l'adresse d'un gars qu'on a rencontré l'été dernier en ville... Ce... Ça m'écœure de faire ce que je fais mais tant pis. Je suis inquiet...

Ne connaissant pas très bien la ville, ni l'un ni l'autre, les parents de François se sont d'abord présentés au premier poste de police rencontré. André a tenté d'expliquer la situation et ils ont trouvé une oreille attentive. Quand ils repartent, ils ont une carte de la ville, la liste des principaux refuges pour les itinérants, un numéro de téléphone et le nom du policier qu'ils viennent de rencontrer. C'est un homme de leur âge qui a pris le temps de les écouter et surtout, qui ne semble pas porter de jugement. André lui en est reconnaissant. Car depuis le début de l'été, il n'arrête pas de se sentir coupable face à son fils, face à sa famille, face à Dominique... L'agent Godreau les a reçus avec gentillesse.

— Et ne vous gênez surtout pas pour me contacter. Ici, nous gardons le signalement de votre fils, je fais circuler la photo que vous venez de me donner et nous restons vigilants. Revenez me revoir en fin de journée, avant quatre heures, et nous ferons le point ensemble... Avec la carte, vous devriez arriver à vous orienter assez facilement. Commencez par l'adresse que vous avez, puis faites les refuges...

Aussi bien chercher une aiguille dans une botte de foin ! Depuis des heures, Dominique a l'impression de tourner en rond. Bien entendu, le dénommé Ferland a déménagé.

— Pauvres vous ! Ça fait au moins trois mois qu'il est parti... Et je n'ai pas la moindre idée de l'endroit où il se trouve. Un monsieur bien comme il faut... Dommage qu'il soit parti.

« Un monsieur... » À ces mots, Dominique a sursauté. Elle n'aime pas l'image qu'ils font naître dans son esprit. Surtout un monsieur bien sous tous rapports. Que fait-il avec des gamins comme François et Marco ?

— Parfait comme ça, lance André en revenant vers leur auto. S'il n'habite plus ici, les jeunes ne peuvent pas le rejoindre. C'est probablement mieux comme ça.

Ces dernières paroles soulagent Dominique. Si André pense comme elle, c'est qu'elle n'est pas encore complètement folle. Mais en ce moment, ça ne fait que changer une inquiétude pour une autre. Parce que cela signifie que François erre dans une ville qu'il ne connaît pas, où il ne connaît personne. Du moins à sa connaissance. Si ce n'était d'André, elle laisserait tomber. En même temps qu'elle a la certitude de voir son fils à chaque coin de rues, elle s'aperçoit qu'il n'y a rien de mieux que la foule pour se camoufler. Elle est épuisée, vidée. Personne n'a vu François ni même l'ombre de quelqu'un qui pourrait lui ressembler. Elle voudrait dormir, tout en sachant qu'elle en est incapable. Elle voudrait manger sans avoir faim. Elle s'ennuie de Frédérik et Geneviève, mais n'a pas envie de les voir. Elle voudrait être chez elle, en sécurité, mais elle ne veut pas rentrer sans son fils. La maison est trop grande sans lui. Il n'y a plus que le prénom de François qui tourbillonne inlassablement dans sa tête. Et si ce n'était qu'un mauvais rêve ? « S'il vous plaît, réveillez-moi et dites-moi que le cauchemar est fini... »

En fin de journée, avec l'agent Godreau, ils font le point

sur une journée qui leur semble stérile. André a les yeux cernés, les cheveux en bataille, lui qui habituellement est toujours tiré à quatre épingles. Il a l'impression d'être sale, incohérent. À son tour, il voudrait être chez lui, mais n'a pas envie de repartir.

— Est-ce que je peux téléphoner ? fait-il avant de prendre congé. Je voudrais prévenir la mère de ma femme que nous ne rentrerons pas ce soir...

Puis se tournant vers Dominique.

— Es-tu capable de remettre ça demain ? Il me semble que je ne pourrais pas regarder Frédérik et Geneviève dans les yeux si nous revenons sans...

Pour la première fois depuis le matin, Dominique ose un sourire.

— Merci André... Tu as tout compris...

Cécile a pris le temps d'écouter André, sans l'interrompre. Mais au moment où il parle d'un hôtel pour la nuit, elle intervient.

— À l'hôtel ? Je ne crois pas que ce soit une bonne idée... Est-ce que Dominique est près de vous ?

— Oui... Mais je...

— Passez-la moi André. Je crois que ce dont vous avez besoin, tous les deux, c'est d'un peu de chaleur. La chaleur d'un foyer qui ressemble au vôtre...

Pendant que Cécile lui parle, le visage de Dominique reflète toutes sortes d'émotions. Ses sourcils se froncent, elle fait la moue, soupire. Puis un grand calme se lit sur ses traits.

— D'accord Cécile. Tu as probablement raison... J'avoue que j'arrive difficilement à penser de façon intelligente depuis quelque temps. Donne-moi une minute, je vais prendre l'adresse et le numéro de téléphone en note...

Cécile l'a convaincue de se rendre chez Gérard. Quoi de plus triste qu'une chambre d'hôtel quand on est inquiet. De plus, elle connaît bien son frère et sait qu'il n'a pas son pareil pour remonter le moral des troupes. Et il connaît la ville de Montréal comme le fond de sa poche. En quelques phrases, elle a fait comprendre à Dominique que Gérard, c'est d'abord et avant tout son oncle. Un étranger peut-être, à ses yeux, mais ce n'est qu'une apparence. Gérard est le seul membre de sa famille qui a toujours su que Cécile avait eu une petite fille.

— Va chez lui, Dominique, lui a-t-elle finalement dit. Je... Je ne t'ai jamais rien demandé. Mais là je le fais. Et je sais très bien pourquoi je le fais. Quand tu connaîtras Gérard, je suis certaine que tu comprendras. Et n'oublie pas qu'il connaît Montréal sous toutes ses coutures. Ça fait plus de quarante ans qu'il habite là. C'est un atout... Et il y a sa femme, Marie... Vous ne regretterez pas d'y être allés...

Quand ils arrivent chez Gérard, André n'est plus du tout certain que ce soit une si bonne idée. Il est tellement fatigué que la pensée d'avoir à soutenir une conversation lui donne froid dans le dos. Comme souvent il le fait, Gérard les attendait à la fenêtre. Il leur ouvre la porte dès qu'ils commencent à monter l'escalier qui mène à son appartement. Il habite toujours au même endroit. Avec les années, il a fini par acheter la bâtisse et l'a rénovée selon les goûts de Marie.

— André et Dominique, n'est-ce pas ?... Cécile vient de m'appeler. Soyez les bienvenus. Vous êtes ici chez vous.

Tout en parlant, il tend la main à André. Puis il se tourne vers sa nièce et la dévisage longuement, sans la moindre retenue.

— T'es comme je l'imaginais, lance-t-il avec son franc-parler habituel… Tu ressembles à ton père avec le regard de Cécile… Chus content, ben ben content de t'rencontrer.

Ce n'est pas parce que c'est la première fois qu'il a l'occasion de voir Dominique qu'il va s'embarrasser de formules toutes faites. Sans façons, il s'approche d'elle et l'embrasse sur les deux joues.

— Ouais, chus ben content que tu soyes là.

Puis prenant leurs manteaux, il lance par-dessus son épaule :

— Marie, viens voir… Sont arrivés…

Jamais Dominique n'aurait pu imaginer qu'elle sache encore rire. Pourtant c'est ce qui se passe. Ils sont assis au salon et Gérard vient de leur servir un apéro.

— … Corsé, a-t-il prévenu. Vous en avez besoin. Pis après, on va manger un bon rôti d'veau. Fiez-vous sur moé : y'a pas meilleure cuisinière en ville que ma femme.

Fidèle à lui-même, Gérard prend toute la place. Il questionne, formule les réponses, déride tout le monde. Il connaît la raison de leur séjour à Montréal, mais ne veut pas aborder la question tout de suite. Juste à voir leurs visages, Gérard a facilement compris que Dominique et André avaient besoin de se changer les idées. « Ce n'est pas en grattant le bobo qu'on arrive à le guérir », s'est-il dit en les conduisant au salon. De toute façon, ils doivent apprendre à se connaître, d'abord et avant tout. Alors, il parle de lui et de son travail, ponctuant son monologue d'anecdotes amusantes. Petit à petit, le ton change, se fait plus grave quand il glisse vers Cécile. Elle est le point commun entre eux. C'est par elle qu'ils peuvent apprendre à créer des liens.

C'est pourquoi il raconte ce temps où ils étaient enfants et la vie qu'ils ont connue sur la ferme, en Beauce.

Dominique, subjuguée, reste pendue à ses lèvres. C'est un bon conteur, Gérard, avec ce parler de terroir qui est toujours le sien, plein d'images et de saveur. Elle voit facilement l'école de rang, chauffée au bois, avec la truie dans un coin et Gérard qui fait le fou pour aider à passer le temps, parce qu'il déteste l'école. Puis il parle du couvent que Cécile n'a pu fréquenter longtemps, à cause de l'aide qu'elle devait apporter à la maison. Dominique l'écoute, sans perdre une seule de ses paroles. Tout doucement, de mots en mots, se précise l'image d'une famille qui est la sienne. Ses oncles, ses tantes, ses cousins, ses cousines. Elle les voit vivre et grandir devant elle. Elle entend le vent qui chante dans le verger où Cécile se retire pour lire, assise à l'ombre d'un pommier. Puis se dressent la grande maison des Cliche et celle plus modeste de son grand-père paternel. Gérard lui fait goûter aux joies et aux difficultés d'une famille nombreuse, à une époque où le pain et le beurre étaient les seules préoccupations dignes d'intérêt. Il lui parle de Cécile adolescente et jeune femme. De cet amour que tous savaient entre sa mère et son père, le beau Jérôme. Puis il décrit la guerre et ses contraintes. Ne connaissant ni la retenue ni la gêne, Gérard lui dit aussi ce temps où Cécile était enceinte et l'obligation qu'elle avait eue de s'expatrier à la ville pour cacher son état, malgré le désir profond qu'elle avait de garder son enfant. Il tente d'expliquer le secret qui avait entouré cette grossesse. Et pour la première fois de sa vie, Dominique est enfin capable de mettre des images sur son passé. Sur cette vie qui aurait pu être la sienne. Elle imagine Cécile revenant de la crèche sans elle, retrouvant une mère malade, s'occupant de ce petit frère orphelin dès la naissance. Et curieusement, penser à elle-même dans un milieu différent de tout ce qu'elle a pu connaître jusqu'à maintenant, s'imaginer vivant autrement, avec d'autres gens, la ramène tout naturellement à François. Lui, aussi, finalement, il appartient à cette famille. C'est comme si subitement, en touchant à ses origines, Dominique comprenait tout ce qui se cache en son fils. Cet héritage que l'on reçoit à sa naissance, inscrit dans ses gènes. Elle entend Gérard lui parler de la force et du courage de ses grands-parents, de la volonté farouche de sa mère surtout, et elle se dit que cette même force doit aussi dormir quelque part en elle et en François. Elle écoute Gérard lui parler de ce passé qu'elle ignorait, mais qui lui appartient et c'est comme si elle découvrait l'assurance que tout va finalement s'arranger. Elle est presque étourdie de ce grand vertige qui la soulève au-delà d'elle-même. Au creux de ses espoirs les plus fous, il y a cette évidence qu'elle découvre, un peu surprise de ne pas l'avoir sentie avant.

— … Et voilà, conclut Gérard. Comme je connais ma sœur, elle ne t'a sûrement pas parlé de tout ça, comme j'viens d'le faire. C'est une secrète, Cécile. Mais j'trouvais important que tu saches qui je suis. Qui nous étions comme famille… Parce que t'en fais partie et que t'avais l'droit de savoir. Tu vois, Dominique, j'ai souvent espéré un moment comme celui-là. Si tu savais comme j'ai achalé Cécile pour qu'elle nous présente sa fille. Y'a pas une fois où je l'ai vue depuis les dernières années où j'y en ai pas glissé un mot. Mais chaque fois, à disait que ça t'appartenait et que t'avais dit que t'étais pas intéressée… Tu sais, ta mère c'est une femme de respect pis de paix. Mais c'est aussi une maudite tête de mule… Enfin… Y'arrive que le hasard fait ben les choses. C'est un peu c'qui s'passe aujourd'hui. Même si c'est pas vraiment une période facile de votre vie qui vous a amenés icitte…

Tout en parlant, Gérard s'est levé du fauteuil. Il s'étire longuement puis sourit à Marie.

— Le souper est-y prêt, Oui ? Ben, v'nez-vous-en, on passe à table. Astheure, c'est à votre tour de m'raconter c'qui s'passe. Peut-être ben qu'on pourrait vous aider, Marie pis moi ?

Pendant le repas, André essaie de résumer la situation. Gérard lui semble un homme bien articulé, susceptible d'apporter un regard juste sur les événements. Dès qu'il s'est mis à parler, tout à l'heure dans le salon, André a compris que Cécile avait eu raison. Il regardait Dominique boire les paroles de son oncle et il a vite compris qu'un moment comme celui-là aurait dû exister depuis longtemps. Et de voir sa femme si calme lui a fait chaud au cœur. Elle était assise à côté de lui et il sentait sa main trembler dans la sienne, pour devenir peu à peu plus ferme. Il oserait même dire plus forte. Maintenant, c'est avec confiance qu'il s'adresse au frère de Cécile et à sa femme. Marie et Gérard l'écoutent attentivement, interviennent à l'occasion, questionnent aussi Dominique, l'obligeant à faire le point avec eux. Marie surtout. Elle retrouve un peu de Cécile dans cette jeune femme.

Tous les quatre, ils s'entendent pour cibler les endroits de recherche et se partager la tâche. Gérard a longuement étudié la photo de François. Puis un sourire ému a glissé sur son visage.

— Le sacripant, y me ressemble au même âge, murmure-t-il pour lui-même. Moi avec, j'avais l'air d'un poireau en train d'monter en graine…

Puis levant les yeux vers André et Dominique, il ajoute avec fougue :

— On va l'trouver… J'vous jure qu'on va l'trouver si y

s'cache à quèqu'part dans Montréal... Sortez la carte pis montrez-moi les places que vous avez déjà faites... On va s'diviser la ville en quartiers...

Mais il n'y aura pas de recherche le lendemain. Vers vingt-trois heures, deux policiers se présentent chez Gérard Veilleux, réveillant tout le monde. Il semble bien que l'on ait retrouvé François dans le sous-sol d'une maison désaffectée de l'est de la ville. On demande à André et à Dominique de bien vouloir les suivre. Spontanément, André a demandé à Gérard de les accompagner.

Le jeune qu'il retrouve au poste est bien François. Mais c'est à peine si Dominique peut reconnaître son fils. Amaigri, sale, il a le regard fuyant, les mains tremblantes. Quand Dominique fait un pas vers lui pour le prendre dans ses bras, François se défile, la regardant avec méfiance. Elle ne sait si elle doit insister ou se reculer et disparaître. Marie s'approche de la jeune femme et la prend tout contre elle. C'est à ce moment que Dominique pense à Marco. Comment se fait-il que Marco ne soit pas avec François ?

— Est-ce qu'il n'y avait pas quelqu'un d'autre avec notre fils ? Il s'appelle Marco. Un jeune garçon un peu plus grand que lui, avec des cheveux coupés en brosse...

Jusque-là silencieux, François lève vivement la tête. Son regard lance des éclairs, à l'image d'un ciel qui se couvre quand l'orage menace d'éclater. Prenant tout le monde par surprise, il s'élance vers Dominique et lui martèle les épaules avec ses deux poings, complètement hors de lui.

— T'as pas l'droit, tu m'entends ? T'as pas l'droit de parler de Marco... J'sais que tu l'aimes pas. T'as pas l'droit...

André et le policier se précipitent sur François pour le retenir. Puis on emmène le jeune hors de la pièce. Dominique remarque alors à quel point le policier a l'air fatigué. Il la regarde longuement, puis il hausse les épaules.

— Je ne savais pas que ce jeune... Marco, vous avez dit ?... De Québec ? C'est pas facile à dire... On vient d'appeler ses parents. On l'a retrouvé baignant dans son sang. Selon toutes les apparences, il s'agit d'un suicide... Il s'est ouvert les veines... C'est un appel anonyme qui nous a prévenus du drame...

8

L'avion vient de prendre son altitude et sa vitesse de croisière. La ville de Paris n'est plus qu'un souvenir se fondant aux nuages qui glissent sous l'appareil. Le nez contre le hublot, Jérôme pousse un long soupir satisfait. Tout contre lui, il tient un livre que Don Paulo lui a prêté pour le voyage, mais il n'a pas envie de lire. Pas tout de suite. Il a besoin de décanter tout d'abord, de revivre les dernières semaines une à une avec le recul qu'offre la mémoire. Alors il se détend et ferme les yeux. Tant mieux si l'on croit qu'il dort, il n'a pas envie d'être dérangé. Il revient comblé de ce voyage. Il retourne chez lui le cœur confiant et l'esprit rempli de belles images. Il est calme et serein. Ce vol qui le ramène à la maison n'a rien à voir avec celui qui l'avait conduit à Québec en juin dernier. La fébrilité, les pans d'ombre et les incertitudes se sont estompés. Il y a trouvé exactement ce qu'il espérait. Et avec Don Paulo, il a enfin réussi à faire le point avec lui-même. C'est là l'important. Tout le reste, à commencer par ce qu'il souhaite faire de sa vie, finira bien par se manifester clairement et par s'intégrer à son quotidien.

La foi lui est revenue…

Il a surtout compris que, dorénavant, la Beauce sera son port d'attache. C'est là qu'il est né et c'est là qu'il voudrait finir sa vie. Aujourd'hui, c'est parfaitement clair pour lui. Avec ou sans Cécile.

Pourtant, les premiers jours vécus au monastère ramenaient tellement de beaux souvenirs que Jérôme a eu un doute. Le verger et la cidrerie avaient été toute sa vie. Il s'est longuement promené le long des sentiers dépouillés. Il s'est retroussé les manches et a prêté main-forte à la cidrerie, retrouvant gens et odeurs avec plaisir. Comment avait-il pu croire qu'il pourrait tourner la page sans remords, sans regrets ? Il était déchiré. Le soir en se couchant, il repensait à sa mère, à Cécile et le cœur lui serrait. Puis l'odeur des pommes, omniprésente dans le monastère, le rejoignait et l'envie de pleurer s'emparait de lui.

Finalement, le quotidien ascétique du monastère l'avait rejoint et il avait compris. Jérôme Cliche a besoin de liberté et de grands horizons pour être heureux. Pas de cloche l'appelant au réfectoire ou à la prière. Il a besoin d'une fenêtre qui ouvre sur un ciel sans limite pas d'une cellule qui donne sur un hangar. Philippe, insécure et fragile, y avait été heureux. Il en avait besoin. Mais pas Jérôme. Quand il avait choisi de rester au monastère, malgré sa mémoire revenue, c'était encore et toujours Philippe qui parlait. De là lui venait probablement cette nostalgie qui avait été la fidèle compagne des jours, des mois et des années vécus ici. Philippe vivait en France, soit, et en était satisfait, mais Jérôme, lui, vivait dans ses souvenirs et n'était pas heureux. Pas vraiment malheureux, mais pas heureux. Aujourd'hui, la différence est flagrante. Il l'a finalement admis à Don Paulo. Maintenant qu'il a retrouvé sa terre et son bien, il ne pourrait plus s'en passer. Il a envie d'être heureux. Pleinement. La seule obligation qui lui fait battre le cœur et enflamme son esprit, c'est celle de rattraper le temps perdu. Face à lui-même, bien sûr, mais aussi face à Mélina, sa mère, dont il a montré une photo récente, tout ému et face à Judith, cette sœur inattendue qu'il souhaite mieux connaître. Et contrairement à la plupart des gens, il a cette chance de tout recommencer.

— Non, avait-il alors précisé en fronçant les sourcils, ce n'est pas exactement ce que je veux dire. Quand on parle de recommencer, c'est que l'on admet que ce n'est pas bien. C'est que l'on constate un échec. Et moi, je ne regrette rien. Je ne veux rien recommencer. Je veux simplement aller de l'avant. Je veux bâtir...

Il avait eu un petit sourire moqueur.

— Voyez-vous, Don Paulo, ma capricieuse de vie s'est amusée à rouler par étapes. Comme une grosse roche qui dévalerait une montagne en rebondissant. Aujourd'hui, une nouvelle étape commence. J'aurais envie d'en faire un long palier...

Alors, il s'est mis à raconter chez lui avec passion. Sa ferme avec la cabane à sucre qu'il vient de rénover et son verger, plus modeste que celui du monastère, certes, mais bien à lui. Il a parlé de ses champs de maïs, si vastes que l'on peut s'y perdre quand les épis ont atteint leur maturité et de cette grande maison qui a abrité son enfance et qui l'attendait toujours aussi solide, aussi belle.

Puis il a parlé de Cécile. Même s'il ne savait trop comment aborder la question avec un homme qui a voué sa vie au célibat. Don Paulo allait-il comprendre que l'on puisse aimer à ce point ? Que le désir d'elle lui donnait parfois le vertige ? Pendant de longues minutes, le directeur s'est contenté d'écouter, les yeux mi-clos. Puis profitant d'un bref silence, il l'a interrompu et s'est mis à monologuer, d'une voix très calme, très grave.

— Comment pouviez-vous imaginer qu'elle puisse réagir autrement, Jérôme ? Cette femme n'a pas passé sa vie à vous attendre. Elle aussi, elle a vécu et pleinement. Elle vous a sûrement attendu un certain temps, c'est évident, puis pleuré, peut-être même pendant toute sa vie. Mais elle n'a pas cessé de vivre pour autant. Elle a aimé un autre homme. Elle s'est battue pour retrouver sa fille et elle a élevé un fils.

— Mais je sais tout...

— Non, laissez-moi terminer. Je sais que vous savez, mais le fait de savoir n'est pas tout. Il faut apprendre à regarder les choses avec le cœur de l'autre quand on dit aimer. Connaître une chose et la voir avec le regard de l'autre sont deux vérités différentes. Surtout quand on parle d'une femme comme celle-là. Pas besoin d'être un fin psychologue pour comprendre que votre Cécile est une femme hors du commun. C'est une femme de douceur, une femme de paix. Une femme de volonté, aussi. Oui, c'est exactement ce que j'ai ressenti quand vous me l'avez présentée au printemps. Elle dégage de la paix. Mais rien de mièvre ou de fade. Sa douceur est sa force... N'oubliez pas tout ce qu'elle a vécu. C'est aussi une femme de carrière, une mère dans le sens noble du terme... Alors tout ce qu'elle mérite aujourd'hui, c'est votre respect. Apprenez à faire confiance. À lui faire confiance. Laissez-lui le temps d'apprivoiser les choses, ne fût-ce que le simple fait de vous savoir vivant. Elle a dû être bouleversée quand elle vous a retrouvé. On le serait à moins...

Pendant quelques instants, le silence est venu se poser en complice entre les deux hommes. Jérôme n'osait parler, espérant simplement que Don Paulo aurait envie de poursuivre. Puis le directeur s'est levé et est venu à la fenêtre. Le soleil était caché derrière le clocher de la chapelle, projetant un jeu d'ombre et de lumière dans la cour du monastère et jusque dans le bureau de Don Paulo. Le vieil homme s'est amusé d'un vol de pigeons qui ont fini par se poser sur la corniche. C'est alors qu'il a repris, revoyant très clairement dans son esprit le soir où Jérôme lui avait confié ses désirs.

— Vous venez de m'avouer que vous aviez l'impression qu'elle vous en veut. Vous avez probablement raison : elle doit vous en vouloir. Mais je peux comprendre cette réaction. C'est lourd un silence de quarante ans. Mettez-vous à sa place. Malgré cela, vous n'avez pas à vous sentir coupable de quoi que ce soit. C'est la vie qui a voulu ça et votre désir de bien faire. Je le sais, j'en ai été le témoin. Jamais je n'oublierai le regard que vous aviez le soir où vous m'avez fait part de votre intention de rester parmi nous. Jamais... Je sais que vous l'aimez. Autant qu'il est possible d'aimer quelqu'un. Et je sais que ce que vous avez fait, c'est pour elle. Mais ce n'est pas suffisant. Malheureusement, vous le savez comme moi, l'enfer est pavé de bonnes intentions.

Puis il s'est retourné vers Jérôme pour ajouter, l'œil moqueur :

— Je suis là qui parle et qui parle... Comme si j'y connaissais quelque chose...

Alors il a regagné sa place et a fixé longuement Jérôme avant de reprendre.

— Par contre, ce que je connais c'est la foi. Celle qui soulève les montagnes et rend heureux. Celle qui donne le pain quotidien et les mots à dire. Gardez la foi Jérôme ! En Cécile, en vous, en la vie. Faites confiance, comme Philippe savait le faire. N'oubliez pas que Philippe, c'est vous. Cet homme n'est rien d'autre qu'une facette de Jérôme. Laissez-lui un peu de place. Je suis certain qu'il saura vous guider. Comme il l'a fait pendant les longues années d'amnésie.

Au-dessus de nulle part, suspendu entre ciel et terre, il y a un homme qui s'appelle Jérôme Cliche et cet homme a envie de vivre. Comme jamais auparavant. Il va prendre la vie à pleine brassée et s'en gaver. Il a plus de soixante ans et n'a plus de temps à perdre. Il le sait. Mais cela ne lui fait pas peur. En lui, maintenant, il sent la force de Jérôme et la confiance de Philippe.

La foi lui est revenue, l'équilibre est fait…

Une surprise l'attendait à l'aérogare d'Ancienne-Lorette. Mélina est là, en compagnie de Judith. La vieille dame est toute souriante, excitée comme une petite fille à la veille de Noël. Dès que Jérôme traverse les douanes, elle trottine vers lui, le saluant du bras.

— Jérôme !

Elle joue du coude pour s'approcher de lui. Jamais elle ne l'avouera, mais elle vient de vivre le pire mois de sa vie. S'il avait fallu que son fils décide de rester en France ! Jamais elle n'a eu aussi peur de le perdre. Alors, il n'était pas question pour elle de rester à la maison pour l'attendre. Les dernières semaines lui ont paru déjà assez longues comme ça.

— Excusez, monsieur, fait-elle, autoritaire, en se glissant devant un homme à la forte corpulence. C'est Jérôme, c'est mon fils…

Comme si ce fait expliquait tout ! Puis elle a ouvert les bras et Jérôme l'a prise tout contre lui, souriant à sa sœur par-dessus la tête de Mélina. Et au coin des paupières de cet homme grisonnant, entremêlée à son sourire, brille l'eau tremblante du bonheur. Jérôme Cliche est de retour.

Et cette fois-ci, il sait que c'est pour de bon…

* * *

L'église est pleine à craquer. Les jeunes de l'école, les amis, les parents, les voisins ont tous voulu accompagner Marco à son dernier repos. François, à la demande des parents de Marco, se tient à leurs côtés. Impénétrable, comme impassible, il donne la main à la mère de son ami. Marco était fils unique...

André et Dominique se sont placés en retrait, discrets. Ils voulaient être présents mais en même temps, ils peuvent comprendre que leur présence peut sembler indécente aux yeux des parents de Marco. Ils n'ont pas perdu leur fils, eux.

L'homélie est simple, remplie d'émotion. Quelques jeunes lui rendent un dernier hommage, difficilement, la voix enrouée, les yeux brillants. On entend des sanglots et des reniflements. Marco était un adolescent ouvert, intelligent, sociable et qui faisait rager les professeurs par sa paresse et sa nonchalance. Il avait les atouts d'un gagnant. Et il a perdu. Dans l'âme de tous ces adultes qui l'ont croisé bat un même sentiment de révolte, d'impuissance, de culpabilité, de tristesse. Un seul et unique mot hante les esprits : pourquoi ? Il avait le monde et la vie devant lui. Pourtant Marco n'a rien dit, rien laissé voir. C'est François qui l'a découvert dans un coin reculé de la cave froide et humide, baignant dans son sang, un éclat de vitre sale près de sa main droite. François voulait lui emprunter une cigarette... Une heure auparavant, Marco lui avait dit qu'il était fatigué et qu'il voulait dormir un peu. Rien de nouveau : Marco avait toujours envie de dormir quand l'effet de la drogue commençait à s'estomper... Pendant plus d'une heure, François était resté assis, le regard vide, sans larmes ni cris, le dos appuyé contre le mur de ciment suintant et glacé, la tête de son ami reposant sur ses genoux.

Puis il était sorti pour chercher un téléphone public...

Depuis cet instant, il a gardé ce regard vide, comme tourné à l'intérieur de lui-même. Tout au long du trajet de retour, il n'avait rien dit. Pas un mot. Assis à l'arrière de la voiture, il regardait le paysage défiler sans aucune réaction, aucune émotion apparente. Dominique et André n'osaient intervenir, ne se parlaient même pas. André écoutait la colère qui bouillonnait en lui et l'envie qu'il avait de sermonner François. N'avait-il pas la preuve que la grande liberté de pensée des parents de Marco n'avait pas donné les résultats escomptés ? Comment, de toute façon, peut-on croire qu'un jeune n'a plus besoin de balises, d'encadrement ? Non-sens, balivernes... La leçon à tirer de tout cela lui semblait tellement évidente. Puis il a entendu une phrase que sa mère lui répétait souvent : « La colère est mauvaise conseillère, André... » Alors il n'a rien dit. Comme s'il était intimidé par cet adolescent qui ressemblait à son fils et ne savait comment l'aborder. En arrivant chez lui, François avait filé dans sa chambre, toujours aussi silencieux. À mots choisis, Dominique avait expliqué la situation à Frédérik qui s'était aussitôt mis à pleurer. Réaction saine, normale qu'André avait accueillie avec un soupir de soulagement, une inquiétude au fond du regard en pensant à son aîné. À Geneviève, ils ont simplement dit que François venait de perdre un ami dans un accident et qu'il avait besoin de se reposer. Il ne fallait pas faire trop de bruit pour quelques jours...

La cérémonie tire à sa fin. Le prêtre est à convier l'assemblée pour un goûter au sous-sol de l'église quand François se lève brusquement, tout vibrant.

— Non, s'il vous plaît, un moment...

Sa voix sonne étrangement claire dans l'immensité de la

vieille église de pierre. Il est debout à sa place et ses mains agrippent le prie-Dieu devant lui. De sa place, Dominique peut voir qu'il tremble violemment, pauvre feuille d'automne, fragile dans la tourmente. Un grand silence s'est fait. Même le curé est immobile, une main posée sur le lutrin, le regard tourné vers l'adolescent comme s'il attendait un signal de sa part pour terminer les funérailles. François redresse les épaules et la tête avant de prendre une grande respiration et de se glisser devant le père de Marco pour remonter l'allée vers le chœur. Pendant quelques secondes, il semble se recueillir devant la tombe fleurie de quelques roses blanches. Puis il pose une main sur le cercueil tout en continuant de regarder intensément la photo de Marco qu'on y a déposée.

— Salut vieux frère… J't'oublierai jamais, même si j't'en veux parce que j'comprends pas pourquoi t'as fait ça. Tu m'as fait mal parce que t'as rien dit. Peut-être que j'aurais pu t'aider. Mais peut-être aussi que j'aurais dû deviner… J'sais pas… Mais t'es encore mon chum, j't'aime pis j'accepte ton choix. Si c'est ça que tu voulais, j'te souhaite bon voyage. Salut Marco. À bientôt…

La voix de François est calme, très forte et très douce à la fois. Personne ne bouge, les souffles sont suspendus. Par ces quelques mots, on dirait que François a appelé Marco et que ce dernier vient de se joindre à eux. Dominique et André se tiennent par la main, très fort, les doigts entremêlés. Curieusement, à nouveau, André se rappelle une expression que sa mère employait souvent : « Un ange a passé… » Une telle émotion a envahi l'église pendant que François parlait, qu'en soi, elle était présence… Elle est toujours présence… Dominique, quant à elle, fixe le dos de son fils, avec dans son âme un sentiment de paix tout nouveau. La sensation de culpabilité qui l'étreignait s'estompe tout doucement. Si François peut accepter, alors elle aussi le peut. De voir son fils respecter cet ami jusque dans la mort lui donne une sorte de courage. Comme il est grand, son François. Comme il est beau dans sa douleur et sincère dans son amitié. Car lui aussi, il aurait toutes les raisons du monde de se sentir coupable et avoir envie de se cacher. Mais au contraire, il se tient droit devant la tombe de son copain et avoue son impuissance aux yeux de tous. Comme s'il demandait pardon. Dominique est fière de lui. Et quand il se retourne face à l'assemblée pour regagner sa place, elle se tourne vers André, soulagée.

Le visage de François est inondé de larmes. Enfin...

* * *

La période des Fêtes approche à grands pas. Jérôme, un peu malhabile devant les fourneaux, n'en fait pas moins son possible pour aider sa mère. Car Mélina a décidé de faire les choses en grand pour le réveillon. Judith sera là, avec son mari et les enfants, et Cécile a promis de se joindre à la fête, même si, depuis son retour d'Europe, ils ne se sont parlé qu'au téléphone. Jérôme peut très bien comprendre que sa présence auprès de Dominique soit indispensable. Et tant qu'à regrouper toute sa famille autour d'elle, Mélina lui a même demandé d'inviter Dominique et les siens pour célébrer Noël avec eux.

— Pourquoi pas ? a-t-elle lancé avec son gros bon sens habituel. Après tout, c'est ma petite-fille, non ? Pis la maison est ben assez grande pour accueillir tout ce beau monde-là !

Et dans son regard brillait l'impatience de la connaître

enfin ! Alors Jérôme a transmis l'invitation à Cécile pour qu'elle puisse en faire part à Dominique.

Jamais Jérôme n'a vu sa mère aussi débordante d'énergie, aussi heureuse. À certains moments, il a même de la difficulté à suivre cette vieille dame qui trottine sans relâche, du matin au soir, entre l'armoire de la vaisselle des grandes occasions et l'évier pour tout faire reluire, entre le garde-manger et le poêle qui ne dérougit pas ; entre la lingerie et la salle de lavage afin que les chambres soient fraîches pour les invités. Tourtières, beignes, biscuits s'empilent un peu partout dans la cuisine d'été, à l'arrière de la maison, juste au bout de la galerie. L'argenterie a été polie, les meubles du petit salon astiqués et les planchers cirés.

— Maintenant, il ne reste que les cadeaux, lance-t-elle décidée, à quelques jours de Noël, au moment où Jérôme pensait pouvoir enfin s'arrêter.

C'est vrai ! À Noël, on donne des cadeaux... Le lendemain, ils partent pour Québec.

— Pas question de se contenter du petit centre d'achats de Sainte-Marie. Je veux des cadeaux qui viennent de la ville... Je veux des beaux cadeaux...

Et surtout pas question pour Jérôme d'émettre la moindre objection. Le regard que sa mère lui a jeté quand il a ouvert la bouche pour tenter de la raisonner a été très efficace. Il s'est donc contenté de soupirer de découragement... et il l'a suivie jusqu'à Québec, espérant secrètement qu'il pourrait peut-être profiter de l'occasion pour revoir enfin Cécile. Mais il se heurte au répondeur chaque fois qu'il tente de la rejoindre. Et pour ce qui est de savoir où elle se trouve... À l'hôpital, chez Dominique, dans les magasins elle aussi ? Il en prend donc son parti. Sa joie n'en sera que plus grande dans quelques jours.

Enfin, tout est prêt ! Le sapin scintille dans le salon, la couronne de gui de son enfance a repris sa place coutumière sur la porte d'entrée, la maison sent bon la cire fraîche et les petits plats de Mélina, et finalement, tous les cadeaux sont emballés. Dans deux jours, ce sera Noël !

— C'est à mon tour, maintenant, fait Jérôme, malicieux, en entrant dans la cuisine au matin du 23 décembre.

Mélina se tourne vers lui, les sourcils en accent circonflexe.

— Comment ça à ton tour ?

Jérôme se fait volontairement évasif.

— Je m'absente pour la matinée.

Il n'en faut pas plus pour piquer la curiosité de Mélina.

— Pourquoi ? Tu pars jamais tout seul comme ça, d'habitude... Pis dis donc l'avant-midi comme tout l'monde au lieu de la matinée... Matinée... Ça me fait penser à des cigarettes... J'aime pas ce mot-là...

Jérôme éclate de rire et l'embrasse sur la joue.

— Okay d'abord, même si moi je trouve que c'est un très beau mot, fait-il moqueur.

Puis exagérant l'accent de sa mère, il reprend.

— J'm'en vas pour l'avant-midi. J'ai des courses à faire moi aussi. Mais je ne t'en dis pas plus...

— Des courses, des courses, des commissions, peut-être ? poursuit Mélina, faussement bourrue.

Elle ronchonne peut-être par le ton, mais son sourire est plein d'étoiles. Depuis le retour de Jérôme, elle a vraiment l'impression d'avoir retrouvé son fils. Il est plus simple, plus direct, plus accessible. Plus taquin aussi. Exactement comme dans le souvenir qu'elle gardait de lui. Un être droit, entier, sans détour et sans secret. Il n'a pas vraiment parlé de son voyage, hormis toutes les belles choses qu'il a vues et appréciées. Non. C'est simplement dans le ton et l'attitude que Mélina a senti la différence. Jérôme a beau être un homme d'âge mûr, c'est le gamin qu'elle reconnaît enfin. Celui qu'elle avait embrassé un certain matin de printemps, alors qu'il partait pour Valcartier faire son service militaire. C'est donc le cœur tout léger qu'elle regarde l'auto s'éloigner après le repas.

Si elle vient de retrouver le Jérôme qu'elle aimait, Cécile aussi saura le reconnaître, non ?

Tout au long du rang qui le mène au village, Jérôme sifflote un petit air joyeux des Noëls de son enfance. Dans deux jours, Cécile sera là. Avec Dominique et sa famille. C'est confirmé. Un peu ému, il se redit pour la énième fois que ce sera une première dans sa vie. Sa Cécile et sa fille seront à ses côtés pour les Fêtes. Et même si le cadeau qu'il va offrir à celle qu'il aime ne sera pas exactement ce qu'il aurait souhaité donner, ce n'est pas grave. La bague viendra bien un jour. Depuis son retour, il en est persuadé. Les quelques appels faits à Cécile avaient une tout autre intonation. Si lui sent qu'il a changé, il n'est pas le seul. Cécile aussi lui semble plus ouverte, plus à l'image du souvenir qu'il avait toujours gardé d'elle. Sa voix est plus douce, plus posée malgré le drame qui traverse la vie de leur fille. Jérôme ne peut s'empêcher de sourire. Il reconnaît la Cécile de sa jeunesse. Elle a toujours été heureuse quand elle pouvait aider autour d'elle, Cécile. Il retrouve cette générosité qui faisait d'elle une femme particulière, même si parfois il n'a pas toujours compris ses élans du cœur. Le temps a pourtant fini par lui donner raison. C'est donc toujours en sifflant joyeusement qu'il stationne l'auto. Que pourrait-il demander de plus aujourd'hui ? Il fait beau ; un temps de carte de souhaits avec une belle neige lourde, en gros flocons mouillés. Tout est prêt pour le réveillon : il a le cœur à la fête et sa mère est heureuse comme il ne l'a jamais vue.

En arrivant dans le centre commercial, il s'arrête un moment pour s'orienter.

Il a besoin de trois cadeaux. Et il sait fort bien ce qu'il veut offrir à sa mère, à sa sœur et à Cécile. Sans hésiter, il prend le couloir à droite. S'il se rappelle bien, c'est dans cette direction que se trouvent la parfumerie et la bijouterie…

* * *

Depuis un mois, depuis l'enterrement de Marco, Dominique a l'impression qu'elle marche sur des œufs avec François. Les premiers jours, la moindre remarque provoquait des discussions interminables, des argumentations à n'en plus finir. André devait se tenir en quatre pour ne pas perdre patience. Pour François, ses parents n'y connaissaient rien, ne pouvaient surtout pas le comprendre, n'avaient pas à intervenir dans sa vie. La plus insignifiante parole prenait des proportions alarmantes, déclenchait des crises de larmes démesurées, des mouvements de panique injustifiés. Exactement comme si Dominique et André avaient délibérément cherché à le détruire, étaient l'ennemi à abattre. Seuls les amis de Marco pouvaient l'aider, ceux-ci partageaient une même peine. Puis François avait repris le chemin de l'école… et son rythme de vie habituel, traversant la maison en coup de vent.

Chaque semaine, tous les trois, ils doivent toujours rencontrer l'intervenant de la DPJ avec qui ils essaient d'élaborer une ligne de conduite qui pourrait satisfaire tout le monde. Mais il semble bien que ce soit peine perdue.

François reste impénétrable, comme indifférent à ceux qui l'entourent, cachant sa peine, ne parlant qu'avec ses copains.

— J'ai un deuil à vivre et je vais le vivre avec ceux qui peuvent le partager avec moi.

L'intervenant dit qu'il comprend. Dominique et André aussi... jusqu'à un certain point. Ils sont tout à fait conscients de ce qu'il doit vivre. Perdre un ami dans de telles circonstances est un drame, pour François le choc est double et doit être terrible : c'est lui qui l'a trouvé, dans des conditions atroces. Mais raison de plus pour en parler avec des gens capables de l'aider. Pas seulement avec ses amis. Du moins, c'est ce qu'ils pensent. Comment d'autres jeunes, aussi bouleversés que lui, pourraient-ils lui venir en aide ? C'est un non-sens. Pourtant François reste insensible à leurs propos. À un point tel, qu'ils ont finalement choisi de ne plus lui en parler. Ils en discutent uniquement en présence de l'intervenant. Dans ces moments-là, François consent à lever le voile sur ses émotions. Un petit peu, un tout petit peu. Autrement, il agit comme si rien ne s'était passé. Et cette attitude fait peur à Dominique et à André. Comme s'il leur servait une forme de chantage, qu'il n'était plus qu'une bombe à retardement, utilisant la mort de son ami pour les manipuler. « Attention ! Si vous n'essayez pas de comprendre, si vous tentez de me retenir, je ne serai pas heureux et je pourrais faire la même chose ! »

Dominique n'est plus que l'ombre d'elle-même, coincée dans des émotions de plus en plus ambiguës. Elle voudrait qu'il ne soit jamais là, l'air de la maison étant nettement plus respirable en son absence. Mais en même temps, elle ne respire plus lorsqu'il est parti car elle est morte d'inquiétude. Elle n'ose plus dire non, le contredire, ou lui faire la moindre remarque. Dominique a peur. De ce qu'il pourrait penser, de ce qu'il pourrait faire, de tout et de n'importe quoi. Surtout qu'ils savent très bien que leur fils n'a pas cessé de consommer. Comme si l'expérience vécue n'était pas suffisante pour mettre un frein à cette habitude. Et quand François est sous l'influence de ces maudites cochonneries chimiques, il n'est plus que l'ombre de lui-même. Irritable, impatient, méfiant, il refuse toute communication, s'en prend même à son frère et à sa sœur, profitant de la plus infime remarque pour foutre le camp. Dominique ne vit plus, sans cesse ébranlée par une culpabilité qui se manifeste à tous moments. Souvent, elle se dit qu'elle devrait être plus autoritaire. Dès qu'elle fait face à François, elle revient sur sa position, la peur l'emportant invariablement sur ses bonnes résolutions. Par contre, dès qu'elle a cédé, elle s'en veut croyant qu'elle achète la paix au détriment de son fils…

C'est dans cet état d'esprit qu'elle a accepté l'invitation transmise par Cécile et qu'elle se prépare pour les Fêtes. Elle a traversé les centres commerciaux comme une somnambule, se rappelle à peine du moment où elle a emballé les cadeaux. Elle attend ces quelques jours dans la Beauce comme on doit espérer l'oasis en plein désert. Ces gens qui n'offraient aucun intérêt à ses yeux jusqu'à tout récemment, ils sont devenus une espèce de planche de salut. Depuis que Gérard lui a parlé, Dominique espère sincèrement les rencontrer. Elle se dit que pour François aussi, cette diversion dans leur quotidien peut apporter un changement salutaire. Tout ce qu'elle veut, c'est l'éloigner d'ici, de ses amis. Ne fût-ce que quelques jours. Lui montrer de nouveaux horizons, l'obliger à rencontrer d'autres gens. Et c'est aussi valable pour elle et pour André. Ils en parlent ensemble, le soir avant de dormir. Tout lui paraît mieux qu'un statu quo… même si François hurle à tous vents qu'il n'est pas question pour lui de les suivre. Il ne connaît personne là-bas, n'est pas intéressé à les rencontrer et n'a pas du tout la tête à se réjouir. Mais pour une fois, Dominique est bien décidée à n'en faire qu'à sa tête. Surtout qu'à leur dernière rencontre à la DPJ, l'intervenant a tenté de démontrer à François, boudeur et hermétique comme une huître, qu'un peu d'autorité n'a jamais fait de tort à qui que ce soit. Lui aussi trouve qu'un peu de recul est probablement salutaire pour tout le monde.

Une lourde neige tombe sur la ville, décorant l'avenue en paysage de Dickens. Un peu malgré elle, Dominique sent l'esprit des Fêtes qui se faufile dans son esprit, se soudant à son habituelle inquiétude. Il y a une minute à peine, au réveil, quand elle a ouvert les rideaux, elle n'a pu retenir le cri de surprise qui lui est monté aux lèvres devant les arbres et les maisons coiffés de blanc. Pendant quelques instants, elle est restée immobile, laissant la paix du paysage glisser tout doucement en elle. Puis un petit ouragan en jaquette a envahi sa chambre.

— As-tu vu ? As-tu vu, maman ?

Sans attendre de réponse, Geneviève est venue se blottir contre elle.

— C'est beau, hein ?

Toutes les deux, silencieuses, elles restent longtemps devant la magie d'une neige tombée les transportant dans un décor de théâtre féerique, simplement bien de la présence de l'autre. Et c'est là, sa fille lui entourant la taille de son bras, à quelques jours de Noël, que Dominique prend sa résolution du Jour de l'An. Elle va récupérer sa famille au complet, coûte que coûte. À commencer par François qu'elle va aimer comme il n'a jamais été aimé. Il va finir par comprendre. Puis il y a Frédérik et Geneviève. Eux aussi existent et ont besoin d'elle. Ce n'est pas parce que tout va bien pour eux qu'ils n'ont pas besoin d'être écoutés, aimés. Elle sent le souffle chaud de sa petite fille contre sa main et elle admet qu'elle les a négligés depuis quelque temps. Ils ne méritent pas cela. Et c'est peut-être par eux et avec eux qu'ils vont réussir à ramener François. C'est par la force tranquille et aimante de cette famille qu'elle a bâtie avec André qu'ils sauront le rejoindre. Lui aussi, il fait partie de cette famille. Et jusqu'à cet été, il semblait en être fier. Ils ont été heureux tous ensemble. Avec des hauts et des bas, comme dans toutes les familles du monde. Mais c'est normal. Ce n'est sûrement pas suffisant pour y tourner le dos, pour la boycotter comme François semble vouloir le faire. Puisant dans la présence de sa fille comme à un puits généreux, Dominique comprend qu'il est là ce courage dont elle a besoin. Il est dans ce passé qu'elle a construit avec amour et qu'elle va reprendre pour édifier l'avenir.

De surcroît, il y a plein de gens autour d'elle pour l'aider. Et Dominique sait qu'elle peut utiliser les ressources disponibles...

Les bagages s'alignent dans le hall d'entrée. Cédant à François qui a passé la nuit chez un ami, compromis parmi tant d'autres pour le convaincre de les suivre, ils n'attendent plus que lui pour aller chercher Cécile et prendre la route vers la Beauce.

— Mais qu'est-ce qu'il fait, sapristi... Il est presque onze heures...

André ne tient plus en place. Il déteste attendre quelqu'un qui n'est pas au rendez-vous fixé. On avait parlé de dix heures avec François... Il se décide d'un coup.

— J'en ai assez. Appelle Cécile pour lui dire qu'on va

être en retard pendant que je mets les bagages dans l'auto, lance-t-il en mettant son manteau... Chez qui François devait-il coucher ? On va aller le ramasser par la peau du cou s'il le faut...

Dix minutes plus tard, ils sont en direction de chez Patrick, l'indissociable du trio qu'ils formaient avec Marco. C'est la mère de ce dernier qui ouvre la porte à André.

— François ? Bien sûr qu'il est ici. Il dort encore. Ils ont regardé des films une partie de la nuit et se sont couchés aux petites heures du matin... Un moment, je vais aller le prévenir...

Pendant quelques instants, André fait le pied de grue dans l'entrée, sa patience mise à rude épreuve pour une seule matinée. Puis il entrouvre la porte et fait signe à Dominique qu'il en a pour une minute avant de s'intéresser brièvement à une reproduction de peinture qui orne le mur. N'entendant toujours aucun signe de vie, il enlève ses bottes et se permet de faire quelques pas dans le hall.

— Madame Gendron ? Est-ce que je peux venir ? Nous sommes attendus et je sais que François est parfois difficile à ré...

C'est un cri étouffé qui lui répond. Essayant de s'orienter en direction de ce bruit, André parvient à rejoindre la mère de Patrick qui se tient penchée au-dessus du lit où repose François. Elle lève un regard angoissé vers lui.

— Il... il ne veut pas se réveiller... Il... il a vomi en dormant... Je... Mon Dieu, si j'avais su ce qui...

André n'a pas besoin d'en entendre davantage. En deux enjambées il est au chevet de son fils. La respiration de François est lente, laborieuse, son visage est blanc, presque cireux. Quand il essaie de le secouer, François n'a aucune réaction. Il n'hésite pas une seconde.

— Vite, une ambulance… Et vous devriez jeter un coup d'œil à votre fils… On ne sait jamais…

À partir de cet instant, André ne quitte plus François, hormis pour prévenir Dominique qui l'attend toujours dans l'auto. Curieusement, elle reste très calme et ne demande pas à le voir. Seul son teint pâle souligne son inquiétude. Puis elle part en direction de la maison pour y déposer Frédérik et Geneviève.

André accompagne son fils dans l'ambulance sous les regards atterrés de Patrick, mal éveillé, et de sa mère, complètement dépassée. Eux aussi devront se présenter à l'hôpital et Dominique doit venir les rejoindre le plus rapidement possible.

Overdose… On a fait un lavage gastrique à François et installé un soluté. Patrick n'a rien. Incapable de penser, André reste au chevet de son fils, espérant la venue de Dominique à défaut d'autre chose.

Contrairement à ce qu'il prévoyait, c'est une femme très posée qui le rejoint finalement à l'hôpital. Elle vient jusqu'à lui et glisse sa main dans la sienne.

— Puis ? Est-ce que le médecin est…

— Oui. Inquiète-toi pas… On lui a fait un lavage d'estomac… Le médecin dit que ses signes vitaux sont faibles mais stables… Il a dit aussi qu'un psychiatre doit venir tout à l'heure.

— Un psychia…

— Oui… Il paraît que c'est obligatoire dans un cas comme celui-là. Pour l'instant, on ne sait pas encore si c'est accidentel ou…

Une pression de la main de Dominique sur la sienne lui fait comprendre qu'il n'a pas besoin d'en dire davantage. De toute façon, il croit bien que les mots n'auraient pas réussi à passer. Il a la gorge serrée, le cœur à l'envers. François, son fils François, a peut-être voulu en finir avec la vie...

Pendant de longues minutes, Dominique et lui restent auprès de l'adolescent inconscient, main dans la main, comme lorsqu'ils le veillaient, bébé, quand il faisait une forte fièvre. Puis, tout doucement, Dominique se dégage.

— Je vais prévenir Cécile. Elle doit être morte d'inquiétude. Et elle doit aussi avertir Jérôme que nous n'y serons pas.

Au bout d'un moment de silence, elle ajoute:

— Tu sais André, je suis soulagée.

— Soulag...

— Oui, soulagée... Mais laisse-moi finir... Jusqu'à maintenant, je ne savais pas vraiment comment réagir face à François. J'avais toujours peur de trop en faire ou pas assez... J'avais peur de lui, de ce qu'il pourrait penser, de ce qu'il pourrait faire. Maintenant je sais et je n'ai plus peur... Maintenant, on a la preuve qu'il ne peut pas s'en sortir seul. Je le savais, toi aussi, mais pas lui. Avec un ado, il faut parfois passer par l'absurde pour faire comprendre les choses. On y est... Tu vas voir André: je suis certaine que ce geste, intentionnel ou pas, c'est le début de la fin. On ne peut pas aller plus bas. On ne peut que remonter... Maintenant, je vais prévenir Cécile...

* * *

Cécile est restée de marbre pendant que Dominique l'informait du changement de programme, la longue expérience du médecin prenant la place, la préservant du même coup de la douleur. Elle écoute Dominique religieusement, les sourcils froncés, imaginant facilement l'état de François, pensant déjà à ce qu'elle ferait, elle, dans un pareil cas. Puis Dominique semble vouloir s'excuser, comme si elle était responsable.

— ... Tu comprendras qu'il n'est pas question pour nous de quitter la ville dans de telles conditions. Je suis vraiment navrée mais...

— Mais qu'est-ce que c'est que cela ? Tu n'as pas à être navrée, Dominique. C'est bien évident que votre place est avec François... Est-ce que le médecin lui a mis une perfusion ? Oui ? Parfait... Ne t'inquiète pas. J'ai l'impression que tout va bien se passer.

— Est-ce que tu pourrais prévenir Jérôme ?

— Bien sûr... Je lui donne un coup de téléphone et je vous rejoins. Ne soyez pas...

— Mais ce n'est pas essentiel, tu sais. Ne gâche pas ton Noël pour...

— Un Noël sans toi, sans François et toute ta famille, ce n'est pas un vrai Noël.

Cécile est catégorique.

— Le temps d'appeler Jérôme et je suis là. C'est bien au CHUL, n'est-ce pas ? Parfait, j'arrive. Si vous n'y voyez pas d'inconvénients, André et toi, nous pourrions demander à Denis de passer le voir. Mon fils est un excellent pédiatre. Pour le reste, on avisera plus tard. Le réveillon, ce n'est que dans douze heures. Je verrai... De toute façon, il y a aussi Frédérik et Geneviève. Ils ont droit à quelques réjouissances malgré tout...

L'appel à Jérôme est aussi bref que froid. C'est le médecin qui parle, celle qui est capable de faire abstraction de tout sentiment personnel quand le besoin s'en fait sentir. Avec le temps, à force de côtoyer la douleur humaine, Cécile a appris à fonctionner par réflexe. Elle ne permet aux émotions de refaire surface que plus tard, quand tout est sous contrôle. Et encore... S'il fallait qu'elle prenne sur elle toutes les misères qu'elle voit quotidiennement, elle n'aurait jamais survécu.

— ... et tu comprendras que je n'y serai pas non plus. Frédérik et Geneviève ont sûrement envie de faire un...

Jérôme est sans voix. Il écoute Cécile lui parler, aussi froide et détachée qu'une banquise et il n'arrive pas à comprendre. Bien sûr que Dominique et sa famille doivent rester à Québec. Et probablement Cécile aussi, pour l'après-midi. Mais ce soir ? Et pourquoi lui parler comme s'il était un étranger dont on se débarrasse parce que trop encombrant ? Jamais déception n'a été si grande. Il tente de l'interrompre, lui proposant peut-être une solution de rechange.

— Minute, Cécile... Je comprends tout ce que tu es en train de dire... Je suis vraiment désolé de ce qui leur arrive. Tu as raison : ta place est à l'hôpital pour le moment. Mais si tu vois que la situation est sous contrôle, tu pourrais peut-être nous rejoindre avec les deux plus jeunes ?

Cécile hésite à peine une seconde avant de répondre.

— C'est bien gentil, Jérôme. Mais je crois que je suis obligée de dire non. Dominique ne voudra sûrement pas se priver de la présence de ses enfants. C'est déjà assez pénible comme ça. Et puis il y a Denis... Je sais que Dominique n'a jamais été très à l'aise devant mon fils. Je tiens donc à rester auprès d'eux.

— Bien sûr, il y a aussi ton fils...

— Oui, Denis est pédiatre au CHUL. S'il y a quelqu'un qui peut les aider, c'est bien lui : ça fait des années qu'il travaille auprès des adolescents.... Non, je regrette, Jérôme, mais ce ne sera pas cette année que nous allons passer Noël ensemble… Demain peut-être, mais ce n'est pas certain… D'habitude je soupe dans la famille de Denis, le soir de Noël… Je m'excuse. Et dis bien à Mélina que je suis vraiment navrée. Mais je sais ce que j'ai à faire. Je suis médecin et François a besoin de soins. Je ne pourrais pas rester à distance. J'espère que tu peux comprendre ça. Et pour ce qui est de Dominique, je crois savoir ce dont elle a besoin, en ce moment. C'est ma fille après tout…

« C'est ma fille après tout… » Les derniers mots de Cécile l'ont atteint droit au cœur. Jérôme murmure un pénible accord avant de raccrocher.

— Bien sûr, Cécile… Oui, je comprends.

« C'est ma fille… Ma fille… » Pendant quelques instants, il reste immobile, la main posée sur le récepteur, écoutant les mots qui se répètent en écho dans sa tête. Puis tout doucement, ils s'estompent, se fondent aux battements de son cœur qui frappe à tout rompre dans sa poitrine. Et lui ? N'est-il pas le père de Dominique ? N'a-t-il pas le droit de… Puis il pousse un long soupir. Son silence le rattrape. Encore et toujours. C'est Cécile qui a raison de parler comme elle le fait. De quel droit revendique-t-il une paternité qu'il n'a pas assumée ?

À pas lents, sans faire de bruit, Jérôme regagne sa chambre, se laisse tomber sur son lit. Heureusement, Mélina se repose en prévision de la longue nuit qui vient. Pauvre Mélina ! Elle sera sûrement déçue.

Puis il se tourne sur le côté en rabattant le couvre-lit sur ses épaules. Il ferme les yeux sur la blancheur trop crue que lui renvoie la fenêtre sans rideaux, ouverte sur la neige qui tombe. Pourquoi toute cette tristesse ? Pourquoi ? Il faisait si beau. Un temps de carte de Noël. Ce matin, il a même astiqué la vieille carriole pour conduire au village tous ceux qui auraient voulu aller à la messe de minuit. Et le cadeau qu'il voulait donner à Cécile, près de l'arbre illuminé... Demain, ce ne sera pas pareil. De toute façon, il sent très clairement en lui qu'il n'y aura pas de demain. Cécile ne viendra pas. Il le sait... Tout simplement parce que maintenant, Jérôme n'est plus du tout certain qu'il a encore une place dans la vie de cette femme. Sinon, elle l'aurait au moins invité à partager le repas avec son fils. Mais rien. Il ne savait même pas qu'elle prenait le souper de Noël avec Denis. Lui, pauvre naïf, pensait qu'elle venait dans la Beauce pour quelques jours... Et surtout, elle vient de le lui dire : il y a sa fille. Sa fille...

Il ramène la couverture encore plus étroitement contre lui. Tout ce qu'il veut en ce moment, c'est dormir. Même s'il sait qu'il ne dormira pas. Parce que son cœur bat trop fort, moteur désordonné et mal rodé. Il bat pour toutes ces années où Jérôme et Philippe réunis lui ont demandé de se taire.

Partie IV

La quiétude

9

L'hiver est particulièrement dur, cette année. Depuis une semaine, il fait froid à pierre fendre. Et à chaque jour, Dominique connaît la même crainte : celle de voir son auto refuser de démarrer. Parce qu'elle a formellement promis à François d'être là, avec lui, chaque matin, pour la visite du médecin et elle déteste ne pas remplir ses promesses.

Depuis sa tentative de suicide, l'adolescent s'est spontanément tourné vers sa mère. Surtout dans les premiers jours. Jamais Dominique ne l'a vu pleurer autant. Quand il a repris conscience, il tremblait comme une feuille, ne sachant où il était, ce qui s'était vraiment passé. Puis la mémoire lui est revenue. Il a revu toute cette poudre qu'il a prise, même si Patrick lui disait d'arrêter. Mais c'était plus fort que lui, comme s'il célébrait un rite. C'était là la seule façon qu'il avait trouvée, depuis un mois, pour oublier tout en se sentant plus près de Marco. Il se rappelait très clairement de s'être dit, au beau milieu de la nuit, qu'il n'en pouvait plus. La drogue déformait ses pensées, les faisant virevolter, incohérentes, immenses. La peur, la douleur étaient omniprésentes. Il ne voulait plus avoir mal, il ne voulait plus se répéter, lancinante litanie, qu'il était responsable de la mort de son ami. Puis il avait pensé à tout cet argent qu'il devait, aux menaces qu'on lui a faites. Alors il a fait taire Patrick, lui disant qu'il savait ce qu'il faisait, et il a fini de prendre le reste. Tant pis. Tant pis pour tout et tant mieux si sa souffrance pouvait avoir une fin… Après, il ne se rappelait plus rien. Et maintenant, il était là, sur un lit d'hôpital. Rien n'avait changé, sinon que sa peur était encore plus forte au grand jour. Alors il s'était jeté dans les bras de Dominique, sous les regards soulagés de Cécile et d'André.

— Maman…

Elle l'a laissé pleurer tout son saoul. Puis quand il a commencé à se calmer, elle l'a longuement regardé, jusqu'au fond de l'âme, avec tout son amour. Elle se sentait forte, capable de démolir des murailles, capable de réinventer le monde s'il le fallait. André était près d'elle, un bras passé autour de ses épaules. Elle sentait sa chaleur et y puisait toute sa force. À deux, ensemble, rien ne lui semblait impossible. C'est alors que François s'était enfin décidé à parler. De tout ce qu'il avait à l'intérieur de lui. Ses émotions sortaient en cascades violentes, sans suite logique, la peur et le soulagement entremêlés.

— Je… j'veux pas mourir, maman. Mais en même temps, j'veux pas continuer… Pas comme ça. C'est trop dur… c'est trop dur de vivre sans Marco… Je… je le vois partout. J'ai l'impression qu'il m'appelle. J'voudrais tellement que ça soit pas arrivé. Pourquoi ? Pourquoi j'ai rien vu, rien senti ? C'était mon ami. J'pensais qu'on se disait tout. J'ai peur, maman, j'ai peur de pas être capable de continuer…

Tout en parlant, il regardait intensément ses parents. Il savait qu'il avait besoin d'eux. Que seul, il n'y arriverait pas. Mais il ne connaissait ni les mots ni la façon de le dire. Ce n'était qu'une intuition, la vague impression que son instinct de survie parlait en lui. Il avait surtout besoin de sentir qu'il avait de l'importance aux yeux de quelqu'un.

Savoir qu'on l'aimait... Puis il a aperçu Cécile, discrète, se tenant dans un coin de la petite pièce entourée de rideaux qui l'isolent du reste de la salle. Alors il lui a tendu la main.

— Mamie...

Puis il a fait un tout petit sourire. Le premier depuis toutes ces semaines... Cécile s'est approchée du lit et l'a pris tout contre elle, en tenant la main de Dominique. Et à cet instant, le médecin n'existait plus en elle. La mère et la grand-mère guidaient ses gestes et son cœur...

François est hospitalisé depuis plus d'un mois. Denis, le fils de Cécile est son médecin traitant, en compagnie du docteur Cimon, pédopsychiatre. Tout doucement, il réapprend à vivre, à analyser ses émotions, à tenter de les rationaliser. Et il va mieux. On parle même de lui donner son congé d'ici la fin de la semaine. Par contre, les médecins sont formels: François est très fragile, vulnérable. Il aura besoin de soutien pour un long moment. On parle même d'une cure de désintoxication pour commencer. Parce que les dangers de rechute sont importants. Mais sur le sujet, François reste évasif.

— Ça va mieux, là... On verra le reste plus tard... J'suis pas encore rendu là...

Quand il quitte finalement l'hôpital, François a en main une prescription pour un médicament qui va l'aider à se détendre; il devra se présenter une fois par semaine au bureau du psychiatre et revoir l'intervenant de la DPJ dans les plus brefs délais. Même si sur ce point, Dominique et André semblent sceptiques.

— Pour ce que ça a donné...

Ils sont dans le bureau du docteur Cimon et peuvent parler plus librement qu'en présence de François. Denis aussi est avec eux. C'est lui qui interrompt André.

— Je ne suis pas d'accord... Avec ce qui vient de se passer, ils ont maintenant une force d'action qu'ils n'avaient pas avant. Et un bon pouvoir de persuasion. Faites-leur confiance : ils en ont vu d'autres. Je suis persuadé qu'une bonne partie de la solution va passer par eux.

À la maison, Dominique a organisé un petit souper de fête pour le retour de son fils. Rien de trop évident, car il faut ménager la susceptibilité de François qui est toujours à fleur de peau. Elle a tout simplement invité Cécile à se joindre à eux et a préparé les plats que François préfère.

Encore une semaine de repos puis François pourra retourner à l'école. Tous, chacun à leur façon, espèrent que la vie reprendra peut-être un rythme normal. Et en observant son petit-fils à la dérobée, se réjouissant de le voir dévorer tout ce que sa mère lui présente, Cécile se dit qu'elle va enfin pouvoir s'absenter quelques jours. Il lui tarde de revoir Jérôme...

* * *

Sincèrement, Jérôme était persuadé qu'il allait vivre le plus beau Noël de sa vie. Il était heureux à la pensée que Cécile, Dominique et sa sœur seraient avec lui. La joie toute simple de sa mère, cette façon bien à elle, un peu naïve de voir les choses, faisait chaud au cœur. Puis il y avait eu l'appel de Cécile et sa joie à lui s'était emmêlée à la neige qui recouvrait la campagne comme d'un linceul. Quand il avait rejoint sa mère à la cuisine, quelques heures plus tard, il n'avait fallu qu'un seul coup d'œil pour qu'elle comprenne que ça n'allait pas. Elle avait fixé le dos de son fils, occupé à se servir un verre d'eau, avait haussé les épaules et, tout en sortant la nappe du tiroir, elle avait lancé :

— C'est Cécile ?

Jérôme avait suspendu son geste pour un instant. Puis il avait acquiescé dans un souffle.

— Oui... Qui te l'a dit ?

— Personne... C'est juste que j'te connais comme le fond de ma poche.

Puis elle avait eu un petit rire, gentiment moqueuse.

— Oublie pas, mon gars, que c'est moi qui t'ai tricoté...

Et sans plus, elle s'était rendue dans la salle à manger, cette ancienne chambre, en retrait à l'arrière de la maison et qui ne sert qu'en de très rares occasions. Et de loin, elle a ajouté, tout simplement :

— À voir la face que t'as, je devine que Cécile viendra pas... Elle a sûrement ses raisons.

Jérôme n'a pas répondu. Il s'est contenté de terminer son eau et s'est retourné, les reins appuyés contre le comptoir. Mélina est revenue dans la cuisine.

— Viens m'aider à sortir la vaisselle du buffet. C'est lourd pour moi...

— Pourquoi te donner tout ce mal ? Dominique non plus ne sera pas là. Finalement, il n'y a que Judith qui...

— Et après ? Judith aussi, c'est quelqu'un d'important. Et ce soir c'est Noël. Pour elle, pour sa famille, pour moi et pour toi aussi.

— Pour moi ? Comment veux-tu que je...

Mélina n'avait pu retenir un soupir.

— J'aime pas le ton de ta voix, Jérôme. T'es plus un enfant. À l'âge que t'es rendu, tu devrais savoir qu'il y a de ces choses, dans la vie, qu'on comprend juste après.

— Je ne vois pas pourquoi tu me dis ça, maman. Et je ne vois surtout pas ce que vient faire mon âge là-de...

— Pauvre Jérôme... Je dis pas que t'as pas l'droit d'être

déçu. J'peux très bien comprendre ça. Cécile viendra pas pis Dominique non plus. C'est dommage. Moi avec ça m'fait d'la peine. J'aurais sincèrement aimé que tout mon monde soit là. Moi avec, chus déçue. Mais ça viendra pas gâcher mon plaisir, par exemple. Parce que j'fais confiance. Si Cécile a décidé de rester à Québec, c'est sûrement que c'est important. C'est pas une girouette Cécile, c'est pas une tête folle. Ça fait que t'as pas à juger ses choix ni à critiquer ses décisions... T'as juste le droit d'être déçu. Mais pas plus...

— Maman, maman... Tu crois sincèrement que j'en suis là ? Oublie la déception, un moment. Il y a tellement plus que cela et tu devrais le comprendre. Il y a moi, maman... Moi, je ne compte donc pas pour...

Mélina s'est approchée de lui. Elle a mis sa main sur le bras de son fils, l'obligeant à la regarder.

— Il me semble qu'on a déjà eu cette conversation-là, Jérôme. C'était il y a bien longtemps. Au printemps, sur la galerie. Cécile venait de t'annoncer qu'elle avait décidé de rester encore un boutte chez son père. Pour s'occuper du petit Gabriel... Pis toi, t'étais en colère, tu comprenais pas. J'me rappelle de t'avoir dit qu'y faut regarder plus loin qu'les apparences... Ouais, c'est en plein d'même que j't'avais dit ça. Pis j'me rappelle avec que j't'avais dit qu'il y a des affaires, dans la vie, que même si on fait toute pour les arranger, on dirait qu'y a quelqu'un qui s'amuse à les détricoter en arrière de nous autres. C'est l'destin, j'crois ben. Pis ça, y a pas personne qui peut y échapper. Oublie jamais ça, Jérôme. Pis laisse jamais la colère ou ben la rancune te servir de guide. Ça donne jamais du bon, la rancune. Jamais...

Sans attendre de réponse de la part de Jérôme, considérant qu'il n'y avait rien à répondre, Mélina s'était dirigée vers le buffet, encore une fois.

— Astheure, tu vas m'sortir le coffre à argenterie. Y'est pesant sans bon sens. Pis donne-toi la peine de réfléchir à c'que j'viens de te dire. Ça a plein d'allure, tu vas voir. Dis-toi ben que moi, Mélina Cliche, c'est d'même que j'ai faite ma vie pis j'suis certaine qu'y a pas d'autres façons de faire pour être heureux. Vraiment pas d'autres...

Jérôme était resté pensif un moment. Puis il s'était détourné pour saisir le lourd coffre de bois, posé sur la tablette du haut, dans le buffet. Et d'une voix plus douce, plus sereine, il avait répondu :

— Promis, maman. Je vais repenser à tout ce que tu viens de dire.

Alors Mélina lui avait souri.

— J'savais... Profite donc de l'occasion pour apprendre à mieux connaître ta sœur... Tu vas voir : vous êtes pareils, vous deux...

Et c'est ce que Jérôme a fait. Judith et sa famille ont passé trois jours à la ferme et il a tout fait pour oublier que ce Noël ne ressemblait pas à ses désirs. Il s'est intéressé à son beau-frère, a passé des heures à jaser avec Judith, s'est amusé avec son neveu et ses nièces. Et finalement, leur séjour a passé à folle allure, à travers les rires et les promenades. La carriole a bel et bien servi pour la messe de minuit et avec Claude, le mari de Judith, Jérôme a ressorti du fond d'un hangar une vieille motoneige, jaune et noire, qui a accepté de fonctionner comme une jeune... enfin presque. Et quand l'auto de Judith a disparu en haut de la butte, Jérôme a admis qu'il venait de passer un des plus beaux Noëls de sa vie. Et il le disait sans aucune arrière-pensée...

* * *

Cécile a pris la route dès son déjeuner avalé et Gudule remis en pension chez sa voisine. Début février, le temps réservait une agréable surprise. Il fait doux, comme au temps des sucres, et le soleil brille de mille feux sur la neige qui scintille près de la rivière. Cécile a choisi de prendre l'ancien chemin, celui qui traverse les villages. Elle conduit lentement, se sentant presque en vacances. Avant de quitter l'appartement elle a appelé Dominique qui lui a confirmé que François avait bien repris le chemin de l'école. À dix heures, elle a rendez-vous avec le directeur, en compagnie d'André et de son fils, pour voir comment ils vont pouvoir s'y prendre pour récupérer le temps perdu. Et François semble vraiment coopératif. André lui a promis de régler ses dettes de drogue si celui-ci se remet sérieusement à ses études et s'il promet de ne plus consommer. Et François a promis… Dans deux jours, ils doivent rencontrer l'intervenant de la DPJ pour tenter de trouver la meilleure manière d'aider François. On parle toujours d'une cure de désintoxication, même si sur le sujet l'adolescent est nettement plus rétif. Il est persuadé qu'il est capable de s'en sortir seul. Malgré cela, Dominique semblait confiante et Cécile a décidé d'oublier tous ces problèmes pour quelques jours. Alors elle se laisse aller à la joie toute simple d'une belle journée d'hiver qui ressemble au printemps. Il lui tarde de revoir Jérôme.

Quand elle arrive enfin en haut de la butte qui mène à la grande maison blanche et rouge, Cécile aperçoit Jérôme, près de la grange aujourd'hui désaffectée, penché sur ce qui lui semble être une vieille motoneige dont le capot est rabattu. Elle appuie donc joyeusement sur l'avertisseur de l'auto pour qu'il sache qu'elle est arrivée puis vient se ranger tout près de la maison. Mélina, alertée par le klaxon, paraît à la fenêtre et lui fait signe de la main, toute souriante. Jérôme s'est redressé. Reconnaissant la voiture de Cécile, il abandonne aussitôt son travail et se dirige vers l'autre extrémité de la cour, en essuyant ses doigts tachés sur une guenille qui ressemble étrangement à une vieille jaquette. Sans un mot, il vient jusqu'à Cécile, laisse tomber le torchon sur le sol et la prend dans ses bras. Il la tient très fort contre lui pendant un instant puis l'écarte en laissant ses mains sur ses épaules. Son visage est plissé de sourires. Alors il se penche et lui plaque deux gros baisers sonores sur les joues.

— Joyeux Noël, Bonne Année...

Puis au bout d'une autre série de baisers, il ajoute :

— Et bonne Saint-Valentin, au cas où...

Le ton est malicieux, mais Cécile devine tout de même le léger reproche derrière la boutade. Elle admet que Jérôme puisse avoir raison. C'est vrai qu'elle l'a négligé depuis quelques mois. Alors elle se hisse sur la pointe de ses bottes et, à son tour, elle l'embrasse.

— Joyeux Noël et Bonne Année...

Puis taquine, elle s'écarte et lance par-dessus son épaule en s'éloignant vers son auto :

— Pour la Saint-valentin, je le garde en réserve... Au cas où...

Elle attrape son léger bagage d'une main alerte, referme la portière d'un geste vif et repasse devant Jérôme sans le regarder.

— Est-ce que tu retournes à ta mécanique ou si tu te joins à nous pour prendre un bon café ? J'ai hâte d'embrasser ta mère. Je me suis beaucoup ennuyée d'elle...

Le ton est toujours aussi espiègle. Même si au contact du visage de Jérôme contre le sien, son cœur s'est mis à battre encore plus vite. Pourtant, avant de gravir l'escalier, elle s'arrête un instant, dépose son sac de voyage sur la première marche, pivote sur elle-même et revient vers lui. Elle n'a plus envie de faire semblant. Il lui semble qu'en ce moment, derrière la blague, se joue un moment important entre eux. Alors, posant une main sur la poitrine de Jérôme, elle regarde tout autour d'elle, les yeux mi-clos, l'air grave et sérieux.

— Dieu que c'est beau, ici...

Et dans sa voix se coule l'intonation de qui le constate une première fois. Exactement comme si elle venait tout juste d'en prendre conscience. Elle prend alors une profonde inspiration et lève les yeux vers Jérôme.

— Je te jure que plus jamais je ne vais rester si longtemps sans venir... Plus jamais... Tout cela m'a tellement manqué... Tu m'as tellement manqué...

Et glissant sa main gantée dans la sienne, Cécile l'entraîne vers la maison où Mélina vient d'ouvrir la porte...

Ils ont passé une bonne partie de l'après-midi, en motoneige, à faire la navette le long du champ. Cécile avait l'impression de retourner dans le temps. Elle est à nouveau une gamine qui n'a d'autres préoccupations que de penser à elle. Que de vouloir être heureuse et d'avoir à portée de main tout ce dont elle a besoin. C'est pourquoi, au moment où Jérôme se dirige vers le hangar, Cécile se penche vers lui et lui crie à l'oreille pour contrer le tintamarre du vieux moteur :

— Est-ce qu'on pourrait se rendre chez Paul par les champs ?

Il lui semble que sa joie ne saurait être complète sans une petite visite chez ses frères. Eux aussi ils lui ont beaucoup manqué pendant les Fêtes. Jérôme a détourné la tête et à son tour, il crie :

— Chez Paul ?

— Oui… À travers champs…

— Accroche-toi… On y est déjà.

Sans hésiter, Jérôme relance le moteur et tourne à sa gauche. Le soleil est à peine plus haut que la ligne d'horizon et la neige en est presque rose. Le boisé de sapinage qui sépare sa terre de celle des Veilleux étire une ombre longue et mauve sur la brillance du champ. Cécile a l'impression de s'enfoncer dans une carte postale vantant les mérites de l'hiver québécois. Un vent léger s'est levé et un frisson de neige folle court au-devant de la motoneige qui file à fière allure. Alors, fermant les yeux à demi, elle se cramponne à la taille de Jérôme, appuie la tête contre son dos. En ce moment, elle irait jusqu'au bout du monde avec lui s'il le demandait… En ce moment, elle est heureuse comme elle ne pensait jamais qu'elle pourrait l'être à nouveau…

Paul et Gabriel sortaient justement de la grange quand Cécile et Jérôme arrivent dans un assourdissant bruit de moteur fatigué et d'odeur de vieille huile. Reconnaissant aussitôt sa sœur, Paul s'élance vers elle, exubérant, un peu comme Gérard sait l'être, suivi d'un Gabriel nettement moins expansif. C'est un célibataire endurci, Gabriel, taciturne et renfermé. Il n'y a qu'avec sa nièce Caroline qu'il accepte de sortir de sa réserve. Cette petite fille née beaucoup trop tôt et qu'on avait réchappée par miracle avait immédiatement touché l'homme solitaire. Pour quelle raison, Gabriel l'ignore. Il se dit que c'est probablement parce que lui aussi a eu à se battre pour s'accrocher à la vie quand il était nouveau-né. Peut-être… Gabriel ne saurait vraiment le dire. Chose certaine, quand il avait appris que la petite dernière de son frère Paul n'avait que peu de chances de s'en sortir, il s'était rué à l'hôpital. Pendant plus d'un mois, il s'était fait un devoir d'aller la voir tous les soirs. Chaque fois, il restait immobile devant la vitre de la pouponnière et il regardait cette minuscule poupée qui respirait péniblement, acharnée, le corps relié à la vie par de nombreux fils. Il lui semblait essentiel d'être là. Comme s'il n'y avait que lui capable de faire comprendre à ce tout petit bébé à quel point il est important de lutter. À quel point la vie peut être belle... Et quand les médecins l'avaient déclarée hors de danger et que Paul lui avait demandé s'il acceptait d'en être le parrain, une curieuse émotion avait fait briller son regard. Puis il avait bombé le torse en respirant à fond, heureux et fier comme un paon. Depuis ce jour, jamais parrain n'a pris son rôle avec autant de sérieux... Caroline est pour lui la fille qu'il n'aura probablement jamais...

Cécile s'est élancée au-devant de Paul qui la soulève de terre en la faisant tourner dans ses bras. Puis Jérôme arrive et Gabriel aussi. Alors Paul repose Cécile sur la neige durcie de la cour, piétinée par des milliers de va-et-vient journaliers.

— Enfin... Si tu savais comme tu nous as manqué pendant les Fêtes... V'nez, restons pas là à faire racines, entrez... C'est Huguette qui va être contente de t'voir...

Mais alors qu'ils se dirigent tous ensemble vers la maison, Paul s'arrête un instant et se retourne vers Cécile.

— Veux-tu ben m'dire c'qu'y avait de si grave pour que tu restes à Québec comme ça ? C'est ben la première fois que t'es pas avec nous autres pour tout le temps des Fêtes...

Pendant un instant, Cécile a l'impression que le temps s'arrête autour d'elle. Curieusement, comme un refus de l'esprit, elle avait volontairement éludé cette question. Comme s'il était naturel qu'elle ne pense pas aux siens pendant cette époque de l'année, elle s'imaginait vaguement, sans vraiment s'y attarder, que tout le monde accepterait sa décision et qu'on n'aurait jamais à y revenir. Mais voilà que Paul... Rougissante, Cécile lève la tête vers Jérôme. Elle a l'air tellement fragile, démunie. Comme une enfant perdue dans la foule et ne sachant vers qui se tourner. Une eau limpide tremble au coin de ses paupières. Quand le regard de Jérôme croise celui de Cécile, la lumière jaillit pour lui. À l'exception de Gérard, personne ne connaît l'existence de Dominique dans la famille de Cécile. Oui, là, maintenant, il comprend les silences de Cécile, ses retraits soudains et ses fuites qu'il disait volontaires. Et cette façon aussi qu'elle a souvent de contourner les situations, de les transformer, de les aménager... Comment, comment se fait-il qu'il n'y ait pas songé avant? C'est pourtant si évident... Alors entourant ses épaules d'un bras protecteur, il lance à Paul qui s'est remis à marcher:

— Ta sœur est médecin... Toi et moi, nous n'y connaissons rien. Mais sûrement que ce métier est beaucoup plus exigeant que tout ce que l'on peut imaginer...

À ces mots, Paul a ralenti l'allure et se retourne vers Jérôme, les sourcils froncés. Il a la très nette impression que ce n'est là qu'une demi-vérité. Parce que, si tel était le cas, Cécile le lui aurait dit elle-même franchement, sans détour. Et surtout, elle n'aurait pas les yeux brillants de larmes retenues. Retenant les mots qui lui viennent à l'esprit, il reprend sa marche vers la maison. Plus tard... On y verra plus tard...

Finalement, Jérôme et Cécile sont restés manger chez Paul. Le repas tire à sa fin. Les trois nièces de Cécile viennent de quitter la table, bruyantes comme peuvent l'être des adolescentes. Gabriel a sorti sa pipe, en soupirant de contentement, lui qui n'aime vraiment que le silence et la tranquillité. Huguette est à servir les cafés. Pendant le souper, ils ont parlé de tout et de rien. Des projets de Paul qui aimerait construire une maternité pour les porcs et de Gabriel qui n'est pas vraiment emballé par cette idée. Du temps doux qui donne un répit bienvenu dans le cours de ce long hiver et de la neige incroyable qui est tombée à Noël. De Gérard qui doit venir à Québec la semaine prochaine, pour le Carnaval et du temps des sucres qui sera là dans un peu plus d'un mois. Puis le silence est tombé comme s'il n'y avait plus rien à dire. Huguette sert les cafés. Chacun se concentre sur sa tasse... Cécile sent bien que la question que Paul lui a posée tout à l'heure est toujours en suspens, quelque part dans la pièce, rendant superficiels tous ces propos tenus pendant le repas. Elle voudrait tellement pouvoir tout leur expliquer, leur raconter cette parcelle de vie qui a tout bouleversé pour elle comme pour Jérôme. Elle voudrait avoir le courage de leur dire ses déceptions, ses espoirs, ses tristesses et ses joies. Et elle sait que Paul et Gabriel comprendraient. Puis, mentalement, elle hausse les épaules. Comme s'il y avait quelque chose à comprendre... Il n'y a rien à comprendre. Pas plus qu'il n'y a à juger, à accepter ou à refuser. Dans le fond, c'est tout simple : il n'y aurait qu'à dire pour être écoutée. Mais voilà ! Les mots se refusent. Elle n'entend que cette crainte idiote qui la retient depuis toutes ces années. Comme si le jugement de son père pouvait à nouveau la rejoindre à travers le regard de ses frères.

Paul tient sa tasse à deux mains et fixe le breuvage chaud qu'il prend habituellement noir. Il souffle machinalement sur le café fumant, et dans ce geste, Cécile retrouve son père. Avec les années, Paul ressemble de plus en plus au souvenir qu'elle garde d'Eugène. Sinon que son frère est nettement plus ouvert, plus volubile. Mais quand il se tient en retrait, silencieux comme maintenant, c'est Eugène qu'elle revoit. Celui qui avait tranché dans sa vie comme on découpe une tarte, en parts bien distinctes. Instinctivement, elle relève le front et balaie la pièce du regard. La cuisine n'a pas vraiment changé. La vaste pièce de bois sombre est toujours identique à celle de sa jeunesse. Même poêle à bois, dans le coin, même longue table d'érable verni, doré et patiné par tant de mains au fil des ans. Cécile est là, assise près de Jérôme et le temps n'existe plus. Elle regarde son frère et revoit son père. Elle a dix-huit ans et elle est amoureuse. Elle a dix-huit ans et elle est enceinte. Elle vient de parler mariage et son père lui a dit l'attente. Elle voudrait tant se lever et lui dire tous ces mots qui virevoltent en elle, toute cette conviction, tout cet amour, tout cet espoir devant la vie. Devant sa vie. Mais Cécile n'arrive pas à parler. Parce qu'en elle, il y a aussi la peur de cet homme farouche et autoritaire qu'est Eugène Veilleux. Et à cause de cette même peur, elle voudrait que Jérôme parle à sa place mais en même temps elle veut qu'il se taise... C'était il y a plus de quarante ans. Sa main tremblait dans celle de Jérôme. Et encore ce soir, sa main tremblante est abandonnée dans celle de Jérôme.

Tout au long du repas, c'est à peine si Jérôme a participé à la conversation. Il ne cessait de revoir le regard de Cécile, éperdu, bouleversé quand Paul lui avait parlé. Cette douleur qu'il avait sentie, cette tristesse aussi, en même temps qu'une si grande espérance devant la chance qu'elle aurait pu saisir pour enfin lever le voile sur ce secret si lourd à garder, malgré le passage du temps. Et maintenant, il sent que Cécile tremble encore. C'est alors que passé et présent se rejoignent. Il est temps qu'elle sache qu'elle peut compter sur lui. Il est temps qu'il reprenne la place qui aurait dû être la sienne. Alors refermant ses doigts sur la paume de cette main dont il a tant rêvé quand il était en France, il se met à parler. Comme il aurait dû le faire, il y a de cela tant et tant d'années. Il va enfin briser le mur de toutes ces années de silence. Parce qu'il en a le droit. Parce qu'il en a le devoir. S'éclaircissant la voix, il se tourne vers Paul. Leurs regards se croisent, comme si le frère de Cécile attendait ce geste. Une parole qui s'enchaînerait tout naturellement à la question qu'il a osé formuler.

— Paul, tout à l'heure, dans la cour, tu as demandé à Cécile pourquoi elle n'était pas venue à Noël... Elle ne t'a pas répondu. Et moi, finalement, j'ai dit n'importe quoi... Tout au long du repas, c'est à cela que je pensais. Et je crois que tu as droit à la vérité.

— Jérôme, non... s'il te plaît.

À ces mots, Cécile s'est remise à rougir, comme une enfant prise sur le fait, faisant l'école buissonnière... Jérôme la regarde longuement, puis il porte sa main à ses lèvres, sans la quitter des yeux, ignorant pour un instant l'éclat qui a traversé le visage de Paul.

— Non, Cécile, je ne me tairai pas. Il y a longtemps, je l'ai fait, croyant que ce secret t'appartenait. Je me trompais. Il m'appartient à moi aussi. Alors je vais parler. Pour toi, pour nous. Je te demande tout simplement pardon de ne pas l'avoir compris plus tôt. De n'avoir rien fait quand il était temps d'agir, de n'avoir rien dit quand il était temps de dire les choses. Oui, Cécile, je te demande pardon. Parce qu'il n'y a qu'une seule vérité: je t'aime. Je t'ai toujours aimée, quoi que tu en penses. Mon silence n'a été à mes yeux qu'une preuve d'amour. Malhabile, j'en conviens.

Mais sincère... Alors dis-toi que tous ces silences qui ont jalonné ma vie resteront à jamais gravés en moi comme étant mes plus grands regrets. Aujourd'hui, je veux rattraper le temps perdu. Prends ces quelques mots en gage de respect pour toi, pour la vie qui aurait dû être la nôtre. Prends-les en gage d'admiration pour tout ce que tu as vécu, seule.

Cécile est bouleversée. De grosses larmes coulent sans retenue sur ses joues. Les années n'existent plus. Il n'y a qu'elle et Jérôme et la vie devant eux. Elle voudrait se blottir contre lui. Là, maintenant, sans attente ni délai. À peine quelques mots, et elle a retrouvé cette confiance qu'elle avait en lui, ce besoin de lui, cachés dans quelque recoin obscur du souvenir. Mais Jérôme a détourné la tête. C'est en regardant Paul droit dans les yeux qu'il reprend, d'une voix très douce:

— Paul, tu étais assez vieux à l'époque pour te souvenir de ce voyage que Cécile avait fait à Québec. Ton père disait qu'elle devait se reposer parce que la tâche était lourde, ici, à aider votre mère. Cécile a donc vécu chez la tante Gisèle pendant près de six mois.

— Ben sûr que j'me rappelle... C'était à la Saint-Jean-Baptiste...

À la mention de ce détail, Jérôme esquisse un petit sourire. À son tour, il a l'impression de remonter dans le temps. C'était l'été et il faisait chaud, très chaud. Il faisait un temps de canicule dont on se souvient longtemps, dont on parle pendant des générations. La pression de sa main sur celle de Cécile se fait plus forte. Comme s'il voulait lui demander si elle se rappelle, elle aussi. Comme s'il avait à la protéger.

— Bonne mémoire, Paul. Tu dois donc te souvenir qu'il était question de mariage entre Cécile et moi, à cette même époque. On devait se marier en avril suivant pour que je puisse éviter la conscription et l'armée... Puis l'été a passé. L'automne... Cécile nous est revenue à peu près au moment où Jeanne est décédée, justement au moment de ta naissance, Gabriel, ajoute-t-il en se tournant vers le frère de Cécile qui l'écoute attentivement, tirant machinalement sur sa pipe.

— Ouais... Moi j'me rappelle rien, c'est ben sûr. Mais on m'en a parlé, surtout Gérard, fait-il placidement. Continue, Jérôme. J'ai toujours été fasciné par les choses qui touchent à ma naissance...

À nouveau Jérôme dessine un petit sourire.

— Eh bien, tu vas être servi. Nous allons effectivement parler de ta naissance... Parce que c'est un peu à cause de ça qu'on a dû reporter la noce. Et moi, je n'ai pas eu le choix : je me suis présenté à Valcartier.

Pour l'instant, Paul ne voit pas vraiment où Jérôme veut en venir et cette discussion l'agace. La mort de sa mère est toujours restée un sujet douloureux. Il n'aime pas qu'on y revienne sans raison. Alors il se permet d'intervenir une autre fois.

— Ouais, c'est ben beau tout ça... Mais pourquoi tu nous en parles ? Tu m'apprends rien là. Qu'est-ce que ça a à voir avec le...

— Laisse-moi terminer, Paul. J'y arrive... Ce que vous n'avez jamais su, c'est que pendant son séjour à Québec, Cécile aussi a donné naissance à un bébé. À notre bébé. Une petite fille qu'on avait décidé d'appeler Juliette. Ton père n'avait pas voulu que sa fille se marie parce qu'elle était enceinte. Il avait peur de ce que l'on pourrait en dire. Il avait peur aussi que Cécile ne soit pas heureuse. Mais cela, je ne l'ai compris que plus tard. Que beaucoup plus tard... Sur le coup, j'étais terriblement en colère contre ton père. Je lui en voulais de chambarder notre vie comme si on n'avait rien à dire, alors que tout aurait pu être si simple s'il avait accepté que l'on se marie. Mes parents et même la tante Gisèle, la sœur de ton père, étaient d'accord avec nous. Au fil de ces mois d'enfer, le seul rêve que nous avions, c'était de trouver un moyen de contrer la volonté d'Eugène. Et finalement, la tante Gisèle et ma mère avaient trouvé: en se mariant en avril, Cécile aurait été majeure et on aurait pu reprendre notre fille, la loi laissant à la mère naturelle un temps de réflexion avant de céder son bébé définitivement à l'adoption. Mais il y a eu toi, Gabriel... Tu vois, quand ta mère t'a confié à Cécile, pour elle c'était un peu comme si son enfant lui revenait. Cécile ne voyait que ce petit être qui s'accrochait à la vie grâce à elle. Tu étais l'aboutissement normal de la maternité qu'elle venait de vivre dans la honte et le secret. Et toi, au moins, elle avait le droit de t'aimer au grand jour. Plus rien d'autre n'existait à part toi. Et dis-toi bien qu'elle t'a aimé et je sais qu'elle t'aime encore comme un fils. Alors elle a choisi de rester avec toi, chez son père et je n'ai pas eu le choix de me présenter à l'armée... Ensuite, la vie étant ce qu'elle est, vous avez pris chacun votre chemin. Nous avons pris chacun notre chemin. J'ai fait la guerre et j'ai été blessé, restant amnésique pendant plus de dix ans. Alors Cécile a fini par se marier à quelqu'un d'autre et elle a élevé un fils, Denis; moi, j'ai vécu à l'ombre de l'amnésie dans un monastère; et vous deux, eh bien, vous avez suivi votre destinée. On n'y peut rien... Aujourd'hui, Cécile a retrouvé notre fille. Elle s'appelle Dominique. Et c'est pour elle que Cécile est restée à Québec pendant le temps des Fêtes. Parce que Dominique vit un moment particulièrement difficile et qu'elle avait besoin de sa mère auprès d'elle.

Pendant que Jérôme parlait, Cécile le dévorait des yeux, le visage inondé de larmes. Jamais elle n'aurait pu trouver les mots pour dire aussi bien tout ce que Jérôme vient de révéler. Il n'a rien omis et n'a rien dit de trop. À son tour, elle commence à deviner à quoi a dû ressembler sa vie pour en arriver à une si grande sensibilité. Jérôme lui a déjà vaguement parlé de Philippe. Il lui avait tout simplement expliqué que c'était le nom qu'on avait choisi pour lui et qu'à son tour, il avait choisi de garder. Il est temps d'apprendre à connaître ce Philippe. Parce qu'elle a envie de lui dire merci... Puis elle se tourne vers Paul. Huguette est assise à côté de lui et ils se tiennent par la main. Il a l'air ému, troublé. Pendant de longues secondes, il regarde sa sœur. Puis il lui fait un large sourire.

— Cécile... J'savais qu'on te devait beaucoup. En fait, pour un boutte, c'est toi qui as pris la relève quand maman est morte. Mais je savais pas que tu l'avais fait au détriment de ta propre vie... Merci, Cécile. Parce que si t'avais pas été là, chus pas sûr que l'père aurait pu s'en remettre. Y'était *rough*, notre père, mais y'aimait maman. Ça j'en suis certain. Quand elle est partie, c'est toi qui l'a aidé à passer à travers sa peine. Tout seul, y serait jamais arrivé. J'm'en rappelle comme si c'était hier... Tranquillement on l'a vu se remettre à sourire, à avoir des projets. Pis ça, c'était à cause de toi pis de Gabriel... Fait que ma vie, ma vie d'aujourd'hui, j'veux dire, c'est un peu à toi que j'la dois... Batince que c'est dur à dire...

Paul s'arrête un moment, posant les yeux sur Huguette. D'une pression de la main, elle l'encourage à poursuivre, le connaissant bien et sachant que s'il ne parle pas maintenant, il risque de taire à jamais tout ce qu'il aurait besoin de dire... Paul lui rend son sourire puis se retourne à nouveau vers Cécile. Et brusquement, c'est la Cécile de son enfance qu'il voit. Celle qui avait toujours un sourire calme, serein. Celle qui n'était finalement jamais vraiment revenue de son séjour à Québec. Maintenant, il le comprend. À son retour, Cécile avait perdu ce sourire confiant et plus jamais il ne l'avait réellement retrouvé. Mais là, c'est différent. À travers les larmes qui mouillent son visage, Cécile sourit, à nouveau confiante. De ce sourire qui était le sien, mais sans la tristesse habituelle qu'on pouvait y lire. Sur la nappe blanche, ses doigts sont emmêlés à ceux de Jérôme et Paul se dit que cette image de sérénité, eh bien, il savait qu'il la verrait un jour.

— Ouais... La seule chose que j'peux dire c'est merci... T'aurais pu parler avant. Tu l'as pas fait. Pis quand j'y pense comme faut, ça aurait pas été à toi d'le faire. T'es comme ça, toi. T'es une secrète... Pis c'est ben correct de même. Mais moi, par exemple, j'saurai jamais comment te rendre ça. Jamais...

— Pourquoi croire que tu me dois quelque chose, Paul ? C'est un choix que j'avais fait.

Puis au bout d'un silence, Cécile ajoute, légèrement pensive :

— Parfois dans la vie, il arrive des événements que l'on ne comprend pas. Qui nous révoltent. Puis avec le temps, avec le recul des choses, la lumière se fait. Petit à petit, tout doucement. Surtout avec moi, fait-elle avec un rire retenu. Je suis de ceux qui ont besoin de temps. Tu vois Paul, je crois bien que la seule décision d'importance que j'ai prise seule, c'est celle de rester auprès de vous pour un certain temps. Le temps de permettre à Gabriel de s'accrocher vraiment à la vie...

Et se tournant vers Gabriel, elle poursuit.

— Ce que Jérôme n'a pas dit, c'est que je t'ai nourri

comme si tu étais mon fils, Gabriel. Le médecin était formel : il n'y avait que cela pour t'aider à vivre. Et vois-tu, personne d'autre n'aurait pu le faire à ma place. Alors quand je parle de choix, il faut y mettre un bémol. Je n'ai fait que répondre aux exigences de la vie... Et je crois, que Jérôme aussi avait fini par le comprendre.

Puis elle revient à Paul.

— Tout à l'heure, tu disais que tu voudrais faire quelque chose pour moi ? Et bien, je crois, oui, que tu pourrais m'aider...

— N'importe quoi, Cécile.

— Oh ! ce n'est pas vraiment compliqué. J'aimerais tout simplement que tu parles à nos frères et sœurs. Que tu leur dises ce que tu sais. Pour moi, pour Dominique...

— C'est tout ?

— C'est tout. Comme tu vois, pour un gars comme toi, ce n'est pas très difficile. Mais pour moi, c'est très important... Oui, ce serait là le plus beau cadeau que tu pourrais m'offrir...

C'est à cet instant que Gabriel, jusque-là silencieux, repousse sa chaise bruyamment. Toutes les têtes se tournent vers lui. Il se lève, dépose sa pipe sur la table, s'étire un moment puis s'approche de Cécile. Il est grand, Gabriel, aussi grand que l'était leur père. Alors, il se penche et met un genou par terre, sa tête se trouvant à hauteur de celle de Cécile. Pendant un long moment, il plonge son regard dans celui de sa sœur.

— Jamais personne ne m'avait dit tout ce que j'ai su aujourd'hui. Pas plus Gérard que les autres, même si j'ai l'intuition qu'il était au courant. Ça fait que si y a quelqu'un ici qui te doit quelque chose, c'est ben moi. C'est moi qui vas parler aux autres.

Son visage est grave, sa voix posée. Puis il approche son visage et embrasse Cécile tout doucement sur la joue.

— J'me rappelle vaguement un certain été. J'devais avoir deux ans, peut-être un peu plus… J'sais pas trop. La seule chose qu'y est claire dans mon souvenir, c'est que j't'appelais maman Cécile. Ça m'a toujours un peu intrigué. Mais tu m'connais. Pour ce qui est de parler… Ça fait que j'ai gardé ça pour moi… Aujourd'hui, j'comprends. Fait que je te l'redis : merci… Merci, maman Cécile, pour tout. Merci pour la vie…

10

L'hiver commence à jeter du lest. Les journées s'étirent par les deux bouts, le soleil fait valoir ses droits et les montagnes de neige commencent à baisser pour la peine. François donne l'apparence d'avoir retrouvé un certain rythme de croisière, même si chaque matin, au réveil, il doit se faire violence pour se lever et se présenter à l'école. L'envie n'y est plus, le courage et la motivation non plus. Il se déplace d'un cours à l'autre parce que c'est ce qu'on attend de lui, mais sans enthousiasme, sans conviction. L'image de Marco, la tête posée sur ses genoux, le corps baignant dans une mare de sang est omniprésente. Il n'arrive pas à s'en défaire, sinon quand il boit de l'alcool ou quand il prend de la drogue. Dans ces moments-là, c'est un peu comme s'il entrait en communication avec son ami et l'image s'estompe. Chaque fois, il a droit à quelques heures de sommeil sans cauchemar. Alors c'est plus fort que lui et il y revient de plus en plus souvent. Même s'il était sincère quand il a promis de ne plus consommer. Même s'il a compris qu'il ne veut pas mourir. Alors il tente de doser et il joue le jeu face à ses parents. Personne ne doit se douter de quoi que ce soit. C'est une question de survie. Pourtant, d'une fois à l'autre, il a l'impression que ses parents savent mais ont peur d'intervenir. François choisit la fuite dans le silence. Il voudrait tant qu'André et Dominique comprennent qu'il les aime mais en même temps, il voudrait qu'ils sachent aussi qu'il aurait peut-être besoin de s'éloigner pour un temps. Comme si la présence d'André et Dominique l'étouffait. Malgré l'amour qui existe entre eux. Il a la sensation d'avoir le cerveau divisé en deux et qu'une lutte à finir s'y déroule en permanence...

Chaque lundi, après les cours, il se rend aux locaux de la DPJ où Marcel, l'intervenant, l'attend. Avec lui aussi, François joue le jeu des apparences. Et il sait qu'il doit gagner. Sinon, c'est la cure qui l'attend. Marcel l'a prévenu : avec le dossier qu'il a sur François, il pourrait demander à la Cour d'intervenir... Et François ne le veut surtout pas. Si on l'enferme, il en est certain, il va mourir de folie.

Parfois il rencontre Marcel, seul. Parfois, sa mère est présente, ou son père ou encore les deux. François ne voit pas vraiment où ils veulent en venir. Il a le sentiment de tourner en rond, que leurs conversations sont stériles. Il a la certitude de plus en plus profonde que ces rencontres ne sont finalement qu'une mascarade pour donner bonne conscience à tout le monde. Lui y compris. Alors il se prête à ces entrevues comme pour l'école, sans conviction, se répétant que si ça ne prend que cela pour avoir la paix...

Le soleil entre à pleine fenêtre dans le bureau de Marcel et François en sent même la chaleur sur sa jambe. Sa mère est là, en biais et elle parle avec l'intervenant. Comme souvent cela lui arrive, c'est à peine si François porte attention à ce qu'ils disent. Ils en sont encore à ce fameux tableau qu'ils ont dressé ensemble, il y a quelques semaines. Un grand carton blanc, posé sur un chevalet et que François a aidé à remplir. D'un côté, il y a les plus et de l'autre les moins : ce sont les choix de François pour s'en sortir. Ce qui lui semble acceptable et ce qui ne l'est pas du tout. La liste des moins est beaucoup plus longue que celle des plus.

Et d'une rencontre à l'autre, ils essaient d'analyser chacun des points. On les garde ou on les biffe, c'est selon. Tout y est. Marcel lui avait recommandé de dire tout ce qui lui passait par l'esprit. Alors François a mis le paquet. Il a parlé d'amis qui pourraient l'accueillir chez eux et des centres de désintoxication reconnus. Il a parlé aussi de ses grands-parents, René et Thérèse avec qui il pourrait passer l'hiver, loin des tentations comme le dit si bien sa mère. Même si pour elle, cette idée est tout à fait saugrenue. Mais Marcel avait dit de tout mettre, alors François a tout mis ! Pour l'instant, Dominique tente d'argumenter sur la Maison Jean Lapointe. C'est là l'item que François avait placé en tête de liste des moins, des solutions inacceptables pour lui. Juste la perspective de vivre en reclus pendant deux mois lui donne froid dans le dos. Mais Dominique, elle, semble y tenir vraiment... Alors, plutôt que de voir la conversation s'enliser, ou prendre une direction qu'il ne veut surtout pas, François se décide à intervenir.

— Écoute, maman... Pourquoi est-ce que tu t'entêtes à vouloir à tout prix que je fasse une cure ? Ça va bien, non ? J'vais à l'école, j'rentre à l'heure demandée. Qu'est-ce que tu veux de plus ? C'est pas correct, c'que j'fais ?

À ces mots, Dominique se tourne d'un bloc vers lui.

— Je n'ai rien à redire sur ton comportement, François. C'est vrai que tu fais ce qu'on te demande de faire. Mais je sais aussi que c'est facile pour toi de te servir des apparences... Tu l'as fait pendant des mois. Il ne faudrait pas que tu nous prennes pour des imbéciles, François... On le sait que tu consommes encore...

Elle a joué le tout pour le tout, se fiant bien plus sur son intuition que sur des faits. François se met aussitôt à rougir, avouant du même coup que sa mère n'a probablement pas tort. Alors Dominique pousse un soupir discret pendant que François s'empresse de tout nier, avec une conviction presque convaincante.

— Moi ? Mais voyons donc ! Quand est-ce que tu...

Il en a même les larmes aux yeux. Pourtant, cette fois-ci, Dominique n'a pas envie d'embarquer dans ce petit jeu-là. Depuis le tout premier instant où elle l'a vu, inconscient, étendu sur une civière, elle a compris qu'elle aurait à se battre. Et c'est bien ce qu'elle a l'intention de faire. Contre lui s'il le faut. Alors elle réplique, sans hésitation.

— Oh ! tu caches bien ton jeu. Et je concède que ce n'est rien comparé à ce qu'on a vécu l'automne dernier. Mais avoue que tu as toujours un problème... Je...

Lentement le ton monte. Alors Marcel se relève et vient s'asseoir sur un coin de son bureau.

— Un instant, voulez-vous. Ça ne sert à rien de s'envoyer des reproches par la tête. Tout le monde a tort et tout le monde a raison, dans ces cas-là. On n'est pas ici pour ça. On a besoin de faire le point et tenter de trouver une solution convenable pour tous. Et quand je dis tous, ça m'inclut moi aussi. Il ne faudrait pas l'oublier... Toi, François, tu dis que ton comportement est acceptable. C'est ta façon de voir les choses et tu y as droit. Par contre ta mère, elle, n'est pas d'accord. Et elle aussi, elle a droit à sa façon de voir les choses. Va falloir trancher. À tout le moins, va falloir faire des concessions de part et d'autre. Sinon, ça ne sera vivable pour personne... On s'entend là-dessus ?

François acquiesce d'un signe de tête, pendant que Marcel poursuit.

— Il faut que tu comprennes qu'on est ici pour toi. Pas contre toi. Mais il va falloir que tu y mettes du tien, François, si tu veux être heureux dans tout ça. Parce qu'on va agir de toute façon. Mon rôle à moi, c'est de te protéger. Contre toi-même, s'il le faut…

Tout en parlant, Marcel est venu se placer devant le tableau.

— Je sais bien que ce grand carton t'agace, François. Mais moi je te dis que c'est par là que la solution va nous venir. Et là, c'est ma façon de voir les choses et j'y ai droit. Comme pour toi. Comme pour ta mère… Tu peux accepter ça ? Oui ? OK… Il y a toutes sortes de choses d'écrites. Des folles, des irréalisables, des difficiles, des plus faciles.. Mais rien de ce qui est marqué ne vient pas de toi, François. Ne l'oublie pas. Ça fait deux semaines qu'on tente de faire la part des choses. Et j'ai un peu l'impression que tu t'en fous. Alors, j'aimerais que tu prennes quelques instants pour bien relire tes choix. Toi aussi, tu dois bien avoir une idée qui se précise. Pour ta mère, il semble bien que ce soit la Maison Jean Lapointe qui ait sa préférence. Mais toi ? Où en es-tu rendu ? C'est pour ça que tu vas te donner la peine de tout relire. Ça va te prendre à peine quelques minutes. Pendant ce temps-là, ta mère et moi, on va aller se chercher un café. Je t'en rapporte un ?

Marcel a refermé doucement la porte derrière lui. Le rayon de soleil qui vient mourir sur la jambe de François accroche d'abord un coin du carton et éclabousse le mur. Il s'amuse à suivre sa trajectoire un moment, ensuite il balance la jambe pour voir l'ombre onduler. Il n'a pas vraiment besoin de relire le tableau, il le connaît par cœur. Pourtant, le message de Marcel était on ne peut plus clair. Alors il s'oblige à reprendre la liste, point par point. Il soupire et détourne la tête. Puis brusquement, son regard revient sur les noms de ses grands-parents, Thérèse et René, comme l'aiguille d'une boussole est attirée par le nord. Il sait bien que cette idée de passer l'hiver en Floride est complètement folle. Mais c'est plus fort que lui. Il fronce les sourcils et s'oblige à essayer de comprendre pourquoi son cœur fait un bond quand il relit les noms de ses grands-parents. C'est au moment où Marcel entrouvre la porte qu'il fait enfin un grand sourire.

— Mamie... Mamie Cécile, murmure-t-il pour lui-même.

Puis il se tourne vers sa mère qui vient d'entrer.

— Il me semblait aussi que j'avais oublié un nom sur la liste. C'est Mamie Cécile...

Et après un court silence, il ajoute, d'une voix pleine d'espoir, en regardant sa mère et Marcel à tour de rôle :

— J'aimerais que ce soit Mamie Cécile qui m'aide...

* * *

— Qu'est-ce que tu en penses André ? Il me semble que c'est trop lui demander... Voyons donc ! Ça n'a aucun sens...

André et Dominique sont attablés dans un restaurant. Dès leur retour de la séance de médiation (c'est ainsi qu'elle appelle ces rencontres hebdomadaires avec Marcel), François avait filé dans sa chambre selon son habitude et Dominique était venue à la cuisine pour préparer le repas. Mais le cœur n'y était pas. Le nom de sa mère lui revenait sans cesse à l'esprit et elle n'arrivait pas à se faire une idée précise sur cette solution. Elle avait besoin d'un moment d'évasion pour clarifier sa pensée. Elle avait appelé au restaurant du coin afin de faire venir une pizza pour les enfants, et dès l'arrivée d'André, elle l'avait invité à manger à l'extérieur.

— As-tu idée de la responsabilité que cela représente ? poursuit-elle en relevant la tête du menu qu'elle devrait consulter. J'ai essayé de le faire comprendre à François. Mais peine perdue… Tu sais comment il peut être quand il décide de faire dans la mauvaise foi ? Plus buté que ça…

André l'a écoutée pendant de longues minutes sans l'interrompre. Puis le serveur est venu. Ils ont commandé et attendu l'apéritif en jasant de leurs choix respectifs. C'est après une longue gorgée de bière qu'André se décide enfin à revenir sur le sujet.

— Je crois, Domi, que tu mélanges plein de concepts en même temps. Comme un jongleur qui apprend à jongler. On dirait que ses mains viennent toutes mêlées… J'ai l'impression que ce que tu ressens et ce que François veut ne font qu'un tout dans ton esprit, alors que ce devrait être complètement dissocié… Comment dire ?… Essayons de prendre les choses une à une, veux-tu ? Parle-moi de Marcel, d'abord. Qu'est-ce qu'il en pense, lui ?

— Marcel ? Il a répété ce qu'il ne cesse de répéter depuis le début : c'est une idée comme toutes les autres et qu'il faut prendre le temps de bien l'analyser… Et c'est exactement ce que j'essaie de faire, malgré ce que tu sembles en penser.

— Je ne pense rien, Dominique. Je ne te fais surtout pas de reproches. J'essaie simplement de voir clair.

André fixe longuement sa femme. Puis il lui fait un sourire en expirant bruyamment.

— Épuisant, n'est-ce pas, tout ça ?

— Épuisant, tu dis ? Je suis vidée, André. Complètement vidée. J'ai l'impression que ma vie s'en va à hue et à dia. Mais en même temps, on n'a pas le droit de lâcher. Ce n'est surtout pas le moment de lancer la serviette. C'est un peu ce qui m'amène à dire que c'est peut-être trop lourd pour

Cécile. C'est une moyenne responsabilité que d'accueillir chez elle un adolescent qui a un problème de drogue... Pourquoi François s'entête-t-il comme ça ? Il existe pourtant des organismes dont le but premier est d'aider un jeune comme notre fils. Pourquoi ne pas les utiliser ? Il me semble que...

— N'est-ce pas là une façon indirecte de lancer la serviette, comme tu le dis si bien ? Une façon de s'en laver les mains ?

Dominique reste silencieuse un instant. Puis ses sourcils se froncent. André n'a pas tout à fait tort. C'est vrai que pour elle, quand elle pense à la Maison Jean Lapointe, elle ressent comme un soulagement. Fini les inquiétudes, les insomnies, les discussions... Son fils serait en sécurité et il lui semble qu'elle pourrait enfin se reposer. N'est-ce pas là une façon trop facile de régler le problème ? Puis elle hausse les épaules. Pourquoi pas ?

— Peut-être bien que tu as raison. C'est vrai que pour moi, pour nous, ce serait plus facile. Mais on y a droit, non ? On ne serait pas les premiers et surtout pas les derniers à profiter d'un système qui a fait ses preuves. Et puis il y a Frédérik, Geneviève. Pour eux aussi, les temps sont durs... Ne l'oublions pas...

André ne répond pas tout de suite. Il revoit le regard vitreux de son fils quand ils l'ont rejoint au poste de police, à Montréal, et son cœur se serre. Il lui semble que François, à sa manière, essaie de leur envoyer un message depuis ce jour-là. Ils n'ont pas le droit de mal l'interpréter. Alors il reprend, tout doucement.

— Mais pour François ? Est-ce vraiment la meilleure solution pour lui ? Je crois que, pour l'instant, c'est lui qui doit avoir toutes nos attentions... Sans négliger nos deux plus jeunes, c'est bien certain. Mais, entre toi et moi, est-ce que Frédérik et Geneviève sont aussi perturbés qu'on le dit ? La vie n'a pas vraiment changé pour eux. Alors que pour notre aîné…

— Ouais… Dans le fond, tu as probablement raison…

Dominique éclate de rire, détendant l'atmosphère brusquement, ramenant la discussion dans ses véritables dimensions.

— Je comprends maintenant quand tu me disais que je mélange tout. Tu as parfaitement raison. Mais à vivre le nez collé sur un problème, on finit peut-être par ne plus rien voir du tout… Je ne sais pas… Chose certaine, il ne faut rien négliger mais il ne faut pas non plus tomber dans le mélodrame… François a un problème et on doit le régler, d'une façon ou d'une autre. Je…

— Non, Domi…

André l'a interrompu d'une voix très claire, presque autoritaire. Mais aussi très complice. Tendant la main au-dessus de la table, il vient la poser sur celle de sa femme.

— On n'a rien à régler. Tu l'as dit toi-même : François a un problème. Pas nous. C'est donc à lui de le régler. Pas à nous. Tout ce qu'on peut faire, c'est l'accompagner, c'est le soutenir dans sa démarche. Mais on ne pourra pas faire les choix à sa place. Et tout ce qu'il a à vivre, on ne pourra pas le vivre pour lui. C'est maintenant ou jamais que le mot confiance prend tout son sens. Confiance en lui, c'est bien certain. Mais confiance aussi en nous. En tout ce que l'on a donné au fil des années.

Pendant un moment, Dominique soutient le regard de son mari.

— Ce n'est pas facile.

— Non, c'est vrai : c'est loin d'être facile… Mais je sais

aussi que les solutions faciles ne sont pas toujours les meilleures. C'est exactement ce que nous disons à Frédérik quand il se lasse de ses entraînements intensifs. Ce n'est pas toujours évident de se lever à l'aube pour aller courir sur une piste de terre battue, beau temps mauvais temps. Mais les résultats en valent la peine… Ça vaut aussi pour nous. Ça vaut surtout pour François. Exactement comme Frédérik qui a choisi l'athlétisme plutôt que tout autre sport. Il est prêt à faire les efforts nécessaires parce qu'il aime ce qu'il fait. Et jamais, ni toi ni moi, on n'a eu la moindre intention de l'obliger à faire autre chose que ce qu'il voulait. Je pense que nous devons appliquer la même théorie pour François. À sa façon, il s'engage dans un choix de vie. Pour un temps. Et on va le soutenir, Dominique. De la même manière qu'on se lève le samedi matin pour reconduire Frédérik…

— Mais comment savoir si…

— Faire confiance à la vie, Domi.

Puis changeant de ton du tout au tout, André lance en riant.

— Et à ton mari…

Dominique retire vivement sa main, légèrement vexée. Pourquoi André se moque-t-il d'elle ainsi ? Peut-être bien ne sont-ils pas exactement sur la même longueur d'ondes, mais ce n'est pas une raison pour… Alors elle demande, d'un ton sec :

— Est-ce que j'ai déjà été…

Tout de suite, André comprend la méprise. Il s'empresse de rectifier son tir.

— Excuse-moi, ce n'est pas… Merde que je suis malhabile, des fois… Je sais qu'on a confiance l'un en l'autre, ce n'est pas ce que je voulais dire… Et je sais aussi que François ne pourrait avoir meilleure mère que toi. Je ne veux pas que tu aies le moindre doute là-dessus. Je t'aime, Domi, j'aime notre famille et je sais que nos enfants n'ont jamais manqué d'amour eux non plus. C'est juste que, ce matin, j'ai pris des renseignements sur différentes thérapies offertes aux jeunes et que je crois que... Mais laisse-moi t'expliquer...

Il décrit ce qu'il a appris sur la Maison Jean Lapointe, sur le groupe Alto, sur certains thérapeutes privés. Il raconte les approches de chacun, les solutions qu'ils proposent, les résultats habituellement obtenus.

— Comme tu vois, il y a trente-six mille façons de voir les choses et trente-six mille façons de les traiter... Je présume que chacune doit avoir ses bons et ses mauvais côtés. Le mieux qu'on puisse faire, c'est de prendre un moment, avec François, et lui expliquer tout ce que je viens de te dire. Après, il faudra lui faire confiance et le laisser choisir. Qu'est-ce que tu en penses ?

— Et s'il se trompait ? Si la solution qu'il choisit n'est pas la bonne pour lui ? Ça me fait peur, André. Je voudrais tellement que...

— Rendus où on est rendus, Dominique, on n'a plus le choix... N'empêche que rien ne pourra nous empêcher de nous faire notre propre opinion. Moi, tu vois, depuis le matin que je tourne et retourne tout ce que j'ai appris et je commence à percevoir ce qui me semble le meilleur pour François. Est-ce que sa décision ressemblera à ce que j'en pense ? Je l'ignore... Chose certaine, c'est qu'on traversera la rivière quand on y sera arrivés. Pas avant...

— Et c'est quoi, la meilleure solution, selon toi ?

— Tu veux vraiment le savoir ?

— Bien sûr...

— C'est peut-être bien François qui nous a mis sur la bonne piste. À la lumière de tout ce que je sais maintenant, Cécile n'est pas une si mauvaise idée que cela.

— Voyons donc ! Je ne vois pas ce qui...

— Laisse-moi terminer, Domi. Je vais y aller par élimination. Tu m'connais, j'aime les choses claires et précises... La Maison Jean Lapointe me semble trop restrictive pour un jeune comme notre fils. C'est un tendre, François, un insécure. Il a besoin d'amour, de tendresse, de présence, d'écoute. Pas d'une thérapie qui se rapproche du centre d'accueil. C'est peut-être fort valable pour certains types de personnalité, mais je ne crois pas que ce soit là ce dont François a besoin. Il va étouffer dans un endroit comme celui-là. J'ai peur qu'il en sorte écrasé et que le problème ne soit pas vraiment réglé... Les thérapeutes privés, enfin pour ceux avec qui j'ai parlé, ont chacun leur façon de voir les choses. C'est du cas par cas. Il faut voir à la pièce. C'est peut-être intéressant, mais associé à autre chose. En fait, je les vois comme une espèce de complément et uniquement si le besoin s'en fait sentir. Et ça, c'est François qui peut nous le dire. Si lui n'est pas partant, on n'arrivera jamais à rien de bon... Puis il reste Alto... On y parle de rencontres privées, avec un thérapeute et de rencontres de groupe, avec d'autres jeunes. François n'aurait pas à abandonner ses cours, ni ses amis. Leur approche est basée sur la rééducation, sur la prise de conscience de ses habitudes et sur la maîtrise qu'on peut y apporter. Ça me semble valable... Alors quand François nous parle de Cécile, je me dis pourquoi pas ? En association avec autre chose, comme Alto, par exemple... Peut-être bien que notre fils a besoin de s'éloigner de nous pour un temps ? Je ne sais pas tout ce qui lui passe par la tête depuis la mort de Marco. Effectivement, c'est peut-être essentiel pour lui de s'éloigner pour faire le point... La seule chose qui semble une constante dans tout cela, c'est la bonne volonté du jeune. Il faut qu'il veuille faire quelque chose sinon, personne ne peut rien pour lui. Et si François pense que Cécile peut l'aid...

— Mais te rends-tu compte de ce que ça implique pour Cécile ? Je ne peux...

Pendant quelques instants, André soutient le regard de sa femme. Elle semble tellement démunie, bouleversée par toute cette histoire. Brusquement, il aurait envie de la prendre tout contre lui et l'emmener très très loin d'ici. Tout oublier, tout recommencer... Puis il pousse un profond soupir. Tout ça, ce n'est que du rêve d'évasion. C'est stérile, inutile... Alors il prend la main de Dominique dans la sienne et lui dit, d'une voix calme et très douce :

— Mon bel amour... Je te reconnais bien là : tu voudrais être capable de tout faire pour tout le monde. Mais c'est impossible, Domi. C'est peut-être pour ça que tu as la sensation que ta vie va tout croche. Je le sais bien, va, que lorsqu'un événement malheureux te touche, ça vient teinter tout le reste de ta vie. Ça fait vingt ans que je te connais. C'est pour ça que je te dis d'essayer de faire la part des choses. Et puis, tout ne va pas si mal que ça. Geneviève est heureuse comme un poisson dans l'eau, à l'école. Frédérik se prépare comme un forcené pour les Jeux du Québec et il a de fortes chances d'y remporter quelques médailles. Et François va mieux. Essayons d'être positifs... Comparé à l'automne dernier, c'est vrai que ça va mieux. Maintenant, il est au moins conscient qu'il a un problème et si la volonté n'est pas encore totale, il n'en reste pas moins qu'il veut s'en sortir. Qu'importe si la façon de s'y prendre n'est pas exactement celle que toi ou moi aurions choisie ?

— Je sais bien que tu as raison. Mais ça ne règle pas le problème de Cécile, tout ça. Il me semble que...

Alors André vient l'interrompre en augmentant la pression de sa main sur la sienne.

— Et si tu laissais Cécile décider par elle-même de ce qu'elle est capable de faire ou non ? Je crois qu'à elle aussi, on peut faire confiance...

11

Avril est de retour. Avec ses rigoles chantantes, ses toits qui dégouttent joyeusement, sa chaleur de plus en plus sentie qui fait pousser un soupir de soulagement. Cécile a toujours préféré les saisons entre-deux. Elle se souvient de l'avoir dit à la tante Gisèle. Elles étaient sorties toutes les deux pour marcher sur les Plaines, au Jardin de Jeanne d'Arc et c'est là, par un bel après-midi d'automne, plein de soleil et de gens souriants, qu'elle lui avait expliqué pourquoi elle aimait le printemps et l'automne.

— Vois-tu, moi c'est le printemps que j'aime le plus. À cause des p'tites fraises des bois pis des hirondelles qui reviennent. Mais c'est vrai qu'une journée comme aujourd'hui, ça ressemble au printemps.

— Tu trouves ?

— Oui... Après la chaleur de l'été, on dirait qu'on recommence à respirer. Comme après l'hiver... Dans le fond, moi ce que j'aime, c'est les saisons entre les deux... Oui, t'as raison ma tante, l'automne aussi c'est une belle saison. Au printemps, on prend des grands respirs pour se réveiller de l'hiver et en automne on prend des grands respirs en bâillant avant de s'enfermer pour l'hiver. Oui, c'est les deux saisons qui me font le plus de bien.

Elle avait tout juste dix-huit ans. Elle était enceinte de Dominique. Depuis ce temps, beaucoup de choses ont changé dans la vie de Cécile. Mais sur ce point, son opinion n'a pas bougé d'un iota... Elle a toujours une petite préférence pour le printemps, même si elle aime bien l'automne. Alors, c'est le cœur vraiment heureux qu'elle est arrivée chez Jérôme hier soir. Le temps des sucres bat son plein et c'est Mélina qui l'a accueillie.

— Compte pas vraiment sur Jérôme, pour astheure... Y passe le plus clair de son temps à la cabane avec Gabriel pis Paul-André, son cousin. Paraît que c'est une bonne année pour le sirop... Les érables coulent à plein...

Effectivement, c'est à peine si Jérôme a traversé la maison en coup de vent, sur l'heure du souper.

— J'en ai pour une partie de la nuit. Ne m'attends pas, Cécile. On se verra demain au déjeuner. Gabriel va prendre la relève pour qu'on puisse préparer la partie de sucres de dimanche.

C'est pourquoi, au réveil, n'entendant aucun bruit dans la maison, Cécile a pris tout son temps. Elle s'est levée sans faire de bruit et est venue ouvrir la fenêtre de sa chambre. L'air qui entre, même s'il est encore frisquet, porte en lui toute la douceur d'une promesse. Le soleil est déjà vigoureux, et de la ferme voisine, lui parvient le meuglement d'une vache, suivi d'un rire et de deux voix qui s'interpellent. Cécile étire un grand sourire en respirant à fond. La vie reprend ses droits, les gens prennent le temps de se parler et bientôt, les journées ne seront plus assez longues... «... surtout quand on reçoit plus de trente personnes le lendemain», se dit-elle en s'arrachant à sa contemplation. Marchant sur la pointe des pieds, elle descend à la cuisine pour mettre le café à infuser...

Ils ont dressé la liste des invités qui ont confirmé leur présence et tenté d'établir un menu. Cécile pousse un long soupir de découragement.

— Trente-deux personnes, on rit pus... fait-elle sincèrement dépassée, parlant pour une fois avec cet accent de terroir qui est celui de sa famille. J'ai jamais fait à manger pour autant de personnes, on n'y arrivera jamais.

Mélina éclate de rire et vient s'asseoir avec eux.

— T'inquiète pas, ma belle. Ça va te r'venir... Rappelle-toi quand t'étais encore chez ton père... Tu faisais à manger pour quinze personnes, trois fois par jour, pis y te restait du temps pour faire le lavage, pour t'occuper des p'tits pis même pour lire...

À son tour, Cécile éclate de rire.

— Vous avez raison, Mélina... On va prendre les choses une après l'autre et on va y arriver...

Puis au bout d'un tout petit silence.

— J'ai l'impression que ça va me faire rajeunir... Par où commence-t-on ?

À ces mots, Mélina frappe vigoureusement la table avec ses deux mains. Puis en se relevant, elle lance :

— Par une longue promenade.

Cécile et Jérôme lèvent un regard intrigué vers Mélina. Alors Cécile reprend :

— Par...

— ... une longue promenade. Toi pis Jérôme vous allez vous rendre chez ton frère Paul pour y emprunter une couple de gros chaudrons.

Puis comme si c'était là l'unique préoccupation de leur journée et qu'il n'y avait vraiment rien d'autre à faire ni à rajouter, Mélina va au comptoir pour rincer la vaisselle du déjeuner. Cécile et Jérôme échangent un long regard. Puis Cécile se décide.

— C'est bien gentil de nous proposer cela, mais on n'a pas le temps d'y aller à pied, Mélina. Je vais prendre mon au...

À nouveau, Mélina revient vers eux tout en interrompant Cécile.

— Na, na, na... Y fait tellement beau...

Puis elle éclate encore de rire devant la mine de Cécile, comme une gamine qui pouffe devant une bonne blague.

— Pis j'ai toute ma tête, inquiète-toi pas. Pis inquiète-toi pas pour le repas de demain, non plus. J'pense qu'y doit y avoir une couple de tourtières de prêtes, assez d'soupe aux pois pour une armée pis si j'ai ben vu, y'a une grosse casserole avec des beans dedans pis un gros jambon bien dodu, pis...

Le regard de Mélina pétille de malice.

— T'as pas tort Cécile : c'est tout un aria de préparer un repas pour trente personnes. Fait que pendant que Jérôme était à la cabane, cette semaine, j'ai pris un peu d'avance... allez, ouste... Tout c'qui manque, c'est des chaudrons. Pis ça, c'est vous deux qui allez vous en occuper... J'peux pas toute faire tout seule...

Jérôme n'a rien dit. Mais il connaît bien sa mère. Si elle insiste à ce point pour qu'ils se rendent à pied chez Paul, c'est qu'elle a sûrement une idée derrière la tête. C'est donc les sourcils froncés sur sa réflexion qu'il rejoint enfin Cécile dans la cour de la ferme. Puis il s'arrête un instant. C'est vrai qu'il fait terriblement beau. Peut-être bien, après tout, que Mélina avait tout simplement voulu leur faire plaisir. Pourquoi pas ? Elle sait à quel point ils aiment tous les deux faire de longues promenades. Alors...

C'est en arrivant à la croisée des chemins qu'il comprend tout. Mélina n'a pas changé. Et sa mémoire n'est pas défaillante non plus... La grosse pierre plate est toujours au poste, ruisselante de neige fondue, brillante sous le soleil de midi. Exactement comme dans ses souvenirs.

C'est ici, à ce même temps de l'année, que sa vie avait été bouleversée. C'est ici que lui et Cécile s'étaient quittés après que celle-ci lui eut annoncé qu'elle avait décidé de rester chez son père pour s'occuper du petit Gabriel. Jérôme entend encore la colère et la déception qui battaient à ses oreilles. Pourtant, ce matin il n'en comprend plus le sens. Imperceptiblement, il a ralenti l'allure, silencieux, égaré dans quelque méandre oublié de la mémoire. Et Cécile est tout aussi silencieuse. Jérôme et elle se rejoignent au pays des souvenirs. Et elle aussi sait pourquoi Mélina a tant insisté pour qu'ils fassent cette promenade. Elle s'approche de Jérôme jusqu'à ce que leurs épaules se touchent. Puis elle glisse la main dans la sienne. Le temps les rattrape, s'enroule autour d'eux, les aspire vers le passé les projetant en même temps vers l'avenir. Cécile s'arrête, lève le front vers Jérôme. Leurs regards se croisent, s'attachent l'un à l'autre, plongent l'un dans l'autre. Jérôme glisse les bras autour de la taille de Cécile qui appuie finalement la tête sur sa poitrine. Ils n'ont pas envie de parler. Ils n'ont pas besoin de parler. Les souvenirs le font pour eux, s'emmêlant au présent. Ils n'ont plus d'âge ni de passé. Il n'y a que la vie, que leurs vies où tout se confond, s'accouple, se retrouve. Ils ont vingt ans, ils ont cent ans. Il n'y a que le moment présent et deux cœurs qui battent au même rythme. Il n'y a que ce bruit de cœur qui bat… Un oiseau lance une trille, l'eau descend le long du chemin en rigole bruyante, le soleil chauffe les épaules sous le manteau, l'air est doux. D'un même geste, les yeux fermés, leurs lèvres se cherchent et se trouvent. Doucement, tout doucement, elles s'apprivoisent, se reconnaissent à leur tour. C'était il y a dix mille ans. C'est aujourd'hui. Ce sera dans l'éternité.

« … il y aura toujours nous deux à quelque part dans le monde. »

* * *

Cécile et Jérôme passent la soirée à tout préparer dans la cabane. Ils ont mis les tables, ont transporté les tonnes de victuailles que Mélina a cuisinées au cours de la semaine, ont vérifié le bon fonctionnement du poêle à bois, ont aligné les gallons de sirop que Jérôme entend remettre à chacun de ses invités. Puis quand tout leur semble prêt, Jérôme prend Cécile par la main et l'entraîne sur le fauteuil qu'il a installé près du poêle.

— Attends-moi ici, j'ai une surprise pour toi…

Puis il retourne à l'extérieur. Cécile l'entend gratter tout contre la cloison de bois. Quand il revient, il tient quelque chose dans son dos. Il s'arrête un moment devant Cécile, puis rougissant comme un adolescent, il avoue :

— Je… je l'avais achetée pour Noël… J'espérais que… Oh ! Et puis quelle importance… Je ne sais pas si je devrais… C'est peut-être un peu trop tôt…

Alors il lui tend une bouteille de champagne. C'est au tour de Cécile de rougir. Elle devine le symbole derrière le geste. Son cœur se met à battre un peu plus vite. Puis elle lui fait un grand sourire.

— Non, Jérôme, ce n'est pas trop tôt… Et comme il n'est jamais trop tard pour bien faire…

Ils se sont assis et ont jasé. De tout et de rien, en riant. Cécile se sent bien comme si les bulles d'argent lui emplissaient la tête, la faisant toute légère. Tout doucement, presque à leur insu, la conversation a bifurqué. Jérôme parle du monastère, de la vie qu'il y a menée, de Don Paulo.

— Parle-moi de Philippe… Raconte-moi Philippe.

Jérôme reste un moment silencieux, comme confronté à une parcelle de vie que lui seul peut connaître. C'est vrai, il s'est appelé Philippe pendant quarante ans. Mais brusquement, c'est comme si cela n'avait plus la moindre importance. Il se tourne vers Cécile, dépose son verre sur le sol et vient prendre son visage à deux mains.

— Si tu connais Jérôme, alors tu connais aussi Philippe.

Cécile ne rajoute rien. Elle vient se blottir tout contre lui. Plus jamais, elle ne lui reparlera de Philippe. Ce n'est plus nécessaire. Elle entend le cœur de Jérôme qui bat et elle reconnaît aussitôt son rythme régulier, calme. Elle ferme les yeux sur une drôle d'envie de pleurer. Peut-être de bonheur pour le moment présent, ou de regret sur ce passé qui n'a pas existé ou encore d'espoir devant l'avenir. Jérôme referme les bras sur elle. Cécile sent qu'il tremble. Exactement comme dans le plus beau de ses souvenirs : elle était chez la tante Gisèle, elle avait un gros ventre mais jamais elle ne s'était sentie aussi femme. Et ils avaient fait l'amour ensemble. Elle ne le savait pas, mais cette fois-là avait été la dernière… C'est probablement pour cela qu'elle en avait toujours gardé une douce nostalgie. Et voilà que maintenant, Jérôme est là. Comme dans ses rêves les plus fous. Alors elle se blottit encore plus étroitement contre lui. La tête lui tourne légèrement. Pourtant, elle est bien. De toute cette légèreté qu'elle ressent, comme si elle était un petit bouchon flottant à la surface des vagues d'une mer calme. Merveilleux champagne qui détruit les barrières et les craintes. Puis elle étouffe un rire. Est-ce bien la raisonnable Cécile qui parle ? La femme réservée, discrète, parfois même secrète. La douce et sage Cécile comme on le dit souvent d'elle. Mais ce soir, elle n'a pas envie d'être sage. Il n'y a qu'un homme et une femme, seuls, face à face, et toute une vie d'amour à rattraper. Il y a le temps qui passe inexorablement et ces trop rares instants où il consent à s'arrêter. Il y a cette envie de lui qui bat en elle. L'envie de cet homme différent de ses souvenirs mais aussi beau, aussi grand, aussi fort. Jérôme, le père de sa fille, l'amant de ses vingt ans, le compagnon qu'elle avait choisi. Et surtout, il y a cette cabane, isolée, au bout du monde comme la première fois où elle s'est donnée à lui... Il n'y a qu'eux, pour l'éternité...

* * *

Il fait un temps superbe. L'érablière des Cliche résonne de rires, de voix joyeuses. Gérard est là, avec Marie. Et Paul avec toute sa famille. Denis aussi s'est déplacé, avec sa femme et ses deux fils et, en ce moment, il aide André et Gabriel à faire la tournée des érables avec le tracteur. On ne les voit pas mais leurs rires gamins se faufilent entre les arbres jusqu'à la cabane. Quand Dominique est arrivée, elle a glissé à l'oreille de sa mère qu'elle ne l'avait jamais vue aussi resplendissante. Avec un petit clin d'œil complice. Alors Cécile l'a prise contre elle.

— Tu sais, Dominique, dans la vie il suffit de si peu pour être heureux. Il était temps que je le comprenne...

Dominique lui avait souri avant de se diriger vers Denis en l'interpellant. Curieusement, depuis l'hospitalisation de François, ils se sont rapidement trouvé mille et une ressemblances et c'est toujours avec plaisir qu'ils se rencontrent.

Les enfants courent autour de la cabane, vérifiant les chaudières. Mélina et Cécile sont devant le gros poêle à bois afin de veiller au repas mis à réchauffer. Jérôme et Paul surveillent l'évaporation de la sève...

Et François est venu.

Pourtant, jusqu'au dernier moment il avait hésité. Depuis qu'il avait parlé avec Cécile, depuis qu'il lui avait demandé s'il pouvait s'installer chez elle pour un moment, sa grand-mère ne lui avait donné aucun signe de vie. Bien sûr, elle lui avait dit qu'elle devait y réfléchir. Mais pour un jeune comme lui, deux semaines de réflexion ressemblent presque à un refus... Il ne savait pas vraiment s'il avait envie de la revoir. En se levant, ce matin, devant le soleil scintillant et l'air encore plus doux que la veille, il s'est décidé. C'est l'occasion ou jamais de tenter de convaincre encore une fois Mamie Cécile. Et puis, il fait si beau et, aspect non négligeable, c'est si bon une palette de tire sur la neige... Alors il s'est précipité jusqu'en haut de l'escalier et il a lancé:

— Maman ?... Attendez-moi. Je viens avec vous...

À ces mots, André et Dominique, assis à la cuisine à prendre un café, ont échangé un regard heureux. Il est parfois si simple de trouver la vie belle et bonne. Il suffit d'un rien qui prend des allures de plénitude...

Les gens ont bien bu et bien mangé, sous le regard critique de Mélina qui avait l'œil à tout et le verbe vif. Une certaine quantité de sirop continue de bouillir dans un chaudron sur le rond arrière du poêle à bois. Dans quelques moments, la tire sera prête. Les enfants se sont assis à même le sol et écoutent religieusement Mélina, qui, un peu fatiguée, est venue s'asseoir sur le divan. Elle leur raconte le temps des sucres, comme il se vivait à l'époque de son enfance. Tout en rangeant la salle avec Dominique et Marie, Cécile surveille François du coin de l'œil, comme elle le fait instinctivement depuis son arrivée. Le jeune ne s'est pas vraiment joint aux autres. Comme s'il était sur la défensive.

Mais là, en ce moment, il boit chacune des paroles de son arrière-grand-mère, fasciné par cette vieille dame aux cheveux de neige. Et Cécile, une note d'inquiétude se mêlant à la joie profonde qu'elle ressent d'avoir enfin tous les siens auprès d'elle, se dit qu'il va bien falloir qu'elle prenne une décision à son sujet. Jusqu'à maintenant, c'est la peur qui la retient. De tout son cœur, elle voudrait pouvoir l'aider. À la seconde où il lui a dit qu'il aimerait vivre avec elle pour un temps, Cécile a eu envie de lui ouvrir les bras. Puis elle avait réprimé cet élan. Est-ce bien sage de s'éloigner de ses parents ? Est-ce la bonne solution pour lui ? Et surtout, est-elle à la hauteur des attentes de son petit-fils ? Cécile en doute. Quand elle lui en a parlé, Jérôme a pris le temps de bien réfléchir puis il lui a tout simplement répondu d'attendre encore un peu.

— Fais confiance à la vie, Cécile. Elle va te faire signe…

Mais en attendant ce signe qu'elle a bien de la difficulté à imaginer, Cécile devine aisément que François espère une réponse dans les plus brefs délais. Et elle ne sait toujours pas ce qu'elle va lui dire.

Jérôme aussi, de son côté, a discrètement surveillé François, depuis le matin. Il l'a vu se promener seul autour de la cabane, s'asseoir loin des siens pour le repas, à l'autre bout de la table, et là, maintenant, il se tient encore un peu en retrait même s'il écoute attentivement Mélina. Que se passe-t-il dans cette tête d'adolescent qui a été confronté à certaines réalités brutales ? Jérôme l'observe à la dérobée. C'est un beau garçon, aux traits réguliers, à la chevelure claire et frisée. Mais son visage garde une opacité, une dureté même, surprenante. Comme s'il était désabusé et n'attendait plus rien de précis de la vie. Cette vie qui a parfois de ces exigences qui nous déroutent, qui nous agressent et nous semblent tellement inutiles… Puis François lève la tête et leurs regards se croisent. À ce moment, pour Jérôme, l'adolescent n'est plus un jeune comme les autres. Car Jérôme vient de reconnaître le regard de Cécile dans ces yeux bleus de nuit, un peu tourmentés. François, c'est encore un étranger pour lui, certes, mais c'est aussi son petit-fils. Une partie de son sang coule dans ses veines. Alors Jérôme étire un grand sourire. Pour lui autant que pour François. Le jeune, un peu surpris commence par froncer les sourcils. Puis il lui rend son sourire, timidement, comme à contrecœur, avant de se relever pour se diriger vers l'extérieur de la cabane. Mais Jérôme garde son sourire. Dans le regard de François, il vient de trouver la solution. Comment se fait-il qu'il n'y ait pas pensé plus tôt ? Le cœur et l'esprit en paix, il vient jusqu'à la table et prend le récipient de fer-blanc qu'il y avait mis après le repas. Puis ouvrant la porte, il lance en cherchant du regard :

— Eh, François ! Pourrais-tu mettre un peu de neige là-dedans ? Et la taper bien comme il faut. Je crois bien que la tire est prête… J'aimerais vérifier…

Les derniers invités viennent de quitter la cabane à sucre. Paul-André, le cousin de Jérôme, a fait quelques voyages en tracteur pour ramener tout le monde à la ferme. Avant qu'il ne parte, Cécile a pris François à l'écart et lui a dit qu'elle allait le rappeler bientôt. L'éclat de confiance qu'elle avait alors senti dans sa réponse avait aidé à prendre sa décision. Dès demain, en accord avec Dominique et André, elle va lui offrir de s'installer chez elle. Et on verra bien… Pour l'instant, elle se retrouve seule avec Jérôme et elle entend en profiter. Avec François chez elle, Cécile ne sait vraiment pas quand elle pourra revenir ici.

Appuyés l'un contre l'autre, à l'orée du bois, Cécile et

Jérôme regardent le tracteur s'éloignant vers le soleil couchant. Le champ ressemble de plus en plus à une peau de vache, brune et blanche. Ils entendent les rires de Denis et de ses enfants. Puis le tracteur disparaît de l'autre côté du button. Alors Jérôme se retourne et passant un bras autour des épaules de Cécile ils reviennent sur leur pas. Puis brusquement, Jérôme s'arrête et revient face au soleil, Cécile toujours tout contre lui.

— Il faut que je te dise...

Cécile lève la tête. Jérôme fixe l'horizon en respirant profondément. Il a l'air d'un conquérant devant une terre nouvelle. Dieu qu'elle l'aime ! Comment se fait-il que cela lui ait pris autant de temps à s'en rappeler ? Jérôme resserre son étreinte.

— Cécile, aujourd'hui, j'ai pris une grande décision... C'est Paul-André qui va continuer à s'occuper de la terre. Ce serait injuste de penser autrement. C'est toute sa vie... Il y a mis toute sa vie. Et puis, j'ai passé l'âge, je n'ai plus la main...

— Mais alors...

— Chut, laisse-moi poursuivre... J'ai envie de rabouter tous les morceaux de ma vie ensemble. Ce que je connais, ce sont les pommes, le cidre...

Puis penchant la tête vers Cécile.

— Qu'est-ce que tu dirais d'exploiter une cidrerie ? Toi et moi...

— Une cidre...

— Oui, oui... Tu as bien entendu : une cidrerie.

Alors Cécile éclate de rire.

— C'est Denis qui serait content de t'entendre parler de la sorte. Il n'a pas cessé de me taquiner aujourd'hui en m'appelant Madame la Châtelaine...

Puis redevenant sérieuse.

— Et il n'arrête pas de me dire qu'il serait temps de songer à la retraite… Je… je vais y penser, Jérôme…

Mais aussitôt elle se reprend.

— Et puis non, je ne vais pas y penser. Pour une fois que je me fierais à mes intuitions sans passer des mois à tergiverser… J'embarque… Nous allons faire du cidre, monsieur… même si je n'y connais rien… Donne-moi juste le temps de m'occuper de François et…

— Mais François aussi fait partie du projet…

— Mais comment…

— François c'est aussi mon petit-fils, Cécile. Quand il a tendu la main vers toi, c'est un peu vers moi qu'il la tendait… Alors nous allons faire un pied de nez à la vie, Cécile. Ce que nous n'avons pas eu le droit de faire pour notre fille et tous les enfants que nous rêvions d'avoir, nous allons le faire ensemble pour François. Qu'est-ce que tu en penses ?

— Mais je ne vois pas…

— J'y viens… Mais d'abord…

Jérôme retire ses mitaines et les glisse dans ses poches. Puis il se penche vers Cécile et prend son visage entre ses mains. Il la regarde longuement. Le soleil courtise la ligne d'horizon et les ombres sont très longues derrière eux. Bientôt ce sera la nuit. Et Jérôme souhaite qu'il y ait encore des milliers de nuits dans leur vie.

— Cécile, je viens de prendre conscience que jamais avant je n'avais pensé à… La vie nous a avalés tout rond sans nous laisser le temps de faire les choses comme il se doit… Je crois qu'il est temps de se reprendre…

Alors plongeant son regard encore plus profondément dans celui de Cécile, il demande d'une voix enrouée par l'émotion :

— Cécile, est-ce que tu accepterais de devenir ma femme ? Au début de notre vie, je n'avais même pas pensé à te le demander. Tout est allé si vite... Malheureusement, même si je ne suis plus très jeune, aujourd'hui, je n'ai ni fortune ni gloire à t'offrir. Je n'ai que moi. Un curieux mélange d'homme et d'enfant. Quelqu'un qui s'appelle Jérôme mais qu'on a appelé Philippe. Je n'ai ni études ni diplômes. Mais je t'aime...

Deux larmes brillantes scintillent au coin des paupières de Cécile. Elle regarde Jérôme et ne voit plus ses rides, ni ses cheveux gris. Elle ne voit que ce regard noisette où miroite tout l'espoir du monde. Le même regard franc et droit qu'au matin de leur vie. Et cela lui suffit.

— Moi aussi je t'aime, Jérôme. Et peut-être encore plus que le soir où tu as demandé ma main à papa. Je te demande pardon de ne pas l'avoir compris avant... Mais vois-tu, il y a toute une vie qui nous sépare et aujourd'hui nous sommes différents. De là vient peut-être mon hésitation... Je ne sais trop... Mais qu'importe ? Qu'importent les différences et les silences quand l'essentiel est intact ? Je me fous de la gloire, des diplômes et des trésors. Parce que finalement, malgré cette vie sournoise qui nous a tenus loin l'un de l'autre, nous avons quand même atteint nos buts. Notre fille est là et j'ai un fils prêt à t'aimer. Et comme tu le dis si bien, nous avons aussi des petits-enfants. Alors oui, Jérôme, je veux t'épouser. De tout mon cœur. Et j'ose croire que ce ne sera que pour le meilleur. Parce que le pire est derrière nous...

Pendant un long moment, ils restent enlacés. Leur ombre se fond peu à peu à l'obscurité naissante mais ils n'osent pas bouger. Il leur semble que le monde retient son souffle au-dessus d'eux, complice de cet instant comme il y en a peu dans une vie et qu'ils n'ont pas le droit de bousculer quoi que ce soit. Puis quand le soleil n'est plus qu'un souvenir, sans parler, ils reviennent jusqu'à la cabane à sucre, main dans la main...

Ce n'est que plus tard, beaucoup plus tard dans la soirée, quand ils sont de retour à la ferme, que Cécile demande enfin :

— Mais pour François ? Finalement tu ne m'as pas dit ce que...

Jérôme attise le poêle. Mélina est montée se coucher et eux aussi ils sont épuisés, frissonnants. La cuisine est plongée dans une douce pénombre et Cécile se berce près de la fenêtre.

— François ? C'est fort simple...

Jérôme referme la porte du poêle de fonte et, attrapant une chaise au passage, il s'installe près de Cécile.

— Tu m'as déjà longuement parlé de lui. De ce qu'il a vécu, de la demande qu'il t'a faite, des besoins qu'il a... De ta peur aussi devant la responsabilité que cela impliquait. Mais cet après-midi, quand son regard a croisé le mien, j'ai tout de suite compris... Je crois savoir ce dont François a vraiment besoin... Que dirais-tu d'un voyage en France, avec lui ?

— En France ? Mais pourquoi en France ?

Jérôme a pris Cécile par les épaules. Et regardant le rougeoiement de la flamme qui danse sur le plafond, il lui dit d'une voix très douce :

— Parce que, toi et moi, nous avons droit à un voyage de noces... Et que près de Caen, en Normandie, il existe un monastère qui fait des miracles pour retrouver sa vie.

La destinée

« Sois vrai envers toi-même ;
et, comme la nuit vient après le jour,
tu ne pourras être faux envers autrui. »

William Shakespeare

À mon amour…

PRÉFACE

L'itinérance... Des milliers de jeunes sans-abri et en difficulté voguent à la dérive dans les rues de Montréal, en quête de stratégies de survie.

Jeunes en détresse, en quête ou en fuite, c'est leur souffrance que nous rencontrons au quotidien.

Nous sommes témoins de leurs combats pour survivre, des moyens empruntés ici et là pour y arriver. Nous assistons à ce qui peut ressembler à d'éternels recommencements. Or, il n'en est rien ; ils constituent la suite de ce que le passé a tracé et l'espoir que l'avenir sera fait d'oubli. La rue peut aussi procurer cette apparence d'oubli.

Puis, nous croisons l'espoir, celui de la jeunesse et de ses rêves. Rêves de voyages, de musique, d'une maison avec des enfants, d'un boulot stable ; rêve et quête de bonheur. Rêves de fin de souffrance, rêves de fin d'absence, rêves d'amour.

Nous n'aurons jamais le temps de recommencer l'histoire, de réparer ce qui n'a pas été. Alors, nous proposons à tous ces jeunes de faire un petit bout de chemin en notre compagnie. Nous tentons de les rejoindre, d'avoir accès à eux, d'ouvrir des portes, de les accompagner tout en reconnaissant la force qui les anime.

Jour après jour, il y a des milliers de gestes au quotidien, des rencontres, des fuites, des départs et des retours...

Louise Tremblay-D'Essiambre, auteure de ce beau

roman porteur d'espoir qu'est Les années du silence: La destinée, *aura été de ces belles rencontres. Le Refuge sera enrichi de son grand humanisme.*

Nous l'en remercions.

France Labelle
Directrice,
Le Refuge des Jeunes de Montréal

NOTE DE L'AUTEUR

Octobre a fait rougir les arbres. Devrais-je dire enfin ou déjà ? Je ne le sais trop. Car si j'aime l'automne, je déteste l'hiver et comme l'hiver suit inexorablement l'automne... Par contre, l'été fut beau, très chaud, plein de douceur et de soleil partout dans ma vie. Et j'en ai profité pour faire des provisions. Pourtant, je préfère l'automne à cause de ses clartés pures, de son souffle cristallin et de ses feuilles odorantes qui craquent sous la semelle. Aussi loin que remontent mes souvenirs, je revois de ces matinées fraîches qui contrastent avec les arbres lumineux. Je sens le bout de mon nez rougi, celui de mes doigts un peu gourd et je pédale avec entrain sur mon tricycle. J'ai quatre ans, je m'en vais chez ma grand-mère qui habite à deux pas et je suis heureuse ; ou encore j'ai huit ans, je saute à la corde avec mes amies dans la cour de l'école et je suis toujours heureuse. Merci la vie, d'être si généreuse ! Puis cette année, comme un comble à la sensation de confort, de plénitude que je ressens face à cette saison, je viens d'unir ma destinée à celle d'un homme que j'aime et tout, autour de moi, rayonne comme un feu de joie. J'aime et je suis aimée. Que pourrais-je dire de plus ? Tout est là.

Devant moi, de l'autre côté de la rue, deux gros érables se disputent les faveurs des passants. Le plus petit, tout de dentelles habillé, est aussi le plus docile avec ses jaunes et ses ocres dans les teintes à la mode ces jours-ci ; tandis que l'autre, beaucoup plus haut, beaucoup plus robuste me semble-t-il, brave insolemment la saison avec son feuillage encore vert. Comme s'il voulait nous prédire l'été à venir ; comme s'il voulait proclamer que ni le passage du temps ni les vents contraires n'auraient le dessus sur lui. Et je crois qu'il a raison. Quand on y regarde de près, la branche qui se dépouille porte déjà en secret les bourgeons du printemps nouveau. Et moi, j'ai l'impression d'être la sœur de ces deux arbres. Ma vie aussi s'est dépouillée peu à peu comme les feuilles mortes qui tombent une à une en virevoltant un moment avant de se poser inertes sur la chaussée. (Voir Au-delà des mots, *roman autobiographique, 1999.) Oui, ces dernières années, j'ai cru sincèrement que je traversais un désert aride, stérile même, étouffant la moindre étincelle de vie en moi, le moindre élan de spontanéité. Pourtant bien présents, malgré les pleurs et les coups au cœur, les déceptions et les rages, se gonflaient déjà les bourgeons d'une destinée nouvelle. Cet espoir tenace qui fait que l'on ne courbe jamais complètement l'échine... Cela, je l'ai compris depuis longtemps. Alors, j'ai fait confiance. Tout comme Jérôme et Cécile, en fin de compte, et François, et Dominique... Croire, toujours, envers et contre tout, que rien n'est perdu, que tout est encore à venir. Et l'amour a refleuri ma vie. Qu'importe l'âge et les signes que les années sculptent impitoyablement sur nos visages et nos corps. L'amour n'a pas d'âge. Cécile et Jérôme me l'ont enseigné. À soixante ans, ils ont redécouvert les battements de cœur un peu fous, les larmes de bonheur et les palpitations du corps. Ils ont réappris le besoin de donner et de recevoir, l'envie de bâtir à deux. Ils sont heureux, cela se voit dans leurs sourires, dans leurs regards, dans chacun de leurs gestes et j'ai envie de me fondre à eux. Les gens heureux ont toujours eu ce pouvoir d'attraction sur moi. Je sais que je me répète, mais cela me semble très important de préciser ces choses qui nous paraissent essentielles. Alors ce matin, j'ai envie de greffer mon bonheur à celui de Cécile, de Jérôme et de tous ceux qui leur sont chers parce que je les sais heureux. Pourtant, la vie ne fait de quartier à personne et nous demande une foi absolue. Pour eux comme pour moi, comme pour nous tous. Pas facile, je le sais maintenant. Mais rien, jamais, n'est impossible. Cela aussi la vie me l'a révélé. Il faut simplement découvrir en soi la force et le courage qui y sont parfois bien cachés. Et faire confiance... Cette confiance inaltérable que Cécile m'a apprise tout au long de sa vie. Alors, ce matin, j'ai envie de la suivre à nouveau. Je crois qu'elle a encore tant et tant de choses à m'apprendre. Je crois que nous avons encore tant et tant de choses à nous dire, elle et moi...*

Je la vois, toujours aussi droite, son sourire discret fleurissant les minuscules rides au coin de ses yeux. La vallée de la Chaudière s'étale devant elle, en bas du vallon et le reflet bleuté de ses eaux sautillantes brillent du même éclat que le regard de cette dame aux cheveux tout blancs maintenant. Alors d'intime qu'elle était l'an dernier, je vais demander à ma plume de redevenir conteuse. L'histoire de Cécile et des siens est loin d'être terminée. À quelques pas derrière sa grand-mère, j'aperçois François qui me fait signe avec insistance et j'ai bien l'impression que je n'aurai pas le choix : c'est lui finalement que je vais accompagner. À l'arrière-plan, comme s'estompant dans la brume d'un matin d'automne, je crois deviner une ville autour de lui avec ses secrets, ses misères et ses ruelles qu'on préfère parfois oublier...

Et dans cette ville, silhouette encore mal définie, j'aperçois un jeune. Sébastien, je crois. C'est un adolescent frondeur comme presque tous les ados. Sébastien à qui la vie n'a fait aucun cadeau. Il n'a que dix-huit ans. Il est amer, déçu, blessé. Il a choisi la rue parce que personne ne l'a choisi, lui. Alors, emmêlée à l'histoire de Cécile et Jérôme, il y a celle de François et Sébastien. Il y a l'histoire de tous les Sébastiens que la vie semble rejeter.

Bien sûr il s'agit d'un roman avec tout ce que cela suppose d'idéalisme et de facilité. Si la vie pouvait parfois ressembler aux romans! Mais voilà que j'écris ces mots et que je m'aperçois que je n'y crois pas vraiment. Parce qu'il arrive aussi, quand on le veut de toutes ses forces, il arrive, oui, que l'on fasse en sorte que notre vie soit un roman.

Si j'ai pu écrire ce livre, c'est grâce à Damien, David, François et tous les autres que j'ai rencontrés un peu partout sur les trottoirs. Merci les gars d'avoir permis que je me glisse dans vos difficultés, vos déceptions, vos espoirs et vos rêves. Merci de m'avoir obligé de changer mon regard.

Enfin, un merci tout spécial à France, directrice du Refuge des Jeunes de Montréal, pour son accueil et sa collaboration. Merci aussi à Denis, Sébastien, Claude, Andrée, Emma, Nathalie, Yannick, Alexandre et tous les autres, intervenants et travailleurs de rue, qui avez accepté de partager votre vécu avec moi. Merci aussi à Stéphane qui a toléré que je me faufile dans sa cuisine à chaque mercredi matin. Chacune des heures passées au Refuge m'a permis de me rapprocher de mon but et chaque radis préparé, chaque pomme de terre pelée avaient un sens bien plus grand que les apparences. Sans vous tous, l'écriture de ce livre aurait été impossible. Avec vous et les jeunes, j'ai découvert une grande famille où les mots respect, entraide et affection veulent encore dire quelque chose, malgré les difficultés et les embûches que nous rencontrons tous au cours de nos vies. Ça donne envie de continuer, d'aller plus loin...

Ça donne envie, tout bêtement, d'être meilleur...

PROLOGUE

Été 1985

Dans un monastère en France et dans une maison cossue du nord de Montréal…

« Il y a des personnes qui marquent nos vies, même si cela ne dure qu'un moment. Et nous ne sommes plus les mêmes. Le temps n'a pas d'importance mais certains moments en ont pour toujours. »

Fern Bork

Si les vieux murs de pierres du monastère réussissent en plein jour à repousser la chaleur torride de ce mois de juillet, il semble bien qu'ils sachent aussi l'emmagasiner sournoisement pour la répandre jusque dans ses moindres recoins une fois la nuit venue.

François étouffe.

Pourtant, c'est une sueur froide qui lui coule sur le visage jusqu'à détremper ses vêtements. À mi-chemin entre l'éveil et le sommeil, il se tourne et se retourne sur la couche étroite, les poings crispés, un regard fiévreux filtrant entre ses paupières à demi fermées, le cœur battant la chamade sans raison valable. Les draps sont rêches au toucher, les murs sont austères et sombres, le mobilier ressemble à celui d'une cellule.

On l'a emprisonné, on l'empêche de respirer, on a juré sa perte. Il n'a que quinze ans.

Une seule envie l'obsède jusqu'à troubler le sommeil, jusqu'à écorcher vif le cours de ses journées, omniprésence d'une douleur qui occulte tout: oublier… Se plonger dans les méandres d'un oubli artificiel, provoqué, voulu, attendu. Libération… Le nom de Marco est devenu un cauchemar et le souvenir de son corps baignant dans son sang, une psychose. Et cette odeur de mort toujours présente à ses narines. François voudrait être capable d'en parler, crier sa peur et l'horreur de l'image ancrée en lui. Il n'y arrive pas. Les mots restent coincés quelque part entre son cœur et sa gorge. Reste alors l'oubli qui ne s'offre à lui qu'à travers les artifices d'une dose de poudre blanche qui libère. Voguer dans un paradis de faux-fuyant où n'existent ni douleur ni souvenirs. Que le néant, l'apesanteur, le flottement en eaux troubles mais tièdes, confortables. Oublier qu'on a souffert à cause d'un ami après avoir ri et rêvé avec lui; oublier qu'on a mal à l'âme et au corps sans plus vraiment savoir d'où vient la douleur tellement elle est grande et se soude à l'être tout entier; oublier que l'apaisement de cette souffrance se doit de passer inexorablement par sa raison d'être tant qu'on n'a pas trouvé en soi la force d'y résister. Et surtout, pour l'instant, refuser de l'admettre, ce serait donner raison à tous ceux qui le font souffrir: Mamie Cécile, Jérôme, ses parents, les pères du monastère. Ils sont tous contre lui, ils ne savent pas, ne peuvent pas comprendre. Alors à la douleur du corps se soude celle de l'âme: la solitude. Une sensation d'abandon si grande qu'elle le fait se lover sur lui-même comme un fœtus à la merci du corps qui le berce. François est seul au monde. Il n'y a plus ni famille, ni amis, ni espoir, ni vie possible comme les autres voudraient que ce soit. Il est le seul à savoir, à connaître la souffrance qui le détruit. Alors il rêve de cette poudre blanche qui permettrait le sommeil parce qu'il est épuisé et qu'il a mal aux tripes comme il ne pensait pas qu'on puisse avoir mal. La moindre fibre de son corps hurle de douleur, réclame son dû. Agression d'une dépendance qu'il refuse de reconnaître parce qu'il s'est convaincu, complaisance du besoin, que ce n'est pas la drogue qui choisit François, mais plutôt lui qui décide pour lui-même. Il n'y a que les autres pour ne pas le comprendre. François se tourne sur le ventre, revient sur le côté, replie les jambes contre sa poitrine. Ce ne serait que pour une fois, juste pour une dernière fois. Après, promis, il n'y reviendra jamais puisqu'il est seul et qu'ils sont si nombreux autour de lui à décider à sa place. Mais pour une fois encore, il va puiser dans le sommeil et l'oubli la force et le courage de se faire face à lui-même pour tenter de satisfaire tous ces gens qui ne pourront jamais savoir ce qu'il est en train de vivre. Il sait qu'il en est capable même s'il semble bien qu'il soit le seul à croire à cette vérité. La rage, la peur, le mal lui font serrer les poings. Mais qui sont-ils donc tous ces gens qui flottent, imprécis, derrière ses paupières douloureuses et qui se targuent de savoir ce qui est bon pour lui et ce qui ne l'est pas ? Tous ces autres que la vie s'autorise à imposer, ils n'existent pas vraiment, ils ne doivent pas exister puisqu'ils ne peuvent pas savoir. Ils ne sont qu'images fugaces, diluées, vaporeuses, irréelles. Sa vie non plus n'existe pas. Elle n'est qu'un moment arraché à la spirale du temps. La vie de François ne tient qu'à un instant, celui-ci ; qu'à une souffrance, celle qui domine sa raison ; qu'à la douleur d'une plaie béante. Là, maintenant, sa vie tout entière se résume à la seconde présente sans passé ni avenir. Il veut oublier qu'il a mal au ventre, il veut détruire la nausée qui tue l'envie de manger, il veut anéantir ces tremblements qui agitent ses mains, il veut retrouver le sommeil et l'oubli. Dormir, juste dormir pour quelques heures. Il y a droit, mais on refuse de lui reconnaître ce droit.

Depuis qu'il est ici, en France, avec Mamie Cécile et Jérôme, on lui refuse le droit d'être celui qu'il est.

Pourtant, François avait cru dans les promesses de ce nouveau grand-père dont la vie venait de lui faire cadeau. Un homme simple, aux traits ravinés par de grandes souffrances. Malgré son jeune âge, François a appris à lire l'âme sur les visages. La souffrance interpelle la souffrance... Alors, oui, il a cru en cet homme qui disait la paix et la sérénité à l'abri des murs centenaires d'un vieux monastère français. Oh ! Oui, comme il a voulu y croire. Il a même prié au matin des noces de Cécile et Jérôme, lui qui doute de tout. Il a embrassé ses parents à l'aéroport avec la confiance de l'enfant égaré en lui. Il portait dans son regard l'espérance d'une jeunesse meurtrie quand il a rencontré Don Paulo pour la première fois. Il se savait fragile, blessé, mais peu lui importait. Il s'en allait vers le paradis, un endroit de tranquillité, d'absolu, de paix. C'est ce qu'on lui avait promis et il y croyait.

Il s'est retrouvé en enfer. Il n'a que quinze ans...

Pourtant, comme s'il avançait sur une poussée incontrôlable, les premiers jours de sevrage n'avaient pas été trop difficiles. Attrait du voyage, intérêt des nouveautés, séduction d'un quotidien bousculé ? L'avion, les hôtels, Paris... Peut-être bien, après tout. François ne le sait trop et n'a pas cherché à savoir. Au fil des derniers mois, il a appris à ne pas se poser de questions inutiles. Les réponses sont parfois trop douloureuses ou trop précaires. C'est au matin du cinquième jour que la vieille courtisane de cette dernière année lui avait donné rendez-vous. Elle l'attendait embusquée dans un interstice des murs de la minuscule chambre, espérant son réveil, suscitant des envies aussi irrépressibles que le besoin de respirer. Une crampe au ventre l'a réveillé et il s'est levé avec l'envie de frapper tout ce qui bougeait, le cœur et les oreilles fermés à toute exhortation. On lui a parlé patience, il n'a entendu que l'interdit. On l'a entouré, il n'y a vu qu'hypocrisie. On a dit l'amour et le soutien, il n'a compris qu'indifférence et lassitude. Depuis une semaine, il joue la docilité pour qu'on lui fiche la paix. C'est une question de survie pour lui.

Et voilà que cette nuit, il se retrouve seul à se débattre. Seul, l'esprit englué autour de cette obsession qui le harcèle, qui l'empêche de dormir, qui anéantit jusqu'à la vie elle-même. Son corps réclame par ses douleurs, la volonté suit, incapable de supporter cette douleur atroce. La chaleur l'obsède, la soif assèche même son esprit.

Alors se levant d'un geste lent, vacillant, François se dirige vers le bureau de bois sombre et se verse un grand verre d'eau tiédie par la torpeur de l'air. La lune arrive à se glisser jusqu'à lui par l'ouverture étroite et haute qui sert de fenêtre. Appel à la liberté. Les mains crispées sur le verre, il boit comme s'il n'allait plus jamais avoir le droit de boire, à longues gorgées, l'eau débordant de ses lèvres et lui coulant sur la poitrine, les yeux fixés sur la nuit lumineuse. Puis il dépose le verre et se met à boire à même le pot de fer blanc, incapable de se désaltérer, le vide d'un trait avec avidité comme s'il espérait y trouver une solution avant de le lancer à toute volée contre le mur. Claquement du métal contre le mur avant de rebondir, bruyant, inquiétant, claquement sec comme un coup de feu repris par l'écho. Puis la rage qui lui fait fermer les poings. Rien ici n'arrive à éteindre cette soif immense qui lui brûle le corps et l'âme. Qu'attend-il vraiment ? Jusqu'où va-t-on l'obliger d'aller contre sa volonté ? En biais, il aperçoit le verger du monastère. Les pommiers lourds de fruits encore verts se découpent sur le ciel étoilé. Les allées fleuries invitent à s'y promener. Et il fait si chaud dans cette cellule qu'on s'entête à appeler chambre. Alors la sensation d'étouffement devient prétexte puis excuse. François a besoin d'air, sinon il va mourir asphyxié. Il lui faut calmer ce corps qui éclate de douleur, sinon il va mourir de ses souffrances. Pourquoi ne veut-on pas le comprendre ?

Pendant un moment, il reste immobile, n'entendant que la brûlure qui le consomme petit à petit, n'écoutant que le mal qui ravage son corps comme un vieillard perclus de rhumatisme.

Pourtant, il n'a que quinze ans...

Repérant son jeans qui gît en tas informe sur le sol, il l'enfile maladroitement, attrape le premier chandail venu posé sur le dossier de la chaise, puis il se glisse furtivement dans le couloir au plancher de tuiles en céramique colorée bien ciré. La porte de service est à l'autre bout de ce large corridor qui lui semble interminable. Les quelques veilleuses qui éclairent faiblement ses pas ont à ses yeux la violence d'un projecteur de cinéma. Et si on le surveillait ? Et si chaque porte cachait un espion prêt à le dénoncer ? Brusquement, il n'y a que des ennemis ici. Il avance comme un félin, frôlant silencieusement les murs. L'air frais de la nuit lui saute au visage dès qu'il entrouvre la lourde porte de bois sculpté. Brève sensation de confort, presque un absolu tant la douleur lui semble omniprésente. Qui ne dure que le temps d'une profonde inspiration, les yeux mi-clos. La brûlure veille, lui embrasant le corps et l'esprit.

D'un œil distrait, il survole le verger maintenant inutile. L'excuse du manque d'air n'a plus sa raison d'être. Personne ne le suit, personne ne l'a entendu. Alors levant la tête, il s'oriente un instant. Lorsqu'ils sont arrivés, la semaine dernière, Cécile, Jérôme et lui, ils venaient du sud par la route sinueuse qui part de Caen. C'est donc vers là qu'il doit aller... Laissant la clarté de la lune guider ses pas, l'adolescent contourne le bâtiment de pierres, ombre mouvante, incertaine, se fondant à toutes celles qui peuplent cette nuit claire. Ensuite, il emprunte la longue allée bordée d'arbres qui mène au chemin, reniflant l'air autour de lui comme un animal traqué.

Une fois arrivé à Caen, il va flairer la ville comme une bête en terrain de chasse. L'instinct va le guider. Et il va trouver ce qu'il cherche. Il le sait, il en est convaincu. Il a la foi inébranlable des adolescents.

François a quinze ans...

* * *

Assis en retrait derrière le bosquet de lilas, à l'abri des regards, Sébastien laisse son regard effleurer les reflets de la rivière des Prairies qui coule paisiblement en contrebas du terrain de son père. De la cour des voisins lui parvient clairement le bruit de rires et de poursuites bruyantes autour de la piscine. Au-delà de quelques haies taillées au ciseau à manucure, c'est un mélange de diverses musiques qui peuple l'air. Sérénité d'un quartier où la vie est peut-être un peu plus facile qu'ailleurs.

Mais de la cuisine de sa propre maison, c'est le grondement sourd d'une voix impatiente qui domine. Comme d'habitude.

Les jambes relevées et entourées du cercle de ses bras, le menton appuyé contre ses genoux, Sébastien attend.

Il attend que la voix colérique s'en aille, que la douleur de la claque reçue derrière la tête s'estompe, que le tremblement de tous ses membres cesse.

Impassible, le petit garçon de huit ans attend que l'écho de la voix de son père meurt d'elle-même à l'intérieur de sa tête.

— Des crisses de tapettes, Brigitte ! Tu m'as fait deux tapettes, sacrament !

Sébastien ne sait pas vraiment ce que cela veut dire mais peu importe. Il entend le mépris et le dédain dans la voix de son père et cela suffit pour comprendre que ce n'est pas souhaitable d'être une « crisse de tapette ». C'est peut-être pour cela que son père n'apprécie jamais ses dessins. Toujours des dessins de jardins remplis de fleurs multicolores, d'oiseaux stylisés et de papillons dont il est particulièrement fier.

Et il aimerait tellement que son père soit fier de lui.

Puis une grosse larme coule lentement sur sa joue d'enfant encore un peu ronde, sur son visage dont on dit qu'il est un visage de « petit ange ». Il vient de repenser aux confettis qui virevoltaient dans la cuisine. Les confettis de ses dessins que son père n'a même pas pris la peine de regarder parce que son fils venait d'avouer qu'il n'avait pas envie de ce camp de hockey qu'il voulait lui offrir. Les claques avaient aussitôt volé autour de sa tête comme une pluie de grêlons. Alors Sébastien resserre un peu plus l'étreinte de ses bras autour de ses genoux. Comme pour se mettre à l'abri, comme pour se consoler en attendant que la menace soit passée. En attendant que sa mère vienne le rejoindre quand Me Duhamel aura fini de vitupérer et que l'engourdissement de l'alcool l'amènera à cuver son vin en ronflant dans le fauteuil à bascule du salon.

CHAPITRE 1

1994

Par un beau jour d'été, en Beauce, neuf ans plus tard et à Montréal, centre-ville…

« La vie est quelque chose qui vous arrive lorsque vous êtes occupés à planifier autre chose. »

John Lennon

Au moment où les cloches se mettent à carillonner joyeusement, François baisse les yeux vers Marie-Hélène pendant un instant. La jeune femme le dévore du regard, amoureuse, sûre d'elle, jolie, moqueuse aussi, comme si elle voulait lui faire comprendre que, finalement, malgré la foule, ils sont seuls au monde. Puis dans un même geste passionné, leurs lèvres se rejoignent, prolongent un baiser que l'on voudrait sans fin. Dans l'église, derrière eux, parents et amis se mettent à applaudir. François Léveillé, fils de Dominique Lamontagne et d'André Léveillé, et Marie-Hélène Courtois, fille d'Adeline Bourgeois et d'Alexandre Courtois, viennent d'unir leurs destinées pour le meilleur et pour le pire. Le jeune couple ose croire qu'il ne reste que le meilleur à venir, car le pire, il est enfin derrière eux. Ils ont su, ensemble, passer au travers des souffrances, des déceptions, des recommencements, des questionnements. Et ils ont gagné.

Lorsque les nouveaux mariés se retournent enfin pour se diriger vers les grandes portes tout au fond de l'église, le regard de François rencontre celui de sa grand-mère. Droite comme un i, sa longue chevelure blanche retenue sagement pour l'occasion en un lourd chignon, particulièrement jolie dans sa robe violette, Cécile lui fait un large sourire, sachant que leurs pensées se rejoignent. Elle sait la pénible traversée qui a scindé la vie de son petit-fils en deux et elle est fière de lui. Que d'essais, de rechutes, de petites victoires et de plus grandes, de crises et de frustrations pour en arriver à ce matin. Devant elle, remontant fièrement l'allée de l'église, au bras de sa jeune épouse, c'est un battant qui se tient, un vainqueur. Malgré les paroles dures, les injustices et les poignards parfois plantés dans son cœur, jamais l'affection que Cécile lui porte n'a été remise en question. Les yeux embués d'émotion, elle glisse sa main dans celle de Jérôme songeant en même temps à une matinée en tous points semblable à celle-ci où, dans cette même église, neuf ans auparavant, elle unissait enfin sa destinée à l'homme que son cœur avait choisi depuis toujours. Dans sa vie à elle aussi, il y a eu une large part de méandres et d'attentes. Cécile Veilleux a connu les déchirements et les espoirs malmenés plus que quiconque. Car après avoir donné naissance à une petite fille que les pressions sociales de l'époque avaient contraint à céder à l'adoption, la mort de Jeanne, sa mère, et la guerre avaient froidement et définitivement arracher ses espoirs et ceux de Jérôme face à la vie. Peu de temps après, sur une plage de Normandie au matin du Débarquement, Jérôme, blessé et amnésique, était porté disparu, puis déclaré mort et Cécile avait vécu son deuil pendant quarante ans, malgré les joies d'un mariage heureux avec Charles. Tel que promis à son jeune fiancé lorsqu'il était parti pour la guerre, Cécile avait fini par retrouver leur fille, Dominique, et par le fait même toute une famille qui allait désormais se greffer à la sienne. Puis, à la faveur d'un voyage en France, le hasard avait fait en sorte que Jérôme lui était revenu et tout doucement, à plus de soixante ans, ils avaient redécouvert l'amour et repris leurs destinées là où la vie les avait laissés tomber. Jérôme avait enfin regagné la place qui était sienne, chez lui, en Beauce, revenant vers une mère vieillissante mais encore fort alerte et une sœur qu'il ne connaissait pas. Avec Dominique, sa fille, il a donc appris à être père et grand-père en même temps. Et voilà que ce matin, son petit-fils François se marie. Heureux, il tourne la tête vers Dominique, sa fille unique qui lui ressemble tant. Émus, ils échangent un long regard fait d'affection et de compréhension mutuelle. Puis il revient à la cérémonie qui se termine.

Un à un les bancs de l'église se vident au fur et à mesure que les invités se glissent dans l'allée pour se joindre au cortège. À l'extérieur, sous un soleil de plomb, le photographe de profession engagé pour la circonstance fait les cent pas. Petit homme sec et nerveux, casquette sur le front et appareil en bandoulière, il trottine et caquette à qui mieux mieux pour placer tout ce beau monde dans l'escalier de pierres afin de saisir, pour la postérité, la traditionnelle photo de famille. Sa réputation ne saurait souffrir un manque aux traditions, malgré la moue de la jeune mariée qui trouve qu'on pourrait se passer d'autant de cérémonie. Il fait une chaleur torride sous ce soleil de plomb…

— Cette photo est de la toute première importance, madame, fait le pauvre photographe tout offusqué qu'on prenne un tel instant à la légère. Vous saurez me le dire dans quelques années…

Puis haussant le ton :

— Allons, allons, tout le monde en place. Un beau sourire… « Cheese… » Non, non, ça ne va pas du tout… On reprend… De grâce, cessez de bouger pour un instant, je le sais qu'il fait chaud… On recommence… « Cheese… » Et voilà, c'est fait. Merci à vous tous…

De grosses gouttes de sueur ruisselle sur ses tempes. Pourquoi s'entêter à se marier en plein mois de juillet, je vous le demande un peu ? Et dire que la fête ne fait que commencer ! Pendant qu'il s'affaire à ranger son matériel, Jérôme se dégage et lance à la ronde :

— Maintenant, tout le monde à la maison… On traverse le pont, on continue tout droit en montant la côte puis on tourne à gauche sur le rang du Bois de Chêne… Maman doit nous attendre avec impatience… et le champagne est sur la glace !

Le cortège s'ébranle dans un bruit assourdissant de klaxons.

Ils sont tous venus, les parents et amis de cette famille nombreuse qui est celle des Veilleux. Il y a Thérèse et René Lamontagne, les parents adoptifs de Dominique et grands-parents de François. Ainsi que Gérard, Paul, Gabriel et les autres, les frères et sœurs de Cécile qui ont accueilli la famille Lamontagne comme si elle était des leurs depuis toujours quand ils ont su le drame qui avait traversé la vie de leur aînée. Et voilà Frédérik, le frère cadet de François avec sa jeune femme et leur fils Raphaël, ainsi que Geneviève, la sœur du marié, qui sont là eux aussi. Puis les parents du marié, Dominique et André, heureux, soulagés quant à l'avenir de leur fils aîné, jasant avec le père et la mère de

Marie-Hélène qu'ils aiment comme leur propre fille. Et là, près du bosquet de roses, se tient Denis, le fils adoptif de Cécile, qui, tout médecin qu'il est, a soutenu et aidé François quand il a traversé quelques crises majeures à l'adolescence. Et veillant sur tout son monde, sa cour habituelle à ses pieds, assise à l'ombre du gros érable, Mélina, la mère de Jérôme, s'évente d'une main et tient sa flûte de champagne de l'autre, y trempant les lèvres à l'occasion tout en décrivant les noces comme elles se vivaient du temps de sa jeunesse. Il semble bien que, sur elle, le temps n'ait aucune emprise, sinon qu'elle se déplace avec un peu plus de lenteur qu'autrefois. Par contre, son esprit conserve toute sa vivacité et sa langue n'a rien perdu de son aspérité bourrue et affectueuse. Et pour finir, il faut compter sur tous les oncles, tantes, cousins, cousines et les nombreux amis de François et Marie-Hélène qui ont accepté avec enthousiasme de se joindre à la fête d'aujourd'hui.

Appuyée contre la colonne qui soutient le toit de la galerie, Cécile contemple la foule des invités qui s'éparpille sur la pelouse devant la grande maison blanche au toit rouge. La maison des Cliche, comme on l'a toujours appelée. Sa maison depuis son mariage avec Jérôme. Sur le sujet, Mélina avait été on ne peut plus claire.

— Astheure, ma belle, t'es icitte chez toi. Tu prends les cordeaux de la charrue, ma Cécile. Moi, j'vas te suivre. Y'était temps que j'pense à me reposer…

Chaque fois que Cécile repense à ce matin d'été où, seule avec Mélina, les deux femmes contemplaient l'étendue du domaine des Cliche, elle entend ces paroles et un petit sourire ému traverse son visage. Cette maison, ce paysage font partie de sa vie depuis toujours. Elle se revoit gamine, revenant de l'école et arrêtant quelques instants chez Jérôme avant de retourner chez elle. Puis plus tard, jeune femme, jasant avec Mélina assise sur la galerie, parlant d'avenir avec elle. Confiant ses rêves aussi parce que Mélina avait toujours eu un sens de l'écoute attentif et généreux. Alors, oui, il est vrai qu'elle s'est toujours sentie chez elle, ici. Mais de se le faire confirmer par l'autorité bourrue de Mélina avait certifié sans équivoque ce qui était longtemps resté un beau rêve pour elle.

Pour l'instant, on entend des rires, des exclamations, les cris de joie des enfants qui se poursuivent autour des bâtiments, une musique douce jouant en sourdine. Faisant office de salle à manger, une immense tente louée pour l'occasion, blanche rayée de rouge, tout comme la maison, se dresse un peu plus loin, près de la grange désaffectée, transformée depuis quelques années en cidrerie. Un rêve devenu réalité, cette petite entreprise de cidre de pommes, rêve que Cécile partage jalousement avec Jérôme. C'est un peu leur bébé. Et aujourd'hui, François se marie ! Lui aussi, ils le considèrent un peu comme leur fils. Le soleil tape, le champagne coule abondant et frais, la brise joue dans les pommiers. C'est la fête !

— Cécile, enfin vous voilà ! François et moi, on aimerait que vous veniez dans le verger pour prendre quelques photos…

Échevelée, les joues rougies par le soleil, le bonheur et la chaleur, Marie-Hélène arrive en courant. En fait, cette jeune femme ne sait probablement pas marcher. Elle avance dans la vie en sautillant comme une gamine, l'esprit vif-argent, toujours joyeuse, prête semble-t-il à s'élancer à tout moment vers quelque découverte, quelque coin inexploré du monde juste pour le plaisir de bouger et de savoir qu'elle peut aider. Elle connaît François depuis l'adolescence et l'amour entre eux a été décisif dès l'instant où leurs regards se sont croisés. Cécile lui rend son sourire. Marie-Hélène est si jolie aujourd'hui, sous son voile de tulle blanc, dans sa robe vaporeuse comme une brume.

— Des photos ? La bonne idée... Je te suis. Où est François ?

— Il arrive... On s'est donné rendez-vous sous les pommiers.

Toujours vive et alerte malgré ses bientôt soixante-dix ans, Cécile descend l'escalier d'un pas léger. Elle a coutume de dire que c'est l'amour qui garde jeune et de l'amour, il y en a à profusion dans sa vie. Autant celui qu'elle répand autour d'elle comme on sème les graines dans un champ, à la volée, que celui qu'elle attire vers elle comme l'aimant d'une boussole est attiré vers le Nord. Cécile est une femme de compromis, de paix, de douceur et personne ne peut lui résister.

Saluant les invités au passage, Marie-Hélène et Cécile se dirigent vers le verger. Le photographe s'active déjà comme une abeille par beau temps autour de sa ruche, rectifiant une cravate, replaçant une mèche de cheveux, jouant de la moue, des grimaces et de l'appareil photo comme si elles faisaient partie intrinsèque de son talent. « La mouche du coche », songe alors Cécile, plus agacée qu'amusée. Mais comme la réputation de ce photographe est proverbiale dans le canton... À peine un imperceptible soupir avant d'offrir son sourire unique, à la fois triste et confiant. Quelques clichés du cru le plus pur selon les traditions établies, puis François s'étire, son petit côté délinquant finissant toujours par réussir à se faufiler jusqu'à l'extérieur. C'est plus fort que lui : il restera toujours un irréductible cabotin.

— Suffit maintenant... Je veux des photos qui nous ressemblent.

Le photographe lève aussitôt un sourcil étonné, le tient en suspens un bref moment sur son front ridé avant de le laisser retomber théâtralement sur un œil menaçant.

— Que voulez-vous dire ? Si vous n'êtes pas satisfait de mes...

— Mais qu'allez-vous penser là ? Nullement, cher monsieur, nullement, rassure François d'une voix suave. Disons que ce sont là des petits caprices.

Et les sourcils de repartir illico vers le ciel. Ah ! Ces jeunes mariés !

Finalement, il y aura des clichés pour tous les goûts, François perché sur une branche de pommier tendant la main à Marie-Hélène comme pour l'attirer à lui ; Cécile, Jérôme, Marie-Hélène et François faisant la ronde autour d'un arbre chargé de fruits encore verts... Puis, alors que le photographe s'empresse de retrouver la noce pour capter d'autres moments inoubliables (avec les invités, il devrait pouvoir laisser libre cours à sa vision toute personnelle de l'art ! Perché sur un arbre comme un corbeau ! Non mais...), François s'approche de sa grand-mère.

— Mamie Cécile... Est-ce que tu viendrais te promener avec moi ? Avant de partir pour Montréal, j'aimerais retourner sur le button, là où on domine la vallée...

Alors Cécile lui renvoie un large sourire.

— Je n'osais te le demander...

À ces mots, François penche sa longue carcasse osseuse vers Marie-Hélène, pourtant jeune femme assez grande, elle aussi, effleure sa joue d'un long baiser.

— Tu m'attends à la tente, chaton ? J'aimerais prendre quelques instants avec Mamie.

— Bien sûr... Après on donnera le signal de départ pour le buffet... Je meurs de faim.

Glissant sa main dans celle de sa grand-mère, François l'entraîne à sa suite, par le chemin rocailleux qui mène à l'autre bout du champ à travers les cultures encore vertes. La musique de la fête les suit de plus en plus assourdie, soutenue par une brise toute douce qui vient de se lever et qui murmure dans les barbes des épis de maïs encore jeunes et tendres. Quelques hirondelles planent très haut dans un ciel toujours bleu, mais qui vire lentement au gris tellement la chaleur et l'humidité sont grandes. En bas, dans le creux de la vallée, la Chaudière d'un ton ardoise, presque métallique sous ce ciel de plomb, sillonne les terres quadrillées, tortueuse et calme. François pousse un profond soupir. La clarté presque insoutenable de cette journée, la limpidité des sentiments amoureux qui l'habitent contrastent curieusement avec certaines pensées sombres qui s'imposent presque malgré lui. Comme une opposition en lui, une antithèse qui revient trop souvent le harceler. Cette image et cette odeur de mort qui lui collent à la peau comme une lèpre. Ce temps d'ombre dans sa vie, cette jeunesse écorchée qui l'a marqué, ses erreurs et ses douleurs comme mises en relief par la grande joie qu'il vit aujourd'hui.

— Comme c'est beau, ici, et comme ça va me manquer tout ça...

À ces mots, Cécile emprisonne la main de François dans les siennes, habitée d'une assurance qu'elle ne ressent que devant ses enfants et petits-enfants. L'éternelle indécise ne l'est plus face à eux, l'amour qu'elle leur porte étant sans faille, solide comme le roc devant les intempéries.

— Tut, tut, tut... C'est ce que l'on croit, mais l'expérience m'a appris qu'il n'en était rien. Tu sais, mon grand, les souvenirs sont parfois encore plus importants que les moments présents parce que le temps qui passe les rend irremplaçables, uniques. Et c'est pourquoi il ne faut jamais regretter ses choix et toujours avancer droit devant, ne gardant bien précieusement au fond de soi que les belles choses que la vie a mises sur notre route.

François reste un moment silencieux, savourant chacune des paroles de sa grand-mère, y puisant ce réconfort qu'elle seule peut lui apporter. Il n'y a que cette vieille dame qui sache comment le rejoindre jusqu'au plus profond de ses émotions.

— Je sais Mamie, je sais bien... Même si je n'ai que vingt-quatre ans, j'ai l'impression parfois d'avoir toute une vie derrière moi et de l'expérience à revendre.

— Mais tu as toute une vie derrière toi, François. Comment oublier toute cette jeunesse blessée ? Elle t'a façonné à travers les blessures. Mais c'est peut-être un privilège que tu as là, même s'il n'a pas été facile à gagner. Justement parce qu'il n'a pas été facile à gagner.

Cécile laisse couler un rire.

— Tu fais mentir le dicton : « Si jeunesse savait, si vieillesse pouvait ! » Tu sais comme un vieux routier et tu peux comme le jeune fougueux que tu es. Par contre, quand tu parles d'expérience, on n'en a jamais trop et surtout pas à revendre comme tu dis. Cette denrée précieuse, elle ne s'acquiert pas pour les autres. Malheureusement. Mais elle peut te servir à aider autour de toi. Tu peux partager ton vécu, l'offrir aux autres. Ce qu'ils en feront ne t'appartient pas, mais souvent, cela sert de balises. Et c'est bien qu'il en soit ainsi.

— Tu parles comme les professeurs que j'ai eus...

— Je parle selon mon cœur, François. Avec le temps,

j'ai appris à m'y fier et jamais, tu m'entends, jamais il ne m'a laissé tomber. Parfois, j'ai eu l'impression que la vie me faisait faux bond, c'est vrai. Et souvent j'ai eu envie de me révolter contre...

En entendant sa grand-mère parler de la sorte, François ne peut retenir un sourire moqueur.

— Toi ? Ma douce Mamie se révolter ? fait-il taquin en l'interrompant.

— Oh ! que si, soupire Cécile... Je ne comprenais ni le pourquoi des choses ni les attentes imposées. Moi aussi, j'ai été jeune, tu sais. Et tout comme toi, j'ai eu mal, François, très mal. Puis lentement, à son rythme, la vie s'est chargée de faire la lumière sur tout ce qui me semblait dans l'ombre. Et j'ai enfin compris qu'il n'y a rien qui n'arrive pour rien. Jamais. Ne l'oublie pas, mon grand. Faire confiance, toujours, et agir selon son cœur. Comme ça, tu ne pourras pas te tromper. C'est ce que me disait la tante Gisèle, une sœur de mon père que tu n'as pas connue, mais qui a été comme une seconde mère pour moi et c'est ce que j'ai fait. J'estime que, à 70 ans, je suis une femme heureuse, comblée. En fin de compte, aujourd'hui, quand je regarde par-dessus mon épaule, je m'aperçois qu'il y a plus de bonheur que d'amertume derrière moi. C'est ce que je te souhaite, François. Avoir assez confiance en la vie et en toi pour atteindre tes buts. C'est le plus beau cadeau que je puisse t'offrir ce matin.

— Quand tu parles comme ça, j'ai l'impression que tu es la bonne fée penchée sur mon berceau.

— Une bonne fée... Quelle belle image, mon grand. Mais vois-tu, on a tous besoin de bonnes fées. Moi, toi, tout le monde... Et à ton tour, par le travail que tu as choisi de faire, tu seras parfois la bonne fée de quelqu'un.

— J'espère seulement que tu as raison.

Puis au bout d'un court silence.

— Si tu savais comme j'ai hâte de commencer et en même temps j'ai terriblement peur.

— Tu as peur ? Alors je dirais tant mieux. La peur engendre la prudence et c'est très bien. Mais je sais, moi, que tu seras à la hauteur. Travailleur de rue, ce n'est ni facile ni à la portée de tout le monde. En fait, je crois qu'il n'y a que des hommes et des femmes qui sont passés par où tu es passé qui peuvent vraiment comprendre.

Puis après un rire taquin, elle ajoute :

— C'est un travail un peu marginal, pas très bien connu, mais que je crois deviner à travers tout ce que tu m'en as dit et il conviendra à merveille à mon marginal de petit-fils !

— Peut-être bien...

Pendant un moment, on n'entend plus que le vent dans les herbes. Puis François reprend d'une voix sourde :

— Sais-tu à qui je pense depuis ce matin ?

Pendant un court moment, Cécile reste silencieuse. Elle savait de toute l'intuition que l'amour lui confère que François y viendrait. Elle sait fort bien ce qu'il va lui dire. C'est un être complexe, son petit-fils, étrange entrelacement d'ombre et de lumière, de fougue et de retenue, d'enthousiasme et d'intériorité.

— Oui, je crois savoir, souffle-t-elle... Et c'est naturel. Tu vois, je m'y attendais et j'y pensais justement moi aussi en me levant, ce matin... Et c'est probablement pour cela que tu m'as demandé de t'accompagner, n'est-ce pas ? Si Marco avait été là, tu n'aurais peut-être pas eu envie de venir te promener avec moi. Et encore moins besoin. Je me trompe ?

Le nom a été prononcé. Ce nom dont ils ne parlent

presque plus jamais, mais que Cécile sent omniprésent dans la vie de François. Aux quelques mots de sa grand-mère, François échappe un sourire.

— Non, tu ne te trompes pas... Je savais que tu comprendrais: tu lis en moi comme dans un livre ouvert... C'est fou, mais je me suis éveillé ce matin avec son nom en tête. Pourtant ça fait dix ans qu'il est mort. Mais brusquement, aujourd'hui, c'est comme si c'était hier. De diffus qu'il est devenu avec le temps, son visage m'apparaît en ce moment aussi clair que sur une photo... Je me rends compte que la blessure a laissé des cicatrices. Non plus douloureuses mais encore visibles... Comment dire? Encore sensibles, c'est ça, sensibles.

— Ce sont là des marques qui ne s'effacent jamais... Non, jamais... Dis-toi bien qu'on a tous de ces égratignures indélébiles. Ce sont elles qui nous font grandir. Pour toi, une de ces marques s'appellera toujours Marco. Et elle te suivra jusqu'à ton dernier souffle. Même si avec le temps, tu finiras par ne plus vraiment y penser. J'en sais quelque chose...

Alors François demande sur le ton de la confidence:

— Et toi, Mamie, est-ce qu'il y en a de ces égratignures sur ta vie, comme tu le dis si bien?

Pendant un instant, Cécile laisse planer son regard sur la vallée. Ici, c'est son coin de pays. Celui qu'elle a toujours gardé précieusement au creux de ses émotions et de ses souvenirs les plus chers. Pendant de nombreuses années, la vie l'en a tenue éloignée. Pourtant, Cécile gardait confiance. Et aujourd'hui, tous les fils de l'écheveau sont à nouveau réunis en un câble solide. L'espoir a été récompensé, même si les égratignures ne s'effaceront jamais.

— Oui, François... Et moi, mes égratignures, elles

s'appellent Juliette, Jeanne, Normandie, Rolande... Un jour, peut-être, je t'en parlerai. Oui, peut-être...

Puis s'ébrouant, elle ajoute :

— On a tous de ces petites douleurs sur le cœur... Mais on a tous aussi de ces grandes joies qui restent gravées à jamais. Aujourd'hui en est une. Dis-toi seulement que si Marco était là, il serait le premier à se réjouir pour toi. Tu as la plus gentille fille qui soit comme compagne, un travail que tu as choisi et qui t'attend, un petit logement que vous avez décoré à votre goût et plein d'années de bonheur en perspective. Que demander de plus ?

Tendant les bras devant elle comme si elle voulait étreindre toute la vallée sur son cœur, Cécile ajoute vibrante :

— Mais tu as raison, François, c'est un des plus beaux coins du monde, ici. On a l'impression de toucher au ciel... Laisse ta tête et ton cœur s'en imprégner jusqu'à la saturation. On n'aura jamais assez de ces belles images pour nous aider dans les moments difficiles...

— Je comprends ce que tu veux dire. Merci, mamie. Juste de savoir que tu comprends, ça suffit à faire reculer l'image, fait-il énigmatique.

Puis François pousse un profond soupir, regarde longuement autour de lui. La grande chaleur rend le paysage immobile comme en attente et brusquement, il comprend aussi que c'est lui qui est en attente. Alors que, en même temps, il ressent une paix bienfaisante, apaisante, qui ramène les émotions à leur juste place en ce matin de joie. Le sourire de Marie-Hélène s'impose dans sa tête, éclate plein de soleil, balayant tout le reste.

— Oui, je crois bien que ce coin de pays sera toujours comme le synonyme de paix pour moi... Je t'aime, mamie.

Leurs sourires se croisent. La vieille dame et le jeune homme, la grand-mère et le petit-fils. Deux vies, deux mondes mais si proches l'un de l'autre, s'entrecroisant, se comprenant… Ce qu'il y avait à dire a été dit. Un dernier regard, un dernier sourire… Alors, reprenant la main de François dans la sienne afin de l'entraîner à son tour, Cécile lance joyeusement :

— Et maintenant, à la soupe ! J'ai faim moi aussi.

* * *

Au même instant, à quelques centaines de kilomètres de là, sous un même soleil de plomb, Sébastien, assis sur un banc de planches vertes un peu écaillées, écoute les rires qui montent au-dessus du parc. Des rires qui coulent sur lui sans plus jamais l'atteindre. Des rires qu'il y a longtemps qu'il ne partage plus. Comme dans son ancien quartier, il a la nette impression que les rires n'appartiennent pas à son monde, qu'ils ne lui ont jamais appartenu.

En fait, Sébastien ne se souvient même pas comment on fait pour rire. Il a l'impression que le masque de son visage craquerait et s'effriterait à jamais s'il essayait. Mais comme il n'y a aucune raison qui puisse faire en sorte qu'il ait envie d'essayer…

Dans deux mois, Sébastien va avoir dix-huit ans. Dans deux mois, Sébastien va retrouver sa liberté. C'est une promesse qu'il s'est faite et Sébastien tient toujours ses promesses. Quoi qu'il en coûte.

Ça fait plus d'un an qu'il regarde autour de lui, prend note et analyse. Il a bien pesé le pour et le contre. Aujourd'hui, sans l'ombre d'un doute, il sait ce qu'il veut et la façon de l'obtenir.

Dans deux mois, il va rendre à la vie la monnaie de sa pièce. Et il sait fort bien de quelle façon il va s'y prendre.

Mais en attendant, il doit jouer le jeu jusqu'au bout.

Sébastien pousse un profond soupir. Dans le fond, jusqu'à maintenant, il a passé sa vie à attendre quelque chose. Quelque chose qui n'est jamais venu… Puis un vague sourire frôle ses traits, à peine un reflet dans le regard d'un visage qui semble immobile. Dans deux mois, le jour de son anniversaire, l'attente va enfin cesser.

Le carillon des cloches de l'église lui fait lever la tête. Midi.

Sébastien se relève aussitôt, comme un automate, emprunte le sentier qui mène à l'autre bout du parc. À midi, c'est l'heure de manger chez les Cayer et la maîtresse de maison déteste qu'on la fasse attendre.

À chaque famille ses petites lubies… Sébastien est bien placé pour le savoir : les Cayer, c'est la septième famille d'accueil qu'il a le plaisir de côtoyer depuis six ans.

Accélérant le pas, Sébastien emprunte la ruelle pour faire plus vite. Des engueulades et des taloches, il en a eu suffisamment pour peupler trois vies. Une de plus serait peut-être une de trop. Il est assez lucide pour le comprendre malgré la conviction que, bien caché au fond de lui, Sébastien sait qu'il n'est pas violent. Juste blasé et froid, à cause des claques, justement. Et de l'indifférence, et des reproches, et de l'incompréhension, et des rejets… Pourtant, malgré tout, Sébastien n'est pas violent. Mais il devine en même temps qu'il ne faudrait pas le pousser à bout.

Parce que, inscrit dans ses gènes, comme un instinct de survie en lui, il sait aussi que même le chien le plus docile peut mordre quand vient le temps de défendre sa peau.

Il en est là. À cause de toutes ces voix d'adultes qui ont

ponctué sa vie d'enfant et d'adolescent d'autant d'épines douloureuses.

— T'es rien qu'un maudit sans-cœur.

— Tu pourrais dire merci, non ?

— Pis y'as-tu vu les cheveux ? T'as l'air d'une tapette…

— J'comprend que l'monde veut rien savoir de toi… Maudite face de bœuf…

— Pis crisse donc ton camp si ça fait pas. Des comme toi, j'veux pus rien savoir…

— Encore une absence ? Dommage, mais je vais devoir sévir ! Vous ne me laissez pas le choix…

— Un petit effort, Sébastien. Il me semble que ce n'est pas si difficile que ça d'essayer d'être vivable !

Toute sa vie sous les reproches comme quelques dessins aux couleurs vives réduits en confettis… Des bagatelles, peut-être même des insignifiances quand tout le reste baigne dans la confiance en soi. Mais ce n'est pas le cas pour Sébastien. D'aussi loin qu'il puisse se souvenir, il a toujours cherché l'approbation. Peut-être bien que c'est parce qu'il ne l'a jamais trouvée… Alors ce sont des coups de poignard au cœur de Sébastien, toutes ces voix d'adultes, impatientes, méprisantes, exaspérées. Parce qu'il n'y a toujours que ça et que l'estime de soi, et la conviction profonde de ses propres capacités, n'existent pas. N'ont en fait jamais existées. À cause de cette voix, plus forte que les autres, celle qu'il n'oubliera jamais.

— Des crisses de tapettes, Brigitte.

Aujourd'hui, Sébastien sait fort bien ce que veulent dire ces quelques mots. Et encore plus fort que les mots, il y a ce mépris, ce dédain dans la voix. Alors Sébastien s'est construit une carapace. Pour passer au travers. Juste pour survivre. Une tapette ? Et après ? Ne reste, peut-être, qu'à vérifier…

Sa réflexion, toujours la même, l'a amené dans la cour d'une maison de rapports comme il y en a des milliers dans la ville. Une cour minuscule, asphaltée pour éviter l'entretien, deux poubelles sous l'escalier, un gril au gaz contre un hangar tout croche recouvert de feuilles de métal rouillé. En deux enjambées Sébastien a grimpé l'escalier. En soupirant, il retire ses espadrilles et s'empresse d'entrer dans la maison de la famille Cayer.

— Bon, te v'là ! As-tu vu l'heure ?

Levant machinalement les yeux, Sébastien retient un soupir. Midi cinq minutes… Sans dire un mot, il se glisse à sa place.

CHAPITRE 2

1995

Un jeune printemps au centre-ville de Montréal et un après-midi en Beauce...

« Hier n'existe plus. Demain ne viendra peut-être jamais. Il n'y a que le miracle du moment présent. Savourez-le. C'est un cadeau. »

Marie Stildkind

Il ne cesse de pleuvoir depuis trois jours. Un insupportable crachin, fin comme un brouillard, froid et désagréable, tombe sans arrêt. François, le col de son imper remonté jusque sur les oreilles, avance d'un bon pas, fixant le bout de ses chaussures qui pataugent dans la gadoue depuis le matin. À peine un arrêt de trente minutes pour le lunch, avec Vincent, un jeune un peu perdu, idéaliste sans l'être, vivant de ses utopies comme d'autres de leur ambition, et qui, malheureusement, ne jure que par sa gang qui ne l'amène nulle part pour l'instant, et la promenade recommence. La ville, maintenant, il la connaît comme le fond de sa poche. Jusqu'aux fissures des trottoirs qui lui indiquent sa route. Dans moins d'une heure, il fera nuit et sa journée est loin d'être finie. Il a promis à Sébastien de le rencontrer au coin des rues Cherrier et Saint-Denis avant la noirceur. Avec le temps qu'il fait, François va en profiter pour lui offrir un café et tenter pour l'énième fois de le convaincre de se présenter au Refuge pour la nuit. Ce serait toujours ça de gagné. Il est persuadé que l'atmosphère qui règne au Refuge lui serait bénéfique. Il y a en Sébastien une curieuse attitude qui laisse pensif, que François n'arrive pas à saisir comme si à chaque fois qu'il venait pour l'attraper, elle fuyait comme la truite vous glisse des mains quand on la sort de l'eau. Mais Sébastien a la peau coriace et jusqu'à maintenant, il refuse tout compromis. Il n'y a que les cafés qu'il accepte de partager avec François et encore, pas très souvent. Et même si régulièrement François parle de Sébastien avec Michel et Louise, les deux autres travailleurs de rue avec qui il travaille et que ceux-ci le mettent en garde contre l'envie parfois de vouloir trop en faire, c'est plus fort que lui : François ressent une réelle attirance pour Sébastien. Ce jeune n'est pas comme les autres. À cette pensée, François sourit. Comme si le fait d'être à la rue faisait en sorte que tous ces jeunes sont semblables. Idiot ! Mais c'est vrai, Sébastien est vraiment différent. Et c'est peut-être cette différence qui l'interpelle. Comme un lien d'amitié potentielle qui va bien au-delà des simples relations qui se créent habituellement avec les jeunes qu'il rencontre.

En passant devant le carré Saint-Louis, François ne peut réprimer un soupir de lassitude. Dire qu'il habite à deux pas d'ici. Et à l'heure qu'il est, Marie-Hélène doit être revenue de son travail. Un bon feu doit flamber dans l'âtre et le souper mis à cuire embaume sûrement l'appartement. Puis il hausse les épaules. Il y a Sébastien. Il ne peut manquer à sa parole. Accélérant le pas, il traverse la rue

Saint-Denis et s'engouffre dans le Café Cherrier. Il va au moins attendre au sec...

Mais Sébastien n'est pas venu...

Après plus d'une heure d'attente, François se décide à regret à quitter le Café. Il fait une nuit d'encre, maintenant, et il pleut toujours. Un petit vent froid, vestige d'un hiver têtu, se faufile sous sa veste humide. François a un long frisson. Il bat de la semelle pendant quelques instants, le regard vissé à l'intersection luisante sous l'éclairage des lampadaires, fixant sans réellement la voir la flaque verte, jaune et rouge qui éclabousse le coin de la rue. Puis, après un regard circulaire, il rebrousse chemin. Ce n'est pas la première fois que Sébastien lui pose un lapin et ce ne sera pas la dernière non plus. C'est un peu sa façon de se donner de l'importance, de rester en contrôle, comme il le dit. Et François sait à quel point il est vital de se savoir important. Mais si Sébastien a la *couenne* dure, celle de François l'est tout autant. Ce n'est que partie remise. Son seul véritable regret pour l'instant, intimement mêlé à un sentiment d'impatience, c'est de penser à la nuit affreuse que le jeune va passer s'il n'arrive pas à trouver un gîte pour dormir. L'humidité vous transit jusqu'à l'os. Quand est-ce que Sébastien va finir par comprendre ? François sait fort bien que ce n'est pas à lui de prendre des décisions pour les jeunes et qu'il n'est, en fait, qu'un soutien, qu'une aide temporaire quand on veut bien saisir cette aide offerte. Mais face à Sébastien, c'est différent. On y revient! Mais est-ce vraiment aussi dangereux que ce que Michel et Louise supposent ? François hausse les épaules. Ici comme ailleurs, les attirances naturelles entre les gens doivent jouer et ce n'est que normal qu'il en soit ainsi. Il entre enfin chez lui, le frisson de tout à l'heure lui agressant toujours la peau du dos et lui enlevant l'envie de poursuivre sa journée. Parce que si Sébastien se fait pour l'instant fort discret, il n'est pas le seul à arpenter les rues de la ville. Mais ce soir, François ressent une inexplicable fatigue qui lui enlève tout ressort.

— Déjà ?

Marie-Hélène vient jusqu'à lui, tout heureuse de le savoir de retour. Elle ne l'attendait que tard en soirée.

Fermant les yeux, François la tient contre lui pendant un instant, savourant pleinement l'instant présent.

— Oui, déjà, soupire-t-il en se dégageant. Sébastien n'est pas venu.

— Dommage.

François hausse les épaules.

— J'espère seulement qu'il a trouvé une place pour passer la nuit. Il fait un temps de cochon dehors... Mais je ne devrais pas m'en faire : Sébastien est malin comme un singe... Probablement que je vais le voir arriver demain à la première heure, un peu fanfaron, avec son air habituel de qui rien ne touche, affamé, ne demandant rien de mieux qu'un œuf et un café.

Puis sautant du coq à l'âne :

— Ça sent donc bien bon, ici ! Qu'est-ce qu'on mange ? Le temps d'appeler Michel pour l'avertir que je suis rentré et qu'il peut me rejoindre ici au cas où et je saute dans la douche. J'ai l'impression qu'une bonne grippe me guette. Je suis transi...

Ils ont pris leur souper devant le foyer parce que la longue douche chaude n'a pas suffi à réchauffer François. Puis appuyés l'un contre l'autre, les jambes emmitouflées sous une chaude couverture de laine, ils se sont offert une bonne soirée de télé, comme ils les aiment malgré les frissonnements de François qui n'arrive pas à se détendre.

— Fatigue plus mauvais temps égalent une bonne grippe, prédit-il en se préparant pour la nuit. Merde que j'ai froid... Je dois couver une attaque microbienne massive... Je crois que je vais prendre du sirop avant d'aller au lit. Question de prévenir...

Puis ils se sont couchés enlacés, redécouvrant encore et encore la joie d'être ensemble, espérant l'un comme l'autre que ce petit bébé dont ils rêvent tant ne se fera pas trop longtemps désirer. Ça fait plus de six mois qu'ils essayent...

* * *

Appuyé contre le mur de pierre d'un édifice à bureaux, sous le porche de toile qu'on vient tout juste d'installer il y a quelques jours, Sébastien regarde la foule qui se presse sous la pluie. Personne ne porte attention à lui. Se rendre d'un point à un autre le plus rapidement possible est la seule préoccupation valable sous cette pluie endémique. Mouillé jusqu'à l'os, le jeune homme se répète qu'il aurait bien dû aller à son rendez-vous. Un bon café au sec et au chaud lui aurait fait le plus grand bien avant de regagner ses quartiers personnels, dans une usine désaffectée au sud de la ville. Mais ce soir, il n'avait pas envie de voir qui que ce soit. Pas envie de parler et encore moins d'écouter. Et pas question de quêter les quelques sous qui permettraient une halte au McDo: par expérience, Sébastien sait que personne ne se donnera la peine d'arrêter. Il fait trop mauvais.

— Hé, mon beau! Qu'est-ce que tu fais là tout seul? Quelques instants en bonne compagnie, ça te plairait? T'as une p'tite gueule d'ange qui me fait bander...

Pendant quelques instants Sébastien continue de fixer le

vide devant lui. Puis lentement, comme à contrecœur, il tourne la tête. Un homme d'une cinquantaine d'années le dévore des yeux. La concupiscence, si tant est que Sébastien connaisse ce mot, fait briller son regard.

— Pis ? Qu'est-ce que t'en dis ? J'connais un p'tit coin tranquille.

Sébastien hausse les épaules, image d'indifférence méprisante apprise au fil des ans. Pourtant, son cœur bat à tout rompre.

— Si t'aimes mieux, on peut aller chez moi, insiste l'autre, se méprenant sur le silence de Sébastien.

À nouveau, haussement d'épaules sur fond de cœur qui veut lui sortir de la poitrine et ces mots martelant ses tempes au rythme de la pulsation du sang qui bat en lui.

— Des crisses de tapettes, Brigitte. Tu m'as fait deux tapettes, sacrament !

Pour une troisième fois en l'espace de quelques secondes, Sébastien hausse les épaules. Mais il est le seul à savoir que le sens de ce geste vient de changer. La voix de son père vient de le retrouver, même si Sébastien essaie de lui échapper. Cette voix de mépris finit toujours par le retrouver...

— Où est-ce que tu restes ? demande-t-il enfin regardant l'autre droit dans les yeux. Pis je veux que tu saches tout de suite que j'veux manger, d'abord et avant tout...

* * *

Pendant plus de trois semaines, François n'a pas revu Sébastien. Pourtant ce n'est pas faute d'avoir arpenté le quartier où il se tient d'habitude. Il a questionné, cherché, s'est inquiété à travers les rencontres quotidiennes avec certains jeunes et les projets que Michel, Louise et lui tentent de mettre sur pied. Finalement, combinées à une bonne grippe qui ne veut plus le lâcher, ses préoccupations finissent par le terrasser. Un bon matin, c'est courbaturé et les jambes flageolantes qu'il se tire du lit. Il a les joues creuses et le teint cendreux d'un déterré. Marie-Hélène l'attend de pied ferme à la cuisine, fermant les yeux d'impatience et d'inquiétude à chaque fois qu'une crise de toux déchire l'appartement.

— Faudrait peut-être que tu penses un peu à toi, François Léveillé ? Tu ne t'entends pas tousser ? Prends donc quelques jours de congé. Ça ne te ferait pas de tort.

François est assis à la table, grimaçant à chaque bouchée qu'il essaie d'avaler. C'est comme si un feu d'enfer régnait en maître dans sa gorge.

— Tu as peut-être raison…

— Sûr ça, que j'ai raison. On pourrait peut-être en profiter pour faire un saut à Québec et en Beauce, non ? Ça fait une éternité qu'on n'a pas vu nos familles. Je suis certaine que ça te ferait du bien de changer d'air, de décrocher un peu. Après, si ça ne va pas mieux, tu iras consulter un médecin.

François lève le regard de qui n'est pas du tout convaincu. Puis il hausse les épaules. Passe encore pour une escapade à Québec, c'est vrai que ça fait longtemps qu'ils n'y ont pas mis le bout du nez. Mais le médecin… Ce n'est pas un rhume qui va l'abattre… Pourtant devant l'air furibond de Marie-Hélène, il ne peut s'empêcher de sourire. Dieu qu'il l'aime ! Alors il embarque dans son jeu et admet, l'air docile :

— Si c'est toi qui le dis…

C'est ainsi qu'un beau matin d'avril, tout plein de soleil

et d'oiseaux qui piaillent dans les arbres du carré Saint-Louis, ils partent pour la Capitale avec armes et bagages pour cinq jours de repos bien mérités. Au programme : deux jours dans leurs familles respectives et trois jours de « farniente » chez Mamie Cécile et Jérôme. Juste à y penser, François se sent mieux.

Cécile et Mélina les attendaient sur la galerie. Le soleil de ce matin, tout rond et bien franc les a inspirées et en riant de le faire si tôt en saison, les deux femmes ont réussi à sortir les lourdes chaises de bois entreposées dans une pièce vacante et à les installer sur la véranda devant la maison. Tout autour, les champs ressemblent à une vieille peau de vache brune et blanche, un peu sale, et dans le ciel clair, de minces et longs filaments de fumée montent en spirales langoureuses. Le temps des sucres bat son plein et avec cette température particulièrement douce, il faut se presser : les érables ne couleront pas longtemps, les nuits ne sont pas assez froides. Alors, depuis trois jours, Jérôme ne fait que traverser la maison en coup de vent. Tout comme sa mère, le temps qui passe semble le rajeunir tellement il a d'énergie !

— Et cette année, j'ai commandé de jolies bouteilles pour le sirop. Des rondes comme des pommes et d'autres tout effilées, comme des flûtes. On pourra en vendre en même temps que notre cidre... Dis, Cécile, qu'est-ce que tu dirais de faire des cœurs en sucre dur ? Moi, je n'ai pas vraiment le temps mais toi... Il me semble que ça serait beau à travers notre étalage, non ?

Il n'y a rien pour l'arrêter ! Alors Cécile a mis ses bottes et son parka et l'a suivi à la cabane, se levant à l'aube comme lui, ces deux derniers jours. Elle a fait une montagne de petits cœurs en sucre du pays qu'elle a emballés soigneusement dans du papier transparent pour les offrir aux nombreux clients qui les visitent une fois la belle saison bien installée et leur kiosque de vente de cidre ouvert.

Dès que Cécile aperçoit l'auto de son petit-fils, elle dévale l'escalier, tout heureuse de leur présence chez elle tandis que Mélina les salue de larges signes de la main. Tout comme Cécile, rien ne peut lui faire plus plaisir que ces visites impromptues qui pimentent le quotidien.

— Enfin vous voilà !

Et glissant un bras possessif sous ceux de François et Marie-Hélène, Cécile les entraîne d'un pas militaire vers la maison.

— Et maintenant, on va prendre un bon café ! Vous allez me raconter votre vie à Montréal. Je veux tout savoir ! Je me suis tellement ennuyée de vous deux ! Et je suis certaine que Mélina est aussi curieuse que moi !

Et surtout, pas question de se dérober ! Alors François et Marie-Hélène ont raconté pendant plus d'une heure. Du travail de François, difficile mais satisfaisant, en passant par celui de Marie-Hélène, éducatrice dans un centre pour malentendants, plein de défi et emballant. Puis ils ont décrit l'appartement du carré Saint-Louis et la vie de citadins qu'ils prennent plaisir à découvrir ; les amis qu'ils se sont faits et le printemps sur les trottoirs. Ensuite, François s'est levé brusquement comme si une armée de fourmis lui dévorait les jambes.

— J'ai envie de monter à la cabane rejoindre Jérôme, fait-il en se dandinant… Tu m'excuses, n'est-ce pas, Mamie Cécile ? Ça va me rappeler tellement de souvenirs…

Et sans vraiment attendre de réponse, il attrape son manteau et se précipite à l'extérieur de la maison. Comme souvent il arrive à cette époque de l'année, les femmes se retrouvent donc entre elles. À son tour, Mélina prend congé pour faire la sieste.

— Que voulez-vous ! À mon âge, la carcasse est plus exigeante. On se reparle plus tard.

Et tout comme François, elle quitte aussitôt la cuisine. On entend son pas traînant, puis une porte qui se referme bruyamment. Alors Cécile se tourne vers Marie-Hélène.

— Que dirais-tu de faire une longue promenade ? Il fait si beau... On pourrait se rendre chez mon frère Paul, dans le rang d'à côté et les inviter à se joindre à nous pour le souper de demain ? Qu'est-ce que tu en penses ?

C'est ainsi que les deux femmes partent bras dessus, bras dessous, d'un bon pas. Pourtant, arrivée à la croisée des chemins, instinctivement, Cécile ralentit l'allure. La grosse roche plate est toujours fidèle au poste, luisante de neige fondue comme dans ses souvenirs. Le soleil caresse les manteaux comme il réchauffait les épaules au matin de ses dix-huit ans et à celui plus récent de ses soixante ans. Il lui semble que toute sa vie avec Jérôme passe par cette croisée des rangs. Les plus pénibles comme les plus merveilleux de ses souvenirs y restent en attente, espérant peut-être le rendez-vous de chaque année. Quelques corneilles s'interpellent, leurs cris rauques résonnant en écho, étrangement remplis d'espoir dans l'air tout léger de cette matinée de printemps alors que ces mêmes appels criards sont si lugubres en novembre. Les fossés chantent le trop-plein d'eau qui ruisselle des champs engorgés par la fonte rapide des neiges. Exactement comme Cécile se le rappelle. Alors le passé s'ajustant au présent, l'envie des confidences se fait lourdeur puis besoin. En Marie-Hélène, elle ne voit plus la petite-fille d'adoption, mais une femme qui ressemble à celle qu'elle était. Ses longs cheveux tout en boucles et l'éclat d'azur de son regard rendent l'image familière. Le fossé des générations s'estompe. Elles ne sont plus que deux femmes, chacune à un bout de la vie certes, mais avec au fond du cœur les mêmes aspirations au bonheur.

— Regarde, Marie-Hélène, fait-elle en allongeant le bras... Tu vois cette grosse roche qui tend le cou hors de la neige ? Eh ! bien, ce banal caillou pourrait à lui seul te résumer ce que fut ma vie. Il en a été le témoin silencieux à chacun des moments d'importance qui ont façonné ma destinée.

Prenant une profonde inspiration, Cécile regarde autour d'elle pendant un instant.

— Tu connais un peu l'histoire de notre famille, n'est-ce pas ? Alors, tu vois, c'est ici, assise sur cette roche que j'ai pleuré toutes les larmes de mon corps le matin où j'ai compris que mon père ne céderait jamais et que je devrais confier le bébé que j'attendais à l'adoption. C'est ici aussi que, par choix, dix mois plus tard, j'ai annoncé à Jérôme que je repoussais notre mariage pour que mon petit frère puisse avoir toutes les chances possibles de survivre à une naissance prématurée et à la mort de ma mère, décédée en couches. Je venais d'accoucher de Dominique et j'ai allaité Gabriel comme s'il était mon fils. Je ne savais pas cependant que ce choix aurait autant de conséquences qu'il en a eu. À cause de ce mariage annulé, Jérôme a dû s'engager dans l'armée et, un an plus tard, il était porté disparu lors du Débarquement en Normandie.

Pendant un moment, Cécile reste silencieuse, le regard tourné à l'intérieur d'elle-même et sa main se fait lourde sur le bras de Marie-Hélène, lourde de plus de quarante ans d'espoir et de silence. Après un deuil pénible quand l'armée avait déclaré que Jérôme était mort et à la suite du décès tragique d'une jeune amie rencontrée à la Crèche, Cécile décide de devenir médecin. C'est à ce moment que sa vie a croisé celle de Charles, un médecin chercheur à l'hôpital qui allait finalement devenir son mari. Ensemble ils ont élevé Denis, leur fils adoptif. Personnes de grand respect l'un comme l'autre, Charles et Cécile avaient été heureux ensemble. Mais tout au fond de son cœur, Cécile savait que Jérôme avait eu la meilleure part d'elle-même. Il avait été son premier amour, le père de l'unique enfant qu'elle avait porté, elle qui rêvait d'une ribambelle de gamins autour d'eux. Puis l'impossible s'était réalisé et Jérôme lui était revenu. C'est en repensant à ce matin de printemps dans un cimetière français que Cécile reprend.

— Curieux comme la vie est parfois imprévue... C'est encore ici, par un matin identique à ce matin, que Jérôme et moi avons enfin noué ensemble les bouts échevelés de nos vies. Quarante ans plus tard... Tu te rends compte ? Quarante ans ! Alors cette roche, je l'aime comme on le fait pour un ami fidèle. Et aujourd'hui encore, il m'arrive de venir m'y asseoir juste pour le plaisir... C'est un peu fou, tu ne trouves pas ? Par moments, j'ai l'impression que je suis toujours une petite fille...

Puis, dans un éclat de rire, elle ajoute malicieuse :

— Il n'y a parfois que le miroir pour nous rappeler que le temps a passé. En dedans, on a souvent la conviction profonde qu'il n'y a rien de changé. Comme si l'enfant en nous refusait de céder sa place...

Alors, à ces mots, courbant la taille parce qu'elle est beaucoup plus grande, Marie-Hélène appuie sa tête contre l'épaule de Cécile pendant un instant.

— J'espère que moi aussi je saurai garder un cœur

d'enfant. À vous voir aujourd'hui, je crois bien que c'est là le secret du bonheur.

— Je dirais que c'est un des ingrédients du bonheur, rectifie Cécile toujours soucieuse que les choses soient claires. Ajouter à cela un soupçon de confiance et un brin de générosité, bien mélanger et garder espoir que rien ne vous sautera au visage, complète-t-elle en riant, alors qu'elles reprennent leur marche.

Puis redevenue sérieuse :

— Car je l'avoue, il m'est arrivé souvent de penser que tout allait sauter dans ma vie. Pourtant, avec les années, on finit par comprendre le pourquoi des choses même si au départ l'obscurité la plus totale régnait sur notre vie. C'est peut-être ce qu'on appelle la sagesse… Je ne sais trop. Ce que je sais cependant, c'est qu'il faut toujours garder confiance.

À ces mots, une ombre traverse le visage de Marie-Hélène.

— Mais c'est parfois difficile… Il arrive des moments, ou plutôt des événements, où on a l'impression de n'avoir aucun contrôle. Je… je trouve cela inconfortable. On a beau avoir la meilleure volonté du monde, rien ne va comme on le voudrait.

À ces mots, Cécile arrête de marcher et lève un regard inquiet vers Marie-Hélène. Une ombre de tristesse assombrit le regard de la jeune femme, habituellement pétillant de joie de vivre.

— Tu crois sincèrement ce que tu viens de dire là ? demande-t-elle n'arrivant pas à cacher complètement la pointe d'inquiétude qui module sa voix. Alors, c'est que tu n'es pas heureuse, Marie-Hélène…

Aussitôt le visage de la jeune femme s'anime, comprenant aisément la méprise.

— Oh, non ! N'allez pas croire ça, Cécile, rassure-t-elle

avec fougue. J'aime François, nous sommes heureux ensemble. Je ne changerais ma vie avec qui que ce soit d'autre, ni pour tout l'or du monde... Mais n'empêche qu'il y a une ombre. Je n'en parle pas vraiment parce que je ne veux pas alarmer François, il s'en fait déjà assez pour son travail. Mais... mais ça fait déjà six mois qu'on essaie d'avoir un bébé et ça ne marche pas. Je suis inquiète, vous savez, Cécile. Pourquoi ? Je n'arrive pas à comprendre. J'ai une amie qui va accoucher dans trois mois et tout a fonctionné comme elle le voulait. Pourquoi pas nous ?

Pendant un instant, Cécile reste silencieuse. Ces quelques confidences la ramènent dans le temps. À cette époque où Charles et elle tentaient d'avoir un bébé...

— Peut-on savoir le secret des choses de la nature ? murmure-t-elle enfin...

Puis levant les yeux vers Marie-Hélène, elle ajoute :

— Si le médecin en moi a tendance à prendre cela avec un grain de sel, parce qu'il n'y a aucune raison de t'en faire après seulement six mois, la femme, elle, comprend ce que tu dois ressentir. Cette déception renouvelée à chaque mois quand on s'aperçoit que la nature n'a pas coopéré... C'est ce que j'ai vécu avec Charles, mon premier mari. Mois après mois, après mois... Finalement, pour goûter à la joie d'être parents, on a dû adopter Denis. Charles était stérile. Alors, oui, je sais ce que tu dois vivre. Mais cela ne veut pas dire que ce soit votre cas. Laisse le temps faire son travail. Je te dirais même que la plupart des couples vivent un peu ce que vous vivez, François et toi. Ceux chez qui ça fonctionne du premier coup sont plutôt rares, tu sais... Attends encore quelques mois. Et si rien n'est arrivé et que tu es toujours inquiète, je te ferai voir par un médecin que je connais bien.

— Vous êtes bien sincère quand vous me dites ça ? Vous croyez vraiment que je m'inquiète pour rien ?

— Je ne fais pas juste y croire, j'en suis presque certaine. Allons, jolie dame, faites confiance à une vieille femme d'expérience... Je t'assure qu'il n'y a pas de quoi fouetter un chat. Dans quelque temps vous en rirez, François et toi, quand tu auras un gros ventre et que tu le trouveras bien encombrant !

Alors un éclat d'espoir traverse le visage de Marie-Hélène, merveilleuse jeunesse capable de virements imprévus et spontanés. Cécile conseille de ne pas s'en faire et Cécile est médecin. Elle doit savoir ce qu'elle dit, non ? Le cœur remis à l'endroit, Marie-Hélène ajuste son pas à celui de Cécile.

Les deux femmes arrivent chez Paul en devisant joyeusement sur le menu du souper du lendemain.

* * *

— Finalement, Jérôme, travailleur de rue, c'est à la fois plus difficile mais plus exaltant que je ne l'aurais cru... Par contre, il va falloir que j'apprenne à me détacher, à réserver du temps pour moi et Marie-Hélène. Je dois trouver moyen de décrocher. Michel et Louise, mes compagnons de travail, n'arrêtent pas de me le dire : on n'est pas là pour changer le monde. Probablement que j'ai besoin de temps pour apprendre à doser tout ça. Parce que je crois bien que je ne pourrai continuer comme ça très très longtemps... La preuve, c'est cette grippe qui ne veut plus lâcher. C'est la première fois que ça m'arrive. On dirait bien que le « body » m'envoie un message.

Jérôme et François sont à la cabane. La récolte de sève

est terminée et l'eau d'érable est à bouillir pour faire le sirop. Vapeur lourde et sucrée, impression d'être dans une coquille hermétique mais réconfortante. L'instant est à la confidence. Entre les deux hommes, malgré le nombre d'années qui les séparent, une réelle amitié a vu le jour en France quand François avait accompagné Cécile et son mari lors de leur voyage de noces. Après sa fugue du monastère, c'est Jérôme qui avait pris la situation en mains.

— Non, s'il vous plaît Don Paulo... Si vous n'y voyez pas d'inconvénients, je préférerais tenter de le retrouver moi-même. Du moins, essayer, avant d'alerter les gendarmes... Je viens de comprendre à quel point François est fragile. Encore plus que tout ce qu'on aurait pu penser. C'était idiot de notre part d'avoir pu oser croire qu'on pouvait l'aider sans soutien autre que notre bonne volonté. C'est un appel au secours que François vient de nous lancer. Il n'a surtout pas besoin d'accusations en ce moment. Je connais Caen comme le fond de ma poche. Laissez-moi faire, donnez-moi au moins une journée. Si je reviens bredouille, il sera toujours temps d'appeler les autorités.

Et Jérôme retrouva finalement l'adolescent dans le sous-sol humide et sombre d'une maison désaffectée. Il était endormi à même le sol, replié sur lui-même. Quelques seringues abandonnées ici et là sur le plancher ne laissaient aucun doute quant à l'utilisation des lieux. Il n'avait plus quitté François du voyage, s'en occupant comme une mère s'occupe de son enfant malade, avec tendresse et inquiétude, à défaut de savoir exactement comment s'y prendre avec un jeune en manque de drogue. Entre eux, à partir de ce moment-là, une solide amitié avait germé pour s'épanouir au fil des années. Au fil des tentatives de François, de ses rechutes et de ses victoires. Aujourd'hui, Jérôme est un deuxième père pour lui et François est pour Jérôme le fils qu'il n'a jamais eu.

— Le pouvoir de la nature est plus fort que tout ce qu'on pourrait imaginer, répond enfin Jérôme après que François lui a confié à quel point il se sentait fatigué depuis quelques semaines. Tu as raison François. Et j'en sais quelque chose. Quand j'étais amnésique, c'est comme si une deuxième personnalité avait pris la relève. Probablement que j'en avais besoin et mon corps, lui, le savait. Philippe était un homme simple, qui se contentait de peu. C'est sans doute ce dont j'avais besoin à ce moment-là de ma vie. Sinon, pourquoi avoir retrouvé la mémoire dix ans plus tard et toute ma vivacité d'esprit par le fait même ? Je n'ai jamais compris pourquoi c'est arrivé à ce moment-là et pas à un autre. Par contre, j'ai retenu la leçon : je me fie toujours aux signes que mon corps envoie. Et tu fais bien d'être à l'écoute toi aussi.

— Mais ce n'est pas toujours facile. Si je m'écoutais, justement, je resterais au lit un jour sur deux tellement cette grippe m'affecte. J'essaie de ne rien laisser voir à Marie-Hélène, mais j'avoue que…

À ces mots, Jérôme lève vivement la tête.

— Et pourquoi ? Tu n'as pas à cacher cet état de choses à ta femme, François.

— Mais je ne veux pas l'embêter avec…

— Tu crois sincèrement que ça va l'embêter ? Allons donc ! De toutes façons, tu n'as pas à la protéger d'un problème qui n'est pas le sien. C'est toi François qui dois régler la situation, pas elle. Par contre, et je l'ai appris à mon corps défendant, le silence est la pire des attitudes quand on aime quelqu'un. Je peux comprendre ce qui te motive, cette espèce d'envie de la protéger, comme un prétexte à nos silences… Et puis, avouons-le, c'est sécurisant de donner une justification à ses agissements. Mais ce n'est pas honnête d'agir comme tu le fais. C'est comme si ton silence était un manque de confiance envers Marie-Hélène. Si ta fatigue t'inquiète à ce point-là, tu dois lui en parler.

— Tu crois ?

— C'est aussi sûr que deux et deux font quatre... Parles-en à ta grand-mère... Elle en sait quelque chose, elle aussi. C'est même elle qui m'a fait comprendre à quel point je m'étais trompé en me taisant comme si je voulais la protéger... Toute notre vie a été modelée par le silence et la peur de dire ce qui doit être dit. Et avec le recul, je dois reconnaître que c'est peut-être là la seule chose que je regrette aujourd'hui. Ne risque pas de commettre les mêmes erreurs. Et surtout, tu as raison de le dire, essaie de garder du temps pour toi et Marie-Hélène. Les années qui passent ne reviendront jamais, François. Et le temps passe vite, très vite. Il faut que tu en profites. Ne laisse pas la vie avaler tes rêves...

Puis se relevant, Jérôme s'étire longuement avant de lancer, tout joyeux :

— C'est bien beau tout ça, mais ça bouille fort là-dedans. Il faudrait vérifier la densité du sirop. J'ai bien l'impression qu'il serait temps d'embouteiller.

Alors François se relève lui aussi, mais lentement. Curieusement, il n'a plus le cœur à l'ouvrage. Les quelques mots de Jérôme persistent dans sa tête, tournoient sans fin, sans qu'il sache trop pourquoi. « Ne laisse pas la vie avaler tes rêves... » Il y a en lui comme un sentiment d'urgence devant une situation qui lui échappe. Il ne comprend pas mais sent, d'instinct, que ces quelques mots ne concernent pas uniquement son travail. Alors il reste silencieux. Et Jérôme étant d'abord et avant tout quelqu'un d'intériorité, les deux hommes travaillent coude à coude, chacun perdu dans ses pensées.

Mais, longtemps après, à chaque fois qu'il y repense, un curieux vertige soulève l'estomac de François, rendant les battements du cœur désordonnés et ramenant aussitôt cette inconfortable impression d'urgence... « Ne laisse pas la vie avaler tes rêves... »

* * *

Fouettant rageusement un vieux papier journal du bout du pied, Sébastien le regarde planer un moment, se poser sur la rue et repartir de plus belle poussé par une auto. Puis il reprend sa marche. Ça fait trois jours qu'il arpente le quartier et pas de trace de François. Qu'est-ce qu'il fait ? Où se cache-t-il ? Il n'a pas le droit de s'enfuir comme ça. C'est la vie de Sébastien d'apparaître et de disparaître à volonté. Pas celle de François. Et Sébastien se convainc assez facilement qu'il a tous les droits de penser ainsi. Pendant une fraction de seconde, il regrette de ne pas avoir voulu de sa carte avec le numéro de son « bipper ». Puis il hausse les épaules de dépit et d'impatience. De mauvaise foi, il se répète que François n'aurait pas dû s'évaporer comme ça. Un autre qui se défile... Pourquoi donc sa vie est-elle peuplée d'êtres qui ne valent pas la confiance qu'on aurait envie de mettre en eux ? Pourtant, venue d'un temps révolu, il lui semble entendre une voix familière qui répète inlassablement la même rengaine agaçante quand il sent la colère le gagner.

— Tu n'es pas juste envers moi, Sébastien. Après tout ce que je fais...

La voix de sa mère... Elle a toujours dit que la vie n'était pas juste. Et là-dessus, Sébastien est bien d'accord avec elle. Alors pourquoi se formaliser d'être correct ou pas ? La vie s'impose d'elle-même, juge, fixe, tranche et exige. Cela, Sébastien l'a appris très jeune. Parce que, après les claques derrière la tête et les paroles paternelles méprisantes, après les engueulades et les larmes de sa mère, un bon matin, Mme Duhamel s'est donnée raison et a choisi sa propre version des faits. Elle a foutu le camp sans laisser d'adresse, abandonnant sa famille, comme quelqu'un fuyant un cataclysme, n'emportant avec elle que le strict nécessaire. Elle était son refuge, la seule sécurité possible quand son père buvait et qu'il se mettait à en vouloir à l'univers entier, à commencer par ses propres enfants qui ne faisaient jamais rien de bon, selon lui, dans ces moments-là. Sa mère était l'unique personne en qui Sébastien avait vraiment confiance et voilà qu'elle venait de les laisser tomber, son frère et lui. Sans raison, sans préavis... C'est à cet instant que le jeune garçon avait conclu que les enfants n'avaient pas vraiment le choix dans la vie, ni grande importance, et il s'était mis à espérer viscéralement le jour où il serait enfin un adulte. Il avait onze ans. Pourtant, malgré cela, pendant quelques mois, il avait joué à la mère avec Maxime, son jeune frère, réussissant, tant bien que mal, et plus souvent mal que bien, à le soustraire à la brutalité d'un père qui était alcoolique comme d'autres sont sportifs. Me Duhamel buvait pour échapper à la tension d'un métier exigeant, le soir quand il revenait chez lui. C'était un privilège mérité, un droit qu'il déclarait légitime puisqu'il travaillait comme un forcené afin de donner le meilleur à sa famille. Alors, entre Maxime et Sébastien, un lien particulier avait germé à la suite du départ de leur mère, s'épanouissant en une entente tacite, une connivence de survie et ils arrivaient encore à rire ensemble. Mais les choses étant ce qu'elles sont, les cris et les engueulades qui résonnaient dans ce quartier BCBG qui était le leur ne correspondaient en rien à l'image si chère à leur voisinage. La famille Duhamel avec ses cris discordants brisait l'harmonie sculpturale des haies de cèdres bien taillées et des patios trop bien fleuris. Surtout depuis le départ remarqué de Brigitte Duhamel. On a donc porté plainte, pour se donner bonne conscience et mieux dormir la nuit. Et soyons justes, il y avait les enfants, les bras marqués de bleus, les yeux bouffis de larmes... En quelques jours, lui semble-t-il, Sébastien a été séparé de son frère et s'est retrouvé dans un centre d'accueil comme un criminel, remettant toutes ses valeurs en question. Qu'avait-il fait pour mériter cela ? Un ressentiment sans nom, aigre et violent, contre sa mère, son père et tout ce qui ressemblait de près ou de loin à ce qui avait été sa vie, avait alors planté ses griffes douloureuses dans son cœur et son esprit. Tout ce qui avait modelé son monde jusqu'ici, sa famille, ses amis, ses sécurités, ses désirs venaient de s'évaporer derrière lui, comme un rêve s'estompe au réveil, ne permettant aucun jalon entre cette réalité qu'on venait de lui imposer brutalement et ce passé qui l'avait renié sans aucune raison. La sensation de liberté qu'il s'était inventée, les obligations qu'il s'était créées face à Maxime pour tenter de passer au travers n'avaient été finalement qu'une utopie de plus. Comment avait-il pu se convaincre du contraire ? À onze ans, on n'a rien à dire. Il aurait dû le savoir, depuis toujours il n'y avait que la voix de son père qu'on entendait. Il a donc serré les dents et fermé son cœur à double tour. Mais depuis ce jour-là, Sébastien a oublié aussi qu'il arrive parfois qu'on ait envie de rire. La ronde des familles d'accueil a alors commencé. Renfermé, buté, il refusait tout contact et se montrait parfois même violent. Il ne voulait surtout pas qu'on l'aime et lui ne voyait pas pourquoi il devrait s'attacher à qui que ce soit. Que veulent dire les liens d'amour, d'amitié ? Sa mère, celle en qui il croyait, celle qui aurait dû l'aimer envers et contre tout et que lui aimait malgré tout, cette mère-là l'avait laissé tomber. Comment avait-elle pu abandonner les enfants à qui elle avait donné la vie ? Il ne comprenait pas. Le geste n'engendrait que révolte, douleur et questions sans réponses dans le cœur de Sébastien et le mot confiance n'avait plus la moindre résonance en lui. De son père, il ne gardait ni souvenirs tendres ni moments de complicité. Il était un homme froid, gardant la flamme de ses propos pour ses plaidoiries et pour ponctuer violemment les conseils exigeants qu'il prodiguait avec libéralité à ses deux fils. Quant à l'école, de concession inévitable quand on est au seuil de l'adolescence elle s'était muée en une obligation intolérable qu'il essayait de fuir le plus souvent possible. De fugues en réprimandes, de retenues en punitions, il a subi les directeurs, les professeurs, les travailleurs sociaux, les familles d'accueil qui se succédaient inexorablement et le temps a finalement consenti à passer. Trimbalé d'un quartier à l'autre, d'une école à l'autre, il a perdu ses amis de vue et n'a pas cherché à s'en faire de nouveaux. Pendant tout ce temps, Sébastien n'a revu Maxime qu'à deux reprises. La douleur d'en être séparé se faisant violence à chaque fois qu'il le voyait, Sébastien a préféré rester à distance. De sa mère, il ne sait si elle est toujours vivante et il s'en fout. Tout ce qu'il a gardé d'elle, c'est sa grogne permanente envers la vie. Sur ce point, oui, il aimerait peut-être lui reparler. Juste le temps de lui dire qu'elle avait raison. Rien de plus. Quant à son avocat de père, il a appris par le travailleur social de l'école qu'il fréquentait sporadiquement à ce moment-là qu'il s'était remarié et avait demandé à le reprendre avec lui. Sébastien avait alors quinze ans. Il a refusé. Son père habitait toujours son quartier chic, sa maison de luxe, roulait en Mercedes et plaidait presque tout le temps. Il n'y avait donc rien de changé. De là à conclure qu'il buvait probablement toujours autant et avec les mêmes justifications, il n'y avait qu'un pas à faire. Il rossait donc, tout aussi probablement, sa nouvelle femme, son nouveau fils et Maxime qui, lui, avait choisi de retourner vivre avec lui. Juste à y penser, Sébastien en avait eu la nausée. Alors, pour cet adolescent blessé, mieux valait une famille d'étrangers qu'il n'aimait pas à un père qu'il détestait et méprisait profondément. Heureusement, on avait tenu compte de sa décision. Alors, son père non plus, il ne l'a jamais revu. Par choix. À dix-huit ans, tel qu'il se l'était promis, en toute connaissance de cause, Sébastien a adopté la rue comme domicile permanent. Il se promène d'un immeuble abandonné à un autre immeuble abandonné, au gré des besoins et des contraintes, se contente d'une soupe populaire le midi quand l'estomac crie famine ou d'un hot dog le soir à la roulotte de « Pops ». À l'occasion, il profite du grand air pour dormir à la belle étoile, surtout quand il ne fait pas trop froid. Il ne cherche même pas à recevoir l'aide sociale ne voulant aucun domicile fixe. De toute façon, pour le peu qu'il en sait, il n'y aurait probablement pas droit. Et depuis les dernières semaines, depuis un certain soir d'avril froid et pluvieux, il a ajouté un élément à sa vie. Quand il en a assez de l'inconfort de la rue, de la précarité de sa survie, quand le confort de son ancienne vie se permet de le harceler, indécence des souvenirs, il se trouve quelque « grosse ridicule », comme il les surnomme avec mépris. Il a vite compris que ces hommes en manque d'affection sont sincèrement heureux de voir un jeune garçon comme lui accepter leurs avances, et Sébastien se fait payer la belle vie pour le temps où cela lui convient. La société l'a renié, à son tour il va lui faire un pied de nez. Il provoque pour le plaisir de provoquer, il quête pour la satisfaction de profiter des autres. Il considère que son dû est payé à l'avance. Il assume sa marginalité comme d'autres leur infirmité. La liberté est le seul bien qu'il entende posséder. Il ne fait confiance à personne parce que, jusqu'à preuve du contraire, personne ne mérite sa confiance.

Comprenant que François ne sera pas là, ce matin non plus, et ruminant sa rancœur, il descend Berri, tourne machinalement sur Sainte-Catherine. C'est toujours là que ses pas le mènent quand il a faim et qu'il en a assez de faire la queue avec son plateau. C'est encore là que ses pas le mènent quand il se sent querelleur, désabusé, fatigué. Cherchant délibérément à faire taire sa raison, ne se laissant guider que par quelques souvenirs lointains ou encore par une curieuse sensation de prendre sa revanche. Contre qui ? Il ne saurait le dire. Qu'une impression globale, cette insolence dédaigneuse qui le pousse à agir. Pendant quelques jours, il va s'offrir une virée. Parce qu'il le veut bien. Parce qu'il l'a décidé. Personne, jamais plus, ne viendra lui dire ce qu'il doit faire ni quand il doit le faire. Le temps de trouver un dollar pour se payer un café chez McDo, où il va faire un brin de toilette, puis il va arpenter le coin question de se trouver un mécène. Ses cheveux blonds attachés sur la nuque, son regard de ciel d'été et son allure juvénile accolés à sa carrure de sportif le servent à merveille. En échange de quelques faveurs consenties, malgré l'espèce d'indifférence qu'il a vis-à-vis le geste, ou de dégoût, il ne saurait le dire, Sébastien va s'offrir un lit, une douche et un repas qu'il aura lui-même choisi…

Les mots de son père, depuis quelques semaines, ont pris un sens nouveau…

CHAPITRE 3

1995

Au centre-ville de Montréal, en plein mois de juillet...

« Il est absolument inutile de marcher pour aller prêcher, à moins de prêcher où l'on marche. »
Saint-François D'Assise

Le centre-ville ressemble à s'y méprendre à un four chauffé à blanc. De la chaussée monte un frémissement de chaleur qui suffoque. François a troqué ses bottes pour une paire de sandales et le carré Berri pour le parc La Fontaine. Il n'y a qu'au Refuge où il arrive à respirer à fond quand il s'y rend parfois pour rencontrer un jeune ou un autre intervenant. Le soubassement sombre garde une fraîcheur bienfaisante. Depuis la fin du printemps, il traîne avec lui une fatigue inexplicable. Même si les antibiotiques, en dernier recours, ont eu le dessus sur sa grippe, il a l'impression qu'elle est toujours en veilleuse... Par chance, dans quelques jours, il s'envole vers la France avec Marie-Hélène pour deux semaines de vacances. La Provence et la Côte devraient le remettre d'aplomb une bonne fois pour toutes.

Appuyé contre le tronc d'un arbre centenaire, le torse nu, Sébastien offre son visage au soleil. C'est bien la vie d'itinérant, l'été, quand il fait beau. Ce plaisir viscéral de n'avoir rien à faire... La liberté, la grande liberté... Une visite à la roulotte de Pops de temps à autre, un dîner par-ci, par-là, dans quelque soupe populaire, un peu de sous quêtés au coin des rues pour les cigarettes, la bière et un joint à l'occasion sont amplement suffisants pour combler ses besoins du moment. Un vieux « short », nettement trop grand mais quand même utilisable, subtilisé à Gilbert, sa dernière conquête du printemps, traîne au fond de son sac à dos et permet une visite régulière aux piscines publiques de la ville, alors il ne se sent pas trop sale. Ces grosses « pédales » qui sont aux anges de se promener avec un jeune dieu comme lui, Sébastien peut les oublier pour l'instant. Il ne sait s'il s'en réjouit : une curieuse froideur plane sur le sujet. Ses nuits, il les passe à vau-l'eau, se contentant souvent de la belle étoile, changeant d'endroit régulièrement pour ne pas avoir à se lier à qui que ce soit. Il y a déjà eu trop d'étrangers dans sa vie. À commencer par des parents qui n'en étaient pas vraiment. Alors Sébastien ne veut créer de liens avec qui que ce soit. Pas plus avec les autres jeunes qu'il croise régulièrement qu'avec les intervenants qu'il rencontre dans les différents endroits qu'il fréquente. Ne reste finalement que François qui est devenu, au cours des derniers mois, la seule régularité officielle qu'il tolère. Peut-être est-ce parce que François n'exige rien et ne questionne même pas. Probablement. Quand ils se rencontrent, ils se contentent de rester à la surface des choses et cela convient admirablement bien à la tournure que Sébastien entend donner à son existence : vivre pour le moment présent et en tirer le meilleur parti possible.

Demain est déjà trop loin pour lui, trop incertain. Et puis, François est à peine plus vieux que lui et derrière ses propos, Sébastien devine des blessures profondes. Il n'a pas questionné, tout ce qui n'est pas l'instant présent étant tabou pour lui. Mais il soupçonne quelque souffrance et cela suffit à créer des liens. Les seuls qu'il accepte. Sans qu'il soit capable de l'identifier clairement, Sébastien ressent une réelle attirance envers François. De celles qui s'apparentent à l'amitié. Malgré tout, il reste réticent, offrant au travailleur de rue l'image de celui qui ne veut ni attaches ni obligations. Il refuse toujours de prendre la carte d'affaire de François, avec son numéro de « bipper » que le travailleur de rue tente de lui donner à chaque fois qu'ils se rencontrent.

— J'ai besoin de rien pis de personne.

La notion de confiance est encore beaucoup trop précaire pour qu'il veuille s'y abandonner sans réserve. Par contre, ce matin, parce qu'il fait beau et qu'il se sent de bonne humeur, quand il entend la voix du travailleur de rue qui l'interpelle, Sébastien étire un sourire. Un vrai, sincère, comme il y a des années qu'il n'en avait pas eu, surpris lui-même de sentir ses lèvres s'étirer spontanément. D'une torsade habile des reins, Sébastien est déjà debout, refoulant cependant son sourire. Par choix consenti ou peut-être par réflexe, il ne saurait le dire vraiment…

— Salut Gombi…

Gombi, c'est le surnom qu'il a donné à François. Spontanément, la première fois qu'il a rencontré le jeune homme quand il est venu s'asseoir près de lui sur un banc de parc au carré Saint-Louis, le nom d'un de ses personnages préférés de bande dessinée lui est venu à l'esprit. Un bonhomme en pâte à modeler, plat et long, qui a l'air de se casser en deux quand il se penche. Un peu comme François finalement. Le nom lui est resté.

— Salut, Sébas. Quoi de neuf ?

Sébastien éclate de rire, superbe, provocant.

— Quoi de neuf ?

Regardant tout autour de lui, il ouvre large les bras et laisse tomber, arrogant :

— Il fait beau ce matin… C'est suffisant comme nouveauté pour une seule journée, non ? Pis toi ?

— Fait beau, ce matin. Moi aussi, ça me suffit, rétorque François sur un ton nonchalant en se laissant tomber sur l'herbe.

Pendant un moment, François offre son visage au soleil, les yeux fermés. Il entend Sébastien qui s'assoit à son tour. Alors, il demande négligemment :

— Pis ?

— Pis rien, je viens de le dire… J'aime bien l'été, on n'a pas besoin de penser. La vie est plus facile.

— C'est vrai, t'as raison. C'est pas mal mieux de se promener pieds nus dans nos sandales que de patauger dans la « slush »…

— Mets-en…

Pendant un moment, on n'entend plus que les bruits de la ville, quelques cris, des rires et une volée de moineaux qui piaillent avec allégresse dans l'érable, au-dessus de leurs têtes. Les deux hommes laissent les rayons du soleil leur chauffer la peau sans dire un mot. Puis François reprend :

— Je suis content de t'avoir trouvé. Je te cherchais justement.

— Ah ! Oui ?

— Oui. Je voulais te dire que je pars en vacances, la semaine prochaine. Je ne voudrais pas que tu m'en veuilles comme au printemps dernier quand je suis allé à Québec sans te prévenir. Faut dire à ma décharge que t'étais pas vraiment visible...

Sans relever la dernière remarque, ce qui ne lui ressemble pas, étant habituellement toujours sur ses gardes, Sébastien laisse tomber:

— Tu pars?

Sans vraiment le vouloir, une pointe de déception, ou peut-être d'inquiétude, a teinté la voix du jeune homme. Alors, retenant un soupir de contentement, François se soulève sur un coude. S'il ne se berce pas d'illusions et que Sébastien est vraiment déçu, c'est que l'approche des derniers mois commence à porter ses fruits. Il enchaîne aussitôt.

— Oui, je pars avec ma blonde. On va en France.

Sébastien émet un sifflement sarcastique.

— Rien de trop beau.

François hausse les épaules en se recouchant sur l'herbe fraîche.

— Ça, Sébas, ça fait partie des choix que j'ai faits. Comme toi, je suppose...

— Peut-être ben, grogne le jeune homme, visiblement peu enclin à élaborer sur le sujet.

Puis, avec un entrain un peu forcé, il demande:

— Où en France?

— Sur la Côte d'Azur et un peu partout en Provence.

Pendant un instant, on n'entend que les oiseaux se chamaillant avec conviction.

— C'est vraiment l'fun, la Côte d'Azur, approuve Sébastien dans un filet de voix contrastant curieusement le ton rauque qui lui est habituel.

Puis à nouveau le jacassement des oiseaux prend toute

la place pendant que François retient son souffle. S'il peut affirmer cela avec cette visible assurance, au-delà du chuchotement, c'est que Sébastien y est déjà allé. La pointe de nostalgie teintant sa remarque, même s'il ne l'a pas recherchée, est sans équivoque. C'est la première fois que le jeune soulève un pan du voile d'indifférence accusatrice qui recouvre son passé. À peine un souffle entre eux, peut-être bien, oui, ou encore une simple suggestion, un élan du cœur imprévu, une envie incontrôlée. Qu'importe. La confidence est enfin venue. Et aussi ténue soit-elle, François aurait envie de prendre Sébastien dans ses bras pour lui faire comprendre à quel point un moment comme celui-ci est important. Mais justement comme il s'agit là d'un instant crucial dans leur relation, et à cause de la fragilité du ton, François reste de glace et demande avec un détachement calculé dans la voix, pour ne pas l'effaroucher:

— Tu connais?

À nouveau, un bref silence tisse sa réserve au-dessus du parc La Fontaine. Et à nouveau, un simple murmure en guise de réponse.

— Un peu. C'est vague… J'avais cinq ans quand ma mère nous a amenés avec elle, mon frère et…

Sébastien se tait brusquement, comme s'il sortait d'un envoûtement. Mais qu'est-ce qui lui a pris de dire ça? De toute façon, pourquoi parler d'un passé qui ne veut absolument plus rien dire? Pourquoi faire référence à une vie qu'il a choisi de renier parce qu'elle-même l'avait laissé tomber froidement? Il y a peut-être eu ce voyage en France, oui, et quelques autres aussi. Mais il y a surtout eu des remarques cinglantes et des taloches derrière les oreilles. Il ne faudrait pas l'oublier… Il ne comprend pas ce qui lui est arrivé et n'a surtout pas envie d'aller plus loin. Se relevant d'un bond, le visage empourpré, il se dépêche d'enchaîner sur un terrain moins compromettant.

— La piscine Fullum, cet après-midi, ça te dit quelque chose ?

C'est au tour de François de dessiner un vague sourire même s'il a l'impression que le vol d'ailes qui les isolaient, Sébastien et lui, s'est retiré. L'intensité de cet instant dérobé à la course du temps a bel et bien existé, il ne l'a pas inventée, et cela lui suffit largement. Car, même s'il n'en est peut-être pas conscient, Sébastien est en train d'ouvrir la porte de son monde secret. Tant pis s'il fait du coq à l'âne, en ce moment, tant pis si la démarche est timide et que, pour pallier à l'inconfort qu'il ressent probablement devant la confidence qui lui a échappé, Sébastien se donne cette allure dégagée qui répond au besoin viscéral qu'il a de se montrer toujours et partout en parfait contrôle. Mais là encore, c'est la première fois qu'il propose quelque chose, qu'il tend la main au travailleur de rue. Et si pour combler ce qu'il voit comme une maladresse de sa part il use d'une autre ouverture d'esprit, François est satisfait. Même si ce n'est que pour une banale invitation à la piscine publique du quartier, Sébastien recherche une présence. C'est un début. François s'empresse donc d'accepter sans revenir sur l'autre sujet.

— Super. On se retrouve où ?

Sébastien a l'air soulagé. Alors François sait qu'il a eu raison d'agir comme il vient de le faire.

— Là-bas, à la piscine, après le dîner. Le jeudi, ça ouvre de bonne heure.

— Okay… Ça va nous faire du bien. Il fait pas mal chaud depuis quelques jours.

Ils se sont amusés comme des enfants pendant près d'une heure. Puis Sébastien a décrété qu'il avait à faire et il est parti sans explication, du pas pressé d'un homme important fort occupé... François l'a regardé un moment, un sourire moqueur au coin des lèvres devant cette allure affairée, un peu empruntée qu'ils ont tous à la perfection. Mais à l'instant où Sébastien disparaît au coin de Rachel, le sourire s'efface de lui-même, emporté par le regret vif et spontané qui vient de s'imposer. Brusquement, François n'a plus envie de partir en vacances. Pas maintenant, pas tout de suite. Sébastien a besoin de lui et il semble bien que le temps d'intervenir soit là, à portée d'intention. Pourtant, en même temps, la senteur sucrée de l'eau d'érable envahit ses narines, aussi réelle que s'il se trouvait subitement transporté dans l'espace et le temps. La voix de son grand-père Jérôme se fait présence, enterrant même les cris de joie des enfants qui s'amusent dans la piscine. « ... Ne laisse pas la vie avaler tes rêves... »

Et les voyages font partie de ces rêves qu'ils ont choisi d'appeler priorité, Marie-Hélène et lui.

Le cœur battant à tout rompre, une vague crampe lui creusant l'estomac, François ramasse sa serviette et se dirige vers le vestiaire, le sourire de Marie-Hélène flottant dans sa pensée, dérangeant, provoquant une déchirure en lui.

Tout à coup, le jeune travailleur de rue a l'impression qu'un voile d'ombre vient de glisser devant le soleil alors qu'un long frisson lui chatouille le dos... Car présentement, intimement emmêlée à la sensation d'urgence qui l'agresse de plus en plus souvent, cette ambiguïté dans ses choix lui fait presque regretter son voyage... Et Sébastien n'est pas le seul jeune qu'il va laisser derrière lui pour un temps. Il y a Mélanie, Robert, Frédéric, Vincent... Mais il y a aussi Michel et Louise, ses amis de travail, qui seront là, eux, présents, disponibles. François soupire. Quand donc cette difficulté qu'il a à se dissocier de son travail va-t-elle disparaître ? Car ce n'est rien de plus qu'un travail. Différent, plus direct, moins corseté que celui des intervenants travaillant dans un système plus bureaucratisé, mais un travail quand même qui ne devrait pas empiéter sur sa vie de tous les instants. Il le sait. Alors, s'obligeant à ne voir que la chance qu'il a de pouvoir s'offrir un voyage comme celui qui s'en vient, il ramasse sa serviette et la glisse dans son sac à dos. Pour l'instant, il y a Vincent qui l'attend devant l'église Saint-Sacrement, rue Mont-Royal. Il y a un mois, quelques copains de la gang avec qui il se tenait se sont fait arrêter en plein trafic de drogue et brusquement, Vincent a eu peur. Peur de l'engrenage dans lequel il avait mis le doigt, peur de ne plus rien contrôler, peur de se retrouver en taule. En quelques jours, la bande qui était toute sa vie n'existait plus vraiment. Les jeunes se regardaient maintenant en chien de faïence, flairant gens et événements avec méfiance comme pour trouver un coupable à leur déveine. Les amis d'hier avaient tous revêtu un masque menaçant. Du jour au lendemain, Vincent a donc quitté l'appartement qu'il partageait avec deux amis, ayant toujours pris ses décisions impulsivement, ses idées et ses choix étant bien arrêtés, avec ou sans raisons, et non négociables. Un papier épinglé au-dessus du téléphone du Refuge où il a trouvé gîte pour l'instant et annonçant une agence de travail a attiré son attention. Il s'y est présenté et s'est finalement déniché un emploi de livreur. C'est pourquoi aujourd'hui, avec François, il doit visiter quelques logements. C'est avec l'enthousiasme délirant, un peu naïf, souvent aussi versatile qu'un kaléidoscope, qui le caractérise si bien, qu'il a choisi de vivre enfin chez lui. Seul.

* * *

François est parti depuis trois jours. Le ciel de Montréal est bas, lourd d'humidité et de chaleur accumulée. On en vient presque à souhaiter la pluie pour rafraîchir le fond de l'air. Désœuvré, vaguement désabusé, Sébastien se promène de la rue Mont-Royal à la rue Sainte-Catherine, quêtant à droite et à gauche afin de s'offrir une bonne bière froide ou, à défaut, une petite liqueur au McDo. Mais les gens, accablés par la chaleur, sont plutôt agressifs, pour ne pas dire provocateurs. Ou alors vacanciers indifférents. On l'ignore avec ce regard dédaigneux réservé aux choses qui nous répugnent, on le contourne, on le bouscule parfois ou on l'apostrophe en termes non équivoques. Malgré tout, l'expérience aidant, Sébastien reste poli, gardant pour lui les répliques cinglantes qui lui viennent à l'esprit. Il n'a pas envie de provoquer de bataille ou d'affrontements inutiles qui risqueraient de l'emmener au poste de police. Quand on veut se faire oublier, on ne nargue pas, on ne défie pas. Il connaît les techniques du « low profile » comme il connaît son alphabet. Comprenant qu'il perd son temps et qu'il n'arrivera même pas à récolter quelques sous, Sébastien rebrousse chemin en direction du parc Fullum. Il se sent sale, son t-shirt lui colle à la peau et c'est peut-être là la sensation qui lui est le plus désagréable. La chaleur est de plus en plus insupportable. Mais devant l'orage qui menace, la piscine vient de fermer ses portes. Machinalement, le nez en l'air, Sébastien se dit qu'effectivement il serait préférable de se trouver une place pour la nuit s'il ne veut pas se transformer en lavette. Et pourquoi pas un gîte, pour une fois ? Ainsi, au moins, il pourrait prendre une douche. Coup de pied dans la porte close de la clôture ceinturant la piscine, quelques sacres pour passer la frustration, Sébastien ajuste son sac à dos d'un coup d'épaule et reprend la rue

Rachel en direction de Berri. Peut-être bien que, à cette heure-ci, à la bouche de métro, il arrivera à se trouver un peu d'argent. Juste à la pensée d'un gros hamburger, il ressent les contractions de son estomac et l'envie d'une énorme portion de frites dorées lui fait accélérer le pas…

— Sébastien ?

Pendant un bref instant, Sébastien suspend ses gestes et délaisse la porte qu'il tenait ouverte pour les gens sortant du métro, oubliant même le gobelet qu'il tend de sa main libre. Un imperceptible flottement le porte. D'où vient cette voix qui l'interpelle ? Et qui donc peut savoir son nom ? Dans la rue, il a joué la carte du chacun pour soi à outrance et presque personne ne le connaît. Le réflexe de partir sans se retourner s'impose un moment. Puis la curiosité l'emporte et il détourne la tête. Un peu plus haut sur Berri, à l'arrêt d'autobus, il y a bien quelques personnes. Une vieille dame, un homme chauve et bedonnant, quelques adolescents tapageurs qui attendent en ligne. Sourcils froncés, Sébastien les observe, hausse finalement les épaules et décide de s'en aller. Soulagement et déception entremêlés. L'interpellation ne lui était pas adressée.

— Hé ! Sébastien…

À nouveau, Sébastien s'immobilise, hésite puis détourne la tête. C'est alors que leurs regards se croisent. Il doit avoir à peu près quinze ans, cheveux rasés, espadrilles de marque, gilet Ralph Lauren… En un coup d'œil, il a évalué l'adolescent qui semble le reconnaître. Mais c'est surtout le regard qui le retient. Cette lueur d'inquiétude qu'il n'a pas oubliée, qu'il n'oubliera jamais. Maxime… Malgré les années qui ont filé et l'allure qui a changé, il sait d'instinct que son frère est là, à deux pas de lui. Et brusquement, c'est comme si tous les bruits de la ville fusionnaient en un gigantesque remous incontrôlable qui l'aspire dans le passé. L'envie de faire les quelques pas qui les sépare l'envahit brutalement, immense, balayant tout l'espace d'un regret violent. Comme une ouverture possible ralliant le passé et l'avenir en un sentiment unique, un grand vent d'espoir qui lui fait débattre le cœur. Quelques pas, juste quelques pas à faire. Le temps suspend son souffle, Sébastien imagine deux mains qui se tendent, une accolade… Une fraction de seconde, une hésitation, une envie… Puis quelques battements de cœur douloureux, trop douloureux tandis que la ville reprend sa dimension normale. Klaxons, bruit de freinage, des cris, une musique et par-dessus cela, une voix. Autoritaire, dédaigneuse. Son père… Maxime, c'est aussi son père. Alors la révolte l'emporte. La voix tranchante qui a scindé sa vie en deux s'impose brusquement à ses oreilles. Écho brutal qui englobe toutes les amertumes de son enfance, refluant en lui sans le moindre contrôle comme un jet de bile dans une mauvaise indigestion. Jamais il ne ressemblera à cet homme indifférent et froid. Jamais. Se détournant vivement, le visage toujours aussi impassible, Sébastien traverse la rue, se faufile à travers les passants nombreux en cette fin d'après-midi de canicule. Puis il disparaît, se fond aux promeneurs, anonyme dans cette foule impersonnelle.

En fin de compte, à bien y penser, l'interpellation ne s'adressait pas à lui…

Dans le verre de styromousse sale qu'il tient précieusement dans sa main, il devrait y avoir suffisamment de pièces pour s'offrir un trio à quatre dollars…

Finalement, la journée aura été bonne.

L'orage a frappé en pleine nuit. À partir de minuit, les éclairs se sont succédé à une cadence d'enfer et l'atmosphère est devenue étouffante. Pas une brise, pas le moindre frémissement d'air. Couché près de la fenêtre, les bruits de la ville s'estompant de plus en plus comme si la cité était en attente, Sébastien s'est enfin endormi. Par instinct ou par besoin, pour une première fois il a passé la soirée à jouer aux cartes avec quelques habitués du gîte où il a trouvé une place pour la nuit. Par respect des convenances, en une entente tacite entre gens de la rue, personne n'a posé de questions. Ou on est de la même gang et on se tient, ou on est des étrangers et on se respecte. On reconnaît son visage pour l'avoir aperçu ici à quelques reprises et cela suffit. Alors Sébastien s'est concentré sur son jeu comme s'il s'agissait d'une question de survie et il a glané quelques cigarettes pour demain. Il a pris une longue douche fraîche, jouissant de la senteur du savon sur sa peau et de cette sensation de propreté qui lui manque si souvent, puis il s'est glissé entre les draps, concentrant son regard et sa pensée sur le ciel qui se déchaînait. Ne pas penser, surtout ne pas penser, regarder le ciel, espérer la pluie, écouter attentivement pour percevoir les premiers coups de tonnerre… Le sommeil, beau joueur, l'a pris par surprise comme le voleur d'émotions dont il avait besoin.

Est-ce le violent coup de tonnerre ou autre chose qui vient de l'éveiller ? Le cœur battant la chamade, désorienté, Sébastien se tourne sur le côté, les yeux grand ouverts sur l'orage qui déferle sur Montréal. La pluie tombe en cascades bruyantes, le ciel clignote comme un feu d'artifice, le claquement sec des coups de tonnerre le fait sursauter. Pourtant, il y a quelques instants, il était sur une plage avec…

Le rêve lui revient tout d'un coup.

C'était l'été, il n'était qu'un gamin et il poursuivait son

frère sur une plage du Maine, en vacances avec sa mère. L'eau trop froide, les vagues trop hautes, le soleil trop chaud... Mais il riait, il riait... Un rêve, des souvenirs, une réalité qui ne lui appartient plus. Et Maxime... Maxime qui avait peur des orages et venait souvent se glisser près de lui dans son lit quand la tourmente faisait rage, la nuit. Toujours avec lui parce que son père le traitait de « fif » s'il osait frapper à la porte de leurs parents. Maxime qui, comme lui, préférait la lecture au hockey. Brusquement, un flot de souvenirs venus tout droit du pays de son enfance envahissent l'esprit de Sébastien et se bousculent dans sa tête sans lui laisser le moindre répit. Une sarabande débridée, une débauche d'images qui se piétinent. Leur jeu de chimie, les parties d'échecs, de Monopoly, la collection de timbres donnée par leur grand-père, les affiches de *Star Wars* sur les murs de sa chambre, sa mère qui leur dit de crier moins fort, sa mère qui les emmène avec elle à la mer, sa mère qui fait une tarte au sucre, leur préférée... Et Maxime toujours présent à travers ces souvenirs. Puis il entend sa mère dire que la vie n'est pas juste et ses deux poings se referment. Sa mère qui ne riait presque jamais, qui trottinait du matin au soir à travers leur immense maison pour que tout, toujours, soit impeccable, au retour de Me Duhamel. Pourtant, la révolte qui lui est habituelle n'est pas au rendez-vous cette nuit. Car plus forte que celle de sa mère, il entend aussi la voix de son père qui les traite de tapettes, Maxime et lui, à cause de leurs cheveux blonds bouclés et de leurs grands yeux bleus et parce qu'ils n'aiment pas les jeux violents, les jeux de garçons.

— Des crisses de tapettes, Brigitte ! Tu m'as fait deux tapettes, sacrament !

Et il revoit le visage fermé de sa mère, ses yeux brillants, ses mains qui tremblent parce que Me Duhamel a bu et que, dans ce temps-là, vaut mieux ne pas le contredire. Cette mère qui a foutu le camp… Pourtant, ces quelques mots qui ont modelé son adolescence ramenant à chaque fois une colère aveugle chez Sébastien, cette nuit ils ne veulent plus dire la même chose. À cause d'un rêve, d'une ronde folle de souvenirs, il vient de comprendre sa mère. Ses silences, ses retraits, sa distance de plus en plus grande face à eux… Oui, il vient de comprendre que sa mère ait pu avoir envie de se protéger, de se soustraire à cet homme qui était son mari. Pourtant, il n'accepte pas plus ce geste qu'auparavant. Il n'avait que onze ans et Maxime allait avoir neuf ans. Pourquoi a-t-elle fait cela ? Pourquoi les avoir laissés derrière elle ? Il n'avait que onze ans, il n'était qu'un gamin et cette nuit, seul dans la tourmente qui fait rage, c'est encore l'enfant qui se rappelle. Il vient d'arriver de l'école et la maison est étrangement silencieuse. Ni radio, ni disques, ni télé… Impulsivement, il monte à l'étage, ouvre les portes de chambres à la volée.

— Maman ? T'es là ?

Sur le bureau dans la chambre de ses parents, les bouteilles de parfum ont disparu, dans la salle de bain, il manque la brosse à dents rose. Intuition, instinct, pressentiment. D'un seul coup, tout s'éclaire et il comprend. Dans sa tête, un ouragan immense de larmes et de refus l'empêche de penser. Retenant ses sanglots, il fonce vers l'escalier qu'il dévale en trombe. Désarmé, apeuré, il se précipite à la cuisine et prend le téléphone. Son père… Il doit appeler son père même si celui-ci déteste qu'on le dérange à son travail. Parce que, pour une fois, Sébastien apprécierait que Me Duhamel ait une réponse. Il a toujours réponse à tout.

— Mais qu'est-ce que tu inventes là ? Encore des idées

de fou ! T'as pris ça dans quel livre, cette fois-ci ? Et premièrement, arrête de brailler comme une fille. Un homme, un vrai, ça ne pleure pas.

Un homme, ça ne pleure pas...

Quelques mots, l'impression de recevoir une douche glacée. Alors Sébastien a avalé ses larmes.

Sa mère n'est jamais revenue. Si son père a eu du chagrin, il n'en a rien laissé voir. Chez les Duhamel, la vie a continué sans la moindre différence, sinon que c'est Sébastien qui faisait le souper, maintenant, quand il revenait de l'école. Pour lui et Maxime. Jamais pour son père, qui allait invariablement au restaurant... Aujourd'hui, il est devenu un homme, c'est vrai, et jamais il ne pleure. Ni de douleur, ni de déception, ni de chagrin. La vie lui a montré comment serrer les dents et se taire. Mais cette nuit, c'est l'enfant qui se rappelle. C'est l'enfant qui a mal à sa vie. Est-ce qu'un enfant a le droit de pleurer, lui, quand tout fuit et vous échappe et qu'il a peur ? Deux larmes coulent sur les joues de Sébastien alors qu'il fixe le ciel qui s'éclaire à répétition, se demandant, cruelle ritournelle dans sa tête, si Maxime a toujours peur des orages. Les éclats de tonnerre s'éloignent, ne sont plus maintenant qu'un grondement lointain. Alors, l'enfant aussi se retire et c'est l'homme maintenant qui compte machinalement entre chaque coup de tonnerre, reniflant ses derniers souvenirs.

— Ça va pas ?

Du lit d'à côté s'échappe un murmure. Un vieil homme chétif, à la barbe hirsute et au regard bienveillant, se soulève sur un coude, scrutant l'obscurité. Sébastien sursaute comme quelqu'un pris en flagrant délit. Délit de faiblesse, de sentimentalisme qu'il avait juré bannir de sa vie. Aimer, ça fait trop mal. S'essuyant le visage du revers de la main,

Sébastien se tourne sur le côté, le visage devant la fenêtre. Une bonne brise entre enfin par la vitre entrouverte. Il pousse un dernier soupir en avalant ses dernières larmes.

— J'ai le rhume, gronde-t-il agressif... Pis mêle-toi donc de tes affaires.

CHAPITRE 4

Été 1995

De la France à la Beauce…

« Il n'existe aucun remède à l'amour,
si ce n'est d'aimer davantage. »
Henry David Thoreau

Marie-Hélène et François se sont trouvé un modeste mais adorable refuge en Provence. Un mas chaulé à neuf, aux planchers de tuiles sombres, aux murs lambrissés et dont la chambre, au deuxième, permet d'entrevoir un reflet d'océan, avec beaucoup de bonne volonté et une excellente vue en se hissant sur la pointe des pieds. Mais qu'importe ! Cette humble demeure abrite discrètement leurs vacances et leurs amours et cela suffit à leur bonheur. Un minuscule jardin, à l'arrière, accueille une table de pierre, deux chaises cannelées et le chat des voisins. Parfum de lavande sur fond de brise marine. Subtilité des nuances qui comble l'esprit quand on vit ses émotions à fleur de peau comme François et Marie-Hélène le font depuis qu'ils sont ici. Retiré dans son coin, un vieil olivier tordu mûrit lentement ses petits fruits au soleil chantant des cigales.

— On reste ici, soupire Marie-Hélène en s'étirant

paresseusement. On disparaît à jamais, on se volatilise, on s'évapore...

Ils en sont au troisième café qu'ils prennent chaque matin dans le jardin. Le regard perdu dans le vide, au-delà de la haie qui les sépare de la pinède, François se laisse chauffer par le soleil. Il tourne son sourire vers la jeune femme qui le dévore des yeux.

— C'est vrai qu'on est bien, approuve-t-il en s'étirant à son tour. Mais moi, au contraire ça me donne envie de rentrer chez nous.

— Comment ça ?

— Parce qu'ici, on dirait que la vie ne va pas au même rythme qu'ailleurs. C'est un peu comme si l'essentiel prenait sa véritable importance. Manger, boire, dormir, prendre du temps pour ceux qui nous entourent... Regarde comment les gens nous accueillent, ici. Partout où on va, on dirait que tout le monde nous connaît depuis toujours. Les gens prennent le temps de vivre, Marie-Hélène. Personne ne court comme des fous.

— C'est exactement ce que je dis et c'est bien pour ça que j'aurais envie de rester. J'ai l'impression d'avoir le temps de respirer et je t'avoue que ça me fait un bien immense. Tu ne crois pas qu'on serait bien si on s'installait ici ? Prendre le temps de regarder la vie sans être constamment bousculés... Depuis qu'on est arrivé, je me sens libre. J'ai l'impression d'avoir enfin le droit de reprendre mon souffle.

— Toi aussi ? C'est drôle, mais j'ai la même sensation. Et c'est bien pour ça que je dis que ça me donne envie de revenir à la maison. La vie dans ce coin de paradis me fait penser à mes jeunes de la rue. Pour eux aussi, le quotidien se résume bien souvent à l'essentiel. Un toit pour dormir, une assiette bien garnie... Dans un sens, la rue oblige à revenir aux sources, à certaines valeurs que nous avons tendance à oublier parfois. Alors d'être ici me donne des ailes. Me donne envie de revenir à l'essentiel, justement, même à Montréal où on a trop souvent l'impression de courir.

Puis au bout d'un bref silence, François ajoute, vibrant :

— Si tu savais à quel point j'aimerais que nos jeunes puissent venir ici... Pour qu'ils puissent constater que certaines de leurs attitudes sont fondamentales... Je suis persuadé qu'à voir le rythme de vie qu'adoptent les gens d'ici, ils se sentiraient moins marginaux... Et ils consentiraient peut-être à voir la vie autrement que comme une espèce de machine à sous qui leur répugne, qui les agresse.

— Peut-être bien...

Pendant quelques instants, Marie-Hélène reste silencieuse, le regard évasif. Puis elle enchaîne d'une voix rêveuse :

— Je crois que je comprends ce que tu veux dire. Moi aussi, dans le fond, ce que je préférerais, c'est transplanter la Provence chez nous. Parce que bien honnêtement, moi aussi je commence à m'ennuyer de mes petits protégés. Tu sais, François, eux aussi, à leur façon, ils se battent pour l'essentiel.

— C'est vrai. Il y en a pour qui la vie ne fait pas de cadeaux...

— C'est sûr, je le sais. Et nos emplois réciproques nous amènent justement à essayer d'aid...

Mais c'est comme si François n'entendait pas ce que Marie-Hélène est en train de lui dire. D'une voix rêveuse, il enchaîne sur ce qu'il disait quelques instants auparavant :

— Tu vois quand Sébastien me dit qu'il n'entrera jamais dans le moule parce qu'il ne veut rien savoir de ce monde matérialiste où tout le monde pense que tout s'achète, je ne peux qu'approuver en partie. Il n'a pas complètement tort. À voir certaines personnes aller, on peut facilement croire que le seul but qu'ils ont dans la vie, c'est d'avoir de l'argent. Toujours plus d'argent. Par contre, s'il pouvait venir ici, Sébastien comprendrait qu'on peut, chacun à notre façon, arriver à un bel équilibre...

Et poussant un profond soupir, François ajoute :

— Je suppose que c'est à nous de le faire comprendre. Ce n'est qu'une question de respect. Comment l'homme a-t-il réussi à rendre tout si compliqué ?

Et sur ce, pirouette de l'esprit, François éclate de rire.

— Dire qu'on est venu ici pour nous reposer ! Et nous voilà rendus à philosopher sur les valeurs essentielles de l'existence.

— Mais ça fait aussi partie des vacances, prendre le temps de penser, tu ne trouves pas ? J'ai l'impression qu'on est en train de remettre les pendules à l'heure. Et je crois que c'était important de le faire. Quand je disais qu'il faut essayer de se distancer de notre travail hier, ce n'était qu'une façon différente de dire les mêmes choses. Et je crois que c'est implicitement compris dans ce dont on est en train de parler.

— Peut-être...

— Par contre...

Tout en parlant, Marie-Hélène se lève et vient s'installer sur les dalles de la terrasse aux pieds de François. C'est la tête appuyée contre les genoux de son mari qu'elle poursuit, vibrante.

— Par contre, il ne faudrait jamais oublier qu'au départ, il y a nous deux. Ça aussi ça fait partie de l'essentiel dans nos vies.

À ces mots, François lui prend le visage dans ses mains et plonge son regard dans le sien.

— Crois-tu sincèrement que je pourrais oublier une telle promesse ? Je t'aime, Marie-Hélène. C'est toi qui donnes un sens à tout le reste.

— Moi aussi, je t'aime, François. Tellement.

Pendant un instant, ils restent immobiles, les yeux dans les yeux, un même vertige les emportant loin, très loin, seuls tous les deux. Alors François se relève aidant Marie-Hélène à le faire à son tour, puis il la prend tout contre lui.

— Je te jure que rien, jamais, n'arrivera à nous séparer, mon bel amour, murmure-t-il dans ses longs cheveux, le souffle court.

Pour un moment, Marie-Hélène reste silencieuse, savourant le souffle chaud de son mari contre sa joue.

Puis elle murmure :

— Je sais que tu m'aimes, François. Jamais je n'ai remis cela en doute et jamais je n'ai cru que quoi que ce soit pourrait nous séparer. Mais la vie telle qu'on la vit présentement nous tient éloignés l'un de l'autre tellement souvent que cela me fait peur.

Et après une hésitation, elle ajoute :

— Est-ce que je peux te parler franchement ?

— Bien sûr. Pourquoi le demander ?

— Parce que je ne voudrais pas que tu penses que je veux te faire de la peine ou… Oh ! Je ne sais plus. J'ai l'impression de ne pas me mêler de mes affaires et en même temps, j'ai le sentiment que je dois parler.

— Alors vas-y.

Pendant un bref moment, François repense à son grand-père lui répétant qu'il ne faut jamais laisser le silence s'installer dans un couple. Merveilleuse Marie-Hélène qui sait toutes ces choses-là par instinct. C'est une fille de cœur, d'émotions. Tout comme Cécile, finalement. L'odeur du savon de Marie-Hélène mêlée à celle des bosquets de lavande l'étourdit comme un bon vin. Brusquement, il se sent profondément heureux, comblé, riche du plus précieux trésor qui soit. Alors il raffermit la pression de son bras autour des épaules de sa femme et celle-ci, soutenue par la bonne chaleur qu'elle ressent, se remet à parler.

— Vois-tu, François, je me demande si ta formation en psychologie n'y est pas pour quelque chose dans la façon dont tu abordes ton travail. C'est peut-être pour ça que tu n'arrives pas à décrocher complètement. Tu le dis toi-même que tu trouves cela difficile… C'est…c'est peut-être simplement que tu cherches trop à analyser… Comment est-ce que je pourrais te dire ça ? Regarde-moi, par exemple, même si c'est peut-être boiteux comme comparaison. Les enfants sourds avec qui je travaille n'ont peut-être pas les mêmes attitudes que ceux que tu croises, mais je crois que tu vas comprendre.

— Je t'écoute.

— Ce que je voudrais le plus au monde, explique-t-elle avec circonspection, ce serait de leur redonner des oreilles en santé pour qu'ils puissent entendre le chant des cigales dans le soleil de midi ou encore le cri des grenouilles, le soir, au coucher du soleil. Qu'ils sachent apprécier la grandeur d'une œuvre de Beethoven et danser sur un rock endiablé qui leur ferait battre la cadence. Mais je sais bien que c'est impossible. Tout ce que je peux faire pour eux, c'est de leur donner des outils efficaces pour qu'ils puissent vivre par eux-mêmes et pour eux-mêmes. Pour qu'ils apprennent à trouver au-dedans d'eux la manière de faire qui leur sera propre et qui peut-être leur permettra, un jour, de deviner tout ce qu'ils n'entendront jamais. Chacun à leur façon. Je ne changerai pas leur vie, François, je vais simplement les aider à faire en sorte qu'ils puissent fonctionner le plus harmonieusement possible dans une société faite surtout pour les bien-portants. Est-ce… est-ce que tu vois où je veux en venir ?

Très sérieux, François écoute sans interrompre, les sourcils légèrement froncés.

— Je crois… oui, je crois que je commence à comprendre.

— Pour toi, François, c'est un peu la même chose. Pour chacun des jeunes itinérants que tu vas rencontrer, il y a mille et une raisons qui les ont poussés à choisir la rue. Et ce bagage qu'ils portent en eux, tu ne peux pas le modifier. Il est là et fait partie de ce qu'ils sont.

— D'accord.

— Par contre, ta présence, ta seule présence peut faire toute la différence. Ils savent que tu es là, qu'ils peuvent compter sur toi en cas de besoin et c'est là l'essentiel. Tu ne changeras pas leur destinée et ne la choisiras pas à leur place. Mais tu peux les accompagner, par exemple, les soutenir, les écouter, cheminer avec eux le temps où eux jugeront que c'est nécessaire. Mais sincèrement, je ne crois pas que ton mandat doive déborder de ces limites-là. Remarque que je me trompe peut-être et que je suis peut-être en train de…

— Non… non, Marie-Hélène, l'interrompt vivement François, sachant pertinemment qu'elle touche là une vérité qu'il ne cesse de se répéter depuis des mois. Tu as raison. J'en parle souvent avec Michel et Louise et je sais fort bien que ce que tu me dis là est la seule vraie façon d'aborder mon métier si je ne veux pas y laisser ma peau. J'en suis conscient. Je ne suis pas le sauveur de l'humanité et je ne peux faire plus que mon possible. Quand je regarde froidement la situation, je suis capable d'admettre mes limites. Et quand je me suis engagé dans cette voie, c'est exactement de cette manière-là que je voyais les choses. Mais, au fil du temps, au fur et à mesure des jours qui passaient et des rencontres que je faisais, j'ai senti en moi comme une force qui me pousse à aller au-delà de ces limites. Je ne sais pas d'où ça vient, mais c'est là.

Marie-Hélène reste un instant silencieuse, la confidence de François la ramenant à une supposition qui l'interroge depuis quelque temps déjà. Se dégageant légèrement de son étreinte, elle le regarde longuement, amoureusement. L'intensité du moment la porte à se sentir en confiance. Elle sait aussi qu'un instant de complicité et d'intimité comme ils vivent présentement ne se présente pas tous les jours. Alors elle reprend d'une voix très douce.

— François ? Est-ce que je peux te poser une question indiscrète ?

Le jeune homme la regarde avec une lueur malicieuse au fond des yeux.

— Encore ? Bien sûr.

À nouveau, elle le fixe intensément, essayant de faire passer dans son regard tout l'amour et le respect qu'elle ressent pour lui. Et devant la brillance de ce regard qui le fixe, subitement, François comprend que Marie-Hélène est sérieuse.

— Est-ce que la mort de Marco n'y serait pas pour quelque chose ?

Marie-Hélène a décidé de jouer le tout pour le tout, même si, jusqu'à maintenant, elle n'avait jamais osé aborder directement le sujet. Elle connaît François depuis longtemps et sait combien cette période de sa vie a été pénible. Restera à tout jamais pénible. Parce que, en aucun temps, il n'a clairement parlé de cette nuit d'horreur où Marco est mort dans ses bras alors que, hormis ce lourd souvenir, il n'y a aucun secret entre eux. Elle a connu François au moment où celui-ci venait de se décider enfin à suivre une cure de désintoxication. Ils avaient seize ans tous les deux. Elle est immédiatement tombée amoureuse de ce beau grand gars qui avait une lueur de douleur au fond des prunelles. Elle l'a accompagné dans sa lutte, l'a soutenu dans les moments difficiles, a pleuré tout contre lui, mêlant leurs larmes de colère et de découragement. Mais ils se sont aussi moqués ensemble des moments tragicomiques et ils se sont encouragés mutuellement au moment des études, faisant déjà des projets d'avenir. Et c'est à deux qu'ils ont su qu'ils avaient gagné la bataille le jour où ils ont obtenu leurs diplômes. Ça faisait plus de six ans que François ne touchait plus à la drogue et se montrait réservé vis-à-vis l'alcool. Le seul coin d'ombre entre eux, c'était la mort de Marco. De bribes en allusions, de retraits en fuites, Marie-Hélène avait compris que François n'était toujours pas capable d'en parler et qu'il ne l'avait jamais fait. Mais là, ce matin, elle a l'intuition que le temps est venu de crever l'abcès. Même plus, qu'elle a le devoir de le faire parce qu'il n'y a qu'elle qui puisse lui en parler sans risquer de trop le blesser.

Comme Marie-Hélène s'y attendait, dès qu'il entend ces mots, François tressaille, les paroles de sa femme rejoignant trop intimement les émotions profondes qui sont cachées en lui. Celles qui reviennent parfois en rêve, faisant de certains réveils des retours dans le passé aussi douloureux que s'il venait tout juste de vivre les événements. Le simple nom de

Marco a tout réveillé en lui. D'un seul coup, plus rien n'existe autre que l'image du corps de son ami baignant dans son sang qui lui revient avec une telle précision qu'il ferme les yeux, espérant ainsi chasser le cauchemar. Mais au contraire, ce dernier s'intensifie. À ses narines revient même l'odeur de cave humide et froide accouplée à celle, rance et tenace, du sang et des excréments. Un long frisson secoue ses épaules pendant qu'il se dégage et fait un pas. Tous ces souvenirs, cette horreur en lui... Puis il ouvre les yeux, presque surpris de retrouver l'été. La pinède se chauffe au soleil brûlant de midi, les cigales chantent à perdre haleine, la brise venant de la Méditerranée porte en elle une senteur saline qui rafraîchit. Le gros matou jaune se frôle contre son mollet en ronronnant. François dessine un sourire machinal. Marie-Hélène respire à peine, sachant fort bien maintenant qu'elle a touché un point sensible. Peut-être le point sensible qui pourrait faire toute la différence à l'avenir. D'un geste sûr mais très doux, François repousse le chat qui s'éloigne en miaulant, superbe, avant de se réfugier auprès de Marie-Hélène, entourant sa cheville d'une queue possessive. C'est alors que François se remet à parler, d'une voix rauque, différente, le regard perdu sur l'horizon.

— Si quelqu'un avait été là, pour nous, à cette époque, Marco ne serait peut-être pas mort aujourd'hui, crache-t-il, agressif.

— Ce n'est qu'une supposition, François.

— Trop facile pour moi, rétorque-t-il toujours aussi agressif.

— Tu ne pourras jamais répondre à cette question. Personne ne le pourra, affirme inflexiblement Marie-Hélène, mais avec une telle douceur dans la voix que François ne peut pas se sentir attaqué par sa répartie.

Pourtant, il reste sur la défensive, le regard portant toujours très loin sur l'horizon, tous les muscles de son corps crispés et tendus comme sous l'effet d'un effort intense. Brusquement, il est réellement revenu dans le temps et cette question restée sans réponse lui torture l'esprit avec autant d'acuité que ce jour-là. Pourquoi, pourquoi ? Culpabilité, stupéfaction, refus, douleur… Le cœur lui bat à tout rompre.

— Mais moi ? Moi, j'aurais pu, j'aurais dû l'empêcher, lance-t-il vibrant. C'était mon ami, Marie-Hélène. On était comme deux frères. Et je n'ai rien senti venir. Pourquoi ?

— Parce que c'était là le choix de Marco. Ni toi ni personne d'autre n'auraient pu faire quoi que ce soit.

Présentement, Marie-Hélène a l'impression que le son de sa voix n'est autre chose que l'écho des pensées de François. Comme s'il se répondait à lui-même, faisant enfin le point avec sa souffrance.

— Je sais que c'était son choix, admet-il d'une voix contrainte. Et sur le coup, c'est exactement ce que je me suis dit, même si ça peut sembler trop facile.

— Non, ce n'est pas facile. Tu n'y pouvais rien changer, redit Marie-Hélène.

— Peut-être…

— Tu crois vraiment que ce n'est qu'un peut-être ?

— Oui, peut-être, répète François.

Pourtant le timbre de sa voix semble moins convaincu, plus calme. Pendant un moment il reste silencieux, perdu dans ses pensées, les sourcils froncés comme s'il cherchait encore dans ses souvenirs, les poings fermés le long de ses cuisses et le regard maintenant tourné vers le passé.

— Peut-être que oui, peut-être que non, précise-t-il enfin d'une voix lasse. Alors d'aider les autres, c'est comme si j'aidais Marco... À ma façon. Faire pour d'autres ce que je n'ai pas su faire pour lui.

À ces mots, Marie-Hélène ressent une grande tristesse pour François. Il a l'air tellement persuadé de ce qu'il dit. Brusquement, elle aurait envie de le prendre dans ses bras comme on le fait pour un enfant malheureux. Pourtant, elle retient son geste, comprenant aussi que, pour l'instant, François ne parle que pour lui-même. Elle poursuit d'une voix toujours aussi douce.

— Pourquoi te faire autant de mal, François ? Pour Marco, il est trop tard. Rien ni personne ne peut revenir dans le temps. De toutes façons, chaque être humain est différent et vit les choses différemment. Ce que tu fais pour d'autres aujourd'hui, c'est pour eux que tu le fais. Et rien que pour eux.

— Je le sais... Je le sais... Je le sais !

La carapace vient de sauter. Se tournant vers Marie-Hélène, le visage inondé de larmes, François s'est remis à gronder d'une voix sourde, chargée de colère.

— Parce que tu penses que je ne suis pas conscient que ce que je dis est illogique ? Ça fait dix ans que je me répète exactement les mêmes choses. Je ne suis quand même pas fou ! Je le sais bien que je n'y suis pour rien dans tout ce gâchis. Je le sais bien que je ne peux plus rien pour lui. Et je sais aussi qu'il ne reviendra jamais. Mais il y a toujours l'image, craque-t-il enfin, tout tremblant. La maudite image... C'est atroce, Marie-Hélène. Et c'est quand j'ai croisé Sébastien qu'elle est revenue me hanter avec autant de précision... Il ressemble tellement à Marco. Sa façon d'être, la manière de s'exprimer... Alors les souvenirs ne sont plus juste des souvenirs.

C'est la première fois que François se l'avoue avec

autant d'honnêteté et curieusement, cette acceptation, cette lucidité ouvrent toutes grandes les portes du souvenir. Il revoit la scène avec une précision incroyable, comme s'il y était. Le fiel de dix ans de silence se répand autour de lui, l'enveloppant, faisant renaître la douleur, apaisant ses craintes en même temps, délivrance et cauchemar, véritable tempête dans son cœur et sa tête, l'obligeant à tenir à deux mains la barre de ses souvenirs les plus obsédants afin d'éviter de couler. Afin d'éviter de sombrer dans une mer de culpabilité qui pourrait réduire tous ses espoirs à néant. Il le sent, d'instinct. Le temps de parler est venu. Les mots bloqués depuis une certaine nuit de décembre, coincés entre le cœur et la gorge, se bousculent. Ils doivent sortir, là, maintenant, sinon ils resteront à jamais en lui.

— Je crois que jamais je ne pourrai oublier cette mare de sang autour de lui, ce visage blême, aux narines pincées, au regard vide. Et l'odeur de cave mouillée, d'urine, de merde... Cette odeur de mort...C'est en moi, Marie-Hélène, qu'elle vit maintenant, cette odeur, et ça me fait toujours aussi peur. On était des enfants. Comment se fait-il qu'un enfant ait eu envie de mourir ? Je cherche encore une réponse si jamais il y en a une. On jouait en se moquant de tout. Parce que, pour moi, ce n'était qu'un jeu. Fou, dangereux, oui, je le sais, mais un jeu quand même. À l'âge qu'on avait, on était les plus forts et rien ne pouvait nous atteindre. Mais Marco a triché. Il a modifié les règlements sans me consulter. Et à force de jouer avec le feu, il a fini par se brûler. Lui, il n'a jamais rien senti, mais moi, j'en ai souffert. Marco m'a marqué au fer rouge... Il n'en avait pas le droit parce que la brûlure est toujours là, ajoute-t-il en se pointant le cœur avec l'index. Et elle me fait mal. Tellement mal. Et j'ai toujours aussi peur, Marie-Hélène. Peur d'avoir mal pour l'éternité.

Tout en parlant, François tend finalement les bras. D'un élan Marie-Hélène vient vers lui pour l'étreindre très fort tout contre elle.

— Là, là... Doucement, mon amour. Je suis avec toi. Tu ne seras plus jamais seul. Et nous sommes deux maintenant à porter en nous cette image qui te fait peur. Raconte-moi. Raconte encore. Dis-moi ce qui s'est passé pour que, moi aussi, je puisse voir l'image qui te fait peur. Qu'est-ce que tu as fait ?

— Je ne sais pas, je ne sais plus...

À nouveau, pendant un moment, François reste silencieux. Puis, peu à peu, les sanglots se calment.

— Nous étions dans une sorte d'usine désaffectée, débite-t-il enfin, péniblement, sur un ton monocorde. Ou un hangar, je ne sais trop. C'était grand, immense. Pendant un bon moment on s'est amusé à s'interpeller à cause de l'écho que ça faisait. Je te l'ai dit : nous n'étions que des gamins. Puis on a partagé un sandwich. Oui, je me rappelle, c'était un sandwich aux œufs parce que c'était la seule sorte qu'on aimait tous les deux et qu'on n'avait plus beaucoup d'argent. Puis on a parlé de rentrer à la maison. En fait, c'est moi qui ai parlé de retourner chez nous. Parce que je commençais à en avoir assez. J'avais envie de dormir dans mon lit, de me laver, de revoir ma famille aussi. Jamais je ne l'aurais avoué à personne, mais elle me manquait. Marco, lui, n'a rien dit. Dans le fond, quand j'y pense, il ne parlait jamais beaucoup. Par contre, comme il le faisait souvent, probablement parce qu'il ne savait comment s'exprimer à froid, je peux l'admettre aujourd'hui, Marco a sorti sa petite bouteille de « crack ». « Puisque tu as envie de rentrer, on va rentrer. Mais avant, on va faire la fête pour finir nos petites vacances en beauté », qu'il a dit. Sacré Marco ! Il avait toujours une bonne excuse pour s'envoyer en l'air… Et dire que moi, je trouvais ça drôle à l'époque. Il était « cool », Marco, c'était un « leader » et la gang d'enfants qu'on était le dotait d'une auréole de prestige parce qu'il n'avait pas peur de décider, de s'imposer à un âge où habituellement on n'est sûr de rien et surtout pas de soi. Alors on a « sniffé » un bon coup. On a rigolé aussi, de tout et de rien, comme à chaque fois qu'on prenait de la drogue. Puis après, Marco s'est retiré dans un coin pour dormir. Je ne me suis douté de rien. C'est toujours ce qu'il faisait quand il prenait une ligne. Moi, si je me rappelle bien, je suis sorti pour prendre l'air. Mais il faisait froid. On était en décembre, début décembre. C'était humide, glacial même. Alors je ne suis pas resté longtemps dehors. Et puis j'avais envie d'une cigarette et c'est Marco qui avait le paquet sur lui. C'est quand je suis rentré que…

Encore une fois, François fait une pause. D'une main toute légère, Marie-Hélène caresse son dos, pour le réconforter, pour l'encourager à poursuivre.

— C'est quand je suis rentré, poursuit péniblement François, que je l'ai trouvé, replié sur lui-même. J'ai tout de suite vu qu'il était mort. Comme si malgré tout, je savais, quelque part au creux de mes émotions, que ça devait arriver. Je me souviens aussi que je n'ai eu aucune réaction vive. Juste un grand vide froid en moi. Je me suis assis le dos contre le mur, j'ai mis sa tête sur mes genoux et je l'ai bercé, comme on berce un bébé. Mais je crois que c'est moi aussi que je berçais parce que dans ma tête il y avait une voix qui ne cessait de répéter que si je n'avais pas parlé de retourner chez nous, jamais Marco n'aurait fait cela. Je savais qu'il détestait la grande maison froide où il vivait avec des parents qui n'étaient à peu près jamais là. Qu'est-ce qui m'a pris aussi de suggérer ça ? Parce que maintenant dans ma tête, il y a toujours cette voix qui me répète que si je n'avais pas voulu rentrer à la maison, ce jour-là, jamais rien de tout ça ne serait arrivé. Voilà, c'est comme ça que ça s'est passé, fait-il enfin, le visage luisant de larmes.

Puis plongeant son regard dans celui de Marie-Hélène, il ajoute finalement :

— Tu sais tout.

— Et toi, même après toutes ces années, tu te sens encore coupable ?

Lentement, comme à contrecœur, François approuve de la tête en reniflant.

— Et moi, même après toutes ces années, je me sens toujours coupable, oui.

Alors levant le front, Marie-Hélène vient poser un baiser au coin de ses lèvres.

— Alors moi, j'admire l'homme qui a tant de cœur. Je respecte celui qui ne cherche pas de faux-fuyants. Je t'aime François. Et je comprends un peu plus aujourd'hui pourquoi je suis amoureuse de l'homme que tu es. Ensemble, on a essuyé bien des tempêtes. Maintenant que je sais ce que tu as vécu, ce que tu vis encore, on va à nouveau serrer les coudes et passer à travers.

François dessine un petit sourire sans joie.

— Ce ne sera peut-être pas nécessaire. Parce qu'en ce moment je me sens léger comme il y a bien des années que ça ne m'est pas arrivé. Et drôlement fatigué... J'ai l'impression que je viens de passer des heures et des heures à me battre contre des éléments déchaînés et que, brusquement, la mer était redevenue étale… Je suis épuisé… Je crois que je vais m'offrir une petite sieste.

Alors, enlaçant très fort Marie-Hélène contre lui, François complète :

— Mais je sais que, cette fois-ci, aucun cauchemar ne viendra troubler mon sommeil.

Puis, dans un souffle, à l'oreille de sa femme, il ajoute :

— Je t'aime, mon amour. Merci d'être là. Le fait de t'avoir parlé remplacera peut-être les cris que j'aurais dû pousser quand j'ai trouvé Marco. Je ne sais pas… On verra avec le temps.

Puis il s'étire, regarde longuement autour de lui. C'est l'été, une saison toute sèche sur la pinède, différent de ceux qu'il connaît et le soleil brûle la peau. Il est en vacances avec la femme qu'il aime. Autour d'eux, il y a le chant des cigales, l'odeur de lavande et le goût des olives. Alors François revient devant Marie-Hélène. Elle le regarde en souriant. Ils se regardent en souriant. Oui, la tempête s'est éloignée, emportant avec elle remous et vagues trop hautes. Et François a survécu. Il pousse un profond soupir, comme s'il venait de refaire surface et qu'il savait que cette goulée d'air est justement celle qui le ramènera à la vie. Peu à peu, les battements de son cœur se calment. Le chat jaune est revenu jusqu'à lui, le regarde un instant, avance un peu plus, à la fois indécis et superbe, entoure finalement le mollet de François de sa longue queue touffue. Alors le jeune homme se penche pour le caresser. Et le chat ronronne en roulant de la tête.

Marie-Hélène regarde son mari et sait qu'à jamais cette image restera gravée en elle. L'image d'un homme calme, heureux. L'image d'un homme qui revient à la vie après un long et pénible détour. François lève la tête vers elle.

— Et il nous reste encore toute une semaine de vacances ! Parfait. Parce que si j'ai hâte de revoir mes jeunes, il me semble tout à coup que ce n'est plus pareil. Que plus rien n'est pareil et j'ai bien l'intention de profiter de chacun des instants de repos qu'il nous reste... Que dirais-tu de passer par la Normandie en remontant vers Paris ? J'aimerais ça revoir Don Paulo... Il ne doit plus être très jeune, mais je suis certain que tu vas l'aimer. C'est un être tellement entier.

La voix de François n'est plus la même. À cause de cette sérénité que Marie-Hélène entend pour la première fois. Cette force aussi, cette tranquille assurance. Alors la jeune femme étire un large sourire. Elle sait qu'elle vient de rencontrer le vrai François. Celui qui essayait désespérément de se faire entendre depuis toutes ces années.

— D'accord pour la Normandie, approuve-t-elle en se penchant pour caresser le chat elle aussi. Mais pour l'instant, je partagerais bien un moment de sieste avec toi. Qu'est-ce que t'en dis ?

* * *

Après quelques jours de canicule, un peu surprenants pour le mois d'août, la température s'est soudainement mais tout à fait normalement rafraîchie. Les nuits sont même frisquettes et dans le verger de la ferme des Cliche, les pommes hâtives commencent déjà à rougir. Le temps de mettre la cidrerie en branle n'est pas très loin et inlassablement, jour après jour, Jérôme prépare cuves, siphons et tamis. Mais cette année (Eh ! Que voulez-vous ? On ne rajeunit pas !), il trouve la tâche ardue.

— Promis, marmonne-t-il pour lui-même tout en

mesurant les poudres désinfectantes. L'an prochain je trouve de l'aide plus tôt en saison. C'est trop pour un seul homme!

Parce que cette année, Cécile n'est là qu'à demi.

— Je suis fatiguée, Jérôme. La chaleur qu'on vient de connaître au début du mois m'a probablement affectée plus qu'à l'ordinaire. Rappelle-toi, il y a quelques semaines: ce matin, où je n'arrivais pas à me tirer du lit. Depuis ce jour-là, j'ai l'impression que rien ne va. Donne-moi quelques jours encore pour me ressaisir et je te rejoins à la cidrerie. C'est vrai que le gros de la saison va commencer.

Mais curieusement, l'intérêt habituel qu'elle porte à leur « bébé » semble éteint. Oh! Elle vaque toujours à ses occupations, prend soin de Mélina, de la maison, parle de projets, le soir à la veillée avec Jérôme. Mais elle le fait un peu comme un automate, le ressort de son habituel enthousiasme semble brisé. Lassitude, ennui, fatigue? Elle-même ne saurait le dire. Qu'une sensation d'abattement qui englobe tout, du réveil au coucher. C'est pourquoi, quelques jours plus tard, alors qu'ils prennent le café sur la galerie, profitant des rayons du soleil, plus chauds le matin, Cécile revient sur le sujet, avouant, un peu surprise:

— C'est drôle, Jérôme, mais je me sens lasse. C'est un peu comme si un brouillard s'était levé dans ma tête pendant une nuit et qu'il n'arrivait plus à se dissiper. Je n'ai plus envie de me forcer à quelque chose. Je me sens paresseuse, sans énergie. J'ai l'impression de tourner en rond. Même la lecture ne m'attire pas. Ce n'est pas peu dire!

Pourtant, malgré ce constat, après un moment de réflexion, elle ajoute malicieuse, dans un éclat de rire:

— C'est probablement parce que ça fait longtemps qu'on n'a pas fait de petit voyage ensemble. Tu sais à quel point j'aime ça!

À ces mots, Jérôme joint son rire à celui de Cécile, inexplicablement soulagé.

— Tu ne couds pas tes astuces au fil blanc, ma chérie. C'est avec un câble que tu as ficelé celui-ci ! Le message est passé ! Promis, ma douce, en novembre, on décolle. C'est moi qui n'ai rien vu. Avec l'état de santé de maman qui se détériore petit à petit, depuis sa mauvaise grippe au printemps, les journées doivent être longues et parfois même difficiles pour toi. Oublie la cidrerie pour l'instant et tente plutôt de trouver quelqu'un pour prendre la relève ici quand on s'absentera à l'automne.

— Oui, c'est une idée...

Puis subitement, comme si cela faisait des lustres qu'elle y songeait, elle ajoute pensive :

— Pourquoi ne demandes-tu pas à René de venir t'aider...

— René ? René qui ?

— René Vachon. Il me semble que c'est un ami sur qui tu pouvais toujours compter, non ?

— Mais voyons, Cécile...

Pendant un moment, Jérôme reste interdit. Une inquiétude subite et immense balaie toute pensée autre que ce serrement du cœur. Que se passe-t-il avec Cécile ? Il semble bien que sa fatigue dépasse, et de loin, tout ce qu'elle peut suspecter. Cependant, il doit l'admettre, il est vrai que sa mère nécessite de plus en plus une attention de tous les instants. La vieille dame ne se déplace plus qu'à l'aide d'une marchette et de farouche indépendante qu'elle était, Mélina se fie maintenant aux autres pour satisfaire le moindre de ses caprices. Et Cécile qui ne se plaint jamais ! Alors il tend la main pour prendre celle de sa femme et la serrer avec affection. Puis l'inquiétude revient. Aussi fatiguée soit-elle, Cécile a un curieux trou de mémoire...

— Tu ne te rappelles pas, ma douce ? René est décédé l'hiver dernier.

— Ah ! Oui ?

Pendant un moment, Cécile reste silencieuse, les sourcils froncés, comme sous l'effet d'une intense réflexion. Puis elle murmure d'une voix à la fois distraite et incrédule :

— Tu crois ?

À nouveau, elle reste immobile, le regard un peu absent. Puis le meuglement lointain d'une vache la fait sursauter. Alors, elle se tourne vers Jérôme, son sourire habituel sur les lèvres, toujours un peu triste mais éclairant à nouveau l'éclat de ses yeux.

— C'est vrai… J'avais oublié… Curieux, parce qu'on est même allés ensemble aux funérailles. Je m'en souviens clairement maintenant. Je ne comprends pas ce qui m'est arrivé.

Dernier flottement, un voile léger comme une brume diaphane dans le regard, puis Cécile s'ébroue comme quelqu'un qui sort du sommeil. Sa voix a retrouvé son assurance coutumière.

— Par contre, je sais fort bien ce que l'on va faire : c'est moi qui vais t'aider. Non, non, pas d'objections, je t'en prie, fait-elle vivement lorsqu'elle voit Jérôme se tourner vers elle pour l'interrompre. À trop me centrer sur mes états d'âme, j'en oublie l'essentiel. Rien de mieux qu'un petit coup de pied où je pense pour se remettre en forme. C'est vrai que je suis épuisée, mais c'est vrai aussi que j'ai tendance à m'écouter un brin depuis quelque temps. La grippe de ta mère a bon dos pour me servir d'excuse ! Mais c'est fini tout ça. Je vais trouver quelqu'un pour me seconder à la maison auprès de ta mère et le tour est joué.

— Tu es bien certaine que ce ne sera pas trop pour toi ?

— Trop ?

Cécile éclate de rire. De ce rire juvénile qui fait chavirer le cœur de Jérôme à chaque fois qu'il l'entend. Du coup, le malaise ressenti un moment auparavant s'envole. Qui ne serait pas épuisé devant la lourdeur du quotidien avec une vieille femme qui ne s'aperçoit plus à quel point elle est devenue exigeante ? Cécile semble avoir repris sur elle et c'est avec enthousiasme qu'elle lance, pendant que Jérôme pousse un profond soupir, témoin de l'intensité de son soulagement :

— Allons donc ! J'ai encore bon pied, bon œil, mon bel amour.

Puis redressant les épaules, elle énonce sur un ton grave, moqueuse :

— Le temps de trouver quelqu'un et je suis votre homme, monsieur Cliche. Je le sens : cette année va être une année record pour le cidre. Regarde comme les pommes sont belles ! Et j'ai bien envie de rajouter de la gelée et quelques conserves à notre production habituelle. C'est l'épicier du village qui m'en faisait la remarque, l'autre jour. Qu'est-ce que tu en dis ? Moi, je trouve que c'est une excellente idée. Sans oublier la montagne de petits cœurs en sucre que j'ai faits au printemps dernier ! Oui, donne-moi un petit moment d'ajustement et nous allons retrousser nos manches ensemble. On pensera aux vacances après...

CHAPITRE 5

Fin août 1995

Montréal, centre-ville et en Beauce

« Nous ne voyons pas les choses telles qu'elles sont, nous voyons les choses tel que nous sommes. »
Anais Nin

L'été tire à sa fin. Les journées sont plus courtes, plus fraîches et à la fin de la semaine, les piscines publiques fermeront déjà leurs portes. Dans un mois, cela fera un an que Sébastien a coupé les ponts avec tout ce qui pouvait ressembler à une vie sociale normale. Du moins, tel qu'on se plaît à le reconnaître. Pourtant, lui, il se dit satisfait du train-train de ses journées. Ni obligations ni contraintes. N'est-ce pas là tout ce qu'il voulait ? Être libre, sans la moindre entrave ? Ne plus avoir à subir ce que d'autres auraient choisi à sa place ? Plus de réprimandes, de reproches, de remarques, de mépris, d'attentes et de déceptions… Pourtant, petit à petit, une certaine monotonie commence à l'agacer. Mais bien qu'il en soit conscient, il n'a pas l'intention de changer de vie pour l'instant. De toute manière, en changer pour quoi ? Il serait bien en peine de le dire. Il y a simplement en lui une drôle d'impression qui lui laisse un vague à l'âme, une langueur qu'il met à l'enseigne de l'habitude. On finit toujours par s'habituer à tout. Par se créer une routine qui finit par nous ankyloser. Et n'est-ce pas là ce qu'il cherchait à contourner, à éviter, à travers tout le reste ? C'est peut-être simplement pour cela que, depuis quelques semaines, il lui est arrivé à plusieurs reprises de rêver à Maxime et l'envie de le revoir, de lui parler, de savoir ce qu'il devient occupe souvent le fil de ses pensées. Diversion qu'il ne repousse plus systématiquement parce qu'elle ajoute au quotidien cette illusion, cette dimension chimérique dont on a tous besoin. Confondre fantasme et réalité, besoin et espoir… Mais lorsque le cours de ses rêveries bifurque insidieusement vers son père, d'un haussement colérique des épaules, il passe à autre chose. Malgré tout, il soupçonne vaguement qu'il ne pourra errer comme il le fait, sans but précis ni projets, durant toute une vie. Mais là encore, il écarte cette idée d'un soupir désinvolte. Il n'a que dix-huit ans. Le temps ne presse pas vraiment. Il a toute la vie devant lui. À ne rien faire, à se laisser porter par l'insouciance et la sensation de liberté, l'esprit s'encroûte, devient paresseux. Alors, il a de la difficulté à imaginer l'avenir autrement qu'à travers la simple perspective du lendemain. Il avance dans la vie selon la température annoncée et le besoin de manger. Pourtant, il fut un temps où l'on disait de lui qu'il était un élève brillant et qu'il aurait le monde devant lui, s'il le voulait. Mais ce passé rejeté tout à fait consciemment lui semble aujourd'hui tellement lointain qu'il lui arrive de se demander s'il ne l'a pas tout simplement inventé. Puis l'image de son frère lui revient en mémoire, la voix dédaigneuse de son père l'agresse, le reflet de plus en plus flou de sa mère se manifeste et il sait qu'il n'a rien inventé. Alors la spirale l'emporte à nouveau. Souvenirs, déceptions, colère, lassitude...

Assis nonchalamment, les jambes se balançant le long du quai, au Vieux-Port, Sébastien se laisse engourdir par la douceur des rayons du soleil de ce beau dimanche après-midi, se disant qu'il y a de fortes chances pour que François soit revenu de ses vacances. Sans l'admettre publiquement, il reconnaît en son for intérieur que la présence du jeune travailleur de rue lui tient à cœur. Ces trois dernières semaines, il y avait comme une absence dans sa vie et les journées lui paraissaient s'étirer plus qu'à l'ordinaire. Leurs longues discussions sur tout et rien, les quelques confidences échappées, les cafés partagés lui reviennent en mémoire et Sébastien s'aperçoit que François lui manque. Ces dernières semaines, il y avait une drôle de brume qui brouillait le cours de ses journées. Et ce besoin des autres qu'il avait si farouchement combattu lui coule aujourd'hui sur l'âme comme une douceur. L'espace d'un instant, celui de s'en délecter. Puis la peur revient. Celle d'avoir mal, d'être blessé... Trop de souvenirs, d'espoirs déçus. Alors, d'un coup, sa hargne contre la vie obscurcit le ciel et repousse dans l'ombre ses aspirations à un peu d'amitié. Pourtant, le beau temps persiste. L'été est tenace et, si les nuits sont indéniablement plus fraîches, les journées gardent une chaleur agréable et le soleil est bien présent. Alors, ce soir, Sébastien a décidé d'en profiter pour dormir encore une fois à la belle étoile. Il ne saurait expliquer ce qui le pousse à choisir de préférence les parcs aux refuges ou aux édifices abandonnés pour passer ses nuits. Mais c'est un fait : il aime le grand air, l'infini d'un ciel étoilé, la sensation de liberté sans compromis qui l'emporte vers le sommeil quand il n'y a ni murs ni obstacles entre lui et la lune. Ne lui fait défaut, pour l'instant, que la perspective rassurante d'un repas plantureux et il pourrait se dire heureux. D'un bonheur tout simple qui le ramène naturellement à ces moments de plaisir qui peuplaient parfois son enfance. Depuis qu'il a entrevu son frère, Sébastien ne cherche plus catégoriquement à rejeter ce qui a fait partie de sa vie. Il en a sélectionné quelques passages, en a même trié sur le volet pour être bien certain de ne pas se sentir agressé, et depuis, il se plaît à revoir certains épisodes en pensée jusqu'au moment où la voix dédaigneuse de son père finit par tout engloutir :

— Des crisses de tapettes, Brigitte ! Tu m'as fait deux tapettes, sacrament !

Sébastien ne se rappelle ni gentillesse ni encouragement de la part de son père. Mais si la colère demeure, la rage aveugle s'est dissoute. Ne subsiste en lui qu'une forte détermination qu'il ne cherche pas à comprendre. Il avance porté par le cycle des jours et des nuits, se disant qu'un bon matin la vie se chargera bien de lui faire signe. D'une façon ou d'une autre. Et pour le moment, le signe qu'elle lui fait est ce gargouillis qui ne laisse aucun doute : il meurt de faim. Mais à la seule perspective d'un autre hot dog, un long frisson de dégoût lui parcourt l'échine. Ketchup, moutarde ou relish : il a beau varier les accompagnements, ça ne reste toujours qu'une saucisse avec du pain et présentement, il en a plus qu'assez. Alors, l'autre possibilité, c'est de trouver un peu de courage pour s'installer au bon endroit afin de quêter les quelques sous qui permettraient un brin de variété au menu. Mais alors qu'il s'apprête à se relever, une voix l'interpelle.

— Mais je ne rêve pas ! C'est mon beau Sébastien qui est là ! Mais qu'est-ce que tu as fait tout ce temps, doux Jésus ? On t'a pas vu de l'été...

Sans même se retourner, retenant à peine le soupir d'impatience qui lui monte aux lèvres, Sébastien devine la présence de Gilbert, sa dernière « conquête » du printemps. Il retient à temps la réplique cinglante qui lui monte aux lèvres en se remémorant les bouffes gargantuesques qu'il a eu l'occasion de faire avec Gilbert. Voilà le signe qu'il attendait ! Alors, laissant volontairement tomber le masque dédaigneux qui maquillait ses traits, il tourne un sourire à la fois invitant mais bref. De toute façon, ce serait inutile de trop en faire. Gilbert trottine déjà à petits pas serrés dans sa direction, poussant devant lui, avec célérité, la masse indéfinie de son abdomen proéminent.

— Si tu savais comme ça me fait plaisir de te voir, mon jeune.

Et sans invitation, il se laisse tomber aux côtés de Sébastien.

— Ouf ! Pis, quoi de neuf ?

À croire qu'ils ne se sont quittés que la veille. Gilbert le détaille avec insistance, roulant des yeux derrière ses lunettes épaisses. Sébastien lui donne la quarantaine, peut-être un peu plus. Bas sur pattes, obèse, ni beau ni particulièrement laid, sentant la lotion après-rasage à des lieux à la ronde, toujours bien mis, Gilbert attend une réponse, les lèvres entrouvertes. Alors Sébastien entre dans le jeu. Un bon souper vaut bien un petit effort.

— Salut Gilbert, content de te voir. C'est vrai que ça fait un bout qu'on s'est pas vu. Mais tu sais ce que c'est, l'été ! On va, on vient, on profite du beau temps… Pis toi ?

— Toujours pareil. Le train-train, quoi ! Non, c'est pas tout à fait vrai. J'ai changé la décoration du salon. Ça faisait un bail que le vert bouteille me tapait sur les nerfs. J'ai mis ça dans les tons de rose gomme… J'ai tout changé !

Les fauteuils, les lampes, les tapis. Et les tentures sont d'un chic !

Faisant un gros effort, Sébastien se montre intéressé. Heureusement, avec Gilbert, pas besoin de donner la réplique, il se répond à lui-même. Et il adore tout ce qui touche la décoration, les tissus, les couleurs, la mode. Quand il en parle, il devient intarissable. Il est d'ailleurs vendeur dans une mercerie pour hommes et aime franchement son travail. Il a un tas de copines, toutes plus commères les unes que les autres, avec qui il passe des heures à jaser et discuter au téléphone. Des nouvelles tendances en tout genre en passant par les journaux à potins, tout y passe. En ce moment, il décrit le salon de ses rêves jusque dans les moindres détails et Sébastien n'a qu'à l'observer avec un semblant d'intérêt au fond du regard pour que Gilbert soit aux anges.

— ... Si tu voyais ça ! Une pure merveille ! Ça m'a coûté un bras mais, bof ! Dépenser là ou ailleurs... Et tu sais la grosse potiche chinoise près du foyer ? Ben, imagine-toi donc que...

Et le voilà reparti avant même que Sébastien n'ait pu émettre le moindre son. Gilbert parle d'une voix un peu précieuse, ses mains boudinées balayant l'air, aussi descriptives que ses paroles, la bouche en cul de poule, susurrant à tout moment comme on suce un bonbon acidulé et claquant de la langue à tout propos. Caricature ou réalité ? Sébastien ne peut s'empêcher de sourire. Petit à petit, le charme opère. Avec Gilbert, c'est toujours comme ça que ça se passe : d'abord l'impatience, l'agacement puis le rire. Cet homme fait partie de ces êtres toujours de bonne humeur qui trimbalent avec eux un charisme indéniable. Et présentement, sa présence est presque un baume sur le « spleen » qui envahit le jeune homme depuis quelque temps. Si ce n'était de la dimension sexuelle sans équivoque de leur relation, Sébastien aurait presque envie de dire qu'il aimerait être son ami. De là peut-être ce silence de quelques mois... Et surtout, il y a sa règle d'or: ne pas faire confiance, jamais... Mais il y a plus. Et Sébastien le sait. Cette intimité entre eux, Sébastien n'est plus du tout certain d'y souscrire. Ça rejoint tout le reste. Cette espèce d'ambivalence qui lui revient à chaque fois avec un peu plus d'intensité et qui le poursuit depuis qu'il a aperçu son frère. Curieusement, depuis ce jour, il n'est plus certain de rien. Mais bon, il a faim, non ? Et Gilbert ne regarde jamais à la dépense quand il est question d'un repas. Il sursaute quand ce dernier l'interpelle à nouveau.

— Eh ! Mon beau, tu m'écoutes ou quoi ?

— Oui, oui... Excuse-moi... J'étais dans la lune. Tu disais ?

— Si je t'invitais à souper ? Tu pourrais constater par toi-même.

En plein dans le mille ! Tant pis si cette invitation n'est pas sans arrière-pensée. On avisera en temps et lieu.

— Bonne idée ! On mange quoi ?

Gilbert boit du petit-lait.

— Ce que tu veux, mon beau. Tout ce que tu veux...

Ils ont mangé une entrecôte et des frites. Sur la terrasse parce qu'il fait encore beau et presque chaud. Et ils ont bu de l'excellent vin. Beaucoup. Trop. Comme chaque fois où Sébastien devine la nuit qui va suivre. L'esprit embrumé, ça semble plus facile. Il ne se pose pas de questions... Gilbert empile les assiettes sales, son ridicule tablier à fleurs lui ceinturant l'abdomen à hauteur d'une taille inexistante depuis l'instant où il a regagné ses quartiers derrière le gril.

— Maintenant, je fais la vaisselle pendant que tu nous pars un bon feu. Le papier journal est dans un coin du garde-robe d'entrée.

Puis sans transition :

— As-tu vu où j'ai mis la potiche ? répète-t-il pour la troisième fois. Entre les deux fenêtres, il me semble que c'est mieux, non ? Qu'est-ce que tu en penses ? Sers-toi un digestif, si tu en as envie. Je te rejoins à l'instant.

Un vrai moulin à paroles ! De la cuisine, Sébastien l'entend se parler à lui-même. Sans même prendre la peine de faire attention à ce que Gilbert radote, le jeune homme attrape les vieux journaux, quelques bouts de bois, puis il craque une allumette. Ensuite il sort la bouteille de cognac et un grand verre à eau.

Ils ont passé un bon moment à jouer au *Scrabble*, jusqu'à ce que les lettres se mettent à valser devant les yeux de Sébastien. La bouteille de cognac est presque vide, le feu crépite faiblement, l'air qui entre par les fenêtres entrouvertes est de plus en plus frais. Depuis près d'une heure tout s'est mis à giguer dans la pièce et Sébastien ressent une franche nausée. Le foyer se superpose aux fauteuils et les draperies fleuries, si chères à Gilbert, semblent attaquées par les flammes. Les dragons de la potiche chinoise sont animés et les fleurs séchées sont bizarrement flétries. Tout tournoie autour de lui, comme à La Ronde. Sébastien se rappelle très bien cette sensation désagréable. La dernière fois qu'il est allé à La Ronde, c'était avec Mme Cloutier et son fils Antoine. Quel âge avait-il encore ? Ça fait tellement longtemps. Mais peut-être aussi était-ce la semaine dernière. Il n'arrive pas à contrôler la sarabande folle des idées qui virevoltent sans répit dans sa tête. Tout ce dont il se souvient avec clarté, c'est qu'il avait été malade. Et là aussi, il pense qu'il va être malade. Alors il s'oblige à respirer profondément avant de regarder devant lui, essayant de fixer un point bien précis pour faire cesser le tournis. Mais la table aussi se dérobe. À quoi jouait-il encore ? Oh, oui ! au *Scrabble*. Mais où est rendu Maxime ? C'est avec Maxime qu'il joue au *Scrabble* habituellement. Un *Scrabble Junior* que grand-père leur a donné pour Noël. Mais quelqu'un a changé le jeu. Il ne le reconnaît plus. Où sont passés les petits cartons bleus avec les lettres ? On les a remplacés par des pièces de bois. Et il n'y a plus d'images colorées ou de mots suggérés sur la planche du jeu...

Péniblement, Sébastien lève la tête. Gilbert le regarde les sourcils froncés. Lui aussi, il tourne comme une toupie. Comme tout le reste d'ailleurs. C'est vrai, ce n'est pas avec Maxime qu'il joue, ce soir. C'est avec le gros Gilbert. La « grosse tapette » dont personne ne veut. Pourtant, présentement, ces mots de mépris n'ont pas la résonance coutumière à ses oreilles. Peut-être que c'est parce qu'il est un « fif » lui aussi, non ? C'est son père qui le dit. Et son père a toujours raison... Gilbert s'est approché et lui passe un bras autour des épaules. Exactement comme sa mère le fait quand il ne se sent pas bien. Impulsivement, Sébastien se laisse aller contre Gilbert et ferme les yeux. Mais un vertige immense le fait se redresser aussitôt. Il voudrait dormir tellement il est fatigué, mais il ne peut fermer les yeux sans que la nausée ne revienne... Jamais il ne s'est senti aussi mal qu'en ce moment.

— Ça ne va pas, mon beau ?

Sébastien essaie de lui sourire, sans grand succès. Il y a tellement de sollicitude inquiète dans la voix de Gilbert que ce sont des larmes qui lui montent aux yeux. Il a la bouche pâteuse et sa langue est soudainement trop grosse pour sa bouche, malhabile. C'est à peine s'il arrive à articuler clairement :

— Non, pas du tout...

Aussitôt, Gilbert s'emballe, se tordant les mains d'impuissance.

— Voir si ça a de l'allure de boire du cognac dans un verre à eau, aussi... Pauvre toi... Va dans la chambre de bain pis fais-toi vomir.

— Ouach !

— C'est sûr que c'est pas très agréable. Mais c'est efficace.

Sébastien essaie d'aligner le couloir qui mène à la salle de bain. Mais le plancher ondule devant lui. Il n'arrivera jamais à se lever d'ici. C'est alors qu'un violent haut-le-cœur lui tord l'estomac et sans chercher à en savoir plus long, d'un pas vacillant, il se précipite, une main devant la bouche...

Il a été malade à s'en arracher le cœur. Les mains tremblantes, le visage en sueur, les yeux remplis de larmes, il reste un moment le front appuyé contre l'évier de porcelaine froide. Ça fait du bien. Les battements de son cœur s'assagissent, sa respiration se calme. Gilbert avait raison : seul un martèlement continu persiste dans sa tête, accompagné d'un léger vertige. La houle incontrôlable et la sensation désagréable d'avoir les pieds tout ronds ont disparu. Après s'être aspergé le visage d'eau fraîche, essuyé les yeux et rincé la bouche, Sébastien revient au salon. Il a l'air penaud d'un enfant sortant d'une punition méritée. Pendant ce temps, comme procédant d'une obscure intuition, Gilbert a dressé un lit de fortune sur le divan, devant l'âtre.

— Je crois que ce sera préférable comme ça, fait-il tout bonnement, le visage empourpré.

Puis aussitôt après :

— Si t'as envie de jaser... ou peut-être veux-tu dormir tout de suite ?

— Non, pas vraiment... Euh !... Excuse-moi pour tantôt.

— Pas de quoi.

Les deux hommes n'osent se regarder. Une indicible pudeur s'est glissée dans la pièce, venue d'on ne sait où. Peut-être tout simplement portée par la brise qui gonfle présentement les tentures pour se vautrer sans-gêne à travers toute la pièce avant de se dresser entre Sébastien et Gilbert, tangible, encombrante. Comme un moment de vérité entre eux. Attendu, provoqué... Sébastien a un long frisson. L'air entré par la fenêtre a des senteurs et des froidures d'automne.

— Mais où ai-je la tête ? Tu dois te sentir faible, toi là. Viens, viens prendre la couverte pour la mettre sur tes épaules.

Tout en parlant, Gilbert s'est relevé, tapotant le coussin à côté de lui pour y inviter Sébastien. Puis à petits pas serrés, il va à la fenêtre et ferme les battants avant d'attiser le feu, d'y ajouter une bûche, de ranger les nombreuses revues de décoration, éparpillées un peu partout dans la pièce. Silencieux, Sébastien s'installe confortablement, referme les pans de la couverture autour de ses épaules frissonnantes tout en s'attardant au va-et-vient du gros homme qui continue de monologuer.

— T'aurais dû voir ça quand on a peinturé ! Une vraie journée de fous ! Pis toi, t'es bien, là ? demande-t-il à brûle-pourpoint, en se retournant. Oui ? Parfait... Qu'est-ce que je disais donc ? Ah oui ! La peinture... C'est Claudette qui est venue m'aider. Tu sais Claudette avec qui...

Gilbert a des attitudes de mère poule : rempli de bienveillance, de sollicitude. Un vague sourire effleure les lèvres de Sébastien. Curieuse nature, parfois... Gilbert aurait fait un père sensationnel. Mais la vie en a décidé autrement. Finalement, cet homme est quelqu'un de bien. Un être entier, capable d'écoute, de présence. Gilbert continue à s'activer comme s'il cherchait à peupler le vide entre eux.

— Arrête-toi un peu, demande finalement Sébastien qui recommence à être étourdi par l'agitation de Gilbert. Et viens t'asseoir. Ça fait longtemps que ça ne m'est pas arrivé, mais j'ai envie de jaser...

Sensation de confort devant le foyer, cette chaleur qui l'enveloppe, ce bien-être total après l'indigestion ouvrant le chemin aux confidences à travers une impression de sécurité comme il n'a pas ressenti depuis longtemps.

Alors, jusque tard dans la nuit, ils ont parlé. Chacun pour soi à travers l'autre. Sébastien a raconté son enfance et l'ennui qu'il a de son frère. Puis à son tour, Gilbert s'est confié.

— Mon oncle s'appelait Marcel... Il disait que c'était pour mon bien. Jamais, je crois, je n'oublierai la senteur de foin fraîchement coupé qu'on entassait derrière la grange de mon grand-père...

La voix de Gilbert est grave, totalement différente de l'intonation qui lui est habituelle. Assis sur le bord du coussin, les coudes appuyés sur les genoux, le corps penché dans une attitude typiquement masculine, il ne s'empêtre plus dans ses mimiques et ses attitudes de jeune vierge effarouchée. Tout en lui raconte la vie d'un homme fatigué. La lueur des flammes souligne des rides que jamais Sébastien n'avait remarquées auparavant.

— Ma mère était grande, forte, poursuit Gilbert... Elle avait la main leste et la voix immense... J'ai toujours eu peur des femmes.

— Et moi, je ne leur fais pas confiance, gronde Sébastien,

complétant la confidence selon son entendement. Même si ma mère était toute petite, et douce, elle était aussi dure que l'acier... Elle nous l'a prouvé, un bon matin. Mais chez moi, au jour le jour, c'était mon père qui était immense... Costaud, viril, les cheveux en brosse... Il nous traitait de tapettes, mon frère et moi. Parce qu'on n'aimait pas les sports violents, qu'on était plus petits que nos amis et que ma mère s'entêtait à laisser tomber nos boucles blondes sur la nuque... Moi, je ne voyais pas le rapport... Mais mon père avait peut-être raison...

— C'est ce que tu crois ?

— Je ne sais pas... Peut-être bien...

Puis dans un souffle.

— Je n'ai jamais fait l'amour avec une femme, avoue Sébastien en rougissant. Alors, pour ce qui est de savoir...

À ces mots, Gilbert hausse les épaules.

— Pis ? Ça, c'est quelque chose qu'on sent en dedans de soi... C'est irrévocable. Une attirance qui est plus forte que tout. Plus forte que le cœur ou la raison... D'aussi loin que je me souvienne, j'ai toujours vu les femmes comme des monuments de glace... Inaccessibles. Puis plus tard, après ce premier été derrière la grange, je les imaginais comme des mantes religieuses qui bouffent le mâle après l'accouplement. Alors l'oncle Marcel...

Gilbert ne complète pas sa pensée. Un long silence se pose sur la pièce et les craquètements du feu se font présence. Pendant un moment, Sébastien écoute le vent qui s'est levé et qui se lamente contre le carreau. Il entend la voix de son père le traitant de tapette, de « fif »... Puis il repense aux quelques hommes qui ont croisé sa vie depuis le printemps. Pourquoi est-il allé avec eux ? Tout à coup, il lui semble que son esprit est particulièrement lucide, clair, froid. N'était-ce là qu'une réponse à toutes les accusations de son père ? Une façon tordue de rechercher encore et toujours son approbation ? « Tu dis que je suis une tapette, vois ! Tu as raison. Tu devrais être fier de ta perspicacité, non ? » Ou encore une autre façon de narguer ce père qui n'a jamais montré le moindre signe de satisfaction envers lui ? Et lui, comment se sent-il quand il est dans les bras de quelqu'un ? Il essaie de se souvenir, ferme les yeux pour faire naître des images. Il se revoit, nu, un autre corps contre le sien, des mains qui touchent, qui cherchent... Il ne voit que des mains, un ventre, un dos. Aucun sexe n'effleure sa pensée. Il n'y arrive pas. Indifférence, fadeur... Alors un long frisson lui parcourt le dos.

— Peut-être que c'est tout simplement parce que je n'aime pas faire l'amour, constate-t-il dans un murmure, comme si Gilbert avait pu suivre le cours de sa pensée.

— Peut-être tout simplement que c'est parce que tu as faim parfois.

Sébastien lève un regard défiant vers Gilbert qui vient de ramener ces événements dans leur juste et impitoyable perspective. Sébastien a un frisson. Se peut-il qu'il soit à ce point transparent ? Lui qui se croyait en contrôle de situation... Pourtant, il ne ressent ni colère ni frustration. Dans le fond, Gilbert a raison. Bêtement raison, du moins à la surface des choses. Pour les élans profonds, il n'y a que Sébastien qui puisse répondre et il n'est plus certain qu'il a envie de trouver une réponse immédiate. Mais par curiosité, il demande :

— Mais comment as-tu...

Gilbert ne lui laisse pas le temps de finir.

— Parce que lorsque tu es avec moi, je sens bien que tu te retiens en même temps que tu donnes. Toi, tu n'en es peut-être pas conscient, mais moi, je la sens cette réticence qui fait que tu ne t'abandonnes jamais vraiment. Mais c'est correct de même. Si c'est ton choix...

C'est comme si ces quelques mots avaient donné une nouvelle dimension à cette lucidité qu'il ressent depuis quelques instants. Sébastien enchaîne impulsivement.

— Justement, je ne sais plus si c'est vraiment mon choix. J'ai l'impression que de plus en plus souvent il y a une voix qui crie dans ma tête.

— Et qu'est-ce qu'elle crie cette voix-là ?

— D'arrêter avant qu'il ne soit trop tard, admet-il, surpris lui-même par cet aveu qui englobe tous les aspects de sa vie. Et en même temps, j'ai vraiment pas envie de rentrer dans le moule. Si c'est pour passer à côté de la vie comme mon père...

— T'es encore jeune Sébastien. Le seul conseil que je peux te donner, c'est d'écouter la voix, justement. C'est exactement ce que je te disais tout à l'heure quand je parlais d'une force en soi qui va au-delà de la raison. Et pour ce qui est de passer à côté de la vie, n'aie pas de crainte, il n'y a que toi qui puisses décider.

— Oh non, Gilbert ! C'est pas comme ça que ça marche. Je sais par expérience qu'on n'a finalement pas grand-chose à dire. Pis c'est la même chose pour tout le monde. Si ton oncle n'avait pas été là, malgré ce que tu en penses, est-ce que tu serais homosexuel aujourd'hui ? Est-ce qu'un jour quelqu'un va pouvoir répondre à ça franchement ? Hein ! Gilbert ? Franchement et sans la moindre marge d'erreur ?

— Non, c'est vrai...

Durant un long moment, le bruit des flammes revient s'imposer telle une troisième voix à leur dialogue. Puis Sébastien reprend.

— C'est drôle, mais je me sens soulagé... Ça faisait des années que je ne voulais parler à personne. Puis tout d'un coup, j'ai eu l'impression que c'était comme une obligation. Pourquoi ce soir ? Pourquoi avec toi ? Je ne le sais pas. Mais je me sens bien. C'est confus, je ne pourrais pas dire ce que ça va changer demain ni même dire si ça va changer quelque chose, mais je me sens bien. Et là, maintenant, je pense sincèrement que c'est tout ce qui compte.

Il dessine un sourire d'enfant avec une confiance nouvelle dans le regard qui rejoint Gilbert droit au cœur. Pendant ce temps, inconscient des émotions nouvelles qui assaillent Gilbert, Sébastien s'étire en bâillant, puis il reprend :

— Maintenant, j'aimerais dormir un peu...

— Un moment, s'il te plaît...

Gilbert s'est rarement livré à quelqu'un comme il vient de le faire. Et lui aussi, il se sent bien, comme soulagé d'un poids qu'il aurait de la difficulté à décrire. Mais le fait demeure et lui semble d'importance. Alors, regardant Sébastien fixement, il ajoute :

— Je suis content qu'on se soit parlé comme on l'a fait. Maintenant, les choses sont claires. Pour tout le monde... Je crois que tu devrais te trouver une copine, fait-il avec un petit rire. Ça crève les yeux.

Puis redevenu sérieux.

— Mais je veux que tu saches que, malgré tout, tu es ici chez toi. Tu viens quand tu veux. Ma porte sera toujours ouverte pour toi.

Et sur ces mots, rougissant comme une gamine, le gros homme tend la main.

— Amis ?

Pendant un instant, Sébastien reste immobile. Il ne peut retirer son regard de cette main tendue en même temps qu'il se dit qu'il ne voulait ni liens ni attaches. Faire confiance est trop dangereux... Alors pourquoi lui et ce soir ? Qu'y a-t-il de changé ? Mais venue du plus profond de son plus lointain souvenir, une force incontrôlable avale brusquement réticences et réserve. Il entend sa mère dire que la vie n'est pas juste et il aurait envie de lui répondre qu'il n'est plus certain de rien. Peut-être, quand on le veut très fort... Peut-être, oui, qu'on peut influencer les choses... Alors, à son tour, il tend la main.

— D'accord, Gilbert. Et merci.

Gilbert redresse aussitôt les épaules, les yeux brillants. Comme par magie, les rides s'effacent, la voix remonte d'un ton.

— Mon doux Jésus que je suis content... C'est bien beau les copines, pis Dieu sait si j'en ai, mais un « chum » de gars, c'est autre chose...

Façade et réalité, illusions et sincérité. La caricature a retrouvé le confort de sa place. Les règles sont respectées, les convenances observées. On peut continuer à survivre au jour le jour. Et même y trouver un certain agrément.

— Non, non, pas question que tu dormes ici, mon beau, s'exclame-t-il voyant que Sébastien retire le drap pour s'installer. On sait vivre, quand même ! Toi, tu prends la chambre. Allez, ouste ! fait-il autoritaire, balayant l'air de la main devant son gros ventre. Donne-moi la couverte pis file avant que... Envoye, insiste-t-il vivement devant l'hésitation de Sébastien, va-t-en avant que je dise ce que je ne dois pas dire. On se revoit au déjeuner...

* * *

— Veux-tu bien me dire ce que tu as mangé ou respiré en France ? On ne te reconnaît plus ! T'es sur la dope ou quoi ?

Michel a un éclat moqueur et amical au fond de l'œil. Depuis son retour de vacances, François n'est plus tout à fait le même. Assurance dans le geste et le propos, équilibre dans l'attitude, infatigable… C'est lui mais en même temps, on pourrait dire qu'il s'est bonifié, comme un vin de belle qualité. Aux mots de son confrère, François tourne la tête vers lui, un sourire en coin.

— Eh ! Serais-tu devin par hasard ? C'est que tu as parfaitement raison ! L'air de Provence porte sur sa brise un je-ne-sais-quoi de paisible, de réparateur. Je suis tombé dans un bain de potion magique… Tu devrais y aller toi aussi et Louise avec, conseille-t-il en riant.

Puis il redevient sérieux.

— Sans blague, c'est vrai que c'est le pays du repos par excellence. Les gens sont charmants, on mange divinement bien, le rythme de vie est tellement différent de tout ce que l'on connaît. À un point tel que j'en arrivais par moments à espérer amener nos jeunes là-bas. Je suis convaincu que certains d'entre eux se sentiraient à l'aise avec les habitudes de la Provence. On vit au rythme de la nature et des repas, comme eux, ajoute-t-il un brin taquin. Mais il y a plus…

Moment de silence intense. François se rappelle cette paix ressentie. Et le chant des cigales qui accompagne le sourire de Marie-Hélène.

— Disons que c'est là que j'avais rendez-vous avec moi-même, explique-t-il finalement, une grande douceur dans la voix. Avec certains souvenirs… Et j'ai fait la paix. Il était temps. Je t'en parlerai sûrement un jour. Je sais que tu vas comprendre.

Pendant quelques instants, les deux hommes se

regardent sans parler. Courant d'amitié sincère qui n'a pas toujours besoin de mots pour exprimer ses sentiments. Puis Michel reprend.

— Comme tu veux... Mais laisse-moi te dire que ça fait rudement plaisir de te voir tel que tu es. Tu as l'air bien comme jamais auparavant.

Ils sont dans la petite salle vieillotte, aux couleurs passées, qui leur sert à la fois de bureau, de salle de conférence, de fumoir, de salle à manger, de lieu de rencontre... En début d'après-midi, le soleil entre à flots par la haute fenêtre et la poussière, tout comme la fumée des cigarettes que Michel fume une après l'autre, s'entortille dans un rayon brillant. Par le carreau ouvert, on entend les bruits de la ville et des voix qui s'interpellent. L'air sent bon. De cette fraîcheur acidulée qui n'appartient qu'à l'automne quand il est beau.

— C'est vrai que je suis en pleine forme. Je me sens dangereusement d'attaque... Et en parlant d'attaque... Qu'est-ce qui se passe avec Vincent ? Louise me disait hier qu'il voulait encore une fois changer de logement. Trois fois dans un mois, c'est un record, non ? Je suis supposé le rencontrer au Porté disparu à l'heure du souper. Qu'est-ce qu'on fait avec ça ? On le suit dans son « trip » ou on essaie de le raisonner ?

* * *

La cidrerie fonctionne à plein régime. La saison des pommes bat son plein, les fruits sont d'une excellente qualité, la main-d'œuvre tant espérée est enfin au boulot. Jérôme a retrouvé son allant et il semblerait bien que l'épuisement de Cécile n'était autre chose qu'un ennui inhabituel devant la routine. Ce qui est tout à fait compréhensible, vu l'état de Mélina. De s'éloigner quelque peu des corvées domestiques lui fait un bien souverain. Levée tôt et couchée tard, elle suit le rythme de son mari sans le moindre signe de fatigue. Une dame du village a accepté de tenir compagnie à Mélina et ainsi, Cécile peut se libérer de la maison pendant quelques heures chaque jour. Confitures, sirop, gelées et tartes s'additionnent en un étalage savoureux et les passants ne peuvent y résister. La production devrait même dépasser leurs prédictions.

— As-tu vu Jérôme ?

Cécile est à la table de cuisine, un amoncellement de papiers devant elle. Elle fait le bilan de la semaine.

— Incroyable ! En sept jours, on a fait autant de profit qu'en trois semaines l'an dernier.

— Ah ! Oui ? Merveilleux. Mais vois-tu, je m'en doutais. Tout ce que tu as rajouté à notre production habituelle y est sûrement pour quelque chose.

— Probablement... Attends un moment, je fais un petit calcul...

Cheveux en bataille, lunettes au bout du nez, Cécile a l'air d'une gamine. La nuit tombe peu à peu, les ombres s'étirent à perte de vue sur le champ dépouillé de ses épis de maïs. La soirée est douce et quelques grenouilles se font la sérénade, entêtement d'un été qui persiste. Au loin, à l'orée du bois, les oiseaux nocturnes ajustent leurs notes.

— Et voilà ! Tu avais raison. Une partie du profit vient de ce que l'épicier du village a vendu. Je ne pensais pas qu'il avait écoulé autant de nos produits... En ajoutant les ventes de cidre, ça fait un joli pécule. Regarde !

À son tour, Jérôme se penche sur les colonnes de chiffres. Pas de doute, ils se préparent à battre des records.

— C'est génial ! Si ça continue, on va pouvoir se permettre d'engager notre personnel plus tôt l'an prochain. Et je t'avoue que ce n'est pas pour me déplaire ! Je commence à ressentir les affres de l'âge... Par contre, jamais je ne regretterai d'avoir eu l'idée de ce petit commerce. Te rends-tu compte, Cécile ? À l'âge que j'ai, c'est le premier vrai projet que j'ai conçu et mené à terme. Il était temps, non ? lance-t-il en riant.

Mais curieusement, Cécile ne répond pas. Le rire de Jérôme sonne incongru dans l'air tiède de la cuisine. Puis il retombe, inutile, encombrant, alors que Jérôme se tourne vers Cécile. Elle ne semble même pas l'avoir entendu. Penchée sur ses chiffres, elle reste immobile, profondément concentrée, le stylo entre ses doigts pointant le plafond. Pendant un long moment, elle ne bouge pas, puis, dans un soupir, elle se redresse et laisse tomber :

— J'en ai assez...

Et d'un geste saccadé, elle repousse sa chaise, se lève d'un bond, ramasse les feuilles éparpillées devant elle. Cécile la méticuleuse en tout les attrape à la va-vite, un peu n'importe comment, puis vient les lancer sur le buffet.

— Ça me fatigue tout ça, gronde-t-elle sourdement.

Jérôme lève les sourcils. Mais qu'est-ce que c'est que cette réaction subite, déconcertante ? Cela ressemble si peu à Cécile la douce. Et où donc est passé le bel enthousiasme qui la soulevait, il y a deux minutes à peine ? Il fait un pas vers elle.

— Mais voyons, Cécile ?

Mais encore une fois, c'est comme si Cécile ne se rendait pas compte qu'il est là. Le contournant, elle se rend au comptoir, regarde un moment autour d'elle. Au même instant, l'horloge grand-père du salon égrène huit coups.

Alors Cécile redevient immobile, tendant l'oreille et d'un hochement de la tête, elle suit le rythme du gong.

— Huit heures, murmure-t-elle alors.

Puis regardant par la fenêtre, elle ajoute à mi-voix:

— Il fait noir. Donc, c'est le soir...

Et sur ce, sourire aux lèvres, elle se tourne vers Jérôme.

— Je crois que je vais préparer le souper. As-tu faim?

C'est comme si Jérôme venait de recevoir un coup au cœur. Mais quelles sont donc ces absences de plus en plus fréquentes? D'un pas, il est près d'elle, l'oblige à lever les yeux vers lui.

— Là maintenant? Mais on sort de table, Cécile.

À nouveau, un drôle de flottement se pose sur la cuisine. Jérôme a l'impression que le temps suspend son cours. Et ce regard vide, immobile, levé vers lui. Puis Cécile s'ébroue, un éclat de vie traversant l'azur de ses yeux.

— Ah! Oui? On a soupé? Bon, si tu le dis. Alors je vais prendre de l'avance pour demain. Que dirais-tu d'une fricassée au poulet? Ça serait bon, non? Il me semble qu'il y a des restes justement...

Et sans attendre, elle se dégage et se rend au frigo, en ouvre tout grand la porte, se penche.

— Plus de poulet, marmonne-t-elle après avoir déplacé quelques contenants. Curieux, j'aurais juré que... Tant pis. Je vais faire un bouilli. Il y a plein de légumes dans le jardin et j'achèterai un morceau de bœuf.

Puis d'un geste brusque, elle referme le frigo.

— Finalement, je vais faire le souper demain. Avec les légumes du jardin.

Puis elle pousse un profond soupir et se retourne vers Jérôme en souriant. Et là, d'un seul coup, il retrouve la femme qui est la sienne.

— Pour l'instant, je monte me coucher, fait-elle en bâillant. C'est drôle, mais je me sens terriblement fatiguée. Tu viens avec moi ?

Jérôme doit faire un effort surhumain pour répondre à son sourire.

— Non, pas maintenant... Je... je vais regarder un peu la comptabilité. Ne m'attends pas. Mais j'irai te rejoindre bientôt.

Alors sans plus, Cécile passe devant Jérôme en lui envoyant un baiser du bout des doigts. Il l'entend monter puis refermer la porte de la salle de bain sur elle. Un bruit d'eau dans les tuyaux le fait sursauter. Alors attrapant un chandail sur l'un des crochets près de la porte, il se glisse furtivement à l'extérieur. Lentement, la lune monte au-dessus de la colline de l'autre côté de la rivière, très claire, toute ronde, nimbant les sapins d'un éclat bleuté. Les oiseaux se sont tus. Seules les grenouilles peuplent le silence de la nuit. Alors, sans faire de bruit, Jérôme se laisse tomber lourdement dans un fauteuil berçant et du revers de la main, il essuie une larme qui cherche son chemin à travers ses rides. Puis il renifle. Tournant et retournant impitoyablement dans son esprit, il entend Cécile dire qu'elle veut faire une fricassée de poulet. Il est inquiet, il a peur. Il aimerait se dire ridicule de s'en faire pour si peu. Mais une angoisse sourde et douloureuse lui creuse le ventre.

Parce que la fricassée, c'est ce soir, au souper, qu'ils l'ont mangée et Cécile ne s'en souvenait pas.

CHAPITRE 6

Automne 1995

Sur le Plateau Mont-Royal et en Beauce

« Personne ne peut vous faire sentir inférieur sans votre consentement. »
Eleanor Roosevelt

L'automne est bien là. Les feuilles craquent sous les talons et les passants soufflent sur le bout de leurs doigts, le matin, en attendant l'autobus. Sébastien a trouvé, dans le sud-est de la ville, un vieil immeuble abandonné et pas trop délabré. Il a installé quelques cartons dans le coin où les fenêtres sont restées intactes et il se couvre d'une veste de chasseur presque neuve, récupérée au bazar du Chaînon pour dormir. Pour l'instant, ça peut aller.

Malgré l'invitation, il n'arrive pas à se résoudre à relancer Gilbert. Curieuse attitude chez lui, à tout le moins nouvelle : il ne veut pas abuser. Peut-être est-ce là le prix de l'amitié ? Sébastien ne le sait pas. Les seuls amis qu'il ait eus datent du temps de son enfance et à cet âge, l'amitié se résume souvent au simple plaisir d'être ensemble. Alors, il passe ses journées à jongler avec ces nouvelles pensées, se demandant ce qu'il va en faire. Il sent qu'il est à un point tournant. Mais lequel ? Il serait toujours en peine de le dire. Une seule constante pour l'instant : il n'est à l'aise que dehors. Le soleil et l'air pur sont devenus ses drogues.

Il revoit François à l'occasion des hasards d'une journée. Pas plus. Un café, parfois, quelques mots au coin d'une rue. Présentement, Sébastien veut s'en tenir à cela. La solitude qui est la sienne est devenue comme une sorte d'exigence dans sa vie, un besoin presque vital qu'il doit respecter. Instinctivement, il sait qu'il doit aller au bout. Pour ne rien regretter. Jamais. Et, sans savoir d'où vient cette certitude, il devine qu'il doit y aller seul.

À chaque jour, il garde quelques sous de sa mendicité de la veille pour s'offrir un café au McDo et faire un brin de toilette. La jeune fille qui le sert, toujours la même, semble le reconnaître avec plaisir. Claudie qu'elle s'appelle, et son sourire est le plus gentil des bonjours. Souvent, il n'y a qu'avec elle que Sébastien échange quelques mots dans une journée. Et curieusement, il constate que cela lui suffit. Sa vie d'itinérant n'est plus uniquement une réaction agressive contre la société. Un geste de révolte. Non. Plus le temps passe et plus il comprend qu'il est un solitaire dans l'âme. Ne reste qu'à savoir ce qu'il va en faire. Une seule vérité guide sa réflexion : il y a certaines attitudes qui seront à tout jamais tabou pour lui. L'injustice étant l'une de celles-là. Et l'abus de pouvoir une autre.

Ce matin, le temps a changé d'allure. Il y a comme un regret d'été dans l'air. Octobre est là et ses couleurs de fête décorent le parc La Fontaine. Sébastien a retrouvé son coin habituel avec plaisir. Comme quoi, il suffit de si peu parfois pour embellir une journée. C'est à cela qu'il pense, Sébastien, quand une voix le fait sursauter.

— Salut Sébas !

François est là. Alors Sébastien se redresse. Il est content de voir le travailleur de rue.

— Salut Gombi. Ça roule ?

— De première. Et toi ?

— Pas pire. Fait tellement beau à matin.

— À qui le dis-tu ! Je peux m'asseoir ?

Sébastien jette un regard circulaire autour de lui. Puis il fait un sourire moqueur.

— Le parc m'appartient pas... Tu fais comme tu veux.

Alors François se laisse tomber auprès de Sébastien. Puis il hume l'air à grandes inspirations, les yeux mi-clos.

— Sapristi que j'aime l'automne. On devrait être en octobre à l'année.

Sébastien éclate de rire.

— C'est drôle, mais c'est exactement ça que je me disais quand t'es arrivé. Moi avec j'aime l'automne. Le seul défaut, c'est que ça dure pas assez longtemps.

— Bien d'accord avec toi...

Puis après un court silence.

— Quoi de neuf ?

— J'sais pas. J'ai l'impression que ça brasse, mais j'sais pas encore où ça va me mener.

C'est la première fois que Sébastien parle de lui avec autant de sérénité dans la voix, sans réticence. La première fois que François ne le sent pas sur la défensive. Il se redresse un peu. Le ton entre eux est différent. Plus amical, plus détendu. Comme quoi, suffit parfois de faire confiance au temps...

— Il y a des fois, comme ça, où on a l'impression que ça travaille en dedans sans qu'on sache ni le pourquoi ni exactement ce qui se passe, approuve François sur un même ton d'amitié.

— Toi aussi ça t'arrive ?

Sébastien semble heureux et surpris en même temps.

— Souvent… Et sais-tu ce que mon grand-père m'a dit là-dessus ?

Sébastien hausse les épaules.

— Comment veux-tu que je le sache !

— T'as bien raison… Il dit qu'il faut toujours écouter son corps.

— Écouter son corps…

Sébastien reste un moment rêveur.

— C'est drôle…Je connais quelqu'un qui m'a dit presque la même chose, il y a pas longtemps… Un… un ami. Il m'a dit d'écouter la voix qu'on entend parfois en nous. Ça se ressemble, non ?

— C'est sûr.

Puis après une hésitation, François ose demander :

— Et sans être indiscret, est-ce que tu veux parler de cette voix, justement ?

À ces mots, Sébastien éclate de rire.

— S'cuse-moi, mais non… Pas encore. Parce que je sais pas vraiment moi-même ce qui se passe… J'ai peut-être compris certaines choses. Mais pour le reste…

Et sur ce, Sébastien fait un sourire. Franc, sincère.

— Pour le reste, vois-tu, je sais vraiment pas moi-même.

Puis il écarte grand les bras.

— J'suis encore bien comme ça… J'en demande pas plus pour le moment.

Puis il se relève d'un bond.

— C'est pas que je m'ennuie, mais faut que j'parte si j'veux manger autre chose que des hot dogs pour souper… On se revoit.

Et l'air décidé, Sébastien le quitte en direction de la rue

Sherbrooke. Alors François se relève en souriant, une toute petite phrase, une seule, sonnant joyeusement à ses oreilles. « J'suis encore bien comme ça ! » Ce « encore » veut dire tellement de choses. Il ouvre surtout très très grand la porte de l'avenir…

— Et maintenant, Vincent, murmure-t-il pour lui-même en se dirigeant vers la rue Mont-Royal. Doit bien y avoir moyen de moyenner avec lui…

Parce que Vincent n'est pas encore satisfait de son nouveau logement. « Trop de bruit ! J'arrive pas à dormir. C'est moi qui paye, non ? » Pas facile parfois, la réinsertion sociale !

* * *

La saison du cidre bat des records ! Les journées suffisent à peine à leur tâche que le soleil se lève à nouveau et qu'il faut déjà recommencer. Jérôme est fatigué, mais devant l'énergie que Cécile déploie, il n'ose rien dire. Chaque matin, au réveil, quand il aperçoit le regard clair de sa douce, ses inquiétudes se dispersent peu à peu et cela suffit à lui redonner son entrain. Il arrive même à se convaincre qu'il s'en faisait pour absolument rien.

— Moi aussi, j'en oublie des choses, murmure-t-il pour lui-même quand une pointe d'angoisse refait surface en lui faisant débattre le cœur. C'est l'âge, non ?

Et les journées passent. À la fin de la semaine, François et Marie-Hélène ont promis une visite éclair et cela leur donne des ailes à tous les deux. Même Mélina, dans la perspective de cette brève visite, semble prendre du mieux.

— Pas envie qu'ils disent de moi que chus juste une p'tite vieille, fait-elle furibonde quand Jérôme lui propose de prendre son petit déjeuner au lit.

Son humour n'a pas souffert de sa baisse de vitalité. Son regard, toujours aussi vif, lance des éclairs.

— Passe encore pour la marchette mais pas question de garder le lit. Qu'essé qu'ils vont penser ? Envoye, Jérôme, viens m'aider. Je veux prendre mon déjeuner avec vous autres dans la cuisine.

Puis reprenant son souffle après avoir réussi à quitter son lit.

— J'peux-tu dire que c'est pas drôle de vieillir, mon gars ? Profite de ta jeunesse, mon Jérôme. Ça dure pas toujours.

Avec ses soixante-douze ans bien sonnés, Jérôme retient son rire. Mélina restera toujours Mélina ! Et Jérôme restera toujours son petit garçon !

— M'en vas demander à Mme Couture de m'aider à marcher, fait donc Mélina toujours sur sa lancée. J'ai fait la paresseuse ces derniers temps... Voir si ça a de l'allure. Vous devriez me sonner les cloches quand je...

Et ronchonnant contre elle-même, petit pas suivi d'un autre petit pas, Mélina finit par se rendre à la cuisine...

Coincée entre les volontés de Mélina, la cidrerie, les commandes de plus en plus nombreuses provenant du village et le kiosque de vente installé dans un ancien garage près du chemin, la semaine passe sans que Cécile et Jérôme ne la voient.

— Enfin, vendredi ! Je ne sais pas à quelle heure François et Marie-Hélène comptent arriver mais je voudrais être libre pour eux. Si tu savais combien j'ai hâte de les revoir !

Et sur ces paroles pleines d'enthousiasme, Cécile se lève d'un bond comme une jeune fille.

— Allez, debout paresseux ! fait-elle taquine, saisissant

un coin des couvertures pour les soulever et les lancer au pied du lit. J'aimerais bien que le gros de l'ouvrage soit fait lorsqu'ils vont se montrer le bout du nez. J'ai bien l'intention de profiter « à plein » de leur présence, ajoute-t-elle moqueuse, employant l'accent et une expression typique de leur village…

Cécile regarde Jérôme en riant, primesautière, l'azur de ses yeux pétillant de malice. Et c'est lui qui s'inquiétait pour sa femme ? Allons donc ! Quelles étaient ces idées folles ? Le moral remis au beau fixe, Jérôme se lève à son tour d'un tour de rein.

— À vos souhaits, madame. Vos désirs sont des ordres !

Puis il pose un baiser dans le cou de Cécile avant d'attraper son pantalon, posé sur le dossier d'une chaise.

— J'avais même prévu le coup : j'ai demandé à Raymond d'arriver tôt ce matin et Jean-Paul sera là lui aussi. Juste un café pour moi et je file les rejoindre…

François et Marie-Hélène sont finalement arrivés en fin d'avant-midi et tous ensemble, ils ont étiré l'heure du repas avec plaisir. Puis les deux hommes sont partis pour la cidrerie en discutant métier.

— J'ai changé une partie des cuves. Est-ce que ça t'intéresse de voir ça ?

— Et comment !

Ils quittent la cuisine dans un claquement de porte. Les trois femmes se regardent, une moquerie au fond du regard. Quand ils sont ensemble, Jérôme et François en oublient le reste de l'univers.

— Astheure, la sieste, ronchonne alors Mélina en se relevant péniblement de table. C'est maintenant que j'comprends ce que ça veut dire retomber en enfance. Faire la sieste ! ajoute-t-elle en levant les yeux au plafond. Le pire là-dedans, c'est que si j'y vas pas, m'en vas cogner des clous dans mon assiette à l'heure du souper... Comme Jérôme quand y'était bébé.

Agrippant fermement sa marchette, elle se retourne un instant vers les deux autres femmes.

— C'est pas drôle vieillir. Pas drôle pantoute.

Puis tout en quittant la cuisine, elle lance par-dessus son épaule :

— Reste avec ta visite, ma Cécile. J'me sens assez forte pour me coucher tu-seule. On se revoit t'à l'heure...

Alors, la vaisselle terminée et voyant que Mélina dort à poings fermés, Cécile et Marie-Hélène enfilent leurs vestes pour profiter de la douceur de ce bel après-midi d'octobre.

— Rien de plus fantastique que le boisé d'érables à cette époque de l'année ! Est-ce que ça te tente d'aller à la cabane à sucre, Marie-Hélène ?

La vallée resplendit d'ocre et de cuivre. Le vert sombre des sapins se découpe sur la brillance de l'érablière avant de pointer fièrement sur l'azur du ciel. Au loin, on entend les cris de ralliement des oies en partance pour le sud et venu de la lisière de la forêt, une corneille leur répond. La rivière ondule paresseusement à travers la campagne quadrillée, brune et beige en cette fin de saison et renvoie avec éclat la brillance des rayons du soleil qui chauffe le dos à travers les manteaux.

Les deux femmes avancent lentement, escortées des tiges de maïs qui pointent hors du sol, desséchées et cassées. Du travail de l'une aux préoccupations de l'autre, des vacances passées en France au voyage projeté pour novembre, elles arrivent au bois. Une brise légère s'est levée et sent bon la feuille morte qui craque sous leurs pas.

— Viens, Marie-Hélène. On va s'asseoir sur le petit

banc près de la sucrerie. Le banc des amoureux comme on l'appelle, Jérôme et moi.

Puis tout doucement, le ton de la conversation change.

— Alors, ce petit bébé ? Rien de nouveau ?

Marie-Hélène hausse les épaules, un brin déçue mais nullement fataliste.

— Eh non ! Mais curieusement, ça ne m'effraie plus. Et savez-vous pourquoi ?

Alors, Marie-Hélène de raconter la confession de son mari. Avec Cécile, elle ne se sent pas tenue au secret.

— Ce n'est plus le même homme ! Il y a maintenant en lui une tranquillité, une paix que je ne ressentais pas auparavant. Comment dire ? Il dégage une sérénité contagieuse. Oui, c'est ça : une sérénité contagieuse... C'est peut-être pour ça que je ne m'en fais plus pour le bébé. Chaque chose viendra à son heure. Et s'il le faut, nous consulterons plus tard et nous donnerons un petit coup de pouce à la nature. On est encore jeunes. Mais maintenant que François est remis de sa fatigue, il me semble que tout le reste va couler de source...

Pendant un court moment, Marie-Hélène demeure silencieuse, un peu songeuse. Puis elle s'ébroue et offre son sourire à Cécile.

— Si vous saviez à quel point la grippe et l'épuisement de François m'ont inquiétée, au printemps dernier ! Mais maintenant ça va. Il est infatigable ! Je l'aime tellement.

Cécile lui renvoie son sourire.

— Je sais. Cela se voit et se sent...

Puis elle ajoute, une pointe de mélancolie dans la voix :

— Tous les deux, vous me faites penser à Jérôme et moi au même âge... Profitez-en !

Pendant un moment, on n'entend que le bruissement

des feuilles au-dessus de leurs têtes. Mais pour Cécile, ce sont les battements de son cœur qui remplissent sa tête. D'où lui vient cette subite envie de parler ? C'est alors qu'elle pose la main sur le bras de Marie-Hélène et le serre très fort.

— Oh oui ! Profitez de votre jeunesse, jeune fille, fait-elle sourdement, presque précipitamment, comme si le temps allait lui manquer, d'un ton angoissé qui lui ressemble si peu. La vie passe vite. Tellement vite. Et on ne sait jamais ce qu'elle nous réserve.

Surprise, Marie-Hélène se tourne vers elle.

— Mais voyons, Cécile ! On dirait que vous êtes effrayée !

— Effrayée ? murmure-t-elle soudainement très lasse. Non, je ne suis pas effrayée, je suis morte de peur.

Inquiète, Marie-Hélène reste un moment immobile, puis spontanément, avec affection, elle entoure les épaules de Cécile d'un bras protecteur.

— Pourquoi cette tristesse que j'ai l'impression d'entendre ? Allons ! Vous êtes encore jeunes, Jérôme et vous. Regardez Mélina...

— C'est ce que tu crois...

À nouveau, Cécile serre le bras de Marie-Hélène comme si elle s'y cramponnait. D'où lui vient cette urgence de mettre des mots sur la pointe acérée du soupçon qui se précise de plus en plus ? Cécile ne cherche pas à comprendre. Seul le terrible besoin de partager guide sa pensée.

— Peux-tu garder un secret Marie-Hélène ?

— Bien sûr. Et vous le savez.

— Oui, tu as raison, je le sais... Mais il était important que je t'entende le dire. Jérôme ne doit pas se douter de quoi que ce soit. Vois-tu, il n'est plus très jeune lui non plus, et je ne veux pas l'inquiéter. Pour l'instant, je crois bien que je réussis à lui donner le change. Et c'est très bien comme ça. Le reste viendra bien assez vite, souffle-t-elle avec un désespoir palpable.

Puis elle se tait. Pendant un moment, Cécile offre son front aux rayons du soleil qui se glissent à travers les arbres à demi dépouillés. Son cœur bat à tout rompre. Comment dit-on sa peur et son refus ? Comment expliquer que la vie qu'on aime tant se refuse à soi de plus en plus souvent ? Comment raconter son angoisse sans pleurer de terreur ou crier de rage ?

— Vois-tu, vieillir, ce n'est pas seulement des rides au visage, dit-elle enfin, les yeux toujours fermés. Si ce n'était que ça… Mais parfois, c'est comme si on perdait le contrôle d'une partie de sa volonté. Tout ce qui était acquis, qui faisait du quotidien une attente confortable, se met à nous échapper, à nous glisser entre les doigts comme du sable qu'on essaie de retenir à tout prix… La vie se dérobe… Oui, c'est exactement cela : la vie s'envole. Oh ! Ce n'est pas le cas pour tout le monde. Moi aussi, je vois Mélina. Elle vieillit merveilleusement bien la maman de Jérôme. Mais pour moi…

Encore une fois, un lourd silence enveloppe les deux femmes. Marie-Hélène n'ose intervenir et se contente de resserrer son étreinte autour des épaules de Cécile. Tout près d'eux, la corneille bat furieusement des ailes avant de transpercer l'espace de son cri lugubre. Alors, comme si elle attendait ce signe, lugubre présage, Cécile ouvre les yeux et regarde longuement autour d'elle avant de se remettre à parler. Tout doucement, à voix basse, comme on le fait pour un secret.

— Pas besoin de me faire un dessin, je suis médecin, explique-t-elle calmement. Et depuis quelque temps, il y a certaines absences dans ma vie qui ne laissent aucun doute.

À ces mots, Cécile se tourne vers la jeune femme et la regardant droit dans les yeux, pour une première fois à voix haute, elle ose prononcer :

— Je suis atteinte d'Alzheimer, Marie-Hélène.

La jeune femme tressaille. Puis s'empresse de nier.

— Alzheimer ? Mais allons donc ! Qu'est-ce que c'est que ces idées-là ? Vous ne pensez pas que...

— Laisse-moi terminer, interrompt alors Cécile, d'un ton plus ferme.

Maintenant que le mot est prononcé, la vieille dame se sent curieusement soulagée. Elle n'est plus seule...

— Laisse-moi continuer. Ça me fait du bien de parler. Je sais que tu as raison. Jusqu'à un certain point, les absences de mémoire ne sont que normales à mon âge. Mais je sais aussi ce que c'est que l'Alzheimer. C'est une maladie insidieuse, sournoise, qui se glisse en nous comme une voleuse, à pas feutrés. Et c'est ce qui m'arrive. Oublier l'heure et les repas, chercher sa montre alors qu'on la place toujours au même endroit, ne plus se souvenir si on s'est brossé les dents... Mais le plus grave, c'est de prendre conscience de ces manques dans le temps uniquement lorsque quelqu'un vous en fait la remarque, sinon, ils passeraient inaperçus... Ce ne sont que des détails insignifiants, je le sais bien, mais c'est ainsi que cette foutue maladie commence à se manifester. Alors j'ai peur. Le médecin que je suis connaît les signes et les constate, froidement, mais la patiente, elle, refuse de les reconnaître. Parce que l'Alzheimer, c'est comme mourir avant le temps. C'est quitter ceux qu'on aime avant la date prévue. Et je ne veux pas, Marie-Hélène. Je ne veux pas, non, je ne veux pas partir. Pas de cette façon-là...

De grosses larmes se sont mises à couler sur les joues de Cécile pendant qu'elle confiait ses craintes. Alors, parce qu'il n'y a rien à ajouter, parce qu'il y a parfois des gestes qui disent l'amour mieux que les mots, Marie-Hélène se met à bercer la vieille dame tout contre elle, comme on berce un enfant blessé, caressant sa joue du bout des doigts. Les cheveux de Cécile sentent bon la violette et Marie-Hélène ferme les yeux sur cette odeur qu'elle n'oubliera jamais. Cécile s'en fait peut-être pour rien mais peut-être aussi a-t-elle raison. Et chercher à savoir vraiment n'appartient qu'à elle pour l'instant. Cela, Marie-Hélène peut le comprendre et le respecter. Alors elle ne dira rien et portera en elle le secret de Cécile aussi longtemps qu'il le faudra.

Le soleil baisse lentement, les feuilles décrochent des arbres une à une et tombent mollement parce que le vent s'est tu. La nature semble en attente, silencieuse, respectueuse. Parce que, dans le boisé d'érables, près d'une cabane blanche au toit rouge, on n'entend plus maintenant que les sanglots d'une vieille dame qui aime encore trop la vie pour accepter de s'en aller sans essayer de se battre encore et encore...

Mais elle a peur. D'une peur incontrôlable qui part du ventre et fait mal. Car, cette fois-ci, l'ennemi possède un poison dont on ne connaît pas encore l'antidote.

* * *

Sans qu'il sache ni le pourquoi ni vraiment le comment, Sébastien s'est retrouvé dans le quartier où il habitait auparavant. Avant les familles d'accueil et la douleur. Avant la colère et la révolte... Depuis plus d'une heure, il arpente les rues, reconnaissant les repères de son enfance. Des milliers de souvenirs lui reviennent, s'imposent, prennent toute la place un moment puis disparaissent, remplacés par d'autres. Ici, c'était la maison de Gabriel et là, celle de Michaël. Le vieux chêne du parc est fidèle au poste, à peine plus petit que dans son souvenir. Deux planches, clouées en croix sur la plus grosse branche, se souviennent d'un certain été et d'une certaine cabane que les autorités n'avaient pas tolérée. Sébastien et ses amis avaient eu autant de plaisir à la démolir qu'ils en avaient eu à la construire. Par la fenêtre du chalet, il aperçoit les bandes de bois de la patinoire. Elles sont toujours blanches avec une bordure rouge dans le bas. Par contre, les stries des lames de patins se sont multipliées. D'ici quelques semaines, on va les installer et attendre la neige pour faire le grand anneau de glace. Patiner… C'est peut-être le seul sport qu'il se rappelle avoir pratiqué avec entrain. C'était le lieu de rencontre des amis du quartier, les premières tentatives de rapprochement avec les filles. Ici, il n'y avait ni gang ni querelles. Qu'une bande d'amis et de voisins qui s'amusaient ensemble. Puis il revient sur ses pas. En contrebas, vers le nord, on devine la rivière des Prairies. Son reflet est resté le même : le cours d'eau est toujours aussi indécis et il hésite encore entre le bleu et le gris.

Puis lentement, la spirale de ses pas et celle de ses souvenirs se sont rétrécies. De rues en ruelles, du dépanneur à l'épicerie, de l'église à la banque, il est arrivé devant la maison de ses voisins. Les volets verts et jaunes sont maintenant fuchsia. Mais les rideaux de la deuxième fenêtre à droite semblent les mêmes. Josiane habiterait donc encore avec ses parents ? Il revoit clairement les nattes dorées qu'il aimait tirer et il entend même le rire moqueur qui roulait comme une cascade. Qu'est-elle devenue, aujourd'hui ? Étudiante, travailleuse ? Puis son regard est attiré par la haie de cèdres, à peine plus grande que lui à l'époque, elle est maintenant à maturité et dissimule la demeure de Me Duhamel. Hésitant, Sébastien fait quelques pas de plus. Puis brusquement, il s'arrête, regarde tout autour et en courant, il traverse à nouveau la rue, sentant naître en lui le curieux besoin de garder une certaine distance. Pourtant, il continue d'avancer.

Et tout à coup, elle est là. Ses rêves, ses souvenirs et la réalité se confondent, lui faisant débattre le cœur. La maison n'a pas changé. Elle est identique à ce que sa mémoire en a gardé. Grise, blanche et noire, garnie de fleurs rouges sous les fenêtres. Seule l'épinette bleue modifie le coup d'œil: aujourd'hui, elle dépasse le toit et cache la lourde cheminée de pierres. Dans l'entrée, une Mercedes grise. Son père est donc là. Nouvelles habitudes ? Puis Sébastien respire à fond, essayant de comprendre le tourbillon d'émotions qui l'emporte.

Ici, c'est chez lui. C'était chez lui. Il rangeait sa bicyclette contre le talus et entrait en trombe quand il revenait de l'école. Souvent, la maison sentait les biscuits que sa mère venait de cuire pour Maxime et lui. Aux pépites de chocolat, leurs préférés. Ils s'installaient dans la cuisine et racontaient leur journée. Puis ils faisaient leurs devoirs. C'étaient les heures douces de la journée. Avant que Me Duhamel ne revienne...

Car, lorsqu'il entrait dans la maison, les murs semblaient se refermer sur eux. Toute la maison se recroquevillait. Maxime, Sébastien et leur mère aussi. Son père était brusque, indifférent, souvent brutal. Mais là, maintenant, il admet que, dans le fond, il s'en foutait. Sa mère était douce et gentille et cela suffisait. C'était sa maison et sa vie.

Pourquoi avait-il fallu que tout cela change ? Parce que sa mère, un beau matin, en avait eu assez ? Est-ce suffisant, en avoir assez, pour bousiller toute une vie, pour tout balancer par-dessus bord comme elle l'a fait ? Probablement, puisqu'elle était partie sans laisser d'adresse. Mais avait-elle vraiment détruit sa vie comme Sébastien s'est toujours plu à l'imaginer ? Brusquement, planté sur un trottoir face à son enfance, Sébastien n'est plus sûr de rien. Sa mère avait peut-être choisi le bonheur finalement. Qu'en savait-il ?

Et sa vie à lui, dans tout cela, que va-t-elle devenir ?

Tout en fixant la maison, Sébastien essaie d'imaginer qui il serait aujourd'hui s'il avait accepté de revenir quand on le lui avait proposé ? Il avait quinze ans, était en quatrième secondaire. Il n'avait pas encore doublé d'années et il aurait poursuivi ses études, c'est fort probable. Mais pour le reste... Serait-il devenu indifférent comme son père ? Ou brutal et impatient ? Est-ce qu'il boirait comme lui pour faire face à la tension ? Peut-être que s'il rencontrait Maxime, il trouverait réponses à ses questions. Peut-être...

Imperceptiblement, son regard détaille la façade de pierres. La porte d'entrée massive et trop lourde pour ses quatre ans, celle du garage toujours fermée à clé et le battant de fer forgé noir de la clôture qui grinçait à chaque fois qu'on l'ouvrait... Et cette fenêtre en haut à gauche, celle de sa chambre... L'a-t-on donnée à son demi-frère quand il est venu au monde ? Et comment s'appelle-t-il encore ? Alexis, Alexandre... Il ne s'en souvient plus. Constate, un peu surpris, que, en fait, il n'a jamais pensé à lui. C'est à cet instant qu'un mouvement dans les draperies du salon lui fait froncer les sourcils. Quelqu'un a pris conscience de sa présence, c'est certain. Alors rabattant le col de sa veste sur son visage, il reprend sa marche. À pas rapides.

Arrivé au coin de la rue, il se rend compte qu'il s'est mis à courir. Comme s'il fuyait. Comme s'il avait peur de quelque chose...

Cette nuit, Sébastien n'a pu se résoudre à retrouver son vieil immeuble pour dormir. Il a regagné son abri de sapins sur le mont Royal, comme en plein été. Il a besoin d'air. Depuis le matin, il a l'impression qu'on tient une main sur son visage et que plus jamais il n'arrivera à respirer librement. La nuit est douce, il ne devrait pas avoir froid.

Pourtant, il ne réussit pas à s'endormir.

La montagne est peuplée de bruits, la douceur de l'air suggérant aux citadins de prolonger la soirée. Moteurs qui tournent au ralenti, claquements de portières, courses de petits animaux dans les feuilles mortes, clapotis de l'eau sur le lac, chuchotements... La lune est immense et éclaire presque autant qu'un réverbère. D'où il est installé, Sébastien peut voir les silhouettes des promeneurs attardés. Des couples, des petits groupes. Il entend des rires, des appels. Quelle heure est-il ? Il essaie de deviner d'après la position de la lune. S'y attarde un moment puis s'en lasse. Il a l'esprit tellement encombré qu'il n'arrive plus à garder une suite logique dans ses pensées. Le moindre effort est vite repoussé. Alors il se tourne sur le dos, cale sa tête sur son sac à dos, remonte un pan de sa veste sur ses épaules et laisse sa tête vagabonder comme bon lui semble, le regard perdu dans les branchages de sapin et le feuillage des grands érables, un peu plus haut. Il revoit sa maison, écoute son cœur se débattre à nouveau, essaie d'imaginer une rencontre entre Maxime et lui. Serait-elle à la hauteur de ses attentes ou serait-il déçu ? Puis il soupire. Ne rien attendre, jamais. Et ne pas faire confiance... Pourtant, ce soir, ces quelques mots ne veulent plus rien dire, eux non plus. Il repense à Gilbert. Le gros Gilbert dont il ne pourra plus jamais se moquer. Qu'est-il devenu ? Depuis l'autre nuit, il n'est pas retourné chez lui. Pourquoi ? Pudeur, gêne, embarras ? Il ne saurait le dire. Sébastien soupire à nouveau, soudainement conscient que chacun a son histoire, ses secrets, ses douleurs cachées. Tout comme lui. Si le mot bonheur avait le même sens pour tous ! Mais voilà ! Le monde est peuplé d'individus qui pensent et espèrent individuellement. Et il n'est pas mieux que les autres. Ni pire...

La lune s'est déplacée et glisse maintenant sa clarté indiscrète entre les branches touffues du plus petit sapin, effleurant la butte en face de lui. À nouveau, il se demande quelle heure il peut être. Sébastien prend conscience tout à coup qu'il n'y a presque plus de bruits autour de lui. Que les craquements normaux du mont Royal auxquels il est rompu et qui habituellement l'endorment. Pourtant ce soir, il a l'esprit particulièrement vif, comme une bête à l'affût. Le moindre bruissement lui résonne dans tout le corps, le faisant même sursauter par moments, éloignant le sommeil. Il a le cœur un peu fou, oscillant entre le repos et l'éveil, l'esprit alerte mais le corps épuisé. Puis un drôle de bruit le fait se soulever sur un coude. Comme un appel à l'aide que l'on voudrait étouffer et le bruissement de feuilles que l'on foule. Il tend l'oreille. Plus rien... Il se recouche, convaincu que la fatigue lui joue des tours. Mais alors qu'il glisse enfin dans le sommeil, le bruit revient. Cette fois, il n'a rien imaginé. Il entend encore le craquement des feuilles que l'on piétine. Et le gémissement qui réapparaît, retenu et intense en même temps. Ce râlement de gorge assourdi qui crie au secours et ce rire étouffé qui s'en moque. Alors Sébastien se relève silencieusement. Guidé par les rayons obliques de la lune qui s'apprête à quitter la scène, il essaie de se diriger vers ce froissement de feuilles qui éclate maintenant comme une pétarade dans sa tête, accompagnant les battements de son cœur.

Le seul frôlement de ses pas et sa silhouette se découpant sur le ciel a suffi à faire s'enfuir les trois garçons. Sur le sol, à demi nue, une toute jeune femme. Sébastien s'approche. À ce bruit, la jeune fille ouvre les yeux, horrifiée, se soulève sur un coude, tente de reculer, tremblante, s'aidant des mains et des pieds, sans le quitter des yeux, comme un crabe qui avance à reculons.

— Assez, non, je vous en prie...

Comprenant la méprise, Sébastien retire sa veste et la tend devant lui, sans avancer.

— N'aie pas peur... Je... je ne te veux pas de mal. Je veux juste t'aider. Tiens, prends ma veste. Tu trembles comme une feuille.

La jeune fille a l'air d'un petit animal pris au piège. Appuyée sur ses deux mains, elle recule encore, les yeux grand ouverts. Sébastien fait un pas vers elle en même temps qu'elle lève les deux bras devant son visage, dérisoire protection.

— Non, pas encore...

— Mais non. Tu peux avoir confiance...

En entendant sa propre voix prononcer ces mots, Sébastien ne peut s'empêcher de sourire. C'est bien lui qui dit la confiance en l'autre ? Voyant que la fille ne cédera pas, il vient jusqu'à elle malgré ses gémissements de protestation. Puis il entoure ses épaules de sa veste de chasseur, toute chaude.

— Allons, c'est fini. Je te jure que je ne te ferai rien. Tu... tu veux qu'on appelle la police ?

— Non, non, pas la police. Je t'en prie, pas la police...

Un regard de panique se pose sur lui.

— Pas la police, répète-t-elle. Je sais trop bien ce qu'ils me diraient...

Puis brusquement elle prend conscience de sa tenue. Sa chemise est grande ouverte, son pantalon est enroulé autour de ses chevilles. À gestes maladroits elle tente de se cacher. Maintenant tout près d'elle, Sébastien s'aperçoit qu'elle a la lèvre fendue et une joue éraflée. Ses cuisses sont tachées de sang.

— Les salauds, gronde-t-il hors de lui.

— Laisse tomber.

— Tu veux aller à l'hôpital ?

— Pas nécessaire. Tu... tu peux partir. Je vais me débrouiller toute seule.

— Pas question. Je vais te reconduire chez toi.

— Chez moi ?

La jeune fille a un rire cynique.

— C'est peut-être ici chez moi. Ou ailleurs. Qui sait ?

Jamais Sébastien n'a autant regretté son entêtement qu'en ce moment. S'il avait accepté la carte de François, il pourrait l'appeler. Sûrement que le travailleur de rue saurait ce qu'il faut faire. Malhabile, il aide la jeune fille à se relever, se détourne un moment pendant qu'elle ajuste ses vêtements.

— Comme ça, tu habites la rue ? demande-t-il enfin.

— Pas vraiment. Je partage une piaule avec...

Puis le rire amer reprend. Bref, cassant.

— C'était ses amis... Les amis de mon coloc... Alors oui, je peux dire que je suis à la rue. Pour ce soir... Tu peux te retourner.

Pendant un instant, leurs regards se rencontrent et s'attachent l'un à l'autre. Si ce n'était de ses blessures au visage, Sébastien aurait envie de dire qu'elle est jolie.

— Je m'appelle Sébastien, fait-il en tendant la main.

Pendant quelques instants, la jeune fille fixe cette main tendue vers elle sans faire un seul geste. À cause de cette brûlure entre ses cuisses et de ce cœur qui bat trop fort, elle se sent perdue, ne sait plus ni la confiance ni l'amitié. Puis tout doucement, elle relève la tête à nouveau, son regard croise celui de Sébastien. Pendant un long, un très long moment.

— Et moi Virginie, murmure-t-elle enfin sans oser toucher la main de Sébastien.

— Est-ce que t'es bien certaine de ne pas vouloir aller à la police ou à...

— Sûre, lance-t-elle vibrante, la voix plus assurée.

— Alors je sais ce qu'on va faire, lance le jeune homme soudainement inspiré. J'ai un ami sur qui je peux compter. Gilbert. Il ne nous laissera pas tomber. Je le connais bien, c'est un gars correct.

Pendant un moment, Sébastien hésite. Puis il tend la main vers elle pour une seconde fois.

— Tu... tu me fais confiance ? Promis que Gilbert peut nous aider, répète-t-il.

Alors, sans le quitter des yeux, après un interminable moment d'hésitation et de silence, Virginie glisse sa main dans la sienne.

— D'accord, oui, je te fais confiance. Où va-t-on ? C'est loin ?

— Un peu. Mais on va passer par les ruelles et le parc La Fontaine. Ça ne devrait pas être trop long…

* * *

— Oui, oui ! Une minute, bonté divine, j'arrive !

Derrière la porte, on entend le frôlement de qui regarde par l'œil magique puis un cri étouffé suivi d'une chaîne que l'on déplace.

— Doux Jésus ! Mais veux-tu bien me dire ce que tu fais ici à une heure pareille ?

Puis portant les yeux sur Virginie, Gilbert joint les mains à hauteur du cœur avant de s'empresser, brassant de l'air comme jamais.

— Pauvre chou ! Mais qui c'est qui… Mais entrez, voyons, restez pas plantés là à faire racines…

Gilbert est drôle à voir dans sa robe de chambre vieux rose, tout comme son salon, couleur incongrue sous un menton mal rasé. De vieilles pantoufles élimées aux pieds, son visage bouffi par le sommeil, on dirait qu'il sort tout droit d'un recueil de caricatures. Par contre, s'il est étourdissant avec son débit de paroles de moulin à vent par jour de tempête, il n'en reste pas moins efficace. En deux temps, trois mouvements, Virginie se retrouve dans la salle de bain avec de l'huile parfumée pour le bain, de l'alcool pour ses plaies et une robe de chambre en ratine pour après. Puis, tout en continuant de placoter, Gilbert passe à la cuisine. Personne ne pourrait imaginer que cet homme-là vient d'être tiré de son lit en pleine nuit.

— Une tisane, mon Sébastien ? J'ai l'impression que tout le monde va en avoir besoin… Mais veux-tu ben me dire ce qui s'est… Pis ça me regarde pas. Mais tu as ben fait de l'amener ici. M'en vas m'en occuper, moi, de ton amie… Si ça a de l'allure…

Puis il arrive enfin dans le salon, la théière dans une main et trois tasses dans l'autre.

— Envoye, mon beau. Prends-en. C'est de la camomille avec de la menthe. Ça détend…

Puis il se laisse tomber sur le divan.

— Ouf ! Tu parles d'un réveil, toi… Trois heures du matin… Pis ?

— Pis ? Tu dois te douter un peu…

Puis après un bref silence.

— Merci d'avoir accepté qu'on vienne comme ça.

Gilbert pousse un long soupir théâtral.

— Pas de quoi…

Et pour bien souligner son opinion sur le sujet, il lève ensuite les yeux au plafond, avec son air offusqué de vierge offensée, avant de poursuivre :

— Voir si j'vais laisser un ami sur le palier quand il a besoin de moi.

— Je savais. C'est pour ça que je suis venu.

Et en quelques mots, Sébastien explique la situation.

— Pauvre p'tite fille. Maudits hommes… Qu'est-ce que vous allez faire ?

— Ce qu'on va faire ? C'est pas à moi de le dire. On se connaît pas, Virginie et moi. C'est juste le hasard qui…

— Tut, tut, tut… Ça n'existe pas le hasard. Si tu étais là, c'est que c'était prévu comme ça… Tu sauras me le dire dans quelque temps…

Puis il bâille sans vergogne, en s'étirant.

— C'est bien beau tout ça, mais la nuit n'est pas finie. On verra au reste demain matin. On va attendre qu'elle revienne pis on va lui donner une bonne tisane bien chaude.

Après on va l'installer confortablement pis on va dormir. Les choses finissent toujours par se placer d'elles-mêmes.

* * *

Tout en chantonnant, Marie-Hélène est en train d'évider une énorme citrouille pour pouvoir la décorer et la mettre dans leur entrée. Ce soir, c'est l'Halloween. Sachant que François ne sera là que tard en soirée, elle a décidé de passer le temps en s'amusant. Un énorme plat de friandises attend dans le hall et, comme sa mère le faisait, Marie-Hélène s'est maquillée en clown pour accueillir toutes les frimousses qui vont sonner à leur porte. Un drôle de petit chapeau pointu tout rouge se perche de guingois sur le sommet de sa tête.

Marie-Hélène est heureuse. D'un bonheur tout simple aux reflets de l'espoir immense qui lui gonfle le cœur.

Elle se dit, tout en découpant un immense sourire édenté dans l'écorce orangée, que, avec un peu de chance, dans un an, il devrait y avoir un petit bonhomme ou une petite bonne femme dans ses bras pour accueillir les enfants du quartier. Ce matin, en accord avec François, elle a acheté un thermomètre spécial afin de détecter sa période d'ovulation avec précision. Nul doute que le reste suivra maintenant avec facilité. Elle en est convaincue. Perdue dans ses pensées, elle n'entend pas la porte qui ouvre. La citrouille a maintenant un large sourire et des yeux menaçants.

— Marie-Hélène ?

La jeune femme sursaute, puis un éclat de plaisir traverse son regard.

— François ? Mais qu'est-ce que tu fais ici ? Je t'attendais seulement vers...

François paraît dans l'encadrement de la porte de cuisine, l'air piteux.

— Un beau gâchis, oui, lance-t-il laconique, en l'interrompant. Regarde-moi l'allure!

Marie-Hélène éclate de rire. Les bas avachis sur ses chevilles et relevant à deux mains les jambes de ses pantalons, François est détrempé jusqu'aux genoux.

— Ça m'apprendra aussi à vouloir couper par les parcs en plein automne! J'ai calé jusqu'au cou dans une flaque d'eau... J'avais un rendez-vous pressant...

Il s'approche de sa femme sur le bout des pieds, lui plaque deux baisers sonores sur les joues, puis disparaît.

— Le temps de me changer et je repars, lance-t-il par-dessus son épaule. Mais j'en ai pas pour longtemps. Michel et moi on rencontre Vincent chez lui, puis je reviens.

Et quelques secondes plus tard, alors que Marie-Hélène est à placer une bougie dans la citrouille, elle entend encore, venu de l'entrée:

— À tout de suite... Oh! Marie-Hélène... Je viens de croiser un diable, un tigre et une sorcière. Ils sont ici, près de la porte. Fais attention à toi! On ne sait jamais ce qui peut arriver avec ce genre de monde-là!

Et François repart en courant, avec en tête le rire de sa femme qui fusait dans la cuisine. Il est heureux. Depuis l'été, il a la sensation réconfortante d'avoir repris sa vie en mains. Comme avant, quand il n'était qu'un gamin et que la simple perspective d'un bon souper le rendait tout joyeux. Cette sensation d'urgence face à lui-même, celle qui le visitait régulièrement tout au long du printemps, cette désagréable sensation s'est agréablement envolée. Mais il garde tout de même en réserve la recommandation de Jérôme. Plus jamais il ne laissera le temps avaler ses rêves. Il ira jusqu'au bout de chacun de ses espoirs et de ses envies. Il s'est bien promis de ne jamais l'oublier et de ne plus laisser le travail empiéter sur son temps. Avec ce regain d'énergie puisé dans un moment de confidence, il sait qu'il est capable de donner le meilleur de lui-même partout.

Vincent les attendait, Michel et lui, avec impatience.

— Alors ? J'ai raison ou pas ? Ça fait un vacarme du maudit.

Ils sont assis dans la cuisine de Vincent, des piles de vaisselle sale un peu partout et de l'appartement voisin, effectivement, on entend une musique un peu forte. Mais de là à parler de vacarme...

— Tu ne penses pas que tu exagères un peu ?

Vincent lève la tête avec défi. Ses longs cheveux, raides comme des baguettes de tambour, balaient son visage osseux.

— C'est ça, dis donc tout de suite que chus malade... J'haïs c'te musique-là... Ça sonne faux.

— Pis si c'était du « heavy métal » ?

Vincent hausse les épaules.

— Ça serait pareil. Moi, j'écoute d'la musique quand j'ai envie d'écouter d'la musique.

— Tu ne penses pas que c'est la même chose pour ton voisin ?

— C'est pas mes troubles. Qu'y'a mette moins forte.

— Bon point pour toi... Qu'est-ce que tu peux faire alors ?

— M'en vas déménager.

— Peut-être un peu exagéré, non ?

— Encore ? Tu sais pas dire d'autre chose, à soir ?

Visiblement, Vincent est sur la défensive, vindicatif. Peut-être aussi un peu mal à l'aise. Rapidement, Michel devine que le trouble est beaucoup plus profond qu'une simple histoire de bruit. Et Vincent n'est pas le seul. Il est souvent aussi difficile de sortir de la rue que de s'y habituer. Alors il reprend:

— T'es pas tanné de déménager? Me semble, moi, que de changer mes affaires de place à tout bout de champ, ça me taperait sur les nerfs.

— C'est sûr.

Vincent lui lance un regard mauvais.

— Mais à qui la faute?

François hausse les épaules.

— J'sais pas... Le sais-tu, toi?

— C't'à cause du voisin, c't'affaire.

— T'es bien sûr de ça?

— Tabarnak, Michel, t'es sourd ou quoi?

— Oh! Là... Laisse tomber les gros mots avec moi. On est ici pour t'aider à trouver une solution. Si tu ne veux rien savoir de nous autres, t'as rien qu'à le dire.

— C'est pas ça... C'est c'te musique de fou qui me tape sur les nerfs. J'm'entends pus penser... J'travaille, moé, pis l'soir, j'veux avoir la paix chez nous.

— Là aussi t'as raison, Vincent. Quand on paye son loyer, on a certains droits. Je le reconnais.

Le regard de Vincent s'éclaire.

— Pis j'viens juste de l'payer, mon loyer. Comme tu m'as dit... Je l'sais c'que j'vas faire, ajoute-t-il enthousiaste. M'en vas y mettre ma musique à moé. Def Leppard dans le prélart. Y va finir par comprendre.

— À moins qu'à son tour, il fasse comme toi, pis qu'il décide de monter le son d'la sienne pour t'enterrer.

— Sacrament!

Vincent se lève brusquement en laissant bruyamment éclater sa colère.

— Hostie de câlisse! Quand j'étais dans rue, j'avais rien qu'à changer de place quand ça faisait pas mon affaire. Pis y'avait toujours quelqu'un pour me suivre parce que j'avais raison.

Michel et François échangent un regard. Le cœur du problème vient d'apparaître.

— Pis maintenant?

— Maintenant? Chus icitte, fait-il en ouvrant les bras. Chus poigné icitte avec un sacrament de cave comme voisin qui écoute d'la musique de sauvage. Maudite belle amélioration...

— Par contre, tu as de quoi manger chaque jour, pis tu ne gèles plus des pieds...

— Ouais... C'est vrai. Mais ça règle pas mon problème, ça!

— On y revient, Vincent... Qu'est-ce que tu peux faire pour régler le problème sans avoir à déménager?

— J'te l'ai dit, t'à l'heure. M'en vas mettre Def...

— Oublie ça, une minute, l'interrompt François. Là, j'ai l'impression qu'on tourne en rond pis qu'on perd notre temps. Y'a sûrement autre chose à faire avant d'en arriver à ça, non?

— Tu penses?

— C'est sûr... Assis-toi, on va essayer de trouver.

Et d'hypothèses en argumentations, Vincent finit par déterrer une solution.

— T'es sûr qu'y va comprendre si j'y demande? fait-il visiblement sceptique. Moé, si quelqu'un osait me...

— Qu'est-ce que tu ferais, Vincent, si quelqu'un te demandait de baisser ta musique?

Le jeune fronce les sourcils.

— J'pense que j'la mettrais encore plus fort.

— Pis c'est comme ça que tu penserais régler le problème ?

Alors Vincent éclate de rire. La logique de la chose vient de le rejoindre.

— Ben non… T'as raison, Michel… Mais chez nous, quand j'étais petit, on répondait à une claque par une claque. Ça fait que moé, j'ai envie de répondre à d'la musique qui m'énarve par une autre sorte de musique qui va peut-être l'énarver, lui, ajoute-t-il en montrant le mur mitoyen du menton. C'est de même que mon père nous a élevés, mes sœurs pis moé.

— Est-ce que t'aimais ça ?

Vincent hésite un instant.

— Pas vraiment, j'pense…

Puis après un moment de réflexion.

— Okay, m'en vas essayer d'y parler au voisin. Mais j'peux-tu te demander une chose, Michel ?

— Oui.

— Tu viendrais-tu avec moé ? Pas sûr, moé, que j'me choquerai pas si jamais y'é pas commode. Pis j'aime pas ça qu'on me dise non…

Et il poursuit, avec un large sourire :

— C'te fois-citte, j'sais pas pourquoi, mais j'ai pas envie d'avoir de troubles.

* * *

Depuis plus de dix jours, Virginie habite chez Gilbert. À la place du cœur, elle a l'impression d'avoir une grosse boule de glace qui lui donne froid en permanence et l'empêche de réfléchir. Après deux jours de repos, elle a repris son travail à la boutique, mais le cœur n'y est plus. C'est en courant qu'elle revient chez Gilbert tous les soirs. Le moindre bruit la fait sursauter. Le plus infime écho de pas lui fait débattre le cœur. Pourtant, avant, Virginie était une fille décidée, joyeuse et malicieuse, qui trouvait toujours prétexte à rire. Maintenant, il n'y a plus qu'avec Gilbert et Sébastien qu'elle arrive à sourire. Les deux hommes, malgré la meilleure volonté du monde, ne savent plus ni que dire ni que faire. Pourtant, ils comprennent la révolte qui est la sienne. Tout comme sa peur. Mais de là à savoir comment l'aider, il y a un monde.

— Ce dont elle aurait besoin, c'est d'une amie, suggère Gilbert alors qu'ils sont seuls à l'appartement, Virginie travaillant jusqu'à vingt et une heures.

— Bien d'accord avec toi, approuve Sébastien. Mais j'ai pas ça dans le fond de ma poche, une amie pour elle.

Puis avec un petit rire, il ajoute :

— J'en ai même pas une pour moi. Alors...

Gilbert le regarde en coin.

— Pis moi, les seules que j'ai sont pas vraiment du genre à l'aider. Pauvre p'tite, elle n'a pas besoin de parler décoration, elle là. Elle a d'abord et avant tout besoin de se vider le cœur. C'est d'une fille de son âge dont elle aurait besoin, j'en suis certain. Ou encore d'une spécialiste. Mais pour ça, elle ne veut rien savoir. Remarque que je la comprends un peu. Avec toute la gang des « psy » on sait jamais trop trop ce qu'ils veulent. De toute façon, ils finissent toujours par nous trouver trente-six milles bobos qu'on ne pensait pas avoir...

Et sur ce, Gilbert pousse un soupir de découragement à fendre l'âme.

— Bonté divine ! Jamais j'croirai qu'on ne peut rien faire de plus. Tu devrais la voir, toi, quand t'es pas là. Il y a des soirs où elle reste assise là, à la même place que toi pendant qu'elle fixe le feu sans bouger pendant des heures. J'connais pas grand-chose aux problèmes de femmes, mais j'suis sûr que ce n'est pas ben ben bon, tout ça. C'est pas mêlant, des fois j'pense qu'elle pourrait faire des bêtises. Des grosses bêtises pis que c'est justement à ça qu'elle pense quand elle passe des heures les yeux dans le beurre...

Sébastien fait la moue.

— J'penserais pas. J'la connais pas beaucoup, mais il y a quelque chose en dedans de moi qui me dit qu'on ne doit rien brusquer.

Il a un petit rire gêné.

— Tu sais la fameuse voix intérieure dont on parlait l'autre soir ? Ben, j'ai l'impression de l'entendre pour Virginie et ce qu'elle me dit, c'est que cette fille-là est beaucoup plus forte qu'on pense pis qu'elle va finir par nous surprendre.

— Peut-être bien...

Pendant un instant, Gilbert se contemple le bout des ongles, songeur. Puis il soupire à nouveau.

Non, moi, les femmes, j'y connais vraiment pas grand-chose, se plaint-il soudainement. À part le fait que j'ai toujours pensé que j'aurais dû en être une, avoue-t-il candidement en se relevant. Bon, c'est bien beau tout ça, mais le temps avance. Faudrait peut-être que tu penses à aller la chercher notre Virginie ? Tu lui as promis d'être là à neuf heures tapant. Pendant ce temps-là, moi, j'vais vérifier ma tourtière pis j'vais mettre la table. Ça fait tard un peu pour souper, mais j'ai pensé que ça pourrait lui faire plaisir qu'on l'attende, pour une fois. Je meurs de faim, mais j'suis prêt à tout pour l'aider, c'te pauvre enfant.

CHAPITRE 7

Novembre 1995

Dans la Beauce et à Montréal

« La liberté c'est de choisir son fardeau. »
Hephzibah Menuhin

La fin de novembre est glaciale. L'absence de neige nous prive de cette couche protectrice qui fait que le froid nous semble moins mordant. Plus le temps avance et plus Sébastien trouve la vie de rue difficile. Comment faisait-il encore l'an dernier pour trouver un certain agrément à geler des pieds au coin des rues ? Les gens semblent pressés et accordent de moins en moins d'attention à un jeune qui quête sa subsistance. Ils ne pensent qu'à la chaleur de leur foyer et avancent à pas rapides, le nez au sol. Et puis Noël s'en vient, justifiant cette brusque envie d'économie et cette indifférence impatiente. À la boutique où Virginie travaille, l'horaire des fêtes vient de commencer et Sébastien se fait un devoir de raccompagner la jeune fille chez Gilbert tous les soirs. Puis tous les trois, ils mangent ensemble avant d'écouter un film loué.

Depuis cette triste nuit d'octobre, une drôle de routine s'est installée entre eux. Une routine qui semble convenir parfaitement à Gilbert. À aucun moment, les deux jeunes n'ont senti qu'ils empiétaient sur son espace vital. Au contraire, depuis l'arrivée de Virginie et Sébastien sous son toit, Gilbert a des ailes. Il cuisine, il chouchoute, il s'occupe et placote comme jamais ! Enfin, quelqu'un a besoin de lui...

Pourtant, la jeune fille n'est là qu'à demi. Souvent, en guise de réponse, c'est un regard absent qu'elle pose sur les gens. Et si Gilbert fait celui qui ne voit rien parce que cela lui convient, espérant ainsi étirer le temps, Sébastien, par contre, est douloureusement conscient que le problème reste entier pour Virginie. Mais que faire et que dire ? Sa nouvelle amie est plus hermétique qu'une huître. Sur le sujet, il a la nette sensation d'avancer dans une brume opaque. Le temps d'une réflexion, d'un questionnement avant que ses réflexes ne reprennent le dessus. Par habitude, il hausse les épaules. Virginie ne va pas très bien. Et alors ? Ce ne sont pas ses oignons. Invariablement, il quitte l'appartement de Gilbert dès le petit jour pour ne pas avoir à parler à qui que ce soit et il se met à arpenter les rues, quêtant à droite et à gauche. Il a l'impression de vivre en marge de deux mondes opposés qui l'attirent et le rebutent en même temps. Il est de plus en plus mal à l'aise ne sachant où est sa véritable place. Il a l'impression d'être injuste envers tout le monde, à commencer par lui.

Pourtant, ce matin, il a accepté de déroger à ses habitudes et a promis d'accompagner Virginie. Elle l'a invité à déjeuner.

— J'suis pas très riche, mais je peux me permettre du McDo.

— Va donc pour le McDo. De toute façon, c'est le genre de gastronomie qui me convient.

La présence de Claudie, fidèle au poste derrière le comptoir, lui arrache un sourire et quelques battements de cœur imprévus. La jeune serveuse a l'air sincèrement heureuse de le voir.

— Hé ! Salut toi ! Ça fait un bail que je ne t'ai pas vu. Comment va ?

— Pas pire...

Puis se détournant légèrement :

— Je te présente Virginie, une amie.

A-t-il rêvé ou le sourire de Claudie s'est réellement figé pendant un instant ? Pourtant, Claudie est à prendre leur commande sans autre forme de procès et son sourire est toujours aussi franc.

— Allez vous asseoir. Je vous apporterai les crêpes dès qu'elles seront prêtes.

C'est au moment où elle approche de leur table que Claudie surprend leur conversation.

— Comme ça, tu n'as plus d'appartement ? ose-t-elle demander en déposant les deux assiettes de crêpes sur la table entre eux.

Virginie approuve d'un hochement de tête.

— Ça en a ben l'air... Pour toutes sortes de raison, j'ai préféré quitter mon coloc... C'est un ami de Sébastien qui m'héberge pour l'instant. Mais j'avoue que j'ai hâte de me retrouver chez moi. Depuis le temps que je suis habituée de vivre seule...

— Dis donc... Je ne sais pas si l'idée peut t'intéresser, mais moi, je cherche quelqu'un pour partager les frais. Avec le salaire que je fais ici, c'est tout juste si j'arrive à joindre les deux bouts.

— Pis t'habites où ?

— Pas loin d'ici. C'est pas le grand luxe, mais c'est

propre et tranquille. En habitant le quartier, je peux sauver un peu sur le transport.

Pendant un moment, Virginie reste songeuse, les sourcils froncés sur sa réflexion.

— Ça peut peut-être m'intéresser... Moi aussi, j'travaille dans le coin. Tu me laisses tes coordonnées ? Je vais y penser...

C'est ainsi que, deux semaines plus tard, Virginie déménage encore une fois ses pénates sous le regard humide de Gilbert.

— M'en vas m'ennuyer sans bon sens, moi là...

Le gros homme fait peine à voir ! Lui si volubile en est à court de mots. Il reste planté sur ses courtes jambes, au beau milieu du salon, se tordant les mains d'impuissance et soupirant après Sébastien qui déménage les valises et les boîtes de la jeune fille qu'ils avaient récupérées à son ancien logement. À ces mots pleins de tristesse, Virginie vient à lui et plaque deux gros baisers sonores sur ses joues rebondies. Depuis qu'elle a rencontré Claudie et après quelques rencontres entre les deux filles, elle a retrouvé un certain air d'aller. Ce n'est pas encore la grande forme, mais on sent qu'elle est sur la bonne voie.

— Moi aussi, je vais m'ennuyer de toi, gros bêta, fait-elle moqueuse. Qu'est-ce que tu penses ? Mais je ne m'en vais pas au bout du monde. C'est à peine plus loin que le bout d'la rue.

Puis redevenue sérieuse, elle ajoute doucement en le regardant droit dans les yeux :

— Jamais j'pourrai oublier ce que tu as fait pour moi, Gilbert. Jamais. Sans toi, j'sais pas ce que je serais devenue.

— Voyons donc ! Si ça n'avait pas été moi, ça aurait été quelqu'un d'autre.

— Oh non ! Des comme toi, il n'y en a pas à tous les coins de rue…

Il n'est pas habitué aux remerciements, le gros Gilbert. Il en est tout reviré. Et ce n'est surtout pas pour qu'on le remarque qu'il a fait ça. C'est tout simplement qu'il l'aime, lui, la petite Virginie. Il aimait surtout la vie qu'elle lui a permis de vivre, ces derniers temps. À nouveau, il anticipe que la solitude sera sa plus fidèle compagne. Et cela, il a de plus en plus de difficulté à l'accepter. Alors, il s'ébroue, lève les mains au plafond, roule des yeux pour garder une certaine contenance.

— Allons file, ma belle, avant que j'me mette à brailler comme un veau devant tout l'monde, minaude-t-il de sa voix haut perchée. Pis promets-moi encore que tu vas venir souper samedi soir avec ta nouvelle coloc.

— Ça, c'est promis. Pis quand je promets quelque chose, c'est pour vrai.

Quand il entend la dégringolade de ses pas dans l'escalier, Gilbert a l'impression que Virginie emporte un bout de son cœur avec elle. Il jette un regard désespéré autour de lui. C'est bien beau un beau salon, mais c'est tellement plus agréable quand on peut le partager avec quelqu'un. C'est alors que Sébastien paraît dans la porte. Pour lui aussi, c'est un autre départ. Tant que Virginie vivait ici, il sentait le besoin d'être avec elle, même s'il ne la connaissait pas vraiment. Mais il ne peut envisager demeurer seul sous le même toit que Gilbert. Pas après la discussion de l'autre soir.

— Une dernière valise et je crois bien que le compte y est.

Puis après un bref moment.

— Merci pour tout. Sans toi, je ne…

— Pas toi avec, doux Jésus ! s'exclame Gilbert, plus

vierge effarouchée que jamais en claquant de la langue.

Puis il soupire et ajoute, soudainement sérieux.

— J'ai juste fait ce que je devais faire. Et je ne veux plus en entendre parler… Tu viens souper après ? demande-t-il mine de rien.

— Souper ?

Sébastien a-t-il envie de revenir ici après le déménagement ? Pas vraiment. Mais alors qu'il lève les yeux vers Gilbert pour décliner son invitation, il rencontre le sourire du gros homme, mi-figue, mi-raisin, mais surtout plein d'espoir. Et pour une première fois depuis des années, il admet que les états d'âme de Gilbert ont plus d'importance que les siens. Alors il lui rend son sourire.

— Okay, Gilbert. Le temps d'installer Virginie et je reviens… Qu'est-ce qu'on mange ?

— Ce que tu veux, mon beau. Tout ce que tu veux !

Le bonheur tient à si peu parfois ! Et c'est en voyant la métamorphose du visage de son ami que Sébastien comprend que, souvent dans la vie, il suffit d'ouvrir les yeux pour voir. Depuis combien de temps avance-t-il sans véritablement regarder autour de lui ? Pour éclipser une réponse qu'il n'est pas vraiment certain de vouloir entendre, il attrape la dernière valise d'une main leste et lance pardessus son épaule, en dégringolant l'escalier à son tour :

— Si t'avais le temps Gilbert, me semble que ça serait bon un bœuf bourguignon… Tu fais le meilleur que je connais…

Brusquement, tout ce qui lui importe, c'est de faire plaisir à Gilbert. Le gros homme l'a bien mérité. Et sans vraiment comprendre ce qui lui arrive, c'est le cœur tout léger que Sébastien rejoint Virginie qui l'attend dans le taxi devant la porte.

* * *

C'est la providence qui a fait se rencontrer Claudie et Virginie. Les deux filles s'entendent à merveille et à peine quelques jours après l'installation de Virginie, elles ont établi une routine qui leur convient à toutes les deux. Ayant des horaires de travail différents, Claudie voit aux repas quand elle arrive à quatorze heures et Virginie s'occupe du ménage le matin avant de partir. Elles font les courses ensemble, le dimanche étant une journée de congé commune. L'appartement, sans être neuf, est propre, fonctionnel et surtout bien éclairé, ce qui s'avère presque un luxe dans le quartier. Le balcon arrière donne sur une cour minuscule que le propriétaire entretient avec un soin jaloux. Un gros érable, ayant survécu aux changements périodiques dans la configuration du quadrilatère de bâtisses hétéroclites, doit procurer une fraîcheur bienfaisante aux jours de canicule et les deux filles ont même droit à un petit potager.

— C'est important de manger sainement, surtout pour deux belles filles comme vous deux !

M. Lamarre est un gentil vieillard, veuf depuis de nombreuses années, qui veille sur ses locataires avec un soin identique à celui qu'il prodigue à son jardin. Il a accueilli Virginie comme si elle était sa petite-fille.

— Je suis bien heureux que la petite Claudie ait enfin quelqu'un pour vivre avec elle. Et vous avez l'air d'une gentille fille, vous aussi. Si vous avez besoin de quoi que ce soit, venez me le demander. Je suis là pour cela.

Depuis qu'elle est arrivée chez Claudie, Virginie a recommencé à dormir la nuit et mange mieux aux repas. Sans savoir le drame qui a traversé la vie de sa nouvelle amie, Virginie n'étant toujours pas prête à en parler, Claudie a facilement deviné que cette fille-là avait vécu quelque chose d'important. Discrète de nature, elle n'a pas argumenté quand Virginie lui a demandé si elle acceptait de venir la rencontrer à son travail, quand elle devrait rester à la boutique jusqu'à vingt et une heures.

— T'as bien raison, Virginie. Moi non plus, je n'aime pas vraiment me promener seule le soir. Mais parfois, on n'a pas le choix.

Elle éclate de rire. D'un rire complice et amical.

— Disons que ce n'est pas le quartier le plus sûr de la ville, n'est-ce pas ?

Puis elle regarde autour d'elle. Le salon est gentil avec ses meubles d'occasion qu'elle a recouverts de jetées fleuries et ses vieilles tables de bois récupérées dans le hangar de ses parents.

— Mais on est bien chez nous, lance-t-elle joyeuse. C'est mon premier logement et je l'aime. Alors tant pis pour le quartier et j'irai te chercher. Ça sera mon exercice quotidien !

À ces mots et devant la discrétion de Claudie, Virginie avait eu un sourire reconnaissant.

Et puis, il y a Gilbert qu'elle continue de voir régulièrement. Sans trop qu'elle sache pourquoi, cet homme-là lui fait du bien. Comme s'il la réconciliait tout doucement avec les autres hommes qu'elle a encore de la difficulté à accepter dans son environnement immédiat. Sans qu'il s'en doute le moindrement, le fait qu'il soit homosexuel et d'une délicatesse toute féminine fait de Gilbert la meilleure thérapie qui soit pour Virginie. Souvent, il se pointe à la boutique pour l'inviter à casser la croûte avec lui et en sa présence, Virginie oublie tout le reste. Avec Gilbert, le moindre repas prend des allures de fête. En plus de l'habitude que Claudie, Virginie et Gilbert ont prise de se voir tous les samedis soirs, pour un bon souper. Parfois chez l'un parfois chez les autres. Il n'y a que Sébastien qui boude leur rencontre hebdomadaire sans que personne ne comprenne pourquoi. De par son âge et son attitude, Gilbert tient lieu à la fois de père, de mère, d'ami et de conseiller. Et de bienfait instantané. Ses manières exagérées et sa langue pointue sont un véritable tonique de bonne humeur. Et ce soir, les deux filles ont invité M. Lamarre à se joindre à eux. En congé bien mérité, Virginie a uni ses talents culinaires à ceux de Claudie, et ensemble elles sont à la cuisine à concocter un véritable festin. Au menu : poires farcies, potage aux légumes, bœuf braisé et gâteau renversé.

— As-tu remarqué combien M. Lamarre avait l'air heureux ?

— Et comment ! J'ai l'impression qu'il n'a pas souvent d'invitation.

— Dommage, il est si gentil... C'est comme pour Gilbert. Je ne comprends pas que cet homme-là n'ait pas une tonne d'amis...

— C'est vrai qu'il est gentil, mais en même temps il est... un peu particulier. Ce n'est sûrement pas tout le monde qui peut s'accommoder de ses manières efféminées...

— T'as peut-être raison...

Puis après un moment de réflexion, Virginie ajoute :

— Et je t'avouerais, dans la même ligne de pensée, que ça me surprend qu'un gars comme Sébastien soit un de ses amis... Il me semble qu'ils sont tellement incompatibles, ces deux-là.

À la mention de ce nom, Claudie se met à rougir.

Heureusement, penchée au-dessus de son chaudron, Virginie n'a rien remarqué.

— Toi aussi, tu trouves ça drôle? fait-elle d'une voix qui se veut indifférente.

Puis avec un soupir qu'elle n'arrive pas à réprimer totalement.

— Dommage que Sébastien refuse toutes nos invitations. On se serait bien amusé ce soir, tous ensemble. Curieux d'ailleurs qu'il oppose toujours une fin de non-recevoir quand je l'invite... Je ne comprends pas. Pourtant il a l'air content de me voir quand il vient prendre un café... Mais dès que je lui parle de venir faire un tour ici, il se referme sur lui-même. Remarque que depuis quelque temps il ne vient même plus prendre son café matinal... Non, je ne comprends vraiment pas.

— Et moi non plus! C'est un drôle de gars, Sébastien. Dans le fond, on ne sait rien de lui. Sinon qu'il vit un peu n'importe où et n'importe comment.

Pendant un instant, Virginie reste silencieuse, les yeux dans le vague. Elle revoit Sébastien la nuit où il est venu à son secours. Sa gentillesse, sa disponibilité, son respect envers elle. Toutes qualités qu'elle ne se serait pas attendue de trouver chez un itinérant. Puis elle hausse les épaules avec impatience, choquée contre elle-même et ses pensées tordues. Curieux parfois comme on se fait des idées préconçues sur les gens et à quel point on s'y accroche. Comme si un itinérant ne pouvait pas être gentil! Alors elle ajoute à voix basse, comme si elle ne parlait que pour elle-même:

— Peut-on savoir les secrets que chacun cache en lui?

Claudie lève la tête vers elle.

— Tout à fait d'accord avec toi. Et ça, vois-tu, ma vieille, il faut apprendre à le respecter si on veut être heureux.

Puis revenant à des considérations beaucoup plus terre à terre, elle lance toute joyeuse:

— Je ne sais pas si Gilbert va réussir à convaincre M. Lamarre de nous laisser peindre les murs de couleur vive? C'est bien sa seule lubie, le cher homme. Comme si des murs blancs ajoutaient de la valeur à ses appartements!

À ces mots, Virginie se met à rire.

— Gilbert? Pas de crainte pour ça. Quand il s'y met, personne ne peut lui résister. Prépare tes pinceaux, ma belle, c'est comme si c'était déjà fait. D'autant plus que Gilbert nous a proposé ses services comme décorateur. Il aime tellement ça! Tu vas voir... Pour satisfaire sa passion, il va réussir à mettre M. Lamarre en boîte en moins de temps qu'il n'en faut pour le dire!

* * *

Noël sera là dans moins de deux semaines. Le champ derrière la maison de Cécile et Jérôme est recouvert d'une mince pellicule blanche qui laisse pointer les tournesols laissés là pour les oiseaux. Tenant le rideau de dentelle d'une main, Cécile laisse son regard voguer sur les arabesques que la tempête dessine sur la neige. Le vent s'engouffre dans la cheminée et se lamente jusque dans le poêle à bois qui ronronne, confortable, dans un coin de la cuisine. Elle entend Jérôme qui aide sa mère à se mettre au lit et leur conversation résonne en sourdine dans la maison, accompagnant le tic-tac de l'horloge du salon. Impulsivement, Cécile pousse un profond soupir de contentement. Dieu qu'elle est bien chez elle! D'autant plus qu'elle vient probablement de vivre les deux plus belles semaines de sa vie. Jérôme et elle reviennent d'une croisière dans les Caraïbes où elle a même oublié la terrible angoisse qui l'assaille depuis quelques mois. Toutes ces îles, ce soleil, ces plages différentes, ces sourires rencontrés... Mais surtout, il faut dire qu'elle a l'impression que sa mémoire lui est fidèle depuis qu'elle a parlé à Marie-Hélène. Et si elle en est presque convaincue, c'est que Jérôme ne lui a fait aucune remarque en ce sens. Habituellement, c'est par lui qu'elle prenait conscience de ses absences. Sinon, elle doit admettre qu'elles passeraient inaperçues. Et voilà que, depuis deux mois, tout baigne dans l'huile ! À aucun moment, son mari ne lui a fait de remarque inquiétante. S'étirant longuement, elle pousse un second soupir. Peut-être bien finalement qu'elle s'était trompée et que son inattention n'était causée que par la fatigue. Peut-être... À son âge, la chose peut s'avérer normale. Malgré tout, en médecin consciencieux qu'elle est, elle ne repousse pas complètement ses inquiétudes. Elle se doit de rester vigilante, ne peut se permettre de jouer à l'autruche. Elle le sait fort bien : une maladie traitée dans ses débuts peut être plus facilement contrôlée. Mais pour l'instant, en toute honnêteté, elle ne sent pas encore le besoin d'intervenir. Pourtant, malgré ses espoirs les plus fous, elle ressent en elle un besoin à chaque jour plus grand. Une envie qu'elle veut écouter jusqu'au bout, juste au cas où. C'est pourquoi, dès qu'elle entend les pas de Jérôme qui approche de la cuisine, elle se retourne vivement.

— Mélina est couchée ?

— Oui. Elle te fait dire bonne nuit.

— Merci.

Puis toute souriante, Cécile demande :

— Alors, qu'est-ce qu'on fait pour Noël ?

Jérôme hausse les épaules.

— Pour Noël ? Aucune idée.

Puis il se met à rire, moqueur.

— Par contre, si tu me poses la question c'est que tu en as une idée, toi... Je me trompe ?

— Pas du tout, mon amour... Effectivement, j'ai peut-être une ou deux petites idées qui me trottent dans la tête... Que dirais-tu de réunir la famille autour de nous ?

Jérôme lève un sourcil interrogateur.

— La famille ? Toute la famille ? demande-t-il inquiet.

— Pourquoi pas ? Ta sœur, mon fils, mes frères et sœurs, Dominique, sa famille et ses parents, énumère Cécile en comptant sur ses doigts...

— Oh ! Là, l'interrompt Jérôme visiblement débordé. Ce n'est pas un peu beaucoup tout ce monde-là ? On n'a plus vingt ans et...

— Et alors ? Je me sens en pleine forme et ça me tente de tous les avoir avec nous.

— Moi aussi, j'aimerais bien. Mais je ne sais pas si c'est vraiment sage de se lancer dans...

— S'il te plaît !

Soudainement, la voix de Cécile se fait suppliante. Elle s'est approchée de lui et pose ses deux mains sur les épaules de son mari en levant les yeux vers lui. Pendant un moment leurs regards se soutiennent et Jérôme a l'impression que c'est tout un dialogue qui se déroule silencieusement entre eux. Il referme les bras autour de la taille de Cécile.

— Tu es bien certaine que ce ne sera pas au-dessus de tes forces ? Tu es vraiment capable d'entreprendre tout ça ?

Cécile, éternelle indécise, hausse les épaules avant de tracer son inimitable sourire, à la fois triste et malicieux.

— Si je n'essaie pas, je ne le saurai pas, fait-elle taquine. Et puis tu peux m'aider, non ? C'est un temps mort pour toi.

— C'est sûr, approuve-t-il toujours hésitant.

Alors le visage de Cécile devient grave, presque austère. Dans sa poitrine, son cœur s'est mis à battre comme un fou. Il faut que Jérôme accepte parce que là, présentement, elle est persuadée qu'une occasion comme celle-là ne se présentera peut-être plus jamais. Qui sait où elle sera dans un an ? Et au-delà de cette maladie qui lui fait peur, il reste que l'âge les rattrape. Autant Jérôme qu'elle.

— C'est important pour moi, Jérôme, murmure-t-elle sérieuse. J'ai besoin de les savoir tous là, près de moi. J'ai besoin de goûter à leur présence affectueuse. Comprends-moi... C'est là, ajoute-t-elle en se touchant le cœur. Je veux les miens, tous réunis...

Les mots « pour une dernière fois » résonnent entre eux sans même avoir été prononcés. Alors, à cette supplication qui ne dit rien mais qui dit tout, à cause de ce regard à la fois cruellement lucide et suppliant, Jérôme comprend que Cécile est consciente des changements qui s'opèrent lentement en elle. À travers ces mots, il entend la peur, la tristesse. Cécile sait... Il a donc bien fait de choisir de taire ses inquiétudes et d'arrêter de lui passer des remarques quand il lui arrive d'oublier certaines choses pourtant banales. L'éclat de douleur qui traversait le regard de sa douce quand elle prenait conscience de ses absences lui était devenu insupportable. Mais voilà qu'il a la certitude qu'elle sait et tout à coup, il se sent apaisé. Cécile est consciente de son état. Il n'a plus à s'en faire parce qu'il lui a toujours fait confiance. Aujourd'hui comme hier et comme demain. Cécile est une femme de cœur et de raison. Le jour où elle le jugera opportun, il sait qu'elle va réagir. Alors il la serre amoureusement contre lui. Le temps de la tristesse viendra à son heure et il espère du plus profond de son âme que ce sera le plus tard possible. Quand on aime, la douleur arrive toujours trop tôt. Mais là, maintenant, dans le confort rassurant de leur demeure, à son tour, il a envie de donner une autre chance à la vie. Goûter à deux ce bonheur d'être ensemble, avoir des projets, des milliers de raisons de rire.

— D'accord, ma douce. J'en suis... On va recevoir les nôtres pour Noël, chuchote-t-il à son oreille. Je vais préparer les chambres et la carriole. Je vais astiquer les planchers et me déguiser en marmiton si tu l'exiges. Je vais trouver le plus beau, le plus grand sapin de la forêt pour l'installer dans notre salon. Pour toi. Juste pour toi. Pour voir briller tes yeux et entendre ton rire. Parce que je t'aime Cécile. Oh ! oui, je t'aime tellement...

* * *

Ça fait maintenant deux heures que Sébastien bat de la semelle rue Mont-Royal près de Saint-André, espérant rencontrer François. Il sait que le travailleur de rue se tient souvent ici. Pourtant aujourd'hui, il ne l'a pas encore vu. Il est gelé, il a faim, il ne sait plus où il en est. Il a surtout besoin d'une présence, d'une oreille pour l'écouter. Peut-être alors arrivera-t-il à se comprendre lui-même ? Parce que, pour l'instant, il a l'impression de faire du surplace. Tout ce qui le satisfaisait et comblait ses besoins, il y a de cela quelques mois à peine, lui semble subitement dérisoire et le rend agressif. Cette vie de liberté sans obligation ne ressemble plus à ce qu'elle était. Il a bien tenté d'en parler avec Gilbert, mais la réponse de ce dernier n'a fait qu'empirer les choses.

— T'as juste à t'installer ici en attendant...

En attendant ! En attendant quoi, au juste ? Comme si le

fait d'avoir un toit sur la tête et manger trois repas par jour s'avéraient une réponse ! Il était parti en claquant la porte.

C'est alors qu'il rumine ses nombreux déboires qu'il aperçoit François. « Enfin », murmure-t-il impatient, injuste, comme si la terre se devait de tourner précisément autour de lui. Il a surtout l'impression que la révolte qui l'avait amené à la rue bouillonne à nouveau, plus brûlante que jamais. Par contre, il serait bien en peine de dire pourquoi. La hargne malsaine qu'il entretenait à l'égard de ses parents s'est éloignée. Depuis qu'il a revu son quartier, sa maison, il n'est plus qu'indifférence quand il pense à eux. Ou curiosité, selon ses humeurs. Alors d'où lui vient cette rage qu'il sent grandir en lui ? Regardant furtivement à droite et à gauche, il se met à courir.

— Hé, Gombi ! Attends-moi !

François se retourne et dessine un sourire en apercevant Sébastien qui traverse la rue en diagonale.

— Salut ! Quoi de neuf ? Ça fait longtemps que je ne t'ai pas vu.

— Quoi de neuf ? ricane le jeune homme. Rien, justement. Le problème est là…

— Je ne te suis pas… Mais viens donc prendre un café. Il fait un froid de canard. On pourrait en jaser.

Contre toute attente, Sébastien acquiesce.

— Okay…

Ils se sont installés à une table qui donne sur la rue. Sébastien agrippe sa tasse à deux mains comme si la chaleur ressentie avait le pouvoir de le réchauffer tout entier, jusqu'au cœur. François remarque qu'il a les traits tirés, que son regard est hermétique. On dirait même qu'il a maigri. Un peu surpris, il retrouve le jeune homme qu'il avait rencontré l'hiver dernier. Agressif, nerveux, arrogant.

Comme si un rideau était tombé sur celui qu'il avait cru deviner pendant l'été et l'automne. Sans vouloir brusquer les choses, il demande néanmoins:

— Alors, répète-t-il, quoi de nouveau?

Sébastien souffle dans ses joues.

— Tout, rien... J'en ai marre. De la rue, de rien faire, de toujours chercher. Pis en même temps, j'ai pas envie de rentrer dans le moule. J'veux rien savoir d'une job quarante heures semaine pis j'ai pas envie de me retrouver sur des bancs d'école. J'ai l'impression que j'ai fait le tour des possibilités de la rue, j'trouve ça monotone mais en même temps, j'veux pas en sortir. Complexe, n'est-ce pas? conclut-il avec un sourire amer.

François hausse les épaules.

— Pas vraiment. T'es pas le seul, mon pauvre vieux, à vivre ça.

— Toute une réponse! crache Sébastien, soudainement agressif. Mais qu'est-ce que vous avez tous à croire que c'est banal pis que...

— Hé! Laisse-moi finir. J'ai jamais dit que c'était banal, lance François sur le même ton.

Puis il se radoucit.

— Excuse-moi si c'est l'impression que j'ai donnée. C'est pas ce que je voulais. Alors t'en as assez?

— Oui pis non. C'est là qu'est le problème...

— C'est déjà énorme de considérer que tu as un problème, tu ne trouves pas?

— Tu crois?

— C'est évident, non? Comment veux-tu changer les choses si tu n'as même pas conscience qu'elles doivent être changées?

— Ouais... T'as peut-être raison...

Puis après un instant de réflexion.

— Mais ça me dit pas ce que je dois faire, tout ça. On revient au point de départ.

— Pas nécessairement.

— Alors qu'est-ce que tu ferais, toi, si t'étais à ma place ?

— La solution de l'un n'est pas absolument bonne pour tout le monde, Sébas. Ce que moi je ferais, c'est une chose. Ce que toi tu as envie de faire en est peut-être une autre.

— Belle perspective !

— C'est sûr que ce n'est pas nécessairement facile. Mais il y a toujours des solutions à tout. Suffit de savoir ce que l'on veut.

— Baptême, on tourne en rond.

— Mais non. Penses-y un peu... Dans le fond, il y a juste toi qui peux décider pour toi. Il existe plein de ressources pour t'aider. Tu dois t'en douter, non ? Quand tu vas chez Pops, tu dois en rencontrer, non, des gens prêts à...

— Des moralisateurs, oui, interrompt Sébastien avec une pointe de dédain dans la voix. C'est pas ça qui va...

— Tu penses sincèrement que ces gens-là sont des moralisateurs ? Ça dépend peut-être seulement de quelle façon tu les regardes, coupe froidement François.

Sébastien lève la tête vers le travailleur de rue. François vient de toucher un point sensible. Subitement, il repense à Gilbert. La « grosse tapette » n'est-elle pas devenue un ami ? De dédaigneuse, l'attitude de Sébastien n'est-elle pas devenue respectueuse envers lui ? Tout simplement parce que sa façon de le regarder a changé ?

— D'accord, t'as raison, admet-il enfin. Mais j'ai pas l'impression que ça m'avance beaucoup de le savoir.

— Au contraire... Tiens, je vais faire une chose avec

toi. Je vais te le dire finalement ce que moi, je ferais à ta place. C'est un peu contraire à ma façon habituelle de voir les choses, mais, bon... Dans le fond, ce que tu dis, c'est que tu en as assez de tout sans savoir de quoi t'as assez. C'est bien ça ?

Le visage de Sébastien s'éclaire.

— En plein dans le mille !

— Alors voici ce que je ferais : j'irais au Refuge des Jeunes de Montréal.

— Le Refuge des... c'est pour les ti-culs, lance alors Sébastien, déçu.

— Pas du tout. Le Refuge est là pour les gars de ton âge. Pour les gars entre dix-sept et vingt-cinq ans si tu veux être vraiment précis. Ce n'est pas une panacée, mais ça permet au moins de dormir au chaud, de se laver, de manger et de trouver une oreille pour parler. Des fois, Sébas, tout ce dont on a besoin, c'est de parler pour arriver à se comprendre soi-même.

Pourtant, à ces mots, le regard de Sébastien s'assombrit à nouveau.

— Pis, qu'est-ce que ça me donnerait de plus ? Là ou ailleurs... C'est toujours du pareil au même, non ? Un refuge ou un autre...

— Ça, il y a juste toi qui pourras y répondre... Disons que c'est une formule qui a déjà fait ses preuves. Tu vas sûrement trouver là quelqu'un avec qui tu pourrais t'entendre. En tout cas, moi, j'essaierais de leur donner une chance. Parce que, dans le fond, c'est à toi que tu vas donner une chance.

Pendant un moment, Sébastien reste songeur. Devant son mutisme, François poursuit.

— Il y a partout des personnes de valeur qui peuvent

t'aider, Sébas. Chez Pops comme ailleurs. Par contre, au Refuge, il y a une certaine forme de continuité qui permet d'avancer. Et avec ce que tu m'avoues, je crois que tu pourrais y trouver ce dont tu as besoin. Tu le dis toi-même : tu es tanné du surplace. Quand on en a marre sans réussir à mettre le doigt sur le bobo, c'est qu'il est temps qu'il se produise quelque chose. Mais à partir de là, il n'y a que toi et rien que toi qui peux faire avancer les choses. Mais l'aide dont tu peux avoir besoin est là, j'en suis certain. Vas voir, ça ne t'oblige à rien.

— Tu penses ?

— Oui, je pense... Un séjour au Refuge peut devenir un levier pour autre chose. Mais je peux me tromper. Si tu trouves que ça ne marche pas à ton goût, tu n'auras qu'à m'appeler. On pourra essayer autre chose.

« Et pourquoi pas ? » Avec une force incroyable, Sébastien sent que tout son être aurait envie d'essayer, justement. Tout plutôt que de continuer de s'enliser. Parce que, en ce moment, c'est la sensation qu'il a : il s'enlise de plus en plus dans une situation qui ne lui convient plus. Mais en même temps, il est réticent. Pourquoi aurait-il confiance dans le système tout à coup ? Un système dont il n'a connu que le côté sombre et dont il doute sérieusement qu'il puisse y en avoir un autre. Il ferme les yeux pendant un instant avec la sensation désagréable que la tête lui tourne. Pourtant, au creux de ses émotions, il espère sincèrement qu'il y a peut-être là une ébauche de solution. François semble si confiant, lui ! Alors Sébastien ouvre les yeux, regarde autour de lui. Installés ici et là, des jeunes, des plus vieux qui discutent, qui lisent, qui mangent une bouchée, boivent un café. Un peu comme lui, finalement. Comment avait-il dit ça, l'autre soir ? Qu'il suffit parfois d'ouvrir les yeux pour voir ? Oui, c'est ça... Alors Sébastien offre un sourire à François. Lumineux et espiègle en même temps, se sentant curieusement libéré d'un grand poids. De toute façon personne ne lui demande de se décider sur-le-champ, n'est-ce pas ? Il va laisser les choses mijoter un moment et après il verra. C'est donc avec une moquerie dans la voix qu'il lance :

— J'vas y penser, promis. Mais pour ce qui est de t'appeler... T'aurais pas sur toi une de tes cartes d'affaire ? J'comprends pas ça, mais me semble que je l'ai pas dans mon barda... J'ai dû la perdre...

* * *

Comme cela lui arrive curieusement à chaque fois que des émotions importantes le visitent, Sébastien voit la spirale de ses pas se rétrécir, et sans qu'il l'ait vraiment décidé, il se retrouve devant la boutique de Virginie. La nuit vient de s'abattre sur la ville, tout d'un coup, comme souvent on le constate en décembre. La rue Sainte-Catherine est une féerie de lumières multicolores. Une neige fine comme une dentelle tombe depuis le matin, déguisant le paysage en carte de souhaits. La boutique où travaille Virginie est tout illuminée et il peut voir la jeune fille qui range quelques robes sur des cintres. Toute la métropole, à quelques jours de Noël, ressemble à une ruche bourdonnante. Pendant la journée, Sébastien a marché à travers les rues, regardant tout autour de lui comme s'il voyait Montréal pour une première fois et il a eu la bizarre impression de n'être qu'un spectateur, se tenant à l'extérieur du paysage, et que personne ne pouvait le voir. Mais présentement, le fait d'apercevoir quelqu'un qu'il connaît dissout cette impression et il réintègre sa place : les deux pieds dans la gadoue, sur un trottoir, espérant un peu de chaleur. Dans le fond de sa poche, il sait qu'il y a exactement sept dollars quarante-cinq. C'est suffisant. Respirant un bon coup, il pousse la porte et entre dans le magasin. Virginie le reconnaît immédiatement.

— Hé ! Sébastien ! Allô... Mais qu'est-ce que tu fais là ?

— Comme ça, en passant... Qu'est-ce que tu deviens ?

— Comme tu vois, je travaille, lance la jeune fille en riant. Avant Noël, c'est complètement dingue...

Puis elle jette un regard furtif sur sa montre.

— Si tu peux m'attendre, je soupe dans moins d'une demi-heure. On pourrait y aller ensemble. Enfin, si ça te tente, ajoute-t-elle se rappelant les paroles de Claudie.

Pourtant, avec elle, Sébastien ne semble pas sur la défensive. Bien au contraire. Il affiche un grand sourire.

— Super... Je reviens dans trente minutes...

Répondant à une drôle d'intuition, Virginie a évité de proposer le McDo, Claudie travaillant par exception ce soir-là. Elle a plutôt entraîné Sébastien vers le Burger King, même si elle n'y aime pas les frites. Si le jeune homme est venu la rejoindre à son travail, ce n'est sûrement pas sans raison et elle a la brusque certitude qu'il est important de ne pas créer d'obstacles entre eux.

Pendant un moment, ils mangent en silence. C'est finalement Sébastien qui se décide.

— Alors ? Comment vas-tu ? Est-ce que ça « fitte » avec Claudie ?

— De première ! C'est vraiment une fille correcte, tu sais.

— Oui, je sais...

Puis à nouveau, un court silence que Sébastien interrompt brusquement.

— Mais t'as pas répondu à ma question… Comment vas-tu ?

Alors Virginie le regarde droit dans les yeux. Un tourbillon d'émotions disparates la soulève. Colère, dégoût, peur… Oui, Virginie comprend fort bien de quoi Sébastien veut parler. Et compte tenu des circonstances, elle peut admettre qu'il ait le droit de lui poser cette question.

— Mieux, beaucoup mieux, articule-t-elle lentement, comme si elle choisissait ses mots. Aujourd'hui, je peux dire que je vais m'en sortir. Toute seule. Comme le dit souvent Claudie, faut laisser le temps faire son temps… Elle répète ça à tout bout de champ, pour toutes sortes de raisons. Mais je crois qu'elle n'a pas tort.

— Laisser le temps faire son temps, reprend alors Sébastien dans un murmure…

Puis d'une voix impatiente :

— Pis qu'est-ce qu'on fait quand on a l'impression que le temps n'avance plus ?

— C'est alors que tu dois le faire bouger, je suppose.

Ces quelques mots rejoignent tellement bien ce que François lui disait que Sébastien en reste silencieux pour un instant.

— Facile à dire, ça. Mais tu trouves pas, toi, qu'il y a parfois des moments dans une vie où on ne sait pas comment faire bouger les choses, justement ?

Pendant quelques instants, Virginie fixe Sébastien sans parler. Son intuition ne l'avait donc pas trompée : son ami semble être à un point tournant dans sa vie. À tout le moins, elle a l'impression qu'il avait un besoin vital de parler.

— C'est sûr, Sébastien, reprend-elle alors d'une voix douce. Mais si toi tu ne le sais pas, comment veux-tu que les autres le sachent ?

Sébastien a un petit sourire sans joie, un peu désabusé.

— Encore... On dirait que t'as parlé à...

— Pas besoin de parler à qui que ce soit pour savoir ces choses-là, l'interrompt Virginie toujours aussi doucement, comme si elle avait peur de brusquer quelque chose. C'est juste le gros bon sens qui me fait dire ça... Faut faire confiance à la vie, Sébastien.

— Faire confiance ? ricane-t-il alors amer. Mais faire confiance à qui, à quoi ? On vit dans un système pourri qui ne demande pas à...

— Oh là ! C'est toi qui oses me dire ça ?

Le ton monte. C'est comme si Sébastien venait de l'attaquer.

— Oui, c'est moi, crache Sébastien, soudainement agressif. Jusqu'à maintenant, on peut pas dire que la vie s'est montrée particulièrement généreuse envers...

— Et après ? l'interrompt à nouveau Virginie, visiblement choquée. Je le répète : faut faire confiance. Et s'il y a quelqu'un qui peut se permettre de le dire, c'est bien moi.

Virginie s'est emportée et le ton de sa voix est maintenant sourd, chargé de colère.

— Quand tu m'as repêchée l'autre nuit, je venais de me faire violer et sodomiser par trois gars qui étaient de supposés amis.

C'est la première fois qu'elle reparle de cette nuit-là. Les mots qu'elle vient de prononcer lui font mal, écorchant au passage la confiance naturelle qui est la sienne. La vie lui avait réservé une gifle qu'elle ne pensait jamais recevoir. Pourquoi ? Elle ne le saura probablement jamais. Par contre, elle n'est pas restée au plancher. Elle s'est débattue avec elle-même, avec les images ancrées dans sa tête, avec sa peur et son dégoût. Elle est en train de s'en sortir. Et voilà que Sébastien se permet de mettre ses convictions en doute ? C'est vibrante que Virginie poursuit.

— Et qu'est-ce que tu m'as dit, toi, l'autre nuit quand tu es venu à mon secours ? Tu m'as tendu la main en me demandant de te faire confiance... Et c'est ce que j'ai fait. Malgré la peur qu'il y avait en moi, j'ai senti, là, fait-elle en se pointant le cœur, j'ai senti que si je n'acceptais pas ta main, plus rien n'aurait de sens. Oh ! Ce n'était pas aussi clair que ce que je te dis. Mais c'était comme une sorte d'instinct. L'instinct de survie, faut croire... Alors ne viens pas me faire de leçon sur la confiance. Je ne sais pas ce que tu as vécu. En fait, je ne sais même pas ce que tu vis présentement. Mais une chose que je sais, par exemple, c'est que sur cette terre, à travers tous les autres, il y a des gens qui méritent notre confiance et on n'a pas le droit de les repousser.

Ces quelques mots rejoignent Sébastien droit au cœur, s'emmêlent à cette sensation de déséquilibre, de recherche qui le harcèle. Puis brusquement, c'est la détente. Sans être capable de le décrire avec précision, il sait qu'il vient de trouver ce qu'il était venu chercher.

— D'accord, approuve-t-il, faisant ainsi amende honorable devant Virginie mais devant lui-même aussi. Tu as raison. Mais c'est tellement difficile de faire confiance quand on a l'impression qu'à chaque fois qu'on voudrait le faire, c'est une claque que l'on reçoit.

— Je n'ai jamais dit que c'était facile, Sébastien. Mais c'est essentiel par contre. Comment peut-on vivre autrement ? Et sans savoir ce que tu as vécu, dis-toi bien qu'on a tous chacun nos secrets, reprend Virginie, radoucie. Moi, toi, Claudie aussi probablement. Et Gilbert, tant qu'à y être. Et ça ne nous empêche pas d'avancer, d'avoir des rêves et des buts... Tiens, en parlant de Gilbert, je crois que ta présence lui manque, tu sais.

Elle est consciente de faire bifurquer la conversation, mais brusquement Virginie a l'impression que ça devenait essentiel. Et la lueur qui traverse le regard de Sébastien lui donne raison.

— Pauvre Gilbert... Drôle de bonhomme... à moi aussi, il me manque. Sa bonne humeur me manque.

— Alors tu n'as qu'à aller le voir, tranche catégoriquement Virginie. C'est ce que je disais tout à l'heure: parfois, il faut faire bouger les choses. Et sur ce point, je crois bien que tu ne sais pas vraiment comment t'y prendre. Pour toi, je veux dire. Parce que, pour moi, tu as su exactement ce qu'il fallait faire...

Et sur ce, elle éclate de rire.

— Pardonne-moi ma franchise et le ton que j'ai eu pour te parler, mais je crois que tu avais besoin de te faire sonner les cloches. À te voir aller, on a l'impression que tu tournes en rond. Comme un petit chien qui court après sa queue sans jamais réussir à l'attraper. Tu... tu es un bon gars, Sébas. Un ami comme j'en n'ai pas beaucoup. Mais bon sang, grouille-toi. Reste pas planté là à attendre que la vie passe...

À son tour, Sébastien se met à rire.

— Je... je vais faire bouger les choses, comme tu dis, ajoute-t-il énigmatique. Et si ça ne donne rien...

Sébastien laisse sa phrase en suspens, s'intériorise un moment, pense alors à François, le mot Refuge s'imprimant en lettres rouges sur l'écran de sa pensée. Finalement, il refait un sourire. Pourquoi pas? Puis il revient à son amie.

— Merci Virginie.

— Pas de quoi. Les amis, c'est aussi à ça que ça sert...

Puis faisant du coq à l'âne :

— Qu'est-ce que tu fais pour Noël ?

— Sais pas... Rien probablement.

— Viens donc avec nous... Gilbert va être là, Claudie aussi, alors on s'est promis de fêter en grand pour le réveillon.

— Ah ! Oui ?

À nouveau, à la mention du nom de Claudie, le regard de Sébastien se referme. Son cœur s'est remis à battre tellement fort qu'il est persuadé que tout le monde doit l'entendre. Mais qu'est-ce que cette fille-là lui a fait ? À chaque fois qu'il la voit ou qu'il entend prononcer son nom, c'est la même chose : il est attiré par elle, voudrait tout savoir sur sa vie et en même temps, il cherche à la fuir... Il ne comprend pas cette réaction... Sa réponse se fait évasive.

— Je verrai... Oui, je verrai à ça...

Puis il s'ébroue.

— Comme ça vous voyez Gilbert souvent ?

— Tous les samedis. Et tu sais pas ce qu'il a réussi à faire ? Il a convaincu notre propriétaire de mettre de la couleur sur nos murs. Tu devrais voir le résultat ! C'est vraiment un talent naturel chez lui, la décoration. C'est tellement beau... Tu connais nos divans, n'est-ce pas ? Alors imagine un mur aubergine avec des boiseries...

Le lendemain, à force de tourner en rond, dans ses pensées comme dans sa promenade, Sébastien se retrouve finalement devant le Refuge des Jeunes de Montréal. Ce matin, en se glissant hors de l'immeuble qu'il a adopté, une indication VENDU lui a sauté au visage. Pourtant, c'est en souriant qu'il a lu et relu l'annonce. L'immeuble va être démoli pour faire place à un concept de condos. Mais le voilà ce signe qu'il attendait ! « On me fiche à la porte », pensa-t-il alors plus amusé qu'autre chose. C'est pourquoi, bien consciemment cette fois-ci, il a dirigé ses pas vers l'ouest, en direction du Plateau. Pour avoir arpenté le quartier des milliers de fois, il sait où se trouve le Refuge. Au coin de Berri et Roy, dans le sous-sol d'une église. Pourtant, ce n'est que vers quinze heures qu'il se décide vraiment à venir sonder la porte. Une affiche bien en vue indique que ça n'ouvre qu'à dix-huit heures. Déçu, il rebrousse chemin, n'osant pas sonner. C'est maintenant qu'il avait le courage de s'y présenter. Pas dans trois heures. Ce n'est qu'un détail, mais brusquement il a l'impression que rien ne fonctionnera comme il le veut. En fait, quand est-ce que quelque chose fonctionne comme on le veut ?

Malgré cela, le froid étant particulièrement mordant aujourd'hui, transi et les pieds gelés, il revient à l'heure dite. Un garçon aux cheveux mi-longs, à l'air jovial, à peine plus vieux que lui, ouvre la porte.

Aussitôt, Sébastien a la nette sensation d'avoir mis le doigt dans un engrenage qui va l'aspirer en entier. À commencer par l'inscription et une description des règlements en cours au Refuge. Pourtant, c'est à peine une fiche que l'on a remplie. Que des questions normales, banales même, lorsqu'un inconnu frappe à votre porte.

— Et en cas d'urgence, qui doit-on prévenir ?

Sébastien hausse les épaules. Qui doit-on prévenir ?

— Personne, lâche-t-il nonchalamment.

Puis il se ravise.

— Non, c'est pas vrai. Tu peux toujours prévenir François Léveillé.

— Le travailleur de rue ?

— En plein lui.

— On se connaît bien, François et moi. C'est un gars correct.

— Ouais... Si on veut.

Sébastien est sur la défensive, mal à l'aise.

Puis c'est douche, casier barré pour ses effets personnels, repas... Et tous ces jeunes autour de lui, cette promiscuité, cette vie de groupe... Pourtant le repas est bon, chaud, abondant et l'atmosphère détendue. À bien des égards, l'endroit est semblable à l'autre refuge où il s'est déjà présenté à quelques reprises et en même temps, totalement différent. Car ici, autour de lui, il n'y a que des jeunes de son âge et une drôle d'impression dans l'air. Peut-être que c'est de là que lui vient cette sensation d'étouffement: il n'y a que des gars comme lui. Ici, il fait donc partie de la gang, qu'il le veuille ou pas. Il est un élément d'un groupe qui lui semble homogène, lui qui avait justement décidé de n'appartenir à aucun clan. À quelques pas, deux gars jouent au billard en s'obstinant autant en anglais qu'en espagnol et un peu plus loin, d'autres jeunes regardent la télévision. On entend des rires, des discussions. Dans le milieu de la salle, une femme vient de réunir quelques tables ensemble et elle est à installer du matériel de dessin. Sébastien a toujours aimé dessiner d'une façon presque viscérale. Et brusquement, il comprend que cela lui a manqué, ces dernières années. Il repense à tous ces jardins colorés qu'il aimait tant inventer quand il était petit, ces papillons dont sa mère disait qu'ils avaient l'air de vouloir s'envoler hors du dessin tellement ils étaient beaux et l'envie de se lever pour s'installer à la table se fait presque violence. Serait-il encore capable aujourd'hui de reproduire des fleurs grandeur nature et des oiseaux stylisés ? Puis une pluie de confettis s'abat sur ses pensées. Une tempête de petits bouts de papier de toutes les couleurs et cette douleur derrière les oreilles, cette impression que sa tête va décrocher...

— Les vrais gars ne dessinent pas. Ils jouent au hockey...

Alors Sébastien reste en retrait. Il n'est pas prêt. Il a peur. D'une peur incontrôlable qu'il connaît trop bien. Instinctivement, il préfère attendre. Il a besoin de sentir les odeurs du Refuge, de s'y créer des repères avant de se livrer à d'autres. Même à travers de vulgaires dessins. Et pour l'instant, rien ne l'attache à l'endroit où il se trouve. Brusquement, il a l'impression d'être pris au piège. Un piège qu'il a lui-même choisi en acceptant de venir ici. Il voudrait sortir, prendre l'air, voir le ciel. Il sait qu'il n'en a pas le droit sinon il ne pourra revenir que demain. Pas le droit... Ces quelques mots lui remontent dans la gorge comme une nausée. Pourtant, c'est lui qui s'est engagé à rester toute la nuit. Ça fait partie des règlements... Mais qu'est-ce qui lui a pris de venir ici, aussi ? La rue ne lui avait-elle pas appris que l'espace lui était vital, au même titre que l'air qu'il respire et que l'eau qu'il boit ? Tout à coup, il sent les murs se refermer sur lui. Il y a trop de monde, trop de bruits et pas de fenêtres... Et la voix de son père qui a réussi à le retrouver encore une fois, barbouillant la réalité de son mépris, maquillant jusqu'à ses espoirs les plus fous, les rendant dérisoires. Des tas de confettis font la tempête dans sa tête. Et cette nausée qu'il sent grandir en lui, cette lassitude qui rejoint l'espèce de colère qui change tout depuis des années. L'intervenant qui l'a accueilli lui fait un sourire quand leurs regards se croisent. Sans y répondre, Sébastien détourne la tête. Mais qu'est-ce qu'il croit, lui là-bas ? Qu'il suffit de se sourire pour être copain-copain ? Il n'a rien demandé à personne. Et il n'a pas envie de donner, non plus. De toute façon, il n'a rien à donner. Alors il se dit qu'il n'a qu'à partir malgré tout. Tant pis si ce geste l'interdit de séjour pour un temps puisqu'il n'a pas l'intention de revenir. C'est au moment où il s'apprête à se relever qu'il aperçoit François, arrivant par la porte du fond. Retenant un soupir, il se rassoit. Mais qu'est-ce qu'il fiche ici, lui ? N'est-il pas supposé être dans la rue ? Alors s'ajoutant à tout le reste, la présence inattendue de François est une agression supplémentaire. Une agression de trop. Il a l'impression d'être surveillé et cette sensation lui est prodigieusement désagréable. Bousculant sa chaise, Sébastien se relève et sans accorder le moindre regard à François, il gagne le fond de la salle, là où quelques fauteuils en retrait permettent une fausse intimité. Il espère seulement que le message est assez clair : il n'a pas envie de parler. À personne...

Attrapant une revue sur l'étagère, il fait semblant de lire.

Et c'est ainsi que François perçoit le geste. Il savait que l'adaptation serait difficile pour un solitaire comme Sébastien. Mais il sait aussi que c'est un garçon intelligent et que, avec un peu de temps et beaucoup de bonne volonté, il devrait arriver à se fixer des objectifs valables. Alors, il se contente de lui faire un petit signe de la main qui se perd dans le vide. Respectant son retrait, François se dirige vers la cuisine pour se servir un café.

— Hé François !

Surpris, celui-ci se retourne.

— Vincent ? Mais qu'est-ce que tu fais ici ?

Le jeune se met à rire.

— J'attends mon t'chèque de paye... J'avais pus rien à manger.

Et voyant la lueur d'inquiétude qui traverse les yeux de François, il s'empresse d'ajouter :

— Mon loyer est payé, inquiète-toi pas. Ça fait que l'appartement s'envolera pas. Pis j'ai pas faite de folies, précise-t-il avant que la question ne vienne. C'est juste que j'commençais à avoir faim en estie. C'était l'épicerie ou une paire de bottes. J'ai décidé que ça serait les bottes... En attendant mon prochain t'chèque, j'vas rester icitte queques jours. Anyway, ça me fait du bien de changer d'air, pis c'est pas mal meilleur icitte que le manger que j'me fais... Pis tu sais-tu qui c'est que j'ai revu, hier soir ? Pierre-Luc ! Pierre-Luc Poitras. Ça devait faire trois mois que j'l'avais pas vu....

Pierre-Luc, c'est son ancienne bande, son ancienne vie. Pourtant, au timbre de sa voix, au-delà du plaisir réel qu'on devine, l'appartenance semble éteinte. Il parle de son copain avec enthousiasme, c'est vrai, pourtant aucune envie ne semble l'effleurer.

— ... Y'a pas changé ! Toujours à chercher une job ! Laisse-moi t'dire que chus ben content d'en avoir une, moé ! Pis « steady » à part de ça !

Ces quelques mots font plaisir à entendre. Vincent est en train de se prendre en mains et même si l'emballement un peu naïf qu'il démontre envers lui-même fera toujours partie de ce qu'il est, une certaine conscience sociale commence à poindre. À sa façon, la façon Vincent, un brin délirante, utopique.

— Ben tant mieux, Vincent. Pis encore, la job ? Ça va comme tu veux ?

— Pas pire... pas pire pantoute, même. L'boss m'a dit que si ça continue d'même, j'm'en vas travailler dans la shop d'icitte à pas longtemps. Pis que j'vas avoir une augmentation d'salaire. De même, j'devrais en avoir assez pour finir mes mois.

— J'suis content pour toi, Vincent. Et ton voisin, lui? Toujours bruyant?

À ces mots, Vincent se met à rire. De bon cœur.

— Ben non. C'est vos deux qui avaient raison. Quand j'y ai parlé avec Michel, ça toute réglé. C'est même un gars correc, finalement. On a même pris une bière ensemble, samedi soir. Chez eux. Au boutte du compte, j'pense que j'vas rester là pour un autre année.

Alors c'est au tour de François de se mettre à rire.

— Tu parles d'une bonne nouvelle! Un déménagement de moins!

Puis il se dirige vers un autre jeune qu'il connaît et qui vient de lui faire signe.

De loin, Sébastien observe, de curieuses émotions se bousculant en lui. Il aimerait bien savoir ce que François fait ici, mais il n'a pas envie de lui parler. Il aimerait bien dessiner, surtout qu'il y a des pastels à l'huile comme il aime utiliser, mais il n'a pas envie de se joindre aux autres autour de la table. Il a encore faim, mais il ne sait pas s'il a le droit de se faire un sandwich, vu qu'il a déjà eu une grosse portion de bouilli. Il apprécie la chaleur, mais voudrait être ailleurs. Fatigué d'avoir l'impression de tourner en rond, Sébastien pousse un soupir d'impatience, se laisse glisser sur les reins, la revue pendant au bout de ses doigts, fixant maintenant le vide devant lui pendant que l'image de Virginie, Claudie et Gilbert réunis lui vient à l'esprit. Que diraient-ils s'ils savaient qu'il est ici? Puis il hausse les épaules. Qu'est-ce que ça peut bien leur faire qu'il soit ici ou ailleurs! Qui se soucie de Sébastien Duhamel? Duhamel... Surpris d'avoir même pensé à son nom de famille, Sébastien reste un moment interdit. Duhamel... Puis il revient à ses amis balayant volontairement toutes les images que ce nom pourrait susciter. Qui donc pourrait avoir intérêt à se soucier de lui ? Personne n'est-ce pas ? Il soupire à nouveau. La grande horloge indique dix-neuf heures trente. Encore une heure et demie avant que le dortoir n'ouvre ses portes. Curieusement, il prend conscience du temps qui passe, notion dont il avait perdu le sens depuis des mois.

De combien de choses a-t-il perdu le sens, en fait, depuis qu'il a choisi la rue ?

La question s'impose d'elle-même, l'agressant comme tout le reste. Toute cette sensation de révolte qu'il porte en lui depuis des années semble subitement se canaliser pour lui faire détester l'endroit où il se trouve. Viscéralement... Ce n'est pas sa place ici. C'est à ce moment que François décide de venir le rejoindre, alors que Sébastien écoute la colère bouillir en lui, ne sachant trop ce qu'il doit en faire.

— Salut...

Un soupir, puis dans un murmure agressif :

— Salut Gombi.

— Pis ?

— Sais pas encore...

Le ton de Sébastien est distant pourtant, curieusement, même s'il était persuadé ne pas vouloir parler à François, sa présence lui fait du bien. Il se redresse sur sa chaise.

— Pas facile d'être ici, admet-il finalement pendant que François se tire une chaise.

Puis le jeune regarde autour de lui.

— Y'a du monde en sacrament. Trop de monde. Pis y manque d'air.

François jette un regard circulaire à son tour et approuve de la tête. C'est vrai que, pour Sébastien, habitué de vivre en solitaire, la bouchée est peut-être difficile à avaler. Alors il propose :

— Veux-tu venir prendre un café avec moi ?

— Un café ? Ailleurs qu'ici ? J'ai pas le droit.

— Allons donc ! C'est pas une prison, Sébas…

Le regard que Sébastien lui lance à ces quelques mots porte en lui tout le doute du monde.

— Pourtant, on m'a dit que…

— Je sais. On t'a dit que tu n'avais pas le droit de sortir ce soir. Une fois entré, on reste pour la nuit. C'est bien ça ?

— Exact. Comment veux-tu que je te suive pour prendre un café ?

— Qui t'a accueilli ?

Sébastien regarde dans la salle. Puis il pointe du menton celui qui lui a ouvert la porte.

— Le gars là-bas, près de la porte de la cuisine.

— Daniel ?

— Oui, j'pense.

— Un gars correct, Daniel.

Sébastien laisse couler un petit rire sarcastique.

— Y'a dit la même chose de toi.

— C'est sûr, ça, fait François, moqueur. On est tous des gars corrects ! Tu n'as qu'à lui dire que tu aimerais venir prendre un café avec moi.

— Tu crois ?

— Essaye…

Dix minutes plus tard, François et Sébastien sont attablés devant un bon café chaud, dans un petit bistro de la rue Saint-Denis. La seule contrainte : revenir avant vingt-deux heures pour déranger le moins possible ceux qui seraient déjà au lit.

— Mais pourquoi dire qu'on n'a pas le droit de ressortir ?

— Pour toutes sortes de raisons, Sébastien. À commencer par le but premier du Refuge. Ce n'est pas une cafétéria ni un moulin où on entre et on sort à volonté. Le Refuge se veut un lieu de transition, de dépannage aussi, en cas de besoin. Mais ce n'est pas une soupe populaire. Il y en a déjà plusieurs. Ensuite, quand on vit dans un groupe, il est normal qu'il y ait certaines règles que tous doivent observer, sinon ce serait l'anarchie. Tu ne crois pas ?

— Ouais, peut-être bien...

— Puis ils doivent aussi rester vigilants, poursuit François. Pour toi, ce n'est pas un gros problème mais il y a plusieurs jeunes qui ont des problèmes de toxicomanie, de déficience, de violence... Admets que ce n'est sûrement pas facile de gérer toutes ces différences. Si un jeune ressort et leur revient « beurré » jusqu'aux oreilles, on fait quoi avec ? C'est un risque inutile à courir. Alors, ils n'ont pas le choix d'exiger que le jeune qui se présente là respecte certaines règles. Mais je le répète : ce n'est pas une prison.

— Okay... Je comprends un peu mieux. Mais ça change pas le fait qu'y manque d'air...

— Pour toi...

Sébastien dessine un petit sourire.

— Okay, pour moi. Mais j'sais pas si j'vas pouvoir rester là ben ben longtemps.

— Donne la chance au coureur, Sébas. Donne-toi une chance. Même si tu trouves que c'est difficile. Tu l'as dit toi-même : tu as l'impression d'avoir fait le tour des possibilités de la rue. Me semble que tu peux te donner un « break » non ? Aller jeter un coup d'œil dans la cour du voisin...

Quelques instants de silence planent entre eux, puis Sébastien reprend.

— Okay, François. J'promets rien, mais j'vas essayer. Qu'on me laisse tranquille pour un boutte, par exemple, le temps de m'y faire, pis après on verra. J'sais pas encore c'que j'veux, mais faut que ça change ; ça, c'est sûr...

CHAPITRE 8

Décembre 1995

Au Refuge et en Beauce

« Si un homme aveugle aidait un boiteux à marcher, les deux avanceraient. »
Proverbe suédois

Sans nécessairement se sentir chez lui au Refuge, Sébastien tient bon. Ça fait une semaine qu'il vient ici tous les soirs. Il ne parle à personne, se contente de regarder la télévision, de manger, de dormir. À deux reprises, Daniel a bien tenté d'avoir une discussion avec lui, mais Sébastien, à sa façon, a opposé une fin de non-recevoir. Il n'a fait que l'écouter, répondant par monosyllabes. Poli, réservé, hermétique.

Ce soir, il y a un nouveau. Le genre de gars que Sébastien n'aime pas : les bras tatoués à ne plus voir la peau, le crâne rasé, petit mais les muscles roulant sous les manches de sa chemise, l'air givré de qui est sur la dope en permanence. Arrogant, prétentieux, grande gueule… Le nouveau a l'air de planer et de beaucoup s'amuser... Il rit de tout, se moque des gens, prend beaucoup de place. Trop de place selon les dires de Sébastien. Incapable de supporter ses farces plates plus longtemps, il se réfugie au fond de la salle, contre l'étagère et prend une revue pour se soustraire à tout ce qui l'entoure.

C'est alors que, du coin de l'œil, il aperçoit le gars tatoué qui se dirige vers lui. Instinctivement, Sébastien sent tous les muscles de son corps se nouer. Penchant un peu plus la tête, il fait semblant d'être profondément absorbé par sa lecture. Puis mentalement, il pousse un profond soupir. Le nouveau ne semble pas s'intéresser à lui. Tirant bruyamment un fauteuil, il s'installe à côté de Jason.

— Hé ! Le muet... Chante un peu que j'entende le son de ta voix...

Et se trouvant fort spirituel, le nouveau éclate de rire tandis que Jason lève un regard apeuré et que, aussitôt, l'esprit en alerte, Sébastien délaisse sa lecture. Depuis une semaine qu'il vient ici, il a vite compris que Jason était un gars un peu particulier, de ceux dont sa mère disait, avec un mélange de pitié et de tristesse dans la voix, qu'ils n'avaient pas été gâtés au jour de sa naissance. Doux, timide et toujours en quête d'approbation autour de lui, Jason regarde les gens avec une excuse au fond des yeux. Comme s'il demandait pardon en permanence d'être là. Paralysé par la voix arrogante du gars aux bras barbouillés, Jason reste assis, calé dans le fond de son fauteuil comme s'il espérait désespérément s'y fondre pour disparaître. L'occasion est trop belle : le petit musclé continue de s'acharner, picossant sa proie avec un plaisir malsain au fond du regard. Jason se ratatine de plus en plus sur sa chaise. Sébastien lève les yeux pour essayer d'attirer l'attention d'un intervenant, mais personne à l'horizon et personne non plus pour se douter de quoi que ce soit. Jason et le gars aux tatous ont l'apparence de deux gars qui discutent, sans plus. C'est alors que la voix dédaigneuse qui semble s'amuser prodigieusement lance une phrase qu'elle n'aurait jamais dû lancer. Une phrase qui atteint Sébastien d'un direct à la poitrine qui lui coupe le souffle.

— Des comme toi, c'est juste une gang de tapettes.

La voix du gars n'est plus la sienne. Comme une distorsion dans l'esprit de Sébastien et c'est maintenant une autre voix qui le rejoint dans ce qu'il a de plus sensible. Avec cette même arrogance, ce pareil mépris que plus jamais il ne pourra tolérer. Le sang lui bat aux tempes, il ne voit plus rien. Qu'une voix qui martèle ses pensées et guide ses gestes.

Le coup est parti tout seul sans que Sébastien ne l'ait prévu ni voulu. Il n'a même pas pris conscience qu'il laissait tomber sa revue et qu'il se levait.

Le nouveau est resté immobile, surpris, l'esprit et les réflexes trop au ralenti pour réagir vivement. Jason a les yeux pleins de larmes, les bagarres lui ayant toujours fait peur. Comme s'il en était invariablement responsable. Comme par magie, Andréanne et Robert, deux intervenants du centre, sont là, à côté d'eux.

— Hé ! Les gars… Qu'est-ce qui se passe ?

Écœuré, surpris lui-même par la rapidité et la spontanéité de son geste, Sébastien n'entend que la colère qui bouillonne en lui et il reste planté là, debout, tremblant de rage. Puis brusquement, c'est la détente, comme un grand état de fatigue, de vide en lui. C'est tellement contraire à ce qu'il est de se battre. Il tourne la tête vers Robert :

— J'aimerais qu'on débarre mon casier. J'ai besoin de mes affaires.

Et sans attendre de réponse, Sébastien se dirige vers l'autre bout de la salle. Autour de lui, l'air est soudainement tellement vicié qu'il doute arriver à survivre s'il reste ici.

* * *

— ...Finalement, Sébastien est parti sans qu'on arrive à tirer quoi que ce soit de lui, explique Andréanne. Il y avait tellement de rage dans son regard. Jamais je n'aurais pu penser que ce gars-là était violent.

Puis elle se tourne vers Daniel.

— Peux-tu nous dire ce qui a pu se passer ? Tu le connais, toi, ça fait quelques fois que tu jases avec lui.

Les intervenants du Refuge des Jeunes de Montréal sont à leur rencontre hebdomadaire, celle du mercredi midi où on tente de faire le point. Daniel hausse les épaules.

— En fait de discussion, je dirais plutôt que Sébastien a eu la politesse de m'écouter, sans plus. Je sens que c'est un gars intelligent, brillant même, juste sa manière de détourner les questions, de les accommoder à sa façon le prouve, mais pour le reste... Disons que ça me surprend beaucoup moi aussi de savoir qu'il a voulu se battre.

— Par contre, intervient Robert, même si Gab, le gars qui a reçu le coup, est resté évasif et que Jason n'a pas été d'un grand secours, j'ai l'impression que le coup était mérité. Même si ça n'excuse pas le geste. Le lendemain, on a même demandé à Gab de ne pas revenir pour un moment. C'est un semeur de zizanie, ce gars-là. Le genre de sème-merde qui réussit toujours à filer comme une couleuvre laissant la cohue derrière lui. Et pas moyen de discuter avec lui. Il est sur la dope en permanence quand ce n'est pas sur l'alcool en même temps...

— Dommage... Comme ça, Sébastien n'est pas revenu depuis l'incident ?

— Pas la moindre nouvelle.

— Dommage, répète pensivement Daniel. J'avais nettement l'impression que Sébastien venait chez nous dans un but bien précis. Il y avait comme une attente en lui. Mais je n'ai pas eu le temps de savoir lequel...

* * *

Dans quelques heures, Dominique, la fille de Cécile et Jérôme, doit arriver avec André, son mari, pour prêter main forte à ses parents. La préparation du réveillon va bon train, mais comme toujours, il reste mille et un détails à finaliser pour que tout soit prêt à accueillir la parenté. Mélina, de moins en moins active, fait office de contremaître et bien installée à la table de cuisine, frottant son argenterie, l'œil aux aguets et la langue bien pendue, elle dirige les opérations comme un général aligne son bataillon !

— Jérôme, va dans la petite pièce du fond et regarde dans le troisième tiroir de droite de la commode. C'est là que les nappes de dentelles sont rangées. Faudrait peut-être leur donner un petit coup de fer pour les rafraîchir. Oh, Cécile ! Si je me souviens bien, tu devrais trouver des napperons assortis dans le tiroir du buffet. Je les garde là parce que je m'en sers plus souvent que les nappes... Pis faudrait penser à rentrer la soupe de la galerie vitrée si on veut qu'à dégèle...

Moins active peut-être, mais toujours aussi vive, la Mélina ! Et la mémoire infaillible. À chaque fois qu'elle le remarque, Cécile ne peut s'empêcher d'avoir un pincement au cœur. Pourtant, ce matin, ce n'est pas pareil. L'ambiance de Noël imbibe toutes les particules d'air de la maison. Alors Cécile et Jérôme échangent un sourire. De toutes façons, les deux dernières semaines ont été agréables à tous points de vue et de préparer ensemble la fête de Noël a fait reculer les angoisses dans l'ombre. Mélina, Cécile et Jérôme se sont amusés comme des enfants à préparer tourtières, beignes et friandises. Les cadeaux bien emballés attendent minuit au pied de l'arbre immense que Jérôme a coupé à l'orée de l'érablière, la dinde est déjà au four et toute la maison sent bon.

— Enfin, les voilà !

De l'extérieur parvient le bruit de pneus sur la neige, puis de portières que l'on referme. Disparaissant sous une montagne de colis tous plus jolis les uns que les autres, Dominique et André font leur apparition sur le seuil de la porte de cuisine.

— Allô tout le monde ! Quelle belle journée !

Et c'est vrai. Depuis la veille, tombe d'un ciel lourd et presque blanc la plus traditionnelle des neiges de Noël, à gros flocons mouillés qui habillent les arbres et coiffent les toits. Par la fenêtre, d'une clôture à l'autre, on aperçoit les cheminées qui fument au-dessus des boisés de sapinage.

— Tout au long de la route, on avait l'impression de nous enfoncer dans un conte merveilleux ! lance joyeusement Dominique en déposant ses paquets sur la table. Je suis toujours une petite fille quand vient le temps des fêtes...

— Tout comme moi, rétorque Cécile. On dirait qu'il y a de la magie dans l'air !

— De la magie ? reprend Jérôme, taquin. Alors sors ta baguette, ma douce, et fais tourner les aiguilles de l'horloge pour que tout le monde soit là et que tout soit prêt, surtout !

À ces mots, Cécile éclate de rire, ramenée à des considérations beaucoup plus terre à terre.

— C'est vrai qu'il reste encore pas mal de choses à faire... Un bon café pour tout le monde et à l'attaque. La magie, c'est nous qui allons la faire !

Puis se retournant :

— Donnez-moi vos manteaux et toi, Jérôme, va porter les paquets sous le sapin. On vous a préparé la chambre en bleu... Savez-vous à quelle heure François et Marie-Hélène doivent arriver ?

Ils sont allés à la messe de minuit en carriole, les enfants cachés sous de vieilles fourrures, ne laissant apparaître que leurs bouts de nez rougis. Les adultes suivaient en autos. Puis ils en sont revenus en chantant de vieux airs de Noël.

Pour l'instant, les enfants dévorent le sapin et les cadeaux des yeux pendant que les adultes s'apprêtent à prendre l'apéro. Dans la salle à manger, une immense table brille du feu des bougies et de l'argenterie que Mélina a astiquée religieusement. Assise dans un coin du salon, un peu en retrait, Cécile, elle, dévore tout son monde des yeux. Quelle joie de les savoir tous là, près d'elle. Son fils Denis et sa famille, ses frères et sœurs, ses petits-enfants... Ils sont tous là, ceux que la vie a mis sur sa route. Elle se revoit jeune fille, jeune femme... Tous ces événements qui ont marqué son existence. Brusquement, il lui semble qu'elle doit goûter à ces instants de joie profonde qui lui sont donnés. Un spasme dans l'estomac lui rappelle les angoisses des derniers mois. Pourtant depuis quelque temps, tout semble aller mieux. Moins de fatigue, moins de craintes, moins de moments perdus dans le fil du temps. Même la mémoire paraît fidèle. Que s'est-il vraiment passé ? Ou n'est-ce là qu'un répit avant... À nouveau, son cœur se met à se débattre. Peut-être d'espoir, peut-être de peur, Cécile ne saurait le dire. Perdue dans sa rêverie, la vieille dame sursaute légèrement quand Marie-Hélène vient la rejoindre.

— Quelle bonne idée que vous avez eue là ! C'est agréable de retrouver tout le monde...

Cécile regarde autour d'elle. Oui, c'est agréable de retrouver tout le monde, Marie-Hélène a bien raison. Et ce, au-delà de toutes considérations. Jérôme, un verre à la main, accoudé au buffet, le verbe toujours aussi haut, captive quelques jeunes par ses talents de conteur. Près du sapin, Denis et François sont en grande conversation et un peu en retrait, tout comme elle, à l'autre bout du salon, Mélina parle de ses Noëls d'enfance à quelques enfants, leur faisant oublier les cadeaux pour un moment.

— Oui, murmure Cécile. C'est vrai que c'est agréable.

Puis elle pousse un profond soupir de contentement.

— Mais dis-toi bien que c'est à moi que je voulais faire plaisir. J'aime avoir les miens tout près. Surtout dans des moments de réjouissance.

— Oui, mais quel ouvrage pour en arriver là, souligne Marie-Hélène en riant.

— Ce n'est rien... Et toi, ma belle, comment ça va ?

— Ça va... Toujours pas de bébé en vue, par contre... Dommage. François et moi en avons parlé et dès les fêtes terminées, on va consulter.

— C'est une bonne idée. Rien de pire que de ne pas savoir.

Marie-Hélène lève un sourcil interrogateur.

— C'est vous qui me dites cela ?

— Oui, c'est moi... Et je sais très bien ce à quoi tu fais allusion, Marie-Hélène... Moi aussi ma décision est prise et je vais faire ce que je dois faire. Quand il faudra que je le fasse. Ne t'inquiète pas.

Cécile dessine son inimitable sourire.

— Cordonnier mal chaussé, n'est-ce pas ? avoue-t-elle en rougissant comme une petite fille. Mais j'ai choisi finalement de faire face à ma peur. Et le moment venu, je vais parler à Jérôme. À deux, on va trouver une solution. Même si depuis quelque temps, tout semble aller mieux.

Marie-Hélène pose délicatement sa main sur celle de Cécile.

— Tant mieux. Si vous saviez à quel point j'ai pensé à vous depuis l'automne. Je suis très heureuse que vous ayez pris la décision de consulter vous aussi. Et je suis persuadée que ce n'est pas aussi grave que ce que vous le prétendiez. Regardez, fait-elle en montrant la pièce du bras. Faut être en forme pour préparer une réception comme celle-ci !

— Peut-être bien oui…

Puis Cécile s'ébroue.

— Assez parler de malheur ! On n'est pas ici pour ressasser de vieux problèmes. Ce soir, c'est la fête et j'ai bien l'intention d'en profiter… Tu viens m'aider ? Je crois bien que la dinde est prête, on ne sent qu'elle dans la maison… Apporte ta coupe avec toi. Ce n'est pas parce qu'on s'en va côté cuisine qu'on doit se passer de mousseux !

Le repas a été copieux, le vin délicieux. Les enfants enfin contentés s'émerveillent devant les étrennes. On compare, on essaie, on s'amuse. Les adultes, repus, se sont éparpillés par petits groupes à la faveur des affinités. Mélina somnole dans un coin du salon, Denis jase avec Paul et assis à la cuisine, Jérôme, François et André parlent boulot.

— Tu sais, mon gars, lance André, jamais je ne croyais

que tu passerais à travers. Travailleur de rue, c'est toute une affaire !

Dans le timbre de sa voix, on sent qu'André est fier de son fils.

— Je comprends ce que tu veux dire… De l'extérieur, c'est peut-être vrai que ce travail-là semble difficile. Et j'avoue que l'adaptation a été ardue. Mais aujourd'hui, c'est fait. L'important, vois-tu, c'est de percevoir les jeunes et nos interventions comme un travail, justement. Je fais ma « job » exactement comme toi tu as fait la tienne, papa. Ni plus, ni moins.

Puis François se met à rire.

— Disons que c'est un boulot un peu délinquant, marginal, je l'avoue. C'est peut-être pour ça que j'y suis à l'aise. Par contre, ce que je trouve difficile, c'est le manque de ressources. Pas toujours aisé de trouver ce dont on a parfois besoin.

— Comme quoi ?

— Comme tout. Quand un jeune est dans la rue, c'est de tout dont il a besoin. À commencer par des buts valables qui souvent allument l'étincelle qui permet de s'en sortir. Il existe des organismes, des regroupements très engagés. Mais on fait souvent pour le mieux avec ce que l'on a. Et cette loi est aussi valable pour ces organismes dont je te parle. Tu sais, papa, l'entraide sociale est surtout basée sur les bonnes volontés.

— Oui, je peux comprendre. Mais comment aider ? Comment un homme tel que moi peut-il faire quelque chose ?

— Du bénévolat, laisse tomber François, platement mais en même temps criant de vérité. C'est déjà énorme. Même si souvent ça semble une goutte d'eau dans l'océan.

— Mais attends donc une minute, François, interrompt vivement Jérôme. Moi, je peux peut-être m'impliquer...

— Comment ?

— Tous les étés j'engage des jeunes, non ? Pourquoi pas des jeunes sans-abri ?

François dessine une moue.

— Encore là, il faut être prudent, Jérôme. Ce ne sont pas tous des jeunes faciles dont je parle. Souvent, ils ont derrière eux des expériences de vie qui les ont rendus agressifs. Il y a aussi les jeunes déficients, des toxicomanes... Mais il y a aussi des jeunes qui nous viennent de l'extérieur et qui croyaient trouver du travail en ville. Souvent, après quelques mois florissants, ils se retrouvent les mains vides. Alors je retiens l'idée. Ce n'est sûrement pas une solution pour tous, mais pour certains, venir en campagne ressemblerait à un rêve qu'ils ne pourront jamais réaliser... On ne sait jamais ce qui peut arriver... Oui, lance-t-il finalement avec enthousiasme, je retiens l'idée et merci d'y avoir pensé, on va probablement avoir l'occasion de s'en reparler.

Puis se tournant vers son père :

— Et vous deux, maman et toi, vous partez toujours pour la Floride ?

— Et comment ! Le 2 janvier au matin, on embraye. Et on ne revient que le jour où vous nous confirmez qu'il n'y a plus de neige ici ! Pas une seconde avant...

* * *

Toute la journée du 24 décembre, Sébastien a tourné en rond, repassant souvent sur ses propres traces de pas. Les trois dernières nuits, il les a passées à Old Brewery Mission, un refuge pour itinérants de tous âges et curieusement, en son for intérieur, il a été obligé d'admettre que le Refuge des Jeunes lui manquait. Peut-être tout simplement à cause de l'odeur. Il ne le sait pas. Par contre, par choix ou par instinct, sa réflexion n'a pas débordé de cette constatation. Et depuis ce matin, l'invitation lancée par Virginie lui trotte en tête sans qu'il n'arrive à se décider. Ce n'est pas l'envie qui lui manque d'accepter. Mais une curieuse pudeur l'en empêche dès que le nom de Claudie s'emmêle à ses pensées. Aujourd'hui, il le sait : il ressent une attirance indéniable pour cette fille au gentil sourire. Mais si chaque fois qu'il pense à ce nom son cœur fait un bond inattendu, en même temps, mentalement, c'est l'impression d'un grand vide qui domine. Et la peur… Comment pourrait-elle s'intéresser à quelqu'un qui n'a que de l'amertume à offrir en partage ? Un refus de sa part serait un refus de trop dans sa vie, Sébastien en est convaincu. Alors toutes les raisons sont bonnes pour contourner la situation. De toutes façons, se répète-t-il pour la millième fois depuis le matin, on ne se présente pas les mains vides pour un réveillon. Il s'en veut de ne pas y avoir pensé avant, il s'en veut d'être toujours à la remorque des autres, il s'en veut même d'être à la rue. La vue des vitrines scintillantes, le fait de croiser des gens souriants lui renvoient au visage sa propre condition. La révolte gronde.

À qui la faute ?

D'un coup de pied colérique, il envoie valser une pelletée de neige mouillée.

Pour une première fois depuis longtemps, il admet intérieurement qu'il y est pour quelque chose.

Parce que, au réveil, l'image de Maxime s'est imposée et elle ne veut plus le lâcher. Parce qu'il n'arrête pas de se répéter que son frère aussi a été malmené par la vie et que, aujourd'hui, il n'est pas à la rue, lui. Parce qu'il en a assez de ne rien faire. Parce qu'il a froid, parce que le temps stagne...

Toutes les raisons sont bonnes pour entretenir sa colère. Contre lui, contre les autres, contre la vie...

C'est presque un soulagement quand il entend les cloches d'une église sonner dix-huit heures. Enfin ! Sans y avoir réellement réfléchi, il se présente au Refuge. Peut-être bien que c'est l'esprit des Fêtes qui guide ses pas. Qu'importe... Tout ce qu'il souhaite, c'est qu'on ne lui ferme pas la porte au nez. Depuis l'incident de l'autre soir, il y pense souvent. Il n'avait pas le droit de frapper quelqu'un. Même s'il sait que l'intention était bonne. Du moins, en apparence. Parce que, bien au fond de lui, il sait que par ce geste, c'est plutôt à quelque vieux ressentiment qu'il répondait...

C'est Daniel qui l'accueille.

— Salut, toi... Comment va ?

L'intervenant a l'air sincèrement heureux de le voir. De l'altercation, pas le moindre mot.

— Couci-couça...

— C'est vrai que, un soir de Noël, il y a des tas de pensées qui nous reviennent à l'esprit, n'est-ce pas ?

L'espace d'un souvenir, l'image de deux gamins trépignants devant un sapin scintillant s'impose, puis aussitôt après, il imagine Claudie préparant la fête... Sébastien dessine un sourire vague, un peu amer.

— Mets-en !

Puis alors que les deux garçons arrivent au bas des marches, à côté de la porte du bureau :

— J'avais peur de ne jamais te revoir, Sébas. À cause de l'autre soir. Faudrait peut-être en parler quand tu auras le cœur à ça.

Puis, tout joyeux :

— Jason est là… Il demande quand est-ce que tu vas revenir à chaque fois qu'il vient ici. Tu le connais un peu, n'est-ce pas ?

Pendant quelques instants, Sébastien reste silencieux.

— Ouais, je le connais un peu. C'est pour ça que je suis intervenu l'autre soir. Je le sais bien que c'était pas correct de balancer mon poing dans la face du petit tatoué, mais ça a été plus fort que moi. Il n'arrêtait pas d'écœurer Jason. Pis Jason, c'est pas vraiment le genre de gars à être capable de se défendre, n'est-ce pas…

Puis encore, après un soupir d'impatience :

— Mais inquiète-toi pas : c'est vraiment pas dans mes habitudes de régler mes problèmes à coup de poing. Disons… disons que là, la goutte a fait déborder le vase. Ça rejoignait trop de choses dans ma vie… J'ai peut-être bien de la misère à savoir où j'm'en vas, mais une chose est sûre, par exemple : jamais je ne serai capable de tolérer l'injustice…

La douche chaude, l'odeur particulièrement savoureuse qui s'échappe de la cuisine et le plaisir d'être au sec permettent un semblant de détente. C'est peut-être pour cela qu'il rend le sourire à Daniel quand celui-ci lui sert son assiette.

— Sandwich à la dinde, ce soir. Et salade de fruits… en attendant le réveillon.

— Ça sent bon !

— Et comment ! Il y a un ragoût qui mijote et des tourtières au four. Pour le réveillon quand on va faire l'échange des cadeaux. Si tu as encore faim, tu peux revenir, mais moi, je me garderais de la place pour cette nuit. Il y en a pour une armée !

Malgré cela, Sébastien a dévoré jusqu'à plus faim, ne

sachant trop s'il a envie de participer au réveillon. Jason est à sa place habituelle, dans un coin reculé de la salle, comme une petite souris effrayée. Pourtant, quand il a aperçu Sébastien, il a levé la main dans sa direction, pour le saluer. Sa timidité maladive n'autorise rien de plus. Sébastien, devinant certaines choses, lui a rendu son signe sans insister. Dans un coin de la salle, un beau sapin multicolore, des paquets sous ses branches, donne une atmosphère familiale à l'endroit. Contrastant avec la froidure de l'extérieur, la chaleur ambiante rend Sébastien somnolent. Du poste de télévision allumé s'échappent des cantiques de Noël comme sa mère en faisait jouer le soir du réveillon pendant que lui et Maxime essayaient en vain de dormir. Un coude appuyé sur la table, un café dans l'autre main, Sébastien revoit les Noëls de son enfance. Chez lui aussi, il y avait un sapin dans un coin du salon et la dinde mise à cuire embaumait la maison. En plus, il y avait la visite qu'on attendait avec impatience. Depuis le matin, c'est plus fort que lui, le souvenir de Maxime enveloppe chacune de ses pensées, le ramenant dans le temps ou le projetant dans l'avenir. Puis, invariablement, c'est le sourire de Claudie qui revient avant que, à nouveau, l'envie de revoir son frère domine sa raison, réussissant même à atténuer sa rancœur quand il tente d'imaginer une rencontre entre eux. Perdu dans ses pensées, il sursaute quand Daniel se tire une chaise.

— Tu permets ?

Le jeune homme hausse les épaules.

— Pourquoi pas ?

« Et tant mieux s'il arrive à me changer les idées », espère Sébastien pendant que Daniel s'installe en regardant autour de lui.

— Pas grand monde, ce soir, constate-t-il. Mais il est encore tôt...

Puis il se tourne vers Sébastien.

— Et toi ? Personne à qui rendre visite ?

— Personne, non.

Sébastien ouvre les mains à plat sur la table.

— Qui veux-tu que ça intéresse, un gars comme moi ? J'ai rien.

— Pas vrai ça. Tu as toi.

— Moi ?

Sébastien ricane.

— C'est vraiment pas grand-chose.

À ces mots, Daniel ouvre des yeux immenses, remplis de curiosité entremêlée d'une détermination qu'il se hâte d'expliquer.

— Comment pas grand-chose ? Mais toi, ce que tu es comme individu, c'est énorme, Sébastien. En tout cas, c'est suffisant...

Puis sentant que les barrières entre lui et Sébastien sont minces, il tente le tout pour le tout, espérant glaner quelques renseignements qui pourraient l'éclairer sur le jeune homme. Car jusqu'à maintenant, Sébastien reste une énigme pour lui. Poli, discret, silencieux, il est à la fois attirant et agressif... Alors, il lance :

— T'as pas de famille ?

— Pas vraiment, non. Peut-être un frère, mais ça fait tellement longtemps.

Est-ce l'ambiance de Noël ? La nostalgie qu'il ressent depuis le matin ? Sébastien n'en sait rien sinon que brusquement le fait de parler permet de rattacher ensemble certains bouts de sa vie.

— Oui, poursuit-il songeur, j'ai un frère. Mais je... je

n'ose pas essayer de le relancer. J'ai peur que ça me ramène en arrière et je n'ai pas envie de revenir dans le passé.

— Mais tu ne crois pas qu'un soir de réveillon, justement, ce serait l'occasion de le rappeler ? Pas pour retourner au passé mais juste pour le moment présent.

Sébastien ne répond pas immédiatement, perdu dans ses pensées.

— C'est vrai, murmure-t-il, que j'aimerais le revoir. Tellement...

Puis il relève la tête et regarde longuement autour de lui.

— Mais pas tout de suite. Il me semble que je ne suis pas encore prêt. Mais plus tard, oui, quand je saurai...

Sébastien ne termine pas sa pensée et Daniel comprend alors que c'est probablement l'image qu'il projette qui le gêne. Pendant un moment, on entend quelques rires bruyants, puis Daniel demande :

— Et tes parents ?

C'est à cet instant que le visage de Sébastien se durcit. Et que la porte se referme, Daniel serait prêt à le jurer.

— J'préfère pas en parler.

— Comme tu veux.

À nouveau, un bref silence se glisse entre eux. Mais cette fois-ci, c'est Sébastien qui reprend, toujours pensif, comme s'il ne parlait qu'à lui-même, contredisant les pensées de Daniel qui regrette presque sa question tant le visage de Sébastien s'est refermé à la mention de ses parents.

— C'est pas vrai quand j'ai dit qu'il n'y avait personne... J'ai des amis. Quelques-uns... Ils... Ils m'avaient même invité pour ce soir.

Daniel étire un sourire.

— Chanceux ! Et alors ? Qu'est-ce que tu fais ici ?

La réponse de Sébastien n'est qu'un regard. À la fois

triste, buté, renfermé… Puis, d'une voix rauque :

— Ça rejoint tout l'reste, sacrament, gronde-t-il dans une colère subite, se relevant en bousculant sa chaise.

Puis il se retire dans le fond de la salle. Mais pourquoi est-ce qu'il a dit qu'il avait été invité ? Pour se rendre intéressant ? Pour ne plus sentir le poids de la solitude qui lui pèse depuis le matin ? Une grosse boule d'émotion lui encombre la gorge. Autour de lui, même si les jeunes sont moins nombreux qu'à l'habitude, les rires sont plus bruyants, les regards trop brillants. Plusieurs ont commencé à fêter depuis un bon moment déjà. Alors, il se met à fixer le vide devant lui, essayant d'oublier qu'aujourd'hui c'est Noël, essayant d'oublier qu'il a un frère dont il s'ennuie, essayant d'oublier toutes les raisons idiotes qui font qu'il est ici, ce soir, au lieu d'être avec Claudie. À quelques chaises de lui, Jason le regarde, une interrogation dans le regard. C'est une voix qui appelle son nom qui le sort de sa réflexion.

— Sébastien ? Il y a un téléphone pour toi…

— Pour moi ? T'es ben sûr de ça ?

— T'es blond, t'as les cheveux attachés, non ? Alors, il semblerait bien que c'est toi.

Curieux, Sébastien se relève. Mais qui peut bien…

— Allô… Oui… Oh, Gilbert !

À l'autre bout de la communication, la voix un peu précieuse ne cesse de roucouler.

— Mon doux Seigneur ! Enfin ! Veux-tu que je te dise, mon beau, que c'est pas facile essayer de retrouver quelqu'un dont on n'a pas le nom de famille ? Ça fait une heure que j'suis pendu au téléphone. J'ai dû parler à une bonne douzaine de Sébastien…

— C'est Duhamel, mon nom. Sébastien Duhamel.

Encore. C'est la seconde fois en l'espace de quelques jours qu'il revient spontanément à cette identification. Et curieusement, ce soir, le dédain qui était le sien quand il pensait à cette notion sociale qui l'identifiait obligatoirement n'a plus sa place. Il s'appelle Sébastien Duhamel. Pourquoi toujours vouloir le nier ? Imperceptiblement ses épaules se redressent.

— Duhamel ? Ben laisse-moi te dire que je ne l'oublierai pas, poursuit la voix pointue de Gilbert. Mais qu'est-ce que tu fais là, pour l'amour ? Virginie t'avait transmis l'invitation, non ? Pas question qu'on réveillonne sans toi ! C'est quoi l'idée... Ou bien tu viens chez nous ou bien c'est nous autres qui allons te rejoindre. Mais transporter tout notre barda, la dinde, les atocas, le baba au rhum pis les amuse-gueule, ça ne me tente pas pantoute. Alors je pense que t'as pas vraiment le choix...

Juste à entendre Gilbert, Sébastien se sent tout autre. Un beau sourire éclaire son visage.

— Comme ça, tu veux que je sois là ?

— Et comment, bonté divine ! Les filles pis moi, c'est tout ce qu'on espère. Pas question de laisser un ami tout seul la nuit de Noël.

— C'est gentil...

— Non, c'est normal... Va falloir que je te réveille encore une fois, mon beau. T'as de ces façons de voir la vie, toi... Alors, tu viens ?

— Okay... C'est où ?

— Chez moi, à vingt-trois heures. On commence par la messe de minuit, pis après on réveillonne.

— La messe de...

— Parfaitement. J'suis peut-être un drôle de coco, mais il y a des traditions qui sont sacrées... La messe de minuit, ça me permet de faire le grand ménage de l'année...

Sébastien éclate de rire.

— Allons-y donc pour le ménage. Promis, Gilbert, j'vas être là à l'heure.

Quand il raccroche, Sébastien est fébrile, le cœur battant comme un fou. Du regard, il cherche Daniel.

—Hé ! Daniel ! Ce... c'était les amis dont je t'ai parlé... Ils veulent à tout prix que je passe la soirée avec eux. Paraît même que ça fait une heure que Gilbert essaye de me retrouver dans Montréal... Ça dérange si je quitte ce soir ?

— Ben voyons ! T'as une invitation, c'est juste normal que tu veuilles y aller. C'est Noël après tout.

Puis il enchaîne, voyant le regard brillant de Sébastien :

— Ça doit être de vrais amis s'ils se sont donné la peine de te chercher comme ça, un soir de réveillon.

— Oui, ce sont de vrais amis. C'est juste moi qui voyais pas les choses de la bonne manière... Dis, Daniel ? Tu ouvrirais pas les portes de la réserve pour moi ? Me semble que ça ferait bien si j'avais une chemise propre à me mettre sur le dos. Pis d'autre chose que des godasses toutes détrempées...

— Pas de troubles... Et essaye donc de trouver un pantalon plus... un pantalon moins... un autre pantalon, tant qu'à y être, ajoute-t-il en riant, les yeux vrillés sur les tuyaux de poêle de Sébastien. Noël, ça n'arrive qu'une fois dans l'année...

Alors Sébastien fait un grand sourire à Daniel. Finalement, c'est François qui avait raison : Daniel, c'est un gars correct. Pendant un instant, le jeune homme regarde autour de lui. Et pour la première fois depuis qu'il vient ici, il y a comme une odeur de familiarité dans l'air. Son sourire croise celui un peu naïf de Jason. Il aimerait bien mieux le connaître, et cela lui paraît en ce moment d'une telle évidence que Sébastien se demande comment il se fait qu'il n'y ait pas pensé auparavant. Et puis, il y a cette odeur de ragoût... Une odeur qui lui coule jusqu'au fond du cœur. Et maintenant, il y a cette invitation... « demain, se dit-il en emboîtant le pas à Daniel. Demain, on analysera tout ça et on verra ce qu'on peut faire... à commencer par Jason. Sûrement que je pourrais faire quelque chose pour lui. »

Et en pensant de la sorte, là maintenant, il se sent tout léger.

Parce que, brusquement, il lui semble que plus rien n'est impossible.

La soirée chez Gilbert se déroule sous le signe d'une franche amitié. Comme toujours, le gros homme s'est surpassé et le repas était irréprochable. Même la décision de se rendre à la messe de minuit a contribué à faire de la fête un moment particulier, Sébastien l'admet. Sans exagérer outre mesure, le jeune homme a fait honneur au vin et la tête lui tourne légèrement. La chaleur du foyer dégage l'envie d'être nonchalant, Claudie est tellement jolie dans sa robe de velours noir et Virginie ne ressemble plus à la fille qu'il a rescapée, perdue et blessée sur le mont Royal : son rire coule maintenant sans contrainte et son regard a une clarté qu'il fait bon rencontrer. Quant à Gilbert, fidèle à lui-même, il brasse suffisamment d'air pour tout le monde. À un point tel que Sébastien ne peut s'empêcher de se sentir à l'aise, même si les autres parlent de famille, de projets, de travail et qu'il ne participe à la conversation que du bout des mots. Il est bien, tout simplement. Bien de cette amitié qui lui est offerte, bien de la chaleur qui l'enveloppe alors qu'on voit tomber des flocons serrés dehors, bien de la présence de Claudie. Jusqu'au moment des cadeaux...

— Et maintenant, les cadeaux, lance joyeusement Gilbert. Si j'ai bien vu, le père Noël a pensé à tout le monde !

Haletant comme une baleine, le gros homme arrive à se mettre à genou devant l'arbre et se met à fureter, déplaçant et ajustant les paquets.

— Voilà pour Virginie ! Chacun son tour, j'aime bien voir les réactions de tout le monde... Ce n'est pas grand-chose, mais c'est de bon cœur.

Dès qu'il a entendu le mot cadeau, Sébastien s'est renfrogné dans son coin. Il se doutait bien aussi qu'un moment comme celui-là arriverait. Et lui qui n'a rien à offrir... On a beau faire table rase de son passé, certaines valeurs ancrées en soi depuis la plus tendre enfance restent toujours en latence. Brusquement toute l'amertume des derniers mois trouve une nouvelle raison d'être. Les exclamations de joie ne le rejoignent même pas.

— Montre Virginie... Oh ! Le beau foulard. Et en soie, s'il vous plaît. La couleur est tellement belle, comme tes yeux... Non, pas pour moi tout de suite, Gilbert, c'est à ton tour maintenant... Virginie et moi on a un petit...

Et Claudie de se relever pour venir regarder sous l'arbre.

— Voilà ! C'est pour toi...

— Mais la boîte est ben grosse !

— Attention, c'est fragile !

Gilbert retire rubans et papier avec des précautions de dentellière. Puis il soulève le couvercle alors que son visage tout rond se met à rougir de plaisir.

— Wow ! Une potiche chinoise ! Et exactement dans les tons du salon ! Pas mal mieux que la mienne, non ? Merci, les filles ! Mais où est-ce que vous avez déniché la merveille ? Moi, j'ai eu beau fouiller partout, jamais je n'ai réussi à...

On rit, on s'amuse, on est heureux du bonheur qui brille dans le regard de l'autre. Sans attendre, Gilbert vient remplacer sa vieille potiche, se recule, juge de l'effet, minaude, roule des yeux, claque de la langue.

— Super! Exactement ce que je cherchais... M'en vas prendre l'ancienne potiche pour la mettre dans ma chambre pis toute changer la décoration! Mon doux, mon doux que j'aime ça des cadeaux de même!

Puis il revient vers le sapin.

— Au tour de Sébastien maintenant! J'ai bien hâte de voir sa...

Mais dès qu'il entend prononcer son nom, Sébastien se lève. Sans dire un mot, il traverse le salon, attrape son manteau et ouvre la porte à la volée. Gilbert ouvre de grands yeux derrière ses lunettes épaisses.

— Mais quelle mouche le pique, lui là?

Virginie hausse les épaules, une lueur d'incompréhension dans le regard. Mais Claudie, elle, a tout compris. Depuis un bon moment déjà, en fait depuis des mois peut-être, qu'elle tourne et retourne l'attitude de Sébastien dans sa tête et qu'elle essaie d'y voir clair, elle se doutait de quelque chose! La réaction de Sébastien vient de confirmer le tout.

— Attendez-nous, lance-t-elle derrière elle en se relevant à son tour, l'air décidé. Je pense qu'il est temps que certaines choses soient dites... On revient tous les deux ou je ne m'appelle plus Claudie Lamarche...

Et sans attendre, elle attrape son manteau elle aussi, ouvre la porte que Sébastien vient de refermer bruyamment et dévale l'escalier. Quand elle arrive sur le trottoir, le jeune homme est déjà presque rendu au coin de Sainte-Catherine.

— Hé Sébastien! Attends-moi!

Mais c'est peine perdue. À croire qu'il est devenu subitement sourd. Il prend à sa gauche sans même se retourner.

— Non, mais, murmure Claudie, ne sachant trop si elle est déçue ou choquée. J'ai deux mots à lui dire !

Aussitôt elle se met à courir pour le rejoindre, continuant à l'appeler à pleine voix. Tant pis pour les voisins, tant pis pour l'heure. De toute façon, c'est soir de Noël et toutes les fenêtres sont encore illuminées.

— Pense ce que tu veux, tu ne t'en tireras pas comme ça, encore une fois, crie-t-elle suffisamment fort pour qu'il l'entende. Tu vas écouter ce que j'ai à te dire, Sébastien Duhamel !

Duhamel ! Le nom rejoint Sébastien de plein fouet et lui fait accélérer le pas. Quand elle arrive enfin à sa hauteur, Claudie est à bout de souffle. La vapeur de son haleine la suit comme une traînée de brume. D'une main autoritaire, elle saisit Sébastien par la manche de son manteau et l'oblige à lui faire face. Le regard qu'elle croise est à la fois triste et buté. Sombre, impénétrable. D'un geste sec, il tente de se dégager.

— Mais qu'est-ce que je t'ai fait ?

Dans la voix de Claudie, une étrange pointe de douleur rend la question lancinante. Alors que, en même temps, ses yeux lancent des éclairs de colère. Pourtant, d'un geste très doux, contrastant avec son regard, la jeune fille place ses mains sur le visage de Sébastien, l'encadrant fermement. Il doit l'écouter. Pour elle comme pour lui. Brusquement, il lui semble que c'est terriblement important.

— Réponds-moi, Sébastien. Qu'est-ce que je t'ai fait ? À chaque fois que l'on se voit, j'ai l'impression que tu me fuis !

Pendant un long moment, Sébastien soutient son regard. Puis il baisse les yeux.

— Je ne te fuis pas. Ça n'a rien à voir...

— C'est quoi, alors ?

— C'est rien.

— Suffit, Sébastien. Écoute-toi parler ! Si ce n'est pas de la fuite, ça, je me demande bien ce que c'est ! On dirait un enfant qui boude…

— Alors laisse-moi bouder et fiche-moi la paix, gronde Sébastien en se dégageant brusquement. Je n'ai rien demandé à personne.

— Et si les gens ont envie de donner, eux ? As-tu pensé à ça ? Tu ne peux pas empêcher les autres d'être ce qu'ils sont, Sébastien.

La voix de Claudie est immensément triste et pleine d'espoir à la fois. Sébastien, qui avait fait quelques pas, s'arrête à nouveau. Puis il se retourne. Ses yeux sont pleins de larmes.

— J'voudrais Claudie. J'voudrais tellement être capable de faire confiance. Si tu savais à quel point. Mais j'y arrive pas. Jamais. À chaque fois que j'essaye, ça bloque là, fait-il en se pointant la poitrine.

— Alors laisse-moi t'aider, demande Claudie dans un souffle. Je… je voudrais mieux te connaître, Sébastien. J'aimerais qu'on essaye de se donner du temps, ensemble…

C'est la première fois que Claudie ose parler de la sorte à un garçon. Jusqu'à ce jour, les quelques copains qu'elle a eus avaient toujours pris les devants. Mais cette fois-ci, elle savait d'instinct que si elle ne bougeait pas, Sébastien ne ferait rien. Alors, elle a décidé de jouer le tout pour le tout. Si son intuition ne la trompe pas, Sébastien…

Sa réflexion ne va pas plus loin. D'un pas, le jeune homme est près d'elle. À son tour, il glisse un doigt sous son menton, l'obligeant à lever les yeux vers lui.

— Moi aussi, Claudie, j'aimerais ça mieux te connaître.

C'est pas pour rien que j'vas souvent prendre un café dans ton restaurant. T'as un sourire qui fait du bien. Mais à chaque fois que tu m'invites à aller chez vous, c'est comme si une porte se refermait en moi. Je... j'ai peur, Claudie. J'ai peur d'avoir mal et d'être déçu. J'ai peur de décevoir aussi.

Puis ouvrant les mains.

— J'ai rien à donner, moi. J'suis un nul pour l'instant...

— Chut ! Dis pas des choses comme ça. C'est à nous de juger et moi, je suis loin de considérer que t'es un nul. Tu vis une drôle de passe, c'est sûr. Mais pour le reste...

— Mais pour le reste, c'est pas tellement plus brillant, tu sais.

— Pis ? T'es jeune, en santé, non ? T'as une tête, deux bras, deux jambes, non ? Le reste viendra bien en temps et lieu.

— Tu penses ? Peut-être bien après tout, c'est ce que plein de monde me dit... Pis c'est un peu comme ça que je me sens en dedans. Si... si tu veux être patiente avec moi, on peut essayer. Je ne promets rien, mais je veux essayer.

Il ne peut aller plus loin. C'est la première fois depuis des années qu'il laisse parler son cœur et il manque d'habitude. Pourtant, comme le disait François, il a envie de laisser une chance au coureur. Depuis l'instant où il a entendu la voix de Claudie qui l'appelait, au moment où il tournait le coin de la rue, il n'y a que ce cœur qu'il entend battre. Ça fait mal et c'est doux en même temps. Alors pourquoi pas. Cette fois-ci, il aimerait tenter d'aller jusqu'au bout.

— On va s'aider tous les deux, Sébastien, reprend Claudie, les yeux brillants. Tu sais, tout le monde a ses déceptions, ses raisons de ne plus avoir envie de croire dans ce que les autres nous disent... Mais c'est pas grave...

Ouvrant les bras, Claudie se met à tourner sur elle-même, offrant son visage aux flocons qui s'y posent en fondant. Tout à coup, son cœur est plein à craquer et prend toute la place disponible dans sa poitrine.

— Finalement, Sébas, la vie est belle, lance-t-elle tout heureuse. Et c'est le plus beau Noël de toute ma vie, constate-t-elle en s'arrêtant devant son ami, essoufflée. Maintenant, viens, on rentre chez Gilbert. Ils doivent nous attendre impatiemment...

Puis au bout d'une hésitation, elle ajoute :

— Et oublie le fait que tu n'as aucun cadeau à offrir. Ça, c'est juste de l'orgueil mal placé.

Ainsi donc, Claudie avait deviné... Sébastien laisse planer un pâle sourire sur son visage. De combien de choses se doute-t-elle, comme ça, la jolie Claudie ? Puis il hausse les épaules. Il s'en fout ! Comme jamais avant il ne s'est foutu de quelque chose.

Ajustant son pas sur le sien, Sébastien prend la main de Claudie. Elle a le bout des doigts gelés. Et sa main est incroyablement menue. Il doit se retenir pour ne pas la serrer de toutes ses forces. Il aurait peur de la casser. Silencieusement, tous les deux les yeux au sol, ils reviennent vers l'appartement de Gilbert. Chacun perdu dans ses pensées. Pensées et espoirs qui se chevauchent un brin et doivent probablement se rejoindre quelque part dans l'avenir... Puis brusquement, Sébastien repense au gros paquet qu'il a cru apercevoir dans les mains de Gilbert au moment où il s'enfuyait précipitamment du salon. Ça fait combien d'années qu'il n'a pas reçu de cadeau, au fait ? Un vrai, donné comme ça, spontanément, juste pour le plaisir ? Il ne s'en souvient même pas. Alors, il accélère le pas, entraînant Claudie à sa suite.

— Allez, Claudie, au pas de course ! J'ai hâte de déballer mon cadeau !

* * *

Au matin de Noël, Cécile, Jérôme et les invités restés à dormir chez eux ont piètre allure ! Yeux bouffis, traits tirés et gestes maladroits se rejoignent à la cuisine pour un premier café à travers les bâillements et les rires. La maison a des allures de champ de bataille après le combat. Seule Mélina reste celle qu'elle est : langue pointue et regard vif. Allez donc savoir pourquoi !

— Reste assise, ma Cécile, tu fais peur à voir ! M'en vas préparer les œufs pour une omelette. Ça, chus encore capable de l'faire…

Rien ne plaît autant à la vieille dame que de se sentir toujours utile. Appuyée sur sa marchette, elle casse les coquilles, fouette énergiquement les œufs, tranche quelques légumes. En un rien de temps, la maison embaume le pain grillé et les petits oignons frits. Et contre toute attente, ils mangent tous de bel appétit. Puis on commence à parler de départ.

— Les parents de Marie-Hélène nous attendent pour le souper, lance François. Un peu de ménage et on s'en va.

Nouveau réflexe chez elle, Cécile n'a pas envie de repousser l'aide offerte. Ce matin, elle est fatiguée.

— D'accord, mon grand. Tous ensemble, ça ne devrait pas nous demander trop de temps, espère-t-elle en posant un regard navré autour d'elle.

Et effectivement, à midi, les vestiges de la fête ne sont plus que souvenirs. Les nappes sales attendent près de la laveuse, le lave-vaisselle ronronne et les bagages des invités s'alignent dans le hall d'entrée.

— Et voilà, constate Dominique en embrassant sa mère. Un autre Noël d'envolé… C'est fou comme les choses agréables passent vite…

Mais plutôt que de se sentir nostalgique, Jérôme, éternel optimiste, se met à rire.

— C'est bien comme ça… Il faut faire de la place pour le nouvel an qui approche à son tour.

Dominique renvoie un sourire complice à son père.

— Vous avez un merveilleux regard sur la vie, cher homme, constate-t-elle gentiment moqueuse. Je vais essayer de ne pas l'oublier…

Puis venant à lui pour une longue accolade :

— À bientôt, Jérôme. On vous attend pour le dîner du nouvel an, justement. À mon tour de m'installer derrière les fourneaux avant de partir pour la Floride.

Ensuite, elle se tourne vers François.

— Et vous deux aussi, on vous attend ! Pas de faux bond, cette fois-ci. Ça fait une éternité que tu n'es pas venu à la maison, reproche-t-elle en embrassant François.

— Tu as raison… Mais que veux-tu, maman, on a…

— Je sais, je sais… On est tous très occupés. Je ne t'en veux pas, c'est juste que je m'ennuie un peu.

Et brusquement, après le claquement des portes, celui des portières d'autos et les moteurs mis à chauffer qui s'éloignent. Tel le calme après l'ouragan, la maison plonge dans un silence bienfaisant.

— Ouf ! soupire Jérôme en riant. Il était temps… Je crois que je vais m'offrir une petite sieste avant de me préparer pour le souper chez ton frère. Tu viens ? propose-t-il en se tournant vers Cécile.

Pourtant, toute fatiguée qu'elle est, cette dernière hésite, jetant un regard envieux vers l'extérieur.

— Je ne sais pas… Le petit soleil de ce midi m'attire encore plus que mon lit. Je crois plutôt que je vais me payer une longue promenade en raquettes. J'ai besoin d'air pur et il ne fait pas froid. Je vais aller à la cabane à sucre. Peut-être que je dormirai une petite heure après.

Et c'est vrai : il fait une température merveilleuse. Raquettes à la main, bien emmitouflée dans sa pelisse, Cécile se dirige vers le jardin par le sentier encore praticable. La neige tombée ces derniers jours brille comme une courtepointe parsemée de paillettes aveuglantes. Le soleil pâle, presque blanc, filtré par une mince couche de nuages diaphanes, offre une illusion de chaleur malgré l'air piquant. Quelques geais bleus s'apostrophent à l'orée de l'érablière tout au bout du champ et leurs cris de crécelle semblent s'adresser à elle. Alors sans hésiter, elle retire ses mitaines, enfile ses raquettes, ajuste son manteau, remet ses moufles doublées de fourrure et d'un bon pas, elle se dirige vers la forêt. L'envie de voir la cabane à sucre bien camouflée dans son manteau de neige guide ses pas. En bas de la colline, de rares traits bleutés rappellent la présence de la rivière. Des terres de culture ne subsistent que quelques poteaux qui pointent hors de la neige, hirsutes. Le paysage n'est plus qu'une immense couette blanche piquée du vert des sapins et l'infini de neige rejoint celui du ciel.

Ralentissant l'allure, Cécile s'enfonce dans la blancheur parfaite de cette journée d'hiver avec l'impression d'être une parcelle de cet infini. En accord avec la nature, la sensation de plénitude qui est la sienne l'emplit d'un bien-être sans nom. Un à un, les beaux moments de sa vie remontent à la surface de ses souvenirs, lui arrachant à l'occasion sourires ou soupirs. L'inquiétude de la dernière année n'est plus qu'un vague pressentiment qui n'a nulle place en elle en ce moment. Tout va si bien depuis quelque temps !

Quand elle arrive enfin à la cabane à sucre, le soleil commence déjà à baisser derrière les arbres. De longues ombres dessinent un enchevêtrement de branches sur la blancheur de la neige et s'amusant comme une enfant, Cécile se décide à les suivre, s'enfonçant dans la forêt comme elle le faisait si souvent quand elle était jeune. Quelques roselins pas trop frileux sautent de branche en branche, s'appelant à petits cris de gorge. Sur la neige vierge, de fines traces dessinées par le va-et-vient des petits animaux. Malgré son apparente immobilité, la nature continue de vivre. Le nez au sol, toujours tournée vers quelque doux souvenir de ses plus jeunes années, Cécile poursuit son chemin, suivant inconsciemment ici une piste de lièvre, et là une autre d'écureuil. Curieusement, cela lui rappelle les longues promenades qu'elle faisait au bord de la mer avec son fils Denis quand il était gamin…

Lorsque Jérôme réussit à se tirer du lourd sommeil qui l'a radicalement engourdi à l'heure du midi, il fait déjà sombre. La maison est silencieuse, le lit est vide à côté de lui.

Alors sans attendre, il se lève. Un long frisson lui secoue les épaules. Il fait froid, le poêle doit être éteint. Surpris de constater que Cécile n'a pas alimenté le feu, il descend à la cuisine. Là aussi, la noirceur envahit la pièce. Le rayon de lumière qui filtre sous la porte de Mélina est la seule trace de vie dans la maison. Jérôme s'y dirige aussitôt. Assise dans son lit, Mélina feuillette une revue. Dans un coin de la chambre, le poste de télévision reprend la messe de minuit en différé et des cantiques jouent en sourdine.

— Maman, tu n'as pas vu Cécile ?

— Cécile ? Je la pensais avec toi…

Sans répondre, Jérôme fait une grimace d'inquiétude. Mélina reprend :

— Mais veux-tu bien me dire ce…

— Cécile partait en raquettes au moment où je suis monté me coucher. Ça doit faire maintenant plus de quatre heures… Es-tu bien certaine de n'avoir rien entendu ?

— Certaine. Est-ce que tu crois que…

— Je ne crois rien du tout, maman, lance Jérôme derrière lui, revenant précipitamment vers la cuisine. Je sais qu'elle a un problème. J'appelle son frère Paul…

Paul et Gabriel, deux des frères de Cécile ainsi que quelques neveux sont arrivés cinq minutes à peine après l'appel de Jérôme. Huguette, la femme de Paul, a suivi pour tenir compagnie à Mélina. On s'inquiète tellement facilement quand on ne peut faire qu'attendre.

— Veux-tu ben oublier le souper, gronde Paul quand Jérôme a le réflexe de s'excuser pour le dérangement. On le mangera plus tard, le souper, ou ben on déjeunera avec s'il le faut. Les filles sont à la maison pour voir à tout ça. Pis voir si ça dérange ! C'est de notre sœur dont il est question et Cécile pour nous autres, les Veilleux, c'est presque une mère. Ça fait que, pour l'instant, c'est la battue qu'il faut organiser. Pis ça presse. Le thermomètre commence à chuter dangereusement. Cécile est peut-être tombée, elle a peut-être une entorse. On n'en sait rien. Peut-être aussi qu'elle a fait un feu, pis qu'elle s'est endormie dans la cabane à sucre. Avec la nuitte qu'on a passé, ça me surprendrait pas. On s'inquiète peut-être pour rien. Mais moi, chus pas capable de rester à rien faire. Juste au cas où.

En moins de deux minutes, Paul a dessiné grossièrement le plan de la terre de Jérôme et quadrillé le schéma.

— Gabriel pis Martin, partez vers l'ouest, indique-t-il avec le bout du crayon. Même si Cécile a dit qu'elle allait à la cabane, y'a rien qui nous prouve qu'elle a pas changé d'idée. Pis par là, avec toutes les terres qui se croisent, même une chatte y perdrait ses p'tits. Moi, j'descends vers l'est avec Alexis, vers la ferme des Champagne en suivant la ligne de clôture mitoyenne. Si Cécile s'est perdue dans l'érablière, rendue dans l'bois, y'a plus aucune différence entre icitte pis ailleurs. Toi, Jérôme, pars avec Benoît en suivant le chemin habituel de ta cabane à sucre. J'ai apporté quelques lampes de poche pis l'walkie-talkie que mon p'tit-fils a eu comme cadeau hier. J'connais pas la portée, mais on sait jamais, ça peut servir.

En quelques instants, les hommes sont chaudement vêtus et partent en trois groupes distincts. On se donne deux heures de recherche, ça devrait suffire. À dix-neuf heures, on se retrouve chez Jérôme et si besoin est, on avertira les autorités.

Balayant le sol du faisceau lumineux de sa puissante lampe, Jérôme avance tête baissée. À quelques pas de lui, en diagonale, éclairant aussi le champ devant lui, Benoît le suit, respectant le silence de son oncle. Dans l'air froid de la nuit, on entend par moments le nom de Cécile lancé à la volée. À chaque fois, le cœur de Jérôme cesse de battre pour un instant et ses oreilles sont à l'affût du moindre signe de reconnaissance. Mais seul le vent sifflant sur la campagne figée apporte une réponse. Décevante, lugubre. Sous ses raquettes, la neige est tellement durcie par les bourrasques qui filent librement qu'aucune trace n'est visible. Alors, inconsciemment, son allure s'accélère, presque à la limite de la course. Il lui tarde tellement d'arriver au bois dans la neige molle… Ses genoux tremblent, ses yeux sont remplis de larmes. Et il sait que ce n'est pas uniquement à cause du froid. « Seigneur, je Vous en supplie… » Il n'entend plus que le crissement des raquettes sur le sol gelé et les mouvements fous d'un cœur qui veut lui sortir de la poitrine, portant sur chacun de ses battements toute l'angoisse des derniers mois. Cécile, sa toute petite Cécile, la seule femme qu'il ait aimée est en danger. Il le sait, il le sent. Et curieusement, la crampe qui lui tord le ventre en ce moment est une proche parente de celle qu'il avait connue le soir où Cécile lui avait appris sa grossesse…

Quand Cécile a voulu faire demi-tour, le bout de ses doigts gelés lui rappelant que l'heure avait filé, elle a fait ce qu'elle a toujours fait auparavant : tournant sur elle-même, elle a suivi ses traces dans la neige. C'était sans compter avec le jour qui baissait. Elle a marché et marché, son regard scrutant des traces de moins en moins visibles. Puis d'un seul coup le soleil s'est caché emportant avec lui toute chance d'orientation. À travers les arbres dénudés, plus le moindre repère des quelques sentiers tracés par l'usage répété d'un même trajet. Que des troncs gris de plus en plus gris avant de devenir de plus en plus noirs sur la blancheur de la forêt. Pourtant elle continuait d'avancer, une sourde angoisse rythmant ses pas malhabiles. Avancer, toujours avancer, ne pas rester immobile, à cause du froid. Bouger, avancer, ne pas s'arrêter… Les mots se suivent sans suite apparente, embrouillent ses pensées. Qu'une ritournelle sans fin qui remplace la cohérence et la logique. Marcher, bouger, continuer. Est-ce la peur, la fatigue, la maladie ? Brusquement, Cécile ne pense plus. Il n'y a que ces mots un peu fous qui encombrent sa pensée, modulant sa démarche, éloignant les peurs. Alors elle ne fait que marcher, comme un automate, ses pas scandés par les mots qui virevoltent, retrouvant par moments, à la clarté naissante de la lune, l'empreinte d'une raquette, s'y fiant sans savoir pourquoi elle s'y fie. Peut-être tout simplement parce que cette vue lui procure un apaisement qu'elle ne saurait expliquer, revenant parfois sur ses pas, se contentant de marcher. Toujours, inlassablement, l'esprit ayant retrouvé le confort rassurant des souvenirs lointains, la spirale des mots fous s'éloignant peu à peu, devenue inutile. Elle a dix-huit ans et elle va rejoindre Jérôme à travers champs, comme hier et comme demain. Ces trop brefs moments à deux qu'ils arrivent à soustraire à l'attention des parents. Et soudainement, devant elle, un gros rocher pointe hors de la neige. Curieusement, elle ne sent plus le froid.

— Je le savais, murmure-t-elle, le regard absent. La grosse roche à la croisée des chemins. Notre point de rencontre…

Cécile ne voit plus la forêt autour d'elle, la nuit se faisant complice de ses plus chers souvenirs. Il n'y a plus que ce rocher sombre sur la neige blanche. Le présent se raccroche au passé, le paysage s'estompe autour d'elle. Jérôme doit venir l'y rejoindre, c'est ce qu'il a dit hier. Elle va s'asseoir et l'attendre. Il est probablement retenu par les travaux du soir. Il ne tardera pas. Il vient toujours la rejoindre quand il l'a promis…

Cécile a attendu, inconsciente du temps qui passait, l'esprit revenu dans le temps. Elle n'a plus d'âge, ce n'est ni l'hiver ni l'été. Après quelques frissons intenses, une douleur aiguë aux pieds, le froid a disparu. Elle attend Jérôme qui doit venir.

Un trait de lumière crue balayant l'espace autour d'elle lui arrache un sourire. Enfin !

— Tu en as mis du temps, lance-t-elle avec un reproche dans la voix en tentant de se relever. Hier tu m'avais dit que tu serais là dès après le souper.

Mais ses jambes sont flageolantes et brusquement, c'est

comme si elle n'avait plus de pieds pour la soutenir. Pourtant, elle n'a toujours pas froid.

Puis elle fronce les sourcils.

— Mais qui est avec toi ? Me semblait que nous devions...

Elle ne termine pas sa phrase. Deux bras puissants la serrent à lui couper le souffle avant que la lumière ne se rapproche d'elle. Alors l'inquiétude de Jérôme change de visage. Dans ses bras, c'est la Cécile des derniers temps qui s'abandonne, un regard flou qu'il voudrait n'avoir jamais connu se posant sur lui sans vraiment le voir. Cette absence, cette indifférence... Et cette phrase illogique qu'elle vient de prononcer. Alors Jérôme soutient Cécile avec une sollicitude tout amoureuse. Car, dans ces moments-là, il a compris qu'il faut la ramener tout doucement au temps présent. Ne rien brusquer, jamais, et lentement à son rythme, la conscience des choses lui revient. Avec une infinie tendresse, faisant taire la douleur à vif qui est sienne, il aide Cécile à faire quelques pas. Elle grimace de douleur, le sang recommençant à circuler dans ses veines.

— Excuse mon retard, ma douce, fait-il alors rattachant le discours décousu de sa bien-aimée au temps présent. Tu dois avoir froid ?

— Froid ?

Cécile regarde autour d'elle. Et brusquement, un long frisson.

— Oui, maintenant que tu le dis, c'est vrai que j'ai froid.

Puis elle prend conscience des arbres. Depuis quand y a-t-il une forêt à la croisée des chemins ? Ses sourcils se froncent comme sous l'effet d'un incroyable effort. Mais que s'est-il passé ? Où donc est-elle ? Lentement, elle balaie son environnement du regard. C'est l'hiver, c'est la nuit, elle est dans un bois et oui, Jérôme a raison, il fait froid. Très froid. Alors la mémoire lui revient d'un coup mais par bribes saccadées, comme les flashs d'un appareil photo. Noël, le réveillon, son envie de promenade, le souper chez Paul… Elle n'a plus dix-huit ans. Elle est une vieille femme et son esprit se détraque. Elle se met à trembler pendant qu'un regard chargé de colère, d'angoisse et de panique se tourne vers Jérôme. Un regard chargé des larmes de toute une vie à travers ses joies, ses attentes et ses peines. Le mot Alzheimer vient d'éclater en elle dans toute son horreur, lui coupant le souffle. Le temps a fini par la rattraper, l'aspire vers en avant contre sa volonté. Elle en est persuadée, n'ayant ni place ni envie en elle pour quelque logique que ce soit. Le pincement d'une peur intolérable atteint un paroxysme qui lui fait mal comme un coup réel. Elle voudrait tout oublier, se lover sur elle-même comme un fœtus, s'endormir et ne plus jamais s'éveiller. Alors elle s'agrippe au bras de Jérôme pour ne pas tomber.

— Aide-moi, Jérôme.

Puis dans un cri étouffé par les larmes :

— Je t'en supplie, mon amour, ne me laisse pas toute seule. J'ai tellement peur…

CHAPITRE 9

Hiver 1996

À Montréal et à Québec

« Vous avez peut-être des habitudes qui vous affaiblissent. Le secret du changement, c'est de concentrer toute votre énergie non pas à lutter contre le passé, mais à construire l'avenir. »
Socrate

Depuis la nuit de Noël, Sébastien s'est installé chez Gilbert. Comme si la chose allait de soi après avoir dormi sur le canapé du salon à la suite du réveillon. Les vacances ont passé sans qu'il ne les voit, fort occupées qu'elles étaient entre des repas avec les amis, de longues promenades au Vieux-Port, des soirées cinéma ou tout simplement d'interminables parties de *Scrabble*. Ce soir, Gilbert a rejoint des copains dans un bar qui n'attire pas du tout Sébastien, lequel, installé près du feu, a la soirée et l'appartement à lui. Claudie, partie depuis une semaine en Gaspésie voir sa famille, doit revenir demain et Virginie vient de renouer avec une ancienne copine avec qui elle est sortie pour manger au restaurant. La vie de la jeune fille semble reprendre un cours normal. Elle a même recommencé à faire des projets et parle d'études possibles pour l'automne prochain.

— Pas question que je moisisse encore longtemps dans cette boutique-là. J'ai envie de faire des choses dans ma vie. Pas juste accrocher des robes sur des supports!

Vision des choses que Gilbert ne partage aucunement.

— Ben voyons donc, ma belle! C'est pas comme ça que tu dois penser. Aider quelqu'un à se choisir des vêtements, c'est comme l'aider à se sentir mieux dans sa peau... Moi au contraire, je trouve mon travail fort important, tu sauras. Je dirais même que, des fois, c'est aussi important que de consulter un « psy » ! lance-t-il offusqué, une pointe de déception presque palpable dans sa voix pointue.

Sacré Gilbert!

Et c'est à tout cela qu'il pense, Sébastien, confortablement assis sur le canapé, les jambes étendues devant lui, les pieds cavalièrement posés sur la table du salon. Aux projets de Virginie, à la vie que Gilbert s'est bâtie, conforme à son image et à ses goûts, à Claudie qu'il apprend peu à peu à connaître et qui lui fait battre le cœur de plus en plus fort.

Puis naturellement, ses pensées reviennent à lui. Lentement, il balaie la pièce du regard. Sur le dossier d'une chaise, un chaud manteau de laine: le cadeau que Gilbert a choisi pour lui. Puis son attention se porte sur les coussins, les tentures... Finalement, il doit l'admettre, lui aussi aimerait ça avoir un petit coin bien à lui, décoré à son goût. Il aimerait ça avoir des projets, des choses à bâtir. Il a l'impression que, en dedans de lui, existe un être qui lui ressemble et que cet autre lui trépigne d'impatience. Non pas simplement devant sa vie un peu en suspens pour l'instant, mais aussi devant sa compréhension des choses qui se modifie peu à peu, presque à son insu, sans qu'il sache clairement quelle direction sa vie est en train de prendre...

À nouveau il détaille la pièce autour de lui. Dans les objets comme dans les couleurs, on peut reconnaître Gilbert. Le rose gomme, comme il le dit, a l'intonation de sa voix un peu précieuse et les tentures pendues à la fenêtre l'allure de ses cravates. Sébastien se surprend à sourire. Drôle d'homme que ce Gilbert !

Puis il pousse un profond soupir.

Et lui, à quoi ressemblerait-il son salon ? Difficile à dire... Il essaie d'imaginer une pièce à sa ressemblance, mais aucune image tangible ne se présente. Pourquoi ? Il soupire à nouveau. Peut-être bien que c'est parce qu'il ne sait même pas à quoi ressemble sa vie. Peut-être... Pourtant, il y croyait quand il a choisi la rue. Il allait être en contrôle absolu. Plus jamais personne ne viendrait le blesser parce qu'il n'y aurait plus personne autour de lui. Ni amis, ni parents, ni système d'aucune sorte. Il allait le régler le problème, lui, et il connaîtrait enfin la liberté, la vraie. Plus d'attentes, plus de rejets, plus de déceptions. Finis les coups au cœur, finies les blessures. Oui, c'est tout cela qu'il voulait Sébastien quand il a érigé une barrière entre lui et la société. Mais ce soir, au milieu d'une pièce qui ressemble à quelqu'un d'autre, il n'est plus certain de rien.

À quoi ressemble-t-elle cette liberté qu'il dit avoir ? N'a-t-elle pas plutôt l'apparence d'une dépendance encore plus grande envers la société ? Il se revoit quêtant au coin des rues, recherchant un abri quelconque pour la nuit, essayant de séduire quelque « grosse folle » en échange d'un lit, d'une douche et de repas agréables comme il le faisait l'an dernier. Et c'est cela qu'il appelait la liberté ? En réalité et bien froidement, n'est-il pas à la merci de la générosité des gens, contraint par les caprices de la température et le simple fait d'avoir à combler jour après jour les besoins les plus primaires du quotidien ne suffit-il pas à donner un drôle de visage à ce qu'il appelle *sa* liberté ? Il mange ce qu'on lui présente, il porte ce qu'on lui donne, il dort n'importe où. Même ici, même s'il sait que de la part de Gilbert l'héberger est un geste gratuit, un geste d'amitié, Sébastien reste à la merci des autres. Et c'est cela qu'il appelle la liberté ? Est-ce vraiment de cette vie dont il a envie pour lui ? N'est-il pas temps qu'il se réveille ?

Pendant de longues minutes, Sébastien reste immobile, le regard fixant les flammes sans les voir, tourné à l'intérieur de lui-même. Oui, c'est vrai qu'il en a assez de l'immobilisme de sa vie. Il en a assez de se battre contre le quotidien pour ne récolter souvent qu'un hot dog ou une cave humide pour dormir. Tout cela ne rime plus à rien. Depuis que dans sa tête le sourire de Claudie enveloppe gens et choses, sa perception de la vie évolue, grandit, le pousse à aller plus loin, plus haut. Dans quel sens ira-t-il ? Il ne le sait pas encore. Par où commencer ? Il ne le sait pas plus.

Il se redresse vivement, impatient, et bâille longuement autant d'ennui que d'agacement. Puis brusquement il entend la voix de François.

— Il existe des ressources, Sébas. Tu dois le savoir, non ?

Oui, Sébastien sait qu'il existe des ressources. Et après ? A-t-il pour autant envie de s'en servir ?

— Donne la chance au coureur, entend-il encore dans sa tête.

« Donne la chance au coureur... » Et pourquoi pas ? Mais comment faire ?

Il se relève en soupirant et va jusqu'à la fenêtre. En bas, dans la rue, les gens marchent à pas pressés, la vapeur de leur haleine courant après eux. Il fait froid ce soir. Sébastien n'a jamais aimé le froid. Dès que le thermomètre oscillait au-dessous de zéro, quand il était petit, il préférait rester bien chaudement à la maison. C'étaient les journées casse-tête, comme il les appelait. Il se revoit, installé dans un coin de sa chambre, cherchant une pièce de puzzle bien précise, y passant des heures parfois. Et ce soir, le front appuyé contre une vitre glacée et givrée de dentelle dans le bas, il a toujours l'impression de chercher une pièce bien précise. Et que s'il la trouve, le reste du puzzle se finira facilement… Comme cette fois où sa mère l'avait aidé à trouver la fameuse pièce, justement. Ça faisait une éternité qu'il la cherchait. Puis alors qu'il était sur le point de se décourager, sa mère était venue à la rescousse. Le regard neuf qu'elle avait posé sur le casse-tête avait fait en sorte qu'elle avait rapidement trouvé le fichu morceau. Le soir même, tout fier, il contemplait son chef-d'œuvre terminé…

À ce souvenir, les traits de Sébastien se détendent. Puis c'est un large sourire qui éclaire son visage. Et si c'était là la solution ? Accepter qu'un regard neuf se pose sur sa situation… Accepter que parfois on puisse avoir besoin des autres pour avancer… Pourtant à cette pensée, Sébastien hausse les épaules de dépit. N'est-ce pas là ce qu'il fait depuis plus d'un an, profiter des autres ? Où donc serait la différence ?

Exaspéré par toutes ces idées qui n'arrivent pas à se poser clairement, il revient sur ses pas, ajoute une bûche dans l'âtre avant de se diriger vers la cuisine.

C'est en se prenant une bière dans le réfrigérateur que les choses se placent d'un seul coup dans l'esprit de

Sébastien. Comme ça, sans raison apparente autre que le fait qu'il va boire une bière. Appuyé contre le frigo, sourcils froncés, il regarde longuement la bouteille. Cette bière qu'il vient de décapsuler n'est pas de la marque que lui aurait choisie... Lentement, il revient vers le salon. Cette pièce non plus n'est pas de la couleur que lui aurait préférée. Alors...

— Dans le fond, murmure-t-il en se laissant tomber sur le divan, la vie, c'est pas autre chose que des choix... Et que ce choix s'appelle la rue ou autre chose, y'a pas vraiment de différence, ajoute-t-il à mi-voix.

« Et tous les choix, quels qu'ils soient, impliquent une certaine dépendance », pense-t-il aussitôt, l'esprit clair comme jamais. Il a choisi de vivre chez Gilbert pour un temps, mais par le fait même il doit accepter de dépendre de lui jusqu'à un certain point. C'est pourquoi en ce moment, il boit la sorte de bière que Gilbert préfère. Personne ne l'oblige à le faire. Mais l'un ne va pas sans l'autre. Ça vaut pour tout le reste... Quand il se rend au Refuge, il accepte de se plier à certains règlements. Quand il quête au coin d'une rue, il accepte qu'on puisse le regarder avec mépris. Quand il décide de squatter, il accepte d'avoir froid...

Et sur ce, Sébastien avale une longue gorgée de bière. Dans le fond, la perspective que l'on donne aux choses change parfois leur signification. Voilà la pièce qu'il cherchait. Elle n'était pas très loin, il dirait même qu'il la tenait dans sa main. Comment se fait-il qu'il n'ait pas compris auparavant ?

Quand il se présente au Refuge, le lendemain soir, ça fait près de trois semaines qu'il n'y a pas mis les pieds. La première fois qu'il s'était présenté à cette porte, il ne savait pas vraiment ce qu'il venait y faire. Il était réticent, agressif même. La seconde fois, il avait peur qu'on lui claque la porte au nez après l'incident malheureux qui l'avait fait sortir de ses gonds. Ce soir, en attendant qu'on vienne lui ouvrir la porte, il admet que s'il était venu ici une première fois, c'était d'abord et avant tout pour faire plaisir à François. Ce n'était pas vraiment son choix.

Maintenant, ce soir, c'est différent.

— Tu vois, Gilbert, j'ai besoin de me donner des preuves, a-t-il dit ce matin au déjeuner quand il a fait part de ses intentions à son ami.

Ce dernier avait fait une drôle de grimace.

— Comme ça, tu t'en vas encore ?

— Oui, c'est vrai. Mais cette fois-ci, je ne fuis pas, c'est pas pareil.

Gilbert était resté silencieux un moment avant d'acquiescer d'une voix totalement différente de ses minauderies habituelles.

— D'accord, je comprends. Pis je t'avoue que ça me fait plaisir de t'entendre parler comme ça. On a tous besoin de faire les choses à notre manière.

Puis le naturel avait repris le dessus.

— Si c'est là la tienne, envoye fort, mon beau, ça peut juste être bon pour toi en quelque part, avait-il finalement approuvé en jetant les yeux au plafond. Pis, comment trouves-tu ma nouvelle chemise ? Tu trouves pas qu'elle est un peu voyante, non ?

Et à ces mots, devant un Gilbert boudiné vêtu de mauve qui tourne sur lui-même dans une pose grotesque, Sébastien avait compris qu'il pourrait toujours compter sur le gros homme. Il y avait entre eux une amitié qui allait bien au-delà des mots... Une amitié qui avait soufflé au gros Gilbert que, pour un gars comme Sébastien, le plus beau cadeau qui soit était sans aucun doute un chaud manteau...

Claudie aussi avait accepté sa position quand il lui avait annoncé son intention de séjourner au Refuge, le temps de voir clair dans sa situation. Elle venait d'arriver au terminus d'autobus et le plaisir qu'elle avait de le revoir se devinait à son sourire.

— Si c'est ce que tu veux, fonce, Sébastien. Moi, je serai toujours derrière toi.

— Mais j'espère bien ! C'est pas parce que je vais dormir au Refuge pour quelque temps qu'il y a quelque chose de changé entre nous. Je tiens à toi, avait-il alors murmuré, surpris lui-même par l'aveu.

Claudie était devenue toute rouge de plaisir. Alors ce soir, à travers son choix, c'est aussi pour Claudie qu'il attend devant la porte du Refuge.

— Hé, Sébastien ! Un revenant ! Finalement, le réveillon a duré longtemps.

Daniel semble sincèrement heureux de le voir. Sébastien lui rend son sourire.

— Si on veut. Alors ? Ma place est encore là ?

— La même, je ne sais pas, se moque gentiment Daniel. Mais on devrait trouver quelque coin pour te caser...

— Parfait, lance Sébastien en lui emboîtant le pas dans l'escalier. Pis après le souper, est-ce que je pourrais te jaser ?

— Me jaser ?

Daniel étire un grand sourire. Enfin !

— Pas de trouble, ça devrait s'arranger facilement, promet-il arrivé au bas des marches. Dès que j'ai un moment de libre, je te fais signe. Pour l'instant va dans le bureau, Annie est là. On va remplir ta fiche et te donner une serviette pour la douche...

Quand Sébastien entre dans le petit bureau de l'entrée, il a l'impression de revenir chez lui ou à tout le moins d'être un vieil habitué.

— Comme quoi, murmure-t-il en se dirigeant vers la salle des douches, on finit par s'habituer à tout...

Dans l'air flotte une bonne senteur de pâté chinois, comme autrefois chez lui quand il revenait de l'école. Et tout comme avant, juste à l'odeur, il s'aperçoit qu'il meurt de faim...

— Comme tu vois, j'sais pas vraiment par quel boutte prendre ça, ajoute Sébastien, perplexe.

Maladroitement, il a confié à Daniel toutes les idées qui lui trottent en tête depuis quelques mois. Lassitude, monotonie, colère, désirs. Tout y a passé. Il a même parlé de l'alcoolisme de son père, de la désertion de sa mère, des familles d'accueil, de son frère Maxime dont il s'ennuie et à qui il pense de plus en plus souvent. Avec un regard particulier qui n'a pas échappé à Daniel, il a aussi parlé de Claudie, Virginie et Gilbert. Comme s'il sentait le besoin irrépressible de ne rien laisser au hasard, l'ayant déjà trop fait par le passé.

Les deux garçons sont installés dans le petit bureau près de l'entrée. Un halo de lumière jaune éclaire une feuille de papier encore vierge et le journal du matin à moitié ouvert sur un coin du pupitre attend qu'une âme charitable veuille bien compléter la grille des mots croisés. De la salle commune, de l'autre côté du mur vitré, leur parviennent les bruits étouffés d'une soirée normale au Refuge. Balle de ping-pong qui rebondit, boules de billard qui s'entrechoquent, quelques rires, des voix qui s'interpellent, la télé qui joue en sourdine. Sébastien peut l'admettre aujourd'hui : il y a ici une atmosphère familiale qui réchauffe. Qui en soi laisse planer une envie d'autre chose, d'un peu mieux qu'une suite de journées sans but à errer dans les rues. Oui, il y a dans l'air une sorte d'assurance qui fait du bien. Et puis, quand les besoins du quotidien sont comblés, reste ce temps pour penser. Il jette un regard sur la salle : même si la présence de tous ces garçons l'agace toujours autant, il ne ressent plus d'agressivité envers l'endroit. Dans quelques minutes on va baisser les lumières, car Richard, un intervenant, est parti chercher un film. Le mercredi, c'est soirée cinéma. Et Sébastien a bien l'intention de regarder ce film qu'il n'a jamais vu, mais dont il a entendu parler. Sans qu'il soit capable de le dire clairement, il est en train de revenir à une toute autre conception de la vie. Est-ce l'endroit ? Est-ce le cheminement qu'il est à vivre qui le pousse à vouloir des changements, des différences ? Est-ce Gilbert ou Claudie qui l'ont petit à petit amené à modifier sa perception des choses ? La seule émotion dont il est vraiment conscient, c'est qu'il y a en lui en élan nouveau. Et il espère simplement qu'on va le comprendre et l'aider à y voir clair.

Daniel prend bien le temps de soupeser les propos de Sébastien avant de répondre. Des tas de choses, tant positives que négatives, peuvent découler des quelques mots qu'il va dire.

— Si je comprends bien, tu veux t'aligner sur quelque chose de tangible. Tu ne sais pas trop quoi encore, mais il faut que ça bouge. C'est bien ça ?

Le visage de Sébastien s'éclaire.

— En plein dans le mille. Par contre, j'sais pas vraiment quoi…

— Pas grave, ça, l'interrompt Daniel. Avec le temps, tu finiras bien par trouver. Mais en attendant, si tu ne sais pas vers où t'en aller, est-ce qu'il y a des choses, des valeurs, des attitudes qui pour toi sont bannies à tout jamais ?

La réponse fuse sans la moindre hésitation.

— Ouais… L'injustice, ça tu dois t'en douter. Il y a aussi la manipulation, mon père…

Puis il laisse couler un rire amer.

— Pis les murs. La rue m'a appris que j'suis un gars d'extérieur. C'est sûr que j'finirai pas mes jours dans un bureau.

— Déjà pas pire, tu ne trouves pas ?

— Ouais, peut-être… Mais en même temps j'ai l'impression que j'ai perdu pas mal de temps pour apprendre ça. Y'a des fois que ça me laisse indifférent, mais quand je regarde Claudie pis Virginie, je me sens mal à l'aise. Pis laisse-moi te dire que ça me fait chier.

— Allons donc ? Perdre ton temps ? Je ne trouve pas, moi. Si tu sais ce que tu ne veux pas, c'est déjà un moyen bout de chemin de fait. Toi, tu l'as fait dans la rue. Il y en a d'autres qui le font à l'école en changeant d'orientation à chaque année et d'autres directement sur le marché du travail en changeant de job à répétition. C'est pas ça l'important.

Pendant que Daniel parlait, le visage de Sébastien s'est éclairé à nouveau. Ça fait du bien d'entendre quelqu'un qui endosse vos choix. Ce besoin en l'homme de se savoir compris, accepté, même si on proclame haut et fort qu'on n'a besoin de personne.

— Vu de même, murmure-t-il, inexplicablement rassuré…

Puis il lève un regard de défi, soudainement agressif.

— Mais pourquoi moi, c'est par la rue que j'ai eu envie de passer ? crache-t-il revenant à son idée première. Tout ce qui me paraissait ben correct y'a un an est en train de dégringoler. C'est comme si je me trouvais nul, tout d'un coup.

— Ben voyons donc ! Tu as fait ce que tu voulais faire au moment où tu avais peut-être besoin de le faire. Pourquoi toujours chercher à justifier ses moindres caprices ? Parfois, il nous arrive d'agir uniquement par instinct et pour moi, ça vaut tous les raisonnements et toutes les justifications qu'on pourrait trouver à nos gestes. La colère que tu avais en toi, comme tu me l'as dit tout à l'heure, c'est peut-être par là qu'elle devait passer. Je pense que tu avais besoin de te sentir en contrôle de toi-même après tout ce que tu avais vécu. C'est la façon que tu as choisie. Et ce n'était peut-être même pas conscient. Mais l'attrait de vivre sans obligations, sans contraintes a sûrement joué. L'opportunité était là, tu l'as vue comme une solution à toute l'agressivité que tu ressentais envers la société et tu l'as essayée. C'est peut-être par là que tu devais passer pour en arriver à aujourd'hui. Souvent, il faut aller jusqu'au bout d'une situation pour finalement comprendre qu'elle ne nous convient pas. La rue te satisfaisait il y a un an. Aujourd'hui, ce n'est plus le cas. C'est juste normal. Ça arrive souvent dans une vie, de toutes sortes de manières. Ça prouve que tu évolues. Moi, au contraire, je trouve ça positif.

— Ouais, peut-être... Mais ça me dit pas quoi faire, par exemple !

— Parce qu'il faut bien commencer par quelque part, moi, je te dirais que l'important, c'est de déclarer une adresse fixe pour avoir droit à l'aide sociale. Si tu n'as pas besoin de quêter pour survivre, tu vas pouvoir occuper tes journées à autre chose... Tu ne me disais pas que tu avais une amie ?

— Claudie ? Oui... oui, c'est une fille importante pour

moi. Mais pas question de vivre ensemble, par exemple... J'suis pas prêt à ça. Je... j'ai encore trop besoin d'air autour de moi.

Et pointant du menton la salle commune que l'on devine dans la pénombre de l'autre côté de la vitre :

— Déjà que d'avoir tout ce monde-là autour de moi durant quelques heures chaque jour, c'est « heavy », faut pas m'en demander plus. Pis j'veux rien devoir à personne.

— Mais tu acceptes de quêter, par exemple !

À ces mots, Sébastien hausse les épaules.

— C'est pas pareil. Les gens qui me donnent un peu d'argent, c'est personne en particulier. C'est... c'est juste comme si c'était la Société avec un grand S qui me remboursait tout ce qu'elle m'a pris quand j'étais jeune...

Le tout énoncé avec un détachement qui frôle la froideur. Comment lui dire qu'il a tort, que ce n'est pas ainsi qu'il faut envisager les choses ? Daniel reste pensif un instant. Mais Sébastien a-t-il vraiment tort ? N'est-il pas plutôt d'une rare franchise, d'une outrecuidance presque choquante, soit, mais combien compréhensible ? Brusquement, Daniel a la certitude que ce garçon-là va s'en sortir. En autant qu'on le laisse tranquillement arracher toutes les mauvaises herbes de son jardin. « Les extirper jusqu'à la racine », pense-t-il étrangement. Alors il lui sourit.

— Chapeau, Sébastien. T'es un gars honnête.

— Bof... C'est juste pour moi que j'parle comme ça. Pis c'est pour moi aussi que j'suis venu ici.

— Alors on va donner l'adresse du Refuge à ces messieurs du gouvernement. Le temps que tu reçoives ton premier chèque, tu peux rester ici.

— C'est tout ? demande Sébastien incrédule.

— Oui et non. C'est une étape. L'autre, c'est de savoir

ce que tu veux vraiment faire. Il y en a pour qui l'aide sociale est une finalité. Mais pour...

— Mais pas moi, tranche Sébastien. Pas question que je vive aux crochets de qui que ce soit. Je m'aperçois que j'vas avoir des concessions à faire en quelque part. C'est sûr. Pis déjà que j'trouve ça dur à avaler. Alors laisse-moi te dire que j'suis pas prêt à faire n'importe quoi.

Puis il soupire d'impatience.

— Sacrament que c'est compliqué tout ça.

— C'est compliqué si tu veux tout faire en même temps, oui. Pour l'instant, concentre tes énergies à te trouver une chambre ou un petit logement. Tu n'auras pas une fortune, c'est sûr, mais il y a des ressources communautaires qui...

— Encore ! Ressources communautaires, aide sociale... J'suis pus sûr que je suis en train de faire le bon « move ». Y'a ben trop de monde dans toute...

— Essaye, Sébastien.

— Essaye, Sébastien ! répète le jeune homme avec un ricanement moqueur. J'commence à être tanné de l'entendre, celle-là. Me semble que c'est rien que ça que l'monde a à me dire. Essaye Sébastien !

À ces mots, Daniel ne peut s'empêcher de sourire.

— Et tu n'as pas fini de l'entendre ! On passe notre vie à essayer toutes sortes de choses, Sébas. Des fois, c'est pas pire, des fois, c'est de la merde, pis d'autres fois, c'est super. Malheureusement, ce qui est bon pour quelqu'un ne l'est pas nécessairement pour un autre. C'est pour ça qu'on n'a pas le choix : faut essayer.

Alors Sébastien dessine un petit sourire, toute agressivité tombée. Daniel est tellement calme, lui.

— J'sais pas comment tu fais, Daniel, mais quand tu parles on dirait que les choses compliquées ne le sont plus.

— C'est peut-être juste que j'aime ce que je fais. C'est pour ça que je te dis que c'est important de prendre ton temps. Et de ne pas brûler les étapes... Une chose à la fois. Quand on veut entreprendre tout en même temps, on risque de foirer partout. Pour commencer je vais prévenir que tu vas passer demain en après-midi.

— Mais c'est pas fermé le jour ? interrompt alors Sébastien.

— En principe oui. Mais comme certaines démarches ne peuvent se faire que de jour, il y a toujours quelqu'un. Demain, Josée va être là et je te jure qu'avec cette fille-là, il n'y a jamais rien de compliqué. Elle va t'aider.

— Demain ? Okay.

— Super. Et nous deux, on se revoit la semaine prochaine et on fait le point. Ça te va ?

— Est-ce que j'ai le choix ? laisse tomber Sébastien.

Pendant un moment, les mots restent en suspens entre eux. Avoir le choix... Ça rejoint tout le reste, finalement... Alors aussitôt, il se reprend.

— Oui, j'ai le choix, affirme-t-il avec toute la conviction dont il est capable pour l'instant. Pis t'as raison : j'vas essayer. À force de le dire et d'y croire, m'en vas peut-être finir par arriver quelque part, non ?

Et sur ces mots, il se relève. Mais alors qu'il s'apprête à quitter la pièce, Daniel le retient un instant.

— À propos... Jason s'est trouvé une chambre. Ce sera toujours quelqu'un qui aura besoin de soutien, c'est sûr, mais le fait d'avoir un petit coin bien à lui a réveillé une espèce de sens des responsabilités qui fait plaisir à voir. Il est tellement fier de sa chambre ! Comme quoi, Sébas, il ne faut jamais lancer la serviette. Jamais...

* * *

Depuis une semaine, François a l'impression d'être revenu dans le temps, d'être de retour à la case départ comme dans un mauvais rêve qui l'oblige à tourner en rond malgré sa volonté. Une grippe carabinée le terrasse et c'est à peine s'il arrive à se tirer du lit, chaque matin. Inquiète, Marie-Hélène retrouve l'inconfort de ses angoisses du printemps dernier, intactes, toujours aussi vives.

— Si tu ne te décides pas tout seul, je te traîne de force chez le médecin.

Le ton est catégorique.

— De toute façon, on en avait parlé et tu devais consulter à cause du bébé. Tu feras d'une pierre deux coups. Parce que moi, c'est fait. J'ai rendez-vous avec un gynécologue, lundi prochain.

— D'accord. Promis, je prends rendez-vous aujourd'hui même.

Une violente quinte de toux l'interrompt.

— Mais c'est pas à cause de mon rhume. C'est pour le bébé, précise-t-il quand il arrive à reprendre son souffle.

Ils sont assis dans leur minuscule cuisine, à l'arrière de l'appartement tout en longueur. Le soleil inonde la pièce blanche et jaune et si on oublie la neige qui coiffe le toit voisin, on pourrait presque croire que c'est l'été. Pourtant, à l'extérieur, en cette fin de janvier, il fait un froid à pierre fendre. Et cela dure depuis plus d'une semaine. Une seconde quinte de toux plie François en deux, amenant plein de larmes dans ses yeux. Incapable de se retenir, cette fois-ci, Marie-Hélène se lève et vient à lui.

— Toi, tu restes ici aujourd'hui, ordonne-t-elle essayant de remplacer l'inquiétude qu'elle ressent par une note de sévérité dans sa voix.

S'accroupissant près de lui, elle pose les mains sur ses

cuisses obligeant ainsi François à la regarder.

— Ce n'est pas du caprice, François, plaide-t-elle maintenant tout en douceur. Écoute-toi ! Ça n'a plus aucun bon sens.

Sans répondre, François plonge son regard dans le sien. Il fait peine à voir. Les traits tirés, les yeux cernés, on dirait qu'il a vieilli de dix ans dans la dernière semaine. Sirop et longues nuits de sommeil n'ont apporté aucun changement. Et Marie-Hélène serait prête à le jurer : il a probablement maigri depuis un an, même s'il a toujours été du genre filiforme.

— D'accord, admet-il pour une seconde fois en l'espace de quelques instants. Je reste ici.

De toute façon, il est tellement fourbu qu'il ne serait d'aucune utilité à son travail. C'est à peine s'il arrive à penser de façon cohérente.

— J'ai l'impression d'être une marmotte, avoue-t-il en soupirant. J'ai les yeux qui ferment tout seuls. Et c'est ce que j'aurais dû faire dès les premiers symptômes : garder le lit et boire beaucoup de liquides. C'est ce qu'on dit, non ? ajoute-t-il sur un ton léger espérant ainsi calmer l'inquiétude qu'il voit dans le regard qui se pose sur lui. Avec le froid qu'on connaît, arpenter les rues comme je le fais n'aide pas vraiment une grippe à s'en aller... Un ou deux jours de repos devraient régler le problème.

— Et le médecin ? insiste Marie-Hélène.

François fait la grimace.

— Le médecin ?

— Oui, le médecin. Arrête de faire l'enfant, François, il ne te mangera pas, le docteur, se moque Marie-Hélène en se relevant. A-t-on vu pareil entêté !

— D'accord, s'impatiente alors François, se levant à son tour. Je prends rendez-vous aujourd'hui avec le médecin que j'ai rencontré l'an dernier. Ça te va ? Mais encore une fois, c'est surtout pour comprendre pourquoi on n'a pas réussi à faire un bébé que j'y vais. Un rhume, ça guérit tout seul.

— Un rhume ? s'écrie Marie-Hélène, vraiment en colère cette fois-ci devant l'insouciance de François. Ma parole, t'es plus têtu qu'un âne ! Ce que tu as n'as rien à voir avec un rhume… On dirait que tu as peur… Oh ! Et puis, fais donc ce que tu veux.

— Mais je viens de te dire que je vais prendre rendez-vous. Qu'est-ce que tu veux de plus ?

— Que tu sois un peu plus responsable, François Léveillé. Quand on est malade comme tu l'es, on consulte, lance Marie-Hélène, franchement choquée devant la désinvolture apparente de son mari, ramassant brusquement les tasses de café refroidi qui traînent sur la table avant de les déposer bruyamment dans l'évier. On dirait que, à chaque fois, il faut que j'insiste pour que tu réagisses. Un vrai bébé… Et puis merde, j'en ai assez, gronde-t-elle sourdement, brusquement épuisée.

— Moi aussi, j'en ai assez, reprend François. Tu me surveilles comme un garde du corps. Laisse-moi respirer.

À ces mots, Marie-Hélène pousse un soupir de tristesse, les colères tombant aussi vite qu'elles montent en elle.

— Écoute-nous parler, François, constate-t-elle en se retournant. Ça ne nous ressemble pas de dire des paroles blessantes. Et pourquoi ?

— Pour une maudite grippe que j'ai négligée… Tu as raison, Marie-Hélène. Je plaide coupable. Promis, je m'en occupe dès ce midi. Je t'aime, ma douce.

La jeune femme lui rend son sourire et revient vers lui pour l'embrasser.

— Moi aussi, je t'aime, grand fatiguant. Tellement ! Et maintenant, au dodo, jeune homme. Tu n'as pas tout à fait tort : le sommeil reste une bonne médication pour une grippe !

— Tu vois, lance-t-il goguenard, l'atmosphère entre eux subitement détendue.

Et ils se quittent dans un éclat de rire. Que François efface aussitôt la porte refermée sur sa femme qui part pour le travail. Car Marie-Hélène n'a pas tort. L'angoisse qu'il ressent depuis quelques jours n'a rien à voir avec un simple rhume passager. Il est tout simplement épuisé. De cette fatigue qui lui fait penser aux descriptions de burn-out qu'il a déjà lues. Exactement comme l'an dernier avant qu'ils ne partent tous les deux en vacances. Il sait par instinct que son corps lui lance des signes d'alarme. Et ce sentiment d'urgence qu'il sentait battre aux creux de ses pensées les plus banales il y a quelques mois, cette terrifiante sensation, elle lui est revenue avec une acuité douloureuse.

— Ne laisse pas la vie avaler tes rêves.

La voix de Jérôme reste suspendue au-dessus de ses jours, accompagne ses réveils et précède le sommeil. Oui, François a peur. De tout, de rien. De parler et de se taire, de savoir et d'ignorer, espérant naïvement qu'un bon matin il va peut-être s'éveiller et constater qu'il ne s'agissait que d'un cauchemar. C'est pourquoi il repousse l'échéance, comme l'autruche se cache la tête dans le sable.

— Plus tard, murmure-t-il se glissant sous les couvertures. J'appellerai le médecin plus tard.

Parce que c'est de cela dont il a le plus peur. Qu'on découvre ce qui le mine à chaque année un peu plus sûrement et que le verdict soit irrévocable. Ou qu'il ne vienne mettre un terme à trop de choses qui font de sa vie ce qu'elle est. Cette peur de ne pas savoir qu'on entretient malgré tout…

* * *

Assise bien droite sur le fauteuil, une main abandonnée dans celle de Jérôme, Cécile vient de confier ses angoisses les plus profondes. Depuis le soir de Noël, elle dort mal, mange du bout des lèvres, arrive à peine à soutenir une conversation. Vis-à-vis les siens, Cécile a banalisé la situation, prétextant la noirceur, se permettant d'en rire avec eux et promettant de ne plus jamais oublier qu'elle n'a plus vingt ans. Face à Jérôme, elle a tout simplement dit qu'elle voulait rencontrer un médecin de sa connaissance. Rien de plus. Il a respecté son silence.

Présentement, elle a l'air d'une petite fille effarouchée et quand elle a osé prononcer le mot Alzheimer à haute voix pour une seconde fois, Jérôme a senti que sa main se mettait à trembler en même temps que sa voix. Il a resserré spontanément son étreinte dans un élan protecteur, curieusement conscient en même temps de ce que ce geste avait de dérisoire. Il a le cœur lourd, comprenant à quel point Cécile était malheureuse et avait tout tenté pour ne rien laisser voir. Devant eux, de l'autre côté du lourd bureau d'acajou, Pierre-Paul Daigle écoute attentivement, les yeux mi-clos. Sa chevelure blanche contraste avec les traits de son visage encore juvéniles. Cécile le connaît depuis plus de trente ans, leurs carrières respectives s'étant croisées au moment où celui-ci se présentait comme résident en gériatrie à l'hôpital où elle pratiquait. Elle a toujours apprécié son approche humaine et la justesse de ses propos. Bâti comme un hercule, pondéré en tout, la voix grave au débit lent, le Dr Daigle inspire confiance.

— Je crois que j'ai tout dit, termine Cécile reportant les yeux une dernière fois sur le papier qu'elle a posé sur ses genoux.

Ne sachant plus ni quand ni pourquoi elle oserait faire confiance à sa mémoire, Cécile a bien préparé cette consultation et noté scrupuleusement tout ce qui lui passait par la tête. Sa mésaventure dans l'érablière l'a marquée au fer rouge, créant en elle un état proche de la panique qui a précipité sa décision de consulter.

— On ne sait jamais, a-t-elle expliqué en entrant dans le bureau, exhibant un petit bout de papier plié en deux. Des fois où je ne saurais même plus ce que je fais ici, a-t-elle lancé voulant faire un peu d'humour pour se détendre.

Son inquiétude était visible comme le nez au milieu du visage. Et glissant sa main dans celle de Jérôme, elle avait tout raconté, se référant par moments au papier qu'elle avait préféré poser sur ses genoux, se sentant trop fébrile et tremblante pour le tenir.

— Comme cela, vous avez des trous de mémoire ? reprend le médecin, une interrogation dans la voix.

— Parfaitement.

— Et ce n'est que lorsque l'on vous en fait la remarque que vous en prenez conscience ?

— Oui. On dirait depuis un an que ma mémoire fonctionne mieux dans ses vieux souvenirs que dans le temps présent. Ce n'est pas un signe, cela ? Et que dire de ma mésaventure dans l'érablière. C'est comme si j'avais été déconnectée de la réalité pendant un long moment…

Puis elle répète encore, la voix tremblante :

— Si ça ce n'est pas un signe…

— Pas nécessairement.

La voix du médecin l'a fait sursauter. Pourtant, elle persiste.

— Mais il me semble que…

— Un instant, Cécile. Vous êtes médecin, n'est-ce pas ? Alors il ne sert à rien de tourner autour du pot et je ne cherche pas à vous cacher la vérité. Mais vous savez comme moi qu'il n'y a pas pire diagnostic que celui qu'un médecin pose envers lui-même. D'accord sur ce point ?

Cécile dessine un sourire malgré elle.

— D'accord sur ce point, admet-elle.

— Bon. À partir de là, vous savez aussi qu'on ne peut uniquement se baser sur les maigres constatations que vous avez faites pour émettre ne serait-ce que des hypothèses. Vous avez des trous de mémoire. Bon. C'est une réalité qui, soit dit en passant, ne veut pas dire grand-chose. Quant à l'érablière, vous devez savoir tout comme moi que l'hypothermie, surtout chez une personne âgée, peut créer des transes, des espèces d'absence et même des hallucinations.

Tandis que le médecin lui parle, Cécile l'écoute le cœur battant le rythme fou de l'espoir que ces quelques paroles font naître.

— Est-ce que vous me permettez de vous poser quelques questions ? demande alors Pierre-Paul Daigle.

— Je suis ici pour cela.

— Ne vous est-il pas arrivé de vous sentir terriblement fatiguée ?

— Oui. Je vous l'ai dit. Le printemps dernier, à la suite de…

— Non, comprenez-moi bien. Je sais que vous avez mentionné un état de fatigue inexplicable ou à tout le moins surprenante, mais cela peut arriver n'importe quand à n'importe qui à la suite d'événements hors de l'ordinaire. Ce n'est pas ce dont je parle. Ce que je veux savoir, c'est s'il ne vous serait pas arrivé de vous lever un matin, épuisée comme si on avait passé la nuit à vous battre ?

— Comme ça, d'un seul coup ?

— Exactement.

Incapable de se souvenir avec précision, Cécile reste un moment silencieuse, revoyant mentalement les matins du printemps précédent. Nervosité, absence réelle de souvenirs ? C'est un grand trou noir que lui renvoie sa mémoire. Machinalement, elle se tourne vers Jérôme, une interrogation dans les yeux. D'un sourire, il tente de la réconforter. Puis il reporte son attention vers le médecin.

— Oui, moi, je m'en souviens, fait-il calmement mais bien catégoriquement alors que, jusque-là, il s'était montré discret.

Cécile fronce les sourcils.

— Ah ! Oui ? Pourtant...

— Laisse-moi terminer, ma douce, demande-t-il gentiment en augmentant la pression de sa main.

Puis revenant au médecin.

— C'était en juin, je crois. Déjà que Cécile était fatiguée depuis la maladie de ma mère. La pauvre vieille dame avait demandé une attention de tous les instants et vous connaissez ma femme, n'est-ce pas ? Inutile de dire qu'elle n'a mis aucun bémol à ses soins. De jour comme de nuit. Même une plus jeune y aurait laissé des plumes. Alors, oui, Cécile était fatiguée et cela se voyait. Mais un matin, elle a été incapable de se lever. Elle avait les traits tirés, elle était blême à faire peur. Je m'en souviens très bien. Ce jour-là, et les quelques jours suivants, elle a même dormi une grande partie de la journée, ce qui ne lui ressemble pas du tout. Et c'est vraiment à partir de ce moment-là qu'on a pu observer un changement marqué dans son attitude.

Pendant que Jérôme parlait, Cécile a regardé droit devant elle, ne fixant que le vide, des tas de petits détails lui revenant soudain avec une clarté incroyable. Ainsi donc, Jérôme avait remarqué ? Brusquement, cela lui semble limpide comme de l'eau de roche. Son attitude envers elle, quelques remarques en apparence anodines, certaines attentions particulières... Comment se fait-il qu'elle n'ait rien senti ? Se peut-il que l'inquiétude l'ait aveuglée à ce point ?

— Et tu ne m'en as jamais parlé ? murmure-t-elle quand il se tait, à la fois émue par tout ce qu'elle vient enfin de comprendre et un peu confuse de n'avoir su y lire la prise de conscience de Jérôme.

— Je ne voulais pas t'inquiéter. Je l'étais bien assez pour deux. Et je crois bien que tu en as fait autant, non ?

— Maudit silence, constate alors Cécile dans un langage qui ne lui ressemble guère et que seul Jérôme peut comprendre.

Pendant un long moment, ils se regardent l'un l'autre. Oui, maudit silence qui a tellement faussé d'émotions, de rêves, de choix dans leurs vies. Leurs doigts entremêlés se serrent avec violence. Ce silence entre eux, symbole aussi de respect et d'amour dans une expression malhabile mais combien sincère. Dans leurs regards, il y a donc aussi ce cri silencieux qui dit la passion de l'autre. Ce besoin d'être ensemble, envers et contre tout. Et pour toujours.

— Alors ? Qu'est-ce que ça change ? demande enfin Cécile s'arrachant au regard de Jérôme pour revenir au médecin.

— Peut-être tout, peut-être rien. Un accident vasculaire cérébral, Cécile, cela vous dit quelque chose ?

Cette dernière hausse les épaules.

— Bien sûr.

— Alors on va savoir. Vous auriez fait un petit AVC pendant la nuit que je ne serais pas surpris. Je demande une hospitalisation. Quelques jours pour effectuer une batterie de tests. Et je vous jure que tout va y passer. De la tête aux pieds.

— Vous croyez que c'est vraiment nécessaire ?

— Voulez-vous savoir ou non ?

Cécile regarde franchement son confrère, droit dans les yeux.

— Je ne sais pas, affirme-t-elle calmement avec une sincérité désarmante. C'est bête à dire, mais je ne sais pas.

Le Dr Daigle se permet un sourire devant la franchise mais aussi l'éternelle ambivalence de Cécile. Parce que c'est aussi à cause de cette permanente indécision qu'elle a été l'un des médecins les plus consciencieux qu'il ait connu.

— C'est bien ce que je pensais, affirme-t-il gentiment. Mais pour moi, votre réponse équivaut à un oui. Car cela veut dire j'ai peur mais, oui, je veux enfin en avoir le cœur net. Est-ce que je me trompe ?

Le temps d'un soupir, Cécile reste silencieuse, puis avec lassitude :

— Non, vous avez raison. Je n'ai que trop tardé, concède-t-elle enfin en rougissant.

Alors, autant pour détendre l'atmosphère que pour donner suite à ce qu'il essaie de promouvoir depuis des années, le Dr Daigle se tourne vers Jérôme.

— Et j'ai bien envie de demander une chambre pour deux, avance-t-il à la blague, faussement sévère. À l'âge que vous avez, un bon « check-up » de temps en temps, ça évite bien des tracasseries. On le fait bien pour son automobile, non ? Pourquoi pas pour la carcasse ? Mécanique pour mécanique, il y en a une qui est pas mal plus durable que l'autre, pourtant c'est celle qu'on a le plus tendance à négliger.

CHAPITRE 10

Février 1996

À Montréal et en Beauce

« Vous devez accepter la vie comme elle se présente,
mais vous devriez essayer de faire en sorte
qu'elle se présente comme vous aimeriez qu'elle soit. »
Ancien proverbe allemand

Ça fait maintenant plus de deux semaines que Sébastien a l'impression de tenir son avenir à bout de bras, comme un paquet mystérieux qu'il n'oserait ouvrir, préférant inconsciemment l'espoir entretenu à une déception éventuelle. Les démarches pour obtenir l'aide sociale suivent leur cours et aujourd'hui, il voit cette alternative comme le premier palier d'une remontée qui sera probablement longue. Petit à petit, il accepte d'y mettre le temps, même si à dix-neuf ans, on aimerait tout avaler d'un coup. La promiscuité de tous les jeunes qui fréquentent le Refuge lui est toujours difficile à supporter, mais avec Daniel, il tente de s'y faire.

— Chose certaine, Sébas, tu ne finiras pas ta vie dans un orchestre symphonique. Et il ne faudrait pas non plus que tu aboutisses en prison ! Ça serait mortel pour toi, dans un cas comme dans l'autre...

Ils arrivent même à en rire. Tout comme avec Claudie qui le soutient inconditionnellement dans sa démarche.

— Lâche pas ! Une fois ton chèque en main et ta chambre louée, tu aviseras pour le reste.

« Le reste » englobant à la fois le prévisible comme manger et dormir et l'inconnu qu'il devra bien se résoudre à affronter un jour.

— Je suis comme toi, Sébastien, j'ai un faible pour le grand air. Pour une fille de la Gaspésie, c'est presque normal, non ?

— Pour toi, oui, ça me paraît logique. Mais pour un gars de la ville comme moi…

— Ça ne veut rien dire, tranche-t-elle catégorique. La sensation de liberté quand il n'y a pas de murs et que l'horizon est sans limites, ça n'a pas de prix. Tout le monde peut comprendre ça. Reste juste à savoir comment « dealer » avec ça ! Faut toujours laisser le temps faire son temps. Pis les solutions finissent par être tellement évidentes qu'on se demande comment il se fait qu'on ne les a pas vues auparavant…

— Facile à dire !

— Tu vas voir si j'ai pas raison, espèce de grand sceptique. Je te le dis moi…

Jamais Sébastien n'aurait pu imaginer que, un jour, il serait aussi bien avec quelqu'un. Avec Claudie, il apprend tout doucement à faire confiance. Il lui a même parlé de la relation équivoque qui lui a fait connaître Gilbert puis de l'évolution de cette relation. Claudie avait gardé un long silence suite à sa confession.

— Te dire que cela me laisse indifférente, avait-elle finalement tenté d'expliquer, ce serait te mentir. C'est tellement contraire à moi que c'est bien sûr que ça me dérange.

Mais en même temps, le fait que tu m'en aies parlé veut dire beaucoup entre nous et pour cette raison je suis heureuse que tu l'aies fait. Par contre, ce moment de ta vie t'appartient et pas à moi. Tu n'as pas de compte à me rendre là-dessus. Et le malaise que moi je ressens, eh bien, c'est à moi de le régler. Mais ça ne change rien pour nous deux. Promis, juré !

Ce respect que Claudie entretient envers les gens et la vie permet à Sébastien de modifier ses vues, tout doucement, un jour à la fois. L'optimisme inconditionnel de la jeune fille déteint sur lui, l'amenant à percevoir gens et événements dans une perspective nouvelle. Sa rage et sa révolte trouvent de moins en moins d'écho en lui. De moins en moins de justifications. Seul l'appel aux grands espaces garde toute sa signification. Il passe ses journées à éplucher les petites annonces, à visiter des chambres, car son budget ne permettra pas autre chose, n'arrive pas à se fixer sur une chambre ou une autre. Ou c'est trop sombre, ou c'est trop sale, ou c'est franchement lugubre. Rien ne le satisfait.

— Regarde, lance Daniel, un soir qu'ils sont assis ensemble dans le petit bureau du Refuge, tentant de faire le point, peut-être que tu en demandes trop pour l'instant. Ou peut-être que tu as raison et que tu ne trouveras rien de mieux avec le peu que tu vas recevoir.

— Pas vraiment réconfortant, fait Sébastien avec une grimace de dégoût.

— Et tu n'aurais pas d'autre solution ?

— C'est sûr que des solutions...

Mais Sébastien n'avait pas terminé sa pensée. Pourtant, après quelques instants de silence :

— De toute façon, avait-il alors réfléchi à haute voix, si j'habite avec quelqu'un d'autre, le chèque va être encore moins élevé et ça va revenir au même, avait-il conclu résumant ainsi toutes les autres possibilités qui pourraient éventuellement s'offrir à lui.

Parce que plus le temps passe et plus le fait d'habiter avec Claudie semble une perspective possible et même probable.

Et ce matin, assis au Refuge, avant de quitter pour la journée, il en est là. Se trouver une chambre minable, habiter avec Claudie et Virginie, peut-être Gilbert pour un temps, pourquoi pas... Sirotant son café, il essaie de faire le point, mais plus il réfléchit et plus il a l'impression de s'enliser. Si au moins il pouvait parler à François ! Peut-être que lui connaît des maisons de chambres qui ont de l'allure. Depuis le temps qu'il travaille dans ce milieu-là... Mais chaque fois qu'il tente de rejoindre le travailleur de rue, un message laconique, toujours le même, répète depuis plus de deux semaines que François n'est pas disponible. Et quand il a croisé Michel sur la rue, ce dernier lui a dit que François était en congé de maladie. Alors à l'impatience de Sébastien se greffe une pointe d'inquiétude.

— Sacrament, mais qu'est-ce qui se passe avec lui ? murmure-t-il en déposant rudement le combiné, venant de se heurter encore une fois au répondeur.

Attrapant son sac à dos, il s'apprête à quitter le Refuge. Il se sent agressif, fatigué de cette impression d'aller nulle part, plus du tout certain qu'avec simplement un peu de bonne volonté on peut arriver à faire bouger les choses.

— Laisse le temps faire son temps !

Il entend la voix de Claudie qui répète souvent cette phrase, toujours sur le même ton enthousiaste. Mais là, ce matin, en ouvrant la porte extérieure du sous-sol de l'église qui abrite le Refuge, il n'est plus du tout certain qu'il a envie de s'y fier. Pourtant il fait un matin de printemps, comme souvent on en connaît au début de février. La neige a même passablement fondu depuis quelques jours. De grosses rigoles se sont formées au coin des rues et l'envie de détacher les manteaux n'est pas une simple lubie. L'air est franchement doux et le sourire des passants un peu plus large. Ajustant son sac d'un coup d'épaules, Sébastien se dirige vers la rue Berri à grandes enjambées, bifurque sur la gauche une fois rendu au trottoir et descend vers le sud. Brusquement il a besoin d'aller s'asseoir au parc La Fontaine, besoin d'entendre les moineaux se chamailler au-dessus de sa tête, besoin surtout de se retrouver seul avec lui-même. C'est un sentiment d'urgence qui guide ses pas...

Car présentement, Sébastien ressent viscéralement cette nécessité d'avoir de l'espace autour de lui, sinon il va mourir asphyxié...

* * *

Depuis deux semaines, François dort comme s'il récupérait chaque heure et chaque minute de sommeil qu'il avait escamotées dans sa vie. Ordre du médecin que Marie-Hélène l'avait finalement obligé à consulter, à force de menaces, de cajoleries et de supplications.

— Je serais porté à dire mauvaise bronchite et fatigue accumulée, avait déclaré le praticien après l'avoir ausculté. Les poumons semblent passablement amochés, la température est au-dessus de la normale et la tension un peu élevée. Vous allez vous présenter à l'hôpital pour des prélèvements et une radiographie pulmonaire. Pour ce qui est de votre envie d'avoir un bébé, je serais porté à croire que la fatigue que vous connaissez y est pour quelque chose. Malgré tout, on va faire un spermogramme. Comme ça, on en aura le cœur net. En attendant les résultats, voici une prescription d'antibiotiques et de sirop qui devraient vous aider. Repos complet tant que vous ne vous sentez pas mieux. La terre n'arrêtera pas de tourner sans vous... Je vous rappelle dans six semaines environ...

Le médecin est un homme sans âge défini, à l'allure sévère, à la voix cassante, aux gestes pressés. Ses lunettes épaisses comme des fonds de bouteille n'aident sûrement pas à le rendre sympathique, son regard n'étant qu'un reflet flou et sans couleur. Par contre, il semble consciencieux et c'est tout ce que François attend d'un médecin. Il est ressorti du bureau avec une liasse de papiers à la main, rassuré, presque confiant, se répétant pour la dixième fois au moins que le docteur n'avait pas l'air alarmé outre mesure et que c'était de bon augure.

Et ce matin, repos et médicaments combinés, il se sent définitivement mieux. Le rayon de soleil qui l'a éveillé est presque chaud et c'est en sifflotant qu'il rejoint Marie-Hélène à la cuisine. L'appartement sent bon le café et le pain grillé.

— Je crois que je vais aller faire une petite promenade, aujourd'hui, annonce-t-il en se versant un café.

— C'est vrai que tu as l'air bien, concède Marie-Hélène, le scrutant les sourcils froncés comme elle le fait chaque matin depuis sa visite chez le médecin. On annonce une vraie journée de printemps, profites-en !

Puis elle se lève de table, vient jusqu'à lui et entoure sa taille de ses deux bras.

— Si tu savais à quel point je suis heureuse de voir que tu vas mieux. Ça va finir par me miner complètement ces vilaines grippes à répétition si elles ne cessent pas.

— Moi non plus, je n'aime pas cela, avoue François, la serrant tout contre lui. Mais on devrait en avoir le cœur net d'ici quelques semaines. Avec tous les tubes de sang et les bouteilles d'urine que j'ai remplis, il n'y a pas un seul microbe qui a dû leur échapper…

Marie-Hélène aurait envie de ronronner comme un chat. La tête blottie contre la poitrine de François, elle entend sa voix résonner contre son oreille avant d'emplir toute sa tête et elle est heureuse. Pendant un long moment, ils restent enlacés, puis tout doucement, François glisse un doigt sous le menton de sa femme, l'oblige à lever les yeux vers lui.

— Savez-vous que vous êtes bien jolie, ce matin, mademoiselle ? Je dirais même que vous êtes de plus en plus jolie, par les temps qui courent ?

— Vous trouvez ?

Marie-Hélène égrène un rire mutin qui s'envole comme le tintement d'une multitude de clochettes joyeuses.

— Ce doit être le retour à la santé qui vous rend aussi perspicace, cher monsieur.

Puis se nichant à nouveau contre François, elle ajoute, curieusement émue :

— Est-ce que j'ai déjà dit que je t'aimais, François Léveillé ?

Celui-ci fait semblant de chercher.

— Je ne me rappelle pas, fait-il taquin. Faudrait peut-être le redire, pour voir si la mémoire va me revenir ?

— Je t'aime, je t'aime, je t'aime…

Alors n'écoutant que son cœur qui bat à tout rompre et le désir fou qui monte en lui, François enlace Marie-Hélène de ses bras et tout en la guidant vers leur chambre, il murmure :

— Je crois que tu vas être en retard au travail, aujourd'hui, mon amour. De quel genre est ton patron, encore ? Bonne fée ou vieille chouette ?

Quand Marie-Hélène quitte enfin la maison, une heure plus tard, au pas de course mais en riant, François reste un long moment couché, les bras sous la nuque, le regard perdu au-dessus des toits étincelants de soleil. Qui a dit que le bonheur était difficile à trouver ? Il suffit de si peu parfois... Un vague sourire flotte sur son visage alors qu'il se donne le temps d'écouter la joie qui vibre en lui tout en prenant de profondes inspirations. Puis d'un coup de pied vigoureux, il envoie valser les couvertures et se lève d'un bond. Brusquement il lui tarde de se promener dans les rues de Montréal, de revoir ses compagnons de travail. Et à l'heure qu'il est, il y a de fortes chances pour que Michel et Louise soient au bureau...

Pendant plus d'une heure, François a écouté Michel qui lui a résumé les deux semaines de son absence. Pas de changements majeurs, le train-train habituel : Vincent tient bon, Marjolaine est revenue de chez ses parents et ne regrette pas d'y être allée et Sébastien l'a fait demander à quelques reprises.

— Ah ! Oui ? Je me demande ce qu'il devient, lui.

— Alors c'est réciproque. Il avait l'air inquiet quand je lui ai dit que tu étais malade.

— Malade, malade... Faudrait pas exagérer...

Michel éclate de rire.

— Pardon, fatigué... à ce que je vois, tu vas dangereusement mieux ! Si j'ai bien compris, Sébastien dormirait au Refuge, cette semaine.

— D'accord... Je vais tenter de le rejoindre...

Rien de tel que de retrouver ses bonnes vieilles

habitudes pour se sentir remis sur pied. François ressort du bureau le moral au beau fixe, de l'énergie à revendre. Il a convenu avec Michel de revenir à temps plein dès le surlendemain.

— Je commence à en avoir assez de dormir !

Début d'après-midi, le soleil a encore gagné en hardiesse et il chauffe agréablement le dos sous le manteau. Humant l'air à pleins poumons, à peine un petit grattement dans la gorge pour lui rappeler sa vilaine toux, François se décide à poursuivre sa route. Surtout pas question de retourner immédiatement à l'appartement, il fait beaucoup trop beau et leur balcon donne au nord. Par instinct ou par habitude, il se dirige vers le sud lui aussi. Avec la température que l'on connaît, probablement que les bancs du parc La Fontaine sont libérés de leur manteau de neige. « Un peu de soleil, pense-t-il joyeusement, ne devrait pas me faire de tort. »

— Hé Gombi !

Au son de la voix de Sébastien, le plaisir de François se double aussitôt.

— Sébas !

Le jeune est déjà debout et il vient à sa rencontre.

— Veux-tu bien me dire ce qui s'est passé ?

François hausse les épaules en souriant.

— Je ne le sais pas moi-même. Probablement une bonne grippe associée à un surplus de fatigue. Mais là, ça va mieux. Et toi ?

— Plein de choses.

Pourtant, contredisant ces mots, le regard de Sébastien s'assombrit.

— Et en même temps, pas grand-chose, précise-t-il énigmatique... T'as-tu deux minutes ?

— Deux minutes ?

À nouveau François étire un grand sourire, tout en regardant autour de lui comme pour vérifier s'il est effectivement libre.

— J'ai deux, dix, soixante minutes si tu veux. On s'assoit ?

Ils se sont installés en face de l'étang gelé qui rappelle insolemment l'hiver encore bien présent malgré cette illusion de printemps. Puis Sébastien a raconté. Ses indécisions, son premier séjour au Refuge qu'il a trouvé particulièrement difficile, sa bataille, Jason, Noël avec des amis puis à nouveau le Refuge, ses démarches, Daniel et Sophie, les deux intervenants qui le soutiennent, la promiscuité de tous ces jeunes qu'il trouve pénible et la découverte que jamais il ne pourrait vivre le reste de sa vie enfermé. Puis il en arrive à sa recherche d'une chambre acceptable mais pas trop dispendieuse.

— T'en aurais pas, toi, des adresses ?

— Peut-être oui... Laisse-moi un jour ou deux et je te reviens là-dessus.

— Ah ! Oui ? Super...

— Et à part ça ? Une fois ta chambre trouvée, tu fais quoi ?

Sébastien fait la grimace.

— Voilà le problème. J'sais pas.

Pourtant, après une légère hésitation, il enchaîne, presque surpris lui-même de ses propos.

— J'pense que... Ce matin, je regardais les arbres, ici, pis je pensais aux plates-bandes de fleurs qu'il y a l'été. Et je me disais que j'aime vraiment mieux l'été quand il y a plein de couleurs, pis que ça sent bon la terre et le soleil. C'est là que j'ai pensé que j'aimerais peut-être ça travailler comme les gars de la ville. Ou peut-être que je suis fait pour vivre en campagne, mais comme j'ai jamais essayé, je ne le sais pas...

— Tu es vraiment sérieux quand tu dis ça ?

— Oui... Je me rappelle, petit gars, que j'aimais ça aider ma mère quand elle travaillait dans ses fleurs.

— Mais encore plus... Quand tu parles de campagne, est-ce que tu aimerais vraiment ça essayer de vivre dans une ferme ?

— Une ferme ?

À ces mots, le visage de Sébastien s'éclaire d'un tel plaisir que François en est presque bouleversé. Le jeune qui le regarde maintenant n'a rien à voir avec celui qu'il rencontrait l'été dernier. Il y a une telle vivacité dans son regard !

— C'est sûr que j'aimerais ça essayer de vivre sur une ferme. J'adore les animaux. J'ai déjà eu un chien, tu sais. Mais où c'est qu'il y a ça, une ferme, dans le grand Montréal ?

— Pas ici... Mais je connais quelqu'un.

— Où ça ?

— Dans la région de Québec... En fait, c'est chez mon grand-père... Il me disait à Noël qu'il aimerait engager des jeunes pour l'aider...

— Ah ! Oui ?

Sébastien en est à court de mots. Puis brusquement il pense à Claudie.

— Est-ce que ton grand-père peut engager des filles aussi ?

— Des filles ?

— Euh ! Oui, Claudie. C'est... c'est une amie, fait-il à mots couverts comme si de parler des gens et des choses qui lui tiennent à cœur était encore tabou. Peut-être tout simplement par crainte de se les faire voler... Claudie, répète-t-il encore, une sorte de respect dans la voix. C'est une amie qui vient de la Gaspésie et elle n'arrête pas de dire que la campagne lui manque...

François reste pensif un moment.

— Tu comprendras que je ne peux envoyer des gens que je ne connais pas chez mes grands-parents. Claudie, moi, je...

— C'est la fille la plus correcte que je connais, l'interrompt Sébastien avec fougue.

— Je te crois, Sébas... Mais j'aimerais quand même mieux la rencontrer avant de...

— Pas de trouble. Je sais qu'elle va te plaire, tranche Sébastien convaincu à l'avance que personne ne peut résister à son amie. Claudie, c'est la bonne humeur en personne.

— Bien tant mieux. En toi, je sais que je peux avoir confiance. Tu es un gars « clean ». Pour Claudie, on verra.

Ces quelques mots ont fait monter le rouge aux joues de Sébastien. François vient de lui dire qu'il avait confiance. C'est comme si d'un seul coup, l'amertume des dernières années s'effaçait pour faire place à une tonne de projets. Un mot, juste un tout petit mot et le soleil est de plus en plus brillant. Et pour ce qui est de Claudie, il ne s'en fait nullement. Il est certain que François ne pourra résister à son charme.

— On part quand ? lance-t-il débordant d'enthousiasme.

François se met à rire.

— Minute papillon ! L'hiver n'est pas fini. À la ferme, c'est au printemps que ça commence pour de bon.

— C'est vrai.

— Ensuite, avant de rendre tout ça officiel, il faudrait peut-être que je demande à Jérôme s'il...

— Jérôme ?

— Oui, mon grand-père. Je l'appelle comme ça parce qu'il y a aussi René qui... Ouf ! Disons que c'est un peu compliqué et ça serait long à expliquer pour l'instant. Retiens seulement que mon grand-père maternel, je l'appelle Jérôme et que ma grand-mère, c'est Mamie Cécile. Malgré leur soixante-dix ans bien sonnés, je te jure qu'ils vont probablement arriver à te perdre dans la brume, mon gars. Ils ont de l'énergie comme c'est pas permis et c'est le plus beau couple d'amoureux que la terre ait connu depuis l'origine des temps.

— Rien que ça ?

— Tu vas voir ! Là-dessus aussi, laisse-moi une couple de jours et on se reparle. Bien entendu, je tiens à rencontrer Claudie avant d'accepter et je ne sais pas si la proposition de Jérôme tient toujours.

Sébastien souffle dans ses joues.

— Pour Claudie, c'est comme si c'était fait... Pis je me croise les doigts pour que ton grand-père accepte. Mais j'y pense ! Qu'est-ce que tu dirais de venir souper avec nous autres samedi soir ? Les filles et Gilbert organisent toujours un souper le samedi. Comme ça tu pourrais rencontrer tous mes amis en même temps.

— Pourquoi pas ? Samedi qui vient ?

— En plein ça.

— Okay, ça va me faire plaisir... pourvu que Marie-Hélène n'ait rien prévu... Tiens, j'ai une idée... Je fais mes démarches pour la chambre et mon grand-père, je parle du souper à ma femme et je te rencontre au Refuge jeudi soir pour finaliser tout ça. Ça te va ?

— Et comment !

Alors François se relève. Mais au moment où il s'apprête à partir, Sébastien se lève à son tour. À côté du longiligne François, il s'est toujours senti petit. Pourtant, en ce moment, c'est comme si cette différence n'existait plus et il plonge son regard dans le sien.

— Merci Gombi.

— Pourquoi ? J'ai rien fait de spécial.

— Merci d'avoir été là. C'est tout.

Et sur ces mots qui viennent du cœur, lui qui doutait même d'en avoir un, Sébastien se met à rougir. Ça fait beaucoup d'émotion pour une seule journée... Alors, il tourne les talons sans ajouter un seul mot, descend l'allée asphaltée à grands pas, son sac à dos vert lui fouettant le bas des reins au rythme des projets qui lui trottent en tête. Comment est-ce que Claudie dit ça encore ? « Il faut laisser le temps faire son temps ? » Sébastien a l'impression qu'il vient tout juste de saisir ce que son amie veut dire.

Puis il lève les yeux vers le soleil, estimant qu'il doit être à peu près quatorze heures. Alors il accélère le pas. Avec un peu de chance, Claudie devrait être sur le point de finir de travailler. Tant mieux. Parce que, ensemble, ils ont bien des choses à discuter.

À commencer par l'envie subite qu'il a de lui dire qu'il l'aime...

* * *

Assise sur le bord de son lit, les jambes se balançant mollement contre les draps amidonnés, déjà prête à partir malgré qu'il soit à peine huit heures trente, Cécile attend Jérôme. C'est ce matin que le Dr Daigle doit signer son congé de l'hôpital et jamais Cécile n'aurait pu imaginer qu'elle serait à ce point heureuse de partir. Si l'atmosphère qui règne ici la comblait comme médecin, elle la trouve lugubre comme patiente. Il lui tarde de se retrouver chez elle, surtout qu'elle est ici depuis plus de dix jours. Rien n'a été laissé au hasard: examens cognitifs, psychiatriques, physiques. Certains qu'elle s'attendait à subir, les ayant déjà prescrits elle-même. D'autres qu'elle a trouvés carrément farfelus: comme celui où on lui a demandé d'expliquer une recette de gâteau au chocolat. Quand même!

Et c'est ce matin que les résultats doivent lui parvenir. C'est pourquoi elle espère Jérôme le plus rapidement possible. L'inquiétude lui a fait bouder le sommeil, la nuit dernière, et sans la présence de son mari à ses côtés, Cécile avoue qu'elle aimerait mieux ne rien savoir...

— ... Comme vous le voyez vous-même, fait le Dr Daigle en lui montrant une feuille d'analyse, c'est bien ce que je pensais. Vous avez eu un accident vasculaire cérébral. Léger et pendant votre sommeil, ce qui fait que vous ne pouviez même pas le suspecter.

C'est comme si le médecin venait de lui apprendre qu'elle a à nouveau vingt ans. Un large sourire éclaire tout le visage de Cécile et le soulagement de Jérôme est presque tangible dans la pièce.

— Par contre, prévient le médecin, il va falloir en tenir compte. Ça veut dire que vous êtes fragile. Donc pas de surmenage, une bonne alimentation, une vie calme, sinon ça peut revenir. Et cette fois-là, ça pourrait être beaucoup plus grave. Je n'ai pas besoin de vous faire de dessin, n'est-ce pas? Vous avez atteint un âge qui vous autorise à vous donner du bon temps, Cécile, sans le moindre scrupule. Profitez-en, vous et votre mari, mais sagement.

— Promis… Et pour mes pertes de mémoire ?

— C'est là le signe que votre corps a retenu. Quand il s'agit du cerveau, tout peut arriver ! Dans votre cas, c'est la mémoire qui a été atteinte, pour d'autres, c'est le centre de la parole. Les exemples peuvent être infinis ! Mais ici encore, tout va rentrer dans l'ordre pour un peu que vous la fassiez travailler, cette mémoire. C'est comme pour tout le reste : ça s'éduque et ça se travaille. D'ici à quelques mois, vous devriez voir une nette amélioration.

Cécile est resplendissante. Sa main abandonnée comme toujours dans celle de Jérôme a retrouvé toute sa fermeté.

— Allons-y donc pour la gymnastique intellectuelle, lance-t-elle comme une gamine qui part pour le camp de vacances.

— Je savais que je pouvais compter sur vous, reprend le Dr Daigle, un sourire au coin des yeux. Et je ne vous laisserai pas seule. On se revoit régulièrement pour de bons examens. La prévention est encore la meilleure garantie de santé quand on arrive à un certain âge… Et c'est pour vous aussi que je parle, Jérôme. Ma secrétaire va vous rappeler quand viendra le temps de prendre rendez-vous.

Puis le médecin, assis jusque-là dans le fauteuil de la chambre, se relève.

— Et voilà. Je n'ai rien d'autre à dire. Sinon, de ne pas vous inquiéter pour ce qui est de la maladie d'Alzheimer. À tous les niveaux, les examens qui ciblaient cette maladie ont été négatifs. Certains des résultats à vos examens ont même surpris mes confrères. Votre esprit est loin d'être vacillant. Soyez vigilante, et au moindre signe qui vous paraît incongru, appelez-moi. Pour l'instant, c'est tout ce que vous avez à faire…

* * *

Assis sur le rebord de sa fenêtre, Sébastien regarde les passants, nombreux sur Duluth en ce samedi soir. Finalement, c'est François qui lui a trouvé cette chambre, juchée sous les combles d'une vieille demeure, au bout d'un interminable escalier en colimaçon. C'est chichement meublé, un peu froid quand le vent arrive de l'est, mais c'est propre. Ça fait maintenant quelques semaines que Sébastien y habite.

Vainquant sa pudeur et quelques vieux fantômes, le jeune homme s'est enhardi à faire quelques dessins, les deux derniers jeudis soirs qu'il a passés au Refuge. D'abord la main mal assurée, regardant fréquemment autour de lui, se trouvant même ridicule. Puis Sarah, la femme qui vient chaque semaine apporter un peu de couleur et glisser mine de rien ses sages propos aux jeunes du Refuge, l'a encouragé à poursuivre, du geste et du sourire. Alors Sébastien s'est penché sur son carton, un pastel turquoise à la main et le temps a disparu, avalé par les quelques doux souvenirs qui lui restent de son enfance. Et le coup de crayon lui est aussitôt revenu. Aujourd'hui de belles reproductions de fleurs multicolores butinées par des oiseaux aux drôles de formes et des papillons volages donnent un brin de chaleur à la petite pièce aux murs de bois sombres et ternes. Et souvent, quand son regard s'accroche à ces dessins, Sébastien ne peut s'empêcher de penser à son frère. Maxime aussi aimait dessiner. Enfin, c'est ce qu'il disait. Par contre, il n'avait pas la patience de Sébastien et souvent les séances artistiques de son frère se terminaient dans la bouderie et quelques crayons lancés contre le mur. À ce souvenir, Sébastien sourit. À cause de cette impatience, Sébastien a toujours eu un doute quant au goût réel que son frère manifestait pour les choses de l'art. Un jour, oui, un jour il aura l'occasion de le lui demander. Puis il reporte son attention sur la rue, sans vraiment la regarder.

Par exception, ce soir, même si on est samedi, Claudie travaille, Virginie est au cinéma et Gilbert, en amour par-dessus les oreilles avec un homme de sa génération, aussi ostensiblement viril que lui est efféminé, est plutôt du genre « abonné absent » depuis quelques semaines. Mais Sébastien est heureux de cette soirée qui lui appartient. Comme s'il avait besoin de faire le point avec lui-même avant la prochaine étape. Demain, il laisse sa chambre, n'ayant pas renouvelé l'engagement mensuel car, dans dix jours, il quitte Montréal pour Québec. Son billet d'autobus est déjà acheté. Jérôme ira l'attendre au terminus de Sainte-Foy et de là, ils regagneront la Beauce pour se préparer à la saison des sucres. Claudie viendra l'y rejoindre à la fin du mois de mai pour travailler à la cidrerie. Il a discuté avec le grand-père de François pendant de longues minutes au téléphone et le timbre de sa voix ainsi que la détermination qu'il a cru y entendre l'a convaincu définitivement de tenter l'expérience. Il ne sait nullement où tout cela va le mener mais peu lui importe. Pourvu qu'il avance, c'est tout ce qui compte maintenant pour lui. Pourtant, c'est avec un peu de nostalgie qu'il s'apprête à partir. Nostalgie qu'il ne pensait jamais connaître. Cette petite pièce que lui-même qualifie de minable en riant, il y tient. Sébastien a un peu l'impression que c'est son premier vrai chez-soi. Un endroit que personne ne lui a reproché d'occuper, dont personne n'a revendiqué l'usage ou l'appartenance. Ici, il n'y a eu ni reproches ni dédain. Personne n'entre sans sa permission et les claques derrière la tête sont interdites de séjour. Ici,

Sébastien est chez lui. C'est ici aussi qu'il a fait l'amour à Claudie pour la première fois, découvrant avec elle le véritable sens des paroles de Gilbert.

— Ça, c'est quelque chose qu'on sent au-dedans de soi... C'est irrévocable. Une attirance qui est plus forte que tout. Plus forte que le cœur ou la raison.

Gilbert avait raison. Tant pour lui que pour les autres.

Alors cette petite chambre de rien du tout, Sébastien sait qu'il va s'en ennuyer et en garder un souvenir chaleureux. Demain, il déménage les quelques pénates qu'il possède chez Virginie et Claudie en attendant son départ. Et ce soir, c'est un peu comme s'il faisait ses adieux à une vie qui désormais restera derrière lui.

Il sait que jamais il ne reviendra à la rue. Non pas une certitude démontrable ou quelque chose de ce genre-là. Non. Simplement une intuition que seul le cœur peut comprendre. Un fait établi depuis toujours et que le temps se chargera de prouver au besoin. Et c'est tout cela qu'il avait tenté d'expliquer à Daniel, lors de leur dernière rencontre.

— Je ne sais pas d'où ça vient, mais c'est là. La vie telle que je la voyais n'a plus sa raison d'être. Je ne dis pas que je n'aurai plus jamais besoin d'aide. Je dis simplement que le temps de tourner la page est venu. C'est clair pour moi.

— Et ton frère dans tout ça ? Fait-il partie de cette nouvelle page de ta vie ? Tu en parles quand même souvent.

— Maxime ? Lui aussi, il viendra à son heure. Mais c'est sûr qu'un jour il sera là. Pour l'instant, je ne suis pas encore prêt et là aussi, c'est une nouvelle façon de voir les choses.

À ces mots, Sébastien avait éclaté de rire.

— J'ai volé le dicton de Claudie: laisser le temps faire son temps. Un jour, quand je sentirai que c'est le moment, je m'arrangerai bien pour contacter Maxime. En attendant, il y a tellement de choses qui bougent que j'ai peur d'en échapper quelques-unes en essayant de trop vouloir en faire.

Puis au bout d'un silence songeur :

— Dans le fond, avait-il alors murmuré, comme s'il ne parlait que pour lui-même, c'est probablement ce foutu orgueil qui me retient encore. J'aimerais être fier de moi le jour où je verrai Maxime. C'est peut-être bête, mais c'est ça, avait-il alors avoué en levant les yeux, un drôle de petit sourire au coin des lèvres.

Daniel lui avait rendu son sourire.

— C'est tout à fait défendable.

— Pour l'instant, François m'a trouvé une chambre et je dois appeler son grand-père la semaine prochaine. Je n'ai aucune espèce d'idée de quoi a l'air la vie à la campagne, mais je sais que j'ai mauditement envie d'essayer, par exemple. Après on avisera.

— C'est peut-être la meilleure façon de voir les choses. Et même si ça peut paraître cul-cul de dire ça, oublie jamais qu'on est là. En cas d'erreur, de remise en question, de besoins quels qu'ils soient, tu peux revenir. J'espère que tu n'auras pas besoin de revenir, mais on est là.

— Je le sais…

Pendant un instant, Sébastien avait regardé la grande salle bleue, aux plafonds tellement hauts que c'est à peine si on devine les fenêtres. Cette salle aux murs aveugles où il avait l'impression d'étouffer la première fois où il y était venu. La télévision un peu forte les rejoignait. C'était l'heure de *La Petite Vie*. On entendait des rires et les boules de billard qui s'entrechoquaient. Puis il avait tourné les yeux vers le coin de lecture et avait eu un sourire. Contre toute attente, Jason n'était pas revenu. Sébastien savait que Michel et Louise lui donnaient un coup de main pour voir à ses affaires. C'est ce que Jason lui avait confié lorsqu'il l'avait croisé l'autre jour sur la rue. Le regard un peu terne de Jason brillait d'une telle fierté ! Et sa timidité avait même changé de visage.

— Je le sais que vous êtes là, avait-il alors répété, revenant à Daniel. Et pour moi, même si j'ai détesté cet endroit à ne plus jamais vouloir en entendre parler, c'est devenu comme une espèce de sécurité qui me donne le courage de changer les choses. Comment dire ? Ici, c'est un peu comme chez soi. Enfin, ç'est comme ça pour moi. Ça sent comme dans une maison normale. Le monde est correct avec nous autres. Pis quand on est correct avec moi, ça me donne envie de l'être à mon tour. C'est peut-être pas grand-chose mais pour moi, c'est important. Il y a personne qui a fait de miracle là-dedans. C'est juste qu'on n'a pas l'impression d'être de trop quand on est ici. C'est ça : je me suis senti accepté comme j'étais.

— Merci, Sébas... Si tous les gars parlaient comme ça, on pourrait quasiment fermer nos portes.

— Ben non, pis tu le sais. Il y en aura toujours pour chialer, mais il y en aura aussi des comme moi qui continueront de profiter de vous autres. Parce que c'est ce que j'ai fait : j'ai profité de vous autres...

— Et après ? On profite tous des autres d'une façon ou d'une autre.

— Ouais, vu de même... Pis c'est vrai aussi qu'il y aura toujours des gars comme Jason qui auront besoin d'un endroit comme ici, avait-il ajouté.

Et c'est à cela qu'il pense, Sébastien. À tout le chemin parcouru et à celui qui s'ouvre devant lui. Il a un peu peur, mais il est surtout terriblement excité. Demain, après son déménagement, si on peut appeler comme ça le trimbalage d'une valise et d'un sac à dos, il doit rencontrer François pour finaliser le projet.

— Et après, vogue la galère, murmure-t-il en se dépliant les jambes et en s'étirant longuement. Advienne que pourra, j'ai envie de me tirer à l'eau...

Et pour la millième fois peut-être, tout en s'allongeant sur son lit, les mains croisées derrière sa nuque, Sébastien essaie d'imaginer à quoi ressemble la grande maison blanche et rouge des Cliche. « Avec une colline qui touche au ciel », comme le lui a souvent répété François.

— À quoi ça peut ressembler une colline qui touche au ciel ? murmure-t-il d'une voix ensommeillée, se tournant machinalement sur le côté, un bras glissé sous l'oreiller.

Derrière ses paupières closes, des tas d'images se bousculent. Des images de campagne comme celle qu'il connaît pour y être allé à quelques reprises. Des terres vertes au foin ondulant sous la brise. Puis lentement, au fur et à mesure où Sébastien glisse dans le sommeil, les fleurs, les papillons et les oiseaux stylisés remplacent le foin devant une immense maison au toit rouge. Des milliers d'oiseaux et de papillons qui volent comme des confettis. Et surplombant tout cela, un incroyable soleil. Tellement grand, qu'il occupe tout le ciel et au loin, venu de la colline, Claudie l'appelle. Mais curieusement la voix de Claudie ressemble à celle de sa mère.

— Viens, Sébas, viens voir. C'est fou, mais je touche au ciel !

ÉPILOGUE

Avril 1996

PEUT-ÊTRE À MONTRÉAL OU AILLEURS.
QUELLE IMPORTANCE QUAND ON TOUCHE AU POINT
LE PLUS SENSIBLE DE SES ÉMOTIONS...

« Un jour, votre cœur se dira lui-même quoi faire. »
ACHAAN CHAH

La chaleur est tombée sur la ville sans préavis. Un matin, presque l'hiver, le lendemain déjà l'été. En quelques jours, la neige a fondu et les garçons des cafés du centre-ville ont replacé les tables sur les terrasses, en regardant au ciel, en hochant de la tête, heureux, sceptiques, incrédules. Et contre toute attente, la belle température persiste... Hier soir, François a reçu un appel de Jérôme. Un appel qui lui a fait grandement plaisir : tout le monde aime bien Sébastien qui, de son côté, semble heureux avec eux et dit apprécier la vie qu'il mène.

— Ça ressemble pas mal à ce que je cherchais. De l'air tant qu'on en veut, du ciel comme plafond pis pas trop de murs... Par contre, c'est fou, l'odeur des rues me manque...

À ces mots, Sébastien avait éclaté de rire. Depuis qu'il était arrivé en Beauce, Sébastien riait souvent. Accompagné de Cécile et Jérôme qui l'ont accueilli comme s'il était un de leurs petits-fils.

— Faut pas t'en faire pour ça, mon garçon, avait alors déclaré Jérôme. Des solutions, il y en a autant qu'il y a de problèmes. Suffit juste de la trouver. C'est pas toujours facile, je le concède, mais toujours faisable !

En fait, c'est ce que Jérôme lui avait dit au téléphone.

— C'est un p'tit gars écorché, ton Sébastien, qui a un doute dans le regard en permanence. Un doute devant la vie mais devant lui-même aussi... Il me fait un peu penser à toi au même âge. Je n'y connais pas grand-chose, mais j'ai l'impression que c'est une caractéristique de l'adolescence, le doute constant devant la vie. Et malgré ses dix-neuf ans, c'est encore un enfant, Sébastien. Mais on va l'aider. Quand on se sent apprécié et que l'estime de soi est là, le reste vient tout seul...

Merveilleux Jérôme qui a tout compris ! Quant à Claudie, arrivée plus tôt que prévu, pour quelle obscure raison, François ne le sait trop, Jérôme s'étant montré fort évasif sur la question, elle est une « vraie soie » selon les dires de Cécile, et « pas pire pantoute » dans le langage de Mélina. Tout va donc pour le mieux jusqu'à maintenant sous le ciel de Beauce. Une lettre écrite par Sébastien doit lui parvenir sous peu, toujours selon l'avis de Jérôme, mais pour l'instant François ne pouvait lui parler, le jeune garçon étant encore à l'érablière avec Claudie. Un coup d'œil à sa montre et les sourcils de François s'étaient élevés d'un cran sur son visage : il était plus de vingt-deux heures !

François s'était couché le cœur content !

Et ce matin, il fait toujours aussi beau ! Accélérant le pas, François se dirige vers leur local de travail à Michel, Louise et lui, n'ayant pour l'instant que des pensées agréables en tête. Avec le beau temps revenu, ils veulent donner un second souffle à leur projet de photos que certains jeunes itinérants ont commencé : illustrer leur vie de tous les jours en images concrètes et signifiantes. Un appareil jetable de vingt-sept poses, vingt-sept photos pour dire à quoi ressemble leur journée. Il a hâte de voir les résultats, échafaude déjà le projet d'une exposition, l'été venu. Puis une vilaine quinte de toux lui fait ralentir l'allure. Il soupire d'impatience. Curieux. Cette année, ce n'est pas la fatigue qui perdure, c'est la toux. Une petite toux agaçante qui lui fait mal à la poitrine. Mais ne se sentant pas vraiment malade, François remet toujours au lendemain sa ferme intention de contacter le médecin. Il est persuadé avoir tout simplement besoin d'une autre sorte d'antibiotiques. Assurément, rien de bien grave puisque le médecin ne l'a pas encore appelé pour lui communiquer les résultats à ses examens. Tout doit être normal, ne reste qu'à trouver le bon médicament. Puis la vie étant ce qu'elle est, il passe à autre chose, oublie le médecin et s'accommode de sa toux, toutes choses devenant habitude à la longue. Il n'y a que le regard un peu sombre de Marie-Hélène pour lui rappeler sa promesse, le soir, quand il entre chez lui.

— Tu n'as pas encore appelé le médecin ? Il faudrait pourtant savoir si le spermogramme est normal, non ? De mon côté, tout va bien.

— Tu as raison. J'appelle demain, promis juré !

C'est pourquoi, lorsque son « bipper » vibre, François est-il content de reconnaître le numéro de la clinique médicale. Les fameux résultats doivent être enfin connus. « Une chose de réglée, pense-t-il en tournant rue Saint-Hubert. Marie-Hélène va être contente. Dès que j'arrive au bureau, je rappelle… »

Puis la routine, les projets, les rencontres l'ont occupé sans répit. Encore une fois, la journée a été trop courte. Surtout qu'il a rendez-vous à seize heures chez le médecin et que c'est plutôt dérangeant pour quelqu'un qui travaille surtout l'après-midi et le soir.

* * *

Il fait toujours aussi beau. Les passants sont souriants, les terrasses achalandées en cette fin d'après-midi. Pourtant François ne voit ni la ville ni les gens. Il vient de sortir de la clinique médicale, il marche par habitude, inconscient, les yeux au sol, se faisant bousculer sans s'en rendre compte. Il connaît la ville comme le fond de sa poche et suit les fissures des trottoirs par déformation professionnelle.

Le médecin avait retiré ses lunettes et son regard de myope avait beaucoup de bonté.

— Monsieur Léveillé... Veuillez vous asseoir...

Puis quelques mots, au bout d'un silence, et soudainement plus rien. Plus rien d'autre que cette sensation étourdissante de tomber dans un gouffre sans fond. Comme un grand vide, froid, tellement froid. Comme dans les rêves parfois. Malheureusement, François savait qu'il ne rêvait pas.

Le médecin l'avait longuement regardé avant de parler. Son regard avait quelque chose de solennel qui avait alerté François. Un spasme dans l'estomac avait précédé toute autre réaction. Comme l'intuition, non pas l'intuition, la certitude qu'il allait vivre quelque chose de désagréable, de très désagréable. Pourtant le soleil entrait à flots dans le bureau du médecin...C'est vraiment une très belle journée.

François marche toujours. Un pas, un autre, puis un

autre. Juste marcher devant soi. N'importe où, jusqu'à la fin des temps.

Le médecin avait décidément les yeux d'un bleu très pâle. C'est probablement pour cela qu'on ne les voit pas derrière ses fonds de bouteille... Et le rayon de soleil qui frappait la pointe de son soulier. Puis un drôle de souvenir avait imposé sa présence. Un autre bureau, une autre époque, celle des travailleurs sociaux, François avait alors quinze ans, mais un même rayon de soleil valsait sur son soulier. François s'était mis alors à balancer son pied, rattachant ainsi le passé au présent...

Que des pensées sans suite logique lui traversant l'esprit, François marche encore. Une rue, une ruelle, une intersection, un trottoir qui bifurque à droite... Peut-être vers le nord, peut-être vers l'est. Marcher, simplement marcher.

François avait conscience que les mots du médecin entraient en lui, mais il ne les entendait pas. Qu'en fait, il ne les comprendrait vraiment que plus tard. Il pensait à la Provence... « Il faudrait retourner en Provence. » Le soleil qui éclaboussait les murs de la clinique ressemblait étrangement à celui de la Côte d'Azur...

Une autre rue, et le fleuve maintenant devant lui qui l'attire comme un aimant. Puis brusquement un bruit de freinage, une grande clameur, la sensation d'être tiré vers l'arrière.

— Monsieur... Faites attention, vous avez failli être frappé...

François sursaute, regarde autour de lui, le visage hagard, comprend brusquement. Une auto arrêtée au carrefour, le conducteur à demi sorti, un bras appuyé sur la portière qui gueule comme un putois, cette foule autour de lui… Et ce petit homme qui le tient encore par le coude… Le petit homme au blouson beige qui vient de lui sauver la vie. Un rire cynique secoue les épaules de François. « Il m'a sauvé la vie ! » Sans remercier, sans un mot, François se dégage et se remet à marcher.

Le médecin lui avait remis une liasse de papiers, une demande de consultation pour un autre médecin, un spécialiste. François les avait glissés dans la poche intérieure de sa veste. Plus tard, il y verrait plus tard quand il donnerait un sens logique à tout ce qu'on venait de lui dire. Et ce maudit soleil qui s'entêtait à briller.

Encore marcher devant, toujours plus loin… Le reflet des eaux du fleuve se rapproche. Comme un reflet d'océan. Comme un reflet d'éternité. Derrière lui, des exclamations, des remarques désobligeantes qui ne l'atteignent pas…

Le médecin l'avait raccompagné jusqu'à la porte du bureau, le soutenant presque. Il avait remis ses lunettes, alors il avait retrouvé son regard impersonnel de grand myope. Mais la pression de sa main sur le coude de François avait quelque chose de profondément humain.

Un long frisson le ramène à la vie. À la conscience d'être encore et toujours en vie. La nuit est tombée, François est assis au Vieux-Port. Comment est-il arrivé là ? Il regarde autour de lui. Quelques passants, quelques autos derrière. La nuit est fraîche. Puis lentement, très longuement, il frotte ses paupières comme on le fait au réveil ou encore lorsqu'on est terriblement fatigué. Machinalement, il jette un regard à sa montre. C'est l'heure habituelle où il entre chez lui. La routine l'a donc rejoint.

Malgré tout…

Se relevant, François revient sur ses pas, conscient qu'il lui faut parler à Marie-Hélène, sans vouloir être vraiment conscient des mots qui s'adressaient à lui. Mais il lui faut parler. Ce soir, tout de suite. À cause des conséquences, à cause de l'angoisse sourde qui grandit à chaque pas qu'il fait vers chez lui. Cette sensation d'urgence qui l'a frappé de plein fouet. Qui ne le quittera plus jamais.

Une rue à traverser, un trottoir qui tourne… François connaît la ville comme le fond de sa poche, les fissures dans le ciment lui indiquent sa route.

Et dans sa tête, dans son cœur, dans toute sa vie, il y a maintenant le rire de sa femme. Ce rire qu'il va casser même si c'est là la dernière chose qu'il voudrait au monde. À cause des mots du médecin, impitoyables, qui deviennent de plus en plus clairs, tranchants comme un scalpel malgré la bonté du regard…

Marie-Hélène l'attendait à la fenêtre. Sans même lui laisser le temps d'enlever son manteau, elle se jette dans ses bras, se blottit étroitement contre lui.

— C'est toi qui avais raison… Plus besoin du médecin.

Radieuse, la jeune femme cherche son regard.

— Je suis enceinte, François. Ça y est, je suis enceinte…

Puis elle revient se blottir tout contre lui, n'attend ni réponse ni quoi que ce soit. La vie vient de lui répondre et cela suffit pour l'instant. Les bras de François se referment sur elle avec une force qu'elle n'aurait jamais pu soupçonner. Mais la légère douleur qu'elle ressent n'est que douceur : François est aussi heureux qu'elle et ne trouve pas les mots pour le dire. Alors elle ferme les yeux sur son espoir enfin récompensé. Un bébé, ils vont avoir un bébé…

Appuyant sa tête contre celle de sa femme, François écoute les mots qui tentent de se frayer un chemin dans son esprit. Encore des mots qui entrent en lui sans qu'il ait besoin de les écouter. Et ce cœur qui bat l'urgence de comprendre, d'attacher ensemble tous les mots de cette journée. Mettre un sens sur tout cela, vite, vite. L'urgence qui exige qu'il comprenne tout de suite. Parce que le temps lui est compté…

« C'est impossible, pas maintenant. Pourquoi maintenant ? »

Deux larmes glissent lentement sur ses joues.

« Un bébé… Pourquoi un bébé ? Pourquoi, pourquoi, pourquoi ? »

Question sans réponse. Comme avant, comme dans l'autre vie. Ce pourquoi douloureux parce que sans réponse justement et qui l'aspire dans la même spirale étouffante qu'avant.

La pression de ses bras diminue et il se met à bercer Marie-Hélène comme il a déjà bercé Marco. D'un geste machinal, réconfortant, parce qu'il en a besoin, parce qu'il a peur comme jamais il n'a eu peur. À cause des mots du médecin qui ont précipité sa vie dans l'abîme.

Le médecin avait hésité et cette hésitation avait fait naître le sentiment d'urgence. Comme celui qu'il ressentait parfois depuis qu'il avait parlé à Jérôme. Une très désagréable crampe qui rend les battements du cœur irréguliers et douloureux. Puis les mots qu'il n'avait pas voulu entendre mais qui avaient quand même marqué son cœur au fer rouge.

— Je ne sais comment… Vous êtes séropositif.

« Séropositif, séropositif… »

La voix du médecin comme une douleur lancinante… Et maintenant, le bébé. Comme un glas qui résonne dans sa tête. D'un seul coup, tous les mots s'emboîtent les uns aux autres, sont clairs, précis.

La vérité éclate dans toute son horreur.

Alors François continue de bercer Marie-Hélène et le bébé qu'elle porte. Silencieusement, le menton tremblant. Parce qu'il n'y a rien à dire pour l'instant. Parce que les mots entendus sont trop difficiles à admettre et que ceux à dire sont restés pris quelque part entre son cœur et sa tête et qu'il a la certitude qu'ils n'arriveront jamais à franchir le seuil de ses lèvres. Parce qu'il aime cette femme-là plus que lui-même et qu'il va lui faire mal. Parce que malgré tout il aime ce bébé depuis le jour où ils ont essayé de le faire et qu'à lui aussi il va faire mal.

Alors il laisse couler ses larmes sans retenue, sans la moindre pudeur. Trop d'émotions différentes en même temps ont raison de lui. Et Marie-Hélène blottie contre lui. Qui prend ses larmes pour des larmes de joie. Alors, oui, François pleure comme un enfant. Un enfant qui a peur, qui ne comprend pas, qui voudrait s'en remettre aux autres pour décider.

Un homme qui pleure parce qu'il aime la vie, tout bêtement.

À suivre…

POST-SCRIPTUM

Lorsque j'ai commencé à écrire ce livre, l'automne nous inondait de couleurs. L'hiver a passé, puis le printemps et voilà que déjà l'été se permet de battre de l'aile. Les nuits commencent à fraîchir et les soirées sont plus courtes. Lorsque j'ai commencé à écrire ce livre, je venais de me remarier, j'étais comblée et je ne pensais pas que la vie pourrait se montrer plus généreuse. Pourtant... Dans quelques semaines, je sais que je vais vivre à nouveau une des émotions les plus totales, les plus extraordinaires que l'on puisse connaître : je vais donner la vie. Mademoiselle Alexie est prévue pour le début novembre.

Cette jeune personne est encore pour nous un petit mystère. Malgré tout, je sais combien je vais l'aimer dans tout ce que l'amour peut avoir d'abnégation et de don de soi. Je sais par instinct et par expérience qu'il n'y a pas de mots pour exprimer ce sentiment. C'est un amour qui va bien au-delà des mots... Tout ce que je souhaite à notre petite Alexie, c'est que la vie lui soit douce pour qu'elle apprenne la clémence. Je prie aussi pour que la vie soit juste envers elle afin qu'elle sache ce que veut dire la compréhension. Je voudrais qu'elle rencontre l'écoute et le respect pour qu'elle soit attentive à l'autre. Tout bonnement, comme tous les parents du monde, je ne veux que du bonheur pour elle. Pourtant, la vie ne ressemble pas toujours à nos rêves et malgré tout l'amour dont sera entourée notre fille, je n'ai pas la moindre idée de ce que sera sa destinée. Peut-être bien qu'un jour, vous la croiserez à un carrefour de la ville, la main tendue, les cheveux violets et vêtue d'un vieux blue jean. Peut-être… Peut-être sera-t-elle, par quelque curieux et malveillant hasard du destin, une autre Sébastien. Peut-être…

Tout au long de l'écriture de ce livre, j'ai croisé bien des gens. Des jeunes, des moins jeunes et des vieillards. Et imperceptiblement, le regard que je pose sur ma ville s'est modifié, modulé et patiné au fil des rencontres que j'ai faites. De quel droit pouvons-nous nous permettre de juger alors que nous ne savons rien du secret des âmes? Moi, Louise Tremblay, la femme et la mère, j'ai senti le besoin d'ouvrir mon cœur et mon esprit à une réalité différente de la mienne. J'ai touché aux misères et aux rêves d'une jeunesse meurtrie qui ne demande que sa place au soleil. À ma façon, j'ai eu envie de faire un petit quelque chose. C'est ainsi que La destinée *est né. Ce livre n'est qu'une goutte d'eau dans l'océan mais l'océan, justement, n'est-il pas fait de milliers de petites gouttes d'eau? C'est un peu pour tout cela, émotions et prise de conscience confondues, qu'aujourd'hui, je me permets de vous tendre la main au nom de tous ces jeunes en quête d'avenir. Le Refuge des Jeunes de Montréal est indéniablement un maillon important dans cette recherche de bonheur car il permet l'espoir, apporte l'aide et offre le soutien à travers l'écoute. La petite goutte d'eau de votre don sera peut-être suffisante pour remplir la coupe d'un Sébastien ou d'une petite Alexie et lui donner envie de se prendre en main, d'aller plus haut toujours plus haut. Quand on se sent soutenu et accepté, tout est possible.*

Au nom de tous ces jeunes que j'ai appris à aimer, je vous dis merci.

Vous pouvez faire parvenir vos dons par chèque ou mandat à :

Le Refuge des Jeunes de Montréal
3767, rue Berri, Montréal (Québec) H2L 4G7
Tél. 514 849-4221 / Téléc. 514 849-8564
www.refuge.qc.ca
n° d'enregistrement (n° de charité) : 12897 2015 RR